Maxim Voland

Die Republik

Maxim Voland

Die Republik

Roman

Im Anhang des Romans finden sich ein Verzeichnis
der handelnden Personen (Dramatis Personae)
sowie ein Glossar

PIPER

Mehr über unsere Autoren und Bücher:
www.piper.de/literatur

FSC
www.fsc.org
MIX
Papier aus verantwortungsvollen Quellen
FSC® C014496

ISBN 978-3-492-07071-3
Originalausgabe

Ein Projekt der AVA International GmbH
Autoren- und Verlagsagentur
www.ava-international.de
Redaktion: Lars Zwickies
Satz: psb, Berlin
Gesetzt aus der Life LT
Druck und Bindung: GGP Media GmbH, Pößneck
Printed in Germany

VORWORT

Während ich die Berichte über den Mauerfall in den Medien sowie die vielen Rückblicke und Analysen zum Ende der DDR sah, fiel mein Blick zufällig auf eine alte Karte des geteilten Deutschlands. Mit dem widerständigen Inselrest West-Berlin inmitten der Deutschen Demokratischen Republik.

Die Idee zum Roman entstand in der nächsten Sekunde wie von selbst:

Und wenn es umgekehrt gelaufen wäre?

So entspann sich nach und nach das einzigartige Thriller-Szenario in einer fiktiven, modernen, gesamtdeutschen DDR – unter Beibehaltung von West-Berlin.

Wäre diese Stadt nicht der perfekte Tummelplatz und das Drehkreuz für Agentenorganisationen aus der ganzen Welt, um DDR-Spionage zu betreiben?

Dabei soll es keineswegs um die berüchtigte Ostalgie oder das beliebte Ost-Bashing gehen – oder eine Verklärung der »guten alten Zeiten«. Mehr dazu im Nachwort.

Ich wollte eine möglichst reale DDR des 21. Jahrhunderts als meine Bühne entwerfen, mit allen Vorteilen und Nachteilen des Systems, mit bekannten und neuen Produkten, ohne Mangelverwaltung und mit geballter Wirtschaftskraft sowie führender

Hochtechnologie und Gebäuden, Betrieben, Strukturen, die in unserer Welt heute gar nicht mehr existieren.

Wer jetzt stutzt und zu einem Lachen ansetzen möchte, der denke an dieser Stelle kurz an die Volksrepublik China – mit der sich *meine* DDR übrigens sehr gut versteht …

Ich wünsche aufregende Stunden in dieser DDR und in West-Berlin als Berlin-Deutschland. Beide hat es so nie gegeben – aber vielleicht hätte es sie geben können.

Maxim Voland
im Frühling 2020

DAS SZENARIO

Vergangenheit

1949:

Das Jahr der gravierenden Entscheidungen.

Die Bundesrepublik Deutschland wird am 23. Mai gegründet, doch es gibt schon wenige Wochen danach alarmierende Zeichen, dass sie nicht lange existieren wird.

Am 7. Oktober verkündet die Deutsche Demokratische Republik ihre offizielle Entstehung – und zwar inklusive der Staatsfläche der blutjungen Bundesrepublik.

Die restliche Welt hält es zunächst für einen theoretischen Machtanspruch – bis die einstigen Besatzungsmächte Frankreich, Großbritannien und USA ihre stationierten Truppen mit dem 7. Oktober aus der Bundesrepublik abziehen. Die Grenzen nach Westen werden sogar von den Schutzmächten gegen eine Flucht der Deutschen gesichert, während sowjetische Einheiten die verlassenen Kasernen übernehmen. Und bleiben.

Damit sind Fakten geschaffen: Die DDR erhält das Gebiet der Bundesrepublik mit dem Beistand der Sowjets. Ohne einen Schuss und ganz offiziell. Deutschland, einig Vaterland.

Die einzige vage Erklärung der Westalliierten zu dieser Ungeheuerlichkeit: Man habe derart handeln müssen und bitte um Verzeihung. Ansonsten herrscht wütendes Schweigen, was Spekulationen freien Raum lässt.

Aber: West-Berlin bildet die einzige Ausnahme. Es wird von Frankreich, den USA und Großbritannien sogleich als fortbestehender Rest der Bundesrepublik angesehen und entsprechend behandelt. Die übrige Welt folgt ihrem Beispiel.

Dagegen wiederum regt sich zwar der formale Protest seitens der DDR, sie belässt es zur Erleichterung vieler Staaten jedoch bei Worten.

Niemand weiß, warum die Bundesrepublikländer 1949 aufgegeben wurden – oder warum West-Berlin nicht einfach von den Sowjets eingenommen wurde. Die Hoffnung auf ein »freies Deutschland« nach einem möglichen Ende der DDR bleibt damit bestehen.

Aber wann? Und will das international überhaupt jemand?

GEGENWART

Die DDR

hat sich als realsozialistischer Staat mehr als gut gehalten, von Mangelwirtschaft keine Spur.

Aus ihr wurde dank ausgeklügelter Planwirtschaft ein erfolgreicher Global Player, der an das heutige China erinnert, während die UdSSR zerfallen ist – genau wie in unserer Realität. Unser realer Hintergrund gilt auch für den Rest der Welt, mit der EU (ohne Schweiz und DDR) und allen anderen Konstellationen.

Die hochmoderne DDR hat gezeigt, dass Sozialismus im perfekten Überwachungsstaat mit SED, Stasi & Co. funktionieren kann. Sie ist der glänzende Beweis, dass es eine Alternative zum Kapitalismus gibt, sofern man den Preis dafür zahlen will.

Zumindest scheint es so.

Berlin-Deutschland (manchmal auch kurz »West-Berlin«)

hingegen ist als Kleinstaat in der Sprache etlicher Länder die »Keimzelle eines freien Deutschlands« mit eigener bundesrepublikanischer Regierung, wie oft von den einstigen Schutzmächten Frankreich, England und Amerika betont wird.

Mehr jedoch nicht.

Die Stadt mutiert zum Tummelplatz ausländischer Agenten und zum Steuer- und Glücksspielparadies für Risikobereite, ein Billiglohnland. Ein in vielen Belangen von anderen abhängiger Stadtstaat im Schatten der allgegenwärtigen Mauer.

»Wie sagte Genosse Walter Ulbricht noch vor Staatsgründung im Jahr 1949, und ich zitiere:
›Es muss demokratisch aussehen, aber wir müssen alles in der Hand haben.‹
Daran hat sich nichts geändert, liebe Genossinnen und Genossen!
Dies *ist* und *bleibt* der Garant für das dauerhafte Erblühen unserer Deutschen Demokratischen Republik.«

Alexander Wilhelm Naumann,
SED-Generalsekretär bei einer Rede vor dem Zentralkomitee der SED,
3. Juli 2020

1

Berlin, Hauptstadt der DDR

»Einmal der halbe Goldbroiler mit Bratkartoffeln für Sie, Herr Oberst.« Schwungvoll setzte die junge Kellnerin im schwarzen Kleid mit weißer Schürze den Teller ab, der appetitliche Duft breitete sich sofort am Tisch aus. »Und einmal Kesselgulasch mit Thüringer, Herr Kandwitz.« Nicht ein Spritzer der schweren dunkelbraunen Soße ging bei der Landung des Tellers auf dem weißen Leinentuch daneben. »Rotkohl bring ick gleich nach, wa? Lassen Se sich's schmecken.« So schnell, wie sie gekommen war, verschwand die Rothaarige wieder.

Roland Kandwitz, ein Mittdreißiger im neusten hellblauen Designeranzug der Nobelmarke Exquisit, nahm das Besteck und sah dabei zu seinem Patenonkel. »Haste gehört?« Er grinste. »Sie hat mich erkannt.«

»Nadja? Liest bestimmt deine Spaßkolumne ›Mit sozialistischem Gruß‹.« Gustav freute sich auf den Broiler. Nirgends war die Haut knuspriger als im *Telecafé.* Dank seiner Touren von Interhotel zu Interhotel hatte er in den letzten Jahren sämtliche Broilerstuben der Stadt sowie der halben Republik testen können.

»Aber wieso kennt sie deinen Rang?« Roland deutete mit der Gabel andeutungsweise zum Restaurantleiter, der wachend am Eingang stand; man munkelte, dass er für das Ministerium für Staatssicherheit arbeitete. »Wegen der Firma Memfis?«

»Nein. Ich bin öfter hier.« Auf Gustavs Glatze saß ein

schmaler Trilby-Hut, der die von Natur aus leicht gebräunte Haut schützte. Sein schlichter schokoladenfarbener Anzug zu weißem Hemd und Schlips saß ein wenig eng. Zu viele Goldbroiler. »Und wir kamen mal ins Gespräch. Sie ist eigentlich zu schlau für so einen Job. Die will mehr. Zum Theater.«

Behutsam schob sich der frisch sanierte Palast der Republik am Marx-Engels-Platz in Gustavs Sichtfeld. Das drehbare Restaurant des Fernsehturms kreiste in ewiger Rotation in etwas mehr als zweihundert Meter Höhe und gewährte einen Ausblick auf die verschiedenen Stadtteile Berlins mit ihren jeweils charakteristischen Bauten.

»Ins Gespräch. Mit Nadja. Soso, Genosse Oberst«, merkte Roland an und blies eine hellbraune Strähne aus seinem stoppeligen Gesicht.

»Nix *soso*. Viel zu jung. Sie könnte meine Tochter sein.« Gustav mochte den Ausblick von Sankt Walter, wie der Turm wegen des kreuzförmigen Schattenwurfs an seiner Oberfläche genannt wurde. Die Architekten hatten bei der Auswahl und Form der blechernen Außenverkleidung damals nicht bedacht, welchen Streich ihnen die Sonne spielen konnte. Bei direkter Beleuchtung entstand ein großes, weithin sichtbares Kreuz an der Fassade. »Die Rache des Papstes«, nannte es der Volksmund.

Die Sanierungsbrigaden hatten den Dreck von allen berühmten Gebäuden geschrubbt, sie renoviert und ihnen neuen Glanz verliehen. Ob Erichs Lampenladen, Palasthotel, das Stadion der Weltjugend, das Lindencorso an der Friedrichstraße mit seinem bekannten *Café Espresso* oder das wunderschöne *Ahornblatt* nahe der Fischerinsel.

»Ich habe mich gefragt, warum ein Memfis-Oberst sich mit einem Journalisten von *Neues Deutschland* trifft. So was wie eine konspirative Zusammenkunft der stärksten meinungsbeeinflussenden Staatsorgane?« Rolands Lächeln verblasste, als eine heitere Reaktion ausblieb. »Scheiße! Ist es was Ernstes?«

»Könnte sein.«

»Krebs?«

Gustav lächelte schwach. »Nein. Danke, dass du dich sorgst.«

»Na ja. Bei dem ganzen Strahlenkram, den die Stasi früher einsetzte«, murmelte Roland und aß erleichtert weiter. »Wo drückt denn der Schuh? Auch wenn ich mich wundere.«

»Worüber?«

»Also, du bist bei der Stasi. Ließe sich das nicht … intern regeln?«

Gustav wollte die Bombe noch nicht zünden. »Fangen wir doch mit was Schönerem an: Was gibt's Neues in den Redaktionen?«

»Fragst du mich in deiner Funktion als Stasi-Oberst?« Roland blinzelte überzogen. Natürlich wusste der Journalist, dass ihm von seinem Patenonkel keine Gefahr drohte und er offen sprechen konnte. Nur nicht zu laut. Das MfS hatte seine menschlichen sowie elektronischen Augen und Ohren überall.

»Nein. Aus Neugier.« Gustav machte ein aufforderndes Gesicht. »Was gibt es morgen Erfreuliches zu lesen?«

»Mmh. Das Wichtigste, zumindest in meinen Augen: Die Gesundheitsversorgung wird vom nächsten Jahr an komplett kostenlos. Und die Studierendenquote in den Ingenieursbereichen wird erhöht, die Hochtechnologiekombinate brauchen in absehbarer Zeit neue Leute. Die Forschung wird's freuen.«

»Das bedeutet auch die Erlaubnis für mehr Abiturientinnen und Abiturienten«, ergänzte Gustav. Ein reiner Arbeiter-und-Bauern-Staat war die DDR schon lange nicht mehr, der Zirkel im Wappen hatte mittlerweile an Bedeutung gewonnen, und der Ährenkranz bestand nicht umsonst aus winzigen binären Einsen und Nullen. Die Maschine lief reibungslos, die verschiedenen Segmente des Bildungssystems griffen perfekt ineinander. Fachkräftemangel gab es dank Planung und Weitsicht nicht. »Das wird die Schlauen unter den jungen Leuten freuen.«

»Zum Wohle des Staates und zum Wohle aller.« Roland überlegte. »Ansonsten liegen wir überall im grünen Bereich. Einmal mehr. Ach ja, wie es aussieht, wird das Kombinat Robotron bei der nächsten Weltausstellung eine revolutionäre KI präsentieren.«

Gustav grinste wissend. »Propaganda, um Silicon Valley zu ärgern und es in Panik zu versetzen?«

Roland schüttelte den Kopf. »Nein, da ist nichts übertrieben. Aber Details kennt nur das Politbüro.«

»Na dann.« Er blickte über die unterschiedlich gestalteten Bereiche Ost-Berlins, erkannte die Fortschritte und die Veränderungen, die ununterbrochen stattfanden. Modernisierte Sowjetfassaden und begrünte Alleen waren Indikatoren für die Prosperität des Landes, dessen Architektur den Spagat zwischen altstalinistischem Baustil und frischer Optik sehr gut hinbekam. Dazu gesellte sich das Neue Bauhaus als eigene Architekturrichtung der DDR nach dem Ende der sozialistischen Moderne. Funktional, schlicht und ewig angesagt.

»Ich sag's ja immer: Aus den kurzen Unruhen 1989 erwuchs Gutes. Alles läuft besser als jemals zuvor.« Roland sah zum Eingang, wo Gäste darauf warteten, an einem der zweihundert Tische platziert zu werden. Noch waren sämtliche Plätze belegt, an denen überwiegend Currywurst verspeist wurde. »Es geht nichts über die Tradition der Verknappung«, merkte er an und machte sich weiter über sein Gulasch her. »Auch wenn die Lage noch so gut ist.«

»Ich bin sicher, die Kellner werden so ausgebildet, dass ein kühler Ton einfach schick bleibt.«

Roland zwinkerte und nahm den Bino-Spender, um nachzuwürzen. »Als wüsste *ich*, was Anstehen ist.«

»Ich schon.« Mit seinen einundsechzig Jahren hatte Gustav mehr von den schweren Anfängen des Landes mitbekommen als der fünfundzwanzig Jahre jüngere Roland. Mit dessen Eltern verband ihn eine lange Freundschaft, was ihm die Patenschaft bei der Namensweihe im kleinen Kreis eingebracht hatte. »Und das war nicht witzig. Meine Großeltern hatten immer einen Einkaufsbeutel dabei, damit sie sich anstellen konnten, sobald es irgendwo was …«

Nadja stellte im Vorbeigehen den Rotkohl neben Roland ab und hastete zum Eingang, um sich den Wartenden zuzuwenden. Nicht etwa, um die Gäste zu beruhigen, sondern um sie mit einem deutlichen »Hätten Se früher reserviert, müssten Se nich' warten« daran zu erinnern, wer das Sagen im *TC* hatte, wie das *Telecafé* auch genannt wurde.

»Neulich war ich im *Café Espresso,* und da waren sie aus Versehen freundlich. Zack, alle Gäste irritiert«, kommentierte Roland ironisch. »Die Tradition der Service-Herrschaft. Die heimlichen Könige des Sozialismus. Das wird ewig so sein.« Er kostete von dem Gemüse. »Aber lecker ist es.«

»Deswegen sind wir hier.« Gustav schnitt ein Stück von der knusprigen goldbraunen Haut ab und genoss den Geschmack, der sich beim ersten Bissen im Mund verteilte; dabei sah er nachdenklich aus dem Fenster, vor dem sich die Welt drehte.

West-Berlin. Berlin-Deutschland. Aus grauen Ruinen zur Betonwüste verkommen. Dort hatten die Verantwortlichen jeden Millimeter Land genutzt, um Millionen von Menschen unterzubringen. Auferstanden war nur die DDR, während man sich drüben über die einst verspotteten »Arbeiterschließfächer« aus den ersten Stunden der Staatsgründung gefreut hätte.

Eine gute Arbeitsstelle hatten jenseits der Mauer die wenigsten. Die meisten wurstelten sich in den Casinos oder der Tourismusbranche irgendwie durch. Manche landeten in den hastig hochgezogenen Fabriken, in denen verschiedene Massenwaren hergestellt wurden.

Die tristen kilometerlangen Hochhausfronten in der Ferne erinnerten an Prora vor der Sanierung oder die ganz alten Plattenbauten. Silos für die Verlierer des Kapitalismus, für die Ausgebeuteten am Rand der Sonderzone, während im Zentrum die

Gewinner residierten. Die Keimzelle des sogenannten »freien Deutschlands« stagnierte in ihrem Dasein als Glücksspiel- und Finanzstandort. Eine verkeimte Zelle.

Mittendrin ragten wie zum Hohn und gleichermaßen als Verlockung Protzbauten auf. Geldtempel, um den Menschen das Hirn mit Kaufanreizen zu fluten, das eigene Denken zu vernebeln. Mehr, immer mehr von allem, teurer und immer teurer, so lautete die Maxime.

Gustav hieß seit geraumer Zeit nicht mehr alles gut, was in seiner Heimat geschah, doch diese ewige Konsumspirale hatte die DDR längst durchbrochen.

Mit Erfolg.

Wer unbedingt sinnlosen Kram haben wollte, konnte jederzeit beispielsweise im Intershop an der Friedrichstraße neben dem Hotel Metropol einkaufen. Allerdings tummelten sich dort überwiegend Touristen aus dem Ausland, um die beliebten DDR-Preisaufkleber auf bekannten kapitalistischen Marken als Sammlerobjekte zu erhalten. Statussymbole für DDR-Bürger sahen längst anders aus. Mit Recht war man stolz auf das Gütesiegel »Made in GDR«.

Auf manches wiederum war Gustav nicht stolz. Und diese Tatsache hatte den Ausschlag für seine Entscheidung gegeben, die für Unverständnis und Aufruhr sorgen würde. Außer *einer* Person konnte ihn niemand verstehen.

»Gustav?«

Er wandte sich wieder dem jüngeren Mann zu. »Entschuldige! Was hast du gesagt?«

Roland hielt in seiner rechten Hand ein brandneues Zeiro Galaxie Elf und prüfte den Nachrichteneingang. Robotron und Zeiss hatten mit ihrem neusten Mobiltelefon die Konkurrenz aus Fernost und dem Westen technisch komplett abgehängt. »Ich fragte, was du Dringendes mit mir besprechen wolltest. Das habe ich nicht vergessen. Aber …« Roland blickte sich im Restaurant um und sah hinauf zu den diskret angebrachten

Kameras an der Decke. »Jetzt ohne Scheiß: Vielleicht sollten wir bei einem Bier in deiner Datsche reden. Ohne Mobiltelefone. Und ohne Stasi.«

Gustav musste sich zusammenreißen, damit sein Gesicht keinen verächtlichen Ausdruck annahm. »Die Stasi kann mich mal.«

Er sprach eine Spur zu laut. Für eine halbe Sekunde erstarrte alles und jeder im Restaurant, bevor weitergegessen und sich unterhalten wurde, als wäre nichts geschehen. Niemand drehte sich um, Unauffälligkeit hatte Vorrang.

Roland seufzte. Er legte das Besteck an den Tellerrand und wischte einen Knödelkrümel von der blauen Stoffhose. »*Das* ist der Grund, warum du Oberst geblieben bist, du Held der DDR. Du weißt, dass du bis in die Generalität hättest kommen …«

»Das sind längst vergangene Zeiten. Damit habe ich nichts mehr zu tun.«

»Papa bekommt immer noch einen Ehrfurchtsanfall, wenn du dich bei ihm meldest.«

»Bei manchen Leuten löse ich Anfälle anderer Art aus.« Gustav blieb sein bitterer Humor. Im Vorbeigehen stellte Nadja zwei kleine Radeberger ab, ohne ihre Geschwindigkeit zu verringern. Nichts schwappte über. »Und das will ich ändern.«

»Indem du wieder ein guter Genosse wirst?«, stichelte Roland bei gleichzeitiger Erleichterung.

»Es ist mehr ein Gefallen für die DDR.« Gustav griff in die Innentasche seines Sakkos und zog ein gefaltetes Formular heraus, das er seinem Patenkind hinschob und mit zwei Fingern andeutungsweise aufklappte. Die Bombe war gezündet. »Damit.«

Sekundenlang starrte Roland auf das Dokument. »Du verarschst mich.«

»Nein.«

»Ist das jetzt so ein Stasi-Gesinnungstest?«

Er schüttelte den Kopf und korrigierte den Sitz seines Hutes.

»Gustav.« Roland lehnte sich sichtlich blasser nach vorne, wobei er darauf achtete, dass die Krawatte nicht mit dem Teller in Berührung kam, und senkte die Stimme. »Ein Antrag auf ständige Ausreise?«

»Genau. Ein RWE. Rechtswidriges Ersuchen. Ich kenne mich damit aus.« Wieder der grimmige Humor. »Ich möchte eine offizielle Entlassung aus der Staatsbürgerschaft erwirken.«

»Scheiße!« Roland griff nach seinem Bier und nahm zwei lange Züge. »Hast du den Verstand verloren? Du bist ein Stasi-Oberst und seit mehr als vierzig Jahren bei der Firma.«

»Ja und?« Gustav nahm sein Glas und stieß einseitig mit dem perplexen Journalisten an. »Ich habe mir das genau überlegt.«

»Offenbar *nicht*«, schnaubte Roland.

»Ich bin geschieden, habe keine Kinder und keine Verwandten mehr, denen die Firma das Leben zur Hölle machen kann. Es gibt keinen, um den ich mir Sorgen wegen der Zersetzungsmaßnahmen machen muss.« Das stimmte nur zum Teil, doch das wusste niemand außer ihm. Dafür sorgte Gustav perfekt.

»Die stecken dich in den Bau! *Dahin* lassen die dich ausreisen. Sonst nirgendwohin. Oder gleich unter die Fallschwertmaschine. Oder sie erschießen dich. Alle werden so tun, als hätte es dich nie gegeben.«

»Genau da kommst *du* ins Spiel.« Gustav zog das Dokument in aller Ruhe zu sich und steckte es wieder ein. »Du arbeitest doch für *Neues Deutschland*, die *BZ am Abend* und die *Berliner Zeitung*. Richtig?«

Roland ließ den Gerstensaft im Glas kreisen. »Schon.«

»Wie wäre es mit einem heiteren kleinen Scherztext, in dem ein legendärer Stasi-Offizier aus seinem Amt …«

»Nein«, kam es unverzüglich aus dem Mund, in den gleich darauf das restliche Bier gekippt wurde. »Bist du irre? Lass mich …«

Nadja tauschte im Vorbeilaufen die leeren gegen volle Gläser aus und schob nach dem Winken des Restaurantleiters ein wartendes Paar mit ausladenden Bewegungen vom Eingang an einen frei werdenden Tisch. Die Tradition der Service-Herrschaft.

»Lass mich da raus. Die feuern mich sonst.« Roland stieß die Luft aus. »Tut mir leid. Im verranzten Büro einer dämlichen Astronomie-Zeitschrift sehe ich mich nicht. Beate und ich müssen eine Familie ernähren.« Er ließ sich mit dem Rücken gegen die Lehne fallen. »Scheiße! Wieso? Du bist bei vielen Leuten so was wie das ›Unsichtbare Visier‹. Der beste Agent.«

»Ich sehe nicht mal im Ansatz aus wie Armin Mueller-Stahl.« Er dachte an seinen braunen Teint. *Und auch nicht wie der Bredebusch in der Neuauflage vom letzten Jahr.*

Roland schüttelte den Kopf. Er konnte nicht fassen, über was sie redeten. »Was willst du damit erreichen?« Seine Stimme hatte sich zu einem Flüstern gesenkt, die tupfende Hand mit der Serviette schwebte unauffällig halb vor dem Mund, damit die Kameras seine Lippenbewegungen nicht erfassten. »Wieso flüchtest du nicht einfach, ohne ein Fass in der Öffentlichkeit aufzumachen?«

»Ich will ein Zeichen setzen.«

»Das Zeichen kannst du von *dort* setzen.« Roland deutete mit dem Stoffzipfel auf die Hochhäuser Berlin-Deutschlands. »Die Amis werden dir so viel Zeit vor der Kamera geben, wie du haben willst. RIAS Berlin macht eine Sondersendung für dich.«

»Dann wird das Politbüro sagen, dass man mich dazu gezwungen hat. Die Propagandamaschinerie kann sehr gut umdeuten. Das wissen wir beide.« Gustav pochte einmal auf den Tisch. »Nur *hier* ergibt das Zeichen einen Sinn. Vor meinem Antrag. Oder flankierend.«

Roland streifte eine Haarsträhne nach hinten und rieb sich über die Bartstoppeln. »Es ist dir verdammt ernst.« Seine Verwunderung schlug in Wut und Empörung um. »Dass du mich überhaupt fragst! Ich habe eine Frau und Kinder. Das ist unverantwortlich. Ich müsste das sofort melden. Ist dir das klar?«

Gustav musterte ihn langsam, der Blick aus den braunen Augen wanderte auf und ab. »Ich verstehe dich. Du lebst gut. Der perfekte Staatsbürger.«

»Das bin ich tatsächlich. Und das warst du auch, mit deinen Ergreifungen und was weiß ich, was du noch alles gemacht hast. Die Orden gab es zumindest nicht fürs Rumsitzen. Wie viele hast du auf dem Gewissen und in den Bau oder nach Schwedt gebracht? Der beste Mann in vielen Abteilungen von Horch und Greif«, gab Roland beherrscht zurück. Die Wut hatte sich aber längst noch nicht gelegt.

Gustav spürte, dass Rolands Furcht um seine Familie der eigentliche Grund für seinen Ärger war – und bekam ein schlechtes Gewissen. »Gut. Lassen wir dich raus. Mein Wissen ist *mein* Problem, nicht deins. Kannst du mir vielleicht jemand anders nennen, der in der Lage ist, vorab …«

»Nein. Ich kann dir den Gefallen nicht tun. *Keinen* dieser Art. Außerdem will ich nichts mehr davon hören.« Roland machte eine abwehrende Handbewegung. »Und ich werde leugnen, etwas von deinem Plan gewusst zu haben.«

Gerade setzte Gustav zu einem weiteren Satz an, als Nadja erneut auftauchte, die Jacke bereits über ihre schwarz-weiße Kellnerinnenkleidung gestreift. »Ick hab früher Feierabend und wollt' aber rasch noch abkassieren bei die Herrschaften.« Sie legte die Rechnung auf den Tisch. »Macht zusammen zehn Mark und zehn Pfennige.«

Gustav zückte seinen Geldbeutel und holte einen Zehner in Rot mit Honecker-Konterfei auf dem modernen Polymermaterial heraus. Dann fügte er noch zwei Mark als Trinkgeld hinzu. Die Münze klackte massiv, die Zeiten von geprägtem Alu waren längst vorbei. »Vorsingen?«, riet er den Grund für das überpünktliche Verschwinden der jungen Frau.

Nadja strahlte ihn glücklich an. »Jenau. Is' endlich 'ne Stelle frei jeworden. Im Schauspielhaus am Akademieplatz. Und es gibt noch eene andere, die darf. In der Theorie, sach ick mal. Aber die sing ick in der Praxis in den Bühnenboden.«

»Dann mal schönen Feierabend.« Gustav lächelte sie an. »Toi, toi, toi, Nadja.«

»Danke, Herr Oberst!« Sie reichte ihm ihre weiche, gepflegte Hand. »Bis zum nächsten Mal! Immer schön, Sie zu sehen.« Nadja nickte Roland zu. »Herr Kandwitz, es war mir 'ne Ehre, wa?«

Gezwungen lächelte er zurück und suchte nach einer Autogrammkarte in seiner Sakkoinnentasche, doch die rothaarige Kellnerin war schon gegangen. Peinlich berührt steckte er die Karte wieder ein und strich erneut das Haar zurück.

Nach zwei Bissen Fleisch seufzte Roland und legte das Besteck auf den Teller. »Mir ist der Appetit vergangen.«

Gustav hatte seinen halben Goldbroiler bis auf die Knochen geplündert und stocherte in den Bratkartoffeln herum, den Hut in den Nacken geschoben. »Schade! Das Essen ist es wert, auch ohne Hunger zu futtern.«

Unangenehmes Schweigen senkte sich für eine Weile auf den Tisch herab.

Das lief schlecht. Gustav blickte aus dem Fenster des rotierenden Restaurants. Etwas zu seiner Linken erregte seine Aufmerksamkeit: Am Platz der Akademie war eine dicke, gräulichweiße Wolke zu erkennen, die vom Wind bewegt und langsam verteilt wurde.

»Was ist denn …?«, murmelte er verwundert. In seinem Bauch kribbelte es, was nie ein gutes Zeichen war.

Der Ausgangspunkt der Wolke ließ sich nicht ausmachen. Die fetten öligen Schlieren wälzten und schlängelten sich über den Sperrstreifen zum Brandenburger Tor in den Westen – oder kamen sie von dort?

Auch wenn es fast zwei Kilometer bis zum Platz der Akademie und den umliegenden Straßen waren, die vom Dunst eingehüllt wurden, konnte Gustav von oben mit bloßen Augen gut erkennen, was sich tat. Sein Unwohlsein steigerte sich zu blankem Grauen. Dank seiner Ausbildung erkannte er schnell, was da draußen vor sich ging.

Fahrzeuge vollführten in dem Nebel unerklärliche Manöver, krachten ineinander oder gegen eine Wand. Dahinschnurrende Lastwagen pflügten im Zickzack durch das Chaos und verschlimmerten das Durcheinander, indem sie quer zum Stehen kamen und die Blockade vergrößerten.

»Scheiße!« Aufgeregt nestelte Gustav sein Mobiltelefon heraus und aktivierte die Zoomfunktion der Fünffachlinse. Das MfS spendierte seinen Mitarbeitern besonders gute Geräte.

Der Schrecken wurde gestochen scharf auf dem Display sichtbar: Passanten brachen mit verzerrten Gesichtern zusammen und hielten sich die Brust oder den Hals, Dutzende Menschen und auch einige Hunde lagen bereits auf den Zebrastreifen und Gehwegen. Regungslos. Blut lief aus den Augen und den weit aufgerissenen Mündern, andere krampften und zuckten, rötlicher Speichel floss über die sich schnell verfärbenden Lippen.

Gustav schwenkte und zoomte, das Zittern seiner Hand wurde vom Bildstabilisator kompensiert.

Leute rannten am Rande der Nebelerscheinung davon, um nicht mit dem tödlichen Brodem in Berührung zu kommen.

Das Merkwürdige daran war, dass es lautlos geschah. Wie ein Stummfilm in Farbe ereignete sich Leid, eskalierten Unfälle und auflodernde Feuer, Verderben und anhaltendes Sterben auf dem kristallklaren Display. Die Vorgänge wirkten grotesk, surreal, als wären sie Teil einer Darbietung.

In diesem Moment gaben Gustavs privates Mobiltelefon sowie das dienstliche Gerät einen Warnton von sich. Rolands Bildschirm flammte ebenfalls auf:

+++ G I F T G A S A L A R M +++

Das Wort prangte unübersehbar in der Mitte, gepaart mit dem Symbol für chemisch-biologische Kampfstoffe.

»Was zum Teufel geht da vor?« Die laufende Aufnahme auf Gustavs Handy wurde dick und fett von der Meldung des staatlich vorgeschriebenen Katastrophenwarnprogramms überlagert, das auf jedem Gerät installiert sein musste. Zum ersten Mal, seit er ein Mobiltelefon nutzte.

Fassungslos erhob er sich vom Stuhl und starrte ungläubig über das Display hinunter auf die Straßen, in denen der Tod wolkenhaft übermächtig dahintrieb, die Häuser und Fahrzeuge umschmeichelte, als wäre er harmlos wie gewöhnlicher Winternebel.

Nur Sekunden später aktivierten sich die Telefone im gesamten Restaurant. Es fiepte, bimmelte und piepste kakofonisch, entsetzte Rufe und ängstliche Laute mischten sich darunter.

»Ach du Scheiße«, war alles, was Roland heiser von sich gab.

Die Verunsicherung der Gäste drohte in Panik umzuschlagen. Die ersten standen auf und gingen rasch in Richtung Ausgang, andere versuchten zu telefonieren.

»Halt! Staatssicherheitsdienst!«, rief Gustav laut und zückte seinen Dienstausweis, hielt ihn in die Höhe. Er musste verhindern, dass es noch mehr Tote und Verletzte gab. »Keiner verlässt den Fernsehturm! Es ist zu Ihrem eigenen Schutz.«

Mitten in das laute Reden und Rufen der Leute im Restaurant heulten die Sirenen von den Dächern Berlins. In Ost und West.

Dann fiel Gustav ein, dass Nadja, seine süße Nadja, sein schönstes und bestgehütetes Geheimnis, das sichere Gebäude längst verlassen hatte.

In Richtung der Wolke.

* * *

Berlin-Deutschland, Tiergarten (ehemaliger britischer Sektor)

»Sie werden bei dem Treffen gleich die Klappe halten, Harper.«

»Werde ich, Sir.« Die Endzwanzigerin lief leichtfüßig neben dem dahinstapfenden, wesentlich älteren und kleineren Mann durchs Freie, das in diffusem Dunkel lag. Auf ihrem kurzen blonden Haar saß eine Tschapka, inklusive rotem Sternemblem mit Hammer und Sichel. Den Gag musste sie einfach machen.

Beide trugen Anzüge und lange Mäntel gegen die Novemberkälte. Der eisige Wind wehte einige schüchterne Schneeflocken im Licht der Straßenlampen umher, als wäre die Helligkeit des Tages von der Nacht zerfetzt worden.

»Holy Pint! Wenn Sie das *so* sagen, weiß ich jetzt schon, dass Sie es *nicht* tun werden.« Bristol, ihr Vorgesetzter in der Berliner Außenstelle des SIS, benutzte ihren Vornamen, weil ihm ihr Doppelnachname zu kompliziert war. Er wischte sich die Schneekristalle von der abgetragenen senffarbenen Strickmütze, die einige lose Fäden aufwies.

»Doch, doch, Sir.« Harper gab sich Mühe, möglichst unschuldig auszusehen, und setzte auf ihre »niedlichen Sommersprossen«, die ihr ein Kollege einmal bescheinigt hatte, bevor sie ihm wegen seines Machospruchs mit einem Schlag die Nase gebrochen hatte. »Ich will ja keinen Ärger auslösen. Davon haben wir schon genug. Nicht wahr?«

Knirschend setzten die Sohlen auf der dünnen Schneedecke auf, als sie die Straße überquerten. Der Räumdienst kam nicht nach. Fahrzeuge gab es so gut wie keine auf der Straße. Die Berliner und die Touristen verkrochen sich in ihre eigenen vier Wände oder an wohligere Orte.

Harpers Gedanken schweiften zu den schier unendlichen Vergnügungsmöglichkeiten der Stadt, in der sie seit geraumer

Zeit lebte. Gelegenheiten zur Zerstreuung in Theatern, Clubs, Bars oder Restaurants bot der Westteil zuhauf. Für jeden Geschmack. Je mehr Geld man hatte, desto größer, dekadenter und unglaublicher das Angebot – von der *Bar 25* bis zu Oper und Schauspielhäusern, vom *Cookies* bis zu diversen Sternerestaurants, von Las-Vegas-Casinoshows bis zum *Club WMF* mit der unterirdischen Toilettenanlage unter dem Mauerstreifen, bei der die Eingänge durch Reichsbahncontainer getarnt waren, oder dem *Magnet* mit seinen legendären Liveauftritten bekannter Bands. Hundertfach Zerstreuungen.

»Verarschen Sie mich bloß nicht«, warnte Bristol sie knurrig und riss sie aus ihren Gedanken.

Nie hätte Harper vermutet, dass Bristol vierundsiebzig Jahre alt war. Der vitale, bullige Mann hatte den Kalten Krieg noch mitgemacht, und seine Erzählungen kannte Harper von ihren Zusammentreffen mittlerweile fast auswendig. »Niemals, Sir.«

Nach dem Vorfall am Mittag schien es, als fände gerade eine Steigerung der Paranoia aus den Achtzigerjahren statt, mit Säbelgerassel und Manöverübungen. Nur dass dieses Mal die DDR und nicht die Sowjetunion als Gegenspieler auftrat.

Deswegen hatte der MI6 das Schlachtross Bristol reaktiviert.

Gemeinsam betraten sie die Neue Nationalgalerie, in der tagsüber die letzten Umbau- und Sanierungsarbeiten des Kulturtempels liefen. Um diese nächtliche Uhrzeit gingen sie alleine zwischen Planen, Gestängen, verstreuten Werkzeugen, Farbeimern und Gerüsten umher. Wie meistens, wenn in Berlin gebaut wurde, verzögerte sich die Fertigstellung.

Turnusgemäß fand das Treffen dieses Mal im ehemaligen britischen Sektor von Berlin-Deutschland statt. Offiziell gab es längst keine Aufteilung zwischen Franzosen, Amerikanern und Briten mehr. Nur noch West-Berlin als kleinen, traurigen Rest der Bundesrepublik Deutschland, zu der es kurz gekommen war.

Dieses Berlin hatte eine eigene Regierung, die souverän

agierte und entschied, und war international mit wenigen Ausnahmen als Staat anerkannt. Zwar lebte man von einer »Bundesrepublik Deutschland« noch sehr, sehr weit entfernt, aber die Hoffnung starb zuletzt. Gerade im Westen der DDR hatte die Erinnerung an die kurz gewonnene Freiheit bis 1949 gelegentlich aufgelodert, bevor Unruhen und Proteste von der SED-Riege niedergerungen worden waren.

Doch Berlin-Deutschlands Souveränität hatte ihre Grenzen, denn jedes Gesetz, jeder Neubau, einfach alles wurde mit Frankreich, Großbritannien und Amerika hinter den Kulissen abgestimmt. Das war der heimliche Deal für die Existenzsicherung und den Schutz der Demokratie. Die Insel im Roten Meer. Sie war strategisch von großer Bedeutung, nachdem man das restliche Deutschland der Roten Armee und damit den Sowjets überlassen hatte.

Nicht wenige Berlin-Deutsche und Bewohner der aufgegebenen Westbereiche sahen dieses Verhalten als Verrat der Schutzmächte. Heute mehr als damals, als die Verbrechen der Nazizeit noch deutlicher in den Köpfen verhaftet gewesen waren und man es als eine Art Strafe angenommen hatte.

Seltsame Zeiten damals. Harper fragte sich erneut, warum dieser Rückzug stattgefunden hatte, während sie mit quietschenden Sohlen durch das geisterhaft wehende Folienspalier schritten. Bis heute war dieses Rätsel ungelöst geblieben, wodurch die krudesten Verschwörungstheorien Bestand hatten.

Der schwache Lichtschein aus einem der Ausstellungsräume wies ihnen den Weg.

»Harper?«

Sie kannte den warnenden Tonfall ihres Chefs. »Klappe halten, Sir. Ich weiß.«

»Nicht vergessen.« Bristol stieß die Tür auf, und Licht fiel heraus. »Was für eine Scheiße war das bitte?«, brüllte er und riss sich die Mütze vom Kopf; graue Härchen standen elektrisiert in die Höhe und raubten dem Auftritt die Dramatik. Rasch ging er hinein. »Wir haben knapp zweihundert Tote und tausend Verletzte. Und abgesperrte Straßen, kontaminierte Plätze und Häuser.«

Harper folgte ihm und schloss die Tür.

Mit einem Blick auf den Tisch, an dem die Versammelten saßen, erfasste sie, dass sie vollzählig waren: je ein Vertreter und eine Vertreterin des CIA, des französischen DGSE und des deutschen BND, hübsch in dicke, verschiedenfarbige Mäntel eingepackt. Handschuhe und Schals gehörten ebenfalls dazu, denn die Heizung lief nachts nicht. Wenigstens gab es funktionierende Deckenleuchten und Strom in den Steckdosen.

Harper lehnte sich neben der Tür an die Wand und steckte die Hände in die Taschen. Bristol hatte ihr gesagt, sie solle die Klappe halten. Noch gab es keinen Grund, ihre eigene Zusage zu missachten. Der Tanz der Geheimdienste konnte beginnen.

»Pas de la merde«, erwiderte Petit trocken. Harper kannte ihn von einer Zusammenkunft, die es offiziell niemals gegeben hatte. Der Franzose mit den langen schwarzen Koteletten und dem buschigen Schnäuzer hatte algerische Wurzeln, welche seiner Haut eine gesunde, sommerlich braune Tönung verliehen, um die sie ihn beneidete. »Das war keine Scheiße. Sondern Gas.«

Harrison, der gleich neben Petit saß, ließ sich nicht anmerken, dass er ebenfalls an jenem nie stattgefundenen Treffen teilgenommen hatte. Dieses Keine-Ahnung-wer-du-bist-Verhalten gehörte zum Spiel der Geheimdienste. »Und es war *kein* altes Nazigas aus einer vergessenen Granate, die bei Bauarbeiten angerissen wurde.« Er sah aus wie der perfekte Amerikaner: glatt rasiertes GI-Kantenkinn und breite Schultern, mit denen man Türen aufbrach, um Verdächtige aus ihrer Wohnung zum Waterboarding zu zerren. »Denn genau das behauptet die DDR in der ersten Stellungnahme.« Die Blicke aus seinen hellen Augen wanderten durch den Raum. »Die Meldung kam vor wenigen Sekunden und geht gerade über alle Kanäle.«

Mit den beiden BND-Leuten machte Harper zum ersten Mal Bekanntschaft.

Sie waren etwa in ihrem Alter und wirkten angespannt, aber nicht unsympathisch. Frischlinge, im Gegensatz zu ihr. Spontan nannte sie die beiden im Geiste Hansi und Franzi, weil es ihr passend erschien und sie zum Grinsen brachte. Platzhalter, bis sie die richtigen Namen erfuhr.

Harper entschied sich, der unbekannten Brünetten im Anschluss ihre Nummer zukommen zu lassen. Zur Zusammenarbeit auf kurzem Dienstweg. Das war ihre bewährte Vorgehensweise: kleine Clubtour, Gin Tonic, Geheimnisse einsacken und den Haken in die Beute schlagen. Es gewährleistete den Informationsfluss – selbstverständlich nur in ihre eigene Richtung.

»Nazigas? *Das* haben die gesagt?« Bristol setzte sich mit Schwung zu den anderen am foliengeschützten Tisch und stopfte seine Mütze in die Tasche. Er war mit Abstand der Älteste. »Freche Lüge.«

»Das Zeug ist von unseren Spezialisten analysiert worden«, verkündete Petit, und sein Atem wurde als weißer Dampf in der Luft sichtbar. »Wir fanden genug Rückstände in den Lungen und auf der Haut der armen Schweine.« Seine Begleiterin verteilte Blätter an die anderen Agenten. »Ich muss ein bisschen ausholen, denn es sind auch jüngere Menschen unter uns. Die waren damals beim Kalten Krieg in den Achtzigern und dem Abmarsch der Sowjets Anfang der Neunziger nicht dabei. Im Gegensatz zu Bristol und mir.« Der Geheimdienstler zeigte auf die Daten. »Wie Sie vielleicht wissen, mussten die Russen aufgrund der Veränderungen in der UdSSR und der stärker werdenden Ablehnung ihrer Truppen in der DDR den Rückzug antreten.«

»Das Politbüro hat sie rauskomplementiert«, fügte Harrison hinzu und grinste. »Dank Wirtschaftsdruck.«

»Etwa 363.000 Rotarmisten, 5.200 Panzer, Zehntausende

von Geschützen sowie Gefechtsfahrzeuge. Überwiegend per Bahn transportiert.« Petit wies auf eine markierte Stelle in dem Kurzdossier hin. »Neben den Kampftruppen und ihren Waffen fielen mindestens eine Million Tonnen Munition, etliche Millionen Liter Treibstoff und Hunderttausende Paletten mit eingelagerten Versorgungsgütern an.«

»Well, well. Das ging zu wie auf einem Basar. Gefühlt die Hälfte haben sie unterwegs verkauft, wie wir mitbekamen«, warf Bristol ein. »Fellmützen, Funkgeräte, Koppelschlösser, Klappspaten. Und Waffen. Man bekam eine Handgranate für ein paar Mark am Alexanderplatz. Oder eine AK. Die halbe DDR wird eine AK47 oder AK74 zu Hause haben.«

Harper korrigierte grinsend den Sitz ihrer Tschapka und polierte mit einem Finger das Roter-Stern-Emblem. Sie fühlte sich passend gekleidet. Diese beeindruckenden Zahlen hatte sie nicht gekannt. *Woher auch?*

»Und da kommen wir zu dem Problem, das für uns heute Mittag relevant wurde. Und für Ost-Berlin«, führte Petit aus. »Unklar ist allerdings, wie sorgfältig die Roten ihre eigenen C-Waffen beim Abtransport aus den Hochsicherheitsanlagen behandelt haben.«

»Mörderisches Scheißzeug«, brummte Harrison.

Harper fand den Einwurf verlogen. Soweit sie wusste, hielt die CIA ähnliches *Scheißzeug* im Westende der Stadt eingebunkert, um auf eine Attacke passend antworten zu können. Heimlich natürlich. Genau wie die Franzosen. Und die Briten. Ein Pulverfass. Das machte den Vorfall vom Mittag extrem gefährlich.

»Was uns noch mehr Sorgen bereitet, sind die über 20.000 Tonnen Giftgas, die zum Teil in ungesicherten, leckgeschlagenen Tanks lagern. Seit dem Abzug.« Petit lehnte sich zurück. »*Das* ist unsere Erklärung für die Gaswolke.«

»Oh, fuck«, entfuhr es Harper leise.

»Brillanter Kommentar.« Bristol las sich die Aufstellungen

des französischen DGSE durch. »Also ist den Prunksozialisten Ihrer Meinung nach ein giftiger altkommunistischer Gruß um die Ohren geflogen?«

»Oui. Das nehmen wir zumindest an. Die Analyse legt es nahe.« Petit schaute erwartungsvoll in die Runde. »Ihre Meinungen und Erkenntnisse dazu, Mesdames et Messieurs?«

»Was meinen Sie mit ›legt es nahe‹, Petit?« Harrison sah irritiert auf. »Haben Sie Zweifel?«

»Die chemische Analyse deckt sich in vielen Punkten mit den von den Sowjets benutzten Rezepturen und Zusammensetzungen mit einigen unschönen Zusätzen«, wich Petit aus. »Daher fragte ich nach Ihren Kenntnissen, um mich abzusichern. Damit wir keinen Krieg ohne Anlass anfangen.« Er lächelte den CIA-Agenten an. »Wie damals im Irak.«

Bristol lachte laut los.

Mitten in die Fresse. Harper überspielte ihre Heiterkeit mit einem Husten.

»Die DDR kann es auch absichtlich gezündet haben, um den Russen die Schuld in die Schuhe zu schieben«, warf Hansi besorgt ein. Harper fand diesen Namen beim Klang seiner recht hohen Stimme sogar noch passender. Süß war, dass sich der deutsche Geheimdienst aus Tradition nach wie vor Bundesnachrichtendienst nannte.

»Unfug. Soweit wir wissen, liegen die Opferzahlen auf Ost-Berliner Seite wesentlich höher als bei uns. Außerdem stand der Wind zum Zeitpunkt des Vorfalls ungünstig, was gegen eine vorsätzliche Zündung spricht«, entkräftete Petit den Hinweis.

»Es sei denn, bei den Vorbereitungen dafür ging etwas schief«, verteidigte Franzi das Argument ihres Untergebenen. »Die Lage ist noch zu unübersichtlich, um Entwarnung zu geben. Beim nächsten Mal steht der Wind vielleicht günstiger. Wir können eine Multimillionenstadt wie West-Berlin unmöglich gegen Giftgas absichern.«

»Das sehe ich ähnlich.« Harrison veränderte seine Sitzposition auf dem mit Folie abgedeckten Stuhl. Es raschelte und quietschte leise. »Außerdem will ich nicht ausschließen, dass die DDR die russische Rezeptur kopiert hat, um ihre Schuld zu vertuschen. Dem Politbüro traue ich das zu.«

»Bullshit. SED-Naumann ist dafür zu besonnen.« Bristol zog die buschigen Augenbrauen zusammen. »Außerdem hat er dadurch keinen Vorteil. Die NVA ist schlagkräftig und dank ihres hochmodernen Arsenals brutal gefährlich, ohne Zweifel. Aber es ergibt zum jetzigen Moment keinen Sinn für das Zentralkomitee, einen Krieg anzuzetteln. Die Planwirtschaft der DDR läuft doch perfekt. Seit Jahrzehnten. Die letzten Unruhen sind über dreißig Jahre her.«

»Naumann, klar. Nach außen besonnen. Doch wir haben Informationen, dass im Politbüro und im ZK einige Unzufriedene sitzen, die gegen ihn arbeiten.« Petit wackelte vielsagend mit der Hand. »Da sind interne Mächte am Werk.«

»Ein Krieg, um von innerpolitischen Zänkereien abzulenken?« Bristol blieb skeptisch. »Das ist ein bisschen zu heftig. Naumann weiß genau, was das bedeutet. Für uns alle.«

»Zumindest könnte er am Rande eines Konfliktes mit Imperialismus und Kapitalismus entlangtänzeln, um die Genossen in der SED und in der Volkskammer auf Linie zu bringen. Möglicherweise geht noch eine weitere *Altlast*« – Harrison setzte Gänsefüßchen in die Luft – »hoch. Eine weitere Wolke, wieder Tote in West-Berlin. Die Medien im Westen machen dann noch mehr Stimmung, um dem roten Aggressor ein Ende zu bereiten. Säbelrasseln, Drohungen. Das schweißt zusammen.«

»Nicht von der Hand zu weisen. Das stärkte auch früher schon den Zusammenhalt in der DDR«, stimmte Franzi zu.

Harper überlegte, wie die BND-Agentin wohl wirklich heißen könnte. *Laura? Oder Emilia?* Den Namen Zoe fand sie recht passend. Franziska wäre am lustigsten. *Dann passt der Spitzname.*

Das abhörsichere Smartphone vibrierte in ihrer Hosentasche. Sie nahm es heraus und sah die eingegangene Nachricht vom Labor des SIS.

Eine eigene Analyse war Pflicht, wie sie und Bristol fanden. Der Blick auf den Bericht genügte: Das Ergebnis unterschied sich in einem wichtigen Detail von dem der Franzosen.

Ihre grünen Augen richteten sich auf Bristol. Er musste die Mail auch bekommen haben. Aber er rührte sich nicht, sondern las das Kurzdossier des französischen Geheimdienstes zum zweiten Mal. »Sir?«

Ihr Vorgesetzter war weiter in die Unterlagen vertieft.

Na schön. Schluss mit Klappehalten. Dafür ist es zu dringend. Harper räusperte sich und hob ihr Telefon.

»Verzeihung, meine Damen und Herren. Ich habe eben eine Information von unseren Chemikern bekommen«, machte sie auf sich aufmerksam. »Während der Commander noch liest, kann ich Ihnen sagen: Wir haben eine Bestätigung, was die Herkunft angeht. Russische Fabrikation.«

»Na ja. Das war klar.« Petit musterte sie neugierig und rieb sich über seinen voluminösen Schnäuzer. »Da ist ein kleines ›Aber‹ versteckt, n'est-ce pas?«

»Oui, Monsieur.« Harper wollte eigentlich nicht länger im Mittelpunkt stehen, doch Bristol senkte das Papier, um ihr einen auffordernden Blick zuzuwerfen. Parallel dazu nahm er sein Smartphone heraus und las nach, was die MI6-Zentrale in London ihnen geschickt hatte. »Die Produktion fand früher statt. Vor Gründung der DDR.«

»Was soll das bedeuten?« Harrison wandte sich ihr zu, das Kantenkinn zielte genau auf sie.

»Das Gas wurde bereits in den 1940er-Jahren hergestellt. Es ist zu *hundert Prozent* eine Altlast und kein Imitat«, fuhr sie fort und schwenkte das Gerät. »Was immer in Ost-Berlin hochging, es stammt aus den Beständen der Roten Armee, die damals Teile Berlins eroberte.«

»Wohl doch ein Unfall.« Franzi überlegte. »Oder die DDR grub es aus und platzierte es in der Nähe der Mauer, um es zu zünden und komplett echt aussehen zu lassen.«

Harper zuckte mit den Achseln. »Das ergäbe für mich aufgrund des bisher Gesagten immer noch keinen Sinn. Aber Sie denken wie eine perfekte Geheimagentin. Falsche Spuren legen, andere bezichtigen«, erwiderte sie todernst. »Kompliment. Wie war Ihr Name noch gleich?«

Die Versammelten grinsten und hüstelten ihr Amüsement weg.

»Grübner.« Die BND-Agentin sah genervt aus. Harper würde eine andere Strategie benötigen. Oder mehr Gin, um die Deutsche als Freundin zu gewinnen.

»Alors, zusammengefasst haben wir zwei Möglichkeiten.« Petit klatschte in die Hände. »Entweder die Sozialisten sind genauso überrascht wie wir – oder es war deren Absicht und Teil eines beginnenden Spiels mit dem Feuer.« Er blickte umher. »Bon. Was ist die Konsequenz für uns?«

Bristol erhob sich unvermittelt und hielt das Smartphone ans Ohr. »Einen Moment. Beratschlagen Sie ruhig weiter. Ich bin gleich zurück.«

Harper öffnete ihm die Tür und war überrascht, als er im Vorbeigehen ihren Arm ergriff und sie mit hinauszog. »Sir?«

Mit einem Fersentritt schloss er die Tür hinter ihnen und steckte das Gerät wieder ein. Es hatte keinen Telefonanruf gegeben.

Um sie herum herrschte das leise Rascheln der Planen und das Säuseln des Windes, der um das unfertige Gebäude wehte. Lediglich der schmale Lichtschein unter dem Türschlitz sorgte für einen Hauch von Helligkeit.

»Hören Sie mir zu, Harper: Sie werden sofort Ihre russischen Kontakte …«

»Ich, Sir?«, sagte sie entrüstet und klimperte gespielt ahnungslos mit den Wimpern. Bristol war immun gegen ihre gezielte Niedlichkeit, sie wollte es aber zumindest versucht haben. »Ich habe doch keine russischen …«

»Wasilij Krylow und Sie gehen gemeinsam in die Sauna und kennen einander nicht? Und wie haben Sie das beim Essen gemacht? Als Sie beide am gleichen Tisch saßen? Einander gegenüber?«

Harper versuchte es erneut mit dem Unschuldsblick, um so etwas wie großväterliche Gefühle bei ihm auszulösen. »Ich könnte mir eine Story ausdenken, die Ihnen …«

»Lassen Sie den Humbug. Sie kümmern sich um Informationen von drüben. Direkte Quellen, keine Umwege«, fegte Bristol ihren Versuch weg. »So schnell Sie können.«

»Geht klar, Sir.« Sie sah ihm die Besorgnis deutlich auf den gealterten Zügen an. Seine Augen unter den buschigen dunklen Brauen glänzten. Hellwach wie sein Verstand. »Warum die Eile? Ich meine, die anderen …«

»Wenn die Rote Armee damals noch mehr von dem Zeug in Berlin oder sonst wo verbuddelt hat, *müssen* wir das wissen. Wir brauchen jeden Standort in der DDR. Auch nur jeden *Verdacht* eines Standorts. Und zwar *vor* den Froschfressern und den Yankees«, unterbrach er sie hastig und mit großen Augen, die wie zwei schwarze Löcher wirkten. »Meine Intention ist: Die Sozis *sollen* wissen, wo dieses verfluchte Giftzeug ist. Und es bergen. Oder wir schicken heimlich unsere Agenten, die es vernichten. Das mache ich von der Reaktion der DDR abhängig.«

»Sir, Sie wollen, dass …« Da verstand Harper. »Bloody hell! Sie trauen Petit oder Harrison zu, dass sie …«

»Ihre Schläfer in der DDR aktivieren und diese Gasgranaten oder was immer es war, in die Luft jagen. Harrison und die CIA zumindest. Die Amis warten schon länger auf eine Gelegenheit, sich für 1949 zu revanchieren. Direkt oder indirekt.« Bristol atmete durch und legte seine Hand auf die Türklinke.

Die Gelegenheit war günstig und ihre Neugier ungebrochen. »Sir – was geschah 1949?«

»Der Rückzug und das Ende der BRD. Das wissen Sie doch, Harper.«

»Was ist damals *wirklich* geschehen, Sir? Was brachte …?«

»Sie haben Ihren Auftrag, verstanden?« Bristol öffnete die Tür, und das herausschießende grelle Bürolicht blendete wie eine Supernova. »Beeilen Sie sich! Sie wissen, was auf dem Spiel steht.« Dann huschte er ins Zimmer zurück, wo die leise Diskussion der Geheimdienstler in vollem Gange war. Die Tür schloss sich mit einem Klicken hinter ihm.

Harper stand im dunklen Zwielicht der Neuen Nationalgalerie, umgeben vom Rascheln und Knistern der Planen; irgendwo zog es im Neubau. Vermutlich würde das Beheben dieses Mangels die Wiedereröffnung nochmals verschieben.

Bristols erschrockenes Gesicht hatte Bände gesprochen. Im Gegensatz zu Harper und 99,9 Prozent der Menschheit wusste er, warum die Alliierten damals den Russen ganz Flächendeutschland überlassen hatten.

Er wusste, warum sie die Westgrenzen dichtgemacht hatten.

Warum die Alliierten jeden Deutschen und jede Deutsche mit Waffengewalt vom Übertritt nach Frankreich, Luxemburg, Holland, Belgien und Italien abgehalten hatten, bis die Rote Armee den Job selbst übernahm.

Revanche für den Rückzug und das Ende der Bundesrepublik damals. Ein starkes Motiv, dachte Harper und führte den Gedanken fort, den Bristol mit seinen Überlegungen angestoßen hatte. *Möglicherweise der Anfang eines Umsturzes.*

Es wäre *die* Gelegenheit, gewaltsam ein geeintes Gesamtdeutschland zu erschaffen, inklusive West-Berlin. Aber nicht unter der Flagge von Hammer, Zirkel und digitalem Ährenkranz. Sondern eine Bundesrepublik. Harper sah es genau vor sich: Nach dem Giftgas, den Toten, dem Aufruhr und dem Durcheinander in der DDR drohte jetzt der von den USA angeführte Krieg gegen den starken Erzfeind und Nachfolger der UdSSR, den sich manche Politiker und Militärs seit Jahren wünschten, um abzurechnen und das sozialistische Land ganz aufzulösen.

So eine Scheiße! Harper eilte aufgeputscht von der Unmenge an Neuigkeiten und Ereignissen durch das leere Museum und verließ es, um sich in der Nähe ein Taxi zu rufen. Sofern sie bei dem miesen Wetter eins fand.

Ein vager Plan entstand in ihrem cleveren Kopf.

Er hatte mit Wasilij Krylow zu tun. Aber auch mit wagemutigen Waffenschiebern, die sie ganz gut kannte. Damit ließen sich die Leben von vielen Unschuldigen retten – und ein paar zusätzliche Pfund machen, falls sie tatsächlich einige Standorte der Sowjetgaskartuschen an die Schieberjungs weitergeben könnte.

Zugegeben, ihr Handeln war nicht ausschließlich edel motiviert. Doch dafür verdiente sie auch zu wenig beim MI6.

Harpers Maxime war, dass sie in erster Linie für sich selbst arbeitete und dann erst für andere. Es funktionierte seit Jahren. *Warum also etwas ändern?*

* * *

Wenn ich groß bin

REFRAIN
Wenn ich groß bin,
gehe ich zur Volksarmee.
Wenn ich groß bin,
geh ich zur Volksarmee.

1. STROPHE
Ich fahre einen Panzer –
rattata rattata
Ich fahre einen Panzer –
rattata rattata rattatatata

REFRAIN

2. STROPHE
Ich steige in ein Flugzeug –
huisisit huisisit
Ich steige in ein Flugzeug –
huisisit huisisit huisihuisisit

REFRAIN

3. STROPHE
Ich baue große Brücken –
romtomtom romtomtom
Ich baue große Brücken –
romtomtom romtomtom romtomtomtomtom

REFRAIN

4. STROPHE
Ich werd ein flinker Funker –
dadidit dadidit
Ich werd ein flinker Funker –
dadidit dadidit dadidadidit

REFRAIN

5. STROPHE
Ich lade die Kanone –
rumbummbumm rumbummbumm
Ich lade die Kanone –
rumbummbumm rumbummbumm rumbummbummbummbumm

Schallplatte für Vorschulkinder, Schola Verlag

2

Berlin, Hauptstadt der DDR

Gustav sah den Mann im maßgeschneiderten dunkelgrauen Anzug hinter dem Schreibtisch gegenüber freundlich, aber nicht *zu* freundlich an. »Ich weiß, es ist ungewöhnlich.«

Er hätte nicht gedacht, dass er jemals wieder in diesem Zimmer des Zentralkomitee-Gebäudes am Werderschen Markt sitzen würde, in dem die alte Uhr so laut tickte, dass es ihn nach wenigen Sekunden nervte; in dem die alten SED-Generalsekretäre aus ihren Bilderrahmen anklagend auf ihn herabschauten; wo die DDR-Fahne sich an einem künstlichen Horizont über eine gesamte Wand erstreckte; in diesem Mief aus Unterwürfigkeit und Machtgeilheit, zu dem er einst fleißig beigetragen hatte.

Und in dem der stellvertretende Sektorleiter MfS Mirko Hofner regierte. *Jener* Hofner mit dem grobschlächtigen, lang gezogenen Gesicht, das an einen Pferdeschädel erinnerte.

Nein, das hätte Gustav niemals gedacht. Schon gar nicht auf seine eigene, dringende Bitte hin. Denn das System hatte von ihm eigentlich kein Entgegenkommen, keine Treue, nichts mehr zu erwarten gehabt. Bis zu dem Tag, an dem das Gas austrat und Hunderte Menschen tötete, in Ost und West.

Darunter auch seine Nadja.

Seine süße Nadja, sein schönstes und bestgehütetes Geheimnis, das er vor dem MfS und den IM-Schergen des Staates sorgsam verborgen hatte, damit die Zersetzungsmaßnahmen sie nach seinem rechtswidrigen Ersuchen nicht trafen.

Unerheblich geworden. Irrelevant, wie sein geplantes Verlassen der DDR, um jenem Konstrukt den Rücken zu kehren, das er inzwischen verabscheute, verachtete, hasste.

»Ungewöhnlich ist es wohl.« Vor Hofner stand eine Tasse Kaffee, der sein Aroma in die Luft dampfte. Natürlich bot er Gustav keinen an. »Sie werden verstehen, dass ich Sie ein wenig befragen muss, bevor ich Ihre Anfrage an den Sektorleiter MfS der ZK-Abteilung Sicherheitsfragen weiterleite. Vor allem bei Ihrer Vergangenheit, Genosse Oberst.« Er hob die schlicht-elegante Tasse aus Meissener Porzellan mit dem Krokusdekor an und nahm einen knappen Schluck. »Dann ist das Gremium bestimmt leichter von Ihrem Anliegen zu überzeugen.«

Das grobschlächtige Gesicht passte nicht zu dem filigranen Behältnis, das davor schwebte. Es hätte Gustav nicht verwundert, wenn der Mann die Tasse aufgegessen hätte, statt nur daraus zu trinken. »Die Chancen stehen nicht besonders gut, ich weiß«, sagte Gustav.

»Um ehrlich zu sein, sehe ich sie gerade bei null.« Hofner machte aus seiner Ablehnung keinen Hehl. »Sehen Sie, es gab sehr gute, triftige Gründe, weswegen man Sie versetzte. Aus Ihrer alten Stelle in die Hauptabteilung VI.«

»In die Tourismusabteilung.« Gustav nahm seinen kurzkrempigen Trilby-Hut und entfernte einen Fussel vom schwarzen Filz. »Interhotels ausschnüffeln. Nicht eben die anspruchsvollste Aufgabe.« Dabei blickte er hinauf zu der winzigen blinkenden Deckenkamera, die das Gespräch aufzeichnete.

Hofner lächelte herablassend. »Ich finde, da passten Sie sehr gut hin. Bedenkt man Ihr früheres Verhalten und die Vorfälle, können Sie sich glücklich schätzen, dass Sie im Politbüro gute Freunde hatten.«

»Haben.«

»*Hatten*, Genosse Oberst.« Der stellvertretende Sektorleiter sah gleichmütig über den Rand der Tasse und genoss seinen Triumph. »Hatten.«

Gustav räusperte sich, um nichts Unvorsichtiges zu sagen, was sein Anliegen noch mehr in Gefahr brächte, als es bereits war. »Sie wollten mich befragen, Genosse Hofner.«

»Schön. Wie Sie wollen.« Er stellte die Tasse auf den Unterteller und legte eine Hand auf den ausgedruckten Versetzungsantrag, als wäre es ein Anklageschreiben. »Sie sind einundsechzig und wollen in die Hauptabteilung XII wechseln?«

»Ja. Mit sofortiger Wirkung.«

»Das ist die Abteilung für Terrorbekämpfung und Spezialaufgaben. Zu Ihrer Erinnerung.«

»Ich weiß.«

»Denken Sie, dass Sie dazu überhaupt in der Lage sind?«

»Motivierter als jeder andere.«

Hofner verzog leicht den Mund, was so etwas wie sachliche Skepsis ausdrücken sollte, dafür aber eine Spur zu persönlich abwertend wirkte. »Wie das, Genosse Oberst?«

»Der Vorfall mit dem Giftgas wird sicherlich von HA XII untersucht. Ich will Teil dieser Ermittlungen sein.«

»Wie kommen Sie darauf, dass es sich dabei um Terror handelt? Offiziell wurde bei Bauarbeiten versehentlich eine Gaskartusche aus der Kriegszeit zerstört. Der Kampfstoff trat aus und …«

»Ich weiß, was geschehen ist.« Vor Gustavs innerem Auge erschien Nadjas Gesicht, ohne dass er sich dagegen wehren konnte. Er hörte ihr Lachen, ihr Raunen von den Plänen, die sie gehabt hatte. Mehrere Sekunden lang musste er sich zusammenreißen, um nicht in Tränen auszubrechen. Nicht vor Hofner. »Ein sehr guter Freund kam dabei ums Leben.«

»Ah!« Er hinterließ mit rotem Stift einen Vermerk im Versetzungsantrag. Die Spitze kratzte über das Papier und hinterließ *rein persönliches Motiv.* »Und das macht Sie zu einem prädestinierten Ermittler, der einen Terrorangriff in dem Unfall sieht? Wohl kaum.«

Gustav ertrug die herablassend-aggressive Art des Mannes.

»Ich habe mir die alten Pläne angeschaut. Der Kampfmittelräumdienst der NVA hat die Stelle schon vor dreißig Jahren freigegeben, als ein Neubau an dieser Ecke anstand. Ich denke nicht, dass man eine solche Gaskartusche übersehen hätte. Zumal sie sehr groß gewesen sein muss.«

»Aha.«

»Die fragliche Baustelle, wo sich die Kartusche angeblich befand, wurde nachträglich errichtet, um die Täuschung glaubhaft zu machen. Zum Zeitpunkt der Gasfreisetzung gab es dort lediglich einen Fernmeldetechniker, der einen Schaltkasten prüfte.« Gustav bewies Hofner wie nebenbei, dass er seine Hausaufgaben gemacht hatte. Beste Stasi-Ausbildung. »Das Gas stammt eigentlich aus dem Bestand der Roten Armee, nicht von den Nazis. Aber der Behälter lag nicht in der Erde. Jemand schaffte ihn dahin.«

»Woher wollen Sie das wissen?«

»In keinem offiziellen Statement wurden das korrupte Berlin-Deutschland oder ein ausländischer Staat andeutungsweise damit in Verbindung gebracht. Daraus folgere ich: CIA, MI6 oder sonstige fremde Geheimdienste sollen nicht aufgeschreckt werden«, führte Gustav weiter aus. »Um in Ruhe und geräuschlos im Inland nach den Schuldigen zu suchen.« Er sah Hofner wissend an. »Das wird nicht funktionieren. In West-Berlin rennen sie schon durch die Gänge und werten Satellitenfotos aus. Und aktivieren ihre Agenten.«

»Mmh.« Der stellvertretende Sektorleiter blätterte in dem Versetzungsantrag vor und zurück. Gelangweilt, abweisend. In das Geräusch des fallenden Papiers mischte sich das unendliche Ticken der nervigen Uhr.

Gustav ging auf das Spielchen nicht ein und wartete ab, legte seinen Hut auf den Schreibtisch und sah zu den Fotos der SED-Generalsekretäre. Ihm war es viel zu warm in dem muffigen, düsteren Büro, das nur aus Absicht nie renoviert worden sein konnte. Hofner musste auf die überholte Form der Vergangenheit stehen. Unter seinem dunkelbraunen Anzug schwitzte Gustav, auf der Glatze bildeten sich spürbar erste Tröpfchen.

»Abgesehen von der persönlichen Motivation, was ist Ihre Exzellenz, Genosse Oberst?« Hofner atmete laut ein. »Was taugt ein Mann wie Sie?«

Jeder Satz eine Provokation. »Sie meinen: ein alter Mann mit meiner Vergangenheit.«

»Das würde *ich* nie sagen. Aber da *Sie* es aussprachen ...«, erwiderte der stellvertretende Sektorleiter gönnerhaft.

»Dann formuliere ich es schmeichelhafter: Erfahrung«, sagte Gustav. »Erfahrung, die andere in der HA XII nicht besitzen. Und das ZK müsste sich keine Gedanken darüber machen, dass ein Stasi-Oberst durch die Gegend läuft und womöglich Nachforschungen auf eigene Faust anstellt. Um den oder die Mörder seines Freundes zu finden.« Gustav schreckte vor Andeutungen nicht zurück. Er hatte nichts mehr zu verlieren.

»Drohen Sie uns?«

»Nein. Ich leiste Entscheidungshilfe. Und verhindere, dass Sie einen Fehler machen, der Ihrer Karriere abträglich sein könnte.« Gustav imitierte das Lächeln des Mannes. »Ganz im Gegenteil: Es wird positiv auf Sie zurückfallen, da Sie die entscheidende Weiche gestellt haben, Genosse Hofner.«

Der stellvertretende Sektorleiter leckte sich ansatzweise über die Lippen, streckte die Hand erneut nach der Kaffeetasse aus. Während er trank, begann er wieder zu blättern.

Gustav wartete geduldig. Nachsetzen würde er erst, wenn Hofner bereit war. Also sah er sich in dem Büro genauer um, ob und was sich seit seinem letzten Besuch vor vier Jahren wenigstens ansatzweise verändert hatte. Als genau dieser Hofner ihn zwangsversetzt hatte.

Das klobig-klotzige Zentralkomitee-Gebäude mit seinen Gängen, Fluren, Arbeitsräumen, Fest- und Kongresssälen war die physische Manifestation der SED-Macht. Im Haus am Werderschen Markt fielen staatstragende Entscheidungen. Entscheidungen über Leben und Tod. Aber auch einfache Entscheidungen über Beförderungen oder schwierige Umbesetzungen innerhalb des MfS, wie in seinem Fall. Die Abteilung Sicherheitsfragen war tatsächlich als eine der wenigen Instanzen dazu geeignet, es dem schier allmächtigen Staatssicherheitsdienst nicht zu leicht zu machen, und hatte mehrmals Beförderungsansinnen und Bewerber abgelehnt.

»Was ist eigentlich vor Ihrer Versetzung mit Ihnen geschehen, Genosse Oberst?« Hofner stellte erkennbar seine Taktik um. Er schwenkte auf die persönliche Schiene um.

»Was meinen Sie?«, stellte Gustav sich dumm.

»Ihre Personalakte«, er deutete mit der Tasse auf den Bildschirm, »quillt über vor Auszeichnungen und Erfolgen. Sie waren in verschiedenen Abteilungen, um diese auf Vordermann zu bringen. Um Aufgaben wahrzunehmen, die man sonst keinem zutraute. Ausbilder, Fortbilder, Feuerwehrmann, alles in einer Person. Und dann: Schluss.«

»Ach, *das* meinen Sie.« Gustav schlug ein Bein über das andere und korrigierte den Sitz des Hosenstoffes. Schwarzweiß karierte Socken kamen über den auf Vintage getrimmten schokoladefarbenen Schuhen zum Vorschein. »Schluss nicht. Nur weniger.«

»Weil?«

»Gesundheitliche Probleme.«

»Der Arzt konnte nichts Relevantes finden. Laut Akte.« Das grobe, lange Gesicht wurde noch länger. »Ist das nicht komisch?«

Gustav seufzte entschuldigend, als schämte er sich. »Ein Anflug von Depression. Denke ich.«

»Und der Tod Ihres Freundes besserte alles schlagartig?« Hofner nickte. »Und zwar so gründlich, dass Sie zu einer Eliteeinheit wollen, die bereits aus Experten besteht, um sie bei den Ermittlungen zu stützen.«

»Oh, muss man sie schon stützen?« Gustav erlaubte sich ein

kurzes amüsiertes Zucken um die Mundwinkel. »Wie weit sind die Erkenntnisse gediehen?«

Hofner ließ sich nichts anmerken, aber Gustav wusste, dass er sich über sein versehentliches Eingeständnis ärgerte, dass die Nachforschungen stockten. »Ich finde keinen zwingenden Grund, Genosse Oberst, Ihrem Antrag auf Versetzung stattzugeben. Das muss niemanden in der Abteilung Sicherheitsfragen beschäftigen.«

»Haben Sie einen guten Freund? Dann können Sie es gewiss nachvollziehen.«

»Diese Änderung in Ihrem Verhalten ist mir zu plötzlich.« Der stellvertretende Sektorleiter lehnte sich zurück und spielte mit seinem Textmarker, die Augen im Pferdegesicht wurden schmaler. »Oder ist Ihr Hautfarbenehrgeiz zurückgekehrt?« Er wackelte mit dem Stift. »Weil Sie sich etwas beweisen wollen?«

Gustav reagierte schon lange nicht mehr auf Anspielungen auf seinen braunen Teint. In seinen Kinder- und Jugendjahren hatte das anders ausgesehen. Hautfarbenehrgeiz traf es ziemlich gut. Damals. »Das hat damit auch nichts zu tun.«

Hofner wippte auf seinem Stuhl vor und zurück. »Ihre Mutter war Kubanerin. Und hatte es nicht besonders leicht. Das hört man oft von den Werktätigen aus den Bruderländern.«

»Vietnamesin.«

»Sie wurde wieder nach Vietnam zurückgeschickt. Nach der Entbindung.«

»Nein. Sie starb, als ich drei Jahre alt war.« Gustav kannte auch diese Tricks.

Natürlich wusste Hofner perfekt über ihn und die restriktiven Verhältnisse Bescheid, unter denen die ausländischen Werktätigen in der DDR gelebt hatten. Es war damals um administrativ geleitete und sehr autoritäre Abkapselung von den Deutschen gegangen, weniger um Integration. Seine Mutter hatte, wie üblich, in einer separaten Gemeinschaftsunterkunft gelebt und war damit auch sozial auf Distanz gehalten worden.

Nähere Kontakte waren genehmigungs- und berichtspflichtig gewesen. *Nicht vergleichbar mit der heutigen, viel offeneren Situation.* Dass sie dennoch seinen Vater getroffen und sich verliebt hatte, war Fügung.

Bei seinen Anspielungen ging es Hofner einzig darum, Reaktionen zu testen, Ausbrüche zu provozieren und jede kleine Nuance später detailliert im Video auszuwerten.

Normalerweise hätte Gustav das erniedrigende Prozedere nicht mitgemacht, das Anfänger während ihrer Grundausbildung am eigenen Leib erfahren mussten. Damit sie wussten, wie man später bei Verhören vorzugehen hatte. Aber der stellvertretende Sektorleiter befand sich deutlich im Vorteil, den er ausspielte und ausnutzte.

»Ach ja. Stimmt. Und danach wuchsen Sie bei Ihrem Vater auf.«

»Bei meinen Großeltern. Überwiegend. Mein Vater war Generalmajor in der NVA und hatte wenig Zeit. Dienst für den Sozialismus, um ihn gegen die Bedrohungen des faschistisch-kapitalistischen Feindes zu schützen.« Er ruhte in sich selbst und würde Hofner nicht die geringste Genugtuung gönnen. »Steht alles in meiner Personalakte, Genosse Hofner.« Gustav zeigte auf die entsprechende Zeile auf dem Computerdisplay des Cellatron.

»Dann waren Ihre Großeltern sehr stolz auf das, was Sie erreichten, Genosse Oberst.«

»Waren sie. Bis zu ihrem Tod.«

»Hatten sie es gut verkraftet, dass ihr geliebter Enkel für das Schrumpfen ihres Freundeskreises verantwortlich war?« Hofner legte nicht einmal eine Hand vor den Mund, um das grausame Lächeln zu verbergen. »Die alten Leute um Opa und Oma fühlten sich sicher, weil sie Ihnen damals als kleiner Junge die Äpfel geschnitten und Kuchen gebacken hatten. Sie haben Ihnen vertraut und hätten nie geglaubt, dass ihnen die Unterhaltungen über die SED von damals auf die Füße fallen könnten.«

Hofner, du mieses Stück. Eines der Kapitel in seinem Stasi-Leben, für die sich Gustav hasste. »Meine Großeltern erfuhren es nie.« Er stützte sich auf den Schreibtisch. Es wurde Zeit, ein wenig zu kontern. Souverän zu kontern, damit der Pferdegesichtige Bescheid wusste, wo die Grenze verlief. »Sie wissen ja, wie das ist, Genosse Hofner. Mit dem Staatswohl. Sie haben Ihre Tochter zur Umerziehung gegeben. Miriam, richtig?«

Die mangelnde Erfahrung bei Verhören sorgte für ein deutliches Zusammenzucken des stellvertretenden Sektorleiters. Hofner war nicht abgehärtet.

»Immer diese subversive Punkmusik und diese unentwegte Rebellion. Sie haben es einfach nicht selbst in den Griff bekommen.« Gustav nickte ihm anerkennend zu und tippte gegen den Rand des liegenden Trilby. »Da ziehe ich meinen Hut. Sehr löblich, wie Sie Ihr eigenes Scheitern und Unvermögen eingestanden haben. Die DDR ist stolz auf Sie. Wie Ihre Frau. Und Ihre anderen zwei Kinder. Wie geht es Miriam denn? Wird sie an Weihnachten zu Hause sein?«

Hofner schnellte mit dem Oberkörper nach vorne und stützte die Ellbogen auf. »Woher wissen Sie das?«, raunte er.

Gustav tippte sich gegen die Nase. Mehr nicht. Wieder setzte er ein scheinbar freundliches Lächeln auf. »Ich bin sicher, dass Miriam nach ihrer *Kur* eine gute Bürgerin ist, die zum Wohl der DDR und zur Verbreitung des Sozialismus alles geben wird.« Gespielt grübelnd blickte er hoch zur Decke. »Was habe ich noch so über Ihre Familie gehört?« Gustav rieb mit dem Zeigefinger an seiner Unterlippe. »Hatte Ihre Frau nicht …?«

Hofner klappte den Ordnerdeckel mit einem lauten Knall zu. »Ich gebe Ihren Antrag weiter, Genosse Oberst.« In jedem Wort steckte ein verborgenes Nein. Er nickte zur Tür und lehnte sich auf seinem Bürostuhl zurück. »Guten Tag!«

Gustav erhob sich und nahm seinen Hut, setzte ihn auf den kahlen Kopf und warf den Mantel über den Arm. »Guten Tag!«

Kaum hatte er das Zimmer mit der verhassten Uhr verlassen,

fiel seine Maske der Ruhe und Überlegenheit. Er ärgerte sich maßlos. Über sich selbst.

Er hatte Hofner demonstriert, wie gut er seinen Job beherrschte. Und genau darum war der stellvertretende Sektorleiter ganz sicher mächtig wütend auf ihn. Doch das störte Gustav weniger als der Umstand, dass er sich hatte hinreißen lassen, den Spieß umzudrehen, statt den Gefügigen zu spielen.

Damit stand für ihn fest: *Das war es mit meiner Versetzung zu HA XII.*

Der Gedanke, nicht wegen Nadjas Tod ermitteln zu können, verwandelte seinen Ärger über sich selbst in Betrübnis.

Bei seinem Tourismus-Zuständigkeitsbereich kam er in dieser Angelegenheit nicht weit. Nicht offiziell. Und ermittelte er auf eigene Faust oder nach Dienstschluss, dann führte ihn das spätestens am zweiten Tag ins Büro des Leiters der Hauptabteilung VI.

Das Eis, auf dem er wandelte, war ohnehin hauchdünn. Lange würden sie keine Nachsicht zeigen, der Bonus der erfolgreichen Stasi-Jahre war aufgebraucht. Nicht umsonst hatte er sich absetzen wollen. Absetzen müssen. Das System duldete weder Alleingänge, noch akzeptierte es derlei Verhalten.

Scheiße! Gustav setzte sich auf eine Fensterbank und sah durch das Glas, legte eine Hand gegen die Steinmauer.

In Gedanken versunken, ließ er seinen Blick hinüber zum Staatsratsgebäude wandern, wo das opulent-royale Portal IV wie ein Fremdkörper in den nüchtern-starren Bau integriert war. Es gehörte zum gesprengten Stadtschloss und stellte eines der wenigen Überbleibsel dar. Die Berliner hatten 1950 gegen die beginnenden Sprengungen aufbegehrt. Vergeblich – es hatte die SED nicht aufgehalten. Nichts solle die DDR mehr an unrühmlich Vergangenes erinnern, hatte die Parteizeitung *Neues Deutschland* geschrieben. Bis auf das Fenster. Das durfte bleiben. Von dort hatte Liebknecht die sozialistische Republik ausgerufen, damals mit wenig anhaltendem Erfolg.

Sowohl das Karl-Liebknecht-Portal als auch das Staatsratsgebäude aus den Mittsechzigern waren in die Jahre gekommen, der Sozialismus war geblieben. *Jedenfalls dem Namen nach.* Gustavs Blick schweifte über den Marx-Engels-Platz. *Was mache ich jetzt?*

Trotzdem ermitteln?

Die Ausreise durchziehen?

Aufgeben und sich bis zum Ruhestand fügen?

Mit Nadja hätte er darüber sprechen können. Ohne Angst und Scheu.

Aber es gab sie nicht mehr.

Von seinem rechtswidrigen Ersuchen hatte sie nichts gewusst. Gustavs Plan war gewesen, sie in den Westen zu holen, sobald er einen Deal mit den Amerikanern gemacht hätte. Und dann mit ihr in Ruhe irgendwo in der Welt zu leben. Kanada. Weites, großes Land, viel Platz und viel Freiheit.

Schnell wischte sich Gustav die aufsteigenden Tränen aus den Augen. Im Haus des Zentralkomitees der SED zeigte man besser keine Schwäche.

»Genosse Oberst. Hätten Sie eine Minute für mich?«

Gustav dachte beim Klang der Frauenstimme einen irritierenden Moment lang, Nadja stehe hinter ihm. Noch immer fand er es unbegreiflich, unfassbar, dass sie nicht mehr da sein sollte. Langsam drehte er sich um, gefasst auf die Enttäuschung, seine große Liebe nicht zu sehen. »Ja?«

Eine Frau um die dreißig im schwarzen Kostüm stand auf dem Flur, in der Rechten eine Aktentasche; am Revers haftete ein dezenter Pin mit der DDR-Flagge. Die hellbraunen Haare umrahmten mit schulterlangen Locken das perfekt geschminkte Porzellangesicht. »Mein Name ist Beate Wind, ich bin die persönliche Assistentin von Marcel Ditschner.«

Gustav hatte den Namen schon einmal gehört. Er erhob sich von der Fensterbank. Das bedeutete nichts Gutes. Gustav griff zum Gruß an die Hutkrempe. »Was kann ich für Sie tun?«

»Begleiten Sie mich in den Besprechungsraum II.« Sie machte eine einladende Geste, und ein Hauch von ihrem blumigen Parfum traf ihn. »Wie geht es Ihnen?«

Gustav lachte auf und setzte sich in Bewegung. »Das wird man in diesem Haus selten gefragt.«

»Sie sind sehr direkt.«

»Das ist mir sehr egal.« Gustav blieb freundlich und fand es gut, dass sich die Assistentin über seine Aussage amüsierte.

»Das war keine Antwort.« Sie bog in einen Quergang ab und blieb vor einer mit Tastenfeld gesicherten Tür stehen.

»Interessiert es Sie denn wirklich, wie es mir geht?«

Wind zwinkerte ihm zu und gab einen Code ein, den er nicht sehen konnte. »Immer, Genosse Oberst. Sie sind uns wichtig.«

Gustav zermarterte sich das Gehirn, aber zu dem Namen Ditschner wollte ihm nicht mehr einfallen. Auf seinen Horch-und-Guck-Touren durch die Interhotels der Republik war er von den Vorgängen im Zentrum der Macht abgeschnitten, zumal sie ihn zu diesem Zeitpunkt auch nicht mehr interessiert hatten. »Was haben wir denn zu besprechen?«

Ein leises Summen erklang, als das Schloss sich entriegelte.

Wind öffnete die Tür und ließ ihm den Vortritt. »*Wir* haben nichts zu besprechen.« Sie blieb jenseits der Schwelle und zeigte auf den unscheinbaren brünetten Mann im dunkelblauen Anzug, dessen Standardgesicht man innerhalb von einer halben Minute wieder vergessen würde. »Nur Sie und Herr Ditschner.« Dann schloss sie den Eingang des fensterlosen Zimmers.

Gustav nahm den Hut ab, weil ihm immer noch warm war. »Guten Tag!« Nichts an diesem Mann war auffällig, anders, ungewöhnlich. Und genau *das* ließ sämtliche Warnglocken in ihm klingeln. Die perfekte Tarnung wurde von jenen beherrscht, die Außergewöhnliches leisteten oder beabsichtigten.

»Guten Tag, Genosse Oberst! Da Genosse Hofner Ihnen nichts angeboten hat, wie ich vermute – darf ich Ihnen Kaffee,

Tee, Mineralwasser oder eine andere Erfrischung bringen lassen?«, begann Ditschner höflich und mit einem Duktus, den man bei einem beflissenen Oberkellner erwartete. Seine Stimme floss angenehm. Auf der Nase saß eine Brille mit schwarzem Rand, die seine hellbraunen Augen betonte.

»Nichts, danke.« Gustav betrachtete das einfallslose Standardmobiliar und die schicke helle Wandverkleidung, an der überall das modernisierte Wappen der DDR als Schemen eingearbeitet worden war. »Verzeihen Sie, aber ich bin mir nicht sicher, zu welcher Abteilung Sie gehören, Genosse Ditschner.«

»Neuer Sekretär für Sicherheitsfragen im ZK der SED. Dieser Raum ist vollkommen abhörsicher, Oberst Kuhn. Keine Aufzeichnung, keine Kameras. Sie können frei reden.« Ditschner lächelte und deutete auf einen Stuhl. »Ich will Ihre Zeit gar nicht lange beanspruchen.«

Stimmt! Er ist frisch im Amt. Gustav hatte nicht den blassesten Schimmer, was gleich passieren könnte. Und das war in seiner langen Stasi-Karriere noch nie geschehen. »Danke!« Er nahm Platz und legte Mantel samt Hut neben sich. Abwarten. Kommen lassen. Zuhören.

»Wissen Sie, was mich an diesem Gebäude fasziniert, Genosse Oberst?«

Alles Schlechte, was Gustav dazu durch den Kopf ging, behielt er für sich. »Nein.«

»Seine Geschichte.« Ditschner zog eine Zigarette aus der Schachtel Juwel Extra und steckte sie an, paffte schnell. »Zur Grundsteinlegung marschierten Hitler, Goebbels und Göring auf. In den Kriegsjahren lagerten die Kunstwerke der Berliner Museen im Keller, gleich neben den Wertgegenständen und Goldzähnen deportierter und getöteter Juden. Grauenvoll!«

»Das wusste ich nicht.«

Ditschner blies sorgsam über das Ende seiner Zigarette, damit die Glut sich gleichmäßig ausbreitete. »1945 war das Haus größtenteils ausgebrannt, bevor die Alliierten eine Bank hier installierten. Das Berliner Stadtkontor. Wir übernahmen es als Finanzministerium, bis das Zentralkomitee-Gebäude daraus wurde.« Erneut paffte er rasch. »Aus den Kassenräumen der Reichsbankzeiten machte man Fest- und Kongresssäle. In den Obergeschossen wuchsen Arbeitsräume für die Mitarbeiter des ZK.« Er machte angedeutete Winkbewegungen, als grüßte er das jubelnde Volk und die paradierenden NVA-Truppen. »Über allen und im Zentrum der Fensterfront sitzt der SED-Generalsekretär in seinem Arbeitszimmer.«

Gustav nahm an, dass dies kein Vortrag in Geschichte, sondern eine Metapher werden sollte. *Aber für was?* »Beeindruckend.«

»Was ich damit sagen will: Ein Haus kann für etwas erbaut worden sein und längst einem besseren, höheren Zweck dienen. Aus einer Bank wird das Machtzentrum der DDR. Aus sozialistischer Sicht ebenso lustig wie perfekt.« Ditschner hielt Gustav die Schachtel mit den Zigaretten hin, doch er lehnte mit einer Geste ab. »Aber jemand muss dafür sorgen, dass daraus nicht wieder eine Bank wird. Oder etwas gänzlich anderes, was mit dem Sozialismus nichts mehr zu tun hat. Nichts Grauenvolles darf versteckt und eingelagert werden. Niemals mehr. Verstehen Sie, Genosse Oberst?«

Jetzt verstand Gustav. »Dieser Jemand sind Sie.«

»Und dazu brauche ich wiederum Leute. Wie Sie. Leute mit Erfahrung, die in diesem besonderen Giftgasfall die Augen offen halten und tiefer graben. Woanders suchen. Ungewohnte Wege bei den Ermittlungen gehen.« Ditschner legte eine Hand auf das Dokument neben sich. »Ich habe mir Ihre Akte angeschaut, Genosse Oberst. Ich weiß, wie Sie ticken. Woher Ihre Demotivation der letzten Jahre kommt.«

Gustav sagte keinen Ton, sondern nickte nur, um sich nichts anmerken zu lassen. *Du hast keine Ahnung.*

»Sie wollen eine starke DDR, eine gerechte DDR. Aber Ihre Arbeit wurde behindert. Sie wurden viel zu oft zurückgepfiffen, als Sie Personen auf die Pelle rückten, die in der Hierarchie weit oben stehen. Politbüro, Staatsrat. Da waren einige mit Verlaub sehr angepisst von Ihren Ermittlungen.« Ditschner schob das rätselhafte Papier zu Gustav. »Leute wie Sie, Oberst, sind entscheidend. Sie lassen sich nicht verbiegen. Und *das* brauche ich. Das braucht unser sozialistischer Staat.«

Langsam zog Gustav das Dokument zu sich. Er ließ den Mann im Glauben, den treusten Stasi-Mitarbeiter aller Zeiten vor sich zu haben. Seine Augen wurden nach einem genauen Blick auf das Blatt größer. »Eine Ernennungs- und Versetzungsurkunde?«

»Pro forma in die Hauptabteilung VII, Abwehr im Ministerium des Innern, Genosse Oberst, auch wenn die VII normalerweise nichts mit diesen Ermittlungen zu tun hätte. Mit Deckung von ganz oben. Und dann werden Sie erkunden, was es mit diesem Giftgasvorfall auf sich hatte. Denn ich fürchte, dass es der Auftakt für etwas viel Größeres sein könnte. Eine Generalprobe sogar. Misslungen oder nicht. Das müssen Sie herausfinden.«

Gustav spürte das alte Kribbeln, die Aufregung, das Jagdfieber, das er so oft für den falschen Zweck eingesetzt hatte. »Ich sagte Hofner gleich, dass es ein Terroranschlag war.« Nun würde er die Mörder seiner Nadja hetzen und zur Strecke bringen können. Vorausgesetzt, er sagte dem Sekretär zu. Sein Misstrauen dem Mann gegenüber blieb.

»Sie erhalten mit der Ernennung zum Sonderermittler umfassende Extrabefugnisse.« Ditschner lehnte sich gespannt nach vorn. »Ihre Berichte gehen allein an mich. *Ausschließlich* an mich. Keiner nimmt Sie an die Leine, niemand pfeift Sie zurück, was immer Sie aufdecken.« Über dem Tisch streckte er die Hand aus. »Sorgen wir dafür, dass uns keiner unser wunderschönes sozialistisches Haus umbaut. Was sagen Sie, Oberst Kuhn?«

* * *

Berlin-Deutschland, Tiergarten (ehemaliger britischer Sektor)

Die sanften Klänge von *La Femme d'Argent* drängten sich aus ihrem Smartphone in Harpers tiefen Schlaf und weckten sie mit einem ruhigen, entspannten Groove. Der perfekte Start in einen hektischen Tag nach einer wilden Nacht: viel Alkohol und viel Sex. Guter Sex.

Demnach musste es neun Uhr sein. Der Song lief genau sieben Minuten und elf Sekunden, ihre zeitliche Morgenroutinevorgabe, das äußerst bequeme Bett zu verlassen und ins Bad zu wanken, anstatt weiterhin faul liegen zu bleiben. Sie kannte jeden Ton, jede Nuance des Liedes auswendig.

In welches Bad eigentlich? Harper hob das rechte Augenlid leicht, um sich zu orientieren.

Weitläufiges Hotelzimmer, Luxusklasse, superbe Einrichtung in Mahagoni und Weiß, exquisites Innendesign. Die schweren Vorhänge schirmten sie gegen die volle Helligkeit der Außenwelt ab.

Auf dem Hinweisschild für den Aufdeckservice neben dem Telefon prangten das Logo und der Schriftzug des New Adlon; das alte war den Rotarmisten und dann der DDR zum Opfer gefallen.

Hätte schlechter kommen können. Neben Harper erklangen Atemzüge, daher wandte sie lautlos den Kopf und schaltete die Musik ab.

Dunkelhaariger Mann, Oberklasse, gute Ausstattung, schönes Außendesign. Das Innenleben war Harper egal. Den Namen wusste sie im Moment auch nicht.

Schwach erinnerte sie sich an den Ausklang des gestrigen Abends in der Bar des New Adlon. Vorher war sie mit Artjom und Wasilij in Kreuzberg unterwegs gewesen, um ihre russischen Kontakte zu pflegen und eine Informationsquelle aufzutreiben.

Wie war sie in die Nobelherberge und neben diesen Unbekannten gekommen? Egal, es war gut gewesen.

Harper fühlte sich müde, verspürte aber keinen Kater. Und sie hatte keine Lust auf eine peinliche Verabschiedung von ihrem One-Night-Stand. Es bedurfte eines Tricks, um ihn loszuwerden.

Solange er schlummerte, glitt sie nackt aus dem Bett, kniete sich neben seine hingeworfenen Klamotten und durchsuchte sie rasch.

Clark hieß er. Clark Branson, Geschäftsmann aus Iowa, USA. Verheiratet, zwei Kinder.

Rasch verband sie sein Smartphone mit dem illegalen Auslesegerät, das sie stets in ihrer Handtasche mit sich führte. Binnen Sekunden ließ sie das Programm den Sperrcode brechen und lud sich alles runter. *Man weiß nie, wozu man einen Clark brauchen kann.*

Schnell steckte Harper das Smartphone zurück in das Sakko des Mannes, eilte mit ihrem eigenen Handy ins Bad und schloss sich ein. Danach rief sie damit den Zimmerapparat an.

»Ja?«, meldete sich Clark verschlafen nach dem zehnten Schellen.

»Hier ist die Rezeption, Mister Branson«, sagte sie leise mit verstellter Stimme. »Sie werden von Ihrem Fahrer erwartet. Wenn Sie bitte runterkommen möchten? Er meinte, es sei dringend.«

»Welcher Fahrer? Ich …«

»*Dringend,* Mister Branson. Er steht im Halteverbot. Und einen schönen Tag!« Harper legte auf und stellte grinsend die Dusche an. Erst warm und nach zehn Sekunden eiskalt.

Als sie wenige Minuten später erfrischt und hellwach im Bademantel zurück ins Zimmer trat, war Clark verschwunden. Rasch zog sie die Vorhänge auf und ließ Tageslicht herein.

Sie befand sich hoch über den verschneiten Straßen, geschätzt elfter oder zwölfter Stock, ziemlich im Herzen der quirligen Stadt.

Hallo, verrücktes Berlin! Die Skyline sah tagsüber auf andere Weise imposant aus als nachts, geradezu seriös. Von Kränen umspielte Häuser wuchsen in die Höhe, unentwegt wurden die letzten Lücken geschlossen oder Häuser abgerissen und Gelände neu bebaut. Sogar altehrwürdige Gebäude wie das Kaufhaus des Westens oder das Europahaus mit seinem rotierenden Mercedesstern wurden von Neubauten umdrängt und spiegelten sich in den großen Glasfronten.

Auf Harpers Kissen lag ein Zettel mit einem schief gemalten Herzen. Daneben stand *Thank you*. Keine Telefonnummer, nichts.

Wie es scheint, ist Clark ein Freund der Unverbindlichkeit. Sehr erleichternd. Damit käme er auch nicht auf den Gedanken, ins Zimmer zurückzukehren. Dass der Geschäftsmann sein digitales Leben samt den Passwörtern an eine Unbekannte weitergegeben hatte, konnte er nicht ahnen.

Jetzt, als Harper wach war und die zimmereigene Kaffeemaschine ihr fauchend einen Espresso brühte, wechselte sie den Soundtrack des Tages zu *Narcissistic Cannibal* von Korn. Zusammen mit dem starken Getränk machten die Beats sie schneller im Kopf.

Einer ihrer Verflossenen hatte ihr einmal gesagt, dass der Song perfekt zu ihr passe. Nicht unbedingt ein Kompliment. Die aggressive Musik eignete sich gut für ein übles Work-out und dazu, den Verstand noch rascher hochzufahren.

Harper warf sich in den Sessel und schaltete den Fernseher ein. Sie wählte den Stadtsender, um zu sehen, was man über den Giftgasvorfall berichtete, während sie parallel Clarks digitales Dasein oberflächlich durchforstete. Mit der freien Hand rubbelte sie ihre kurzen blonden Haare mit einem Handtuch trocken.

Schnell wurde klar: Es handelte sich um einen langweiligen Fremdgeher, der ein langweiliges Leben führte und sich gerne mal auf langweiligen Dienstreisen austobte. Leicht zu erpressen, weil er Angst um das Erreichte hatte. Sein Zugang zu verschiedenen IT-Firmen konnte noch von Nutzen sein.

Dann prüfte Harper ihre Geschäftsverabredungen. Offiziell arbeitete sie in Berlin-Deutschland als Innenarchitektin und Shopping-Begleiterin für reiche Ausländer sowie als VIP-Stadtführerin, inklusive Helikopterrundflügen.

Auf diese Fluglizenz hatte sie bei der Ausbildung bestanden. Das brachte ihr viele Connections zur Welt der Reichen und Berühmten. Äußerst praktisch für ihren Job beim MI6. Sollte sie eines Tages keine Lust mehr auf Befehle von oben und aus London haben, würde sie sich als Pilotin selbstständig machen.

Die Termine des Tages. Die Frau eines Scheichs wartete um 13 Uhr auf sie, danach hatte sie einen Rundflug mit einem reichen Filipino, der sie penetrant wegen einer Abendbegleiterin nervte und eigentlich Harper selbst meinte.

Das wiederum kam nicht infrage. Sie fickte keine Klienten. Die bisherigen zwei Ausnahmen hatte sie jedoch bislang nicht bereut.

Eine harmlose Nachricht kam über ihr verschlüsseltes Smartphone herein, die sie zu einem übermütigen Freudenfluch veranlasste. Der Abend mit Artjom, Wasilij und ihren Freunden schien sich gelohnt zu haben, auch wenn sie keine Details mehr wusste: Er hatte ihr ein Treffen mit einem Kontakt verschafft, der wiederum Verbindungen zum FSB besaß.

Genau das ist es! Begeistert wählte sie Bristols Nummer und sah sich beim Warten auf die Gesprächsannahme die TV-Nachrichten an.

»… sind die genauen Umstände, wie es zu dem Unglück kam, ungeklärt.
Der Regierungssprecher der DDR verlas eine Mitteilung der

zuständigen Ost-Berliner Untersuchungsbehörden, nach der die schadhafte Gasgranate genau untersucht werde. Aktuell werde sogar nicht ausgeschlossen, dass es sich dabei um eine Bombe der Westmächte aus dem Zweiten Weltkrieg handeln könnte.
Die Erklärung wurde von sowohl amerikanischer als auch britischer Seite umgehend als ›bizarr‹ und ›Propaganda‹ zurückgewiesen. Keine Kriegspartei setzte damals chemische Kampfstoffe irgendwelcher Art ein.
Der Bereich, in dem die Kartusche bei Bauarbeiten durch einen Bagger beschädigt wurde, sowie die umliegenden Gebäude bleiben bis auf Weiteres abgeriegelt.«

Es knackte in der Leitung. »Bristol?«

»Sir, hier spricht Parker-Moreau.«

»Ah, Harper. Was haben Sie für mich?«

»Noch nichts.«

»My goodness! Habe ich nicht deutlich gemacht, dass Sie …«

»Nicht aufregen, Sir. Es gibt ein Treffen. Heute Abend. Mit Timofej Iwanow.«

»Sagt mir nichts.«

»Laut meinem Kontaktmann hat er Verbindungen zum FSB und wird mir Informationen über das geben können, was wir suchen.« Ob es wirklich so kommen würde, wusste Harper nicht. Doch es klang gut, wenn sie es aussprach. Es steigerte die eigene Wichtigkeit, wie sie fand.

»Vertrauen Sie Ihrem Kontaktmann?«

»In einem gewissen Rahmen, ja.«

»Schlaue Frau.« Bristol hustete feucht und kränkelnd. »FSB oder GRU werden Sie anwerben wollen, wenn sich rumspricht, *wie* clever Sie sind.«

»Als Stadtführerin, Shopping-Begleiterin oder Hubschrauber-Pilotin – jederzeit.« Harper grinste breit und sah auf den Espresso. Im Fach unter der Maschine entdeckte sie ein Döschen mit hausgemachten Keksen. *Frühstück ist serviert.*

»Sie versuchen schon wieder, mich zu verarschen«, sagte er grollend.

»Niemals, Sir.«

»Ich bin ein alter Mann. Zeigen Sie etwas Respekt.« Bristol musste lachen. »Wann und wo?«

»20 Uhr. Deutschlandhalle.«

»Oh, fein! Noch öffentlicher ging es nicht?«, ätzte er. »Damit man Sie auch gut von allen Seiten bei der Unterhaltung beobachten kann?«

Harper lächelte entschuldigend ins Leere. »Sir, glauben Sie das wirklich von mir? Wir treffen uns in einer VIP-Kabine. Schalldicht, blickdicht. Der perfekte Ort.«

»For the Queen's sake! Die Russen und das Eishockey. Erst prügeln sie ein Plastikscheibchen übers Eis, danach prügeln sie sich gegenseitig. Was ist daran Sport? Kann man sich nicht einfach zu einer Schlägerei verabreden? Muss man ein Stadion damit füllen? Werde ich nie verstehen, was man daran finden kann.«

»Ich schon.«

»Sie sind Kanadierin. Natürlich verstehen Sie das. Sie mögen bestimmt auch Kälte und Schnee.« Bristol unterdrückte ein Husten. »Well, well. Geben Sie nachher acht. Ich bin mir nicht sicher, ob die Russen viel über diese vermeintliche Granate und die Vorgänge in Ost-Berlin wissen.«

»Wieso, Sir? Ich nehme stark an, dass das Politbüro schon längst mit Moskau telefoniert hat, um rauszufinden, welche Einheit der Roten Armee ihnen das Ei in Berlin gelegt hat.«

»Wir beide wissen, welche Einstellung das Politbüro und das ZK gegenüber dem einstigen großen Bruder haben. Die würden sich lieber was abhacken, bevor sie den Russen einen Gefallen schulden oder so etwas wie Dankbarkeit zeigen müssen. Und umgekehrt.«

Harper nickte und fischte das Kaffeetässchen zu sich, kostete einen Schluck von dem Espresso. *Besser als meiner.*

Das Verhältnis der ehemaligen sozialistisch-kommunistisch verbundenen Länder hatte sich längst abgekühlt. Nach dem Untergang der UdSSR sah sich die DDR als einziges Land, das die Ideen von Marx und Lenin nicht verraten hatte. Und prosperierte dank der vielschichtigen Jahrespläne, während die Russische Föderation am Versuch erstickte, einen Mittelweg zwischen Kapitalismus und Staatslenkung zu finden.

Der Warenverkehr zwischen den Ländern funktionierte, ohne dass man in der Deutschen Demokratischen Republik auch nur einmal im Traum daran dachte, Russland irgendwelche Sonderkonditionen oder freundliche Handelsabkommen einzuräumen. Ganz im Gegenteil, wenn sich Harper richtig entsann. Die genüsslich zelebrierte Rache für die Erniedrigungen und Plünderungen in den ersten zarten Jahren der DDR, die daran fast zerbrochen und im Elend gelandet wäre. Die SED kostete das Heimzahlen aus, beschwor aber gleichzeitig die früheren Gemeinsamkeiten und sowjetische Glanzzeiten herauf.

»Sie denken, dass der FSB-Agent eher etwas von mir wissen will?« Harper schaute aus dem Fenster in den Himmel, wo sich Schneewolken ballten und mit neuen Flocken drohten. Nebenbei befreite sie einen Keks aus der Verpackung. Das Gebäck duftete himmlisch nach Vanille und Tonkabohne.

»Sollte es so sein, bleiben Sie bei Oberflächlichkeiten. Und danach treten Sie Krylow von mir aus dafür in den Arsch, dass er Sie zu so einer Pfeife gebracht hat.«

»Nur wenn das Catering mies war, Sir. Gibt es Champagner und Kaviar, finde ich es nicht ganz so schlimm. Eine durchaus angenehme Zeitverschwendung.« Das war nichts als die Wahrheit. *Champagner geht immer.* »Mit ein bisschen Glück haben sie auch Trüffel. Mögen Sie Trüffel, Sir? Soll ich Ihnen was mitbringen?«

Bristol seufzte seine Missbilligung durch die Leitung. »Ich weiß, dass Sie sich für einen weiblichen James Bond halten,

Harper. Passen Sie auf, dass Ihnen diese Haltung nicht eines Tages um die Ohren fliegt. Buchstäblich.«

»Ich gebe acht, Sir. Außerdem mag ich keinen Martini, in welcher Form auch immer.«

»Sobald Sie mit dem Treffen durch sind, rufen Sie mich an und fassen die wichtigsten Details zusammen. Alles andere in schriftlicher Form.«

»Jawohl, Sir.«

»Noch in dieser Nacht, Harper! Sie wissen, wie dringend das ist.«

Deutlich vernahm sie die Sorge in der erkältungsgeschädigten Stimme. »Weiß ich das, Sir?«

»Sie bekommen mehr Informationen von mir, sobald Sie von diesem redebereiten FSB-Iwan …«

»Iwanow, Sir. Timofej Iwanow.«

»… zurück sind. Ich will nicht, dass man Ihnen mit salzigen Fischeiern und überteuertem Krimsekt die Zunge lockert und Sie etwas ausplaudern. Aus Versehen natürlich. Meinen Vorsprung verspiele ich ungern.«

»Sir, das ist nicht nett. Ich gehe ohne das Wissen, das Sie mit sich herumschleppen, in das Treffen.« Harper hätte gerne mehr Input bekommen. Bristol klang wirklich angespannt. Das passte ihr nicht. »Ich meine, was soll ich Iwanow denn im Austausch anbieten?«

»Denken Sie sich was aus. Außerdem *bin* ich nicht nett. Ich bin Ihr Vorgesetzter. Vergessen Sie das nie, Harper. Und bauen Sie keinen Scheiß. Unsere amerikanischen und französischen Freunde sind hypernervös.« Bevor sie etwas erwidern konnte, klinkte er sich aus.

Da steht wohl einiges auf dem Spiel. Harper legte das Handy zur Seite und verschlang den Keks mit einem Bissen. *Aber was?*

Noch wusste sie nicht, was sie von der Andeutung ihres Chefs halten sollte.

Es gab genügend Kritiker innerhalb des MI6, die ihre Methoden missbilligten und vermuteten, dass sie genug eigene Süppchen mit anderen Geheimdiensten kochte, um ein internationales Spezialitätenrestaurant zu eröffnen – bildlich gesprochen.

Mehrmals hatte es Untersuchungen gegen Harper gegeben. Wegen Insubordination, körperlichen Auseinandersetzungen mit Kollegen und Kolleginnen, eigenwilligen Auslegungen ihrer Anweisungen und Ähnlichem. Doch da sie stets ablieferte und Resultate brachte wie sonst niemand, kam sie damit durch.

Bislang.

Anscheinend kündigt sich neuer Ärger im Paradies an. Sie stand auf und nahm sich einen zweiten Keks. *Unschön. Sehr unschön.*

In Ruhe streifte Harper den Bademantel ab, zog ihre Sachen an und prüfte, ob sie etwas vergessen oder übersehen hatte.

Nach dem Espresso und einem weiteren Keks verließ sie das Hotelzimmer und setzte die Tschapka auf. Das verstrubbelte Haarchaos verschwand unter dem Pelz.

Um kurz nach zehn Uhr morgens blieben noch genügend Dinge zu erledigen, bis Harper ihren Informanten beim Eishockeyspiel traf. Eine Scheichfrau und ein Filipino wollten bespaßt werden, danach standen zwei Stunden brutalstes Workout auf dem Plan. Wie jeden Tag, damit sie fit für ihren Job blieb.

Im verspiegelten Fahrstuhl checkte Harper ihr Äußeres, korrigierte Kleinigkeiten an der Kleidung, schob die Fellmütze verwegen nach vorne. *So kann ich unter die Leute.*

Dann warf sie sich selbst einen Kuss zu.

Ein gesunder Körper und ein kranker Geist widersprachen sich ihrer Ansicht nach überhaupt nicht.

»Zum einen haben wir dem Volk gezeigt, was der Sozialismus zu
leisten vermag. Wie gut er für Menschen sein kann.
Daher sind die Bürgerinnen und Bürger damit zufrieden.
Doch da das Bessere stets der Feind des Guten ist, Genossinnen und
Genossen, darf niemals und zu keiner Zeit der Eindruck entstehen,
dass es etwas Besseres als unser System geben kann.
Und das erreichen wir, indem wir den Menschen zeigen,
was der Kapitalismus wirklich ist: eine hässliche Fratze,
gefräßig, Werte und Wohlstand verschlingend.
Ganze Gemeinschaften werden getilgt.
Zeigen wir den Menschen, welche giftigen Stacheln das Monstrum
hat: Kriminalität, unkontrollierte Zuwanderung, der Verlust
von Strukturen und Heimat, von Arbeit und Wohlstand.
Dazu müssen wir nichts anderes tun, als die tiefen Schatten
der kapitalistischen Länder auszuleuchten und die Schrecken
aus der Finsternis zu reißen, in der man sie vor der Welt
verstecken möchte.
Ich garantiere euch, Genossinnen und Genossen: Die Menschen
bleiben uns bei der Fahne.
Erich Honecker sagte:
›Die Mauer wird so lange bleiben, wie die Bedingungen
nicht geändert werden, die zu ihrer Errichtung geführt haben.
Sie wird auch noch in fünfzig und auch in hundert Jahren
noch bestehen bleiben, wenn die dazu vorhandenen Gründe
nicht beseitigt sind.‹«

Nachzulesen in Neues Deutschland vom 20. Januar 1989

»Ich sage, es wird ganz anders kommen: Die *Berlin-Deutschen* reißen die Mauer nieder, um zu *uns* zu kommen! Denn wir sind Freiheit. Wir sind Demokratie und frei von den Repressalien des Mammons.
Und wir werden sie mit offenen Armen empfangen.
Wenn dieser Tag kommt, ist Deutschlands Einheit endlich abgeschlossen.
Lasst mich hinzufügen: Ich werde die Berlin-Deutschen zu motivieren wissen, damit sie nichts aufhält.«

Alexander Wilhelm Naumann,
SED-Generalsekretär bei einer Rede vor dem Zentralkomitee,
3. Juli 2020

3

Berlin, Hauptstadt der DDR

»Das müssten alle sein, Oberst Kuhn.« Die Archivmitarbeiterin im grauen Kittel stellte ein Kästchen mit Plastikplättchen vor Gustav ab. *Schulze* stand auf dem Namensschildchen, und sie roch nach Spekulatius. »Mehr haben wir nicht.«

Eine leise Melodie erklang aus ihrer rechten Kitteltasche, gefolgt von einer Fanfare und dem Sound klimpernder Münzen. Schulze lief rot an, sagte aber nichts.

Gustav kannte die Geräusche. Auf ihrem Mobiltelefon lief die Spiele-App *Helden der Republik*, bei der man die DDR managen und zur globalen sozialistischen Supermacht führen musste. »Und es gibt sie nur auf Mikrofiche?« Er hob den Blick vom Monitor des Klapprechners und hielt die Wiedergabe der Videoaufzeichnung an. Da er absichtlich mit dem Rücken zur Wand saß, konnte sie nicht sehen, was er seit einer Stunde betrachtete. Alle zehn Minuten hatte er sich ein Pfeffi in die Wangentasche geschoben. Die starken, viereckigen Minzbonbons mit Koffein hielten wach. Zumindest den Verstand, die Augen schmerzten dennoch.

»Leider ja.« Schulze kniff die Mundwinkel zusammen, was das schlanke Gesicht der Vierzigjährigen hager wirken ließ. Erneut bimmelte die App, was sie mit einem Räuspern zu übertönen versuchte. »Der Mann, der sie digitalisieren soll, kommt nicht nach. Und die Präferenzen unseres Direktors im Hauptarchiv liegen woanders.«

»Gut. Dann habe ich Sie lange genug aufgehalten.« Gustav bedankte sich mit einem Lächeln. »Spielen Sie weiter. Sie sind recht gut.«

»Niederlassungsdirektor Wilk kommt später noch mit Proviant vorbei, hat er gesagt. Ist noch im Konsum einkaufen. Ich bin gespannt, ob er sich an sein Wort hält.« Schulze zog sich mit knallrotem Gesicht hinter ihren Sichtschutz zurück, wo alsbald eine Tastatur klapperte; zwischendurch erklangen immer wieder die Töne des Spiels. Die herkömmliche Tagesarbeit im Archiv für russisch-deutsche Beziehungen musste erledigt werden, auch wenn es für die einzige Fachkraft nicht viel zu tun gab.

Hauptsächlich ging es um Anfragen von Universitäten, wenn Studierende eine Arbeit schrieben, oder um interessierte Privatleute, die ihre Ahnenforschung vorantrieben, wie Schulze Gustav verraten hatte. So manches Kind der DDR besaß eine russische Vergangenheit, ganz gleich ob in der Roten Armee oder den Sowjetstreitkräften. Einige wussten es, andere ahnten es.

Gustav nahm seine Edelstahl-Thermoskanne aus der abgegriffenen ledernen Umhängetasche und goss sich etwas Kaffee in den Becher, der auch als Kappe diente. Danach richtete er seine braunen Augen erneut auf das Display und sichtete die nächsten Aufnahmen.

Die gestochen scharfen Filme der Überwachungskameras rund um den Platz der Akademie und die Charlottenstraße zeigten die Entwicklung der Gaswolke, die Ausbreitung, das vielfache elendige Sterben der Überraschten und Überrumpelten in allen Details. Das alte russische Sarin-Gas funktionierte nach den vielen Jahren in der Kartusche noch perfekt und büßte nichts von seiner tödlichen Wirkung ein.

Im Dritten Reich waren bis Kriegsende 70.000 Tonnen Kampfstoff hergestellt worden, inklusive der Nervengase Soman, Tabun und Sarin, die aber nie zum Einsatz kamen. Aus Angst vor Vergeltung.

Unberechtigt war diese Furcht nicht. Amerika hatte doppelt so viel produziert, England immerhin die Hälfte. Über die russischen Zahlen konnte nur spekuliert werden, doch einige dieser Tanks lagen immer noch in deutscher Erde.

Der Name Henkel hatte damals weniger für Waschmittel und blütenreine Kleidung, sondern für Giftgasforschung gestanden. Gustav hatte gelesen, dass die Sarin-Formel bereits 1943 an die Sowjets weitergegeben worden war und man in Kasan an der Wolga das Gas synthetisiert, Mediziner und Biologen seine Wirkung untersucht hatten. Auch Soman wurde von den Russen nach 1945 und im Kalten Krieg hergestellt – und unter anderem in die DDR gebracht.

Die Sarin-Wolke war in einem Hinterhof an der Charlottenstraße entstanden, wo die Kampfstoffspezialisten der NVA den tankähnlichen Behälter mit mehreren Kubikmetern Fassungsvermögen in einem regulären Bauloch fanden. Lediglich ein paar Schippen Sand lagen darauf, als wäre er überhastet abgeladen worden.

Jemand hat den Austritt des Gases dilettantisch verhindern wollen. Gustav schätzte, dass selbst dann, wenn es gut gelaufen und das Loch ordentlich zugeschippt worden wäre, der Druck des Erdreichs der Wucht des austretenden Gases niemals standgehalten hätte.

Bislang führten die Stasi-Ermittlungen zu nichts. Weder gab es verdächtige Tote, die mit dem Tank in Verbindung gebracht werden konnten, noch ergaben sich Hinweise, dass jemand aus der Anwohnerschaft damit zu tun hatte. Keine dieser Personen stand auf der Gefährder- und Sonderliste des Geheimdienstes.

Also nahm Gustav die Aufnahmen unter die Lupe, die gemacht worden waren, bevor sich der Gasaustritt ereignet hatte.

Dank seiner neuen Zuständigkeit hatte er Zugriff auf die Sammeldatenbank sämtlicher Stasi-Bezirksverwaltungen, wo alle relevanten Daten zusammenliefen und gespeichert wurden. Dass es eine derartig hohe Befugnis gab, hatte Gustav nicht gewusst. ZK-Sekretär Ditschner versorgte ihn mit den besten Werkzeugen, die sich ein Sonderermittler wünschen konnte. Dennoch würde er dem Mann nicht vertrauen.

Gustav nahm einen Schluck Kaffee und verbrannte sich die Zunge. Er hatte vergessen, wie gut diese Thermoskannen isolierten.

Die ganze Zeit über wurden seine Nachforschungen von der Angst getrübt, auf den Aufnahmen zu sehen, wie seine Nadja starb. Wie die Liebe seines Lebens sich vor seinen Augen die Lunge aus dem Leib hustete, krampfend auf der Straße lag, sich in Agonie krümmte und an ihrem eigenen Blut erstickte.

Aber der grausame Zufall war bislang ausgeblieben. Gustav wusste nicht, was dann geschehen würde. Vermutlich bräche er, Rotz und Wasser heulend, zusammen.

Nadja. Nach kurzem Zögern prüfte er, ob die Zentralstelle etwas über sie gespeichert hatte.

Es gab einige Hinweise auf kleinere Verstöße gegen das Betäubungsmittelgesetz, dank der Information zweier IM am Theater, aber das betraf mehrere aus der Truppe. Die Schauspieler hatten eine Vorliebe für Gras.

Vermerke über ein Verhältnis mit einem Oberst der Stasi fanden sich nicht. Ihr Geheimnis blieb über den Tod hinaus bestehen. Das Brennen in seinen Augen kündigte neue Tränen an. Seufzend wischte er sie weg.

Gustavs Konzentration richtete sich eine weitere Stunde lang auf das Sichten der Filme, jedoch ohne Ergebnis.

Wer auch immer diesen tödlichen Behälter in den Hinterhof gebracht hatte, musste es entweder vor dem verhängnisvollen Tag oder kurz vor dem Gasaustritt und gut getarnt getan haben.

Mit anderen Worten: lange vorbereitet. Er klappte den Rechner zu, steckte ihn in die Ledertasche und rückte mit dem Sessel zur Seite, wo das Mikrofiche-Lesegerät stand.

Die Verantwortlichen für Nadjas Tod würden sterben. Das

hatte er in der Sekunde entschieden, als man ihre Leiche zu den anderen kontaminierten Toten in die Ernst-Scheller-Kaserne gebracht hatte. Er war wieder auf den Schießstand gegangen und hatte seine Kenntnisse mit Pistole und Gewehr aufgefrischt. Jede Kugel musste sitzen. Als Terrorismus-Sonderermittler führte er neuerdings auch eine Wieger T11 Halbautomatik mit sich. Die Pistole saß ungewohnt unter seinem Sakko im Achselholster, die Riemen spannten unangenehm unter der knapp sitzenden Kleidung.

Hoffentlich finde ich einen Hinweis. Gustav nahm die erste dünne Plastikfolie und legte sie in das Lesegerät, schaltete die Lampe ein und stellte die Vergrößerung auf dem Bildschirm so hoch wie möglich ein.

Da er in der Gegenwart nicht fündig wurde – oder zumindest noch nicht –, musste er es in der länger zurückliegenden Vergangenheit versuchen. Sollte die These von der »Generalprobe« stimmen, wie Ditschner es genannt hatte, saßen die Verantwortlichen vielleicht ohne weiteres Gas da.

Eine Generalprobe wofür? Die Parade zum Jubiläum der Staatsgründung? Irgendeinen anderen Feiertag, um noch mehr Menschen mit dem Sarin zu töten? Und war sie misslungen oder nicht?

Daher begann Gustav mit den Nachforschungen über die Herkunft des Behälters, der eine Seriennummer aufwies. Im Archiv der deutsch-russischen Beziehungen fanden sich Niederschriften der ersten Zusammenarbeit der beiden Staaten in sämtlichen Bereichen.

Gustavs Idee: Dort, wo der verhängnisvolle Sarin-Behälter herkam, gab es vielleicht weitere – und Spuren zu entdecken. Solange das MfS und die HA XII ihm keine neuen Erkenntnisse zutrugen, folgte er seinem Bauchgefühl.

Tatsächlich beinhaltete das Archiv alte, freigegebene Listen von Militärmaterial, die keinerlei Geheimhaltungsstatus mehr besaßen.

Gustav ging beim Sichten schnell vor. Nach bestimmten Seriennummern zu suchen, ersparte er sich. Zu viele Zahlen, zu große Verwechslungsgefahr. Viel interessanter fand er die Auflistung der zuständigen Kommandeure von damals, die mit der Roten Armee nach Berlin marschiert waren.

Einen Namen aus den Achtzigern und Neunzigern hatte er bereits in den Stasi-Akten gefunden: Major Mihail Abrahamowitsch Smirnow, vor dem Abzug der Sowjets nach Berlin-Deutschland desertiert, wo er sich unter dem Namen Danilo Feodorowitsch Koslow in einer Art Slum versteckt hielt. Er war zuständig für die Lagerung und Entsorgung von ABC-Waffen gewesen.

In der alten Akte hatte Gustav einen Tötungsauftrag für Smirnow – erst durch den KGB und später die GRU – sowie ein mehrmals gestelltes Gesuch um Amtshilfe gefunden.

Das MfS sah es jedoch nicht als nötig an, einen perfekt etablierten Stasi-Agenten im heruntergekommenen Stadtteil des Klassenfeindes für einen simplen Killerauftrag der Russen zu aktivieren.

West-Berlin. Irgendwo versteckt in einem Getto. An Smirnow komme ich nicht ran. Gustav bremste die Mikrofiche-Anzeige ab. Sein Unterbewusstsein hatte eine Markierung am seitlichen Folienrand bemerkt. *Was ist das?*

Zentraleintrag, 21.10.1949

Dechiffrierte Wehrmachtsnachricht vom 1. Februar 1945 entdeckt.

Original leider nicht mehr erhalten.

Laut Aussage von Oberst Fjodor K. Oblomov war in der Nachricht von einer unbekannten Bombenart die Rede, die nach Berlin hatte gebracht werden sollen, mit der er als Spezialist für chemische und biologische Waffen aber keine Erfahrung habe.

Dafür seien die mitgebrachten Sarin-Tanks, -Granaten

und -Kartuschen der Roten Armee aus Zentral-Berlin abtransportiert und in der Nähe sicher eingelagert worden.

Verdammt! Es gibt vielleicht noch mehr von dem Zeug in der näheren Umgebung. Gustav rieb sich über die müden Augen. Dass die Wehrmachtsbombe unbekannter Bauart nie den Weg nach Berlin gefunden hatte, beruhigte ihn hingegen. *Bleibt noch das verfluchte Sowjetgas.*

Bevor er Tage und Wochen mit dem Sichten alter Karten verbrachte, ohne dass es eine Garantie für den Erfolg gab, versuchte er den direkten Weg.

Gustav zog seinen Klapprechner aus der Ledertasche und suchte im internationalen Netz nach Oberst Fjodor K. Oblomov.

Es dauerte keine zwei Sekunden, und er hatte den Offizier gefunden: Dieses Jahr war er vom russischen Präsidenten zusammen mit einigen anderen Veteranen des Zweiten Weltkriegs am Jahrestag der Befreiung vor Beginn der großen Militärparade ausgezeichnet worden.

Er lebt noch! Gustav verbat sich eine zu frühe Erleichterung. Dem Bild nach, das Oblomov in seiner alten Uniform salutierend zeigte, schien er rüstig zu sein. Wie es um sein Erinnerungsvermögen stand, war hingegen nicht abzulesen. Der alte Mann konnte durchaus ein mentales Wrack sein.

Die weitere Recherche ergab, dass sich Oblomov in einem staatlichen Wohnheim für verdiente Veteranen in Moskau befand, wo er »die beste Pflege« der Russischen Föderation für die treuen Dienste am russischen Volk und im Kampf gegen den Faschismus erhalte.

Ausgezeichnet. Gustav speicherte die gewonnenen Informationen ab. An Smirnow kam er auf die Schnelle in Berlin-Deutschland nicht heran. Nach Russland kam er schon.

Den Hin- und Rückflug nach Moskau sowie den Besuch beim Oberst schaffte er an einem Tag. Sobald er offiziell einreiste, würden im FSB-Hauptquartier Warnhinweise aufleuchten. Die russischen Kollegen informierte er über den genauen Grund seines Kommens besser gar nicht erst. Wenn sie etwas wissen wollten, sollten sie ihn fragen. *Vor Ort.*

Das entscheidende Mikrofiche nahm er aus dem Lesegerät und legte es auf die Tastatur seines Klapprechners. Sollte Archivfachkraft Schulze das Verschwinden bemerken, würde er das Material offiziell beschlagnahmen. Konnte er es jedoch heimlich mitnehmen, ohne dass die Spur nachweislich zu ihm führte, umso besser.

Jetzt warteten noch zwei Dutzend weitere Datenträger.

Seufzend goss Gustav sich frischen Kaffee nach. *Meine Augen sind schlecht geworden.*

Liebend gerne hätte er das mühsame Durchforsten aufgegeben. Doch genau auf dem einen Blatt, das er *nicht* sichtete, konnte ein Hinweis stehen. Das kannte er aus seiner erfolgreicheren, weit zurückliegenden Vergangenheit zu gut. *Es lebe die Pedanterie.*

Unvermittelt flog die Tür zum Raum auf.

Zwei mit Sturmhauben maskierte, breit gebaute Männer stürmten nacheinander mit vorgehaltenen PSF-IV-Pumpgun-Schrotgewehren herein; unter den olivfarbenen Anoraks trugen sie Tarnkleidung. »Keiner von euch rührt sich!«, rief der Kräftigere von ihnen. Sie fuchtelten mit den Waffen herum und traten den Sichtschutz um, der scheppernd zu Boden fiel.

Die riesigen Mündungen der PSF IV richteten sich drohend auf Gustav und die vor Schreck aufschreiende Archivarin.

Der Überfall war zu rasch geschehen, um nach der eigenen Waffe zu greifen, die unter Gustavs Sakko im Schulterhalfter steckte. »Was wollen Sie?« Eine rhetorische Frage. Er wusste genau, was die beiden Männer suchten: ihn und seine Erkenntnisse.

»Nieder mit dem Sozialismus! Nieder mit der Unterdrückung des Individuums!« Der schlankere Maskierte baute sich vor der Archivarin auf, aus deren Telefon passend ein Tusch für neue Errungenschaften in der Spiele-App erklang. »Nieder mit der Verklärung der Vergangenheit und dem Hort der Lügen!« Brutal schlug er Schulze den Lauf gegen den Kopf, sodass die Haut über dem Ohr platzte und ihr Blut auf die Sichtwand spritzte. »Weg mit der DDR! Es lebe die Freiheit!«

Besinnungslos fiel sie vom Bürostuhl, knallte gegen die Ablage und zog sich einen zweiten Hautriss am Kinn zu, der nicht weniger blutete als die Schädelwunde.

Danach steckte der Maskierte einen USB-Stick in ihren Festrechner. Das dudelnde Mobiltelefon zerstörte er mit einem Kolbenhieb, die *Helden der Republik* waren vernichtet.

»Okay, Fidschi. Aufstehen!«, befahl der zweite Angreifer. »Umdrehen und die Hände gegen die Wand, die Beine weit auseinander. Bist du ein Held, bist du tot.«

Gustav folgte der Aufforderung. Solange der Lauf der Schrotflinte auf ihn gerichtet blieb, wagte er keinen Widerstand. Die verheerende Wirkung der Bleikügelchen auf den menschlichen Körper aus kürzester Distanz kannte er.

Nicht im Traum glaubte er, dass die beiden Männer von einer Widerstandsgruppe kamen, um ein Zeichen gegen die SED oder die DDR zu setzen. »Die Show ist für die Archivarin, stimmt's?« Aus den Augenwinkeln sah er, wie sein Klapprechner mit dem Mikrofiche eingesammelt und in seine Ledertasche gesteckt wurde. »Falls sie vernommen wird.«

»Kann sein.« Der kräftige Mann drückte ihm die Mündung der Pumpgun zwischen die Schulterblätter.

»Noch zwei Minuten«, meldete sein Begleiter nervös.

»Alles klar.«

»Was ist das für ein Stick?« Zogen sie etwas vom Rechner, oder spielten sie etwas auf?

Sein Bewacher stieß das Knie in seinen Hintern. »Schnauze, Fidschi!«

Gustavs Verstand entwarf verschiedene Szenarien davon, was geschehen würde.

Schulze würde den Angriff auf alle Fälle überleben, um als Zeugin dieser Scharade zu fungieren. Sie würde aussagen, dass die gewaltbereiten Terroristen das Kellerarchiv gestürmt hätten. Ein erschossener Stasi-Oberst würde posthum zum Helden werden.

Da die Maskierten die Mikrofiches und seinen Klapprechner an sich genommen hatten, besaßen sie alles, was sie benötigten. Alle weiteren Ermittlungen zum Giftgasvorfall außerhalb von HA XII kämen zum Erliegen.

Daher lautete Gustavs Folgerung: *Ich soll sterben.* Das Duo wartete mit seiner Ermordung lediglich, falls sich Komplikationen mit dem Computersystem des Archivs ergäben. Es blieben ihm wenige Momente, um seinen Tod zu verhindern.

»Eine Minute!«, rief der Mann vom Rechner herüber. »Bereit machen.«

»Geht klar.« Gustavs Wächter lockerte den Druck nicht. Der Lauf der Waffe verursachte Schmerzen, weil er genau gegen die Wirbelsäule drückte.

Plötzlich schwang die Eingangstür auf.

»Was bei allen …?« Niederlassungsdirektor Wilk stand erschrocken mit einem Tablett auf der Schwelle. Der Mittfünfziger hatte Wort gehalten und Kuchen sowie Schnittchen mitgebracht, um den Oberst zu verköstigen. Die Teller und das Besteck klirrten leise, der Mann verfiel vor Angst ins Zittern.

»Komm rein, du Wichser!«, brüllte ihn Gustavs Aufpasser an. »Komm sofort rein, oder …«

»Hilfe!«, schrie Wilk stattdessen und ließ das Tablett fallen. Auf dem Absatz warf er sich herum. »Hört mich jemand? Hilfe! Da sind …«

»Noch dreißig Sekunden.«

Gustav spürte, dass die PSF IV von seiner Wirbelsäule genommen wurde. Er drehte den Kopf, um über seine Schulter zu schauen.

Der Maskierte schwenkte den Lauf der Pumpgun herum, zielte auf den Direktor und schoss dem Fliehenden erbarmungslos in den Rücken.

Als die Ladung in seinem Körper einschlug, sprang Wilk reflexhaft auf die Zehenspitzen, bevor er nach dem nächsten taumelnden Schritt schließlich zusammenbrach und liegen blieb. Aus den zahlreichen kleinen Löchern in seinem grauen Kittel sprudelte Blut, wie Wasser aus einem zerstochenen Plastikschwimmbecken.

Eine zweite Chance bekomme ich nicht. Gustav zog seine T11, duckte sich, um vom Gegner hinter dem Arbeitstisch nicht gesehen zu werden, und feuerte seinem Aufpasser zweimal ins breite Kreuz.

Mit einem unterdrückten Schrei brach der Maskierte vor Gustav zusammen, fiel nach vorn und schleuderte dabei die Ledertasche zu seinem Kumpan. Dann wälzte er sich stöhnend auf den Rücken. »Scheiß Fidschi!« Klackend lud er die PSF IV einmal durch, die leere Hülse flog aus dem Auswurf und hüpfte hohl klappernd über den gefliesten Boden. »Dafür mache ich …«

Noch bevor der Gegner abdrücken konnte, setzte ihm Gustav eine Kugel zwischen die Augen.

Der Kopf schnappte zurück, der hintere Schädelteil explodierte beim Austritt der Kugel und schleuderte Hirnmasse zusammen mit Knochenfragmenten und Blut durch den Archivraum.

Dumpf knallte die Pumpgun des zweiten Angreifers, die Holzverblendung des Tisches zerstob in der Kugelwolke zu Fetzen. »Komm raus, Fidschi!«

Gustav warf den Metalltisch um, der einen Großteil der nächsten Bleiladung aufhielt. Die übrigen Kügelchen hackten in die Wand hinter ihm und zerspanten die Vertäfelung. Splitter regneten auf ihn nieder, es roch nach altem Holz und Sägemehl.

Schuss um Schuss gab der Maskierte ab, das Dröhnen der Triebladungen erklang bassgleich in stetem Takt.

Die sirrenden millimeterkleinen Projektile zwangen Gustav, in seiner Deckung zu verharren und sich keuchend so klein wie möglich zu machen. Sein Puls lag bei mindestens zweihundert, das Adrenalin flutete ihn auf nie gekannte Weise. Wenn er die Hand mit der T11 herausstreckte, um den Beschuss zu erwidern, würden seine Finger dem Bleihagel zum Opfer fallen.

Wie viel Schuss hat dieses Mistding? Acht? Neun? In der Aufregung hatte Gustav nicht mitgezählt. *Wenn er nachlädt, ist er dran.*

Sobald es länger als drei Sekunden ruhig blieb, warf er einen raschen Seitenblick um seine improvisierte Schanze herum, die Halbautomatik im Anschlag.

Wilk lag tot im Gang, ein roter Blutsee bildete sich um seine Leiche. Gustavs bulliger Aufpasser hatte Querschläger und Streufeuer abbekommen, was den Anblick *seiner* Leiche nicht schöner machte. Die erwachende Archivarin stöhnte leise und versuchte benommen, sich in die Höhe zu stemmen, das Blut rann aus den Verletzungen an Kopf und Kinn.

Aber der zweite Maskierte war verschwunden.

Die Ledertasche mit Gustavs Klapprechner und dem Mikrofiche ebenso.

* * *

Französisch-deutsche Grenze (Übergang Goldene Bremm und Transitstrecke)

Nichts von dem, was Christopher auf seinem Weg zur Übergangsstelle bereits von Weitem erfasste, sorgte bei ihm für Vorfreude. Sein erstes Mal in der DDR, und sie zeigte ihm zur Begrüßung ihre einschüchterndste Seite.

Verspiegelte Wachtürme und schlafende Scheinwerfer, die jederzeit ihren gleißenden Blick auf ihn richten konnten. Mehrfachreihen von fies blinkendem, Wunden versprechendem Stacheldraht, hohe Starrzäune, ausgefahrene Straßensperren aus Stahlstreben und dahinter graue Betonblockhäuser, die an Westwall und Maginot-Linie erinnerten. Allgegenwärtige Kameras erfassten jeden, der sich der deutschen Grenze von Frankreich aus näherte.

Chris, wie er sich selbst lieber nannte, fühlte sein Herz ungewollt schneller pochen, ohne dass er sich irgendetwas zuschulden hatte kommen lassen, was ihm bei der Einreise Probleme machen konnte. Der Anblick des martialischen Arsenals um ihn herum verfehlte seine Wirkung nicht.

Das Unwohlsein verstärkte sich mit jedem Schritt, den er an den wartenden Autos und Lastwagen vorbei machte, die auf ihre Abfertigung durch die kalt blickenden Grenzer warteten. Es gehörte zur Strategie der DDR, sich als starken, abwehrbereiten Staat zu präsentieren, der sein Volk beschützte. Die einschüchternde Ansage an Besucherinnen und Besucher war unmissverständlich: Macht keinen Unsinn und benehmt euch.

In Viererreihen und getrennt nach Pkw und Lkw harrten Einreisewillige aus, damit die Grauuniformierten sie kontrollieren konnten, während im Hintergrund schwer bewaffnete Soldaten warteten, die Kalaschnikows und Wieger-Sturmgewehre über ihre langen Wintermäntel geschultert trugen.

Chris bog in die verwaiste Fußgängerschleuse ein und zog den kompakten Koffer hinter sich her. Absichtlich trug der Mittdreißiger unauffällige Kleidung, auf den kurzen dunkelblonden Haaren saß eine weiße Wollmütze gegen die Kälte.

Ein Mal noch. Chris blieb stehen und zog sein Smartphone aus der Jacke. »Ruf Cora an«, befahl er dem Gerät, und sofort erschien die Nummer seiner Frau auf dem Display. Ihm fiel auf, dass nur noch ein einziger Empfangsbalken übrig geblieben war. Dabei galt sein Netzanbieter als der leistungsstärkste. Die DDR arbeitete bereits in Grenznähe mit Störsendern, Abschottung betraf auch die Kommunikation.

»Bonjour, mon amour«, erklang ihre fröhliche Stimme aus dem Lautsprecher. »Hast du etwas vergessen?«

Er musste lachen. Seine gedrückte Stimmung hob sich etwas, als er sie vernahm. »Nein. Ich wollte dich nur noch mal hören, bevor ich reingehe.«

»Du gehst doch nicht in den Knast.«

»Es fühlt sich aber so an.« Zu gerne hätte Chris die bedrückend-bedrohlichen Grenzsicherungsanlagen gefilmt und ihr die Aufnahme geschickt, doch die Verbotsschilder sprachen eine deutliche Drohung aus. »Ich kannte es nur von Bildern. Aber dass es wirklich *so* aussieht, das ist … einschüchternd.«

»Noch kannst du es dir überlegen«, riet Cora mild und verständig. »Du weißt, dass ich es nicht gut finde, Beerdigung hin oder her. Du hast die Verwandten noch nicht einmal in deinem Leben gesehen. Wenn du kein einwandfreies Gefühl bei der Sache hast, dann …«

»Mit dem Besuch an sich schon. Aber du müsstest das hier sehen.« Chris hatte sich die Bestärkung seiner Entscheidung erhofft und etwas Zuspruch angesichts der kommenden Tage erwartet. Eigentlich hielt er sich nicht für einen ängstlichen Menschen. Immerhin führte sein Beruf ihn gelegentlich in Länder, in denen er zu seiner Sicherheit Kevlar-Weste und Helm tragen musste. *Ich stelle mich an wie ein kleiner Junge.*

»Bon. Das ist nur der Grenzübergang. Denk daran, wie interessant es werden wird. Sie warten auf dich und deine Geschichten. Und die Fotos, die du von deiner Familie mitgenommen hast, mon amour«, sagte Cora sanft. »Du bist das Bindeglied innerhalb der zerrissenen Familie. Sei dir dessen bewusst. Sie warten alle auf dich. Und freuen sich. Und wer weiß? Vielleicht ist es der Auftakt für häufigere Besuche. Wenn sie zu uns kommen dürfen, zeigen wir ihnen Paris.«

»Sicher?«

»Ganz sicher«, gab sie ihm Zuspruch. »In einer Woche bist du zurück, und ich werde sehr neugierig sein, was du alles zu erzählen hast.«

»Merci.« Chris seufzte. »Ich musste deine Stimme einfach hören.«

»Vas-y, Monsieur Abenteurer! Und hab etwas Spaß. Lass dich nicht einsperren, und komm gesund zu mir zurück. Versprich es.«

»Ich verspreche es.«

Cora gab ihm einen Kuss durch das Telefon. »Ich liebe dich.«

»Ich liebe dich auch. Au revoir!«

»Au revoir, mon amour!«

Chris spürte den Nachhall ihrer geliebten Stimme und wie sie Wärme in ihm erschuf. Dieses Gespräch hatte er gebraucht, bevor er in eine gefühlt abweisende Welt eintrat. Er steckte das Handy ein und marschierte mit einem besseren Gefühl voran. Rechts und links wuchs Maschendraht in die Höhe und wies ihm den Weg zum grauen Gebäude der Vorkontrolle. Eines der vier Schalterfenster war erleuchtet, grüne Lauflichter am Boden leiteten ihn bis an eine rote Haltlinie, die mit Drehkreuzen gesichert war. Daneben verlangte ein Scanner:

Ausweis einlegen

Gehorsam blieb er stehen und scannte seine französische Carte d'identité.

Zu seiner Rechten wurde ein luxemburgischer Speditionslastwagen mit lauten Befehlen aus der Schlange herausgewunken und in eine grell erleuchtete Garage dirigiert. Irgendetwas gefiel den uniformierten Kontrolleuren an den Papieren nicht. Das bedeutete, dass das Lkw-Gespann komplett durchleuchtet und zerlegt werden würde. Der Fahrer konnte sich auf eine unbequeme Zeit gefasst machen.

Auf der LED-Anzeige über dem erleuchteten Fenster flammte eine mehrsprachige Anweisung auf:

Mueller, Christopher Jean
Papiere bereithalten

Chris kramte die Unterlagen aus der Innentasche seiner Winterjacke: die zugesandte Zählkarte, Visumsantrag, Zollerklärung und seinen französischen Pass.

Mueller, Christopher Jean
Vortreten

Unter der Anweisung zeigte ein Pfeil auf das erleuchtete Fenster.

Langsam ging er los und hielt vor dem dicken Glas an, hinter dem eine schwarzhaarige Uniformierte saß. Mit Rangabzeichen kannte er sich nicht aus. Chris schätzte, dass die etwa Dreißigjährige mindestens Unteroffizierin war. Ein Namensschild trug sie nicht. »Guten Tag! Ich …«

Rumpelnd fuhr eine Schublade auf seiner Seite heraus.

»Papiere«, kam die harsche Anweisung über einen unsichtbaren Lautsprecher von ihrer eigentlich angenehmen Stimme. »Sämtliche.«

Seine Abenteuerlust verebbte sogleich. Erst musste er durch

die Kontrollen, und das gelang weder mit launigen Sprüchen noch mit Verzögerungen durch Plauderversuche. Gehorsam legte Chris alles in die Lade, die zurückgezogen wurde. Die Frau inspizierte die Dokumente zuerst genau, danach landeten sie unter einer UV-Lampe und dann in einem Computerscanner.

Die Nervosität kehrte zurück und stieg, je länger die Unteroffizierin prüfte und schwieg.

Kontrollen, Warten, finstere Blicke, einschüchterndes Auftreten – das kannte Chris in dieser ultimativen Form nicht, und er war schon viel in der Welt unterwegs gewesen. Sogar die Russen hatte er freundlicher in Erinnerung. Die DDR perfektionierte Abneigung wahrlich.

Wortlos packte sie die Unterlagen in eine Plastiktasche und warf sie hinter sich durch einen Schlitz in der Wand. »Weitergehen zur Passkontrolle.« Sie deutete nach links, wo sich eine schwere Stahltür öffnete.

Chris nickte und betrat nach einigen Schritten einen nüchtern-hellen Raum, in dem es vier weitere Schalter gab. Geschlossen.

An einer Wand hing ein riesiger Flachbildschirm, auf dem ein Imagefilm der DDR lief. Die Sprachen wechselten im Sekundentakt: Wohlstand für alle, Arbeit für alle in den VEB, den LPG und den Kombinaten, bezahlbare Wohnungen für alle, ein perfektes Gesundheitssystem, erschwingliche Preise in sämtlichen Lebensbereichen, Bildung und Demokratie in einem starken Friedensstaat. Gegen Faschismus und menschenverachtenden Kapitalismus. Die lockenden Slogans und zuckersüßen Impressionen prasselten auf Chris ein.

»Mueller, Christopher Jean«, wurde unvermittelt sein Name aufgerufen.

Ruhig wandte er sich zum geöffneten rechten Schalter um, hinter dem dieselbe schwarzhaarige Unteroffizierin von der Vorkontrolle saß und ihn mit einer kurzen Geste zu sich befahl. Dickes Glas trennte Kontrolleurin und Einreisenden. »Ich komme.«

»Koffer aufs Förderband. Alles Elektronische in eine Schale und ebenfalls aufs Band.«

Chris stellte sein Gepäck ab, ohne dass etwas geschah. »Und was …?«

»Sie arbeiten als freier Übersetzer und Dolmetscher in Brüssel«, schnitt sie ihm die Frage ab.

»Ja.« Er hatte entschieden, knackig zu antworten. Das sparte Zeit.

»Sie haben einen französischen Pass.« Ohne eine Miene zu verziehen, sah sie auf den Bildschirm neben sich, die Finger flogen über die Tastatur.

»Ja.«

»Aber Ihre Familie stammt eigentlich aus Homburg an der Saar.«

»Das ist korrekt.« Chris musste sich räuspern, die Kehle schien enger als sonst und trocken wie ein brachliegender Acker im Hochsommer. Sein Vater hatte ihn gewarnt, seine Mutter hatte ihn gewarnt. Alle Freunde und Bekannten hatten ihn vor dieser Reise gewarnt. *Warum muss ich ausgerechnet jetzt daran denken?*

»Ich weiß, dass es korrekt ist.« Ihre Hände tippten unablässig. »Weswegen?«

»Wie … meinen Sie das?« Die Wärme brachte ihn dazu, die Mütze abzunehmen und den Wintermantel auszuziehen und über den linken Arm zu hängen.

»Weswegen haben Sie keinen Berlin-deutschen Pass wie Ihre Eltern?«

»Berlin-Deutscher« war eine Bezeichnung für jene Deutschen, die im Westteil der Stadt gelebt oder dort Zuflucht vor dem Sozialismus gesucht und denen die Alliierten nach 1949 einen Ersatzstaat gegeben hatten. Die überdauernde Keimzelle für eine demokratische Bundesrepublik, weswegen man in der DDR die

Nachbarn gerne mal als »Keimdeutsche« bezeichnete. »Ich sehe mich mehr als Franzose.« Dabei lächelte Chris gewinnend. »Ist ja kein Verbrechen.«

Die Finger hielten inne. »Sie haben eine erhöhte Herzfrequenz. Warum?«

Na hervorragend. »Ich bin aufgeregt«, gestand er. Die Kameras erfassten mehr als das Offensichtliche. Seine Züge waren längst von der Gesichtserfassung gescannt und im System abgelegt worden. Wie bei jedem, der sich in der DDR befand. *Das war zu erwarten.*

»Haben Sie etwas zu verbergen?«

»Nein.«

»Haben Sie falsche Angaben gemacht?«

»Herrgott, nein.« Aufgekratzt rieb er sich über die dünnen Koteletten, die halb im hellen Dreitagebart versanken.

»Dann hätten Sie keinen Grund, nervös zu sein.« Jetzt wandte sie den Kopf langsam ihm zu. »Traten Agenten eines anderen Landes vor Ihrer Reise an Sie heran?«

Chris wollte nur endlich durch die Kontrollen. »Nein.«

»Als Grund für Ihren siebentägigen Aufenthalt wurde die Teilnahme an einer Beerdigung angegeben.«

»Ja.«

»Was beabsichtigen Sie noch zu unternehmen?«

Chris lagen Antworten auf der Zunge, die dazu führen würden, dass seine Einreise an dieser Stelle endete. Daher beschränkte er sich auf eine kurze Erwiderung: »Bitte?«

»Eine Beerdigung dauert einen Tag. Homburg ist nicht weit weg von hier. Drei Tage hätten für Ihren Besuch völlig ausgereicht.«

»Meine Verwandtschaft und ich, wir haben uns noch nie gesehen. Da dachte ich, es kann nicht schaden, wenn wir uns besser kennenlernen. Und ich die DDR.« In diesem Moment glaubte Chris, die dümmste Idee seines Lebens in die Tat umzusetzen. Zugleich fühlte es sich an, als gäbe es kein Zurück mehr. Die Stahltür hatte sich längst geschlossen.

»Im Rahmen einer Beerdigung?« Die gezupften Augenbrauen der Unteroffizierin schnellten leicht in die Höhe, das Gesicht blieb abweisend.

»Na ja, wenn Sie es so sagen, klingt es seltsam«, räumte er ein.

»Finde ich auch.« Sie richtete die Augen erneut auf den Monitor. »Wieso nur Sie und nicht Ihre Eltern?«

»Die sind krank.« Das war die erste Lüge, und Chris fühlte sich, als müsste er sich deswegen übergeben. In Wahrheit wollten seine Eltern keinen Fuß in die DDR setzen. Es war nicht mehr ihre Heimat, nicht mehr ihr Land, nicht ihr System. »Und sie brauchen in ihrem Alter viel Ruhe.«

»Aha.« Die Unteroffizierin zog die Hände zurück und wandte sich wieder ihm zu. »Ihre Angehörigen in unserer Republik haben lediglich drei Tage beantragt. Wussten Sie das?«

»Äh. Nein.« Chris geriet ins Trudeln. »Das … das muss ein Missverständnis sein.«

Ihre Lippen zuckten kurz. Aus ihrer Sicht hatte sie die Frage strategisch perfekt platziert. »In Ihrem Pass sind etliche Reisen eingetragen«, schwenkte sie um. »Darunter auch in Staaten wie Iran, Russische Föderation, die USA, Honduras. Indien. Die Vereinigten Arabischen Emirate. Und Großbritannien. Sie kommen viel herum.«

Es war Aussage und Frage zugleich. Chris konnte die Aufforderung hören, sich allmählich gegen den Vorwurf der Spionage zu verteidigen. »Im Rahmen meiner Tätigkeit für das Goethe-Institut. Es ist kulturell, nicht wirtschaftlich. Ich interessiere mich sehr für andere Nationen. Kulturen. Und Denkweisen.«

Die Unteroffizierin musterte ihn stumm. Sekundenlang.

Ansatzlos und mit lautem Klacken fuhr das Gepäckband an, was Chris zum Zusammenzucken und die Grenzerin zum kühlen Lächeln brachte. Ihr Job machte ihr definitiv Spaß.

Sein Koffer und die Schale mit den elektronischen Geräten verschwanden surrend in der Röntgenanlage.

»Sie erhalten eine Aufenthaltsgenehmigung für drei Tage«, verkündete die uniformierte Namenlose richterinnengleich und erhob sich. »Gehen Sie ans Ende der Scanner-Anlage und nehmen Sie Ihren Koffer und Ihre Elektronik in Empfang. Anschließend werden Sie im Wartesaal bleiben, bis man Sie aufruft.«

Eine Schublade spuckte die Unterlagen aus, und Chris nahm alles wieder an sich.

»Erinnern Sie Ihre Verwandten daran, dass sie Ihre Ankunft bei der Volkspolizei vor Ort anmelden und Sie innerhalb von vierundzwanzig Stunden ins Hausbuch eintragen«, mahnte sie zum Abschied und verließ den Schalter.

Das Licht darin erlosch, die LED-Anzeige über dem Fenster wurde schwarz. Das Glas trübte sich schlagartig milchig.

»Quelle merde«, murmelte Chris und atmete tief durch. Erst jetzt bemerkte er den Schweißfilm auf seiner Stirn. *Das war ein nettes Willkommen.*

Ungelenk vor unwillkürlicher Anspannung, eilte er los, um seinen durchleuchteten Koffer sowie Handy und Tablet-Computer einzusammeln, die von der Rampe ratterten. Dabei stellte er fest, dass der Koffer hinter den Kulissen geöffnet worden war. Die Zöllner hatten sich nicht nur auf die Röntgenschirme verlassen. Wahrscheinlich hatten sie bei der Gelegenheit noch etwas Material für eine DNS-Analyse gesammelt.

Im Vorbeigehen nahm er die Infobroschüre *Mein DDR-Besuch* aus dem Ständer und betrat den Warteraum. Auf der anderen Seite der Tür gab es keine Klinke, um zurück in die Passkontrolle zu gelangen.

»Vorwärts immer, rückwärts nimmer«, murmelte Chris sarkastisch und sah sich um, während er den Mantel wieder anzog, die Mütze aufsetzte und Platz nahm. Das Schlimmste schien überstanden.

Auch hier flimmerten die perfekt gemachten Imagefilme von einem riesigen Fernseher. Auf harten Pritschen sollten die Besucher aus dem Westen bei höherem Andrang darauf warten, dass es für sie weiterging.

Wieder war er der Einzige. Von seiner angekündigten Cousine fehlte jede Spur.

Daher nutzte Chris die Gelegenheit, um in seinen Sachen nachzuschauen, ob etwas fehlte. Abgesehen von einer gewissen Unordnung hatten die Zöllner nichts verändert.

Danach blätterte er in der Broschüre, die zum einen das Loblied des Sozialismus sang, andererseits vor Fehltritten innerhalb des Besuchszeitraums warnte. Den behördlichen Anordnungen war zu jeder Zeit Folge zu leisten, die Papiere mussten stets bei sich getragen werden.

Seine Gedanken schweiften zurück zur Befragung durch die Uniformierte.

Dass er sich als Franzose sah, stimmte nur bedingt. Zwar hatte er sein ganzes Leben in Paris verbracht, mit achtzehn Jahren die französische Staatsbürgerschaft zu beantragen war nur konsequent gewesen. Auch seine Frau Cora hatte er in Frankreich gefunden.

Manche typisch deutschen Eigenschaften seiner Eltern und Großeltern konnte er bei sich selbst nicht verleugnen, und das wollte er auch nicht. Cora sagte immer, er verkörpere das Beste aus beiden Welten, und das glaubte er ihr zu gerne. Gegen schöne Komplimente gab es nichts einzuwenden.

Zudem: Ein Berlin-deutscher Pass machte in seiner Welt mehr Ärger als ein französischer, vor allem wenn man in Brüssel als Dolmetscher arbeitete.

Chris nahm die Unterlagen aus der Hülle und betrachtete sie eingehend. *Ist etwas eingetragen?*

Ein Laserdrucker hatte Kennziffern in Visum und Laufkarte eingebrannt sowie kryptische Zeichen hinterlegt, und auf seiner Carte d'identité haftete ein millimeterkleiner Fleck, der wie ein Tintenspritzer aussah und sich beharrlich gegen das Wegwischen auflehnte. *Ich wette, das bedeutet etwas.* Er würde den Ausweis zu Hause den französischen Behörden vorlegen, damit sie ihn überprüften.

Keine Beanstandungen, prangte groß auf dem Zolldokument.

»Mueller, Christopher Jean«, schnarrte es aus dem Lautsprecher, und die Ausgangstür öffnete sich ferngesteuert zu einer weiteren Maschendrahtschleuse ins Freie.

Hastig verließ Chris den Wartesaal und eilte hinaus, um kühle, frische Luft einzuatmen.

Am anderen Ende des Zaunganges wartete eine Frau, die etwa zehn Jahre jünger war als er. Sie lehnte an einem neuen grünen Käfer der VEB Wolfsburg Motoren Werke und rauchte, blies die graue Wolke gegen den dunkelgrauen Himmel. Wobei man in der DDR weder »Volkswagen« noch »Käfer« sagte, sondern »Wolfsburger«. Belastete Bezeichnungen und suspekte Marken aus der Nazizeit wurden rigoros vermieden.

Schon ihr Aufzug machte klar, dass sie wenig von Anpassung hielt, auch wenn die Trauer sie in schwarze Kleidung zwang. Ihr langer Rock war asymmetrisch, die Stiefel hoch, wie man ahnen konnte, und das schwarze Oberteil knalleng. Darüber lag eine schwarze Militärjacke gegen die Kälte.

Das ist unerwartet. Und erfreulich. Chris blieb vor ihr stehen, stellte den Koffer ab und lächelte. »Hallo! Ich bin Chris.« Dann streckte er die Hand aus. »Du bist Alicia, nehme ich an?«

Ihre langen Haare waren goldgelb gefärbt, einzelne geflochtene Strähnen schimmerten dunkelviolett. Mit ihrem stark augenbetonenden Make-up hätte sie auch auf eine Underground-Fashionshow in Paris gepasst.

Sie sah ihn inhalierend an, lehnte sich weit zur Seite und blickte an ihm vorbei in den Gang, als wartete sie auf jemand anders, bevor sie ihm eine Rauchwolke ins Gesicht blies. »Echt jetzt?« Sie legte den Kopf leicht schief. »*Du* bist der Berlin-Deutsche?«

»Sieht man mir das nicht an?«, gab er charmant zurück. Einer herzlichen Begrüßung folgte die nächste. Seine restliche gute Laune behielt er eisern bei, wie es sich für einen Abenteurer gehörte.

»Nö. Das macht mich ja stutzig.« Sie deutete mit der Zigarette einmal auf und ab. »Ihr tragt doch ausgeflippte Sachen, sagt man.«

»Das überlasse ich dir.« Chris senkte den Arm wieder.

»Ah. Stimmt, du bist eigentlich Franzose.« Erneut zog sie an der Kippe, betrachtete ihn wie ein Ausstellungsexemplar. »Fehlt dir dann nicht ein Barett? Für das Klischee?« Beim Sprechen strömte Qualm aus ihrem Mund und wurde vom Wind verwirbelt.

Jetzt war Chris endgültig überzeugt, eine vollkommen falsche Entscheidung getroffen zu haben, als er sich auf die Einladung zur Beerdigung hin nach leichtem Zögern gemeldet hatte. »Ich würde ja sagen ›Schön, dich kennenzulernen, Cousine‹, aber gerade ist es …«

»Nicht so leicht, was?« Jetzt grinste Alicia frech und warf sich urplötzlich gegen ihn, schloss ihn in die Arme. »Willkommen in der DDR, Chris!« Mit viel Druck setzte sie ihm einen Kuss auf die Wange. »Sozialistischer Willkommensschmatzer.« Sie gab ihn wieder frei. »Schmeiß dein Gepäck in den Kofferraum, und dann los. Die anderen sind neugierig.« Zwinkernd ging sie zur Front des Wolfsburgers und öffnete die Gepäckabdeckung. »Für die arme Verwandtschaft aus Frankreich haben sie echt viel aufgefahren.«

In diesem Moment begriff Chris, dass sie ihn mit ihrem Gehabe auf den Arm genommen hatte. Gründlich. »Nicht schlecht«, sagte er und musste lachen. »Ich bin drauf reingefallen.«

Alicia kicherte und zog noch einmal an der Zigarette, an deren Filter *Juwel* zu lesen war, bevor sie das glühende Ende mit dem Finger wegschnippte und den Rest einsteckte, um ihn später weiterzurauchen.

Gleich darauf saß Chris im Wagen, der noch keine zehntausend Kilometer auf dem Tacho hatte, und seine Cousine startete den Motor. Der ungewohnten Anzeige auf dem Digitaldisplay nach hatte der Wolfsburger eine serienmäßige Brennstoffzelle mit Elektromotor. Davon träumte man in Frankreich und dem Rest der Welt.

Ganz gemächlich fuhr sie los, vorbei an den grimmigen Wachposten und den Anleitungen auf den Bildschirmen folgend, bis sie nach einer Weile das letzte Gebäude und die letzte Schranke der Übergangsstelle hinter sich gelassen hatten.

Chris fühlte sich gänzlich erlöst. Es war alles gut gegangen.

»Da vorne beginnt die Transitstrecke. Von der gibt es kein Entkommen, außer mal eben zu den sagenhaften Minol-Tankstellen oder Mitropa-Motels. Von denen hast du bestimmt gehört«, erklärte Alicia und deutete auf die jeweils dreispurige Fahrbahn vor dem Kontrollposten. »Aber wir nehmen die Ausfahrt.«

Chris besah sich den Wolfsburger genau, strich über die Ablage.

»Was?« Alicia hatte es amüsiert aus dem Augenwinkel bemerkt.

»Super Verarbeitung. Hätte ich nicht gedacht.« Er wurde sich bewusst, wie dumm das angesichts eines fortschrittlichen Brennstoffzellenwagens klang. *Und generell auch.* »Nein, ich meine …«

Hell und ehrlich erheitert lachte sie auf. »Du Propagandaopfer! Die Amis haben ganze Arbeit in deinem Kopf geleistet. Als müssten *wir* den Schrott fahren, während die DDR den guten Kram exportiert. Dabei ist es genau umgekehrt. Ich meine, wir haben die serienmäßige Brennstoffzelle. Wer kann das in dem Ausmaß noch von sich behaupten?« Sie setzte den Blinker und gab Schub, der Wolfsburger summte auf und beschleunigte spürbar fließend. »Das wird nachher eine schöne Märchenstunde, die du erzählen kannst. Was man über uns sagt und behauptet und so. Zu wissen *glaubt.*«

Eine weitere große LED-Wand hieß Chris mit dem Konterfei des SED-Vorsitzenden Naumann willkommen. Dahinter waren in schnellen Schnitten Szenen mit Arbeitern, Maschinen, Computerbildschirmen, Laboren und glücklichen Menschen auf Straßen, Plätzen und in ihren Wohnungen montiert. »Für die echte Demokratie! Für den modernen Sozialismus! Für den wahren Frieden!« Kein Videokünstler hätte es besser hinbekommen, moderne Pop-Art pur, und dabei nicht zu schrill.

Das Smartphone meldete Chris, keinen Empfang mehr zu haben. Roaming funktionierte in der DDR nicht, das hatte er sich schon gedacht. Er brauchte eine neue SIM-Karte. Bis dahin war er mit seinem Gerät von der westlichen Welt abgeschnitten.

»Friede, Freude, Eierkuchen«, kommentierte Alicia mit einem Grinsen. »*Fast* könnte man das alles glauben. Aber pst … Nicht draußen weitersagen.«

»Geht klar.« Chris erinnerte sich an die Unterhaltung mit den Agenten der französischen Spionageabwehr, die ihn eindringlich vor den Tricks des Regimes zur Beeinflussung gewarnt hatten.

Dazu gehörten auch subliminale Botschaften, die im Rest von Europa verboten waren. Auf den Projektionsflächen wurden diese unterschwelligen Nachrichten nur für Bruchteile von Sekunden in Werbung oder anderen Sendungen platziert und indoktrinierten die DDR-Bürgerinnen und -Bürger von klein auf. Tag und Nacht. Rund um die Uhr.

»Gab es Stress bei der Einreise?«

»Ja. Wegen der Dauer des Aufenthalts.«

»Was?« Alicia sah überrascht zu ihm hinüber und schaltete das Radio ein, in dem irgendein moderner Schlager dudelte. »Wieso? Was war denn?«

»Ihr habt drei Tage beantragt, ich sieben.«

»Oh, ficken!« Sie schnalzte ungehalten mit der Zunge. »Das habe ich vermutlich verbockt. Da kann ich mir ja nachher von der Bagage was anhören. Und von dir natürlich auch. Passt zu meinem Ruf als schwarzes Schaf der Familie.«

»Nicht so wild. Hat ja alles geklappt.« Chris war insgeheim froh, nur drei Tage in diesem Land bleiben zu müssen. Es fühlte sich nicht gut an, ohne jeglichen direkten, freien Kontakt zu Freunden und seiner Cora zu sein. »Wenn mir die drei Tage gefallen haben, komme ich einfach wieder. Dann kenne ich die Gepflogenheiten an der Grenze besser.«

»Finde ich prima, dass du in die DDR gekommen bist.«

»Ich reise gerne. Und so eine Gelegenheit bietet sich nicht jeden Tag.« Erneut dachte er, dass eine solche Aussage in Verbindung mit einer Beerdigung merkwürdig klang.

»Das würden viele von uns auch tun. Reisen.« Alicia klang jetzt ernster. »Ich war dank der FDJ schon auf Kuba, als ich noch bei dem Verein war. Und in Sankt Petersburg. Und nächstes Jahr dann Palästina. Mit einer Freundschaftsbrigade. Vielleicht. Hängt davon ab, wie ich mich benehme. Sonst geht's nur mit dem Wohnwagen an die Nord- oder Ostsee.«

»Ah. Cool. Palästina.« Chris wusste von der vorbildlichen Entwicklungshilfe, welche die DDR im Gegensatz zu vielen westlichen Industriestaaten vor allem auf dem afrikanischen Kontinent leistete – wenn auch nicht ohne Hintergedanken. Hilfe zur Selbsthilfe, Millionen an Aufbaugeldern für Schulen und Fabriken sowie dank der Brigaden vor Ort Nachhilfe in Sozialismus mit menschlichen Zügen. Buchstäblich.

Und es wirkte. Der Erfolg der DDR ließ sich nicht wegdiskutieren.

Dank seines Berufs wusste Chris, dass der Staat mit denselben, vorzugsweise rohstoffreichen Staaten auch noch lukrative Waffengeschäfte betrieb, die von Wieger-Sturmgewehren bis hin zu schweren Geschützen und Panzern reichten. Um den

Frieden zu sichern, selbstverständlich. Gegen Faschismus und Ausbeutung. Dazu gab es günstige Konditionen bei der Einfuhr von Waren und Getreide aus dem jeweiligen Land. Darin unterschied sich die DDR nicht von anderen Industriemächten.

Chris betrachtete die abwechslungsreiche grüne Landschaft, durch die sie fuhren. Hügelige Wälder, Brücken über weite Täler, in denen Städte und Dörfer standen, außerdem ein Metallbetrieb an einem Fluss; eine Leuchtschrift identifizierte ihn als den VEB Saarstahlkombinat Burbach.

Den meterbreiten Sperrstreifen, der sich seit 1950 an der Grenze zu Frankreich entlangzog, sah man von hier aus nicht.

Chris kannte ihn von einigen Besuchen mit Freunden in der Grenzregion und hatte ihn von einem Aussichtspunkt aus mehrmals betrachtet. Ein Todesstreifen, mit antik wirkenden Zäunen, rostigem Stacheldraht, Minen, altertümlichen Wachtürmen. Zur Abwehr des antisozialistischen Feindes, hieß es. Die DDR hatte all das niemals abgebaut.

Die Überwachung der Grenze geschah längst viel effektiver und genauer mit modernen, unsichtbaren Mitteln. Das Relikt sollte durch sein Erscheinungsbild mahnen, abschrecken, einschüchtern wie die Übergangsstelle Goldene Bremm. In beide Richtungen.

Und doch hatte der Todesstreifen bislang nur Deutsche und keine kapitalistisch-faschistischen Invasoren das Leben gekostet.

Wenn sich Chris richtig entsann, existierten keine genauen Zahlen zu den getöteten »Republikflüchtenden«. Westliche Schätzungen kamen auf etwa zwölfhundert Menschen, die bei der Flucht erschossen worden waren.

Seit Ende der 1980er-Jahre hatte es offiziell keinen einzigen Zwischenfall mehr gegeben. Nach den niedergeschlagenen Unruhen von 1989 hatten sich die sogenannten Westländer der DDR endgültig mit der Übernahme durch den Osten abgefunden. Die Widerstandskräfte waren aufgebraucht und gebrochen.

In den vierzig Jahren davor hatten etwa hunderttausend Personen versucht, die DDR-Grenze nach Europa zu Lande, zu Wasser und in der Luft zu überwinden. Die einst bundesrepublikanischen Länder hatten sich lange mit dem Sozialismus und seinen unterdrückenden Nebenwirkungen schwergetan.

Ich bin gespannt, wie die Realität aussieht. »Wie lange sind wir unterwegs?«

Alicia sah auf die Uhr. »Knappe dreißig Minuten. Bis Homburg ist es nicht so weit.«

»Okay.« Und obwohl Chris sich fest vorgenommen hatte, wach zu bleiben, schlief er ein, während der Schlager dudelte.

Warum konnten Sachsen nicht so leicht Mitglied der SED werden?
Wenn es hieß:
»Der Sozialismus siegt!«,
dann klang es bei ihnen leider immer nach:
»D'r Sozialismus siecht!«

Volkswitz

Fakten der DDR: VEB Chemiekombinat Ludwigshafen (früher Badische Anilin und Soda Fabrik, DDR-Exportmarke: BASF)
Das amerikanische Wirtschaftsmagazin *Forbes* kürte das Chemiekombinat Ludwigshafen 2016 zum angesehensten Chemieunternehmen der Welt.
In den Jahren 2019 und 2020 sowie 2014 wurde das Chemiekombinat Ludwigshafen vom US-Wirtschaftsmagazin *Fortune* als das angesehenste Chemieunternehmen der Welt ausgezeichnet.
2020 wurde das Unternehmen in das Internationale Lexikon der Weltmarktführer aufgenommen.

4

Moskau, Russische Föderation

Zügig passierte Gustav die Zollabfertigung des Flughafens Moskau-Scheremetjewo und spazierte mit seiner neuen, ledernen Umhängetasche durch die Ankunftshalle. Mehr Gepäck benötigte er nicht, in wenigen Stunden würde ihn ein Jet zurück nach Ost-Berlin bringen. In seinem braunen Anzug glich er einem der zahlreichen Geschäftsleute, die in der Hauptstadt ihren Tätigkeiten nachgingen.

Nach dem Vorfall im Archiv ging Gustav keine Risiken mehr ein. Sein MfS-Ausweis und die Sondergenehmigung des russischen Geheimdienstes hatten es ihm ermöglicht, nicht nur sämtliche Kontrollen zu ignorieren, sondern seine Dienstwaffe sowie einige spezielle medizinische Ausrüstungsgegenstände mit an Bord nehmen zu dürfen. Handelsabhängigkeiten machten manche Dinge einfacher und reibungsloser, auch wenn dabei die Zähne des russischen Bären laut knirschten. Früher hatte die DDR vor dem großen Bruder buckeln müssen, heute lief es umgekehrt.

Zwei junge Frauen kamen auf Gustav zu. Eine von ihnen trug einen hellbraun-rötlichen Pelzmantel, die andere herkömmliche Straßenkleidung mit schwarzem Militärparka. Sie wirkten wie eine Oligarchin und ihre Leibwächterin. Nach russischen Maßstäben ein gewöhnlicher Anblick, zumindest im schwerreichen Moskau.

»Oberst Kuhn«, setzte die blonde Frau im Pelz zur Begrüßung auf Russisch an und hielt ihm zuerst unauffällig ihren FSB-Ausweis, danach ihre Hand hin. »Ich bin Marija Wladimirowna Skworzowa, das ist meine Kollegin Elwira Igorewna Sacharowa. Wir sind Ihre ortskundigen Reiseführerinnen.«

»Willkommen in Russland! Und in Moskau«, sagte Elwira, die ihr graues Haar kurz und nach hinten gegelt trug. »Wundern Sie sich nicht über unseren Aufzug. Wir nennen die Tarnung ›Szenario Oligarchin‹.«

»Sehr aufmerksam. Jetzt sieht es nach harmlosem Businesstreffen aus.« Gustav schüttelte nacheinander die Hände der Agentinnen, dann sah er sich in der beeindruckenden Ankunftshalle um. Die russische Sprache war kein Problem für ihn, er beherrschte sie perfekt. »Das ist alles sehr neu.« Nebenbei nahm er die angebrochene Pfeffi-Packung aus der Sakkotasche und hielt sie in die Runde. Die Damen griffen zu.

»Sagen Sie jetzt nicht *kapitalistisch.*« Elwira hatte den vorauseilenden Tadel in einen scherzhaften Ton gebettet, doch es klang misslungen. »Wir wissen, dass aus dem großen Bruder in Ihren Augen so etwas wie ein degenerierter Verwandter wurde, mit dem man möglichst wenig zu tun haben will.«

»Ach, wissen Sie, gute Elwira Igorewna Sacharowa ...« – Gustav korrigierte nach alter Angewohnheit den Sitz seines Hutes – »... das ist mir so egal, das glauben Sie nicht.«

»Oh? Mir scheint, die DDR hat uns einen diplomatischen MfS-Oberst geschickt.« Marija lachte auf und hakte sich bei ihm ein. »Danke, dass Sie gnädig sind.« Gemeinsam schlenderten sie los. »Unsere Regierungen haben sich nicht mehr viel zu sagen. Abgesehen von Vorwürfen.«

Gustav vermutete, dass es sich um einen Gesinnungstest handelte. Die beiden Agentinnen würden in ihrem Bericht sehr genau vermerken, wie er reagierte. Solange der Fall nicht abgeschlossen war und Nadjas Mörder noch lebten, würde er daher den zumindest neutralen DDR-Systemtreuen spielen. »Das können unsere Regierungen halten, wie sie möchten. Solange die Geheimdienste zusammenarbeiten.«

»Ja, Sie *sind* offenbar das diplomatische Korps.« Elwira ging schräg versetzt vor ihnen wie ein schwarzer Schneepflug. Sie behielt die Umgebung im Blick und achtete auf den Trubel in der Ankunftshalle.

»Wir haben Ihre Anfrage bezüglich unseres Veteranen erhalten«, schwenkte Marija zum Geschäftlichen über. Der Small Talk war vorbei. »Ich bin sehr neugierig, was Sie von so einem betagten Kriegshelden wollen.«

»Es gab ein paar Probleme in Ost-Berlin«, antwortete Gustav lediglich. Er mochte ihren echten Pelz nicht. Darüber hinaus waren die Haare mit etwas behandelt worden, das seine Augen und Nase reizte.

»Das war in den Nachrichten zu sehen.« Elwira steuerte auf den Ausgang zu, die automatischen Türen öffneten sich surrend. »Was hat das mit Oblomov zu tun?«

Gustav lächelte, als er die protzige Limousine in Auberginemetallic sah, die im Halteverbot parkte und in deren Windschutzscheibe ein Schild mit der Aufschrift *Arzt im Einsatz* hing. »Ein Aurus Senat. Sie wollen mir beweisen, dass Russland auch gute Autos baut.«

»Na ja. Wir haben zwar den Kommunismus hinter uns gelassen, aber unsere einfallsreichen Ingenieure verstehen ihr Handwerk ungebrochen.« Elwira öffnete die Tür und setzte sich hinter das Lenkrad. »598 Pferdestärken, kugelsicher, mit allem Komfort, den eine Oligarchin in Moskau haben muss.«

»Sie wissen schon, dass der Motor von uns ist?«, sagte Gustav. »BMW 4,4 Biturbo V8 Benziner. Die Föderation hat es noch nicht so mit Wasserstoff. Und der Projektleiter stammt aus Stuttgart. Die DDR verdient an jedem Aurus mit.«

Marija lachte auf. »Ich sagte doch, er kennt sich aus.«

Gustav öffnete Marija die Beifahrertür und nahm hinter den Agentinnen auf der Rückbank Platz. Hinter den Frauen fühlte er sich wesentlich besser. Sicherer. Eine alte Gewohnheit, um den Rücken freizuhaben. »Danke fürs Abholen!« Er klopfte mit der flachen Hand auf das Polster. »Ich bin gespannt, wie es sich darin fährt.«

»Der Verkehr in Moskau ist die Hölle.« Elwira griff ins Handschuhfach und nahm ein Blaulicht mit Magnethalterung heraus, das sie angeschaltet auf das Dach pappte. »Aber wir haben ein Wundermittel dabei.«

Der Aurus Senat fuhr an, der Motor schnurrte kraftvoll, aber nicht aufdringlich. Der deutliche Andruck wurde vom Polster aufgefangen.

Geschmeidig fädelte Elwira den eckigen Wagen ein und bahnte sich mit lautem Fluchen und Hupen einen Weg durch den zäh fließenden Verkehr. Das Blaulicht sorgte dafür, dass sich Lücken und Gassen auftaten, durch die sie glitten.

»Wir haben Oblomov unmittelbar nach Ihrer Nachricht eine Wache zugeteilt, wie Sie uns gebeten hatten, Oberst Kuhn.« Marija drehte sich im Sitz halb nach hinten, sodass sie direkt mit Gustav sprechen konnte. »Wieso fürchten Sie um seine Sicherheit?«

»Eine reine Vorsichtsmaßnahme.«

»Wer würde einen fast Hundertjährigen ermorden wollen?«

»Wer würde Giftgas in einer Millionenstadt zum Einsatz bringen?« Gustav suchte nach dem Anschnallgurt. »Die Antwort ist dieselbe: Arschlöcher.«

Die grauhaarige Agentin fuhr rabiat und bog auf die Schnellstraße ab, die sie nach Moskau brachte. Sofort setzte sie sich auf die linke Spur und gab Vollgas. Der Aurus schoss den Asphalt entlang. Das Blaulicht fegte die Fahrbahn von den letzten Wagen frei, die sich weigerten, zur Seite zu weichen.

»Sie denken, dass unser Rotarmist Kenntnisse über das Gas hat?«, mutmaßte Marija.

»Ja.«

»Geht es um die Zusammensetzung?«

»Nein. Dann wäre ich nicht nach Moskau gekommen. Das haben unsere Spezialisten lange geklärt. Gutes Sowjetsarin mit Beimischungen, 1944 hergestellt.« Gustav fiel es schwer, sich entspannt zu unterhalten, während auf der einen Seite des Fensters die Leitplanken, auf der anderen die Autos vorbeizischten. Elwira nahm keine Rücksicht. Sie verließ sich auf die Macht des Blaulichts und der Panzerung. »Bei meinen Recherchen rund um den Vorfall kam es zu einem Angriff auf mich«, blieb er vage. »Es gibt nicht mehr viele Leute, die mir bei meinen Untersuchungen helfen könnten.«

»Wollen Sie uns raten, dass wir Oblomov nach Ihrem Besuch weiterhin unter FSB-Schutz stellen sollten?« Elwira sah in den Rückspiegel, was Gustav nervös machte. Sowohl wegen der Geschwindigkeit als auch der Paranoia.

Werden wir verfolgt? »Ich denke, ja.« Er räusperte sich und nahm eine Flasche Wasser aus der Minibar in der Seitentür. »Könnten Sie bitte auf die Straße schauen?« Er trank einen Schluck. »Ich würde gerne lebend ankommen.«

Elwira grinste – und gab Gas.

»Besteht Gefahr für Moskau oder andere Teile der Russischen Föderation?«, hakte Marija aufmerksam nach.

»Nach meinen Erkenntnissen: nein.« Gustav konzentrierte sich auf die blonde Agentin, um die Geschwindigkeit des Aurus zu ignorieren, so gut es ging. Ihm war der Pelzmantel zu nahe, er rang mit einem Niesanfall.

»Wenn ich raten müsste: Es geht um weitere Tanks. Sie haben die Hoffnung, dass sich Oblomov zumindest ein wenig an die Standorte in der DDR erinnert. Sofern es welche gibt.« Sie nahm sich eine Flasche Wasser aus der Ablage zwischen den Sitzen.

»Da liegen Sie nicht falsch.« Gustav musste sich anlehnen, um dem behandelten Fell zu entkommen. »Das meiste schriftliche Material dazu ist entweder tief in russischen Archiven versteckt oder längst vernichtet.«

Marijas Augen wurden schmal. »Und wer hat Sie bei Ihren Nachforschungen angegriffen?«

»Extremisten, die einen Anschlag auf das Archiv verübten. Um das Gedächtnis des Sozialismus zu zerstören. Sie spielten eine Schadsoftware auf den internen Rechner.« Er spürte die eigene Anspannung. Die hohe Geschwindigkeit sorgte tatsächlich für Angst bei ihm. Der eingeblendete Tacho zeigte eine Geschwindigkeit von zweihundertneunzig an. Selbst auf einer schnurgeraden deutschen Autobahn war er noch nie so schnell gefahren. »Sie werden jedoch sicher längst geschlussfolgert haben, dass das eine Ablenkung war.«

»Sonst hätten Sie nicht um Schutz für Oblomov gebeten.« Marija sah ihm neugierig ins Gesicht. »Was geht bei Ihnen in der DDR vor, Oberst Kuhn?«

»Das herauszufinden ist meine Aufgabe. Dazu ist es wichtig, dass wir die ungeschützten, vergrabenen Gasbestände der Roten Armee aufspüren.« Am liebsten wäre es ihm, wenn der Veteran ihm sagte, dass es keine mehr gebe. »Hoffentlich erinnert er sich überhaupt an irgendwas.«

»Oh, soweit ich weiß, ist er in einem ausgezeichneten Zustand. Zumindest sein Kopf.« Marija machte eine beruhigende Geste. »Sollte es etwas geben, wird sich Oblomov erinnern.«

Gustav pochte auf seine Ledertasche. »Ich habe altes Kartenmaterial besorgt. Das wird sein Gedächtnis auffrischen.« Dass er noch mehr dabeihatte, verschwieg er vorerst.

»Und wenn es eine Sackgasse ist?« Elwira wich einem Rennmotorrad aus, das sich vor ihnen auf die Spur mogeln wollte. Der Aurus schaukelte hin und her, brach aber nicht aus und berührte auch die seitlichen Begrenzungen nicht.

»Dann werde ich viel Zeit in Archiven verbringen.« Gustav nahm noch einen Schluck aus der Wasserflasche, die hohe Geschwindigkeit sorgte für steigende Furcht, die seinen Hals austrocknete. Unkontrollierbare Situationen mochte er nicht. *Habe ich noch nie gemocht.*

Marija beobachtete ihn beim Trinken und stützte das Kinn auf die Lehne, strich eine blonde Strähne aus ihrem Gesicht. Lächelte warm und echt. »Sie sind ganz anders, Oberst.«

»Als?« Gustav dankte in diesem Moment der Vorsehung, dass die Agentin keinerlei Ähnlichkeit mit Nadja zeigte, abgesehen von ihrer Jugendlichkeit. Sonst hätte ihn der Anblick garantiert aus der Fassung gebracht.

»Die MfS-Leute, mit denen ich bisher zu tun hatte. Entspannter. Weniger herablassend.«

»Oder Sie zeigen Ihre Verachtung für den einstigen großen Bruder weniger«, versuchte Elwira ihn zu locken.

»Ich *bin* lockerer. Das ist alles.« Er hob zum Gruß die Wasserflasche und trank. *Wenn sie endlich langsamer fahren würde!*

»Oh, liest man Ihr Dossier, könnte man meinen, Sie hätten die DDR erfunden, Oberst.« Marija zeigte an ihm auf und ab. »Jetzt sitzt ein Mann vor mir, der nicht ein böses Wort über das kapitalistisch unterjochte Russland sagt, die untergegangene UdSSR nicht in den höchsten Tönen lobt und auch ansonsten keine Vorhaltungen macht, was die einstigen verlorenen Gemeinsamkeiten angeht.«

Gustav prostete ihr erneut mit dem Wasser zu. Mehr nicht. *Macht euch euren eigenen Reim darauf, Kinder.*

Sein Zeiro meldete den Eingang einer Nachricht, die er sogleich las.

Angreifer im Archiv identifiziert:
Robert Meissner, 37 Jahre, Arbeiter im VEB Leipziger Bekleidungswerke Vestis
- geschieden, zwei Kinder
- keine Auffälligkeiten, keine Vorstrafen
- arbeitete als IM Pierre im Vestis
- gut integriert, kein Einzelgänger
Wohnungsdurchsuchung ergebnislos

DNS-Material im Archiv von der zweiten, flüchtigen Person wird ausgewertet
Tasche & Klapprechner nicht aufgefunden

Mit sinkender Laune steckte Gustav das Mobiltelefon wieder ein.

»Ist das das neue Zeiro?« Marija sah begehrlich auf die Manteltasche. »Was gäbe ich dafür, so eins zu kriegen.«

»Ich kann Ihnen eins schicken. Als Dank, dass Sie mich abgeholt haben.« Gustav sah zu Elwira und tippte gegen ihre Schulter. »Ihnen natürlich auch. Aber verraten Sie nicht, woher Sie es haben.«

»Das ist sehr nett von Ihnen, Oberst.« Die grauhaarige Agentin nahm den Fuß vom Gas. »Ich fahre auch langsamer für Sie.«

Gustav atmete auf, seine Beunruhigung legte sich sogleich.

»Verständigung zwischen den Ländern und Care-Pakete. Fast wie in den alten Zeiten zwischen DDR und UdSSR«, fügte Marija hinzu und lachte.

Inzwischen donnerten sie mit Blaulicht über breite Prospekte und fuhren durch die Außenbezirke der Millionenstadt.

Die Architektur erinnerte Gustav ein wenig an Berlin, nur dass Russland die klaren Linien des Neuen Bauhaus nicht aufgegriffen hatte. Hier waren weiterhin die Stalin-Häuser, sozialistischer Klassizismus und übelste Postmoderne zu sehen, außerdem etliche UdSSR-Denkmäler, überwiegend marode und nicht im besten Zustand.

Am Rand der Stadt gab es nicht viel Glanz und Schönheit. Ein deutlicher Unterschied zu Berlin. Diesen Zerfall und diese Verelendung hätte die SED niemals geduldet, schon gar nicht in der Hauptstadt. Den Niedergang überließ man Berlin-Deutschland.

Noch vor wenigen Jahren hätte Gustav den Verfall der russischen Metropole mit verächtlichen sozialistischen Parolen kommentiert. Aber diesen Gustav Kuhn gab es nicht mehr. Seine Überzeugungen hatten sich in Luft aufgelöst.

Der Aurus Senat hielt vor einem alten vierstöckigen Backsteingebäude an, das im Vergleich zu den Häusern der Umgebung noch gut in Schuss war. Lediglich der rote Anstrich blätterte langsam ab.

»Das war mal ein staatliches Sanatorium am Stadtrand, noch zur Zarenzeit erbaut«, erklärte Elwira und stieg aus. »Jetzt ist es ein Altenheim für die verdienten Kämpfer gegen Faschismus und Unterdrückung.«

Marija schwang sich ins Freie und wirkte in ihrem üppigen Pelzmantel vollkommen fehl am Platz. Einige Passanten sahen zu ihnen und dem Luxuswagen, der so viel kostete, dass eine arme Großfamilie am Moskauer Stadtrand davon gut zwanzig Jahre lang leben konnte.

Gustav folgte den Frauen, die konsequent in ihrer Rolle blieben: die Oligarchin und ihre Begleiterin auf dem Weg zu einer noblen Spende oder einem neuen Investmentobjekt. *Dann auf zu Oblomov.* Er zog den blassbraunen Mantel über den Anzug und warf sich die Tasche über die Schulter, korrigierte wie gewohnt den Sitz seines Hutes und marschierte los.

Gemeinsam stiegen sie die Stufen zur Tür hinauf.

»Wie viele Menschen leben in dieser Einrichtung?«

»Insgesamt sind es zwanzig. Oblomov ist der Einzige, mit dem man noch sprechen kann. Die anderen vegetieren vor sich hin oder leben in ihrer eigenen Vergangenheit.« Elwira deutete auf die blinden Scheiben. »Sobald der Letzte gestorben ist, werden sie ein Wohnhaus daraus machen.«

Der Schriftzug über dem Eingang *Sanatorium der Helden* war alt, darunter prangte der Doppeladler; das persönliche Wappen des Zaren war durch Hammer und Sichel ersetzt worden. Dem dicken Rost nach zu urteilen, stammte das Schild aus der Gründungszeit der Sowjetrepublik.

Marija klingelte ankündigend und öffnete dann die Tür.

»Oblomov wohnt im dritten Stock. Zimmer 3.13«, erklärte sie und bewegte sich auf den Fahrstuhl zu.

Es roch nach Kaffee und frischem Gebäck. Die drei Pflegekräfte in weißen Kitteln und mit Hauben auf den Haaren beobachteten sie skeptisch vom Dienstzimmer aus. Als sie die FSB-Ausweise sahen, waren die zwei Frauen und der Mann beruhigt.

Gustav hatte damit gerechnet, eine heruntergekommene Bruchbude vorzufinden. Stattdessen zeigte sich die Einrichtung aus der Zarenzeit in bestem Zustand. Die Wandmalereien mit Militärszenen, Holzvertäfelungen, Heiligenfresken im Ikonenstil und Deckenbemalungen waren wunderschön. Lediglich die Hinweise auf den Romanow-Herrscher fehlten. Stattdessen gab es Hammer und Sichel, geschickt überall eingebettet, als hätte es niemals etwas anderes in Russland gegeben.

»Einen Moment, bitte.« Eine kräftige Frau mit einem Butterbrot in der Hand eilte aus dem Personalraum. Auf ihrem Namensschild stand *Schwester Jekaterina, Direktorin*; den Unterarmen nach hätte sie auch Ausbeinerin sein können. »Sie beide sind zuständig für den Einsatz, wurde mir gesagt«, sprach sie die beiden Agentinnen an.

Die Butter zerlief auf dem warmen Brot. Es duftete himmlisch, und Gustav bekam ungewollt Appetit.

»Das ist richtig.« Marija stellte sich knapp vor. Gustavs Anwesenheit erklärte sie nicht, womit er zu einem von ihnen wurde. »Wie kann ich Ihnen helfen?«

»Wie lange wird denn der Einsatz dauern?« Schwester Jekaterina deutete mit der freien Hand in die Höhe, in Richtung der oberen Stockwerke. »Sie bringen mir die ganzen alten Leutchen durcheinander.« Sie biss herzhaft in ihr Butterbrot und schaute anklagend in die Runde.

»Wir sind schnell fertig, Frau Direktorin.« Elwira blieb freundlich distanziert.

Marija betätigte den Rufknopf für den altehrwürdigen Lift.

»Nur ein paar Stunden. Danach wird nichts mehr an unsere Anwesenheit erinnern.«

Als die Tür des Fahrstuhls aufglitt, stieg Gustav in die betagte Kabine aus Messing und Kupfer und drückte auf die Taste mit der Ziffer Drei. »Wir beeilen uns.«

»Das hoffe ich mal«, erwiderte Jekaterina kauend und fixierte ihn mit einem durchdringenden Blick. »Sie sind Deutscher, oder? Man hört Ihren Akzent aber kaum. Die Hautfarbe passt auch nicht so richtig.«

»Danke!« Gustav tippte sich an die Hutkrempe. »Ich gebe mir Mühe, was die Sprache angeht.« Marija und Elwira begaben sich zu ihm und sahen peinlich berührt zur Wand. »Oh, mein Vater war übrigens Schwarzrusse. Deswegen mein Teint, um den Sie mich offenbar beneiden, Frau Direktorin.«

Die Agentinnen lachten leise über den Scherz.

»Reden Sie bloß kein Deutsch dort oben! Die Großväterchen springen gleich aus dem Bett und denken, es ist wieder Krieg.« Schwester Jekaterina schluckte den Bissen herunter, während sich die Tür des Fahrstuhls schloss. »Die sind eh schon sehr aufgeregt. Wegen der vielen fremden Gesichter.«

Gustav horchte auf. »Was meinen Sie mit *viele?*« Schnell stellte er den Fuß in die Lichtschranke, und die Tür glitt rumpelnd zurück. Die Direktorin öffnete den Mund, um erneut vom Butterbrot abzubeißen, doch Gustav hielt ihre Hand fest. »Verzeihen Sie meinen Übergriff, aber was meinen Sie mit *viele?*«

»Na, die beiden anderen FSB-Agenten, die gekommen sind.«

»Wann?«

»Vor etwa einer halben Stunde.«

Marija fluchte und stürmte plötzlich mit gezogener Jarygin-PJa-Pistole aus der Kabine.

»Wir nehmen die Treppe, Sie den Fahrstuhl.« Elwira folgte ihr. »Die entkommen uns nicht.«

»Schließen Sie sich im Personalraum ein«, befahl Gustav

hastig und ließ Schwester Jekaterinas kräftige Hand los. »Bleiben Sie drin, egal, was Sie hören, Frau Direktorin! Und rufen Sie die Polizei!«

Die Türen glitten zu, und der Lift brachte ihn gehorsam in den dritten Stock.

Schon auf dem Weg nach oben vernahm er den dröhnenden Männerchor: Jemand spielte ein russisches Marschlied in maximaler Lautstärke ab. Dem Knacken nach kam die Musik von einem Plattenspieler und einer von Kratzern überzogenen Vinylscheibe.

Oder Schellack. Würde noch besser passen. Gustav zog die Wieger T11 aus dem Achselholster. Er lud durch, entsicherte und presste sich mit dem Rücken gegen die seitliche Kabinenwand.

Die Fahrstuhltüren öffneten sich, und der Chor wurde sogleich noch lauter.

Sämtliche Zimmertüren im Flur waren geöffnet. Die bodenlangen Gardinen am Ende des Korridors wehten im Wind, der durch das gekippte Fenster drang und die musikalische Darbietung mit lang gezogenem Heulen begleitete.

Marija und Elwira kamen die Treppe hinauf, sicherten gekonnt nach rechts und links den Flur. Die blonde Agentin hatte den Pelzmantel unterwegs abgeworfen, um beweglicher zu sein. Darunter trug sie ein langes weißes Strickkleid mit Rollkragen.

»Leise umschauen.« Gustav kam aus dem Lift und pirschte sich mit Marija vorwärts zu Zimmer 3.13, wo sich Oblomov aufhalten sollte.

Elwira blieb hinter ihnen und überwachte rückwärtsgehend den Gang, Treppenhaus und Fahrstuhl.

Kaum war das Lied des schmetternden Chors zu Ende, erklang das nächste. Dieses Mal war es ein Stück aus den Zwanzigerjahren.

Gustav kannte es. Alexander Wertinsky sang *Dorogoj dlinnoju,* auf Deutsch *An der langen Straße.* Im Westen war das

Lied erst in den späten Sechzigerjahren in der Version von Mary Hopkin unter dem Titel *Those Were the Days* berühmt geworden. *Frech geklaut.* Gustav wunderte sich, welche Gedanken gerade in Sekundenbruchteilen trotz der Anspannung durch seinen Verstand rasten.

Er und Marija warfen rasche Blicke in jedes Zimmer, das sie passierten, während der Song sie dabei begleitete.

Aber keiner der Bewohner befand sich in seiner Unterkunft.

»Wo sind alle?« Marija näherte sich Oblomovs Raum mit der handgeschriebenen Nummer 3.13.

»Schauen vielleicht gemeinsam Fernsehen.« Gustav hätte zu gerne die Musik zum Verstummen gebracht. Es war unmöglich, einen halbwegs leisen Angreifer kommen zu hören. Schon erklang das nächste Lied. *Katjuscha.* Passend für ein Veteranenheim. Nicht nur der Kosename für Katerina – im Zweiten Weltkrieg hatte die Rote Armee einen Mehrfachraketenwerfer mit dem gleichen Namen eingesetzt. »Ich …«

Plötzlich wurde Gustav an der Schulter gepackt und kraftvoll gegen die Korridorwand gestoßen. In dem vermeintlich leeren Zimmer 3.11 hatte sich jemand verborgen gehalten.

Gustav riss taumelnd die T11 hoch, legte den Finger an den Abzug – und hielt inne.

Ihm gegenüber stand ein kleiner Greis in einer viel zu weiten alten Uniform der Sowjetarmee, die ihm sicherlich in seinen jungen Jahren hervorragend gestanden hatte. Er fuchtelte mit den Armen und beschimpfte Gustav aufgebracht aus seinem zahnlosen Mund. Die Orden an seiner schmächtig gewordenen Brust sprangen und hüpften, als gäben sie ihm echauffiert recht.

Verflucht! Das war knapp. Gustav senkte die Halbautomatik und legte den gereckten Zeigefinger gegen die Lippen, damit der Veteran Ruhe gab. »Towarischtsch, bitte«, raunte er.

Doch der alte Mann zeterte weiter und griff neben die Zimmertür, um einen Gehstock hervorzuziehen, den er wie einen

Säbel schwang, während er einen Ausfallschritt auf Gustav zu machte.

»Schieben Sie ihn einfach zurück ins Zimmer!«, rief Marija und sah über die Schulter zu ihnen.

Unvermittelt erschien ein Schatten aus Oblomovs Raum, mit einer kompakten Maschinenpistole im Anschlag. Die klobige Mündung richtete sich auf den Kopf der blonden Agentin, und zugleich erklang Elwiras warnender Schrei.

Dann ging alles ganz schnell.

* * *

Berlin-Deutschland, Charlottenburg-Wilmersdorf (ehemaliger britischer Sektor)

Das abendliche nasskalte Regenwetter trieb die Menschen in die U- und S-Bahnen, mit denen sich Harper am liebsten durch Berlin bewegte. Niemand wollte laufen oder mit dem Fahrrad fahren. Die Waggons waren voll, stickig und angefüllt mit den unterschiedlichsten Gerüchen und der Regenfeuchte, die aus der Kleidung der Passagiere dampfte.

Musik rauschte aus zahllosen Kopfhörern in die Umgebung, am Ende des Wagens spielte eine verwahrloste Frau auf einer Mundharmonika um Kleingeld und traf dabei kaum einen Ton. Was vermutlich Absicht war, damit man ihr Münzen gab und sie rasch weiterging.

Gute Taktik. Harper stand an der Tür und betrachtete die Menschen. Auf diese Weise holte sie sich Inspirationen für Verhalten, Benehmen und Aussehen bei ihren Einsätzen. Oft schlüpfte sie dabei in verschiedene Rollen, arbeitete mit Perücke, Haltung, Bewegung und Sprechweise.

Die meisten Unterhaltungen in der Bahn verstand sie sehr gut, ihr Deutsch war exzellent. Nur bei ganz hartem Bayrisch stieg sie aus. Damit kam sie einfach nicht zurecht.

Unter die Einheimischen hatten sich internationale Touristen gemischt, die wegen der vielen Weihnachtsmärkte nach Berlin-Deutschland gekommen waren. Harper wusste: In der DDR gab es die schöneren, in Leipzig, Stuttgart oder Nürnberg. Aber dorthin trauten sich kaum Reisegruppen. Die meisten Menschen hatten Bedenken, aus irgendwelchen Gründen das sozialistische Land nicht mehr verlassen zu dürfen. Aber wer die DDR besuchte, kehrte mit überwiegend positiven Eindrücken von den Menschen und der Landschaft zurück, wie Harper erfahren hatte.

Die S-Bahn schoss rumpelnd und kreischend aus ihrer Röhre, der Waggon schwankte und ruckelte. Die Passagiere wogten und wackelten wie Schilf im Rhythmus der Schwingungen.

Zur Linken tauchte das schnieke Berlin-Deutschland auf, der Westen der geteilten Stadt, mit seinen Hochhäusern und Glitzerfassaden, geputzt und sauber, makellos und verlockend, wie eine Schönheitskönigin, die alle beeindruckte. Zumindest jene, die auf glänzende Oberflächen standen und sich gerne über das Elend an den Rändern hinwegtäuschen ließen.

Sofort zückten einige ihre Smartphones und schossen Fotos; darunter befanden sich nicht wenige Geräte der Marken Zeiro und Rotro, hergestellt in der DDR. Trotz der Warnung vor implementierter Spyware verkauften sich die exzellenten und dabei günstigen Handys mit ihren sensationell guten Objektiven sehr gut. Das MfS freute sich über jeden Verkauf außerhalb des Staatsgebietes.

Durch ihre Auslandsreisen kannte sich Harper in der Welt aus und verglich diesen Teil Berlin-Deutschlands oft mit anderen Metropolen und ihren Szenevierteln von Singapur bis Tokio. Da war viel vom modernen New York oder Dubai mit einem Hauch altehrwürdigem Sankt Petersburg; und schon hinter der nächsten Straßenecke wurde das Kulturelle dann wieder durch schrille Beleuchtung und Straßenzüge ruiniert, die auch nach Las Vegas gepasst hätten.

Auf Harper wirkte das Zentrum und erweiterte Vergnügungsviertel, das wie ein Meer aus Lichtern und Werbeanzeigen an ihr vorbeizog, wie ein Disneyland für Erwachsene. Über ihr erhoben sich unglaubliche Wolkenkratzer, die blinkten und funkelten und die Menschenmassen unbedingt blenden wollten, damit sie das Hässliche außerhalb davon nicht sahen. Der Kapitalismus kannte genügend Verlierer, und in Berlin-Deutschland wurde diese Tatsache auf wenige Quadratkilometer verdichtet.

Die S-Bahn schwenkte herum und tauchte in den unterirdischen S-Bahnhof Messe Süd Eichkamp ein, um rasch abzubremsen und die Leute auf den Bahnsteig zu spucken.

Harper ließ die schiebende Menge passieren und nutzte das Gedränge, um sich aus den Taschen von Unvorsichtigen ein paar Smartphones und Geldbörsen zu ziehen.

Danke, Sir! Vielen Dank, Madame! Oh, danke sehr! Zu großzügig, kommentierte sie in Gedanken jeden Zugriff. Sie mochte es, ihre eigene Geschicklichkeit zu testen und zugleich frische Daten zu sammeln. Zufallsgeneriert. Es gab ihr einen Kick auf dem Weg zur Arbeit oder einfach zwischendurch, um wach zu bleiben. Bislang war sie nie erwischt worden.

Auch an diesem Tag ging alles gut.

Auf dem Weg zu den Rolltreppen sichtete Harper ihre Beute. Schon oft waren Diplomaten oder Berühmtheiten unter ihren Opfern gewesen, die sich inkognito in Berlin-Deutschland aufhielten. Heute allerdings blieb es offenbar bei normalen Menschen, die dazu noch wenig Geld dabeihatten.

Nichts. Schade! Harper nahm die Euro- und Dollarscheine an sich, warf die abgewischten Börsen in den nächsten Mülleimer und prüfte die Smartphones im Gehen mit ihrem Passwortbrecher. Dabei ließ sie ihre Umgebung nie aus den Augen.

Auf peripheres Sehen war sie trainiert, auffällige Unregelmäßigkeiten nahm sie unterbewusst wahr.

Auch die gestohlenen Handys hatten keine Überraschungen auf Lager. Nur die übliche Mischung aus Apps, Nachrichtenprogrammen und geöffneten Browserfenstern. Keine versteckten Unterdateien oder spannende Downloads, die bei ihr Jagdfieber auslösten.

Harper ließ die Geräte auf einer Bank kurz vor dem Ausgang zurück. Das erbeutete Geld verteilte sie an zwei Obdachlose, die unter Bergen von ausrangierter, stinkender Kleidung an den Türen kauerten, um in der eiskalten Luft etwas Wärme aus der S-Bahn-Station abzubekommen.

Sie waren an diesem Ort der einzige Hinweis darauf, dass West-Berlin eine hässliche und eine schöne Seite hatte. Eine Janusstadt. Die Obdachlosen erbrachten den sichtbaren Beweis, dass es etliche Verlierer im System gab. Je weiter man an die Ränder von Berlin-Deutschland kam, desto größer wurde das Elend.

Sehen wollte man das Leid jedoch nicht. Schon gar nicht nahe der Deutschlandhalle und im Vergnügungsviertel.

Lange würde es nicht mehr dauern, bis entweder die Bahnsicherheit oder die Polizei anrückte, um die Penner zu vertreiben und sie in eine Tram zurück zu ihrem Hort der Ausgestoßenen zu setzen. Spandau. Zehlendorf. Teile davon mutierten zu abgründigen Elendsvierteln, zu Bandenterritorien, zu Drogenküchen. Daran wollte man wahrlich nicht erinnert werden.

Harper trat ins Freie, steckte die Hände in die Taschen des Kurzmantels und hob den Blick zum hochhausverhangenen Himmel, wo die Gebäude leuchtende Pfeiler für das natürliche Firmament rings um die Halle bildeten.

Auf der vielspurigen Straße donnerten, röhrten und tuckerten die unterschiedlichsten Fahrzeuge und verpesteten die Berliner Luft mit Abgasen. Die wenigsten Wagen fuhren mit alternativen Elektro- oder Wasserstoffantrieben wie im Osten.

Gelegentlich schrillte die Klingel einer Tram, um Autofahrer aus dem Weg zu scheuchen. Der Lärm von Hunderten Unterhaltungen, von Fangesängen und ausgelassenem Lachen brandete gegen die Agentin.

Und da sind wir. Harper hasste und liebte Berlin-Deutschland. Je nach Tagesform. Gerade standen die Zeichen auf Zuneigung.

Die nach dem Zweiten Weltkrieg neu erbaute und mehrfach renovierte Deutschlandhalle lag zu ihrer Rechten, und genau dorthin schoben sich die Menschenmassen.

Zu ihrem Glück konnte sie den Strom meiden und schwenkte auf das Tor zu, an dem *VIP* zu lesen war.

Ein Pulk Security-Leute in dicken Steppwintermänteln prüfte unter dem aufgebauten Zelt die Eintrittskarten. Einer von ihnen kontrollierte Harpers Ticket und ließ sie nach einem knappen Scan der Karte passieren. Intensivere Überprüfung fand nicht statt, nicht mal einen Metalldetektor gab es.

»Hätte ich das gewusst«, murmelte Harper und fuhr mit dem Lift in die oberste Etage. Ihre Waffe lag zu Hause im Tresor. Sie hatte sich auf das Nötigste und Unverfänglichste beschränkt. Umbringen wollte sie heute sowieso niemanden.

Sie orientierte sich kurz im Gang und klopfte bald darauf an die Tür mit der Nummer 23. *Natürlich,* dachte sie grinsend beim Anblick der Ziffern. *Die Zahl der Verschwörerinnen und Verschwörer.*

Eine dunkelhaarige Hostess im schicken hellblauen Kostüm mit weißer Bluse öffnete ihr. »Guten Abend! Darf ich Ihr Ticket sehen, Frau …?«

»Parker-Moreau.« Harper reichte es ihr und warf dabei einen Blick in den Raum, aus dem der appetitliche Geruch von gutem Essen strömte.

Eine breite, von außen verspiegelte Scheibenfront ermöglichte den Blick auf das Spielfeld. Davor befand sich ein Balkon, auf dem mehrere Frauen und Männer unter Heizmodulen standen und rauchten. Mit vollen Champagnergläsern in der Hand verfolgten sie die Aufstellung der Teams. Die russische Nationalmannschaft bestritt ein Freundschaftsspiel gegen die Mannschaft Berlin-Deutschlands.

»Und Ihren Ausweis, bitte.«

Auch den hielt ihr Harper hin. »Wenigstens eine, die es genau nimmt.«

»Vielen Dank!« Die Hostess reichte Ticket und ID zurück und wich zur Seite. »Willkommen in der Deutschlandhalle! Genießen Sie das Spiel und unsere Auswahl an Köstlichkeiten.« Eine einladende Geste folgte. »Mein Name ist Elena.« Geschickt half sie Harper aus dem Mantel. »Und wenn Sie irgendetwas benötigen, rufen Sie mich einfach, Miss Parker-Moreau.«

»Mache ich. Danke!« Beim Eintreten sah Harper zwei muskulöse Leibwächter, die am Windfang bereitstanden, um unberechtigte Gäste sofort abzufangen. Die Beulen unter den Sakkos sprachen für zusätzliche Feuerkraft, sollte sie nötig sein.

Da fühle ich mich gleich sicherer. Für das Business-Date hatte sie einen nicht zu kurzen dunklen Rock und eine sehr enge weiße Hemdbluse angelegt, die ihre Figur zur Geltung brachte. Ein bisschen Schmuck, eine lange Kette, halbhohe Stiefel, fertig.

Harper zog ihr Smartphone heraus und öffnete die letzte Nachricht, in der ein Bild von Timofej Iwanow angehängt war. Gleichzeitig stellte sie fest, dass sie keinen Empfang hatte. *Diese Loge arbeitet mit Störsendern.*

»Ah, Sie sind die Shopping-Begleiterin!«, rief ein Mann um die fünfzig in einem tadellos sitzenden bordeauxfarbenen Anzug. Das schwarze Hemd und die rot karierte Krawatte machten ihn zu einem auffälligen, wenn auch stilvollen Hingucker. Langsam kam er auf sie zu. »Wir haben einen gemeinsamen Freund, der Sie mir empfohlen hat.« Er lachte sympathisch und streckte eine Hand aus, an deren Gelenk eine goldene Luxusuhr blinkte; an den silbernen Manschettenknöpfen funkelten

Diamanten mit kaltem Feuer. »Schön, dass Sie Zeit haben, Miss Parker-Moreau.«

Harper hatte ihn längst erkannt. Sie ergriff die Finger, die ebenso weich wie kräftig waren. Die Narben darauf erinnerten an ruppigere Tage im Leben von Timofej Iwanow. »Ich danke für die Einladung, Mister Iwanow. Als Kanadierin kann ich keinem Eishockeyspiel widerstehen.«

»Russen und Kanadier! Wir haben Schnee und Bären und hassen Amerikaner – die perfekte Allianz!« Als er lachte, blitzte ein Goldzahn auf. Er winkte einen livrierten Kellner zu sich. Geschickt nahm er zwei Champagnergläser vom Tablett und orderte Krimsekt samt Kaviarhäppchen. »Darauf sollten wir anstoßen. Und nennen Sie mich bitte Timofej.«

»Dann bin ich Harper. Auf unsere neue Freundschaft«, wechselte sie fließend ins Russische und brachte den Mann mit den kurzen grausilbernen Haaren zum Strahlen.

»Möge sie lange währen und uns nützen!« Er stieß mit ihr an, ohne den Blick von ihr abzuwenden. »Soll ich Sie den anderen Menschen im Raum und auf dem Balkon vorstellen?«

»Nur wenn Sie wollen.«

»Nein. Will ich nicht.« Timofej lehnte sich nach vorne. Sein Aftershave war schwer und roch nach einem Sommertag im Nadelwald. »Alles Schmarotzer, wissen Sie. Die haben Sie nicht verdient. Und für Ihr Geschäft brächte es nichts. Weder wollen die eine neue Einrichtung noch jemanden, der sie beim Shoppen berät.« Er deutete auf eine braune Vintage-Ledercouch an der kurzen Seite des Raumes. »Reden wir rasch, bevor das Spiel beginnt? Ich nehme an, Sie wollen es ungestört verfolgen.«

»Gute Idee.« Harper mochte den Russen. Noch. Die Unterhaltung würde zeigen, wie es um ihre Druschba stand, wenn sie die Loge verließ – womöglich bereits vor Ende des Matches.

Von der Eisfläche erklang die russische Nationalhymne. Nicht wenige im Stadion sangen den Text laut mit.

»Hey, Timofej! Wer ist diese Dame?« Eine dunkelhaarige Frau in einem engen roten Kleid, über dem ein offener schwarzer Pelzmantel lag, steckte den Kopf neugierig durch die halb geöffnete Balkontür. »Wieso kenne ich sie nicht?«

»Meine Proktologin!«, rief er zurück und nahm auf der Couch Platz. »Wir reden über die letzte Untersuchung. Geh raus, Mascha. Schau dir die knackigen Russen an. Schreib dir die Rückennummern auf. Wen immer du haben willst, ich kann ihn dir besorgen.«

Harper lachte laut und hätte beim Hinsetzen fast den Champagner ausgespuckt. »Machen Sie sich keine Sorgen um ihn. Alles bestens«, fügte sie rasch hinzu.

Mascha verzog das Gesicht und wandte sich beleidigt den anderen Gästen auf dem Balkon zu.

Der Kellner brachte ihnen unter den wachsamen Augen von Elena die verlangten Häppchen auf einem Beistelltischchen und goss ihnen roten Krimsekt ein, um gleich darauf wieder zu verschwinden.

»Ignorieren Sie sie einfach.« Timofej hatte einen angenehmen Abstand gewählt, der eine leise Unterhaltung ermöglichte, ohne dass sie aufeinanderhockten. Die Aufmerksamkeit der übrigen Besucherinnen und Besucher richtete sich ohnehin auf die Eisfläche. »Mein Towarischtsch Krylow sagte mir, dass Sie Informationen bräuchten?«

»Das ist richtig.« Harper mochte ihn jetzt noch mehr. Keine Zeit verschwenden und direkt zur Sache kommen, das ersparte lästigen Small Talk. Wobei es sich mit Timofej bestimmt gut plaudern ließ.

»Und dass Sie gelegentlich für einen Geheimdienst arbeiten. Irgendein Inselreich, in dem viel Tee getrunken wird, wie ich hörte.«

»Möglich. Sie werden sicher ähnliche Nebentätigkeiten haben.« Harper biss in ihr Kaviarschnittchen. Die schwarzen Rogenperlchen zerplatzten und gaben das Aroma frei, die Sour

Cream mit dem hauchdünnen Weißbrot bildete die perfekte Ergänzung. »Das Catering ist jedenfalls himmlisch.«

Timofej lächelte. »Was kann ich für Sie tun, Harper? Und wenn Sie es mir verraten haben, bestimmen wir, was Sie für mich tun können.«

Harper leerte ihr Glas und bekam sogleich ein neues gebracht. Chancen auf Genuss mussten genutzt werden. »Es geht um den Giftgasvorfall in Ost-Berlin.«

»Gefühlt sind sämtliche Geheimdienste West-Europas in Aufruhr und versuchen, etwas herauszufinden. Fragen Sie im Auftrag des MI6?«

»Oh, ich weiß schon mehr. Allerdings bräuchte ich Zugang zu Material, das sich in der DDR befindet. Oder in einem russischen … nein, eher Archiv aus sowjetischen Zeiten«, tastete sich Harper heran. Dabei beobachtete sie Timofej genau, um zu sehen, ob und wann er reagierte. Bei einem geschulten Agenten kam das selten vor, doch man wusste nie.

»Sowjetisch?« Er hob die Augenbrauen, seine Miene zeigte erwachtes Interesse. Großes Interesse.

»UdSSR-Karten der gesamten DDR, die dem Politbüro bislang vorenthalten wurden.« Harper ließ ihren Blick einmal achtsam durch den Raum schweifen. Niemand der Gäste kümmerte sich um sie.

»Sie reden von militärischen Karten aus der Zeit der Besatzung durch die Rote Armee?«

Harper nickte. »Der MI6 hat herausgefunden, dass es sich bei dem Gas um einen Kampfstoff handelt, der vor 1945 hergestellt wurde. Da diese Kartusche im Osten der Stadt lag, ohne dass die Führung der DDR eingeweiht war …«

»Das nehmen Sie an«, hakte Timofej ein und kostete mit einem Perlmuttlöffelchen direkt vom Kaviar.

»Richtig. Das nehme ich aufgrund der Statements an, die der Politbürosprecher absonderte. Der Vorfall hat die Sozialisten ebenso überrascht wie den Westen.« Harper lehnte sich seitlich in die Polster und stützte sich mit einem Arm auf. »Die Rotarmisten haben alten Kram vergraben oder absichtlich deponiert, um ihn bei Bedarf einzusetzen. Im Krieg gegen die Nazis. Und danach gegen die einst verbündeten West-Alliierten, sollte es erforderlich sein.«

»Und nun denken Sie, dass es mehrere solcher Vorräte gibt, verteilt über die ganze DDR, ohne dass die SED-Führung etwas davon weiß«, folgerte Timofej und machte ein ernstes Gesicht.

»Ich gehe sogar weiter und behaupte, dass kaum jemand in der Russischen Föderation davon weiß. Die Umbrüche, Glasnost, die Auflösung des Ostblocks schwemmten die Sowjetoffiziere aus dem Dienst. Und viele Informationen einfach mit ihnen.«

»Oder in die Gräber.« Langsam nickte Timofej und wirkte angespannt. Beunruhigt. »Sie haben sicherlich recht, wenn Sie annehmen, dass viel Wissen verloren ging. Auch beim Wechsel von KGB zu FSB, SWR und GRU.« Er stellte den Krimsekt zur Seite und bestellte einen Kaffee. »Einen Moment, bitte.«

Während er aufstand, reichte ihm ein Leibwächter ein Satellitentelefon. Timofej entfernte sich ein paar Schritte, um ein leises Ferngespräch zu beginnen.

Harper sah den Getränkewechsel als Indiz, dass der Russe einen wachen, klaren Verstand behalten wollte. Daher schwenkte sie ebenso um, verlangte einen Earl-Grey-Tee mit Zitrone.

Kaffee und Tee wurden in Rekordzeit geliefert.

Es war müßig zu spekulieren, mit wem Timofej telefonierte, der sich jetzt eine Zigarette in den Mund steckte; die aufmerksame Elena gab ihm Feuer. Er redete schnell, die Züge waren ernst und sein Blick konzentriert. Harper wartete geduldig, bis er zurückkehrte.

Vor dem Fenster gellten die ersten begeisterten und anfeuernden Rufe. Das Match hatte begonnen.

Die Gäste befanden sich auf dem Balkon, applaudierten

und spornten die Spieler auf dem Eis an. Nicht einer von ihnen wandte sich Harper zu, als gehörte sie lediglich zur Dekoration der Loge. Oder der Logenbesitzer brachte öfter junge Damen mit, die es nicht wert waren, dass man ihren Namen kannte.

»Verzeihen Sie.« Timofej stand unvermittelt neben ihr und schwang sich auf die Couch. Er nahm einen Schluck Kaffee, das Satellitentelefon hielt er halb auf dem Schoß. Die Verbindungsleuchte glomm, die Leitung blieb geöffnet. »Ich habe mich umgehört, ob ich etwas in der Angelegenheit tun kann.«

»Können Sie?«

»Nun, es bedarf vorher noch einiger … Rückversicherungen. Zunächst einmal sollten Sie wissen, dass aufseiten der DDR neben der offiziellen Untersuchungskommission ein Stasi-Oberst wegen des Vorfalls ermittelt.«

Das war eine Besonderheit. Harper las jedoch noch mehr aus dem Ausdruck ihres Gastgebers. »Kennt man ihn? Mir scheint, als hätten Sie … Respekt.«

»Sein Name ist Gustav Kuhn, einundsechzig Jahre und bekannt als ultraharter Verfechter des sozialistischen Systems. Seine Bilanz ist Furcht einflößend, was Verhaftungen, Verhöre und Hinrichtungen angeht«, fasste Timofej zusammen. »Anfangs. Doch seit einigen Jahren wurden die Erfolge kleiner. Er fiel in Ungnade und muss die Zimmer von Interhotels bespitzeln. Genaues weiß man nicht. Mein Kontakt deutete an, sein Ermittlungsdrang wurde der SED-Spitze und einigen Leuten des Politbüros sowie der Volkskammer unangenehm.«

»Dann sind Kuhns Recherchen so etwas wie der Versuch einer Rehabilitation?«

»Kann sein. Jedenfalls richtet er in dieser Angelegenheit keinen Schaden bei der Partei an. Deswegen ließ man ihn vermutlich darauf los.« Timofej sah sie eindringlich an. »Das bedeutet, dass Sie einen starken Konkurrenten in Bezug auf jegliches Material haben, das mit dem Sarin zusammenhängt.«

Harper zeigte mit ihrem Sektglas auf das aktivierte Satellitentelefon. »Hört Ihr Kontakt mit?«

»Vielleicht.« Timofej lächelte unverbindlich.

»Sind der FSB und der SWR auch schon an der Sache dran? Oder fällt es ins Ressort des GRU?«

»Vielleicht.«

»*Vielleicht* was?«

»Vielleicht von allem ein wenig.«

»Schön. Da Sie noch mit mir sprechen, haben die russischen Geheimdienste bisher nichts gefunden«, führte Harper fort. »Welches Interesse hat die Föderation an diesen möglichen Depots aus alten Tagen? Sie könnten der DDR als Bruderstaat doch einfach einen offiziellen Tipp geben, und damit wäre alles gut.«

Das Lachen einer Frau erklang dieses Mal aus dem Satellitentelefon und beantwortete ihre Frage. Freundschaftsdienste zwischen den beiden Ländern gab es nicht mehr.

Timofej grinste und trank von seinem Kaffee. »Russland hätte gerne mehr Informationen.«

»Einen strategischen Vorteil, um bessere Handelsbedingungen beim zuständigen Sekretär des ZK herauszuschlagen«, übersetzte Harper und blies über den heißen Tee. »So lange wollen sie die Standorte geheim halten. Verstehe.«

»Nicht ganz, Harper.« Timofej überlegte einige Sekunden lang und stützte seine Stirn mit den Fingerspitzen der linken Hand ab. Das silberne Haar glänzte wie die goldene Armbanduhr, als befände es sich im Wettstreit mit dem Edelmetall. »Es geht um eine weitere Sache, die dabei eine Rolle spielt, die wir aber noch nicht ganz einordnen können.« Er holte tief Luft. »Ich sage es offen: Es hat mit *Ihnen* zu tun.«

»Ach?« Harper nahm die Eröffnung mit einem vorgetäuschten Lächeln hin. »Ich habe nichts gemacht.«

»Keine Bange.« Ein neuerlicher Wink, und der Leibwächter brachte einen Tablet-Computer, auf dessen Display vier Bilder einer Überwachungskamera zu sehen waren. Sie zeigten den

Eingang des S-Bahnhofs Messe Süd Eichkamp vom Stadion aus, den VIP-Zugang, den Lift und einen Ausschnitt aus dem Gang ihrer Ebene. »Die haben wir bei Ihrer Herfahrt und Ankunft aufgenommen.«

Harper betrachtete die nummerierten Fotos mit Datum und Uhrzeit – und entdeckte nach kurzer Suche einen Mann und eine Frau, die auf jedem der Bilder zu sehen waren. Die Kleidung, die Gesichter, alles bliebe unauffällig und der Umgebung angepasst, wäre nicht die Allgegenwärtigkeit auf den Bildern. Am meisten ärgerte sie sich darüber, dass sie die beiden nicht selbst bemerkt hatte.

So viel zu meiner geschulten Aufmerksamkeit. Daran arbeite ich in Zukunft besser. »Wer ist das?«

»Wissen wir nicht. Jedenfalls niemand aus Moskau. Wir dachten, Kollegen von Ihnen?«

»Nein. Keine Franzosen, keine Amerikaner.«

»Nun, vom BND vielleicht? Neue Gesichter.«

»In Berlin-Deutschland? Nein. Das wüssten wir schon längst.« Harper mochte das mulmige Gefühl nicht, das sich in ihr ausbreitete. *Bristol!* Er hatte ihr das eingebrockt, und er konnte sich vielleicht auch vorstellen, wer diese ungewollten Anhängsel waren, die offenbar Interesse an ihrem Fall hatten. An ihrer Recherche. An ihren Ergebnissen. »Darf ich die Aufnahmen haben?«

»Sicher. Sagen Sie Bescheid, sobald Sie erfahren, wer das ist. Wir wollen auch nicht im Dunkeln tappen.« Timofej reichte ihr das Satellitentelefon. »Ist für Sie.«

Überrascht nahm sie das Gerät entgegen. Damit hatte sie nicht gerechnet. »Hallo?«

»Wenn Sie mir versprechen, Ihre Informationen mit Ihrem neuen Freund Timofej Andrejiwitsch Iwanow zu teilen, habe ich etwas für Sie«, sagte eine höfliche Frauenstimme auf Russisch.

»Und Sie sind?«

»Eine Freundin Ihres neuen Freundes Timofej Andrejiwitsch Iwanow.«

Harper sah zu ihm. Er zwinkerte ihr mit sorgenvollen Augen zu und erinnerte dabei an einen traurigen Hund. *Die Chance!* »Einverstanden.«

»Falls ich mitbekomme, dass Sie mich austricksen, hat das Konsequenzen für eine vertrauensvolle Zusammenarbeit und den Austausch von Informationen.«

»Das ist mir bewusst. Keine Sorge.« Harpers Neugier stieg ins Unermessliche. »Also?«

»In Berlin-Deutschland lebt seit vielen Jahren ein desertierter Major der Sowjetarmee unter falscher Identität. Mihail Abrahamowitsch Smirnow lautet sein richtiger Name. Wir kommen nicht an ihn ran, weil man ihn beschützt und unsere Leute zu bekannt sind. Smirnow verriet viele wichtige Dinge an die Amerikaner, blieb aber der Liebe wegen in Berlin-Deutschland«, erklärte die Unbekannte. »Als Major leitete er mehrere Aufräumtrupps, die zunächst Altlasten der Wehrmacht entschärften, um danach das Abrücken 1991 zu organisieren. Dazu kam es aber nicht mehr. Er setzte sich ab.« Leise knisternd verbrannte Tabak, die Frau am anderen Ende rauchte. »Wenn jemand in Ihrer Nähe Informationen zu Depots der Sowjetarmee in der DDR hat, dann Smirnow. Das ist Ihr schnellster Weg.«

Harper vermied es, ihre Freude in ihrer Stimme zu verraten. Damit hatte sie Franzosen und Amerikaner abgehängt. »Und ich soll Ihnen sagen, wo die Informationen sind. Ist das der Deal?«

»Sie werden Iwanow sagen, was ihnen Smirnow verrät.« Erneut ein langer Zug und ein hörbares Inhalieren, als wäre der Qualm für das Sprechen entscheidend. »Und Smirnow exekutieren. Russland mag keine Verräter und Banditen.«

Harper stutzte. *Wetwork.* Ihre Freude erhielt einen unangenehmen Dämpfer. »Ich bin keine Killerin.«

Wieder dieses laute Lachen. »Sie sind Agentin des MI6. Natürlich töten Sie Menschen.«

»Aber keine alten Majore, die mir nichts getan haben und an deren Tod Großbritannien kein Interesse hat.«

»Es war nur ein Angebot. Das *einzige* Angebot. Für alles andere müssten Sie in die DDR reisen. Oder nach Moskau«, erklärte die Unbekannte genüsslich. »Ich bezweifle, dass man dort mit Ihnen kooperiert. Und vergessen Sie Oberst Kuhn nicht, der ebenfalls recherchiert.«

Harper überlegte und funkelte Timofej stellvertretend für ihre Gesprächspartnerin böse an.

Der ältere Russe hob sofort abwehrend die Hände, um zu zeigen, dass er mit dem Deal nichts zu tun hatte. Dann nahm er das Glas und prostete ihr zu. Mit den Lippen formte er lautlos das Wort *Druschba*.

»Bloody shit«, stieß Harper kraftvoll aus. Wenn sie auf diese Gelegenheit verzichtete, dann zogen der Stasi-Oberst, die Amerikaner und die Franzosen womöglich doch noch an ihr vorbei. Und sollten die Amerikaner wirklich aus Rache einen Schlag gegen die DDR planen, bei dem sie die alten Depots hochjagten und tonnenweise Giftgas freisetzten, wie Bristol befürchtete, dann durfte sie auf das Leben des betagten Sowjetoffiziers keine Rücksicht nehmen.

»Also ein Dà?«, schlug die Unbekannte kühl vor.

Doch darauf ging Harper noch nicht ein. »Von wem wird der Major beschützt?«

»Von einer Bande, die ihm den Rücken frei hält.«

Harper atmete tief ein und aus. Optionen, Möglichkeiten, Dringlichkeit, ablaufende Zeit, Tausende unschuldige Tote. Tick-tack, tick-tack, die Zeit lief ab. »Gut, einverstanden. Wir machen es so, wie Sie es vorschlagen.«

»Der Name, unter dem Sie Smirnow finden, lautet Danilo Feodorowitsch Koslow. Er wohnt in Zehlendorf-Süd, Ludwigsfelder Straße 5.«

Unmittelbar nach dieser Information wurde die Leitung grußlos unterbrochen.

Harper gab Timofej das Satellitentelefon zurück. »Das ist jetzt ganz offiziell ein Scheißtag.«

»Haben Sie nicht die Informationen, die Sie …?«

Sie stand auf. »Doch, habe ich, mein neuer bester Freund. Das macht es aber nicht besser.« Harper nickte ihm zu. »Ich melde mich bei Ihnen, sobald alles erledigt ist. Ihre Nummer habe ich.«

»Gutes Gelingen, Harper.«

»Einen alten Mann umzubringen kann so schwer nicht sein.« Sie stiefelte zum Ausgang, wo Elena mit ihrem Mantel stand und ihr hineinhalf.

Harper rammte die Fäuste in die Taschen. Sie fühlte Wut und Ärger über das, was man ihr aufgedrückt hatte. Aber taktisch blieb ihr keine andere Möglichkeit.

Ein Leibwächter öffnete ihr die schwere Tür, und sie trat hinaus in den Gang, der sie zum Fahrstuhl führte. Mit ihren Absätzen bohrte sie ihre schlechte Laune in den Teppich und stellte sich dabei vor, dass sie über den Körper der Unbekannten am Telefon marschierte.

In diesem Moment hasste Harper Berlin-Deutschland, trotz der anstehenden Erfolge, die ihre Ausnahmestellung beim MI6 festigen würden.

Sie hasste Berlin-Deutschland sogar sehr.

Ihre schlechte Laune wuchs, als ihr einfiel, wohin sie in Zehlendorf geschickt wurde: mitten in die Slums, die Elendsviertel, die gefährlichsten Gebiete, die man sich vorstellen konnte.

Danilo Feodorowitsch Koslow hatte sich seine Nachbarn gut ausgesucht.

Die zehn Gebote der sozialistischen Moral und Ethik

I.

Du sollst Dich stets für die internationale Solidarität der Arbeiterklasse und aller Werktätigen sowie für die unverbrüchliche Verbundenheit aller sozialistischen Länder einsetzen.

II.

Du sollst Dein Vaterland lieben und stets bereit sein, Deine ganze Kraft und Fähigkeit für die Verteidigung der Arbeiter-und-Bauern-Macht einzusetzen.

III.

Du sollst helfen, die Ausbeutung des Menschen durch den Menschen zu beseitigen.

IV.

Du sollst gute Taten für den Sozialismus vollbringen, denn der Sozialismus führt zu einem besseren Leben für alle Werktätigen.

V.

Du sollst beim Aufbau des Sozialismus im Geiste der gegenseitigen Hilfe und der kameradschaftlichen Zusammenarbeit handeln, das Kollektiv achten und seine Kritik beherzigen.

VI.

Du sollst das Volkseigentum schützen und mehren.

VII.

Du sollst stets nach Verbesserung Deiner Leistung streben, sparsam sein und die sozialistische Arbeitsdisziplin festigen.

VIII.

Du sollst Deine Kinder im Geiste des Friedens und des Sozialismus zu allseitig gebildeten, charakterfesten und körperlich gestählten Menschen erziehen.

IX.

Du sollst sauber und anständig leben und Deine Familie achten.

X.

Du sollst Solidarität mit den um nationale Befreiung kämpfenden und den ihre nationale Unabhängigkeit verteidigenden Völkern üben.

Verfasst von Walter Ulbricht, veröffentlicht 1958

Der sozialistische Dekalog wurde auf dem neunten SED-Parteitag (Mai 1976) durch die knappe Formel ersetzt, dass jedes Parteimitglied verpflichtet sei, »die Normen der sozialistischen Moral und Ethik einzuhalten und die gesellschaftlichen Interessen über die persönlichen zu stellen«.

5

Moskau, Russische Föderation

Gustav zuckte bei den beiden peitschenden Schüssen zusammen, die hinter ihm erklangen. Er hatte seine Wieger nicht mal ansatzweise auf den Feind gerichtet. Seine Reaktion war viel zu langsam, sein rechtes Ohr pfiff leise von der Überbeanspruchung.

Der blitzschnell aufgetauchte Angreifer mit der Maschinenpistole hustete und schwankte, fiel zu Boden und löste sterbend noch seine vollautomatische Waffe aus. Eine der Agentinnen hatte ihn erledigt.

Röhrend feuerte die MP eine Salve quer in die Wand neben Gustav, Putz und Farbbrocken hagelten auf ihn nieder. Die Geschosse schlugen eine gerade Linie, die weniger als fünf Zentimeter vor ihm endete.

»Scheiße!«, schrie Gustav vor Wut und Schreck, atmete dabei etwas von dem Steinstaub ein und spuckte ihn hustend aus.

»Die Nazis!«, brüllte der Veteran und machte einen Satz zurück in sein Zimmer 3.11. »Zu den Waffen, Brüder! Hört ihr? Zu den Waffen! Nieder mit den Faschisten! Es lebe Stalin!«

Geistesgegenwärtig schloss Marija die Tür, damit der Greis nicht wieder auftauchen konnte; dabei hielt sie ihre Jarygin-Halbautomatik auf den Eingang des benachbarten Raums gerichtet. »Sicher!«, rief sie aufgeregt.

»Sicher«, erwiderte Elwira, die geistesgegenwärtig auf den Gegner gefeuert hatte, wie der schwache Rauchgeruch aus ihrer Waffe verriet. »Hat es einen von euch erwischt?«

»Nein. Alle unverletzt.« Gustav kniete sich hustend neben den dunkelhaarigen Mann von knapp vierzig Jahren, der herkömmliche Straßenkleidung trug, und suchte den Puls an der Halsschlagader. Nebenbei fiel ihm auf, dass die Musik im Veteranenheim endlich verstummt war. »Tot.« Vorsichtshalber löste er die Maschinenpistole aus der Hand des Mannes. Er wollte nicht, dass eine postmortale Zuckung den Abzug erneut betätigte. Die Waffe bereitete ihm Sorgen. *Eine moderne PP-19–01 Witjas, wie sie Spezialkräfte nutzen.*

»Achtung! Die Leiterin sagte, dass es zwei sind.« Marija rückte aufmerksam vorwärts. »Geben Sie mir Deckung, Oberst.«

Gustav erhob sich, randvoll mit Adrenalin, und schob seine Ledertasche auf den Rücken. Versetzt folgte er ihr, zielte auf den leeren dunklen Rahmen.

Marija huschte ins finstere Zimmer hinein, und er blieb mit schnell klopfendem Herz direkt hinter ihr. Im Vorbeigehen schaltete er das Licht gegen die Nachmittagsdunkelheit an.

Den letzten harten Kampfeinsatz hatte Gustav vor mehr als zehn Jahren geführt. Er spürte sein Alter. Die verlangsamten Reaktionen im Archiv und im Sanatorium machten ihm deutlich, dass er für solche Abenteuer nicht mehr geeignet war. Ohne Elwira hätten sie Verluste erlitten.

Verdammt! Gustav starrte auf die chaotische Sauerei, die vor ihnen lag. Die blonde FSB-Agentin störte sich nicht daran. Derlei schien man in Moskau jeden Tag zu sehen.

Zimmer 3.13 lag in Trümmern. Jeder Schrank, jede Schublade sowie das Bett waren zerlegt worden, die Matratzen und Stoffe aufgeschlitzt und zerknäult übereinandergeworfen. Sogar in der Wand prangten zahlreiche Löcher und Einschnitte, wo man nach Hohlräumen gesucht hatte.

»Sicher. Keiner drin«, meldete Marija erleichtert. »Der zweite Typ ist durchs Fenster abgehauen.« Sie ging zum offenen Flügel und sah hinaus. »Scheiße! Das können nur Sekunden gewesen sein. Sein Kumpel hat ihm den Vorsprung verschafft.«

Fjodor K. Oblomov saß mit aufgeschnittener Kehle in einem Ohrensessel. Das Blut hatte sein petrolfarbenes Pyjamahemd, die Hose und das bunt gemusterte Polster komplett getränkt. Die gebrochenen Augen waren weit aufgerissen, das faltige Gesicht eine von Schmerz und Angst verzerrte Fratze. Deutlich leuchteten blaue Flecke und Platzwunden auf geröteten Wangen und Schläfen; seine Nase war gebrochen. Vor dem feigen Mord hatten die Unbekannten den alten Veteranen noch verprügelt.

In der Ecke lag der junge FSB-Agent, mit verdrehten Gliedmaßen, als wäre er zusammengeknüllt und weggeworfen worden. Sein Kopf hing unnatürlich herab, man hatte ihm das Genick gebrochen. Dabei musste eine Arterie gerissen sein – sein Gesicht war ein einziger blauer Fleck, das Blut tröpfelte aus Mund und Nase; die Lache am Boden war teils geronnen. Die kugelsichere Weste hatte ihm nichts gebracht.

Gustav ärgerte sich maßlos. *Der Überfall auf Oblomov ist erst durch mich ermöglicht worden.* Die Attacke im Archiv hatte die Mörder direkt zu dem Veteranen geführt. *Armer Kerl.*

»Oberst, Klartext. Was haben diese Typen gesucht?« Marija drehte sich um. Durch das offene Fenster drang der Klang von Polizeisirenen, die sich rasch näherten. »Was hat Oblomov hier aufbewahrt, das für diese Leute interessant war?«

Gustav seufzte frustriert. *Nur ein bisschen früher, und wir hätten die Leben retten können.*

»Los, verraten Sie es mir! Weswegen wurden Oblomov und mein Kollege getötet?«, setzte Marija erbost nach. »Besaß der Veteran noch Pläne von damals? Pläne mit Verstecken von Gastanks der Roten Armee?«

»Das alles tut mir sehr leid. Glauben Sie mir«, bekam Gustav endlich heraus.

Elwira erschien auf der Schwelle, die Pistole locker in der Linken. »Verdammt!«, war alles, was sie beim Anblick des Zimmers und der Toten sagte.

»Gut, dann frage ich etwas anderes: Wer sind diese Leute, die das getan haben?«

»Ich weiß es nicht. Nicht genau. Terroristen, nehme ich an.«

Marija blickte nacheinander auf die Leichen. »Ich bekomme das nicht zusammen, Oberst. Ich dachte, es seien Terroristen, die in Ost-Berlin agieren. Wie konnten die so schnell bei uns sein?«

Gustav wusste auch auf diese Frage keine Antwort. »Keine Ahnung«, erwiderte er ehrlich. *Ich habe nicht den Hauch einer Ahnung.*

Nach dem Überfall im Archiv war er sofort in die nächste Maschine nach Moskau gestiegen, weil er etwas Derartiges befürchtet hatte. Daher auch die Bitte um Personenschutz für Oblomov.

Das knallharte Vorgehen im Veteranenheim und die PP-19–01 Witjas bewiesen überdeutlich: Die unbekannte Gegenseite verfügte über beste Verbindungen, um mit noch größerer Geschwindigkeit als die Stasi reagieren zu können.

Wie ist das möglich?

Marija schaute über die Schulter zur Straße, wo die Wagen mit den Blaulichtern anhielten. Motoren wurden abgestellt, und Türen schwangen auf, laute Stimmen und das elektronische Fiepen von Funkgeräten erklangen. »Agentin Skworzowa, FSB. Ausschwärmen, Kollegen!«, rief sie hinaus und zog ihren Ausweis aus der Tasche, hob ihn ins grelle Scheinwerferlicht. »Sechs ins Gebäude und alles absuchen. Einer ist uns entkommen. Flüchtiger ist bewaffnet und hat einen Kollegen erschossen. Also Augen offen halten.«

Gustav hoffte, dass er bei dem toten Terroristen etwas fand, was ihn weiterbrachte. Die Ungewissheit, ob und was Oblomov seinen Peinigern gesagt hatte, steigerte sein Unwohlsein. Die Gefahr für die Menschen in Berlin oder an einem anderen Ort der DDR war nicht gebannt.

Die Mörder meiner Nadja sind längst nicht bestraft. »Gut,

dann … « Halblaut fiel ein schallgedämpfter Schuss unmittelbar neben ihm.

Gleichzeitig öffnete sich in Marijas Stirn ein Loch, aus dem Blut auf ihr weißes Kleid tröpfelte. Ihr Körper verlor die Spannung, und die blonde Frau kippte rücklings aus dem offenen Fenster.

Gustav fuhr erschrocken zusammen und ließ sich fallen. *Wo genau kam das her?*

Dann krachte Elwiras Pistole schnell einige Male hintereinander. »Beim Schrank! Beim Schrank!«, schrie sie und feuerte ohne Unterlass auf das größtenteils zerstörte Möbelstück an der Wand gegenüber.

Gustav verlor seinen Hut, der in der Blutlache des ermordeten FSB-Agenten landete. Er richtete den Lauf der T11 auf den teilzerlegten Schrank, in dem sich unter einem Stapel zerwühlter Bettwäsche plötzlich etwas bewegte. Der klobige Lauf einer Waffe wurde hervorgeschoben, und gedämpfte Schüsse erklangen.

Die Kugeln trafen Elwira mehrmals in den Oberkörper. Die Agentin sackte gegen den Türrahmen und rutschte ohne einen Laut langsam daran herab.

Gustav erwiderte das Feuer mit seiner Wieger und zielte etwas versetzt neben den Schalldämpfer, leerte das gesamte Magazin in den Wäschestapel.

Die gegnerische Waffe glitt aus dem Stoffberg und fiel klappernd zu Boden. Die Laken färbten sich rot.

Du Arschloch! Gustav lud im Liegen nach und wuchtete sich auf die Füße, die Halbautomatik nach vorne gerichtet. Mit der anderen Hand zerrte er die dünnen Stoffschichten zur Seite und grub den zweiten Terroristen aus, der ihnen verborgen aufgelauert hatte. »Du wirst mir nicht sterben!«

Ein junger Mann kam zum Vorschein. Er war in die rechte Schulter getroffen worden und wehrte sich mit seinem unverletzten Arm, stocherte mit einem Messer nach Gustav. »Verpiss dich!«

Fluchend wich Gustav dem Stahl aus und schoss dem Gegner zweimal durch den Unterarm, woraufhin dieser schreiend das Messer fallen ließ. Nach einem raschen Hieb gegen die Stirn sackte er in der Wäsche zusammen.

Der rührt sich vorerst nicht. Sofort kümmerte sich Gustav um Elwira, die noch bei Bewusstsein war. Die Projektile hatten sie in die linke Seite getroffen.

»Das wird wieder, Sacharowa!« Er öffnete den Parka und zog ihr Shirt hoch, um nach den Wunden zu sehen. Ein glatter Durchschuss, das schwarz-weiße Kätzchentattoo auf ihrer Haut war allerdings ruiniert. »Weiter atmen. Hören Sie? Weiter atmen, Sacharowa. Der Wichser hat Sie nicht lebensgefährlich erwischt.«

Gepanzerte Polizisten der OMON-Einheit stürmten den Flur entlang und in den Raum. In ihrem Schlepptau folgten Sanitäter, die Notfallkoffer und Einsatzrucksäcke mit sich trugen.

»Das war ja wohl richtig scheiße«, raunte Elwira unter Schmerzen.

»Ich weiß. Tut mir leid.« Gustav erinnerte sich genau an Marijas Worte und die Meldung, dass das Zimmer sicher sei. *Ich habe ihr geglaubt, ohne mich zu vergewissern.* Das übersehene Versteck des Terroristen hatte die junge Agentin das Leben gekostet. *Und beinahe auch uns.*

»Sie haben ihn?« Elwiras Lider flatterten, die Ohnmacht näherte sich mit rasenden Schritten.

»Ja. Ich habe ihn.«

Die Männer der OMON-Einheit stießen zu ihnen vor und sicherten den Raum. Die Sanitäter eilten heran und holten Spritzen, Verbände und Medikamente aus ihren Ausrüstungstaschen.

»Gut. Wenigstens …« Die junge Frau verdrehte die Augen und sackte kollabierend zur Seite.

Gustav fing ihren Kopf auf und überließ sie den medizinischen Profis, die sofort Zugänge legten und sich um die Erstversorgung kümmerten. »Vergesst mir nicht den Typen dort«, schärfte er den Sanis ein und deutete auf den ohnmächtigen Terroristen, der aus seinen Schusswunden Blut verlor.

»Der? Kann meinetwegen verrecken«, entgegnete ein maskierter OMON-Polizist und versetzte dem Bewusstlosen einen harten Tritt in die Rippen. Leises Knacken erklang.

»Das kann er meinetwegen auch.« Gustav schnappte einen Sanitäter und zerrte ihn zu dem Bewusstlosen. »Aber erst, *nachdem* ich ihn befragt habe.«

Der Blick des gepanzerten, schwarz gekleideten Spezialisten unter Helm und Maske sagte alles. »Wir werden sehen«, gab er zurück und hob den Stoff etwas an, spuckte auf den Angeschossenen.

Sosehr Gustav ihn auch verstand, so sehr benötigte er die Informationen, die im Kopf des Gefangenen steckten. *Sämtliche Informationen.*

* * *

Bezirk Saarbrücken, Kreis Homburg, DDR

Chris erwachte, weil das angenehm wiegende Schaukeln des Wolfsburgers aufgehört hatte. Blinzelnd erfasste er seine Umgebung, drehte den Kopf hin und her, um sich zu orientieren. *Wo sind wir denn?*

Der Wagen parkte vor einem alten Backsteingebäude, an dessen Wand ein sternförmiges Leuchtemblem zu sehen war; die Schriftzüge *DVP* und *Revier Homburg* rahmten es ein. Futuristisch anmutende Kameras überwachten den Vorplatz und den Eingang von der Fassade aus, während der Verkehr hinter der Haltebucht gemütlich dahinzog.

Von Alicia fehlte jede Spur.

Das ist nicht die Adresse der Müllers. Langsam stieg Chris aus. Dabei fiel ihm ein, weswegen seine Großcousine den Abstecher gemacht hatte: Er musste bei den lokalen Behörden angemeldet werden, damit die Staatsmacht Bescheid wusste.

Chris nutzte die Gelegenheit und streckte sich. Frühwinterluft mit einem Hauch des Duftes nach letztem, vergehendem Herbstlaub umwehte ihn, sein Atem wurde für die Dauer eines Herzschlags als Dunst sichtbar.

Laut der antiken Uhr am Haus gegenüber war seit seinem Grenzübertritt eine Stunde vergangen, der frühe Nachmittag hatte begonnen. Die ein- bis maximal dreistöckigen Gebäude um ihn herum unterschieden sich nicht sonderlich von den Häusern der ländlicheren Gegenden Frankreichs. *Ländliche Gegend bedeutet fast alles außerhalb von Paris,* wie seine Mutter mit der Arroganz der Großstädterin zu sagen pflegte.

Am Ende einer Fußgängerzone erhob sich ein mäßig hoher Berg mit einem wie angeklebt wirkenden Hotel an der Vorderseite. Von der Aussichtsplattform daneben strahlte das modernisierte Wappen der DDR mit Hammer, Zirkel und digitalem Ährenkranz auf Homburg herab, darunter war *VORWÄRTS IMMER – RÜCKWÄRTS NIMMER* auf dem LED-Banner sehr gut lesbar.

Damit es auch ja keiner vergisst. Die vielen verschiedenen Autos sprangen Chris ins Auge. Hin und wieder surrte ein ausländisches Fabrikat an ihm vorbei, doch zu über neunzig Prozent fuhren VEB-Schöpfungen über den einwandfreien Asphalt. Fahrzeuge von Zschopau, Sachsenring, BMW, Zwickau oder Barkas mit unterschiedlichen Modellbezeichnungen, noch dazu überwiegend mit Wasserstoffantrieb und E-Motoren wie der Wolfsburger seiner Großcousine.

Früher hatte man sich über die ersten Trabants und Wartburgs noch lustig gemacht, doch längst ließen die DDR-Fabrikate die Konkurrenz hinter sich. Die Formen der staatlichen Eigenkreationen waren teils konservativ, teils im aerodynamischen Schnitt gehalten, teils gewollt stylish eckig und an die Fünfzigerjahre angelehnt. Aber auch einige modifizierte Wagen passierten ihn, liebevoll und erkennbar in Eigenregie aufgemotzt.

Kein bisschen Gestank, dachte Chris beeindruckt. *Und ein äußerst geringer Lärmpegel.*

Die wenigen Menschen um ihn herum gingen ihrer Wege und unterhielten sich dabei. Im Vorbeigehen schnappte er ein paar Brocken auf, in denen es um alltägliche Dinge ging.

Chris ertappte sich dabei, dass er die Mode der Leute genau inspizierte, aber keine wesentlichen Unterschiede zu den Trends außerhalb der DDR feststellen konnte. Nichts davon sah billig aus.

Auch über die Kleidung der Menschen in der DDR wurde viel kolportiert. Es gab sogar Gerüchte über einheitliche Uniformen wie in Nordkorea, weil das günstiger sei. Mindestens ebenso gerne wurde behauptet, dass viele Gebiete und Landstriche der DDR jenseits der Ballungsgebiete, der großen LPGs und riesigen Kombinate hoffnungslos verarmt und verlassen seien.

Doch danach sah es nicht aus. *Kein bisschen. Zumindest nicht in Homburg.* Nichts war marode oder baufällig und verwahrlost. Nach nur fünf Minuten konnte sich Chris von einem Dutzend Vorurteilen verabschieden, die er über die Grenze geschmuggelt hatte. *Die Realität.*

»Das ist er«, traf ihn Alicias zornige Stimme in den Rücken. »Das ist der Mann, Herr Oberwachtmeister! Verhaften Sie ihn! Er ist ein Spion.«

Was wird das? Während er sich umdrehte, überlegte Chris, wo er seine Papiere hatte, falls die Volkspolizei eine Personenkontrolle bei dem Besucher aus Frankreich beschloss. *Ein neuer Scherz?*

Aber sosehr er sich auch suchend abklopfte, er fand sie nicht.

Alicia kam die Treppe herab. Neben ihr ging ein etwa fünfzigjähriger Uniformierter mit breitem Schnauzbart, der seine Dienstmütze aufsetzte und den Franzosen neugierig musterte.

Auf die Jacke hatte er verzichtet, als gäbe es die frühwinterliche Kälte nicht.

Chris bemerkte das breite Grinsen in Alicias Gesicht. *Mit mir nicht,* dachte er und grinste zurück. »Spion?« Er blieb gelassen. »Bin ich garantiert nicht.«

»Mit so was macht man keine Witze, junge Dame«, tadelte der Volkspolizist, auf dessen Langarmhemd der Name *G. Wagner* geschrieben stand. Zu Chris' Erleichterung sah er weder alarmiert noch schlecht gelaunt aus. »Das traust du dich nur, weil ich dich gut kenne.«

»Das sehe ich wie Sie, Herr Oberwachtmeister.« Chris nickte ihm zu. Das Problem mit den Papieren war noch nicht gelöst.

»Der junge Müller.« Wagner blieb vor ihm stehen und reichte ihm die Hand. »Willkommen dehemm!«

»*Dehemm* heißt *zu Hause*«, übersetzte Alicia und zog Chris' vermisste Dokumente nonchalant aus der Jackentasche, um sie dem Volkspolizisten zu reichen. »Saarländischer Dialekt. Das bringen wir dir auch noch bei.«

Chris beobachtete, wie Wagner seine Papiere an sich nahm. *Sie hat mich einfach beklaut. Ein echtes Biest.* Wagner sichtete sie und betrachtete zwischendurch mehrmals den Besucher, als müsste er sich allen Ernstes mehrfach vergewissern, den echten Christopher Mueller vor sich zu haben. »Ich wäre auch reingekommen. Sie hätten sich nicht die Mühe machen müssen, Herr Oberwachtmeister.«

»Ach, du hast so schön geschlafen«, erwiderte Alicia gespielt unschuldig, lehnte sich an den Wolfsburger und zündete sich eine Zigarette an. »Hast du was geträumt?«

»Nein.«

Wagner scannte die Dokumente mit einem handyähnlichen Gerät, das er aus dem Gürtelhalter zog, und gab sie Chris dann zurück. »So. Im System.« Er lächelte. »Wir sind übrigens auch verwandt, Christopher, gell, mei Gudda?«

»Georg ist mein Onkel«, soufflierte Alicia, was erklärte,

weswegen sie sich den Scherz leisten konnte, ohne Ärger zu bekommen.

»Oh. Oh!«, stieß Chris erleichtert aus und streckte dieses Mal die Hand aus. »Das freut mich aber. Sagen Sie ruhig Chris zu mir.«

»Gut. Ich bin de Schorsch.« Der Volkspolizist packte kräftig zu und schüttelte Chris' Arm freundlich durch. Gleichzeitig stieß der Scanner an seinem Gürtel ein leises Piepsen aus. »Die Pflicht. Muss wieder rein. Wir sehen uns dann morgen. Bei der Beerdigung. Hinterher ist Zeit zum Reden. Beim Leicheimbs.« Er ließ Chris' Hand los und eilte ins Revier zurück.

»Schorsch.« Chris massierte die malträtierte Hand, der Ehering hatte eine blaurote Furche am Mittelfinger hinterlassen. »Was ist denn ein *Leicheimbs?*«

»Leichenschmaus. Kennt man das nicht als Berlin-Deutscher?« Alicia schnippte die Glut gekonnt von der glimmenden Kippe und steckte den Rest der Zigarette hinters Ohr. »Familie und Freunde sitzen nach der Zeremonie zusammen, heulen und trinken Kaffee und Schnäpschen auf den Toten?«

»Nein. Also, wir haben das nie gemacht. In Frankreich.« Chris kannte die Tradition wirklich nicht. »So viel Familie haben wir ja nicht.«

»Ah, klar. Dumm von mir.« Sie pochte mit der flachen Hand auffordernd aufs Dach des Wolfsburgers. »Dann mal weiter. Wir kommen rechtzeitig zu Kaffee und Kuchen. Wie gesagt, die warten auf uns.«

Rasch stieg Chris in den Wagen, und der zweite Teil der Fahrt durch Homburg begann. Er wollte gerade etwas sagen, doch Alicia signalisierte ihm mit einer Geste zu schweigen. Dann legte sie ihr Smartphone ins Handschuhfach, das mit Alufolie und Schaumstoff ausgeschlagen war, und klappte das Fach dann zu. »Gut. Jetzt kannst du reden. Über *alles.*«

Chris sah auf das ungewöhnlich gestaltete Handschuhfach. »Ist wohl kaum serienmäßig?«

Sie lachte laut auf. »Nein. Und bestimmt nicht besonders legal. Wenn mich jemand fragt, sage ich, dass es für gekühlte Lebensmittel ist.«

»Bist du paranoid?«, entfuhr es ihm.

»Bist du dämlich?«, konterte sie im gleichen Tonfall. »Smartphones zeichnen auf. Immer. Hast du dir darüber schon mal Gedanken gemacht? Auch eure Modelle, nicht nur die von Robotron oder Zeiro. Aber *wir* tun was dagegen.«

»Ah, okay.« Selbstverständlich hatte sich Chris schon öfter Gedanken über diese Dinge gemacht.

Sprachgesteuerte Assistenzsysteme wie Siri, Alexa und dergleichen gab es ebenso »Made in GDR« für die sozialistischen eigenen vier Wände. Und natürlich nahmen sie ebenso auf, um der Stasi Material zu liefern. *Abgehört wird immer von irgendwem,* wie Chris der europäische Datenschutzbeauftragte in Brüssel desillusioniert gesagt hatte.

Aber wie es aussah, wussten ausgerechnet die Bewohner der DDR, wie man sich mehr Privatsphäre verschaffen konnte. Wer in einem Überwachungsstaat lebte, kannte sich besser aus und war sich der Spionage in der eigenen Wohnung durchaus bewusst.

Chris nahm sein Handy heraus. »Meins hat keinen Empfang«, stellte er nach einem kurzen Blick auf das Display fest. »Ging an der Grenze schon los.«

»Richtig. Das ist der Vorteil. Google und Co. können uns schon mal nicht belauschen.« Alicia lenkte den Wagen zügig durch die Stadt. »Kleine Rundfahrt. Und dabei erkläre ich dir rasch noch ein paar Sachen, bevor wir die Familie treffen.«

»Okay.«

»Du bist Dolmetscher in Brüssel. Das bedeutet, dass die Stasi garantiert mindestens einen aus ihrer Truppe zur Beerdigung schickt, der rausfinden will, ob man dich umdrehen oder anwerben kann, um die Ohren im Europaparlament offen zu halten.«

Chris wusste nicht, was er auf diese direkte Eröffnung erwidern sollte. »Dachte ich mir.« Mehr fiel ihm nicht ein.

»Was du machst, ist deine Sache. Da mische ich mich nicht ein«, sprach Alicia weiter. »Aber wenn du Uroma mit der Stasi Ärger bereitest, hast du ein Problem.« Sie deutete mit dem Daumen auf sich selbst. »Avec moi. Und *das* willst du nicht.«

»Geht klar. Habe ich auch nicht vor.«

»Perfekt.« Sie lächelte belohnend. »Außerdem gibt es unter den Verwandten mindestens eine, eher sogar zwei Personen, die für die Stasi horchen. Als IM. Also keine politischen Themen ansprechen. Auch nichts zu Fluchtversuchen. Das gibt Ärger. Bleib bei den Familiensachen.« Für eine Sekunde blickte sie zu ihm rüber. »Und wenn du über deinen Beruf quatschen musst, weil die anderen drängeln, dann nicht zu viel.«

»Das sagte mir die Spionageabwehr auch«, rutschte es Chris heraus.

»Zu deinem eigenen Schutz. Außer mit Schorsch. Der ist zwar Vopo, aber wirklich auf unserer Seite.«

»Ist sehr nett, dass du mich warnst.«

Alicia bog in die nächste Querstraße ab. »Na, vielleicht bin ich auch von der Stasi und versuche, ein Vertrauensverhältnis aufzubauen, um dich zu checken und dich mit etwas erpressen zu können? Oder um rauszufinden, ob du Geld brauchst?«

»Nein, bist du nicht. Du bist das schwarze Schaf.« Er sah sie prüfend von der Seite an. »Oder hast du mich angelogen?« Ihr Lachen war laut und ehrlich. »Du scheinst keine Angst zu haben. Wieso?«

»Man muss keine Angst haben, wenn man sich ans System hält, was sehr viele tun. Oder wenn man als Rebell weiß, wo die Lücken sind und welche verbotenen Tricks es gibt. Wobei es die Lieben und Braven besser haben als die Rebellen. Wie ich schwarzes Schaf.« Sie zog die Nase leicht hoch und kramte mit einer Hand ein Taschentuch aus der Jacke. »Du kennst dich nicht aus. Deswegen dachte ich, ich warne dich vor den größten Patzern.«

»Nochmals danke.«

»Wir sind noch nicht fertig.« Alicia deutete auf das Handschuhfach. »Smartphones, Tablets und das ganze elektronische Zeugs. Die Stasi nimmt natürlich nicht ständig und alles auf. Die Lauschprogramme in den Zentralen reagieren auf Schlagworte. Dann wird automatisch vom Computer aufgeschaltet und ausgewertet. Sagt man. Ich habe mal ein altes Zeiro auseinandergebaut, um …«

»Auseinandergebaut? Einfach so? Nicht schlecht.«

»Elektronikerin und Hobbybastlerin. Beste des Jahrgangs und eine Million Zusatzqualifikationen. Nebenbei. Ohne offizielle Auszeichnungen, weil ich aus der FDJ ausgetreten bin. Aus Protest. Deswegen glaube ich nicht, dass ich mit der Freundschaftsbrigade nach Palästina rausdarf.« Sie bog wieder ab und fädelte sich in den qualm- und gestankfreien Verkehr ein. »Egal. Ich hab nichts Besonderes gefunden, bis auf eine winzige Platine, die keinen Sinn ergab. Ich denke, dass man sie über einen externen Befehl zuschaltet. *Das* wollte ich allerdings nicht ausprobieren.«

»Kann so eine Bespitzelung nicht mit allem geschehen, was über Funk und Internet funktioniert?«

»Klar. Deswegen die Vorsicht. Ihr habt ja das gleiche Problem.« Alicia lachte. »Nur ist es euch egal. So schnell sind Brieftauben wieder in Mode. Die kann man nicht abhören.«

Chris musste ihr stumm recht geben. *Höchstens abschießen und dann die Nachricht lesen.* »Was noch?«

»Das war's. Hast du dir alles gemerkt?«

Noch immer konnte er Alicia nicht einschätzen. Sie klang wie eine rebellische Jugendliche. Durch ihre humorvolle Fassade schimmerte stets ein Hauch Verbitterung, als wäre sie generell von etwas enttäuscht, was nichts mit ihm zu tun hatte. Für einen Austritt aus der FDJ musste man viel Wut und Chuzpe haben. So viel hatte er verstanden. »Ja.«

»Sehr gut. Und was willst du noch von mir wissen, bevor wir da sind?«

»Das Inoffizielle. Aus Neugier.«

»Das Inoffizielle. Schön. Aber von mir hast du es nicht.« Sie zwinkerte ihm zu. »Ich bin das schwarze Schaf. Nicht vergessen. Aber *wehe,* du verpetzt mich! Dann sorge ich dafür, dass Schorsch dich einsperrt. Als kapitalistisch-korrumpierten Spion und Spitzel des erstarkenden Faschismus in der Welt.«

Chris grinste und sah sich erneut um, während der Wolfsburger dahinschnurrte. »Einverstanden.« Vielleicht konnte er mit seinem erworbenen Sonderwissen in Brüssel angeben.

In einiger Entfernung erhob sich ein mindestens zwölfstöckiges, lang gezogenes Krankenhausgebäude mit einem leuchtenden roten Kreuz an der Fassade, das sich vom umliegenden Wald und der Bebauung abhob.

»Was ist das für ein Hochhaus dort drüben?«

»Teil unserer Universitätskliniken. Also, das riesige Ding enthält die Urologie und Einheiten der Inneren. Krankenversorgung und Ausbildung für die Ärztinnen, Ärzte und das Pflegepersonal für den gesamten saarländischen Bereich.« Sie warf einen argwöhnischen Blick auf die anderen Fahrzeuge auf der Straße, als würden darin unvermittelt Mikrofone auf sie gerichtet werden. »Und Forschung. Forschung, wie man sie außerhalb der DDR in Westeuropa nicht betreiben könnte. Höchstens noch am Arsch von Russland. Oder in China.«

»Du willst mir sagen, dass sie Experimente an Menschen machen.« Es galt als offenes Geheimnis, dass die SED gewagte und »unkonventionelle« Eingriffe an Menschen erlaubte. Und Genforschung, im engen Austausch mit chinesischen Wissenschaftlern und Ärzten.

»Sicher. An *Freiwilligen.* Mit Einwilligung und dem ganzen offiziellen Papierkram. Auf dem Berg liegt außerdem eine Spezialabteilung für experimentelle Chirurgie und alternative Behandlungsmethoden, inklusive Gentherapien. Außerdem haben sie noch einen militärischen Sicherheitsbereich.« Alicia beschleunigte, um in die schmaleren Straßen der Altstadt einzubiegen und Richtung Wald zu fahren. »Irgendwo müssen sie doch die neu entwickelten medizinischen Geräte ausprobieren. Ist aber alles legal.«

Chris wusste wieder nicht, ob Alicia ihn an der Nase herumführte oder nicht. Die Vorstellung, in einer solchen Abteilung zu landen, wo man ihn mit unbekannten Methoden und Testverfahren behandelte, sorgte für einen Schauder.

Nach etlichen Sekunden lachte Alicia noch immer nicht. Sie bog ab und hielt vor einem zweistöckigen Haus an. »Wir sind da. Mach dich bereit, Berlin-Deutscher. Triff die Familie.« Die junge Frau schwang sich aus dem Wagen.

Irgendwas sagte Chris, dass er besser nicht aussteigen, sondern ganz schnell nach Paris zurückkehren sollte.

* * *

Berlin-Deutschland, Zehlendorf (ehemaliger amerikanischer Sektor)

Schon die Bahn, in der Harper fuhr, verriet durch die Graffiti an der Außenseite und das abgeranzte Innere, dass sie nicht ins aufgehübschte Zentrum Berlin-Deutschlands unterwegs war. Sondern dahin, wo es in den Gassen und Nebenstraßen »was aufs Maul gab«, wenn man zur falschen Zeit am falschen Ort war.

Zehlendorf-Süd. Heruntergekommenes Getto mit dem niedlichen Namen »Kleen Messieko«, wie man es wegen seiner hohen Kriminalitäts- und Mordrate auch nannte, in Anspielung auf mexikanische Kartellzustände. Passend dazu wurde es ab der Station Mexikoplatz gefährlich: Bandenkriege um Drogen, Vorherrschaft über Prostitution und illegales Glücksspiel. Eine wahre Not-to-be-there-at-all-Area, was sogar die Gebietsverwaltung nicht bestreiten konnte. Bei Nacht sah man das Elend weniger, und am Tag wurden die aufgehängten Leichen von den Eisenbahnbrücken geschnitten.

In Harpers Waggon saßen verwahrloste, hustende Gestalten, die abgewetzte Kleidung und schmutzige Taschen trugen, auf aufgeschlitzten Polyesterbänken. Man kam von der Arbeit, fuhr zur Arbeit oder machte sich auf zum Nebenjob, um über die Runden zu kommen.

Ausländische Firmen hatten sich an Berlin-Deutschlands heruntergekommenen Rändern angesiedelt, um steuerbegünstigte Billigprodukte zu fertigen und sie danach mit dem einstigen Prestigelabel »Made in Germany« versehen zu können, das in den Sechzigern noch etwas gegolten hatte. Der Glanz der alten Zeit stand nun wenigstens für guten Ramsch. Andere nutzten die Gegend für hochgiftige Herstellungsprozesse, um die Abwässer in Richtung DDR abzuleiten, was mit den Abgasen aus den Schloten je nach Windrichtung oftmals nicht ganz so gut gelang. Zehlendorf atmete es weg. Der Stadtstaat kassierte dafür Unmengen an Geld, das er dringend benötigte.

Die abgestandene Luft in der Bahn roch nach Schweiß, Maschinenöl und Frittierfett. Niemand sprach. Die meisten starrten auf die Displays ihrer Billig-Smartphones und DDR-Importelektronik, während die Tram mit ihnen im Bauch dahinschoss und bei jedem Stoß und jeder Kurve metallisch quiekte, als würde sie jeden Augenblick zerbrechen.

Harper hob den Blick.

Halteschlaufen hingen wie Galgenstricke von den verbogenen, dreckigen Deckenschienen und baumelten im Takt, als pendelten unsichtbare Hingerichtete daran. An der fleckigen Decke hafteten Tags im Gangsterstil. Die Banden sandten ihre Gebietsansprüche deutlich unters Volk.

Harper hatte sich entschieden, keine Pistole mitzunehmen. Sie wollte es auf die sanfte Tour versuchen und sauber bei Smirnow auftauchen, abgesehen von einem Teleskop-Schlagstock und Abwehrspray von brutaler Konzentration. Auf dem Weg zum einstigen Sowjetmajor brauchte sie diese Dinge vielleicht.

»Nächster Halt: Zehlendorf S-Bahnhof«, schepperte es blechern und kaum verständlich aus dem letzten intakten Lautsprecher.

Die Tram verringerte deutlich ihre Geschwindigkeit.

Ein auf Betonstelzen stehender grauschwarzer Bahnsteig in gleißendem Neonlicht tauchte vor dem Fenster auf. Graue Gesichter schossen vorbei, die mit stumpfen Augen ins Innere des Waggons glotzten, ohne etwas wahrzunehmen.

Im Viertel lebten überwiegend die Verzweifelten: die aus den Westländern Vertriebenen von 1949 und deren Nachkommen sowie die gesellschaftlich Abgestiegenen, für die Berlin-Deutschland nur ein sehr kleines Herz hatte. Und außerhalb des Gettos keine Geduld.

Harper erhob sich und stellte sich mit dem Rücken gegen die Wagenwand, um niemanden hinter sich zu haben. Ihre Kleidung hatte sie der Umgebung angepasst: schmutzig und abgetragen, dazu feste Stiefel mit Stahlkappen, gut geeignet zum Rennen oder Zutreten. Anstatt Tschapka trug sie eine schwarze Wollmütze. Sie verstand es, mit der Masse zu verschmelzen.

Die Tram hielt, zischend fuhren die Türen auseinander.

Weil sonst niemand ausstieg, musste Harper warten, bis sich der Strom der Zusteigenden in den Wagen ergossen hatte, bevor sie mit leichtem Drängeln ins Freie gelangte, die Hände an den Wertsachen.

Mit einem elektrischen Summen und einer Funkenentladung am hinteren Wagen klapperte die Tram davon.

In diesem Moment meldete sich Harpers Smartphone.

Da weit und breit niemand mehr am Bahnsteig zu sehen war und es lediglich eine völlig zerstörte Kamera gab, nahm sie den Anruf entgegen. Es war Bristol. »Sir?«

»Harper, wo stecken Sie?«

Sie sah nach rechts und links über den ruinierten, hoch liegenden Bahnsteig, auf dem Müll, Glassplitter und sogar abgenagte Hühnerknochen lagen. Sie fand das Viertel bedrückend. »Bei der Recherche, Sir.« Ihr Vorgesetzter musste nichts von ihrem Vorhaben und dem Deal wissen, den sie mit den Russen gemacht hatte. Sie wollte nicht als Auftragskillerin für feindliche Geheimdienste in der Berliner MI6-Abteilung gelten. *Mein Ruf ist schlecht genug.*

»Sie sind im Freien?«

»Bin ich. Und es ist beschissen kalt.« Harper musste verhindern, dass er ihr auf die Schliche kam. Je weniger Anhaltspunkte, desto besser. »Was haben Sie für mich, Sir? Lange möchte ich hier nicht herumstehen.«

»Die Bilder des Mannes und der Frau, die Ihnen zu Ihrem Treffen mit Timofej Iwanow folgten«, begann Bristol. »Ich habe sie prüfen lassen.«

Das kam Harper gelegen. Angesichts des leeren Bahnhofs war sie sich dieses Mal sicher, nicht verfolgt worden zu sein. »Und? Für wen arbeiten die beiden Vögel?«

»Das kann mir leider keiner sagen. Seltsam, was?«

»Treiben Sie Spielchen mit mir, Sir? Das höre ich Ihnen an.«

»Stellen Sie sich vor, Harper: Die Typen vom BND wollen mich für dumm verkaufen. *Mich,* ein Urgestein des Kalten Krieges!« Er lachte gehässig. »Fucking cunts.«

Harper grinste vor sich hin. »Und was denken Sie?« Sie mochte Bristol. Er schien der alte grantige Opa zu sein, der Geschichten aus dem Krieg erzählte und den man zu schnell belächelte. In Wahrheit hatte er es aber immer noch drauf und war auf seine besondere Art und Weise cool. *Sehr cool.*

Immer wieder blickte Harper sich nach allen Seiten um, damit sie keine hässlichen Überraschungen erlebte. Keiner der neu eintrudelnden Passagiere näherte sich ihr bedrohlich. Die Grüppchen blieben auf Abstand zu ihr.

»Die BND-Typen wurden regelrecht panisch, als ich ihnen

die Fotos zeigte. Offiziell behaupteten sie dann aber, nichts zu wissen. Also habe ich ein paar andere Strippen gezogen. Wenn man schon zwei Aufpasser auf Sie hetzt, will ich den Grund wissen.«

»Ich auch, Sir.«

»Dann brauchen Sie noch Geduld.«

Nun war Harper verwundert. »Ich dachte …«

»Ja, ich auch. Mache ich den ganzen Tag. *Denken*. Und dann merke ich: Ich dachte das Falsche. Verrückt, oder?« Bristol murmelte leise eine Bestellung. Er saß offenbar in einem Restaurant, während er mit ihr redete und sie in der Kälte frieren ließ. »Zuerst dachte ich«, er lachte leise, »dass es doch der BND sei. Unsere Gesichtserkennung brachte aber keinerlei Treffer. Die Software machte niemanden ausfindig, der noch lebt.«

Diese Vorlage musste genutzt werden. »By Jove, Sir! Jemand hat also zwei Geister auf mich angesetzt! Oder Terminatoren aus der Zukunft?«

»Harper, hören Sie mit dem Scheiß auf.«

»Verzeihen Sie. Aber meine gute Laune lässt in der Kälte schnell nach, wenn ich höre, dass mein Boss in einem Nobelrestaurant diniert.«

»Jetzt haben Sie mir die Überraschung versaut.« Bristol unterdrückte ein Husten. »Und es ist kein Nobelrestaurant.«

»Das hängt von der Definition ab. Hat es Sterne-Auszeichnungen? Sie sitzen gewiss in der Austernbar des KaDeWe.«

»Je länger Sie klugscheißen, desto länger stehen Sie in der Kälte«, belehrte er sie. »Wo war ich?«

»Die Geister, Sir.«

»Ah, richtig. Das Erkennungsprogramm schlug an. Und zwar mit einer Gesichtsübereinstimmung von siebzig Prozent. Zumindest bei dem Mann.«

In Harpers Kopf ratterte es, während sie nach möglichen Erklärungen suchte. »Ist er schon lange nicht mehr in Erscheinung getreten? Oder eine Gesichtsoperation, um der Software zu entgehen? Vielleicht andere vorübergehende Veränderungen?«

»Das dachte ich auch zuerst. Die Datenbank bot mir aufgrund der Übereinstimmung einen offiziellen Agenten des BND an, der jedoch 1994 verstarb: Harald Zehrend.«

Es dauerte weniger als eine Sekunde, um auf die Lösung zu kommen. »Sein Sohn!«, begriff Harper. »Sofern der Tod nicht vorgetäuscht war.«

»War er nicht.« Bristol klang sehr zufrieden mit sich. »Nun wird es seltsam. In unseren Archiven ist weiterhin vermerkt, dass Zehrend 1993 aus dem BND entlassen wurde. Nicht ganz einen Monat später kam er ums Leben.«

»Bei einem Unfall?«, riet Harper.

»Exakt. Fahrerflucht. Man hat den Verursacher nie gefasst.«

»Und der Grund für die Entlassung?«

»Ist in den offiziellen BND-Akten nicht vermerkt.«

Harper runzelte die Stirn. »Dann nehme ich an, dass es sich bei Zehrend um einen Doppelagenten handelte, den man rauswarf, nachdem er aufgeflogen war.«

»Wäre auch meine Theorie. Sein Sohn und die unbekannte Lady führen wohl das fort, was seinen Vater den Job und das Leben kostete.« Bristol bedankte sich leise für das Stout-Bier, das ihm gerade gebracht wurde. »Welche Frage stellen wir uns also, Harper?«

»Wer die Auftraggeber von Vater und Sohn sind«, kam es sogleich über ihre Lippen. Das Stout-Bier ließ auf einen englischen Pub schließen, von denen es gerade in Charlottenburg genug gab. Der ehemalige britische Sektor hatte immer noch einige Überbleibsel von der Insel zu bieten. »Die üblichen international agierenden Geheimdienste können wir ausschließen?«

»Zum aktuellen Zeitpunkt? Ja.«

Harper ging am Bahnsteig auf und ab und grübelte. Wenn sie sämtliche sonstigen Möglichkeiten ausschloss, kam sie zum einzig sinnvollen, wenn auch leicht abstrusen Schluss. »Dann gibt es in dieser von Spionen verseuchten Stadt einen Geheimdienst, über den *nichts* bekannt ist. Und nur der BND könnte uns dabei weiterhelfen. Will er aber nicht.«

»Sehr gut! Sie denken wie ich, Harper.«

»Das löst das Geheimnis nicht, Sir.« Sie schaute sich erneut auf dem Hochbahnsteig um und entfernte sich einige Schritte von der größer werdenden Gruppe zu ihrer Rechten. Eine Waffe käme ihr jetzt doch gelegen. Sehr gelegen. Hätte sie früher von Zehrends Sohn gewusst, wäre sie hochgerüstet und mit kugelsicherer Weste ausgerückt. »Sie müssen unbedingt herausfinden, wer mich beschattet. Und was die wollen. Was ist die Verbindung zum BND? Was verstecken die vor uns?«

»Ich bin selbstverständlich dran. Was denken Sie, was ich tue?«

»Ein Stout-Bier trinken und auf das Essen warten, Sir. Ist es das *Funny Guinea Pig,* in dem Sie sitzen?«

»Möglich. Und ich tue mehr als das«, erwiderte Bristol ausweichend. »Auffällige Leute in Ihrer Nähe?«

Harper biss sich auf die Zunge, um keine Witze über die Gestalten um sich herum zu machen. Tatsächlich waren sie alle sehr auffällig, nur nicht in der Art, die ihr Vorgesetzter im Sinn hatte. *Woher soll er auch wissen, wo ich mich herumtreibe?* »Nein. Zumindest sehe ich keine.«

»Gut. Machen Sie weiter, und beschaffen Sie die Infos, die wir benötigen. Ich habe den Eindruck, dass uns die Zeit wegläuft. Schneller, als Sie und ich es im Moment ermessen können, Harper. Wie ein geheimer Countdown.«

»Wird gemacht, Sir.«

»Sobald ich mehr weiß, sage ich Ihnen sofort Bescheid. Apropos Countdown: Mein Essen kommt jetzt. Das Mince Stew habe ich mir verdient.« *Klick!*

»Passen Sie auf sich auf, Harper. Kehren Sie unversehrt zurück, Harper«, sprach sie in das nun stumme Smartphone und steckte es dann ein. »Danke, Sir! Und guten Appetit!«

Mit einem breiten Grinsen auf den Lippen ging sie die nur schwach erleuchteten Stufen hinab. Die Lampenhalterungen und Birnen waren zerschlagen oder mit dicken Graffitilackschichten versehen. La Santa Muerte, der heilige Tod und oft Schutzpatron der Kriminellen in Mittel- und Südamerika, wurde an den Wänden auf Deutsch gepriesen. Berlin-mexikanische Verhältnisse.

Schließlich stand Harper auf der Machnower Straße, der sie folgte, um zur quer verlaufenden Ludwigsfelder zu kommen. Die Machnower war derart heruntergekommen, dass die paar Hundert Meter zu einem Hindernislauf um achtlos entsorgte Gegenstände und weggeworfene Müllsäcke wurden.

Die Umgebung lag überwiegend im Dunkeln und wurde nur hier und da von dem Licht erhellt, das aus den vielstöckigen Siedlungsbauten fiel. Diese Gebäude gingen nicht mal mehr als schlechte Platte durch.

Sanierungsstau, so hatte es die Stadt bezeichnet und den Investor vor Anfeindungen sogar noch in Schutz genommen. Man behauptete, dass die meisten Bewohner keine Miete mehr gezahlt hätten; darum müssten sie sich auch nicht darüber wundern, dass man ihre Wohnungen nicht mehr instand setzte. Stattdessen würde man sie bald räumen, damit im Anschluss Berliner Familien darin wohnen könnten, die eine Bleibe zu schätzen wüssten.

Dass der Investor ein Hedgefonds war, der sich einen Dreck um die Menschen kümmerte, wurde geflissentlich verschwiegen. Umkehrung von Täter und Opfer. An anderer Stelle errichtete derselbe Fonds Luxusapartments für Superreiche in Prenzlauer Berg und zockte sie gleichermaßen ab.

Harper wich dem Unrat und den zerschmetterten Gegenständen aus, die direkt aus den Fenstern auf die Straße geflogen waren. Glassplitter knirschten unter ihren Sohlen, katzengroße Ratten huschten durch den Dreck und suchten im Abfall nach Fressbarem.

Etwas Derartiges hatte sie vor ihrem Wechsel nach Berlin-Deutschland nur aus brasilianischen Slums oder den Banlieues von Paris gekannt.

Die Bewohner von Zehlendorf-Süd verdienten einige Euros mit gefährlicher Arbeit in den Recyclinghöfen, die ebenfalls am Westrand standen. Nutzbares wurde maschinell sowie von Hand von Nutzlosem getrennt und aufbereitet, was nicht ohne das Anfallen neuer Schadstoffe geschah; das verseuchte Wasser leiteten die Unternehmen über die Grenze in die DDR. Die Sozialisten fingen die ungesunden Einleitungen aus den Höfen auf ihrer Seite ab und schossen sie mit großen Löschkanonen über die Grenze zurück zum Klassenfeind. Rund um die Uhr wurde neues Plastik aus altem Plastik gewonnen und das Grundwasser verschmutzt.

Harper rief gedanklich ihre Infos zur Umgebung ab. Es gab unter dem halben Dutzend Banden im Viertel drei, die mit genau diesem Mexiko-Image spielten und sich Los Zehlendos, das Papageien-Kartell und Xocalı-Kartell nannten.

Die Papageien beriefen sich auf die bunte Bauhaussiedlung, die von den Nazis abwertend als Papageiensiedlung bezeichnet worden war; nur dass sie den Namen voller Stolz trugen. Xocalı klang zwar mexikanisch, in Wahrheit leitete der Name sich vom Denkmal für die Opfer des Massakers von Chodschali ab, was in Aserbaidschan lag. Es hatte Harper viel Zeit gekostet, die Bedeutung der Kartellnamen zu ermitteln.

Wer in Zehlendorf Glück hatte, der bekam einen anstrengenden, aber weniger gefährlichen Job bei der Stadtreinigung und fegte die Touristenrouten sauber. Oder jobbte in der Gastronomie. Die weniger Glücklichen gingen anschaffen.

Die meisten jedoch saßen zu Hause herum.

Es hatte 1949 mit den Neuankömmlingen begonnen. Die waren meist überqualifiziert, dann in den Jahren darauf als Hingehaltene untermotiviert, schließlich als Vergessene frustriert. Desillusioniert. Mit deren Kindern ging das Herumsitzen weiter.

Ihnen entsprang wiederum eine ganze Generation, die sich aus dem System ausklinkte und in Zehlendorf-Süd nach eigenen Regeln lebte, was regelmäßig zu Polizeieinsätzen führte. Sofern sich die Beamten in schwerer Schutzmontur überhaupt hineinwagten. Billige Drogen, billige Prostitution, billige Partys – die Touristen und die Bewohner der reicheren Stadtbezirke liebten den Kick.

Schlimmer als alles, was ich kenne. Harper wich Passanten rechtzeitig aus und hielt Abstand. Auf Rufe und anzügliche Laute reagierte sie nicht. Sie verstand nicht, warum Berlin-Deutschland sich nicht kümmerte. Oder die heimliche Schutzmacht USA. Der Zeitzünder der sozialen Bombe tickte.

Unbehelligt erreichte Harper nach dem Abbiegen die Ludwigsfelder Straße 5 und leuchtete mit dem Smartphone auf die übersprühte, mit Symbolen versehene Klingeltafel. Der Eingang zu ihrer Linken stand offen, eine zusammengetretene Blechdose diente als Keil.

Zu ihrem Erstaunen fand sie lediglich die Aufschrift *Familie Koslow* – mit Edding auf gleich sieben Schilder des achten Stockwerks geschrieben. Dahinter hatte jemand eine zusammenfassende Klammer gezeichnet und auf Kyrillisch vermerkt: *Zar & Zarewitschs.*

Da war der Major aber fleißig. Harper ging durch die offene Tür hinein.

Ein Bewegungsmelder erfasste sie, Neonröhren flackerten hektisch und erwachten, bis das Treppenhaus nach einigen Sekunden beleuchtet vor ihr lag.

Und als hätte Harper es geahnt, hing vor dem Fahrstuhl ein Schild mit der Aufschrift:

Loof ma besser Treppe, wa?

Als wäre ich in dieser Bruchbude mit dem Lift gefahren. Harper machte sich ans Hochsteigen.

Die ursprüngliche Farbe der Wand war unter zerrissenen Postern, willkürlich aufgeklebten Werbeplakaten, Graffiti und Parolen verborgen. Müll, Scherben und Papier lagen wie bei einer bizarren Schnitzeljagd verstreut auf den Stufen.

Als eine überzeugte Anhängerin der Ansicht, dass oft die einfachsten Methoden die besten waren, wollte Harper ihr Vorgehen simpel halten. Das würde ihr eventuell Probleme mit der besten Freundin ihres neuen besten Freundes Iwanow einbringen. Eventuell.

Eins nach dem anderen. Nur leicht außer Atem und dank ihres brachialen Trainings mit kaum erhöhtem Puls erreichte Harper die achte Etage.

Erneut erwachten Deckenlichter klackernd zum Leben und sorgten für Helligkeit.

Der eklatante Unterschied zum Treppenhaus bestand darin, dass es hier niemand gewagt hatte, auch nur ein Zeichen an die Wände zu kritzeln oder Schmutz zu hinterlassen. Es roch frisch und sauber, die Fliesen glänzten. Eine Parallelwelt tat sich vor ihr auf.

Gerade wollte Harper einen Schritt auf den frisch gebohnerten Flur machen, als zwei starke Scheinwerfer sie blendeten.

»Und du bist?«, hörte sie eine junge Männerstimme aus einem Lautsprecher sagen. In ihrer Nähe öffnete sich eine Tür. »Nicht schnell bewegen, verstanden?«

»Harper.« Stocksteif blieb sie stehen, umweht vom frischen Duft von Bohnerwachs.

»Bist du im richtigen Haus?«

»Ich denke schon.«

»Dann im falschen Stockwerk. Das hier gehört den Koslows. Und wir kennen keine Harper. Geh weiter!«

»Nein, ich bin hier richtig. Ich suche Danilo Feodorowitsch Koslow.« Frechheit siegte. Meistens. Nach dieser Devise handelte Harper im Notfall. *Zeit für Klartext.* »Allerdings unter seinem echten Namen. Major Mihail Abrahamowitsch Smirnow.«

Der junge Mann lachte laut, und mechanisch klackend wurde ein Gewehr durchgeladen. Harper identifizierte es anhand des Geräuschs als AK47, was sie absolut nicht wunderte. Das automatische Sturmgewehr ließ sich in dieser Gegend leicht beschaffen. »Wer schickt dich?«

»Ich muss mit ihm reden. Ist er dein Vater?«

»Das geht dich einen Scheiß an.« Seine Schuhe schlurften gedämpft über den Boden, offenbar trug er Puschen. Harper stellte sich zum Spaß gerüschte rosafarbene Exemplare an den Füßen des Mannes vor, der sich als harter Gangster inszenierte, und musste sich beherrschen, nicht loszulachen. »Was machen wir jetzt mit der Schlampe?«, erkundigte er sich auf Russisch bei jemandem. »Sie ist alleine. Im Treppenhaus ist keiner. Vor dem Eingang auch nicht. Auf den Monitoren war nichts zu sehen.«

Hätte ich mir denken können. Harper hatte die Überwachungskameras nicht bemerkt. Sie mussten winzig und sehr gut verborgen sein. Jetzt war sie doch froh, ohne schwere Bewaffnung gekommen zu sein, denn andernfalls wäre die Lage leicht eskaliert. Und sie ahnte, wer den Schutz des Majors übernahm: seine gesamte Familie, die bis an die Zähne bewaffnet war. »Darf ich mit Mihail Abrahamowitsch Smirnow sprechen? Es ist wichtig. Es geht um Tausende Menschenleben.«

»Halt mal die Fresse, Suka! Wir klären das gerade.«

Die Scheinwerfer bannten Harper auf den Treppenabsatz. *Das dauert mir viel zu lange.* »Es ist wegen des Giftgasvorfalls. In Ost-Berlin. Es gibt die Befürchtung, dass noch weitere unbekannte Depots aus der Sowjetzeit existieren. Überall verstreut«, sprach sie weiter. »Major Smirnow, ich will nur wissen, ob Sie weitere Orte kennen! Wenn ja, muss ich das erfahren. Damit lässt sich die Gefahr bannen. Das ist auch Ihre Verantwortung. Haben Sie gehört? Tausende Unschuldige in ganz Berlin!«

»Soll ich die Schlampe jetzt umlegen, oder was? Wahrscheinlich jemand vom Geheimdienst. Von welchem auch immer«, sagte der junge Mann erneut auf Russisch. »Oder verhören wir sie zuerst?« Das Schlurfen der Puschen rückte näher an Harper heran. »Sie kann die Vorhut sein. Eine Kundschafterin, die prüfen soll, ob sie den Richtigen gefunden haben. Mit verstecktem Mikro.«

Sekundenlang blieb es ruhig im Haus.

»Sie soll sich ausziehen. Komplett. Danach durchsuchst du sie und bringst sie zu Opa«, verkündete eine ältere Frauenstimme auf Russisch von weiter weg ohne Lautsprecherverstärker.

»Ach, Scheiße. Muss das sein?«

»Ja, das muss sein.«

»Ich hab keine Einweghandschuhe dabei. Ich greif doch nicht in die rein. Ohne Schutz. Wer weiß, was die hat?«

Harper verzog den Mund. Das wurde gerade zu einem sehr unschönen Besuch. »Wenn Sie kein Frauenarzt sind, werden Sie die Finger von meinen sensiblen Stellen lassen.«

»Unser Stockwerk, unsere Regeln«, erwiderte der Mann. »Ausziehen. Und Irina – bring mir Einweghandschuhe!«

Harper legte ihre Sachen ab und deponierte sie zusammen mit der Reizgasdose und dem eingezogenen Teleskopschlagstock auf dem Boden. Die biedere, aber einsatztaugliche Sportunterwäsche behielt sie an und spreizte die Arme weit ab. »Abtasten ist erlaubt. Aber spüre ich deine Finger in mir, verlierst du sie. Ich will sie nicht mal in meinem Ohr.«

»Sehen wir dann.« Ein hünenhafter Umriss schob sich ins Licht und machte die Scheinwerfer weniger blendend. Der Mann mit den zurückgekämmten Haaren musste knapp zwei Meter groß sein, die Muskulatur war die eines Bodybuilders. Er trug einen dunkelblauen Trainingsanzug, die Ärmel hochgeschoben. Charakteristische Tätowierungen an den Unterarmen und auf den Händen sprachen für klassische Bandenzugehörigkeit: Diebe im Gesetz.

Russenmafia. Mit rosafarbenen Puschen an den Füßen. Harper musste gegen ihren Willen grinsen. Gute Laune schadete nicht.

Das AK47 mit eingeklappter Schulterstütze hatte er am Riemen umgehängt, damit er zuerst die abgelegten Klamotten untersuchen konnte. Das Smartphone zerlegte er und entfernte die SIM-Karte sowie den Akku.

Danach glitten seine kräftigen Hände, an denen goldene Ringe steckten, routiniert über Harpers Körper und suchten selbst unter den dünnen Bündchen des BHs und des Slips nach versteckten Klingen.

»Hände in den Nacken.« Die rauen Finger tauchten unter das Höschen.

»Du denkst daran, was ich dir versprochen habe?« Harper blieb gelassen. Sie wusste, dass sie liefern musste, sollte der Russe es wagen, auf der Suche nach Waffen auch nur ansatzweise in sie einzudringen. Das gleißende Licht machte ihn zu einem gesichtslosen Riesenschläger, der wider Erwarten sehr gut roch. Das frische Aftershave war bestimmt teuer.

»Unser Stockwerk, unsere Regeln.« Die Fingerkuppen glitten über ihren blanken Venushügel.

Dann tanzen wir, mein Großer. Die meisten Gegner begingen den Fehler, zu dicht am Widersacher zu stehen und ihn zu unterschätzen – wie auch der schrankbreite Russe.

Harpers angewinkelte Ellbogen zuckten in schnellem Wechsel kraftvoll ins Gesicht des Mannes, trafen Nasenbein und rechtes Auge, sodass er fluchend zurücktaumelte.

Mit einem gesprungenen Kniestoß in die linke Seite brachte sie hörbar Rippen zum Brechen und schleuderte den Hünen zurück, zog ihm beim Landen blitzschnell die Füße weg. Wie ein gefällter Baum ging er auf dem gebohnerten Flur nieder. Einer der Puschen flog davon.

Langsam und mit erhobenen Händen richtete Harper sich auf. »Ich hatte ihn gewarnt. Und ich hätte mir sein AK schnappen können. Habe ich aber nicht getan.«

»Dimitri, du blödes Arschloch«, lachte ihn eine zweite Männerstimme von irgendwo zwischen den grellen Scheinwerfern aus. »Die wiegt höchstens ein Drittel von dir. Schau, was sie mit dir gemacht hat!«

Doch Dimitri blieb liegen und regte sich nicht.

»Scheiße, Suka!«, stieß der Unbekannte besorgt aus. »Was hast du …?«

»Er ruht sich nur aus. Wozu sollte ich ihn umbringen, wenn ich mit Major Smirnow sprechen will?«, beruhigte Harper die anderen lässig. »In ein paar Minuten steht er wieder.«

»Und wird schlecht gelaunt sein«, ergänzte die Unbekannte unmittelbar vor ihr.

Mit einem leisen Klicken erloschen die starken Lampen.

Vor Harper stand eine schwarzhaarige Frau um die fünfzig auf dem Flur, die gekleidet war, als wollte sie einen Szeneclub im Zentrum von Berlin-Deutschland besuchen. Neben ihr erhob sich ein dreißigjähriger dunkelhaariger Mann in einem gold-roten Trainingsanzug, auf dem *CCCP* zu lesen stand. Während sie unbewaffnet zu sein schien und die Fernbedienung für die Beleuchtung in ihrer manikürten linken Hand trug, hielt er eine Makarow-Pistole PMM auf die Agentin gerichtet.

»Wollten Sie ihm nicht die Finger abschneiden?«, erkundigte sich die Unbekannte, deren Züge deutliche Ähnlichkeit mit denen der jüngeren Männer aufwiesen.

»Nur wenn er in mich eingedrungen wäre. So weit wollte ich es nicht kommen lassen.« Harper ließ die Arme langsam sinken. »Kann ich mich wieder anziehen?«

Die Frau erlaubte es ihr mit einer Handbewegung. »Ich bin Maria, das ist mein Sohn Anatol. Dimitri haben Sie bereits kennengelernt. Harper war Ihr Name?«

»Richtig.« Sie legte schnell ihre Kleidung an, die Einzelteile des Smartphones steckte sie in ihren Kurzmantel. Ein deutliches Zeichen, dass sie nicht beabsichtigte, die Unterhaltung heimlich aufzuzeichnen. »Ich bin vom MI6.« Es gab keinen Grund zu lügen. »Wir untersuchen den Gasvorfall, der …«

»Haben wir gehört.« Maria deutete auf die Tür hinter sich. »Kommen Sie. Mein Vater erwartet Sie. Geben Sie Anatol den Schlagstock und das Gas. Drohungen spare ich mir. Sie wissen, was wir mit Ihnen machen, wenn Sie sich danebenbenehmen.«

»Hier stört es keinen, wenn man jemanden aus dem Fenster wirft«, konnte es Anatol nicht unterlassen, eine Andeutung zu machen. »Achter Stock.« Dann zog er ihr einen Sack über den Kopf. »Keine Angst. Noch ist es nicht so weit.«

»So eine Scheiße«, hörte sie Dimitri stöhnen, der aus seiner Ohnmacht erwachte. »Passt bloß auf die Suka auf! Die ist übel.«

»Hol dir Eis, und dann zurück auf deinen Posten«, befahl Maria.

Harper wurde blind durch das Refugium der Smirnows geführt.

Es ging durch Zimmer, in denen sich mehrere Menschen auf Russisch unterhielten, in denen Maschinen ratterten und metallische Geräusche erklangen. *Geldzähler und Patronenfüller.* Stufen hoch und runter, um viele Ecken und durch mehrere Türen, die sich mit lauten Geräuschen öffneten und schlossen. Zwischendurch roch es nach warmem Essen, nach Kaffee und Gebäck, als wandelte Harper durch eine sehr seltsame militant-kriminelle Kantine.

Die Familie hatte das Stockwerk umgebaut, ausgebaut, massiv verstärkt. Entweder aus Angst vor dem russischen Geheimdienst oder wegen der Geschäfte, denen sie in Zehlendorf-Süd nachgingen. Es gab genug aggressive Mitbewerber.

Harper prägte sich den Weg ein, um notfalls aus diesem Rattenbau entkommen zu können. Nun verstand sie die Probleme des russischen Geheimdienstes. Ihr war schleierhaft, wie sie jemals unbemerkt in diesen Irrgarten würde eindringen können, um den Major zu erledigen. Sie schwitzte unter Mütze und Sack. An Wärme sparten die Smirnows nicht.

Endlich blieben sie nach dem Passieren einer raschelnden, knisternden Schleuse aus Plastikplanen stehen.

Die Luft roch unvermittelt nach Desinfektionsmittel und tödlicher Krankheit. Das Piepsen stammte von medizinischen Gerätschaften, der unregelmäßige Rhythmus verriet den schlechten Zustand des Patienten.

Der blickdichte Sack wurde von Harpers Kopf gezogen.

Auszug aus dem Mitschnitt der Februarsitzung 2020 des Staatlichen Komitees für Filmwesen, Abteilung Fiktion und Zukunft, Berlin-Babelsberg *(Personenschlüssel anbei)*

A: Ich kann euch jetzt schon mal versichern, Genossinnen und Genossen: Das ist der Hammer! Das DEFA-Studio für Spielfilme hat eine Science-Fiction-Serie abgeliefert, die den Amerikanern die Augen aus dem Kopf hauen wird. Die Menschen werden es lieben! Der Trailer ist gerade in der Mache.
B: Hast du noch ein bisschen mehr?
A: Liebe, Abenteuer, Hochspannung und viele fremde Welten. Vergesst *Marvel* und *Star Wars*.
C: Eine grobe Richtung, bitte.
A: Also, unser Team aus Kosmonautinnen und Kosmonauten lebt in einer utopischen Zukunft. Mit enormen sozialen und technischen Entwicklungen. Keine soziale Ungleichheit mehr, weder Rassismus noch Intoleranz. Armut und Krieg sind überwunden. Der Kapitalismus und die Funktion des Geldes, zack, abgeschafft.
B: Also, das ... kommt mir bekannt vor. Ich weiß nur nicht ...
A: Warte, Genosse! Es geht noch weiter: Die Menschheit ist zu einer weltweiten Einheit verschmolzen und lebt auf anderen Planeten. Das Motto: friedliche Koexistenz. Mit allen. Zum Wohle aller! Und sie kämpfen gegen Unterdrückung und Faschismus!
C: Lass mich raten: Sie fliegen dann durch den Weltraum und erleben Abenteuer?
A: Ganz genau!
B: Ich hab's! Das ist *Star Trek!*
A: Ganz genau! Die Amerikaner haben dank *Star Trek* schon seit Dekaden Helden aus einem Universum mit Anleihen aus Sozialismus und Kommunismus – und finden sie gut! Da dachte ich mir: Ein bisschen Plakatives schadet nicht. Wir streichen unsere Heldinnen und Helden anders an, geben noch ein bisschen mehr Ideologie mit, und fertig ist die Laube.

C: Aha. Na, ich weiß nicht.

B: Doch, finde ich gut. Sehr gut! Sollen sie uns wegen des Plagiats verklagen. Das ist beste PR!

A: So sehe ich das auch.

C: Und wie heißt die Serie?

A: Ich dachte an: *Sternenreise!*

6

Moskau, Russische Föderation

Gustav betrat das karg eingerichtete Krankenzimmer, in das man den verletzten Terroristen gebracht hatte.

Verbände lagen um Schulter und Hand des jungen Mannes, Drainagen leiteten Wundflüssigkeit ab, und aus zwei Infusionsbeuteln sickerten Kochsalz- und Nährflüssigkeit in den Körper des Schlafenden. Die Prellungen und Blutergüsse im Gesicht zeigten, dass die OMON ihm auf dem Weg ins Krankenhaus noch einige Andenken verpasst hatte. Mit Handschellen war er am Bettrahmen fixiert worden. Gustav trug einen schwarzen Trainingsanzug, den ihm die Polizei gegeben hatte. Für ihn ein äußerst ungewohntes Outfit. Sein brauner Anzug, das weiße Hemd, Schlips und Hut waren mit dem Blut des getöteten FSB-Agenten besudelt.

Gustav nahm sich einen Stuhl und zog ihn quer durch den Raum – die Stuhlbeine schabten laut über den Boden –, steckte sich ein Pfeffi in den Mund und ließ das Bonbon laut gegen die Zähne klackern.

Der dunkelblonde Mann erwachte von den Geräuschen und blickte sich verwirrt um. Gustav schätzte ihn auf höchstens Anfang zwanzig. »Was bei …?«, sagte er auf Russisch. Dann sah er Gustav, der sich neben ihn setzte. Und grinste widerlich. »Ah, der fette Fidschi.«

»Sie kennen sich mit landestypischen Beschimpfungen sehr gut aus«, erwiderte Gustav ebenfalls auf Russisch. Er nahm die Baseballmütze mit dem Polizeiabzeichen von der Glatze und legte sie auf den Beistelltisch, platzierte seine Ledertasche neben sich. »Dabei sind Sie gar nicht aus der DDR. Woher kennen Sie diese nette Bezeichnung?«

»Ich weiß, warum Sie gekommen sind.« Der Mann lachte ihn aus. »Ihr habt nichts herausfinden können. Weder über mich noch meinen Begleiter. Nicht mal meinen Namen, stimmt's?«

»Das ist richtig. Aber das werde ich ändern. Ich nehme an, *Sie* wissen sehr genau, wer *ich* bin. Die Beschimpfung aus meiner Heimat macht das deutlich.« Gustav atmete ein, was sich durch die Minze kalt anfühlte, und blickte sich um. »Sie haben es schön hier. Und man hat Sie wieder zusammengeflickt. Doch es wird für Sie nicht mehr lange so schön bleiben.«

»Weiß ich. Mir egal.«

»Die Kollegen vom FSB werden gleich zu uns stoßen und mit großer Neugier zuhören, was wir bereden.« Gustav legte das rechte Bein über das linke Knie und hakte die Finger vor dem Bäuchlein zusammen. »Mir wurde gesagt, dass Kooperation sich positiv auf die kommende Gerichtsverhandlung auswirken wird.«

»Fick dich!«

»Und ich sagte den Kollegen, dass Sie vermutlich nicht auspacken werden. Dafür ist Ihr Ziel zu wichtig. Ihr Ziel und das Ihrer Organisation«, fuhr Gustav fort. »Anfangs dachte ich, dass es um Erpressung geht. Ein paar Idioten fanden durch Zufall einen Sarin-Tank der Roten Armee und glaubten, es sei eine prima Idee, die DDR zu erpressen. Einige Millionen Mark sollte das Leben der Bürgerinnen und Bürger schon wert sein.«

»Und dann?« Der Dunkelblonde rutschte im Bett höher und behielt das überhebliche Grinsen bei. Die Handschellen klirrten dabei leise.

»Merkte ich, dass es um viel mehr geht. Noch bin ich nicht darauf gekommen, was hinter allem steckt. Wer hinter diesen konzertierten Aktionen steckt. Die Logistik, die Vorgehensweise, die Geschwindigkeit, die modernen Waffen. Das spricht für Profis.« Gustav nahm sich etwas von dem Wasser, das für den Gefangenen gedacht war. »Fangen wir mit etwas Einfachem an: Wie soll ich Sie nennen?«

Der Mann tat so, als müsste er überlegen. »Fidschi. Oder Brownie vielleicht? Suchen Sie sich was aus, Kuhn.«

»Ah. Sie kennen tatsächlich meinen Namen. Das wundert mich nicht.« Gustav musterte jede Regung, die sich auf dem geschundenen Gesicht des jungen Gefangenen zeigte. Mitleid fühlte er beim besten Willen nicht. »Ich denke, ich werde Sie Werther nennen.«

»Verstehe ich nicht.«

»Na ja. Sie haben viel Leid vor sich. Ist aber nicht so wichtig.« Gustav nahm einen Schluck. Die literarische Anspielung auf Goethes Werk gönnte er sich. »Sie haben Oblomov misshandelt und getötet. Einen fast Hundertjährigen! Seinen FSB-Leibwächter umgebracht und Agentin Skworzowa erschossen. Und versucht …«

»Stimmt. Und jetzt?«, fiel ihm Werther verächtlich ins Wort. »Sie wissen nicht einmal, wie mein richtiger Name lautet. Auf unseren Smartphones können Sie auch nichts Besonderes gefunden haben. Pech für Sie.«

»Die Gesichtserkennung der Russischen Föderation ist leider nicht auf dem Stand der DDR.« Tatsächlich bedauerte es Gustav, einmal nicht auf sämtliche Möglichkeiten des Überwachungsstaates zugreifen zu können. DNS-Proben, Retina-Scan, Fingerabdrücke und vieles mehr. »Sonst wüsste ich es schon längst. Aber ich vermute, dass ich einen unbescholtenen Bürger vor mir habe. Vielleicht sogar mit einem guten Beruf, perfekt integriert. Unauffällig. Niemand käme auf den Gedanken, dass Sie ein Killer sind, der alte Helden und Regierungsbeamte umbringt.«

»Mag sein.« Werther sah ihn missbilligend an und spielte mit seinen Fesseln. »Sie trinken mein Wasser, Fidschi.«

»Sie bekommen es ja intravenös.« Gustav blickte auf die Uhr. »Ich gebe Ihnen zehn Sekunden, mir zu sagen, was Sie wissen. Freiwillig.«

»Und wenn nicht?« Der Dunkelblonde lachte. »Drohungen sind nur etwas wert, wenn Sanktionen folgen, fetter Fidschi. Hat man Ihnen doch bei der Stasi beigebracht.«

Gustav beugte sich zur Seite und öffnete die Tasche. »Das ist keine *Sanktion*, Werther.« In aller Ruhe räumte er eine Einwegspritze sowie ein Kästchen mit mehreren Ampullen und passenden Nadeln auf den kleinen Rolltisch neben dem Bett. Diese besondere Importware aus der DDR hätte er ohne Ausweis und Amtshilfegesuch niemals durch die russischen Kontrollen bekommen. »Das ist die *Reaktion* auf Ihre Weigerung.«

Werther erbleichte. »Was ist das für ein Dreck?«

»Destilliertes und modifiziertes Crystal Meth. Eine Spielerei des MfS, um jenen, die sich nicht fügen wollen, einen Schuss zu verpassen, der sie in die sofortige Abhängigkeit treibt. Nur von uns gibt es diesen guten Stoff. Ohne Nachschub verlieren die neuen Süchtigen ganz schnell ihren Verstand.« Gustav zog sich ein Paar Einweghandschuhe aus dem Spender an der Wand und streifte sie über. »So garantieren wir, dass uns die Informanten treu bleiben. Wir nennen es ›Club Methicana‹.« In Ruhe suchte er einen Tupfer aus der Schublade des Tischchens. »Wir können auch witzig sein.«

»Sie wollen mir die Scheiße spritzen?« Werther ruckelte an den Handschellen. Trotz seiner erkennbaren Schmerzen setzte er sich in seinem Bett jetzt komplett auf.

»Sicher. Und dann sind Sie das nächste Mitglied im Club Methicana.« Gustav hielt inne. »Ach, ich vergaß – wir sind ja in Russland. Woher Sie wohl das gute Zeug bekommen werden, sobald ich durch diese Tür gehe?« Routiniert setzte er die Kanüle auf die Spritze und zog eine Ladung aus der Ampulle auf. Diese Prozedur hatte er vor vielen Jahren im Schlaf beherrscht – und tat es immer noch. »Ich kann es Ihnen sagen: gar nicht. Sie werden sich schon morgen die Arme aufkratzen, Schmerzen im ganzen Leib haben und vor Gier nach dem hier …« – er deutete auf die Fläschchen – »… umkommen. Haben Sie Erfahrung mit Entzug?«

»Nein! Scheiße, das dürfen Sie nicht!«

»Man darf auch keine Menschen umbringen. Das hat Sie aber nicht gestört, Werther.« Gustav drückte den Kolben nach oben, die Luft wich aus der Kammer. »Weswegen sollte ich mir also Gedanken um Ihre weitere Gesundheit machen?« Das Mittel quoll klar und rein aus dem schrägen Ende der Nadel. »Die meisten bringen sich am dritten Tag ohne einen Schuss davon um. Klar, Sie können es mit anderen Drogen versuchen. Aber das wird nicht reichen. Niemals mehr in Ihrem kleinen Scheißleben, Werther.«

»Warten Sie!«

»Das habe ich. Und zwar genau« – Gustav blickte erneut auf die Uhr – »vierundfünfzig Sekunden. Das war mehr als zugestanden.« Er hob die Spritze und packte mit der anderen Hand den Arm des Gefangenen, drehte ihn mit der Innenseite nach oben, sodass sich die Venen zeigten. »Oh, Sie sind sportlich und trainiert. Das ist gut. Ich habe das schon lange nicht mehr gemacht. Mir fehlt die Erfahrung.«

»Komarow! Mein Name ist Iwan Komarow, und ich …«

Gustav stach die Nadel durch die Haut direkt in die Ader. »Ja?«

»Ich wohne in Moskau, Lefortowo. Aber ich kann Ihnen nichts …«

Der Kolben senkte sich. Das Mittel wurde mit sanftem Druck aus der Injektionskammer in die Blutbahn befördert.

»Nein! Scheiße! Du beschissener Fidschi!«, brüllte Komarow und bäumte sich auf. Dann verdrehte er die Augen und sank nach hinten ins Kissen, die Pupillen weiteten sich. »Oh Scheiße. Scheiße, was …«, raunte er und seufzte.

Gustav zog die Nadel aus dem Arm und drückte die winzige

Wunde mit dem bereitgelegten Tupfer ab. »Was ich vergessen hatte zu erwähnen: Es hat noch andere Wirkungen.«

»Welche? Kriege ich einen Steifen?« Komarow kicherte albern. »Wirst du mir dann einen wedeln?«

Gustav ließ dem Mittel Zeit, seine Wirkung zu entfalten, und zog dabei eine neuerliche Ladung auf.

Komarow wusste nicht, dass die Geschichte vom Crystal Meth ein Märchen war, um seine Angst zu schüren, den Puls und den Blutdruck hochzutreiben, damit die Chemie schneller durch seinen Körper transportiert wurde.

Die Verhörspezialisten der Stasi besaßen Mittel, die Laien gerne als Wahrheitsserum bezeichneten. Das entsprach nicht ganz genau der exakten Wirkung des Mittels, aber es sorgte dafür, dass Menschen unter dessen Einfluss mehr erzählten, als sie wollten, und sich außerdem besser erinnerten. Ähnlich wie stark Alkoholisierte. Die Weisheit, dass kleine Kinder und Betrunkene die Wahrheit sagten, stimmte.

Es war eigentlich für Oblomov gedacht gewesen. Da der Veteran jedoch nicht mehr lebte, bekam es nun Iwan Komarow zu spüren. Gustav hatte es nicht völlig umsonst mitgebracht.

Mit einem Griff nahm er das Zeiro aus der Tasche und aktivierte die Aufnahmefunktion. Video und Audio. »Ist Ihr Name Iwan Komarow?«

»Ja«, erwiderte der junge Mann mit schwerer Zunge und kicherte. »O Mann! Mann, das ist ja starkes Zeug! Ich … ich kann …«

»Haben Sie Fjodor Oblomov umgebracht?«

»Nein. Das war Ilja.«

»Ilja, schön. Ich brauche seinen vollen Namen, Wohnort, einfach alles, was Sie von ihm wissen.«

»Sonst weiß ich nichts. Ist auch nicht sein richtiger Name. Ich kenne ihn nicht. Wir haben Tarnnamen. Sobald wir einen Auftrag bekommen, gehen wir zum Treffpunkt und tun, was man uns befohlen hat.« Iwan schloss die Augen und machte

Fluggeräusche. »Ich schwebe, Fidschi. Ehrlich, ich fliege wie eine breite, fette, riesige Antonow!«

Gustav war mit der Wirkung zufrieden, aber nicht mit den Erkenntnissen. »Was suchten Sie in Oblomovs Zimmer?«

»Wir haben ihn verhört. Und wir sollten alte Pläne einsammeln. Alles, was wir finden.«

»Gab es welche?«

»Nein.«

»Was erfuhren Sie von Oblomov, bevor Sie ihn umbrachten?«

»Das war Ilja, nicht ich. Ich habe den FSB-Wichser erledigt.« Komarow grinste. »Und die Schlampe am Fenster!«

Gustav beherrschte sich. Gefühlsausbrüche brachten die Befragung nicht voran. »Was hat Ihnen Oblomov verraten?«

»Wo sich ein alter Gastank der Roten Armee befindet. Sie haben das Zeug vergraben. Oder waren es die Sowjets?« Iwan kniff die Augen zusammen und ächzte. »Scheiße, jetzt tut es richtig weh im Kopf. Was ist das?«

»Wo soll sich der Tank befinden?«

»Ost-Berlin. Berlin-Buchholz. Er sagte, in der Nähe einer alten Kirche oder eines Klosters. Mehr wusste er nicht mehr.«

Gustav atmete auf. *In der DDR. Ein Lichtblick.* »An wen haben Sie die Information weitergeleitet?«

»An … an …« Iwans Gesicht verzog sich, er presste die Lider noch fester zusammen. Seine Finger ballten sich zu Fäusten. »Was sind das für Stiche in meinem Kopf? Das geht direkt ins Hirn!« Er heulte auf. »Das fühlt sich an wie beschissene Migräne!«

»Wer bekam die Information?« Gustav blieb ruhig und setzte die Nadel etwas unterhalb des ersten Einstichlochs auf die Haut. Er legte nach, um die Kooperationsbereitschaft noch weiter aufzufrischen. In seltenen Fällen löste das Mittel innere Blutungen, Nierenversagen oder einen anaphylaktischen Schock aus. Sollte das geschehen, brauchte er das Wissen des Terroristen, bevor er ihm unter den Händen wegstarb.

Der zweite Schuss flutete die Blutbahnen des Gefangenen.

Komarow bäumte sich unter der Wirkung auf und lachte laut, ekstatisch und irre. Klirrend spannten sich die Ketten. »Es ging über eine gesicherte Leitung«, stieß er in den Pausen zwischen den Lachsalven aus. »Satellitentelefon, du dämlicher Fidschi. Das Ding haben wir danach weggeworfen, als ihr gekommen seid. Findet ihr nie.« Er lachte Gustav aus und öffnete die Augen. Beim Anblick des Fläschchens auf der Ablage begriff er, dass er eine neuerliche Dosis bekommen hatte. »Was hast du getan? Scheiße, mir platzt gleich der Kopf!«

»Wer steckt hinter den Anweisungen?«

»Lenin«, keuchte Komarow und sabberte auf seine Verbände und die Haut.

Gustav runzelte die Stirn. »Noch ein Tarnname?«

»Ja. Niemand kennt ihn. Aber wir arbeiten schon lange für ihn. Seine Pläne für den Neokommunismus sind großartig.« Der Dunkelblonde atmete schneller, seine Halsschlagader pochte rasend. »Um etwas Neues zu erschaffen von dieser Größe, in diesem Umfang, muss zuvor vernichtet werden, was den Wuchs behindert!«, stieß Komarow begeistert aus. »Weg! Weg mit dem Alten!«

Neokommunismus? Nun näherten sie sich den Dingen, die für Gustav und die DDR wichtig wurden. Lebenswichtig. »Welche Art von Anschlag planen Sie?«

»Das weiß nur Lenin. Wir sind kleine Rädchen in der Maschinerie des Umsturzes und des Neubeginns. Aber wir tragen unseren Teil dazu bei«, sagte Komarow hektisch, und Speichel lief noch intensiver über seine Lippen. Er spuckte beim Sprechen, redete voller Furor. »Auferstanden aus Ruinen! Bald wird es so weit sein! Auferstanden! Eine neue Generation wird sich erheben und … und …« Seine frenetische Rede wurde von einem Ganzkörperkrampf und einem schmerzvollen Kichern abrupt unterbrochen.

Mit ihm komme ich nicht weiter. Gustav musste sofort in die

DDR zurück und jenen Ort in Berlin-Buchholz suchen, an dem sich ein weiterer Behälter mit der tödlichen Substanz befand. *Ich brauche diesen Lenin.*

Dazu musste er sich mit einem Spezialkommando in der Nähe der Kirche oder des Klosters auf die Lauer legen und auf das Eintreffen der Terroristen warten, um sie abzugreifen.

Am besten bekommen wir sie lebend. Gustav benötigte einen höherrangigen Verschwörer, der ihn zu Lenin führte. Jemand, der wusste, wer sich hinter dem Tarnnamen verbarg und wie das Netz aufgebaut war, dessen Ausläufer bis nach Moskau reichten. Oder Lenin selbst. *Neokommunismus.*

Komarow brauchte er dazu allerdings nicht.

»Du scheiß ...«, raunte der junge Mann und konnte die Augen nicht mehr offen halten. Ein dünner Blutfaden sickerte aus dem rechten Nasenloch und schlängelte sich über die Lippen abwärts, als bekäme seine Haut an dieser Stelle einen roten Riss. »Ich hätte dich beinahe gehabt, Fidschi. Wie die blonde ...« Dann dämmerte er weg.

»Aber nur beinahe, Towarischtsch.« Gustav steckte die leeren Ampullen zurück in das Täschchen und nahm jeden Beweis mit, dass ein Mittel der Stasi angewandt worden war. Nicht weil er fürchtete, deswegen vom FSB belangt zu werden. Der russische Geheimdienst sollte vielmehr nicht an die genaue Rezeptur gelangen.

Langsam lehnte Gustav sich nach vorne. *Für dich, Nadja.* Mit der rechten Hand hielt er dem Hilflosen die Nase zu, mit der linken verschloss er dessen Mund. Lange.

Der unter Drogen stehende Komarow zuckte, als ihm der Sauerstoff ausging, die Lider blieben geschlossen. Echte Gegenwehr gab es nicht. Nach einer Welle von Erstickungsgeräuschen erschlaffte er unter Gustavs Händen.

Der Mord bereitete ihm kein Vergnügen. Gustav sah es als Gerechtigkeit an. Jeder, der mit Nadjas Tod in Verbindung stand, würde sterben, das hatte er sich versprochen. Sich und ihr. Er war noch lange nicht fertig mit seinem Feldzug. In Berlin-Buchholz ging es weiter.

Nach einer knappen Kontrolle, ob das Herz des Mannes tatsächlich nicht mehr schlug, erhob sich Gustav zügig vom Stuhl und setzte die geliehene Baseballkappe auf, die sich so falsch auf seiner Glatze anfühlte.

Ein Arschloch weniger. Er steckte sich ein neues Pfeffi in den Mund, nahm die Ledertasche und bewegte sich auf die Tür des Krankenzimmers zu. Es gab keine Sekunde zu verlieren. Die Gegner hatten bereits bewiesen, wie verdammt schnell sie waren.

Dieses Mal sah Gustav den Vorteil ganz klar bei sich: Er würde die gesamte Maschinerie der Stasi benutzen, um sie aufzuhalten. Und das zum ersten Mal für ein gerechtes Ziel. *Und eine gute Sache.*

* * *

Bezirk Saarbrücken, Kreis Homburg, DDR

»Schmeckt's?«

Chris nickte seiner Uroma Josefine mit vollem Mund zu, während er das zweite Stück Rahmkuchen aß, das aus Hefeteig und einer fingerhohen Schicht sehr süßem Schmand bestand. »Sehr gut! Danke.« Bereits in einer Stunde würde es Abendessen geben, und er wusste noch nicht, wie er das bewältigen sollte. Dieser Kuchen war lecker und machte verflucht satt.

Geschirr klapperte, Gabeln kratzten über die Teller, Löffel klirrten gegen die Tassenränder. Plätschernd wurde Kaffee eingegossen. Zusammen mit anderthalb Dutzend in Trauerflor gekleideten Verwandten, deren genaue Verbindung zu ihm er immer wieder vergaß, sowie Freunden der Müllers saß Chris dicht an dicht in »de gudd Stubb«, wie das Wohnzimmer von der Uroma stolz tituliert wurde. Man plauderte locker über dieses und jenes, die warme Luft war angefüllt mit Unterhaltungen.

Zeit zum Umziehen hatte er erst gar nicht bekommen. Vier Mal hatte er bereits erzählen müssen, wie es seinen Eltern ging und was er machte und was sie machten. Wie es sich in Paris lebte und wie er das Saarland finde. Was er sich alles in den kommenden Tagen anschauen wolle.

Fragen danach, wie ihm die DDR gefiel, wich er geschickt aus. Dazu reichte Chris die mitgebrachten Bilder herum, die ausgiebig betrachtet und kommentiert wurden.

Im Hintergrund lief der große RAFENA-Flachbildfernseher der Reihe Turnier IV. Der Sender DFF2 brachte die Aufzeichnung der letzten Ausgabe von *Ein Kessel Buntes* in höchster Auflösung und perfekter Brillanz.

Aus dem Augenwinkel erhaschte Chris gelegentlich, was die aufwendige Unterhaltungsshow zu bieten hatte. Akrobaten, internationale Stars, Schlager und Illusionisten der Spitzenklasse wechselten sich auf der Bühne des Friedrichstadtpalastes ab. Dazwischen gab ein gemischtes Moderatorenteam, das sich »Die drei DialektikerInnen« nannte, harmlose Sketche, aber auch erstaunlich bissige Sprüche zur SED zum Besten.

»Das ist mutig. Oder?«

»Staatsclowns«, relativierte Alicia. »Die Witze werden vorher abgesegnet. Sonst werden die Leute abgesägt. In Saarbrücken gibt es echte mutige Kabarettisten. Da können wir mal hingehen.«

Chris verfolgte die Darbietung. »Wieso heißt das Trio so?«

»Weil es für jede Ausgabe neu besetzt wird, mit jeweils drei verschiedenen Dialekten aus der DDR. Außerdem ist es natürlich eine Anspielung auf die Dialektik von Marx und Engels«, erklärte Ute, die neben ihm saß. Den Grad der Verwandtschaft hatte er gerade nicht parat. »Ganz so ist es mit dem Absegnen nicht. Die DialektikerInnen improvisieren mitunter. Ganz ohne Absprache.« Sie sah Alicia maßregelnd an. »Das sind keine Staatsclowns.«

»Apropos Absprache: Wisst ihr noch, als im *Saarländischen Volksfreund* die Schweine-Bildunterschrift stand?«, warf Alicias Vater Ludwig feixend ein, der darauf bestanden hatte, Lui genannt zu werden. »Das war tollkühn!«

»Vor zwei Jahren war unser SED-Funktionär Uwe Rothan bei der LPG in Lisdorf zu Besuch, um die neue Schweinemastanlage in Betrieb zu nehmen«, erläuterte Ute. »Dabei entstand ein Foto von Rothan in den Stallungen. Nur er und die Tiere. Angeblich wollten die Zeitungsfritzen zuerst drunterschreiben: ›Uwe Rothan unter Schweinen‹.«

Erste leise Lacher kamen am Tisch auf.

»Geschrieben haben sie dann: ›Uwe Rothan, Dritter von links‹«, prustete Lui hinaus, und alle im Raum lachten los. Bis auf Ute.

Chris stimmte in das Lachen mit ein und ahnte, wer die Staatstreue am Tisch war. *Und wahrscheinlich IM.*

»Ach komm. Seit Honecker weg ist, spürt man schon einen Wandel«, sagte Lui. »Ich habe ja nichts gegen Saarländer an der Spitze der Partei, aber der war schon anstrengend.«

»Ich habe gehört, dass Naumann einige Veränderungen für die DDR plant.« Chris kämpfte mit dem nächsten Bissen. Dass das Erich-Honecker-Museum im benachbarten Wiebelskirchen dennoch nach wie vor ein Pflichtbesuch war, das hatte er begriffen.

»Über den Honecker kann man ruhig Witze machen. Der ist ja hinüber.« Lui sah in die Runde. »Der ist nur für dich, Ute. Der betrunkene Rudi spricht in seiner Stammkneipe einen Unbekannten an und sagt: ›Kennst du den Unterschied zwischen meinem Bier und Honecker?‹« Er grinste. »›Mein Bier ist flüssig, und Honecker ist überflüssig!‹«

Die Älteren lachten, während der frühere Generalsekretär

für die Jüngeren im Raum nur eine Figur aus dem Geschichtsunterricht war. Jemand, der nach den niedergeschlagenen Unruhen der Westländer 1989 abgesägt worden war.

Alicia trank von ihrem Kaffee. »Der Witz geht aber weiter, Papa. Der Fremde sagt daraufhin zu Rudi: ›Und kennen Sie den Unterschied zwischen Ihrem Bier und Ihnen selbst?‹« Sie grinste fies. »›Ihr Bier bleibt hier, aber Sie kommen mit.‹«

Chris lachte und merkte schnell, dass er der Einzige war. Also hustete er rasch, um von seiner Belustigung abzulenken. »Das Rezept vom Kuchen brauche ich unbedingt. Meine Frau wird ihn lieben.«

Alicia beobachtete Chris die ganze Zeit quer über den Tisch hinweg. Grinsend. Sie sah ihm genau an, wann er nur nickte und höflich lächelte, da er nichts verstand.

»Du kriegst es von mir«, betonte Uroma Josefine, die perfektes Hochdeutsch sprach. Gerade bei ihr hatte Chris tiefstes Saarländisch erwartet. Sie hatte als Lehrerin gearbeitet, das wusste er. Vermutlich lag es daran.

Die Atmosphäre blieb entspannt. Gelegentlich verschwanden ein paar Raucher unter das Vordach in Richtung Garten, der sich hinter dem Haus erstreckte und in dem etliche große und kleine Obstbäume wuchsen.

Die verwaisten Stangenkonstrukte in den leeren Beeten deuteten auf den Nutzgarten hin, in dem ab Frühling gewiss diverse Obst- und Gemüsesorten gediehen. Mitten im Garten stand ein gemauertes Häuschen mit einem am Dach fixierten Schwenkgrill.

Also doch eine Datsche, dachte Chris. *Nur dass man sie im Saarland anders nennt und der Garten sich unmittelbar ans Haus anschließt.*

»Bewunderst du unseren Garten?« Josefine zählte rasch die verschiedenen Pflanzen und Früchte auf, die vom Frühjahr an im Wechsel zum Vorschein kommen würden. Das meiste davon sagte Chris nichts, oder er war es gewohnt, die Sachen als

Großstädter einfach zu kaufen. »Glaub mir, in ein paar Monaten ist er wieder schön.«

»Habt ihr auch einen Garten in Paris?«, erkundigte sich Carola.

»Ich habe zwei Bambussträucher auf dem Balkon«, räumte Chris lakonisch ein. »Aber Datsche oder Garten ist Pflicht in der DDR, oder?«

»Bei uns im Saarland war das schon immer so. Mit Gartenhäuschen, Beeten und Beerensträuchern«, begann Ute sofort, ihm alles zu erläutern. »Inzwischen sind es mehr als fünf Millionen Wochenendgrundstücke im ganzen Land. Und etwa anderthalb Millionen Kleingärtner.«

»Die im Osten der DDR haben es uns nachgemacht.« Lui grinste schon wieder schelmisch. Er schien geistig den nächsten Witz für Ute vorzubereiten. »Du hast ja inzwischen verstanden, dass nicht alles schlecht bei uns ist. Technik und so.«

»Habe ich.«

»Und dass wir sogar euch Schampus-Macher mit Rotkäppchen überholt haben? Aber mal so richtig.« Lui richtete sich stolz auf seinem Stuhl auf. »Das VEB Kombinat Spirituosen, Wein und Sekt hat so viele ausländische Sektkellereien übernommen, dass es der Champagne schwindlig wurde.« Er prostete mit einem selbst gebrannten Mirabellenschnaps in die Runde. »Darauf trinke ich.«

»Er tut so, als wäre Rotkäppchen seine Erfindung«, sagte Carola etwas peinlich berührt. »Aber er trinkt höchstens so viel wie das VEB Suffkombinat.«

Wieder lachte die Versammlung neckend, und fröhliche Kommentare flogen durch den Raum.

Chris fand die kleine Angeberei sympathisch, weil sie mit Stolz auf das Erreichte der DDR gekoppelt war. Lui gehörte zu der Generation, die im sozialistischen Staat aufgewachsen war, und kannte die Verhältnisse davor nur aus Geschichten. »Ich wusste nicht, dass du auch bei Rotkäppchen arbeitest.«

»Ei, sicher! Ich bin dort ehrenamtlicher Vorkoster! Neben meiner Vollbeschäftigung.« Er zwinkerte. »Wollt ihr noch einen Witz hören?«

»Vollbeschäftigung. Schönes Wortspiel«, warf Ute leise und giftig ein. »Dein voller Einsatz beim Subbotnik wäre angebrachter. Nüchtern betrachtet, meine ich.«

Sie ist echt böse. Sie war eine der wenigen, mit denen Chris nichts anfangen konnte. Nicht nur zeigte sie absolute Staatstreue – sie erwies sich außerdem als rigorose Spaßbremse.

Auf DFF2 lief passend zur Uhrzeit eine Kochsendung. *Drummers Erben.* Der Name sagte Chris nichts. Nach und nach wurden Küchenchefs vorgestellt, die bei Kurt Drummer gelernt hatten und an internationalen Wettbewerben teilnahmen. Die Aufnahmen waren moderne Hochglanzproduktionen, perfekt geschnitten und ästhetisch in Szene gesetzt.

»Kurt Drummer. Küchenlegende und absoluter Meisterkoch.« Die hilfreiche Ute, wie Chris sie für sich nannte, schlug wieder zu. »Gewann etliche Wettbewerbe in London, Budapest und Wien. Seine Sendung *Der Fernsehkoch empfiehlt* war großartig. Die Rezepte für die damalige Zeit pfiffig und ungewöhnlich, aber doch für jeden realisierbar. Und eben nicht nur Ketwurst, Grilletta, Spirelli mit Ketschup, Würzfleisch und Broiler.«

»Und wir haben auch leckere Sachen.« Einer der Männer schob Chris ein Stück Fleischwurst hin. »Echter Lyoner. Versuch den mal. Das gibt's bei euch nicht. Und wenn der frisch und knusprig vom Schwenker kommt, zusammen mit Dibbelabbes und sauren Gurken, das ist ein Gedicht!«

Chris kostete die Wurst und nickte zustimmend, was zu fröhlichen Gesichtern am Tisch führte. *Was immer Dibbelabbes ist.*

Es freute ihn sehr, wie herzlich und freundlich er von den Müller-Verwandten in ihrem Zuhause aufgenommen wurde. Angesichts der morgigen Beerdigung und der Umstände erschien ihm das nicht als selbstverständlich. Er kam sich in Straßenkleidung zwischen den in Trauerfarben Gekleideten ohnehin unpassend vor. Aber man hatte ihn vor lauter Sorge, er könnte nicht genug Essen und Kaffee haben, partout nicht aus der Runde entlassen.

Diese Herzlichkeit endete bei Alicias Opa Stefan, wie Chris von Anfang an bemerkte. Er und Ute bildeten den harten Block, den Riegel gegen die freundliche Stimmung.

Man sah Stefan sein Alter nicht an. Er musste über achtzig sein, wirkte jedoch nicht betagter als ein vitaler Siebzigjähriger. Seine schwarzen Sachen passten ihm nicht, er wirkte verkleidet. Aus den Unterhaltungen hielt er sich komplett heraus und rührte Chris' Fotos auch nicht an. Weder machte er Anstalten, mit Chris zu sprechen, noch lachte er über Luis Witze. Wortlos und mit versteinertem Gesicht aß Stefan seinen Kuchen auf. Langsam und betont. Es wirkte wie eine unausgesprochene Anklage.

»Ihr hättet Chris' Gesicht sehen sollen, als er verstanden hat, dass es ein Brennstoffzellenfahrzeug ist. Er dachte wirklich, dass mein Wolfsburger irgendein Schrottmodell sei«, setzte Alicia feixend zum Verrat an und erntete die nächsten leisen Lacher. Man wusste um die Gerüchte und Vorurteile, die im Ausland über die DDR und deren Alltagstechnologie herrschten.

»Schade, dass ich nur drei Tage habe, um einen Eindruck zu bekommen«, gab er den Ball der Schande an Alicia zurück und lächelte sie überzogen freundlich an. »Zu gerne wäre ich eine Woche geblieben.«

Ihre Augen wurden zu drohenden Schlitzen. Das Mienenspiel versprach ihm eine Revanche, während die verblüfften Gesichter der Verwandten in ihre Richtung blickten. »Ja, das … muss ich verbockt haben«, räumte Alicia zähneknirschend ein. »Chris hat ein Visum für drei Tage bekommen. Weil auf unserem Antrag nur drei vermerkt waren. Ich weiß nicht, wie das passieren konnte.«

Ein Sturm des Bedauerns und der ungläubigen Vorwürfe kam am Tisch auf. Die Gäste redeten schnell und im Dialekt auf Alicia ein.

Bis auf ihren Großvater. Stoisch nahm Stefan einen Schluck Kaffee. Setzte die Tasse ab. Um dann bestimmt, aber nicht laut zu sagen: »Ich war das.«

Sofort wurde es ruhig.

»Ich war das«, wiederholte Stefan und goss sich seelenruhig von dem heißen Getränk nach; es plätscherte und gluckerte überlaut.

»Und kann ich erfahren, weswegen?«, brach Lui die unangenehme Stille am Tisch.

»Weil *der* hier nichts zu suchen hat.« Er gab einen Löffel Zucker in die Tasse und wirkte plötzlich nicht mehr verkleidet, sondern wie ein Richter, der den Stab über einen Angeklagten brach. »Dass sich Papa eine Beerdigung mit allen Verwandten wünschte, akzeptiere ich als letzten Wunsch und Willen.« Das Rühren geschah in Zeitlupe, er kostete den Auftritt aus. »Und danach soll Christopher schnell nach Frankreich zurück. Wo er hingehört.« Seine Sätze schlugen granatengleich ein, detonierten zerstörerisch und trafen die gute Laune mit ihren eisigen Schrapnellen. »Genau wie seine Eltern und Großeltern.«

Uroma Josefine erblasste und öffnete den Mund zu einer Erwiderung.

Doch Stefan erhob sich bereits und verließ das Zimmer, um unter das Vordach zu treten und die kalte Frühwinterluft tief einzuatmen.

Chris fühlte sich überfordert. Mit einer so plötzlichen Anfeindung hatte er nach der freundlichen Aufnahme im Familienkreis nicht gerechnet. *Das kam aus dem Nichts.*

»Es tut mir leid«, sagte Josefine zu ihm. »Ich hätte nicht gedacht, dass es meinen Sohn nach den ganzen Jahren immer noch beschäftigt.« Sie sah in die Runde. »Würde es Chris bitte jemand erklären?«

Eine der älteren Damen nickte. Wenn sich Chris richtig erinnerte, war es Anna, eine alte Freundin der Familie. Auch sie wirkte peinlich berührt. »Das … das musst du ihm nachsehen«, begann sie. »Stefan, dein Opa Hans und Luise waren trotz der Altersunterschiede eine Einheit und eng verbunden.« Für einen Moment überlegte sie. »Was weißt du über den Urlaub 1949?« Anna legte die Serviette auf den Tisch und die Hände danach in den Schoß.

»Na ja, meine Großeltern waren in Paris und kehrten wegen der Umstände nicht mehr zurück.«

»Hat dein Opa nie verraten, dass seine Schwester Luise mit in Frankreich war?«

Chris sah sie staunend an. »Nein!«

»Das haben wir uns schon gedacht.« Anna nickte. »Als klar war, dass die DDR eine sozialistische Zukunft anvisierte, von der bei den Franzosen nie die Rede war, beschloss Luise, zu ihrer Familie ins Saarland zurückzukehren. Um ihr zu helfen, die neuen Zeiten durchzustehen, die unwiderruflich bevorstanden.«

»Verstehe. Und meine Großeltern blieben in Paris.«

»Dein Opa Hans hatte entschieden, dass er in einem sozialistisch-kommunistischen System niemals leben wollte.«

»Na ja. Wir wollen mal nicht unfair sein. Alles entwickelte sich zum Besseren, als ihr es euch in euren Albträumen ausgemalt habt. Zum *viel* Besseren«, warf Lui mildernd ein. »Wir können froh sein, dass es so gekommen ist. Schau dir doch an, was im Rest von Europa los ist. Hohe Arbeitslosigkeit, gewaltsame Streiks und Aufstände, Separatisten, Angst vor dem Alter, dazu die ganzen Ausländer und Flüchtlinge. Das kann bei uns in der DDR nicht passieren.«

Alicia lachte bitter auf. »Das ist jetzt ein bisschen zu süß und ein ordentlicher Hauch Propaganda für unseren Gast, Papa.« Mehr sagte sie nicht, auch wenn sie sichtlich gerne mehr angemerkt hätte.

Chris konnte ihr ansehen, was ihr auf der Zunge lag. Sie schätzte die Freiheit höher ein als die meisten Anwesenden und wollte sich mit manchen Vorschriften oder Regelungen nicht abfinden. Für öffentlich gelebte Individualität blieb in der DDR wenig Platz.

Prompt erntete Lui Zuspruch von nicht wenigen Gästen. Nur den Ältesten merkte Chris deutlich an, dass sie die Themen umtrieben, um die es hier ging – sowohl die unerklärliche und bis heute ungeklärte Aufgabe des Schutzes der jungen BRD durch Frankreich 1949 als auch der schockartige Übergang in ein fremdes, ungewolltes und übergestülptes Lebenssystem.

»Die Franzosen hätten uns die Gruben und die Eisenhütten weiter ausgeplündert und danach dichtgemacht«, sagte Ute überzeugt und blickte nickend umher, um die Gäste zur neuerlichen Zustimmung zu bewegen. »Der Sozialismus hat uns gerettet. Wer etwas anderes behauptet, hat es nicht kapiert. Dabei muss man nur den Fernseher einschalten. Sogar die Westprogramme zeigen, wie bitter die Lage um uns herum ist. Wir sind die Insel der Glückseligen.«

»Ei jo! Solange mir keiner meinen Schwenker abbaut, ist alles gut«, warf Albert ein. »Es läuft doch prima bei uns, oder nicht? Die anderen sind einfach nur neidisch auf uns. So sieht's doch mal aus.«

»So ist es.« Lui prostete. »Auf den Sozialismus! Auf die DDR!«

Dieses Mal stießen alle mit an.

Chris tat es aus Höflichkeit seinen Gastgebern nach, obwohl er eine deutlich andere Meinung besaß. Alicia hatte ihn vor Stasi-Spitzeln gewarnt. IM. Die hilfreichen Augen und Ohren des MfS saßen auch inmitten der Familie und gaben sich freundlich. Nicht alle machten es ihm so einfach wie Ute. Im Grunde war es unvorstellbar, dass Menschen wie Ute ihre eigenen Leute an den Staat verrieten. *Und doch tun sie es. Jede Kleinigkeit.*

Annas Erklärung hatte jede Menge Erinnerungen aufgewühlt, die jetzt unausgesprochen durch den warmen Raum waberten. Von einem Tag auf den nächsten war es von sozialer Marktwirtschaft brachial in staatsgelenkte Bahnen übergegangen.

Diesen Schock hatten alle vereinnahmten Westländer zu verkraften gehabt.

Die Wunden waren oberflächlich verheilt.

Die unter den Narben verborgenen Wunden hingegen hielten bei der älteren Generation ein Leben lang, während Ludwig die DDR nie infrage stellen würde. Niemals. Das sah Chris als sicher an. Denn es stimmte im Grunde: Der Staat brummte dank seiner diversen Jahrespläne und lief wie am Schnürchen. Die sozialistische Propaganda sorgte dafür, dass niemand das vergaß. Übertünchte, was unangenehm wurde. Vertuschte und verschwieg, was schieflief.

Chris blickte zur verstummten Alicia, die sich krampfhaft an ihrem Bier festhielt und laut schwieg. Mit ihren fünfundzwanzig Jahren hatte sie einen kritischeren Geist, der unterdrückt werden musste, damit sie nicht im Knast landete. Ihr Verstand musste tricksen, sich Freiräume suchen. Ohne Pioniere, FDJ und SED, soweit es ging. Sonst schritt die Stasi ein. *Mindestens drei verschiedene Haltungen zur DDR an einem Tisch.*

»Ich kann Stefan ein bisschen verstehen«, verkündete Annas Gatte und schwenkte sein Schnapsglas mit dem Mirabellengeist. »Nicht den Groll auf dich, Chris, mei Knecht«, fügte er schnell hinzu. »Er hat nie verwunden, dass sein Bruder ihn zurückließ und in Frankreich blieb. Das kam bei deinem Anblick wieder hoch.«

Kann ich mir vorstellen. Chris blickte hinaus zum Vordach.

Er konnte einfach sitzen bleiben und es dabei bewenden lassen.

Er konnte sich sagen, dass ihn der alte Zwist nichts anging, zumal Opa Hans schon lange tot war.

Er konnte Stefans Vorwürfe ignorieren, denn in zwei Tagen und einigen Stunden fuhr er nach Hause. Sollte der alte Mann, den er vermutlich nie wiedersehen würde, doch denken, was er wollte.

Wie hätte Cora in dieser Situation reagiert? Im Kopf hörte Chris Coras mahnende Stimme, dass es wichtig wäre, mit Stefan zu sprechen. Dessen Worte nicht unerwidert verhallen zu lassen. Nicht im Streit zu einer Beerdigung zu erscheinen. »Du bist das Bindeglied innerhalb der zerrissenen Familie. Sei dir dessen bewusst«, hatte sie am Telefon gesagt.

Hastig trank er seinen Schnaps aus und stand auf. Vielleicht konnte er wirklich Bindeglied sein und so etwas wie Versöhnung mit der Vergangenheit herstellen. *Ich versuche es wenigstens.* »Ich rede mal mit ihm.«

Der Selbstgebrannte schmeckte scharf, entfaltete nach einigen Sekunden ein Aroma von Mirabellen, die er lieber frisch gegessen hätte. Mit Mühe unterdrückte Chris das Husten. Er wollte vor der Verwandtschaft nicht wie ein französischer Weichkäse dastehen.

Ohne Jacke trat Chris ins Freie und ging langsam zu Stefan, der am Ende des Vordachs stand und über den abgeernteten Garten blickte. In der Rechten des älteren Mannes glomm eine dicke, kurze Zigarre, die ihren Qualm in gerader Linie in die Luft absonderte. Noch überlegte Chris, wie er die Unterhaltung beginnen sollte. *Direktes Ansprechen? Und dann?*

»Hans war der Schlauste von uns«, begann Stefan zu seiner Überraschung, ohne sich ihm zuzuwenden. »Ich … wir haben deinen Opa gemocht. Alle Geschwister haben ihn gerngehabt.« Er paffte an der Zigarre und blies einen perfekten Kringel aus. »Ein tüchtiger Kerl, der seiner saarländischen Familie viel hätte helfen können. Stattdessen meldete er sich nie wieder.«

»Mein Vater erzählte, dass Opa Hans sehr wohl Briefe geschrieben hat.« Chris schaute zu den Sternen über dem Vordach hinauf. »Kann es nicht sein, dass sie abgefangen wurden?«

Stefan zuckte mit den Schultern. »Kann sein. Erst haben die Roten kontrolliert, danach die Stasi.« Er paffte schnell und hüllte sich in dichte Schwaden, als wollte er sich seine Wut nicht ansehen lassen. »Meine Schwester Luise, *die* kam zurück. Hat keinen von uns im Stich gelassen. *Die* nicht! Ihr *Hänschen* schon. Und dein Vater zog es ebenfalls vor, in Frankreich zu bleiben.« Unvermittelt tauchte sein Gesicht aus dem Rauch auf. Reste der Wut spiegelten sich in abgemilderter Form. »Und du, na ja, du hast es vorhin abbekommen. Tut mir leid. Ausgerechnet der, der am wenigsten Deutscher ist, am wenigsten Saarländer und gar keinen Bezug mehr zu diesem Land vor der Übernahme hat. Da habe ich den Falschen getroffen.«

Chris hörte aufmerksam zu und bemerkte den milderen Ton. Der Frust, der aufgestaute Ärger, das nie Gesagte hatte sich entladen. Nach Jahrzehnten des schwelenden Grolls und der kaltheißen Wut auf den Bruder.

Es stimmte, was Stefan sagte: Weder sah Chris sich als Deutschen noch als Saarländer. Der französische Pass war ein Statement. »Oh, Papa hat vor Jahren überlegt, zu Besuch zu kommen.«

»Aber?«

»Mein Opa wollte es nicht. Und jetzt will mein Vater nicht mehr. Aus Angst, dass sie ihn behalten.«

»Ach so. Dann hat er also dich geschickt.« Erneut schwappte ein Hauch von verächtlichem Spott mit dem Satz über die Lippen.

»Ganz im Gegenteil. Er wollte mich überreden, *nicht* in die DDR zu fahren.«

Jetzt wurde Stefans Gesicht beinahe freundlich. »Du bist gegen seinen Willen zu uns gekommen?«

»So kann man es sagen, ja.«

»Schön. Freut mich wirklich, Christopher.« Stefan paffte rasch, die Härte war gänzlich aus seiner Miene gewichen. »Wenigstens einer aus diesem Zweig der Familie, der mutig genug ist.« Er warf ihm einen langen Blick zu. »Entschuldige bitte. Das war ungerecht von mir.« Behutsam rollte er die Glut der dicken Zigarre ab und blies die kalte Asche davon. »Ich gehe jetzt rein und entschuldige mich bei Mama. Das hat sie nicht verdient.« Stefan reichte ihm die Hand. »Danke, dass du zum Reden rausgekommen bist. Das bedeutet mir viel.« Nach einem kräftigen Händedruck kehrte er zurück in die Wärme.

Chris blieb unter dem Vordach. *Das Bindeglied innerhalb der zerrissenen Familie. Cora wäre stolz auf mich.* Er genoss die Ruhe, nachdem er stundenlang Rede und Antwort gestanden hatte. Er brauchte die Auszeit, die kühle Luft, den Moment für sich alleine. Er atmete tief ein und betrachtete die Sterne. *Das lief gut.*

All seine Wünsche und Gedanken sandte er an Cora und hoffte, dass sie spürte, wie sehr er an sie dachte. Die paar Stunden in der DDR hatten ihn gefordert und ihm neue Ansichten sowie Einsichten beschert. *Noch zwei Tage. Dann nichts wie zurück.*

Die Durchgangstür quietschte, ein Schatten huschte heraus.

Alicia gesellte sich mit einem Hüsteln zu ihm, dick gegen die Kälte eingepackt und die goldgelben Haare unter eine Kappe gezwungen, aus der einzelne Strähnen wie Tentakel hingen. »Ich bin echt froh, dass Opa Stefan den Mist gebaut hat und nicht ich.« Sie nippte an der Tasse Kaffee, die sie mit nach draußen brachte. »Ich dachte, *ich* hätte es verbockt.«

»Da hatte sich einiges bei ihm aufgestaut«, erwiderte Chris nachsichtig. »Ich war der Blitzableiter.«

»Hat er sich entschuldigt?«

»Ja.«

»Und was ist mit den drei Tagen?«

»Oh.« Chris hoffte, überzeugend sein Bedauern darüber gespielt zu haben, nicht länger bleiben zu können. Für seinen ersten Besuch genügte der überschaubare Zeitraum. Die Eindrücke auf beiden Seiten konnten sich setzen, und in einem

Jahr würde er dann für einen erneuten Besuch zurückkehren.

»Ja, schade. Ich denke nicht, dass man da was drehen kann. Die Behörden haben schon alles festgemacht.«

»Hat Stefan das auch gesagt?«

Chris beließ es bei einem nichtssagenden Gesichtsausdruck. »Ich komme bestimmt wieder«, antwortete er, als stünde ein zweiter Besuch bereits in der nächsten Woche an.

Alicia betrachtete ihn kritisch von der Seite. »Echt? Nach *dem* Aufstand?«

»Na ja, das Schlimmste ist doch überstanden.« Für seine Cousine war Chris eine willkommene Abwechslung. Außerdem brachte er ihr ungefilterte Informationen von jenseits der Grenze. Ihr Bedauern über die knappe Zeit mit dem Besuch aus dem Westen war unübersehbar. »Wer von denen ist denn ein IM, der …«, setzte er an.

»Ich habe mein Handy dabei. Wie der Rest der buckligen Verwandtschaft«, unterbrach Alicia ihn. »Nur noch mal als Hinweis. Schlagworte und so.«

»Richtig. Stimmt.« Chris fand das Leben in diesem Überwachungssystem kompliziert, wenn man über etwas sprechen wollte, was dem Staat nicht passte. *Deswegen das handyfreie Gartenhäuschen.* »Ich wollte sagen, die Nazis …«

»Oha, es wird immer besser!« Alicia lachte verwundert. »Wie kommst du denn jetzt *darauf?* Hat dir Josefine von Uropa Hermanns Orden- und Militariasammlung erzählt, die sie verkaufen will? Sie hasst das Zeug so sehr, dass ich es im Netz anbieten *musste.*«

»Ach? Eine Militariasammlung? Stimmt, meine Eltern erzählten mir, dass es viele Nazis in der DDR gebe.«

»Ah, wieder die alte Propagandaleier.« Alicia holte ihre Zigarettenschachtel heraus und steckte sich eine halb aufgerauchte Kippe an. »Offiziell: Wir haben keine Nazis in der DDR.« Aus Gewohnheit hielt sie Chris die Schachtel hin, auf der dieses Mal *Cabinet* stand. »Keine Sorge. Die kann man gut rauchen. Im Gegensatz zu den alten Juwel72. Die schmeckten so widerlich, dass man sie ›Schweine-Camel‹ nannte. Gingen sofort von selbst aus, wenn man nicht daran zog.« Sie grinste. »Damit haben wir die Nazis vertrieben.«

Chris lehnte die Kippen ab. »Soso. Ihr habt die Nazis vertrieben. Wo sollten sie denn hin, nachdem die Grenzen dicht waren?«

»Also zum einen haben die Russen tausendfach Prozesse abgehalten und Hinrichtungen durchgeführt. Die ärgste Braunware wurde weggespült. Entnazifizierung auf die harte Tour.« Sie formte mit Daumen und Zeigefinger eine Pistole und simulierte ein Abdrücken. »Piu!«

So recht glaubte Chris diese einfache Erklärung nicht. »Und die anderen? Die ganzen Mitläufer?«

»Na, die sind doch noch rasch rüber, über die Westgrenze und von da nach Südamerika! Der korrupte Westen hat sie geschützt oder sogar engagiert. Die Amis zum Beispiel. Raketenforschung und so.« Sie zog lange am Filter, der Tabak verbrannte laut knisternd. »Und nicht zu vergessen: Berlin-Deutschland. Alles Nazis da. Ein kapitalistisches Nazi-Getto, das behauptet, der Verteidiger der letzten freien Deutschen zu sein. Welch eine schöne Umkehrung der Geschichte, oder?«

Alicia wollte eine wandelnde Provokation sein. Mutig und rebellisch. Chris zog die Nase leicht hoch. »Mmh, mal überlegen. Die DDR engagierte keine Nazis, um die vielen freien Posten zu besetzen?«

Wieder grinste seine jüngste Cousine breit, um zu verdeutlichen, dass sie in Anführungszeichen sprach. Solange sie ihr wachsames Smartphone bei sich trug. Allzeit bereit, immer bereit. »Nein. *Wir* kamen *natürlich* ohne sie aus. Unsere Staatsgründer haben nicht umsonst jegliche Verantwortung für die Taten der Nazis abgelehnt. Ist doch ganz praktisch, keine Reparationen deswegen zahlen zu müssen.« Sie hüstelte. »Ich meine, zum Wohl des aufblühenden jungen antifaschistisch-antikapitalistischen Staates damals. Rechtsnachfolger von Nazi-Deutschland ist ja bekanntermaßen Berlin-Deutschland.«

»Verstehe.« Chris war fasziniert, wie Alicia die Gratwanderung, die offizielle Staatsdoktrin wiederzugeben und sie zugleich ad absurdum zu führen, beherrschte. Sein Respekt vor dem selbst ernannten schwarzen Schaf der Familie stieg.

»Wir haben eine antifaschistische Grundhaltung und sind nicht anfällig für diese Verblendung. Nie wieder Krieg, nie wieder Faschismus. Und da es keine Nazis mehr gibt, haben wir auch keine Rechtsradikalen und null Probleme mit Ausländerfeindlichkeit. Die Besucher aus den Bruderstaaten leben bei uns in vollkommener Sicherheit. In eigenen Vierteln. So einfach ist das.« Alicia blinzelte in Zeitlupe, um das Gesagte zu relativieren. »Aber warum fragst du mich nach dem Kram? Wolltest du von den vier Tagen ablenken, die dir durch die Lappen gingen? Ich glaube nämlich nicht, dass du mehr über die Sammlung erfahren willst. Übrigens ist die harmlos.«

Chris verzog das Gesicht. »Hat man mir das angemerkt?«

»Ein bisschen. Sehr.« Sie musterte ihn. »Okay, verstehe, dass du nach dem Abend froh bist, nur drei Tage bei uns zu sein.«

»So schlimm ist es nicht. Die Wogen sind zumindest vorerst geglättet.« Er deutete durch das Fenster in das volle Zimmer, wo die Menschen angeregt plauderten und lachten. »Morgen wird bei der Beerdigung alles glattgehen.«

»Uroma freut sich, dass du da bist.« Alicia berührte ihn an der Schulter. »Seit klar war, dass du kommst, gab es fast kein anderes Thema mehr.« Ihre Stimme hatte das Sarkastische verloren. »Auch wenn sie das alles morgen sehr mitnehmen wird, ist sie gleichzeitig glücklich. Durch dich ist sie ihrem verlorenen Sohn sehr nahe.« Sie blies den Rauch in die Nacht. »Ich weiß nicht, ob du verstehst, wie viel ihr das bedeutet.«

Diesen Eindruck hatte Chris tatsächlich vom ersten Moment des Zusammentreffens mit der alten Dame gehabt. »Ich denke doch.«

Alicia rauchte zu Ende und drückte den Filter im Aschenbecher zusammen. Dann hakte sie sich bei Chris unter. »So, wir gehen auch rein. Mir ist kalt. Und außerdem gibt es bald Abendessen. Sie haben den Kuchen schon abgeräumt.«

Chris zweifelte nicht an den deftigen kulinarischen Künsten seiner Ur-Oma. Ihm bereitete sein voller Magen Sorge. »Ihr macht wirklich Ernst?«

»Wirklich.«

»Aber ich platze gleich!«

»Tja, da kannst du mal sehen – von wegen Mangel! Nun haben wir einen Zeugen dafür, wie gut es uns geht. So gut, dass keine Bürgerin und kein Bürger aus der DDR wegmöchte. Niemals.« Erneut schlug Alicia ihren ironischen Tonfall an. »Oh, und morgen wird dir Uroma noch alte Bilder zeigen wollen. Vor der Beerdigung. Ich musste sie alle raussuchen. Und es sind beschissen viele.«

»Von?«

»Na, von was wohl? Von damals! Kinderbilder von deinem Uropa Hermann und wie es damals im Saarland aussah.« Sie zog ihn vorwärts. »*Wehe*, du gähnst dabei! Und wenn sie weint, dann tröstest du sie gefälligst. Klar?«

»Geht klar.« Chris ließ sich von ihr zurück ins Warme bugsieren und bekam von Stefan einen Mirabellenschnaps gereicht. Zur Verdauung. Und als Bekräftigung ihres neuen Friedens.

Tatsächlich fühlte es sich dieses Mal für ihn bedeutend besser an, inmitten dieser Menschen zu sein. Und kurz vor dem Zubettgehen spürte er sogar Bedauern, in zwei Tagen abreisen zu müssen. Für Chris stand fest: *Ich komme wieder.*

»Freiheit nur für die Anhänger der Regierung, nur für Mitglieder einer Partei – mögen sie noch so zahlreich sein – ist keine Freiheit.
Freiheit ist immer Freiheit des anders Denkenden.
Nicht wegen des Fanatismus der ›Gerechtigkeit‹, sondern weil all das Belehrende, Heilsame und Reinigende der politischen Freiheit an diesem Wesen hängt und seine Wirkung versagt, wenn die ›Freiheit‹ zum Privilegium wird.«

Rosa Luxemburg

7

Berlin-Deutschland, Zehlendorf (ehemaliger amerikanischer Sektor)

Harper sah einen mumienhaften, kahlen Greis im fleckigen weißen Krankenhaushemd, in dessen hellblauen Augen noch unbändiges Leben loderte, während sein Körper längst aufgegeben hatte. Kabel und Schläuche führten unter die Decke. Ein Katheder schlängelte sich in einen Beutel am Bett, in dem sich blutiger Urin sammelte.

»Papa, das ist die Frau«, erklärte Maria, die jetzt neben dem Bett von Mihail Abrahamowitsch Smirnow stand, der zwanzig Jahre älter aussah, als er wahrscheinlich war.

Smirnow blickte Harper an, und das Kopfende des Bettes fuhr langsam elektrisch in die Höhe; dadurch wurde der riesige Zugang seitlich an seinem Hals sichtbar. »Ich habe über die Überwachungsanlage gehört, was Sie sagten«, eröffnete er schleppend die Unterhaltung. »Wir reden jetzt ein bisschen, Miss. Habe ich den Eindruck, dass Sie mich anlügen, erfahren Sie nichts von mir.«

»Ich lüge nicht«, erwiderte Harper auf Russisch.

»Oh, wir kommen bestimmt an den Punkt, an dem Sie sich rausreden wollen.« Smirnow versuchte zu lächeln, aber es blieb bei einem Versuch. Unter der pergamenthaften Haut pulsten die blauschwarzen Adern, Schorf und nässende Ekzeme hatten sich gebildet. »Sollen wir beginnen?«

Harper setzte sich auf einen Stuhl neben dem Bett, auch wenn es sie Überwindung kostete. Der Gestank von Tod, der von dem desertierten Major ausging, war überwältigend. An der Wand gegenüber hingen mehr als ein Dutzend Bildschirme, auf denen die Ansichten der Überwachungskameras im gesamten Haus durchgeschaltet wurden. Auf einem flimmerte der Berlinkanal. »Sie wirken nicht überrascht, dass ich mit dieser Bitte zu Ihnen komme.«

»Ich bin lediglich überrascht, dass der MI6 auftaucht. Ihre Zugehörigkeit glaube ich Ihnen sogar, Miss. Aber die Information, wer ich bin und wo ich mich aufhalte, können Sie nur aus Moskau bekommen haben.« Smirnow betrachtete sie mit klaren Augen, die im Kontrast zur brüchigen Stimme und dem rasselnden Atem standen. Er schien dem Sterben nur mit reiner Willenskraft zu trotzen. »Diese beschissenen Kinderficker! Hat man Ihnen aufgetragen, mich umzubringen, sobald ich Ihnen die Informationen gegeben habe, die Sie brauchen?«

Harper sah zu Maria, die gegenüber auf der anderen Bettseite ausharrte, dann zu Anatol, der die Makarow weiterhin auf sie gerichtet hielt und unverbindlich lächelte, als wartete er auf eine Getränkebestellung. »Ja«, räumte sie ein. »Sonst hätte man mir nicht gesagt, wo ich Sie finde, Major.«

»Und Moskau will vermutlich wissen, was ich Ihnen sage.«

»Richtig. Die Herrschaften wissen selbst nicht mehr, wo sie das Gas verbuddelt haben.«

Smirnow hustete, was in ein feuchtschleimiges Lachen überging. »Sie sind witzig, Miss. Und Sie haben nicht gelogen.«

»Nein, Major.« Harpers Blick schweifte über die Maschinen, an denen der Todkranke hing. Sie fühlte durchaus Mitleid. »Ich denke nicht, dass es nötig ist, Sie zu töten.«

»Dann werden Sie Moskau belügen? Und sich damit mehr als unbeliebt machen? Sie sind jung. Sie haben im Gegensatz zu mir viel zu verlieren.«

»Ich bin sogar bei meinen eigenen Leuten unbeliebt. Da

kommt es auf den FSB oder wen auch immer auch nicht mehr an.« Maria, Anatol und Smirnow lachten, doch Harper meinte es durchaus ernst. Witze klangen bei ihr anders. Sie wechselte das Thema. »Sie haben ein echtes Familiengeschäft in Zehlendorf-Süd hochgezogen und es sich in dieser Müllhalde von Gegend sehr gemütlich gemacht. Glückwunsch!«

»Das war Maria. Das Lob gebührt ihr. Und das Geschäft? Von etwas muss man ja leben.« Smirnow unterdrückte das nächste Husten, und durch den Kathederschlauch schoss rotgelber Urin. »Die CIA zahlte anfangs gut für meine Informationen. Aber nachdem sie alles wussten, gab es nichts mehr. Keinen Cent. Auch keine Behandlung für meine Krankheiten.«

»So sind sie, die Amerikaner.« Harper entspannte sich langsam. Das Treffen lief in die richtige Richtung. »Ich kann schauen, was ich aus unserem Etat für Sie lockermachen kann, damit Ihre Krebsbehandlung …«

Aber Smirnow hob schwach und abwehrend die mit einem Infusionszugang versehene Hand. »Sie erhalten mein Wissen umsonst. Aber viel ist es nicht.«

»Haben Sie das auch der CIA damals gesagt?«

»Nein. Die interessierten sich für andere Dinge.« Der frühere Major atmete tief und keuchend ein, woraufhin Maria die Sauerstoffzufuhr erhöhte. Innerhalb weniger Züge ging es ihm besser. »Ich leide nicht an Krebs.«

»Sondern?«

»Einer Vergiftung. Gegen die ganze Scheiße, die ich beaufsichtigt habe, waren die Gasmasken und Schutzanzüge, die uns die Sowjetarmee stellte, völlig wirkungslos«, stieß Smirnow mit Verachtung aus. »Die wussten genau, dass uns das vor den biologischen und chemischen Kampfstoffen und der Strahlung nicht wirklich schützte. Verdammte Generäle und Politiker! Ich feierte den Zusammenbruch und den Niedergang dieses verlogenen Russlands, das uns geopfert hat wie Wegwerfware. Und ich feiere ihn jeden Tag von Neuem.«

Harper verstand seine Motivation, die Seiten zu wechseln, jetzt umso besser. »Diese Depots, um die es mir geht: Was wissen Sie darüber? Wo befinden sie sich?«

Sein ausgemergeltes Greisengesicht verzog sich plötzlich vor Schmerzen, die Überwachungsgeräte jaulten auf. Der Herzschlag schoss auf über zweihundert, und der Mann bäumte sich in seinem Bett auf.

Maria griff schnell nach einer bereitliegenden Spritze und drückte sie in den Zugang am Halskatheder, woraufhin sich der Puls normalisierte. Dafür wurden die Pupillen des Majors groß und glasig. »Fahren Sie fort, Miss«, bat Maria leise. »Aber es könnte sein, dass er sich in dem Zustand schnell in seinen Erinnerungen verliert.«

»Was haben Sie ihm gegeben?«

»Ein Relaxans, gemischt mit etwas Opiat. Es hilft gegen Krämpfe und Schmerzen.« Maria strich ihrem Vater über den kahlen Kopf. »Sollte er zu verwirrt antworten, können Sie draußen warten, bis sein Verstand wieder klarer ist.«

»Die Karten«, murmelte Smirnow und kicherte röchelnd. »Die Karten, die unsere Jungs 1945 in Berlin fanden. Wehrmacht. SS. Verstecke und Vorräte. Das nutzte die Rote Armee, um … um ihre gefährlichen Sachen einzulagern. Unterirdische Stollen. Schächte. Naturhöhlen. Als die Sowjetarmee 1991 abrückte, hat sie viel giftige Ausrüstung einfach liegen lassen.« Ein Speichelfaden sickerte vom Kinn auf die Brust und reflektierte das Licht. »*Scheiß auf die DDR! Sollen sie doch dran verrecken.* Das hat die Generalität gesagt.«

Harper kam den gesuchten Informationen jetzt ganz nah. Das Opium erleichterte die Befragung jedoch nicht. »Erinnern Sie sich an die Standorte?«

»Diese Generäle sind längst tot. Niemand weiß mehr davon, stimmt's?« Smirnow versuchte, Beifall zu klatschen, doch Maria hielt seine Hände rasch fest, damit die Nadeln nicht aus der dünnen Haut rissen. »Zum Teufel mit den Arschlöchern! Was haben sie mir angetan? Was haben sie meinen Kameraden angetan? Alle sind vergiftet! Abgekratzt wie Hunde! Elend! Mütterchen Russland, du Schlampe! Du Fotze!« Er lachte glücklich. »Ich habe dich überlebt.«

»Mihail Abrahamowitsch Smirnow, bitte konzentrieren Sie sich«, sagte Harper streng, aber nicht laut. »Welche Standorte kennen Sie? In Berlin? In der DDR? Das ist wichtig!«

Ruckartig wandte Smirnow ihr das bleiche, totenschädelhafte Gesicht zu. »*Alle!* Ich kenne sie *alle*«, raunte er inbrünstig. »Sollen sie doch hochgehen und das rote Drecksland in Sarin-Schwaden hüllen.«

Harper beschloss, ihre Strategie zu ändern. »Gut. Sehr gut. Und welche davon würden Sie zuerst zünden wollen, Major? Sagen Sie mir die Reihenfolge. Ihre Lieblingsdepots. Und was die Rote Armee und die Sowjets dort lagerten.«

»Ich ...« Smirnow öffnete und schloss mehrmals den Mund, noch mehr Speichel floss auf das fleckige Hemd. »Ich glaube ... ich glaube, sie haben das meiste ... alles ... nach ...«

Unvermittelt sprang eine rote Lampe an der Videowand an. Ein Monitorbild wurde mit einer hellen Umrandung optisch hervorgehoben.

Darauf war zu sehen, wie mehrere Vermummte durch den Eingang des Hauses stürmten, ausgerüstet mit Baseballschlägern, kurzläufigen Pumpgun-Schrotgewehren und handlichen Maschinenpistolen. Der Kleidung nach zu urteilen, vermutete Harper eine Straßengang, die zu einem Überfall auf die Konkurrenz vorbeikam, und kein Militär. Das Emblem, das einer von ihnen in Weiß auf seinen schwarzen Hoody gesprüht hatte, kannte sie nicht.

»Scheiße, die Zehlenskis.« Maria zog ein Funkgerät aus der Tasche. »Auf den Angriff vorbereiten, Rohrbomben im Treppenhaus scharf schalten. Keiner dieser Wichser kommt durch!«

Verschiedene Stimmen bestätigten den Befehl.

Harper vernahm das Trappeln über und unter sich. Die Familie Smirnow und ihre hauseigene Truppe bezogen Stellung. »Was hat das zu bedeuten?«

»Dass Sie kein gutes Händchen für Timing haben.« Maria tupfte ihrem Vater den Sabber von der Wange und streichelte seine zerbrechlich wirkende Schläfe zärtlich. »Es gibt in diesem Viertel ein paar Neue, die sich unser Territorium aneignen wollen. Und unsere Produktionsstätten. Wir versorgen das schicke Berlin-Deutschland mit gutem Stoff zu guten Preisen. Das weckt Neid. Sie nennen sich Zehlenskis. Das Papageien-Kartell haben sie schon geknackt.«

Ein dumpfer Knall erklang aus großer Entfernung.

Der Monitor zeigte, was die in der Treppe eingelassene Sprengladung mit der Vorhut der Gangleute anrichtete. Die Luft färbte sich mit rotem Sprühnebel, Gewebefetzen und Gliedmaßen flogen durch das Treppenhaus, und der Lautsprecher übertrug das Kreischen und Schreien der Verwundeten in das Krankenzimmer.

Harper erschauderte, als sie daran dachte, dass sie denselben Weg genommen hatte. Ahnungslos über vermutlich Dutzende Rohrbomben. Ein Knopfdruck hätte genügt, um sie zu pulverisieren und als Wandanstrich enden zu lassen.

Doch die Zehlenskis formierten sich neu und brachten nach dem ungestümen, verlustreichen Vorpreschen selbst geschweißte Stahlschilde nach vorne, die sie abschirmend nach oben, unten und vorne hielten. Zwei weitere Bomben der Smirnows zündeten, erzielten jedoch nicht mehr dieselbe verheerende Wirkung wie vorher. Die Schilde widerstanden den Detonationen, die Attacke ging weiter.

Maria hob das Funkgerät an ihre perfekt geschminkten Lippen. »Bereit machen für Gegenangriff. Erst die Granaten, und zielt gut. Sie lassen kleine Lücken zwischen den Schilden.«

Erneut kamen die Bestätigungen ihrer Leute.

»Nicht das Berlin-Deutschland, das Sie kennen, Miss. Oder?« Smirnow grinste mit weit aufgerissenen dunklen

Augen; er sah aus wie eine unheimliche Gruselfigur. »Viva Kleen Messieko!«

Harper wurde die Lage zu unübersichtlich, zu gefährlich. »Major. Sagen Sie mir, wo ich suchen soll.« Sobald sie die wertvollen Informationen hatte, musste sie verschwinden, ohne zwischen die Fronten zu geraten. »Und woher bekomme ich die Karten?«

»Die Karten, die Karten ... Gehortet hat sie der General. Das Objekt neun.« Smirnow tippte sich mit dem krallenhaften Zeigefinger gegen die Stirn. Der gesplitterte Nagel hinterließ einen Kratzer in der überempfindlichen Haut. »Alles da drin. Alles gespeichert. Das Objekt neun. Drei. Sieben. Eins. Da sind sie. Alle! Alles!«

Auf den Überwachungsmonitoren tobte die Schlacht, die zuungunsten der Zehlenskis verlief, wie Harper in dem Staub und Durcheinander erkennen konnte. Es war nur noch eine Handvoll Angreifer auf den Beinen, doch diese hatten sich bis zum achten Stock hochgearbeitet. Ihr Siegeswille und der Rachedurst schienen von den immensen Verlusten angestachelt worden zu sein.

»Wird die Polizei nicht eingreifen?« Harper sah zu Maria. »Das ist jede Menge Lärm und ein bisschen viel Schießerei. Auch für Zehlendorf-Süd.«

»Nein. Nicht in diesem Haus. Wir haben die Bullen dafür bezahlt, sich rauszuhalten.« Die Russin verfolgte die Schießerei zufrieden. »Dämliche Arschlöcher! Wie können sie es wagen?«

Plötzlich sprangen sechs Kampfhunde den verwüsteten Treppenabsatz hinauf und hetzten an den Zehlenskis vorbei, um sich blitzschnell gegen die überrumpelten Verteidiger zu werfen und sich in deren Arme und Beine zu verbeißen.

Innerhalb weniger Sekunden war die erste Bastion der Smirnows gefallen. Die Zehlenskis rückten schreiend vor und schossen dabei um sich. Die Überraschung war gelungen.

Zeit zu gehen. »Dieses Objekt neun, Major!« Harper überwand sämtliche Hemmungen vor Geruch und Aussehen, rückte dichter an den Todgeweihten heran. »Was ist das? Wo ist es? Lagern darin die Karten der Depots?« Sie legte ihre Rechte auf die knöcherne Hand des Mannes. »Ich brauche mehr Anhaltspunkte, um …«

Ein Krachen und ein lauter Knall ertönten, gefolgt von einer Druckwelle. Steinsplitter flogen geschossgleich umher und trafen die Geräte, zerstörten die Monitore und verletzten die Anwesenden. Bis auf Smirnow; die dicke Matratze des hochgefahrenen Kopfteils schützte ihn. Zischend und funkenschlagend gaben die Maschinen reihum auf, Verbandsmaterial wurde aus den Schränken befördert.

Fuck, was …? Die Druckwelle fegte Harper vom Stuhl. Sie rollte sich schnell unter das Bett, hinter dem ein Loch in der Wand klaffte. Sie war unbewaffnet und brauchte dringend Deckung vor dem, was gleich durch diese Öffnung kommen würde.

Zwei Blendgranaten flogen durch das Loch und kullerten über den Fußboden.

Hell, no! Rasch steckte Harper die Finger in die Ohren und schloss die Augen, sodass die Detonationen sie nicht vollends blendeten.

Das Scheppern und die Druckwelle bekam sie dennoch mit, und sofort nach dem Zünden öffnete Harper die Lider. Aus ihrer Deckung warf sie einen kurzen Blick auf die Gegner hinter dem Loch: schwarze Kleidung, Sturmhauben, taktische Ausrüstung, schusssichere Westen, Funkgeräte. Und militärische Haftladungen, um sich durch Mauern zu sprengen. *Das sind niemals Zehlenskis.*

»Kurwa!« Blindlings feuerte Anatol eine Schusssalve aus der Makarow auf die Gegner, die jetzt durch die Öffnung in der Wand ins Zimmer sprangen und das Feuer aus schallgedämpften schwarzen AR-15 erwiderten. Zwei von ihnen fielen neben dem Bett zu Boden, ihre leichten kurzen Sturmgewehre landeten klappernd neben ihnen.

Auch Anatol brach zusammen und rutschte blutend an der Wand herab, wobei er seine Halbautomatik verlor.

Das unvermittelte dunkle Wummern stammte von Marias großkalibriger Jarygin-Pistole, mit der sie ihren Vater und das Reich der Smirnows verteidigte.

Woher kommen die? Hastig griff Harper sich ein herumliegendes AR-15 und setzte den nachfolgenden Widersachern aus ihrer Deckung heraus mehrere Treffer erst in Unterschenkel und Füße, um die schreienden Niedergestürzten dann mit Kopfschüssen zu erledigen. Sekunden darauf lagen insgesamt fünf Angreifer ausgeschaltet auf dem Teppich, der sich mit dem Blut der Erschossenen vollsog.

Keuchend kroch Harper aus ihrem Versteck und eilte zu Maria, die sich an die Brust griff und auf das glitzernde Rot an ihrer Hand starrte. Unaufhaltsam quoll es zwischen ihren Fingern hervor. »Wir müssen weg!«

»Nein«, erwiderte die Russin und schwankte, fiel schwer auf den Stuhl. »Ich ... sicher nicht, aber ...« Kraftlos sackte sie zusammen, und ihre Pupillen verwandelten sich in seelenloses Glas.

Smirnow lag im Bett und starrte entgeistert auf seine erschossene Tochter. »Nein!« Der Schock zerriss die dämpfende Wirkung der Medikamente, der verträumte Ausdruck verschwand aus seinem Gesicht. »Maria! Nein!« Trotz seines geschwächten Zustands machte er Anstalten, das Bett zu verlassen.

In diesem Moment tauchten zwei weitere Maskierte in schwarzen Outfits am Durchbruch auf und rissen große Pumpguns mit Trommelmagazinen in den Anschlag.

Harper reagierte schnell und drückte ab.

Doch das erbeutete AR-15 gab lediglich ein Klicken von sich. Es war leer geschossen.

Das erwartete Gegenfeuer blieb erstaunlicherweise aus.

»Hier Fuchs sechs. Habe den Major und die MI6«, funkte

der kleinere der beiden Maskierten über Kehlkopfmikrofon. »Fuchs sieben ist bei mir. Der Rest der Einheit ist ausgeschaltet. Erbitten Anweisungen.«

Mit einer Hand hielt Harper den federleichten Smirnow fest, der wimmernd versuchte, dem Kabelgewirr und dem Bett zu entkommen, um seiner toten Tochter nahe zu sein. »Wer seid ihr Wichser?«

Die Männer verhielten sich wie eine professionelle Spezialeinheit. Und weswegen sie gekommen waren, lag auf der Hand. *Daraus wird nichts.* Verstohlen tastete Harper nach dem Skalpell, das zwischen dem losen, aus den Schränken gefallenen Verbandsmaterial auf der Bettdecke lag.

»Fuchs sechs, erledigen Sie die MI6, und bringen Sie den Major aufs Dach. Abholung steht bereit«, vernahm Harper lauter als vorgesehen aus dem herausgerutschten Ohrstecker des Angreifers. »Ein Arzt ist an Bord. Wir brauchen die Informationen des Russen. Unter allen Umständen.«

»Bestätigt.« Der Kleinere nickte seinem Partner zu. Die verzögerte Exekution konnte stattfinden. Gemeinsam traten sie aus der gesprengten Öffnung ins Zimmer.

Solange Harper den mit den Armen fuchtelnden Smirnow vor sich hielt, konnten sie mit den Schrotwaffen nicht einfach auf sie feuern. »Eine Bewegung, und ich töte den Mann!«, drohte sie zur Ablenkung und machte sich zum Angriff bereit. *Mit nichts als einem beschissenen Skalpell.*

Sie ließ den Major gerade los und wollte über das Bett springen, als zwei Kampfhunde grollend ins Zimmer spurteten und die Maskierten anfielen.

Die schweren Rüden warfen die überrumpelten Männer um, die nicht zum Feuern gekommen waren. Knurrend verbissen sie sich abwechselnd in Arme und Hände, gruben und wühlten sich an den Gewehrschäften vorbei, um die verwundbaren Kehlen zu erreichen.

Harper wusste, dass ihr die Hunde lediglich Sekunden verschafften, um zu handeln. Rasch bückte sie sich nach dem zweiten am Boden liegenden AR-15, hob es auf, lud durch – und hatte plötzlich Smirnow vor der Mündung.

Gleichzeitig drückte sie ab.

Die Kugel ging dem Russen mitten durch den Hals und zerstörte den Katheder oberhalb des Schlüsselbeins, sodass das Blut aus gleich drei Löchern sprudelte.

Krächzend stürzte Smirnow zurück auf die Laken. In seinem Gesicht war eine Mischung aus Staunen und Freude zu sehen, während sich sein Körper entspannte und der Blick brach.

Da begriff Harper, dass er sich ihr absichtlich in die Schusslinie geworfen hatte. Smirnow wollte nicht mehr leben, und sein Geheimnis sollte mit ins Grab. *Um es vor den Maskierten zu schützen.*

Sie sprang über die Toten am Boden hinweg durch das Loch, solange die Gegner noch mit den Kampfhunden zu tun hatten. Das Durcheinander musste sie nutzen, sonst würde sie kaum lebendig aus diesem Gebäude kommen.

Das Knattern eines Hubschraubers näherte sich von oben. Die Abholung und die versprochene Unterstützung der Angreifer trafen ein.

Weg hier! Harper fand sich in einem weiteren Zimmer wieder, stolperte durch die Dunkelheit und verfluchte den Umstand, dass sie ihr Smartphone nicht zusammengesetzt hatte.

Wertvolle Zeit ging verloren, bis sie eine Stahltür fand, durch die sie hastete. *So geht das nicht.* Rasch steckte sie den Akku in das Gerät, sodass sie damit ihren Fluchtweg beleuchten konnte. *Besser.*

Den frischen Spuren nach hatten sich die Angreifer durch die dicken Metallplatten geschweißt und sogar durch einen zugemauerten Eingang gearbeitet. Die zurückgelassenen Werkzeuge stützten Harpers Annahme, es mit einer Spezialeinheit zu tun zu haben. Sie ging davon aus, dass die Unbekannten den Angriff der Zehlenskis sogar initiiert hatten, um für genügend Ablenkung zu sorgen. Die Hunde waren in der Gleichung jedoch nicht vorgesehen gewesen.

In dem Teil des Hauses, durch den sie flüchtete, blieb es ruhig. Das Gefecht fand auf der anderen Seite statt.

Ausgerechnet in diesem Moment ging ein Anruf ein. Bristol wollte etwas von ihr.

Keine Nerven dafür. Harper drückte den Anruf ihres Chefs weg und fand sich hinter einer weiteren Tür im Freien am Zugang zu einer verrosteten Feuerleiter wieder, bei der etliche Sprossen fehlten. Auch das hatte die Angreifer nicht abgehalten. *Profis. Und sie sprachen deutsch.*

Leise fluchend hängte sie sich das Sturmgewehr um und kletterte hinab.

Inzwischen hatten die Schüsse im Gebäudekomplex aufgehört.

Vier verbeulte und ramponierte Transporter fuhren am Haupteingang vor. Mehrere Menschen eilten, beladen mit Metallkisten und Plastikboxen, zwischen dem Haus und den Wagen hin und her. Die Ära der Koslows war beendet, die blutige Revolution hatte Zar & Zarewitschs vom Thron in Zehlendorf-Süd geschossen. Die Sieger nahmen sich alles.

Harper erreichte den sicheren Boden und eilte in den Schatten der leeren Machnower Straße voran, um zur S-Bahnstation zu gelangen.

Das Dröhnen des heftigen Feuergefechts im Hochhaus hatte die letzten zwielichtigen Gestalten vertrieben, niemand hielt sie auf. Das mochte auch an dem AR-15 liegen, welches sie offen in der Rechten hielt.

Erst als Harper den heruntergekommenen Bahnsteig betrat und die mit Graffiti übersäte Tram einfuhr, übergab sie sich vor Anspannung in einen Mülleimer. *Das brauche ich wirklich nicht jeden Tag.* Schnell rieb sie ihre Fingerabdrücke vom

Gewehr ab, zerlegte das AR-15 und schleuderte die Einzelteile über die Treppenbrüstung ins Dunkle.

Als Nächstes würde sie Bristol aufsuchen.

Ihr Boss musste sich ihre Geschichte anhören, und dann benötigte Harper seine Einschätzung dazu, was gerade in Berlin-Deutschland passierte. Und wer sie dermaßen geschickt beschattet hatte, dass sie die Angreifer direkt zu Smirnow geführt hatte. *Oder Drohnen? Ein Satellit?*

Während die S-Bahn losfuhr und Harper vorerst in gefühlte Sicherheit brachte, erreichte sie eine Nachricht von Bristol:

Treffen.
Sofort.
Code: Castle.
Mir egal, was Sie gerade machen.

Das Gefühl der Sicherheit hatte nur kurz gehalten.

* * *

Bezirk Saarbrücken, Kreis Homburg, DDR

Chris sah verstohlen auf die Uhr. Kurz nach acht am Morgen, und er hatte schon gefühlte hundert Bilder betrachtet, die ihm seine Uroma in der guten Stube vorlegte wie ein Superblatt bei einem Quartettspiel, dazu zehn lange Geschichten gehört, einen Liter Kaffee getrunken und zwei Stücke Sandkuchen gegessen.

Aber nicht ein Mal gegähnt.

»Brauchst du eine Pause, mein Junge?« Josefine musste seinen Blick bemerkt haben. Sie trug ein stilvolles schwarzes Kleid, das sie auf seltsame Weise jünger machte, obwohl ihr Gesicht von Trauer gezeichnet war. »Herrje! Ich habe dich viel zu früh geweckt. Das tut mir leid.«

»Nein, das geht schon, Oma.« Sie hatte darauf bestanden, dass Chris sie so nannte. »Ich bin es nur nicht mehr gewohnt.« Er wollte bei ihr nicht den Eindruck erwecken, dass sie ihn langweilte, denn er hörte ihr gerne zu.

»In meinem Alter reichen vier Stunden Schlaf. Das wirst du auch noch merken.« Sie legte ihre betagte Hand auf seine und drückte sie. »Danke, dass du so früh mit mir die Bilder durchgehst. Ich wollte das vor der Beerdigung machen.« Rasch wischte sie eine Träne aus dem rechten Augenwinkel. »Damit du ein bisschen mehr über deinen Uropa weißt und er kein Fremder für dich bleibt. Jedenfalls nicht gänzlich.«

Chris nickte und lächelte sie tröstend an. Noch vor dem Schlafengehen hatte er mit ihr vereinbart, früh aufzustehen, bevor das Haus wegen der Bestattung zu unruhig wurde. Behutsam nahm er ein monochromes Porträtfoto in die Hand. »Opa Hermann und ich sehen uns wirklich ähnlich.« Er warf einen Blick auf das gerahmte Bild an der Wand gegenüber und prüfte seine Reflexion im Glas. Die kurzen dunkelblonden Haare waren leicht verstrubbelt, um die hellblauen Augen lagen dunkle Schatten. Dafür waren die Bartstoppeln länger als sonst und die Koteletten buschiger. *Vor der Bestattung muss ich das stutzen.* »Ziemlich ähnlich. Trotz meines Bartes.« Sich selbst in schwarzer Kleidung zu sehen, fand Chris ungewohnt. Er mochte die Farbe nicht und bevorzugte helle Sachen.

»Das habe ich beim ersten Anblick schon bemerkt.« Josefine seufzte. »Ihr hättet euch bestimmt gut verstanden.«

»Hätten wir sicherlich.« Chris legte seine Hand auf ihre Schulter. Er mochte die alte Dame sehr gerne. Sympathisch durch und durch. Mit ihr war es leicht, ein Gast in diesem Deutschland zu sein. »Das waren spannende Geschichten. Danke, dass du sie mit mir geteilt hast. Er hat viel erlebt.«

»Das haben wir alle.« Josefine beugte sich mit einem verschmitzten Lächeln zu ihm. »Weißt du, die in Berlin und von der SED können unsere Heimat gerne DDR nennen, wenn sie wollen. Wir alten Saarländer bleiben trotzdem Saarländer. Und sagen immer noch Maggi statt Bino und Lyoner statt Jagdwurst. Das wäre doch gelacht.« Sie kicherte wie ein junges Mädchen und tätschelte Chris' Hand. »Es wird Zeit, Platz zu machen.«

»Wie meinst du das?«

»Mein Hermann ist jetzt tot, und ich merke, dass ich auch nicht mehr lange bleiben werde.«

»Aber, Oma!« Seine Entrüstung kam von Herzen. Auch wenn Chris sie gestern erst kennengelernt hatte, gefiel ihm der Gedanke nicht, dass sie sterben sollte. Wollte. *Wie immer sie es meint.*

Josefine lächelte still. »Ach, das ist doch gut so. Ich wollte nur nicht vor meinem Mann gehen. Das haben wir uns damals versprochen, als wir heirateten. Wir hielten es doch lange zusammen aus, oder? Ihr jungen Leute müsst uns das erst mal nachmachen.«

Chris dachte an Cora und lächelte. *Das ist so was von sicher.* »Das werde ich, Oma.«

»Sehr gut. Wenn es passt und sich alles fügt, ist es das Beste, was es gibt. Und halte das bloß nicht für das Gesäusel einer alten Frau.« Sie ließ seine Hand los. »Einen Karton mit Fotos würde ich dir gerne noch zeigen. Dann lasse ich dich in Ruhe. Die anderen werden bestimmt bald aufstehen, und dann müssen wir frühstücken.«

»Frühstücken? Schon wieder essen?« Chris sah auf den leeren Kuchenteller. Die nächste Herausforderung für seinen Magen. Ihm kam die einheimische Redewendung »Hauptsach, gudd gess« in den Sinn. Es stimmte. »Na gut.«

»Ich weiß, in Frankreich isst man nur ein Croissant.«

Tatsächlich stimmte es in diesem Fall beinahe. Jeden Morgen, wenn sich die Gelegenheit ergab, teilten er und Cora sich ein Blätterteigstückchen, dazu selbst gemachte Marmelade und gerührten Quark, um nach dem Milchkaffee in den Tag zu starten. Manche mochten das kitschig nennen, aber für Chris blieb es das schönste Ritual der Welt. *Ich vermisse sie.* »Ich finde schon was, das nicht zu schwer auf die beiden Kuchenstücke drückt«, erwiderte er lächelnd. »Soll ich uns noch Kaffee holen?«

»Gerne.«

Chris erhob sich und nahm die beiden Becher, um damit in das Erdgeschoss zu gehen, wo sich die Küche befand und die Isokanne leise vor sich hin summte. Die warme Luft drang heraus und nutzte den Verschluss für ein nerviges eintöniges Musikstück.

Oma Josefine hatte den Filterkaffee von Hand aufgebrüht. Sie hielt nichts von Maschinen und Vollautomaten.

So schlecht schmeckte die Marke Mondo nicht, das musste er zugeben. Auch darüber hatte er schlimme Dinge gehört. Dann wurde Chris sich seiner Verwechslung bewusst. *Nein, das war nicht Mondo, der furchtbar gewesen sein soll, sondern der Kaffeemix mit Erbsenmehl. Erichs Krönung.* Einfallsreich war man in der DDR immer – egal, ob es darum ging, der anfänglichen Verknappung der frühen Jahre zu trotzen, oder Spottnamen zu erfinden.

Er füllte gerade den Becher der alten Dame, als es an der Tür klingelte.

Chris ging in den Flur, um durch das kleine Guckfenster in der Tür hinauszuschauen.

Vor der dicken Scheibe bewegten sich mehrere Schatten, dunkle Stimmen sprachen leise. Die Gäste für die Beerdigung kamen früh. Oder es waren Bekannte, die ein Trauerkuvert abgeben wollten. Persönlich, wenn auch zeitig.

Die Umschläge kann ich ebenso in Empfang nehmen. Um zu verhindern, dass das ganze Haus wach geklingelt wurde, öffnete Chris rasch. Die Kaffeekanne hielt er in der Linken, wie er zu spät erkannte. *Die hätte ich mal besser in der Küche gelassen.*

Vor der Tür standen drei Männer und eine Frau. Wie Trauergäste wirkten sie nicht, sondern erinnerten mit ihren drei Aktenkoffern eher an Geschäftsleute, die sich auf dem Weg zu ihrer Tagung in dem Wohnviertel verlaufen hatten. Der Größte von ihnen trug einen dunkelgrauen Hut mit schwarzem Ripsband auf seinen blonden Haaren.

»Ja?«, fragte Chris freundlich. »Wie kann ich Ihnen helfen?«

»Das ist doch die Kraepelinstraße 5?«, erkundigte sich die Frau höflich und lächelte. Ihr Gesicht wirkte zu rund für ihre schlanke Figur, die rötlichen Haare trug sie als modischen Pagenschnitt.

»Das ist richtig.«

»Wir sind wegen der Sammlung hier.«

Chris kannte sich mit den gegenwärtigen Gepflogenheiten in der DDR nicht aus. »Was sammeln Sie denn?« Seit Bestehen musste es üblich gewesen sein, so ziemlich alles zur Wiederverwertung zu bringen, von alten Kleidungsstücken über Papier bis zu Altmetall. Der Staat hatte seine früh erlangte europäische Spitzenposition in Sachen Recycling nie verloren. Doch nach Schrotthändlern sah das Quartett nicht aus. Auch der schnittige schwarze Transporter mit den getönten Scheiben wirkte eher wie ein VIP-Shuttle oder Behördenfahrzeug. Das Modell kannte Chris nicht. DDR-Marken blieben seine Schwachstelle.

»Ein Missverständnis. Es geht um eine Sammlung von historischen Andenken«, korrigierte ihn die Frau freundlich.

»Ich fürchte, ich verstehe nicht, was …« Da dämmerte es ihm. *Alicia hat eine verhasste Sammlung erwähnt, die Oma unbedingt loswerden will.*

»Was ist denn hier los?«, raunte seine Cousine, die neben ihm auftauchte. Sie band sich den weißen Morgenmantel zu, den sie über ihr verwaschenes weißes Schlafshirt und die lilafarbenen Frotteebermudas geworfen hatte. Aus der Tasche des Bademantels zog sie ganz selbstverständlich einen Becher und goss sich Kaffee aus der Thermoskanne ein, ohne dass Chris sie dazu loslassen musste. »Und wer sind Sie? Trauerchor? Haben wir so was bestellt?«

Die Frau schenkte ihr ebenfalls ein Lächeln. »Der junge Mann weiß offenbar nicht, um was es geht. Ich suche eine Alicia Müller.«

»Weswegen?« Sie kreuzte die Arme unter der Brust, ohne dass ein Tropfen über den Rand der Tasse schwappte. Der Dampf des heißen Kaffees zog sichtbar hinaus in die Morgenkühle. »Oder sehen Stasi-Leute jetzt *so* aus?«

Die Unbekannte schüttelte behutsam den Kopf. »Es geht um die Ordensammlung.«

»Ach so.« Alicia entspannte sich und nahm schlürfend einen Schluck Kaffee. Mit einer Hand warf sie ihre langen goldgelben Haare zurück. »Aber wir hatten Montag ausgemacht. Heute ist es schlecht. Wir haben eine Beerdigung.«

Chris beschränkte sich auf die Rolle des Zuschauers und Türstehers. Einmal mehr amüsierte er sich über seine unkonventionelle Cousine, die nicht im Mindesten hektisch oder aufgeregt wirkte. Es war, als wimmelte sie jeden Tag Besucher von der Tür ab.

»Oh! Mein Beileid.« Die Frau griff mit behandschuhten Fingern in ihre Handtasche, um eine Visitenkarte herauszuziehen. Sie hieß Miriam Hell und arbeitete als *Staatlich zugelassene & vereidigte Antiquitätenhändlerin*. Ihr Geschäft hieß ORDEN-ORT und befand sich in Frankfurt am Main. »Dann rufen Sie mich …«

»Entschuldigung«, mischte sich einer der Begleiter ein und versuchte sich an einem bittenden Gesichtsausdruck, der ihm erkennbare Schmerzen zu bereiten schien. Er trug einen dünnen Oberlippenbart, in dem einzelne silberne Härchen Akzente setzten. Das Sakko saß dem kräftigen Mann ein wenig zu eng. »Mich trifft die Schuld an der ganzen Verwirrung. Ich hab den Termin verwechselt.« Er sah zwischen Chris und Alicia hin und her. »Sind Sie so nett und machen es möglich? Wir stören nicht lange.«

»Robin ist immer so vergesslich«, fügte Hell hinzu. »Wir gehen gerne mit dem Preis höher. Als Entschädigung.«

»Ich habe hier nichts zu sagen.« Chris hob andeutungsweise die Kaffeekanne als Hinweis auf seine Funktion. »Bin nur zu Besuch.«

Alicia hielt ihm prompt die Tasse zum Nachschenken hin. »Nee. Das regt Uroma zu sehr auf. Sie hat diese Sammlung gehasst. Das wird bei ihr …«

»Was tut ihr denn da?«, erklang Josefines Stimme von der Treppe. »Wer will denn so früh was von uns?«

Chris hörte die versteckte Angst in der Stimme. Auch sie befürchtete einen Besuch der Staatsmacht, die jederzeit aufkreuzen und von ihren Sonderrechten Gebrauch machen konnte. Dazu bedurfte es keines Grundes, keines Durchsuchungsbeschlusses oder einer Verfügung. Der Ausweis der Stasi bedeutete uneingeschränkte Macht.

Alicia setzte zur Antwort an, aber die Antiquitätenhändlerin reagierte schneller. »Miriam Hell. Wir sind wegen der Ordensammlung zu Ihnen gekommen und haben uns unglücklicherweise im Termin geirrt, Frau Müller«, sagte sie laut in Richtung Treppe.

»Mein Fehler«, warf Robin zerknirscht ein.

Die zwei namenlosen Männer standen unbeteiligt herum und hielten ihre Finger ineinander gefaltet auf Höhe der Gürtelschnalle. Die Koffer baumelten darunter.

»Wir erfuhren eben von Ihrer Enkelin, dass eine Beerdigung ansteht«, führte Hell fort.

»Oma, ich habe denen schon gesagt, sie sollen am Montag wiederkommen«, erklärte Alicia schlecht gelaunt.

»Nein.« Josefine kam entschlossen nach unten und deutete im schmalen Flur nach rechts. Über das schwarze Kleid hatte sie eine lange dunkelblaue Stola um Schulter und Rücken geworfen. Die silbernen Haare steckten in einem Duttnetz. »Je eher dieser Kram aus dem Haus ist, desto besser. Außerdem haben sie gesagt, dass sie den Preis anheben. Ich habe es genau gehört.« Sie zwinkerte Chris und Alicia im Vorbeigehen zu. »Kommen Sie, Frau Hell. Folgen Sie mir.«

»Soll ich Papa oder sonst jemand wecken?« Alicia war es erkennbar nicht recht, dass sich Fremde im Haus befanden.

»Nein, lass sie ruhig schlafen. Sie müssen mir bei den Verhandlungen nicht helfen. Ich habe ja euch zwei.«

»Will jemand Kaffee?« Chris hob anbietend die Kanne und gab die Tür frei.

»Das ist sehr nett.« Hell und ihre Begleiter schoben sich an ihnen vorbei und gingen Josefine hinterher. »Viermal, bitte.«

»Nach der langen Fahrt genau das Richtige«, ergänzte Robin. »Danke schon mal.«

»Und was genau ist *Ihre* Aufgabe, die Herren?« Alicia betrachtete die Vierertruppe, die durch den Korridor ins Zimmer ging, in dem der Safe stand. »Sie sind die Aufpasser?«

»So in etwa«, antwortete Hell stellvertretend und blieb stehen, während die Männer mit ihren Aktenkoffern im Raum verschwanden. »Ich glaube, dass sich in der Sammlung einige Schätze befinden. Da sind mir starke Arme und wachsame Augen sehr willkommen.«

»Und die Koffer?«

»Spezielle Prüfgeräte. Für Edelmetalle, Papier, Banknoten.« Hell lächelte. »Und Ihr Geld, sofern sich die Orden und Auszeichnungen als echt, unbeschädigt und vollzählig herausstellen. Und wir uns einig werden.«

»Geld? Nicht schlecht.« Chris betrachtete die Alukoffer. Selbst wenn sich nur in einem davon Scheine befanden, musste es eine Menge sein. Ein paar Tausend Mark ganz sicher.

»Dann wäre an diesem Tag doch etwas Erfreuliches zu verzeichnen, nicht wahr? Wenn wir schon ungelegen vor der Beerdigung erscheinen.« Hell betrat das Zimmer. »Denken Sie an den Kaffee, bitte? Milch und Zucker nicht vergessen. Danke!«

Alicia folgte ihrer Uroma. Ihr Gesichtsausdruck schwankte zwischen verwundert, beeindruckt und alarmiert. »Die hauen mir meine alte Dame nicht übers Ohr. Mach nicht so lange mit dem Kaffee herum«, raunte sie Chris zu.

»Ich bin gleich wieder da.« Er kehrte in die Küche zurück und suchte in den Hängeschränken nach weiteren Bechern sowie nach einem Tablett, stellte nebenbei neues Wasser für den frischen Kaffee auf.

Mit dem Rest in der Thermoskanne, einer Tüte Zucker und Löffeln machte er sich auf den Weg zur Ordensammlung.

Im schwachen Licht erblickte Chris etwas neben der geschlossenen Haustür auf dem Boden, das er zunächst nicht erkennen konnte. Einer von Hells Leuten oder die Händlerin musste es verloren haben.

Chris bückte sich danach – und staunte.

Es war eine Patrone.

Eine neue.

Mit der winzigen Prägung *Kaliber 9 mm Parabellum.*

Kommt ein DDR-Bürger zu einem Funktionär und fragt: »Genosse, wer hat eigentlich den Sozialismus erfunden? Ein Politiker oder ein Wissenschaftler?«
Sagt der Funktionär: »Natürlich ein Politiker!«
Sagt der Bürger: »Das hab ich mir gedacht. Ein Wissenschaftler hätte ihn zuerst an Ratten ausprobiert.«

Volkswitz

Fakten der DDR: VEB Medizin- und Sicherheitstechnikwerke Lübeck (früher Drägerwerk Heinr. und Bernh. Dräger)
Voller Stolz auf die Arbeiterinnen und Arbeiter verkündete Direktor Sven Wilmsen, dass der vorgegebene Jahresplan 2019 aufgrund der weltweiten Nachfrage nach hochwertiger Narkose-, Sicherheits- sowie Brandschutztechnik »Made in GDR« sogar übertroffen wurde. Möglich machte das der großartige Einsatz der Belegschaft, der großzügige Prämien für ihre Verdienste gezahlt wurden.
Zum Wohl der Deutschen Demokratischen Republik und ihrer Bürgerinnen und Bürger wurden 800 Millionen Deutsche Mark Umsatz erzielt, alleine davon 650 Millionen Mark im Ausland.

8

Bezirk Saarbrücken, Kreis Homburg, DDR

Chris betrat das kleine Zimmer, in dem Uropa Hermann seinem Hobby nachgegangen war, und stellte das Tablett mit den Kaffeebechern, Löffeln, Milch und Zucker ab.

Antiquitätenhändlerin Hell saß am einzigen Tisch und hatte bereits mehrere Lupen, Lampen, Tiegel und ein geöffnetes Etui mit verschiedenen Feinwerkzeugen darauf aufgebaut. Robin und die beiden anderen Männer hatten sich in dem kleinen Raum verteilt. Der lange Blonde hatte den Hut nicht abgelegt.

Alle vier Wände des engen Zimmers waren vollgestopft mit Regalen und geschlossenen Schränken. An den wenigen freien Wandstellen hingen alte Landkarten, Poster, Drucke und Gemälde in verschiedenen Größen, die meisten davon aus den Jahren 1945 bis 1970. Dabei handelte es sich überwiegend um saarländische, französische, russische und DDR-Propagandamotive. Zwei alte DDR-Flaggen waren mit Reißzwecken an die Decke geheftet. Die Luft roch nach altem Papier und Staub.

»Ah, der Kaffee«, kommentierte Hell erfreut. »Das ist wirklich sehr freundlich, Herr …?«

»Mueller. Mit ue statt ü.« Chris verteilte die Becher an die Besucher.

Derweil hantierte Alicia kniend nach Oma Josefines Anweisungen an dem gefrierschrankgroßen dunkelgrünen Safe herum, der noch aus den 1920er-Jahren stammte, wie die Herstellerplakette verriet. Das Zahlenschloss ratterte und klickte.

Jeder noch so dilettantische Einbrecher hätte ohne Stethoskop gehört, wann die Zahnräder an den richtigen Stellen einrasteten. Dennoch klemmte etwas.

Chris nahm die Neunmillimeterpatrone aus der Hosentasche und hielt sie hoch. »Gehört die einem von Ihnen?« Sorgen bereitete ihm sein Fund nicht. Hell hatte keinen Hehl daraus gemacht, bewaffnete Leibwächter mitgebracht zu haben. »Die lag neben der Tür.«

»Oh! Das ist meine«, entschuldigte sich Robin und errötete. »Sie ... muss aus dem Ersatzmagazin gefallen sein.«

Alicia und Josefine waren zu sehr damit beschäftigt, den störrischen Safe zum Aufgeben zu bewegen. Sie bekamen die Unterhaltung und den Lapsus des Leibwächters nicht mit.

»Wie ich schon sagte: Die Sammlung erschien mir laut der Beschreibung sehr wertvoll.« Hell nippte an ihrem Getränk und korrigierte den Geschmack mit Milch und Zucker.

»Ich dachte immer, der Sozialismus kennt kein Verbrechen.« Chris stellte die Patrone auf den Tisch. »So kann man sich irren.« Im gleichen Moment huschte ihm durch den Kopf, dass sie eine IM sein könnte. *Mit großer Wahrscheinlichkeit sogar. Sie ist staatlich vereidigt.* Er mahnte sich zur Zurückhaltung.

Robin nahm die Patrone und steckte sie in die Hosentasche. Sein Kopf war rot wie eine frische Tomate.

»Das klingt, als wären Sie kein DDR-Bürger«, bemerkte Hell aufmerksam.

»Bin ich auch nicht.«

Die Antiquitätenhändlerin lächelte verständnisvoll. »Die Verbrechensrate liegt weit, weit unter dem, was Sie aus Ihrem doch recht kriminellen Berlin-Deutschland kennen.«

Damit konnte sie Chris nicht treffen. »Ich lebe in Paris.«

»Da wird es nicht anders sein, Herr Mueller. Man hört viel über Streiks und soziale Unzufriedenheit in Frankreich. Wie in vielen Städten Europas. Oder über den Aufstieg der Populisten und Rechten. So etwas kennen wir nicht.« Hell zeigte auf den widerspenstigen Safe, an dem sich Alicia wütend zu schaffen machte. »Doch ich gebe Ihnen recht. Die Wahrscheinlichkeit, dass uns jemand etwas wegnehmen will, ist sehr gering.« Sie lächelte süffisant. »Die entsprechenden behördlichen Stellen, denen gegenüber ich zur Auskunft verpflichtet bin, wissen selbstverständlich Bescheid.«

Chris blickte zu seiner Uroma und seiner Cousine, die vor lauter Tresorbemühungen weiterhin nichts mitbekamen. *Die Stasi natürlich.* Er lehnte sich gegen den Türrahmen. »Was macht die Sammlung denn so besonders?«

Hell nickte zu den gerahmten Postern und Bildern sowie Gemälden aus den Anfängen der DDR, die teils auf Deutsch, teils auf Russisch beschriftet waren. »So etwas ist gesucht. Vor allem Auszeichnungen, die der große Bruder verlieh. Und natürlich Abzeichen der Roten Armee aus der Zeit von 1945 bis 1955. Die Sowjetführung prägte Orden, die es nur für verdiente Rotarmisten in der DDR gab. Sehr selten. Dann haben wir noch frühe Karl-Marx-Orden, den Vaterländischen Verdienstorden in Gold oder den Großen Stern der Völkerfreundschaft«, zählte Hell auf. »Und für verdiente Eisenbahner. Die sind auch selten.«

»Und die verkaufen Sie ins Ausland.«

»Genau, Herr Mueller. Oder an Sammlerinnen und Sammler aus unserer Heimat. Es sei denn, es handelt sich um museumsrelevante Stücke. Die sind abzuliefern. Immer unter den Augen des Staates, der einen großen Teil des Gewinnes erhält.« Hell trank noch einen Schluck.

»Endlich!«, stieß Alicia laut aus und öffnete die schwere Stahltür. »Altes Scheißding, echt.«

»Ich dachte, du kennst dich mit so etwas aus?«, neckte Chris sie.

»*Elektronikerin* bin ich! Mit einer Million Zusatzqualifikationen!« Sie schlug gegen das lackierte Safe-Monstrum. »Dafür bräuchte man eigentlich einen Sprengmeister. Oder einen Schweißer.«

»Aber du hast es ja aufbekommen, mei Guddes.« Josefine streichelte die Schulter ihrer Urenkelin. »Bringst du die schweren Kassetten bitte zum Tisch, damit sich Frau Hell alles anschauen kann? Nur die mit der blauen Markierung.«

»Klar.« Alicia begann hockend damit, mehrere Behälter herauszuräumen und auf ihrem einen Arm zu stapeln. »Was ist denn da drin? Goldbarren?«, ächzte sie verwundert unter dem Gewicht.

Chris ging rasch zu ihr, um ihr zu helfen. »Gib her. Ich stelle sie rüber.«

»Das werdet ihr gleich sehen.« Josefine nahm einen großen Schlüsselbund aus einem Geheimfach des Seitenschranks, um damit die stabilen Kassetten zu entriegeln. »Dieser ganze blöde Plunder.«

Eine Schatulle nach der anderen wurde geöffnet: Orden in Plastikkuverts kamen zum Vorschein, Münzen in Döschen, auf Polstern gelagerte Stempel, vergilbte, eingetütete Dokumente, Sonderauszeichnungen und vieles mehr.

Hell hatte sich weiße Stoffhandschuhe übergestreift, eine Uhrmacherlupe vor das linke Auge geklemmt und prüfte jedes einzelne Stück. Dabei gab sie Laute des Erstaunens und des Entzückens von sich. So behutsam, wie sie die Stücke aufnahm, legte die Händlerin sie zurück auf die Polsterung oder in die kleinen Döschen. Danach machte sie sich jedes Mal Notizen auf ihrem Zeiro.

»Und? Wie sieht's aus?« Alicia hatte das vergitterte Fenster geöffnet und rauchte. In ihrer linken Hand hielt sie das modifizierte Zeiro und überprüfte es auf neue Nachrichten. In ihrer rechten hielt sie ihre Kaffeetasse. »Sind wir schon reich?«

Hell sah zu Josefine und legte die Lupe ab. »Das sind ganz wunderbare Stücke, Frau Müller«, verkündete sie überschwänglich. »Ihr Mann hat wirklich tolle Gegenstände gehortet.« Sie schaute noch einmal mit verzücktem Gesichtsausdruck darüber. »Ich weiß, dass heute für Sie ein schwerer Tag wird, liebe Frau

Müller. Aber lassen Sie ihn mich etwas mildern, indem ich Ihnen verrate: Der Wert dieser Sammlung hat sich verfünffacht. Auf etwa zweihunderttausend Mark.«

»Oh, holla«, entfuhr es Alicia, während sie gleichzeitig Rauch ausstieß. Schnell steckte sie das Telefon in die Bademanteltasche.

»Ach«, sagte Josefine freudig, schlug eine Hand vor den Mund und musste sich auf den Stuhl setzen. »Das freut mich.« Sie wandte sich an ihre Urenkelin. »Das freut mich so sehr für euch!« Sie reichte ihr die Hand. »Das ist alles für euch!«

»Aber es ist doch dein Geld«, protestierte Alicia.

»Nein. Ich bin eine alte Frau. Was soll ich damit? Aber ihr könnt es gut anlegen. Oder ausgeben.« Josefine gab ihr einen Kuss auf die Stirn. »Ich will, dass du die Hälfte bekommst. Du *alleine!* Damit kannst du richtig viel anfangen, mei Schätzje.«

Chris lächelte und freute sich mit. Die Urgroßmutter hatte ein großes Herz für die Außenseiterin, die sie jetzt ganz bewusst mit dem Reichtum bedachte. Ein bisschen Freiraum und Freiheit für das schwarze Schaf.

»Ich stelle Ihnen gleich eine Liste auf, vermerke den Wert und zahle Sie aus«, erklärte Hell den Ablauf. Der Aufpasser mit dem dunkelgrauen Hut beugte sich unerwartet nach vorne und raunte ihr einige Worte ins Ohr. »Ach ja, stimmt. Das hätte ich beinahe in meinem kleinen Glücksrausch vergessen.« Sie zeigte auf den offenen Safe, in dessen Bodenfach noch vier weitere längliche Schatullen standen, an denen grüne Markierungen angebracht waren. »Sind darin die historischen Karten? Sie erinnern sich. Die im Hintergrund der Verkaufsfotos zu sehen sind. Ich schrieb, dass ich sie Ihnen gerne abnehme, auch wenn es nur ein Beikauf ist.«

Die blendende Laune schwand aus Josefines Miene. »Nein. Sind sie nicht.«

»Ach, echt? Ich hatte die Karten bloß als Deko beim Knipsen benutzt, weil sie schön aussahen. Was ist mit denen?«

Alicia sah bedauernd in ihren leeren Kaffeebecher. »Willst du sie aufheben, Oma? Wozu?«

»Sind Sie sicher, dass die Karten *nicht* in den Schatullen mit den grünen Aufklebern sind, Frau Müller?« Hell faltete die behandschuhten Finger und lehnte sich zurück. Sie wirkte auf Chris wie eine versnobbte Pantomimin, die Pause machte.

Josefine hatte sich wieder gefangen und richtete die Stola über dem schwarzen Kleid. »Das wird mir nun zu viel, liebe Frau Hell. Ich suche die Karten am Montag und schicke Sie Ihnen per Post. Wir haben noch eine Bestattung vor uns, was Sie nicht vergessen sollten.«

Chris hörte Geräusche aus dem Rest des Hauses. Wasser rauschte, Leitungen gluckerten. Die anderen Familienmitglieder und einquartierten Gäste erwachten und begannen mit der Morgentoilette.

»Das dauert mir zu lange.« Robin zog plötzlich seine halb automatische Pistole aus dem Achselholster. Ein Schalldämpfer war darauf montiert, *Wieger T11* war in den brünierten Lauf gestanzt. »Kleine, bring die übrigen Kassetten! Wir schauen selbst nach. Und leg dein Zeiro auf den Tisch.«

Alicia starrte ihn an. »Sind Sie verrückt? Ich werde mich beim MfS über euch beschweren, ihr Affen!«

Chris richtete sich auf, seine Kopfhaut prickelte. »Was soll denn diese …?« Der Mann mit dem dunkelgrauen Hut drückte ihm einen weiteren klobigen Supressor seitlich gegen die Schläfe und schnitt ihm damit kurz das Wort ab. »Frau Hell!«, rief er. »Was geht hier vor? Pfeifen Sie diese Spinner zurück!«

»Halten Sie die Fresse, Hell! Sie sagen nichts.« Robin zielte auf die junge Elektronikerin. »Die Kassetten. *Jetzt,* Kleine. Oder die Beerdigung wird aufgestockt.«

Alicia bewegte sich nicht. »Sie denken echt, Sie kommen damit durch?«

»Aber klar.« Robin zog den Schlagbolzen mit dem Daumen zurück. Knackend rastete er ein. »Wir gehen nicht, bevor wir diese Karten bekommen haben. Wie viele Leute dafür ins Gras beißen, ist mir scheißegal.« Die Mündung schwenkte auf Josefine. »Willst du einen Beweis für meine Entschlossenheit?«

Chris begriff, dass Hell nicht diejenige war, die das Sagen hatte. Sie saß kalkweiß und erstarrt auf dem Stuhl und presste die Augenlider fest zusammen. Mit ihrer rötlichen Pagenfrisur ähnelte sie in dieser Haltung einer Schaufensterpuppe. Sie war gezwungen worden, den drei Männern als Trojanerin zu dienen. *Oder sie spielt ihre Rolle perfekt.* »Warten Sie! Warten Sie, um Himmels willen! Wir schauen nach«, sagte er hastig und nickte Alicia zu. »Niemand muss verletzt werden.«

»Die Stimme der Vernunft, wie schön.« Robin bewegte den schallgedämpften Lauf der Wieger T11 keinen Millimeter von der betagten Dame weg.

»Ist gut. Ich mach's.« Alicia legte das Mobiltelefon auf den Tisch und kehrte zum Safe zurück. »Das Ding hat eh keinen Empfang.« Sie schleppte die grün markierten Schatullen an, wuchtete sie eine nach der anderen auf den Tisch. »So. Fertig. Und jetzt?«

»Danke! Und jetzt zurück bis zum Stahlschrank«, befahl ihr Robin.

Mit Wut und Hass in den Augen fügte sie sich. »Nehmen Sie den Scheiß, und verpissen Sie sich.«

»Erst wenn wir die Karten haben.« Der Anführer der Truppe wandte sich an die Händlerin. »Schauen Sie nach.«

»Das … das war so nicht abgemacht.« Hell hob die Lider. Mit bebenden Fingern öffnete sie den ersten Behälter, um den Inhalt zu prüfen. »Bitte, Frau Müller, das tut mir so leid. Diese Männer haben mir versprochen, dass Ihnen …«

»Los jetzt!« Robin tippte ihr mit dem Zeigefinger auffordernd in den Rücken. »Sie wissen, wonach wir suchen. Beeilen Sie sich.«

Unvermittelt erklangen Schritte auf dem Flur. »Josi? Bist du schon auf?« Jemand ging am Zimmer vorbei in die Küche. Die Stimme klang nach der von Anna.

Robin legte warnend einen Finger auf die Lippen und streckte den Arm mit der Pistole durch, die Mündung ungebrochen auf Josefine gerichtet.

Der dritte Mann sperrte die Zimmertür behutsam ab, sodass kein verräterisches Klacken ertönte.

Chris schwitzte, seine Hände hingegen waren eiskalt. Die große, kühle Mündung an seiner Schläfe versetzte ihn in pure Angst, sein Herz klopfte rasend in der Brust. In seiner Zeit als Dolmetscher im Ausland hatte er etliche brenzlige Situationen erlebt, doch in der DDR erreichte die Gefahr einen ungeahnten Höhepunkt. Trotzdem zwang er sich zur Ruhe. Ausrasten brachte nichts. Gegen drei bewaffnete Gegner hatte er keine Chance.

Hell nahm die Arbeit auf. Eine Kassette nach der anderen wurde aufgesperrt, der Inhalt geprüft. Sie fand mehrere Tagebücher, Postkarten und Fotos, die Schauplätze des Zweiten Weltkriegs zeigten, sowie zwei alte Luger-Pistolen und gefüllte Magazine.

Mit einem Teil seines Verstandes dachte Chris trotz der gefährlichen Lage darüber nach, warum der Mann, den Hell Robin genannt hatte, es ausgerechnet auf alte Karten aus Sowjetzeiten abgesehen hatte. *Um Geld kann es nicht gehen.*

»Da sind sie!« Hell fand die Karten in der letzten Schatulle und zog ihre weißen Baumwollhandschuhe erneut an.

»Prüfen Sie sie.«

»Dass Sie sich nicht schämen!« Josefine starrte Robin verächtlich an. »Ich muss meinen Mann heute begraben. Und Sie dringen in mein Haus ein und bedrohen uns mit dem Tod.«

»Es lässt sich leider nicht vermeiden. Jetzt halten Sie die Klappe, damit es nur bei einer Drohung bleibt«, schnauzte Robin sie an. Der Schlagbolzen blieb gespannt.

Hell nahm die Karten aus der Schutzhülle und breitete sie vorsichtig aus. Das vergilbte Papier knisterte.

Niemand im Raum sprach, die Spannung stieg.

»Oma? Wo seid ihr denn?« Erneute Schritte kamen den Flur entlang. »Ah, Tante Ute. Hast du Oma gesehen?«

»Nein, Carola«, erwiderte eine zweite Stimme. »Sind sie nicht unten? Die Zimmer von dem, na, hier, Dings ... dem Berlin-Deutschen und Alicia sind leer.«

»Sag nicht *Berlin-Deutscher.* Sein Name ist Christopher.«

Robin legte erneut warnend den gereckten Zeigefinger auf seine Lippen.

»Weiß ich, ist mir nur gerade nicht eingefallen«, verteidigte sich Ute.

»Hat es vorhin nicht geklingelt?«, mischte sich eine dritte Stimme ein, die Anna gehörte. »Oder habe ich das geträumt?«

Alle in dem kleinen Raum schwiegen angespannt. Ein verräterischer Laut konnte eine Katastrophe im Haus auslösen. Mit Verletzten. Oder Toten.

Hell inspizierte, ihre Hände bebten inzwischen wesentlich stärker. Mit der Lupe ging sie ganz nah an die Karten heran, schaute, prüfte die eingeprägten Siegel. Dann griff sie eine Karte heraus.

Obwohl Chris ein wenig abseits stand, erkannte er darauf etliche mehrmals korrigierte Stellen, teils mit Farbstiften, teils mit Tusche und Grafit. Es musste einst eine taktische Karte der Wehrmacht gewesen sein, bevor die Rotarmisten sie in die Finger bekommen und mit eigenen Zeichen und Anmerkungen versehen hatten.

»Sieht authentisch aus«, sagte Hell bedächtig und gedämpft.

Jetzt kamen schwere Schritte hastig die Treppe heruntergepoltert. »Wer parkt denn da vor dem Haus? Sind schon Gäste da?«, wollte eine Männerstimme wissen.

»Nein!«, riefen die Frauen zurück.

»Der muss da weg. Wir brauchen den Platz. Wo stecken

Chris, Alicia und Mutter?« Der Mann rumpelte an dem kleinen Zimmer vorbei. Dann blieb er plötzlich stehen. »Vielleicht schauen sie sich die alten Sachen an? Hat jemand da drin nachgesehen? In Papas DDR-Museum?« Die Stimme gehörte zu Stefan.

Der dritte Räuber zog seine schallgedämpfte Wieger, richtete sie auf das Türblatt, entsicherte. Der Finger glitt an den Abzug.

»O Gott!«, stieß Josefine leise aus.

»Wir kommen nachher zum Frühstück!«, rief Alicia geistesgegenwärtig. »Fangt schon mal an.«

»Ah, da stecken sie.« Stefan pochte gegen die Tür. »Was macht ihr denn Schönes?«

»Wir sehen uns die alten Sachen an«, griff Chris ein. Der Druck gegen seine Schläfe erhöhte sich. *Bleib ruhig.* »Aber nicht reinkommen, wir … haben die Leinwand aufgebaut. Die fällt sonst um.«

»Was denn für eine Leinwand?«

»Die Leinwand!«, rief Josefine in größter Not. Wer sie gut kannte, konnte ihre Sorge und Angst heraushören. Chris hoffte, dass das Holz der Tür die Stimme stark genug dämpfte. »Geh jetzt, mei Gudda. Wir kommen nach, wenn wir fertig sind.«

»Gut, wie ihr wollt. Aber wir futtern euch die ganzen leckeren Sachen weg«, machte Stefan sich über sie lustig. »Den ganzen Kuchen.« Nach dem ersten Schritt blieb er wieder stehen. »Ach ja: Wisst ihr zufällig, was mit dem Barkas-Transporter da draußen ist?«

»Nein«, gab Chris zurück. »Warum?«

»Na, der parkt vor unserem Haus. Ist keiner aus der Nachbarschaft. Die wissen, dass wir Besuch bekommen. Der muss da weg.«

»Ruf doch Schorsch auf der Wache an. Er kann mal im Computer schauen, wem der Wagen gehört und kann ihn vielleicht anrufen«, kam Utes Empfehlung gedämpft aus der Küche.

»Der macht doch sonst nichts in seiner Dienstzeit. Soll er mal was Vernünftiges anstellen, der feine Herr Vopo.«

Hell verrichtete jetzt sichtlich fahriger ihre Arbeit. Sie prüfte immer noch die Karte. Ständig streifte sie die rötlichen Haare nervös hinter die Ohren.

Robin sah zum Mann an der Tür. »Regle das notfalls«, wisperte er emotionslos. »Bereit machen.«

Der kleinste Mann des Trios nickte knapp und steckte die T11 zurück in das Holster. Danach öffnete er seinen Alukoffer, um zwei handliche Minimaschinenpistolen herauszunehmen, die ebenfalls mit Suppressoren ausgestattet waren. Die überlangen Magazine wirkten angesichts der kleinen Schulterstütze überdimensioniert.

Merde! Chris hatte noch immer die Pistole an der Schläfe, Robin zielte weiterhin auf Josefine. Jeder Fehler, jedes Aufbegehren würde ihren schnellen, lautlosen Tod zur Folge haben. »Nein, bitte«, raunte er. »Die anderen können nichts dafür. Sie dürfen ihnen nichts tun!«

»Niemand kann etwas dafür. Darum geht es leider nicht.« Robin lauschte, was im Rest des Hauses geschah.

Mehrere Stimmen redeten durcheinander. Es ging um den Anruf, die Aufregung über den parkenden Transporter und darum, dass es eine Unverschämtheit sei. Die Vopo solle es regeln.

»Einer von Ihnen sollte das Telefonat auf der Wache vereiteln.« Auffordernd blickte Robin zu Alicia. »Sonst wird es hässlich für Ihre Familie.«

»Ich weiß, wem der Wagen gehört!«, rief Alicia hastig durch die geschlossene Tür. »Den Klingers.«

»Den Klingers? Wieso stellen die ihren Wagen vor unserem Haus ab? Die wohnen am anderen Ende der Straße.« Stefan klang nicht versöhnlicher. »Außerdem haben sie zwei Stellplätze. Ich rufe die mal an. Angeben können sie mit dem neuen B3000-1H schön vor ihrer eigenen Tür.«

»Los«, befahl Robin leise seinem Kumpan mit den Maschinenpistolen.

Im gleichen Moment griff Josefine überraschend nach einer der Luger-Pistolen und richtete sie auf den Anführer der Männer.

Ohne auch nur eine Sekunde zu zögern, schoss Robin der alten Frau zweimal in die Brust.

Hinter ihr stob rötlicher Sprühnebel auf. Erschlafft kippte sie seitlich vom Stuhl und schlug rumpelnd am Boden auf.

Alicia schrie auf, rote Blutsprenkel hafteten auf ihrem Morgenmantel. »Oma!« Sofort kniete sie sich neben die Getroffene.

Gleichzeitig stürmte der dritte Mann mit den schallgedämpften Schnellfeuerpistolen aus dem Raum und verschwand aus ihrem Sichtbereich. Mehrmals machte es mechanisch schnell und aggressiv *rrrt-rrrt,* klirrend flogen die leeren Hülsen gegen die Wände und auf den Boden.

Sie bringen alle um! Chris dachte an Cora, seine geliebte Frau, zu der er zurückkehren wollte. Lebendig und nicht in einem Transportsarg mit dem Emblem der DDR darauf. *Ich habe es ihr versprochen.*

Ruckartig ging er in die Knie, um der Mündung an seiner Schläfe zu entfliehen, und sein Aufpasser drückte ab.

Die Kugel jagte über Chris' Kopf hinweg und schlug in die Wand ein. Er spürte die Wärme der Treibladung, die sich ausbreitete, dann schlug er seinem Gegner mit ganzer Kraft die Faust in den Schritt.

Mit einem seltsamen Schmerzgeräusch klappte der Mann mit dem dunkelgrauen Hut halb zusammen und taumelte rückwärts. Dabei versuchte er, die Mündung erneut auf Chris zu richten.

Vermengte Schreie und Rufe drangen aus dem Flur und der Küche. Nach jedem merkwürdig surrenden *Rrrt-rrrt* der Waffenverschlüsse wurde es einer weniger. Die Schüsse klangen durch den Schalldämpfer harmlos und blieben dennoch tödlich.

»Hell, nehmen Sie die Karte«, gab Robin abgehärtet Anweisung, als überfiele er jeden Tag Häuser und schlachtete die Menschen darin ab. »Und …«

Da schnellte Alicia neben dem Tisch in die Höhe, mit beiden Händen hielt sie die Luger. Wieder und wieder drückte sie ab, laut knallend spie das Relikt des Zweiten Weltkriegs Kugel um Kugel aus.

Der Mann mit dem dunkelgrauen Hut wurde in die Seite getroffen und stürzte durch die offene Tür in den Gang, wo er keuchend und fluchend liegen blieb.

Robin sprang vor und griff an der wie gelähmt sitzenden Hell vorbei nach der Karte, stopfte sie unter seine Jacke. Die geschockte Händlerin nutzte er geschickt als Schutzschild gegen Alicias Beschuss. Im Anschluss packte er den Geldkoffer.

Mit einem Blick auf den stöhnenden Hutträger wurde Chris klar, dass sich die Angreifer mit schusssicheren Westen unter den Sakkos ausgerüstet hatten. *Diesen Kampf können wir nicht gewinnen.*

Robin sprang aus dem Raum, während er wild mit der Wieger T11 hinter sich feuerte. »Ben! Ben, wo bist du? Wir brauchen dich hier!«

»Ist erledigt. Alle hinüber«, kam die Antwort aus einem entfernteren Teil des Hauses. »Wer von euch Deppen schießt denn ohne Schalldämpfer? Das hört man doch!«

Bleibt bloß draußen! Chris trat die Tür zu und stürzte das Metallschränkchen davor, das sich mit dem nahen Schreibtisch verkeilte und einen Durchbruch unmöglich machte.

»Das waren diese Idioten!«, rief Robin auf dem Korridor zurück. »Komm her, und mach sie fertig.«

»Hell auch?«

»Ja, Hell auch. Und bring irgendwas mit, das brennt.«

Die werden uns abfackeln! Zurückgeblieben waren die übrigen Koffer, die vor Angst zusammengebrochene Händlerin unter dem Schreibtisch, Alicia und die tote Josefine inmitten eines einzigen Chaos, in dem es nach Feuergefecht, altem Papier und Blut roch.

»Sie haben Oma erschossen!« Alicia ließ das leere Magazin aus dem Schacht gleiten und lud die Halbautomatik nach. »Dafür mache ich sie fertig! Diese Schweine!«

»Woher kannst du das?«, fragte Chris und sah auf die antike Luger. Ganz unbekannt war ihm der Umgang mit Waffen nicht. Einer seiner Kunden hatte darauf bestanden, dass er damit umgehen konnte, um nicht aus Versehen jemanden zu erschießen. Aber bei ihr sah es professionell aus. Sein Blick fiel auf das Display des Zeiro, auf dem *STÖRUNG* stand.

»Wehrerziehungsunterricht. Das ist nichts Besonderes in der DDR.« Alicia sprang auf. An ihren Knien und Händen haftete das vergossene Blut ihrer Urgroßmutter, glänzte frisch im Schein der Lampen. Im Vorbeigehen reichte sie ihm die zweite Luger. »Weg mit dem Schrank, Chris! Wir müssen diese Arschlöcher …«

Unvermittelt erklang von draußen ein warnendes Durchladen.

»Achtung!« Chris riss seine Cousine am Arm zur Seite und aus der Flugbahn der Kugeln, die gleich darauf im oberen Teil der Tür einen Weg durch Holz und Metall fanden.

Klirrend und prasselnd flogen zersprungene Teile und Querschläger durch den Raum, Holzstaub und Splitter füllten die Luft. Als der Beschuss aufhörte, bebte die Tür sofort unter schweren Tritten, die jedoch nichts brachten. Das Metallschränkchen und der Tisch hielten die Männer draußen.

»Danke!« Alicia rappelte sich auf, blieb dabei aber geduckt wie Chris. Hasserfüllt starrte sie auf die durchlöcherte Tür. »Verdammt!«

»Wir müssen die Polizei rufen.« Chris verfluchte die Tatsache, dass sein Handy in der DDR nicht funktionierte.

»Daraus wird nichts. Mein Zeiro streikt.« Sie warf einen Blick über die Schulter zum vergitterten Fensterchen. »Da kommen wir auch nicht raus.«

»Ich habe eine Idee.« Chris ging gebückt bis unter das Fenster und öffnete es, dann schoss er in die Luft.

Die Luger bockte in seiner Hand, und nach dem vierten Knall arretierte sie. Die Treibladung zündete nicht, die Patrone hatte sich verklemmt. Die beinahe hundert Jahre alte Mechanik der Pistole widerstand seinem dilettantischen, überhasteten Versuch, das Problem zu lösen. »Das hat hoffentlich jemand in der Nachbarschaft gehört.« Chris legte die Waffe auf die Ablage. »Sie rufen für uns die Vopo.«

Noch blieb es still, sowohl auf der Straße als auch im Haus. Das mörderische Räubertrio meldete sich nicht mehr.

Bange Sekunden vergingen.

In diesem Moment startete vor dem Haus ein Motor, mit quietschenden Reifen preschte ein Wagen los. Und in dem Kabuff roch es plötzlich beißend nach Rauch.

»Sie haben Feuer gelegt!« Alicia griff sich ihr Smartphone und zerrte an dem verkeilten Metallschränkchen. »Los! Raus! Wir müssen raus!«

Chris packte sofort mit an. Das Adrenalin verlieh ihm übermächtige Kräfte, das schwere Möbelstück war binnen Sekunden vom Tisch getrennt und aus dem Weg geschafft.

Kaum rissen sie die Tür auf, drangen dunkle Rauchwolken in das Zimmer.

Der Flur brannte an verschiedenen Stellen, das penetrante Aroma von starkem Alkohol waberte umher. Splitter von Wodka- und Schnapsflaschen waren auf dem Boden verstreut. Die Treppe ins Obergeschoss stand undurchdringbar in Flammen, das Feuer schoss empor, genährt von Holz, Alkohol und Lack. Das laute Prasseln aus dem Stockwerk über ihnen deutete darauf hin, dass dort ebenfalls ein Brand tobte.

Alicia spurtete an den Flammen vorbei zur Haustür und schrie die Namen ihrer Verwandten.

Niemand antwortete ihr. Im Haus blieb es bis auf die Laute des wogenden, vernichtenden Feuers schrecklich still.

Im Vorbeirennen sahen sie die Leichen von Ute und Stefan, die in der Küche übereinanderlagen, umringt von Blut und Flammen. Die Einrichtung brannte, die Flammen schwangen sich an den Gardinen und der liebevollen Dekoration empor und verwandelten den Raum in einen Backofen. Die Scheiben zeigten erste Risse.

»Diese Schweine«, grollte Alicia und eilte zur Tür hinaus. »Mach schon! Sonst entkommen sie uns.«

Chris folgte ihr. »Warte! Sollten wir nicht …?«

»Dieser Wichser Ben hat sie alle erschossen.« Sie rannte zu ihrem Wolfsburger. »Gegen das Feuer können wir nichts tun.« Sie sprang hinein und ließ den Antrieb an, während der dunkle Transporter der Mörder um die Ecke bog und die abschüssige Straße hinabbrauste. »Komm!«

»Aber die Polizei …«

»Wir haben nicht mal das Nummernschild von den Arschlöchern. Los, hinterher! Je mehr wir auffallen, desto besser. Wir legen den Bullen eine Spur.« Aufgebracht und mit Tränen in den Augen knallte sie die Tür zu. »Gut, dann bleib eben hier«, fügte sie nach zwei Sekunden des Wartens hinzu. »Kann ich verstehen, dass du …«

»Warte! Ich komme mit.« Chris fühlte sich wie in einem Computerspiel in der Ich-Perspektive, als er zur Beifahrerseite hetzte und sich in den Wagen warf. Er würde seine Cousine nicht alleine gegen die Schwerverbrecher antreten lassen, die vor absolut nichts zurückschreckten.

Die Räder drehten durch. Kaum wurde Chris vom Andruck des elektrischen Motors in den Sitz gepresst, fiel ihm ein, dass er die zweite Luger im Haus gelassen hatte. Sie hatten nichts weiter als die Pistole, die Alicia bei sich trug. *Gegen ein Arsenal von modernen Schnellfeuerwaffen.*

»Da sind sie!« Alicia zwang den Wolfsburger in die Kurve und beschleunigte gekonnt.

Weit vor ihnen jagte der schwarze Barkas über den Asphalt,

bog scheinbar sinnlos von der Straße ab – und verschwand im angrenzenden Wald.

»Wo sind sie hin?« Verwundert lehnte sich Chris nach vorne. Er fühlte sich wie in einen Film hineingezogen. Deutlich spürbar pochte sein Puls in der Halsschlagader.

»Sie nutzen einen Forstweg. Sehr schlau. Da gibt es keine Kameraüberwachung.« Alicia zeigte keine Gnade, prügelte den Wolfsburger auf die Abzweigung und den steil abknickenden Waldweg, in den die Reifen des Transporters tiefe Rillen gefräst hatten.

Chris konnte nur hoffen, dass die Mörder ihnen keine Falle stellten, um sie aus dem Hinterhalt mit ihren Maschinenpistolen zu durchsieben und danach abzuhauen.

Zum ersten Mal freute er sich über das umfassende Überwachungssystem der DDR. Für Chris konnte es nicht schnell genug gehen, davon erfasst zu werden. Am besten bevor sie verletzt wurden. *Oder uns Schlimmeres geschieht.*

* * *

Bezirk Saarbrücken, Kreis Homburg, DDR

In anhaltendem Entsetzen gefangen, stand Oberwachtmeister Georg Müller fünfzehn Meter vor dem brennenden und von zuckenden Blaulichtern illuminierten Zweifamilienhaus, in dem bis zum Morgen seine Verwandtschaft gelebt hatte. Mit drei Generationen. Von denen ersten Erkenntnissen nach nichts übrig geblieben war.

Feuerwehrleute aus der Stadt und zwei umliegenden Gemeinden rannten mit Schläuchen herum, bekämpften die lodernden Flammen und verhinderten das Übergreifen des Feuers auf die benachbarten Gebäude.

Georg nahm das Treiben nur unterbewusst wahr. Seine Blicke blieben auf das rauchende, flammende, tobende Inferno gerichtet, das aus den geborstenen Scheiben und den Löchern im Dach schlug.

Die Notrufe aus der Straße waren früh eingegangen, sodass Schaden für die angrenzenden Häuser mit hoher Wahrscheinlichkeit verhindert werden konnte, wie ihm der Einsatzleiter vorhin gesagt hatte.

Georg rieb sich über den breiten Schnauzbart, seine braunen Augen brannten von Rauch und Tränen. Wut. Verzweiflung. Er fühlte sich deutlich älter als seine fünfzig Jahre, wie ein Greis atmete er schwer ein und aus. Die Hitze rollte gegen ihn, zwang ihn zum Blinzeln.

Zwei verbrannte Leichen hatte der Atemgerätetrupp bereits vor einigen Minuten aus dem Haus getragen.

Georg hatte sie anhand der Kleidung, des Schmucks und anderer Details als Stefan und Ute identifiziert. Beinahe wäre er bei dem Anblick der verkohlten, verbrannten und von Blasen entstellten Toten in Schock verfallen, hatte sich aber zusammengerissen. Und das Ministerium für Staatssicherheit angerufen.

Der Oberwachtmeister wusste sofort: Bei diesem vermeintlichen Unglück stimmte etwas nicht.

Erst der deutsch-französische Besucher aus Paris, dann die unterschiedlichen Angaben der Verweilzeiten in der DDR. Und nun dieser Brand wie aus dem Nichts, zusammen mit weiteren Ungereimtheiten, die ihm aufgefallen waren. Das ging über seine Kompetenzen als einfacher Vopo hinaus.

»Oberwachtmeister Georg Müller?«, wurde er unvermittelt von hinten angesprochen.

Als er sich umdrehte, sah er zwei Männer in modischen anthrazitfarbenen Kurzmänteln auf sich zukommen. Der jüngere trug einen breitkrempigen schwarzen Hut, der kleinere war etwa in Georgs Alter und hatte eine grün-schwarz karierte Schirmmütze auf seinem Kopf.

Sie zeigten ihm ihren jeweiligen Klapp-Fix, wie die Dienstmarke des MfS im praktischen Halter immer noch genannt wurde. Das Design war jedoch modernisiert worden. Die Legitimierung war dank des eingeprägten Schnellreaktionscodes online für jeden mit einem Smartphone nachprüfbar. »Ja.«

»Ich bin Mario Schlachter, das ist Harald Linder«, stellte der Jüngere sie beide vor und tippte sich an die Krempe. »Sie haben unsere MfS-Dienststelle in Saarbrücken kontaktiert, Genosse Oberwachtmeister?«

»Das habe ich.« Georg prüfte den Sitz seiner Dienstmütze und straffte sich unbewusst, um korrekt dazustehen. Buchstäblich. Reihum reichten die Männer einander die Hände.

»Kann ich erfahren, weswegen?« Schlachter betrachtete das rauchende, brennende Haus. Sie waren weit genug davon entfernt, um nicht in die Schwaden gehüllt zu werden.

»Meine Verwandtschaft hat gerade einen Christopher Mueller aus Paris zu Gast. Mueller mit u und e«, erklärte Georg. »Als die Notrufe eingingen und ich die Straßenkamera zur Überprüfung aktivieren wollte, fiel mir auf, dass sie keine Bilder brachte. Anfangs.«

Als Reaktion runzelte Linder bloß die Stirn und nahm einen Rotro-Tabletcomputer heraus, aktivierte ihn und rief die Daten ab, die das Zentralsystem lieferte.

»Erst als die Flammen aus den oberen Scheiben schlugen, ließ sich die Kamera ansteuern«, berichtete Georg weiter. »Ich bin zwar nur ein einfacher Volkspolizist, Kollegen, aber das halte ich nicht für einen Zufall.«

Linder betrachtete die Zeitcodierungen auf seinem Display. »Sie haben recht. Die Straßenkamera war genau für einunddreißig Minuten außer Funktion.« Routiniert vergrößerte und erweiterte er die angezeigten Tabellen. »Weitere seltsame Kurzausfälle verteilen sich über mehrere Stadtgebiete. In verschiedenen Abständen.« Er warf seinem Begleiter einen vielsagenden Blick zu. »Ohne einen Stromausfall.«

»Christopher Mueller, fünfunddreißig Jahre, wohnhaft in Paris, Übersetzer in Brüssel«, sagte Georg und zog seinen Dienstscanner aus der Gürtelhalterung. Rasch rief er die Informationen zum Besucher auf, per Fingerwisch übertrug er die Datei vom Scanner auf das Rotro des Agenten. »Dann haben Sie es gleich auf dem Rechner. Er war ziemlich nervös.«

»Alicia Müller, fünfundzwanzig Jahre, mehrfach ausgezeichnete Elektronikerin«, konterte Linder, ohne vom Display aufzublicken, als spielten sie Quartett der Auffälligkeiten. »Sie käme für mich mehr infrage, wenn es um Manipulation von elektronischem Staatsbesitz geht. Bei ihrem Hintergrund und ihrem Wissen spielt sie eine besondere Rolle in diesem Fall. Ich sehe da einen Vermerk.« Erneut vergrößerte er die Ansicht in der Tabelle und stieß auf eine Warnmeldung. »Bestätigt. Wir haben eine Beeinflussung von außen mittels Störsender nachgewiesen.«

»Meine Nichte? Niemals, Kollegen«, verwahrte sich Georg gegen die Anschuldigung. »Für sie lege ich die Hand …«

»Bevor Sie weitersprechen, würde ich an Ihrer Stelle nachdenken«, unterbrach ihn Schlachter vorauseilend und richtete seinen Blick auf das brennende Haus. »Laut Register fährt sie einen Wolfsburger der Wasserstoffbaureihe D. Und dieses Fahrzeug kann ich hier zumindest nicht sehen.« Er zeigte auf die ausgebrannte Garage mit den verkohlten Resten eines Trabant eTronik darin. Lediglich das Skelett des teuren Wagens war übrig geblieben. »Ich werde die Aufnahmen des Stadtverkehrs und die Gesichtsidentifikation auswerten lassen, habe aber so eine Ahnung.«

Georg behielt für sich, dass er auf die Ahnung des Stasi-Ermittlers nichts gab.

Alicia und rebellisch, gewiss. Ein bisschen zu aufmüpfig, klar. Und eine große Klappe. *Aber eine … was auch immer?* Unbewusst schüttelte er sachte den Kopf. Das würde sein Mädchen nicht tun.

Inzwischen bereute er es, das MfS kontaktiert zu haben. Die Dinge nahmen von nun an ihren Lauf, ohne dass er etwas für Alicia tun konnte. Er fühlte sich wie ein Verräter an seiner eigenen Nichte.

In diesem Moment kehrte der von rollenden Rauchwolken umgebene Atemschutztrupp mit einer weiteren Leiche aus dem Inferno zurück. Die Tote trug eine schwarze Bluse und einen Rock und war im Gegensatz zu Ute und Stefan anscheinend nicht grauenhaft verbrannt. Das Feuer hatte lediglich ihre schönen hellen Haare versengt und wirr gekräuselt.

Schon von Weitem erkannte Georg sie. »Carola! Nein!«, stieß er verzweifelt aus. Die Gedanken rund um Alicia wurden in den Hintergrund gedrängt.

Einer der Feuerwehrleute winkte ihm hastig zu, mit der anderen Hand zog er sich die Maske ab. »Komm schnell, Schorsch! Das musst du dir anschauen! Sie ist erschossen worden«, rief er quer über den Vorgarten, sodass etliche der Umstehenden es hörten.

»Ablegen und zurücktreten«, befahl Schlachter laut und deutlich, bevor Georg antworten konnte. »MfS.« Über die Schulter sagte er zu Linder: »Spurensicherung und KTU. Schnell! Die sollen retten, was an Hinweisen zu retten ist. Bei den vielen Leuten und dem ganzen Löschwasser bin ich über jedes Indiz glücklich.« Danach eilte er vorwärts zu der Leiche, die jetzt mehrere Meter vom Haus entfernt auf dem Rasen abgelegt wurde.

Georg folgte ihm, und dicht hinter ihnen schloss Linder auf.

Tatsächlich war Carola kaum vom Feuer angerührt worden, als hätten die Flammen sich geweigert, sie zu verzehren. Sie musste an einer Stelle gelegen haben, die von dem Brand weitgehend verschont geblieben war.

Dafür wies ihr Rücken mehrere Einschusslöcher auf. Das Blut tränkte ihre Bluse, der Stoff hatte sich damit vollgesogen und war durch die Hitze sogleich verkrustet worden. In Stückchen und Plättchen sprang das getrocknete Rot ab.

»Ich zähle fünf«, sagte Linder und beugte sich über Carola, machte mehrere Fotos mit dem Zeiro. »Anhand der geringen Streuung und des Trefferbildes schätze ich, dass es eine automatische Waffe war. Aus nächster Nähe.«

Georg wusste nicht, wie er mit Carolas Anblick und den Informationen umgehen sollte, die in seinem Verstand widerhallten. Das Elend hatte mit dem Auftauchen des französischen Berlin-Deutschen angefangen. Das stand für ihn unverrückbar fest.

»Die Löcher könnten von einer Neunmillimeter stammen, wenn ich das durch den Stoff richtig sehe«, steuerte Schlachter zu den ersten Vermutungen bei. »Eine HK&S KMP. Geschätzt. Das Trefferbild ist klassisch.«

»Damit wird dieses Haus zu einem Tatort. Das Feuer sollte ein Verbrechen vertuschen.« Linder betrachtete die Tote und sandte die geschossenen Bilder mit einem Wischen auf den zentralen Server des MfS in Saarbrücken. »Genosse Oberwachtmeister, Sie werden zurück zu Ihrer Dienststelle fahren und sich für ein Verhör bereithalten.«

Das kam Georg nicht gelegen. Herumsitzen, abwarten, nichts unternehmen können – all das widersprach ihm völlig. »Aber … aber soll ich nicht lieber helfen, alles abzusperren und …«

»Nein, überlassen Sie das unseren Leuten. Ihre Aussage wird wichtig sein«, wiegelte Schlachter ab. »Halten Sie sich in der DVP-Wache zu unserer Verfügung. Das reicht für den Anfang.«

»Wenn Sie meinen.«

»Meine ich, Genosse Oberwachtmeister.« Der ältere MfS-Mann richtete sich auf. »Sie werden nicht versuchen, Kontakt zu Ihrer Nichte aufzunehmen. Wundern Sie sich bitte nicht. Vorläufig wird Ihre Zugriffsberechtigung im System gesperrt, bis wir geklärt haben, was genau sich zutrug und welche Rolle die Verdächtigen Alicia Müller und Christopher Mueller dabei spielten.«

»Sie denken, meine Nichte hat was damit zu tun?« Georg zeigte auf die Tote. »Carola war ihre Tante!«

Doch Schlachter beließ es bei seinem Vorgesetztenlächeln. Das MfS hatte, genau wie die Partei, immer recht. »Was *ich* denke und was *Sie* denken, spielt überhaupt keine Rolle. Wir prüfen, ob es sich bei dem Besucher um einen westlichen Saboteur, Spion und Attentäter handelt, dessen Tarnung aufflog, und ob Alicia Müller seine Verbindungsperson ist, die ihm nach seiner Tat zur Flucht verhalf. Oder ihm gerade beim Untertauchen …«

»Niemals!«

Linder deutete auffordernd und tadelnd zum Streifenwagen. »Bitte.«

»Wir melden uns, Kollege«, setzte Schlachter hinzu und wählte eine Nummer auf seinem Mobilgerät. »Behalten Sie die Nerven. Zu Ihrem eigenen Wohl.«

Georg wandte sich wie in Trance um und tappte unbeholfen zu dem BMW i4, mit dem er gekommen war. Langsam glitt seine Hand in die Hosentasche und suchte nach seinem privaten Handy.

Kaum saß er im Wagen, zog er das Zeiro heraus und hielt es unterhalb des Fensters, sodass es die Stasi-Agenten nicht sehen konnten.

Keine Anrufe in Abwesenheit. Keine neuen Nachrichten.

Mit dem Daumen scrollte Georg und suchte die Nummer seiner Nichte.

Dieser Tag war Wahnsinn, Irrsinn, ein Ding der Unmöglichkeit. Und noch lange nicht zu Ende.

Georgs Sorge, dass sich das Mädchen in der Hand eines skrupellosen Westterroristen befand, würde sich erst legen, wenn er wusste, was vor sich ging.

Als Alicias Telefonnummer auf dem Display erschien, hielt er inne.

Seine schwitzige Daumenkuppe schwebte über dem Feld *Anrufen*.

Sekundenlang.

Nach dem Aufstand des 17. Juni
Ließ der Sekretär des Schriftstellerverbands
In der Stalinallee Flugblätter verteilen
Auf denen zu lesen war, daß das Volk
Das Vertrauen der Regierung verscherzt habe
Und es nur durch doppelte Arbeit
Zurückerobern könne. Wäre es da
Nicht doch einfacher, die Regierung
Löste das Volk auf und
Wählte ein anderes?

Bertolt Brecht
»Die Lösung«, 1953

9

Berlin-Deutschland, Charlottenburg (ehemaliger britischer Sektor)

Harper hatte sich nicht umgezogen, sondern war in ihrer schmutzigen Kleidung direkt zu Bristol gefahren. Keine Zeit für Umwege.

»Code: Castle« bedeutete nichts anderes, als dass sie sich bei ihm trafen, in seiner Wohnung unweit des legendären Jazzclubs *Quasimodo* nahe der Kantstraße.

Dieses Mal sah sich Harper unterwegs so häufig um und wechselte dermaßen oft den Bus, die U- und S-Bahn, dass sie sogar Drohnen im Luftraum über sich abgeschüttelt hätte. Davon war sie überzeugt.

Die Fahrt durch die verschneite Nacht verlief problemfrei. Weder wurde sie beschattet noch angegriffen.

Als sie vor der Eingangstür von Bristols Haus ankam, war sie hundemüde. Zwei Stockwerke weiter oben stand sie dann vor dem Zugang zum Reich ihres Vorgesetzten.

Bristol öffnete im karierten Morgenmantel die mit zwei Panzerriegeln gesicherte Tür und ließ sie herein. »Auf dem Bild der Eingangskamera sahen Sie schon erbärmlich aus. Aber in natura toppen Sie das noch, Harper.« Seine kurzen grauen Haare verliefen in einem Wirbel um die kahle Stelle am Hinterkopf.

»Danke, Sir! Ich freue mich über Ihre Anteilnahme und

Ihre Besorgnis.« Ihren eingerissenen Kurzmantel hängte sie an der Garderobe auf. Es roch nach Holzpolitur und altem Tabakrauch, der über Dekaden in die Wände und die stuckverzierten hohen Decken eingedrungen war. Sie befand sich zum ersten Mal bei dem Mann zu Hause. »Darf ich duschen gehen?«

Statt einer Antwort zeigte Bristol gnadenlos auf das Wohnzimmer, das am Ende eines schmalen, mit Bildern behangenen Flurs lag und mit Wärme aus dem knisternden Kamin lockte. »Erst die wichtigsten Daten. Danach können Sie sich den Staub abschrubben.«

»Gut, Sir.«

»Tee oder Whiskey?«

»Beides.«

»Ich habe nur Whiskey vorbereitet.« Bristol ließ sie vorgehen und deutete auf den Chesterfield-Ledersessel. Der Raum erinnerte Harper an einen britischen Gentlemen's Club, ein wenig antiquiert, aber gemütlich. Großzügig goss Bristol ihr irischen Single Malt in ein Kristallglas. Die schweren Vorhänge verdeckten die Fenster und damit den Ausblick auf das nächtliche Charlottenburg. »Das wird es auch tun.«

»Für den Anfang, Sir.« Harper setzte sich und trank den hochprozentigen Alkohol beinahe in einem Zug aus. Gin wäre ihr wesentlich lieber gewesen, aber sie nahm, was sie kriegen konnte. Das Kaminfeuer tat gut, der Whiskey entspannte sie ein wenig. »Smirnow ist tot«, gestand sie. »Er kam bei einem Feuergefecht ums Leben.« Die genauen Umstände verschwieg Harper. Es machte keinen Unterschied.

»Was für ein Schusswechsel?« Bristol setzte sich ihr gegenüber auf eine dunkelgrüne Couch. Unter dem Morgenmantel schimmerte ein cremefarbener Pyjama. Er musste schon im Bett gelegen haben.

»Die Familie Smirnow war in Geschäfte mit der russischen Mafia verstrickt. Sie bewohnten in Kleen Messieko ein komplettes Stockwerk eines Wohnhauses. Ihre kriminelle Zentrale.

Kurz nachdem ich eingetroffen war, startete eine rivalisierende Gang einen Angriff. Sie nennen sich Zehlenskis.« Harper prostete ihm nachträglich zu, die Anspannung wich mehr und mehr. Sie befand sich endlich in Sicherheit. »Ich denke, dass die Attacke ein Ablenkungsmanöver war, um den zeitgleichen Überfall einer zweiten Truppe zu ermöglichen.«

»Welcher?«

»Profis. Militärisch ausgebildet, auf mich und den Major angesetzt. Sie haben sich mit perfektem Werkzeug einen Weg durch das Haus gebahnt. Von der anderen Seite. Schneidbrenner für Stahl, Akkumeißel für Wände, Sprengladungen.« Sie musste gähnen. »Sir, die haben mich und Smirnow beim ersten Sichtkontakt identifiziert.«

»War Zehrend Junior dabei? Der Sohn des BND-Mannes von den Fotos, die Sie mir schickten?«

»Schwer zu sagen. Sie trugen Sturmhauben. Ich hatte keine Zeit, sie alle runterzuziehen und nachzuschauen.« Noch ein Schluck Whiskey, und der Alkohol brachte süße Wärme in den hintersten Zellwinkel. »Ohne die Kampfhunde der Zehlenskis wäre es knapp geworden.«

»Kampfhunde.« Bristol schnalzte mit der Zunge. »Das sind ja mal Sitten. Ich sage den deutschen und amerikanischen Kollegen die ganze Zeit, dass sie dieses Viertel ausheben müssen. Bloody hell! Gut, dass Sie lebend rausgekommen sind. Es klingt dramatisch.« Bristol goss sich ebenfalls Whiskey ein und stieß mit ihr an. »Haben Sie Informationen zu der Karte bekommen?«

»Es gibt wohl mehrere Exemplare«, fasste sie zusammen. »Sofern ich Smirnow richtig verstanden habe, sind sie an einem Ort zusammengetragen worden. Die Karten stammen von der Wehrmacht und wurden von der Roten Armee genutzt, denke ich. Genauso wie die geheimen Depots der Nazis. Darin werden wir fündig. So oder so.«

»Hat er den Ort genannt?« Bristol angelte ein Scheit aus

dem Brennholzkorb und warf ihn mit Schwung in die Feuerstelle, weil er zu faul war, sich von der Couch zu erheben. Der Morgenmantel stand ihm exzellent, wie Harper feststellte. Funken stoben knackend den Kamin hinauf. Die Wärme blieb auf angenehm hohem Niveau. »Wie kommen wir an die Karten ran?«

»Er stand ziemlich unter Schmerzmitteln. Eine üble Vergiftung als Spätfolge seines Umgangs mit sowjetischen ABC-Waffen.« Harper fühlte sich zerschlagen. Ohne Adrenalin im Körper krochen die Schmerzen empor und erinnerten sie an Schürfwunden, angeschlagene Stellen an den Knien, Schienbeinen, der Schulter. *Gefühlt überall.*

»Sie wollen mir damit sagen, dass er sich auch alles ausgedacht haben könnte?«

»Möglich. Ich glaube es zwar nicht, aber: möglich.« Sie leerte den Rest Alkohol und bekam gleich nachgeschenkt. »Smirnow erwähnte ein Objekt mit der Ordnungszahl neun. Und er sagte: Drei. Sieben. Eins.«

»Was soll das sein? Ein Code?«

Sie musste mit den Schultern zucken, die prompt schmerzten. »Irgendein besonders großer Gastank. Glaube ich.«

»Für eine nicht wirklich religiöse junge Dame haben Sie einen großen Hang zum Glauben.« Unzufrieden ließ sich Bristol in das Polster sinken. Dann zog er nachdenklich seinen Laptop auf den Schoß und klappte ihn auf. »Gehen Sie duschen, Harper. Im Bad liegt alles, was Sie brauchen. Die Klamotten sind von meiner Tochter. Werden Ihnen ein bisschen zu groß und nicht ganz Ihr Stil sein, aber besser als diese schmutzige Zumutung.«

»Ihrer Tochter?« Harper hatte nichts von seinen Kindern gewusst.

»Ja. Hat sie bei ihrem letzten Besuch aus London bei mir eingelagert und sich dafür tütenweise mit neuen Sachen eingedeckt. Sie wollte Übergepäck vermeiden, beim Fliegen zählt jedes Kilogramm.«

Harper stand auf und spürte die Schmerzen der Prellungen, Kratzer und Überbeanspruchung überdeutlich. Sie freute sich auf das heiße Wasser. »Haben Sie einen Verdacht, wer die Maskierten waren?«

Bristol hackte bereits auf die Tastatur ein, als bearbeitete er eine Schreibmaschine. »Ich muss einige Dinge klären«, wich er ihrer Frage aus. »Es gäbe da eine Sache. Muss aber erst an einige Türen klopfen und in faule Ärsche treten.«

»Danke, dass Sie sich Sorgen um mich gemacht haben, Sir.«

Mit zusammengekniffenen Augen blickte er vom Display auf, die buschigen Augenbrauen konnten seinen Blick nicht unter sich begraben. »Was meinen Sie?«

»Ihre Nachricht. Dass ich sofort zu Ihnen kommen soll. Oder habe ich das falsch gedeutet?«

»Los, ab mit Ihnen unters Wasser.« Er nahm das geräuschvolle Tippen erneut auf. »Lassen Sie sich Zeit. Aber nicht einschlafen.«

»Mache ich nicht, Sir. Ich will nicht der erste Mensch sein, der beim Duschen ertrinkt.« Harper leerte das zweite Glas und suchte, mittlerweile spürbar alkoholisiert, eine Weile, bis sie das Bad in der verwinkelten Altbauwohnung fand.

Die Behausung erinnerte an ein Museum, in dessen Ausstellungsräume man wahllos Gegenstände gestopft hatte, die in irgendeiner Form etwas mit England zu tun hatten. Angefangen vom Union Jack an der Wand bis hin zu Bildern der Royals, aber auch Porzellanbulldoggen und eine Fotografie von Churchill. Nicht zu vergessen die vielen Bücher, die in maßgeschreinerten Regalen standen.

Endlich befand sich Harper im altertümlich weiß gekachelten Bad und schloss seufzend hinter sich zu. Behutsam und unter Schmerzen streifte sie die schmutzigen Sachen ab und genoss es, sich den Staub, Schweiß und Dreck von der Haut und aus den kurzen hellen Haaren zu waschen.

Etwas Blut war auch dabei, teils fremdes, teils eigenes aus

Kratzern und kleinen Schnittwunden. Andenken an die explodierende Wand. Die offenen Stellen brannten, als das warme Nass und die Seife den dünnen Schorf abspülten.

Die Erinnerungen an den Kampf in Smirnows Zimmer zuckten jedes Mal hoch, sobald Harper die Augen schloss.

Der zerplatzende Hals des Majors, sein brechender Blick, die von ihr niedergeschossenen Gegner, denen die Köpfe halb davonflogen, die hässlichen Wunden, welche die Reißzähne der Kampfhunde anrichteten; dazu hörte sie die Schreie der Verwundeten und Sterbenden.

Schnell öffnete Harper die Augen wieder, ihr Herz pochte viel zu schnell. *Warum nimmt mich das mehr mit als sonst?*

In der Vergangenheit hatte sie bereits einige wenige Male Menschen töten müssen. Entweder aus Notwehr oder weil es sich um Terroristen handelte, die neue Anschläge planten. Doch das waren unmittelbare Reaktionen auf direkte Attacken gewesen oder kontrollierte Aktionen mit langer Vorbereitung.

Was sie in Kleen Messieko erlebt hatte, stand auf der gleichen Stufe wie ein Einsatz im Kriegsgebiet unter feindlichem Beschuss. Bis zu diesem Zeitpunkt hatte Harper keine anhaltenden Gefechte mit jeder Menge Geschrei und heillosem Durcheinander erlebt. Der Begriff »posttraumatische Belastungsstörung« kam ihr in den Sinn.

»So eine Scheiße«, raunte sie und wollte das warme Wasser am liebsten nie mehr abstellen. Es rauschte über ihre Ohren, schottete sie mit sanftem Gemurmel von der Umgebung ab, umschmeichelte sie mit sanften Berührungen.

Ihr Blick verlor sich an den weißen Kacheln. Die Wirkung des starken Alkohols packte sie in weiche Watte und verstärkte das beruhigende Gefühl.

Neue Erinnerungen bahnten sich ihren Weg. Schöne Erinnerungen. An die Winter in Kanada, ihr Elternhaus in Québec, die unbeschwerten Nächte mit ihren Freunden in Montreal. An ihren ersten Einsatz für die CIA, bevor sie nach

England umzog und beim MI6 anfing. An ihren besten Fallschirmsprung, illegal natürlich, in Japan, nahe dem Fuji-san. Die Landschaft um den majestätisch-heiligen Berg würde sie niemals mehr vergessen.

Irgendwann spürte Harper, dass sie beinahe im Stehen einschlief. *Und ich mache noch Witze darüber.* Erschrocken kehrte sie mit den Gedanken in die Gegenwart zurück, stellte das Wasser ab und stand überrascht in einer dichten Dampfwolke. Die warme Feuchtigkeit schuf Nebel, wie er in London nicht dichter hätte sein können.

Harper stieg aus der Dusche und trocknete sich ab. Mehr als eine halbe Stunde hatte sie das Wasser genossen. Bristol hatte sogar an Desinfektionsmittel und einen Wundtacker gedacht.

Die Unterwäsche saß gut. Die tief ausgeschnittene weiße Bluse und die weite, bunt bedruckte Stoffhose waren einen Tick zu verspielt-feminin für sie. Aber sie konnte sicher sein, dank des Dekolletés in jeder Bar Freigetränke zu bekommen.

Als sie den Spiegel vom Beschlag befreite und einen Blick hineinwarf, um ihren Look zu prüfen, musste sie lachen. *Wie eine Studentin, die die Sachen ihrer großen Schwester aufträgt.*

Ruhig und mit dem guten Gefühl, nicht länger verschwitzt zu sein, kehrte sie ins Wohnzimmer zu Bristol zurück, der ein Satellitentelefon am Ohr hatte. Er trug nach wie vor den Morgenmantel. Um ihn herum waren mehrere Ausdrucke verteilt, auf denen er abwechselnd Notizen machte.

Vier verschiedene Smartphones lagen auf dem Tisch, deren Displays blinkten und neue Nachrichten verkündeten. Fiepend spuckte das Faxgerät ankommende Neuigkeiten aus, leise knatternd nahmen Dokumente auf dem Thermopapier Form an.

Bristol lauschte und hielt warnend den Zeigefinger in die Höhe, damit die Agentin schwieg. Dann fuhr er sich damit über die voluminösen Augenbrauen, die sich nicht bändigen ließen. »Das ist sicher? Tucker, wenn Sie mich in dieser Angelegenheit … Okay. Na schön. Danke!« Er unterbrach die Verbindung.

Harper setzte sich in den Sessel und goss sich vom Tee ein, den er aufgebrüht hatte. Abgrundtief schwarz floss er in die Tasse. Einen starken Tee brauchte sie jetzt dringend, um aus der wohligen Schwere wieder aufzutauchen. Hätte sie jetzt in einem Bett gelegen, wäre sie sofort eingeschlafen. »Sie haben ja doch Tee, Sir.«

»Nie bestritten, Harper. Ich hatte ihn vorhin nur nicht vorbereitet.« Bristol wirkte gut gelaunt, was Harper auf eine seltsame Weise irritierend fand. »Wir kommen den Dingen näher.«

»Objekt Nummer neun?«

»Nein. Ihren Gegnern. Den Typen, die Sie beschatteten und Major Smirnow abgreifen wollten.« Bristol schob ihr auffordernd seine leere Tasse hin. »Schon mal was von Saturn gehört?«

»Sie meinen aller Wahrscheinlichkeit nach nicht den Planeten, Sir.«

»Nein, den meine ich nicht.«

»Dann muss ich passen.« Harper goss dem Mann ein. Dann ließ sie den Blick über die Ausdrucke schweifen, die zum einen aus alten Zeitungsartikeln bestanden, zum anderen als *GEHEIM* klassifizierte Dossier-Ausschnitte aus den Archiven von CIA und DGSE umfassten. Darunter lagen halb verdeckte Fotografien des Pärchens, das Harper beschattet hatte, sowie verschiedenste Satellitenfotos des Gebäudes in der Ludwigsfelder Straße.

Harper nahm perplex die Aufnahme, die auch den kreisenden Hubschrauber darüber zeigte. »Das ist im Moment des Angriffs, Sir!«

»Ganz genau. Ich war so frei, ein paar Gefallen einzufordern. Aber leider kann man die Leitcodierung an der Maschine nicht erkennen. Der Typus ist ein Airbus Helicopter H145. Von denen gibt es einige in der Stadt. Die Registrierung wird ohnehin gefälscht sein. Die Mühe können wir uns sparen.« Bristol goss sich Whiskey in seinen Tee. »Setzen wir unser Ratespiel fort. Saturn. Kranich. Kiebitz-15. Oder der Technische Dienst.« Er musterte sie mit einem neugierigen Blick unter den buschigen Augenbrauen. »Nein?«

»Nein, Sir.« Harper legte das Foto des H145 zurück.

»Sie sind eben viel zu jung.« Bristol drehte sich zur Seite und riss einen Ausdruck aus dem Faxgerät, betrachtete ihn und legte ihn zu den anderen. »Sie fragten mich doch, was 1949 geschehen ist.«

»Ja, Sir.«

»Well, well. Dazu komme ich gleich. Aber ich fange mit etwas an, das wesentlich relevanter für die Gegenwart ist. Für Sie und mich.« Bristol lachte auf, als er Harpers enttäuschtes Gesicht sah. »Haben Sie Geduld. Sie sind jung.«

»Sie aber nicht, Sir«, entglitt es ihr. Sie legte rasch eine Hand gegen ihre Brust, um ihr gespieltes Erschrecken zu unterstreichen. »Sehen Sie? Das war Ihr Whiskey, Sir! Der lässt mich so was sagen.«

Bristol lachte schallend. »Zur Strafe müssen Sie meine Nachhilfestunde ertragen.« Er lehnte sich zurück und deutete auf die eingerahmte Berlinkarte an der Wand neben dem prasselnden Kamin, neben der eine Europakarte hing. »Nachdem Nazi-Deutschland 1945 besiegt und aufgeteilt war, merkten wir – die Amerikaner und Franzosen – recht schnell, dass die Russen nicht lange nett und freundlich bleiben würden. Zwischen 1946 und 1955 wurden daher mehrere Netze von Agenten in ganz Deutschland und West-Berlin gesponnen, teils parallel, teils nacheinander.« Er sah sie an. »Manche konnten nur bis 1949 vorbereitet werden, weil Mütterchen Russland sich alles krallte und in einen sozialistischen Vorzeigestaat verwandelte.«

Davon wiederum hatte Harper in ihrer Ausbildung gehört. Schläferzellen, die im Falle des Sowjetangriffs hinter den feindlichen Linien reagieren sollten. Partisanen. Guerillataktik. Sabotage. »Warum haben die Agenten nicht gehandelt, als die Russen anrückten?«

»Die Zellen waren klein, noch nicht fertig ausgebildet und kaum bewaffnet. Gegen eine Panzerspitze hätten sie vielleicht etwas ausrichten können, indem sie Brücken sprengten. Aber da es eine Invasion im großen Stil war, wurden die Zellen von den Geheimdiensten angehalten, sich nicht zu rühren und auf Anweisungen zu warten.« Bristol sah nachdenklich zur vertäfelten Decke. »Anfangs gelang es, den Kontakt regelmäßig zu halten. Mit der vollkommenen Abschottung der DDR wurde das Mitte der Fünfziger allerdings unmöglich.«

»Gibt es diese Partisanenzellen in Berlin immer noch?« Sie erinnerte sich an eine Zeitungsmeldung, dass spielende Kinder im Berliner Grunewald ein kurioses Versteck gefunden hatten: Pistolen, Munition und Handgranaten, Abreißblöcke mit Einmal-Chiffren, Taschenflaschen Weinbrand und mehrere Tafeln Vollmilchschokolade. Außerdem Karten, Entfernungsmesser, ein Funkgerät und mehrere Waffenhandbücher. Es stellte sich anhand der Gegenstände schnell heraus, dass die Sachen 1957 vergraben worden waren. *Ob es die Zelle dazu noch gibt?* »Ich nehme mal an: ja?«

Bristol wedelte mit der linken Hand, als könnte er ihre Frage verscheuchen. »Zuhören, Harper. Danach fragen.«

»Gut, Sir.«

»Diese Geheimtruppen hätten eigentlich im Zuge des Gegenangriffs der NATO zum Einsatz kommen sollen. Und eben die versteckten Depots mit Ausrüstung nutzen.« Bristol durchwühlte seine Unterlagen. »Nicht, dass Sie denken, es gab eine riesige Untergrundarmee in der DDR. Das Netzwerk Kranich kam auf fünfundsiebzig Zwei-Mann-Trupps, die spionieren und funken sollten. Das Sabotagekommando Kibitz-15 wurde in Berlin-Deutschland in den Fünfzigern aufgelöst, weil der Leiter zu viele alte Nazi-Freunde eingestellt hatte. Das Gleiche galt für den Technischen Dienst vom Bund Deutscher Jugend, als Gegenorganisation zur FDJ von der CIA gegründet und an der Spitze mit antisowjetischen Veteranen besetzt. Leider erwuchs daraus ein rechtsradikales Netzwerk, das von der Berlin-deutschen Regierung als verfassungswidrig verboten wurde.«

»Immer diese Nazis.« Harper nippte an ihrem Tee. Heiß, stark und bitter schoss er ihre Kehle hinab. Ihr Hunger erwachte. »Was ist nur mit den Deutschen?«

»Wenn man *das* wüsste.« Bristol warf ihr ein Blatt hin. »Hier ist die Ausnahme: Das amerikanische Netzwerk Saturn existiert immer noch in der DDR und besteht aus voneinander unabhängigen Untergruppierungen. Das MfS kriegt es nicht zu fassen. Das ist einerseits gut.«

»Andererseits schlecht, weil es von der CIA eingesetzt werden kann, um die alten Giftgasreserven der Sowjets hochzujagen«, folgerte sie.

»Ganz genau, Harper.«

Sie legte das Blatt zur Seite. »Was ist mit dem Pärchen, das mich beschattete? Oder dem Überfall auf Smirnow? Der alte General hat mit Saturn nichts zu tun.«

»Das stimmt. Ich gebe Ihnen diese Informationen nur, damit Sie etwas von dem Geist der alten Tage spüren, der sich auf ewig in den kleinen Rest des freien Deutschlands eingebrannt hat.« Bristol schlürfte seinen heißen Tee. »In den 1960er-Jahren wurden die Paranoia und die Angst vor einem Angriff der Sowjets auf Berlin-Deutschland größer, dank Kuba und den Kriegen der USA gegen kommunistisch-sozialistische Systeme. Der BND baute daher eine eigene sechsköpfige Kampfeinheit auf. Ihr Operationsname lautete Scutum, lateinisch für Schild. Käme es in Berlin zu einem Krisenfall, könnte sie auf hundertfünfunddreißig Leute aufgestockt werden.«

Oh, shit! Harper hatte verstanden. »Harald Zehrend Senior gehörte zu der Response-Einheit.«

»Perfekt kombiniert. Der BND machte diese elitäre Einheit in den Neunzigern dicht und entließ die Agentinnen und Agenten.« Bristol ließ den Tee in der Tasse kreisen. »Aber: Die Mitglieder von Scutum beschlossen, ihre Truppe aufrechtzuerhalten. Da sie vom BND geschult und ausgebildet worden waren …«

»… konnten sie ihre eigenen Leute austricksen.« Harper atmete tief durch. »Wieso wussten wir nichts davon?«

»Dem BND war es peinlich. Man stelle sich vor, der MI6 müsste zugeben, dass er eine Killergruppe von über hundert Mann aus den Augen verloren hat. Und wie findet man die? Wie erledigt man die? Also galt Scutum offiziell als aufgelöst. Der MI6 hatte lange Zeit keinen Zweifel daran.« Der betagte Mann deutete auf die Berlinkarte. »Allem Anschein nach gaben die Scutum-Leute den Verteidigungsauftrag an ihre Kinder weiter. Zumindest teilweise.«

Die einstigen Agentinnen und Agenten wurden zur Fahndung ausgeschrieben. Deswegen schlug der Scanner an. Mit der verringerten ID-Quote. Harper fuhr sich durch die feuchten fingerlangen Haare und streifte sie nach hinten. Teile des Puzzles fügten sich zusammen. Nur eine Sache wollte nicht passen. »Wenn der Auftrag lautete, sich im Untergrund für einen Guerillakrieg im Westteil der Stadt bereitzuhalten, warum ist Scutum hinter den Plänen der Nazis und Sowjets her? Sie kämen doch gar nicht unbemerkt aus Berlin-Deutschland heraus, um die Sachen einzusammeln und zurückzubringen.«

»Das wird uns nur einer von denen erklären können.« Bristol gab etwas Zucker in den Tee und rührte um. »Kann aber auch sein, dass sie von jemandem angeheuert wurden, der damit nicht in Verbindung gebracht werden will.«

»Die CIA.« Harper traute es den Amerikanern zu, die Abtrünnigen eingekauft zu haben. Es war eine bewährte Vorgehensweise der USA, Söldnertruppen an Hotspots einzusetzen, um die ungeliebten Jobs erledigen zu lassen und die eigenen Hände in Unschuld zu waschen.

»Oder die Franzosen.« Bristol kippte ein weiteres Mal Whiskey nach, kostete und nickte zufrieden. »Oder wir.«

»*Wir*, Sir?« Das wollte Harper nicht glauben. »Sie meinen …«

»Der MI6.« Genervt schloss er die Augen. »Ja. Ich kann es leider nicht ausschließen. Es gibt jemanden, der über mir sitzt und vielsagend schweigt.«

Harper wollte am liebsten zurück unter die warme Dusche, weil es ihr allmählich zu viel wurde. Sie hatte eine illegale deutsche Agentenzelle an den Hacken, die wegen ihres Eingreifens bei den Smirnows nicht gut auf sie zu sprechen sein dürfte. Ob Scutum die Standorte des Sarins für sich selbst oder für andere suchte, spielte keine Rolle. »Der Major machte Andeutungen, dass die meisten Verstecke geräumt und die Inhalte an einen Ort gebracht wurden. Zusammen mit Objekt Nummer neun, wenn ich Smirnow richtig verstand.«

»Auch da bin ich mir nicht sicher, ob ich das gut oder schlecht finde.« Bristol erhob sich und ging im Zimmer auf und ab. Für seine vierundsiebzig Jahre marschierte er ziemlich flott. »Wir stehen vor einer sehr brisanten Entscheidung.« Er warf ihr einen eindringlichen Blick zu. »Nicht der MI6, Harper. Sondern *Sie* und *ich.*« Grübelnd legte er Holz nach, die Flammen züngelten um das Scheit und sorgten für neue Wärme. »Wenn es uns nicht gelingt, diese Karten als Erste zu finden – was würden Sie tun? Im Geiste des Friedenserhalts und zur Rettung von Tausenden Menschenleben?«

Die Lösung lag für Harper nahe. »Die Schläferzellen der Organisation Saturn auffliegen lassen, damit das MfS die Agenten abgreift. Bevor die CIA doch irgendeinen Weg findet, die alten Zellen zu aktivieren und das Sarin mit deren Hilfe zum Einsatz zu bringen.« Die Nachricht von fassweise Giftgas, das herrenlos und zum Einsammeln bereit in der DDR herumlag, setzte bei den westlichen Geheimdiensten garantiert enorme Kräfte frei. *Jemand wird das Zeug unbedingt haben wollen. Und anwenden.*

»Was wiederum Verrat an unseren Bündnispartnern wäre. Oder sogar an unserer eigenen Regierung.« Bristol ballte eine Faust und pochte sich damit leicht gegen die Stirn. »Wir würden mindestens ein paar Hundert Menschen in Haft schicken.«

Harper gefiel ihr eigener Vorschlag nicht. Die DDR beließ es angesichts solcher Vergehen nicht bei Gefängnisstrafen, sondern richtete die feindlichen Agentinnen und Agenten hin. Generalsekretär und Politbüro waren nicht gerade zimperlich. Austauschen würde man die Männer und Frauen sicherlich nicht. Dazu war deren angesammeltes Insiderwissen über den sozialistischen Staat zu groß. Sie trank grübelnd von ihrem Tee. »Wir können nicht mal der eigenen oberen Etage trauen, Sir.«

»Richtig, Harper. Nur wir beide müssen entscheiden, wie wir vorgehen.«

»Fuckin' bloody shit«, stieß sie lauter als gewollt aus. Ärger, Frust, Anspannung und Druck brauchten ein Ventil. Harper hatte immer das berühmte Bond-Feeling haben wollen. Weltrettung, großes Kino, Adrenalin und voller Einsatz. Gerade fühlte es sich aber mehr an, als stünden sie und ihr Vorgesetzter mit dem Rücken zur Wand, während unübersichtlich viele Fraktionen immer näher rückten.

Ihr Vorbild 007 wurde in diesen heiklen Situationen meistens von einer schönen Frau, einem Verbündeten oder einer seiner technischen Spielereien gerettet.

Harper schnaubte. *Verbündete haben wir nicht, Supergadgets auch nicht.* Der letzte Schönling auf ihrer Liste hatte vorgestern ihr Hotelzimmer verlassen und nicht den Hauch einer Ahnung, was sie wirklich beruflich machte.

»Also gut. Es hilft nichts. Gehen wir die Sache an, Harper. Sie als junge dynamische Frau machen die Drecksarbeit. Ich kümmere mich als graue Eminenz im Hintergrund um neue Informationen rund um Smirnow und dieses Objekt Nummer neun. Was immer es ist. Ich hoffe, es ist ein magisches Artefakt.«

»Oder der Heilige Gral, Sir.«

Bristol klatschte zum Start der gemeinsamen Unternehmung in die Hände. »Die einfachste Methode wäre, Scutum eine Falle zu stellen und sich einen von ihnen zu holen.«

»Und ich bin der Köder, Sir.«

»Sie nehmen mir die Worte aus dem Mund, Harper.« Bristol schaute auf die antike Uhr auf dem Kaminsims. »Kurz nach Mitternacht. Zeit zum Schlafen. Und morgen können wir Pläne schmieden. Meine Frau sagt übrigens, ich mache das beste English Breakfast, das es gibt. Freuen Sie sich schon mal. Es sind Originalzutaten aus good old Britain.«

»Ihre *Frau*, Sir?« Der Abend spuckte noch immer Überraschungen aus. »Sie haben nicht zufällig auch eine Jacht in Brighton oder ein Haus in Bath?«

»Sie wohnt in London. Das Spiel der Spione ist ihr zu aufregend. Und die gute Elsie ist meine vierte Gemahlin. Die anderen fanden das Spiel nach ein paar Jahren unerträglich. Der Preis unseres Berufs. Ist es nicht so?«

So war es. Und das fand Harper nicht weiter schlimm. Sie war nie der häusliche Typ gewesen. Dann lieber in teuren Suiten neben einem One-Night-Stand aufwachen, den man nie wiedertraf.

Bristol zeigte auf die Couch. »Da liegt man bequem. Ich wecke Sie gegen sechs.« Er deutete einen schwachen militärischen Gruß an. »Gute Nacht, Commander!«

»Einverstanden, Sir.« Harper fiel ein, dass er auf eine Frage nicht geantwortet hatte. »Oh, warum der komplette Rückzug 1949 aus den westdeutschen Gebieten? Das wollten Sie noch erklären.«

»Hm. Das haben Sie nicht vergessen.«

»Nein, Sir. Wie auch? Die halbe Welt wundert sich und formt wilde Verschwörungstheorien.« Sie klimperte mit ihren Wimpern. »Betrachten Sie es als Gutenachtgeschichte.«

»Well, well. Da wir schon bei geplantem Verrat sind, kommt es darauf auch nicht mehr an, was?« Bristol sah auf seine kleine Bar. »Dazu sollte man einen Gin trinken. Finden Sie nicht?«

Harper öffnete den Mund, um zu antworten.

Gleichzeitig erklang ein leises Splittern, und der schwere Vorhang vor dem Fenster zuckte.

Warmer roter Nebel sprühte gegen Harper, der aus einem großen, ausgefransten Loch in Bristols Morgenmantel und Pyjama kam. Unmittelbar darauf taten sich zwei weitere Öffnungen im Stoff und im Oberkörper auf, begleitet von dem steten Klirren und Splittern von Glas.

Scharfschütze! Harper ließ sich fallen und rollte sich seitlich vom Fenster weg, um nicht ebenfalls unter Beschuss genommen zu werden.

Entsetzt blickte sie auf Bristol, der stumm auf dem Teppich lag. Um seinen Oberkörper bildete sich eine wachsende Blutlache, welche die ausgetretenen, abgewetzten Fasern und den Morgenmantel tränkte.

Konzentrier dich. Bleib fokussiert. Du musst überleben. Lass die Wichser nicht gewinnen!

Weitere Schüsse blieben aus.

Harper machte sich keine Hoffnungen, dass der Attentäter sie nicht bemerkt hatte. Zielgenau durch den schweren Vorhang zu schießen bedeutete, dass er über eine Wärmebildvorrichtung verfügte, die ihm auch ihre Signatur angezeigt haben musste. *Ich habe nicht einmal eine Pistole.*

Sie kroch an den Tisch mit den verstreuten Unterlagen. Hastig raffte sie an sich, was sie zu greifen bekam, und stopfte es in die Aktentasche ihres erschossenen Vorgesetzten, gab seinen Laptop noch dazu und eilte zur Wohnungstür.

Als sie an der Küche vorbeihastete, bog sie kurz ab und zog je ein großes und ein kleines Messer aus dem Block; das Hackbeil schob sie sich am Rücken unter den Gürtel.

Harper schlüpfte in ihre Schuhe und den eingerissenen Kurzmantel, schaltete dabei das Video-Display am Ausgang ein und prüfte, wie es vor der Tür, im Hausflur und am Hauseingang aussah.

Alles frei.

Darauf fiel sie nicht herein. Sie glaubte nicht daran, dass kein Empfangskommando verborgen auf sie wartete. Außerdem mussten die Mörder sichergehen, dass in Bristols Wohnung keine Hinweise auf die Ermittlungen des MI6-Schlachtrosses zurückblieben.

Schnell öffnete Harper die Panzerriegel und trat hinaus, eilte die Stufen in das Stockwerk darüber hinauf und rannte den Korridor entlang, um zur Feuertreppe zu gelangen.

Rasch schob sie die Tür des Notausgangs auf und sah sich geduckt in der Umgebung um.

Der Schnee hatte aufgehört, die Stadt mit einer frischen weißen Decke zu überziehen, die Luft roch klar und rein. Der Teil Charlottenburgs, in dem Bristol gewohnt hatte, war kleinbürgerlich, eines der wenigen übrig gebliebenen Spießerviertel, in denen schon früh am Abend die Bürgersteige hochgeklappt wurden.

Daher fiel der Mann, der unten an der Feuertreppe wartete und rauchte, deutlich auf.

Harper sah die Pistole, die er am langen Arm hielt und die einen Schalldämpfer trug. Sie zog das Hackbeil aus dem Gürtel und hielt es mit der schweren Klinge voraus über das Geländer. *Das sollte passen.*

Die Finger öffneten sich, das Beil fiel lautlos abwärts.

Mit einem Geräusch, das dem Aufschlagen einer Kokosnuss ähnelte, krachte der Stahl in den Schädel des Unbekannten und spaltete ihn. Ohne einen Laut von sich zu geben, brach er auf der Stelle zusammen und faltete sich grotesk ineinander, das Beil im Kopf wirkte wie eine Antenne.

Harper schlich die Feuerleiter hinab, nahm sich die SIG Sauer P226 des Toten und tastete ihn nach Ersatzmagazinen, Geldbeutel, Handy und Funkgerät ab, um damit ihre Flucht durch die leere Straße fortzusetzen.

Sie näherte sich der U-Bahnstation Deutsche Oper, keine zehn Schritte trennten sie mehr davon.

Das erbeutete Smartphone würde sie unterwegs an ihren Codebrecher hängen. Sie rechnete mit wenig Verwertbarem, aber jede Spur konnte nützlich sein.

Die Aktentasche ihres Bosses in der Linken quietschte leise, die Scharniere mussten so alt wie ihr einstiger Besitzer sein. Harper schob sämtliche Gedanken an seinen Tod zur Seite. Die Löcher in der Brust, der gebrochene Blick, das spritzende Blut. *Nicht jetzt. Bleib fokussiert.*

Zwei Meter bis zum Treppenabgang, das Schleifen der Rolltreppe wurde hörbar. Vereinzelt fuhren Autos die Bismarckstraße entlang; ansonsten blieb sie die einzige Passantin in der Nacht.

Ein plötzlicher stechender Schmerz am rechten Ohrläppchen ließ Harper erschrocken aufschreien, erst dann rollte der Knall dunkel und schwer aus großer Entfernung heran. Warm lief ihr das Blut am Hals hinab. Als sie nach der Stelle tastete, fühlte sie die offene Wunde. Ihr Ohrläppchen war nicht mehr da, genau wie der Ohrstecker.

Harper hielt sofort an und stöhnte vor Schmerzen, die sich schlagartig einstellten. Die Wunde pulsierte und brannte.

»Sie haben das Funkgerät, Miss«, erklang eine verzerrte männliche Stimme aus ihrem Mantel. »Ich weiß, dass Sie mich hören. Machen Sie noch einen Schritt, geht die nächste Kugel direkt durch Ihren Kopf.«

Ein Meter bis zur rettenden Rolltreppe. Mehr nicht.

Ächzend zerrte Harper das Funkgerät aus der Manteltasche. »Wer sind Sie? Warum haben Sie …?«

»Legen Sie die Aktentasche mit Unterlagen und Laptop neben sich auf den Boden. So, dass ich sie sehen kann. Dann knien Sie sich hin, die Arme in den Nacken. Und warten.«

»Auf was?«

»Darauf, dass wir sie einsammeln.«

»Wer ist *wir?*« Das Englisch des Mannes hatte einen deutschen Akzent, den Harper sofort bemerkte.

»Das erfahren Sie noch.« In einiger Entfernung heulte ein Motor auf. Ein grausilberner Audi A6 scherte von der Fahrbahn aus und näherte sich über die gestrichelte Sperrfläche dem Eingang der U-Bahn. »Stillhalten!«

Fuck! Harper stellte die Aktentasche neben sich ab und ging langsam auf die Knie, hob die Arme wie verlangt und legte sie locker ins Genick. *Was mache ich jetzt?*

Die Rolltreppe summte lockend. Leise schabend bewegten sich die Metallstufen. Aber die Kugel eines Scharfschützen, der ihren Kopf genau im Fadenkreuz hielt, wäre schneller als jede ihrer Fluchtbewegungen.

Der Audi hatte sie erreicht.

Ein Mann und eine Frau in Straßenkleidung und mit Nylonstrumpfmasken über den Gesichtern stiegen aus, der starke Motor tuckerte im Leerlauf.

Während die Frau ihre Hand nach der Tasche ausstreckte, kam der Mann auf Harper zu und zückte ein Paar Handschellen, um sie ihr anzulegen. »Waffen langsam rausnehmen.« Dabei stand er vor ihr, um nicht in die Schussbahn des Scharfschützen zu treten. Sehr nahe vor ihr, wie vor wenigen Stunden der unvorsichtige Dimitri.

Das wird meine einzige und letzte Chance. Harper hoffte, dass der Mann am Abzug nicht auf seine eigenen Leute feuerte. *Jetzt oder nie.*

Ansatzlos beugte sie sich zur Seite, wand sich dabei schlangengleich um die Hüfte des überrumpelten Gegners in seinen Rücken, packte ihn mit beiden Händen am Gürtel und ließ sich fallen; dabei zog sie ihn auf sich, um ihn als Schild zu nutzen.

Harper fühlte noch in der Bewegung den Windzug, mit dem das Projektil an ihrer Wange vorbeisirrte, um dem Mann auf Höhe des Bauchnabels in den Leib zu dringen. Erst danach rollte der Donner des Schusses durch die Straßen und hallte von den Fassaden zurück.

»Erik!« Die maskierte Frau ließ die geraubte Ledertasche

fallen und breitete die Arme aus, stellte sich schützend über den Angeschossenen – und somit auch über Harper, die mit angewinkelten Beinen unter ihm lag. Am Ohr der Unbekannten blinkte ein Bluetooth-Gerät. »Erik, nein, nicht! Lass mich das erledigen. Du hast Frank erwischt statt …«

Harper katapultierte den Schwerverletzten mit den Sohlen aufwärts gegen die Frau, die gerade ihre Browning-Halbautomatikpistole aus dem Gürtelholster zog.

Der blutende Mann prallte mit der überraschten Gegnerin zusammen. Mehrere Sekunden lang bildete sich ein Knäuel, als sie versuchte, ihn aufzufangen und sich dabei auf den Beinen zu halten.

Eine bessere Deckung gibt es nicht. Mit dem Fuß angelte Harper nach Bristols Tasche und zog sie zu sich, robbte rücklings auf die Rolltreppe zu und zog die schallgedämpfte P226. Die gleitenden Metallstufen trugen sie wie eine mechanische Welle fort.

Harper richtete die Pistole auf die zwei Widersacher. Viermal schoss sie auf das Geflecht aus Mann und Frau, die nach den Treffern niederstürzten. Klirrend sprangen die ausgeworfenen leeren Hülsen zwischen den Metallgeländern umher.

Plötzlich sanken die Stufen in Harpers Rücken ab, und sie kullerte die Treppe nach unten. Die Schläge fing sie durch geschicktes Abrollen ab, blaue Flecken würde es dennoch geben.

Holy fuck! Unten angekommen, schnappte sie sich leicht benommen vom vielen Drehen die zerknautschte Tasche und verstaute die schallgedämpfte Halbautomatik in ihrem Kurzmantel.

Mit dem Taschentuch bändigte sie die blutende Wunde an ihrem Ohr, so gut es ging, und eilte durch den gekachelten Gang zum Bahnsteig.

Niemand folgte ihr.

Abgehängt. Gut! Harper stieg in die nächstbeste U-Bahn und behielt den Bahnsteig vom Eingang aus im Auge, die Hand am Griff der verborgenen SIG Sauer.

Noch immer erschien niemand, um sie aufzuhalten.

Zischend schlossen sich die Türen.

Erst als der Zug anfuhr, hastete ein junger Mann heran, den sie als ihren unliebsamen Schatten von dem Foto identifizierte; in einem großen Gitarrenkoffer trug er offenbar das zerlegte Scharfschützengewehr auf dem Rücken. Er fluchte laut, als die U-Bahn gemächlich an ihm vorbeizog und doch unerreichbar blieb.

Du bist also Erik. Zum Gruß hob Harper Zeige- und Mittelfinger, die Kuppen nach innen gerichtet – eine Geste, die Nichtbriten gerne fälschlich als Victory-Zeichen interpretierten. Deutlich, aber lautlos formulierte sie: *Ich werde dich töten.* Dann tauchte sie in den Tunnel ein.

Kaum saß sie auf einer angenehm weichen Bank, schloss sie einhändig das fremde Smartphone an ihren Codebrecher an und zog sich sämtliche Daten herunter, um das Gerät anschließend zu zerlegen und die Teile unauffällig in den Mülleimer zu werfen. Erschöpft und wütend zugleich schloss Harper die grünen Augen und lehnte den Hinterkopf gegen die kühle Scheibe, das Taschentuch gegen das pochende Ohr gedrückt. *Untertauchen. Verschwinden. Nachdenken.*

Spontan fiel ihr ein sicherer Ort ein, von dem keiner annehmen würde, dass sie ausgerechnet ihn aufsuchte.

Und genau dort musste Harper hin.

So schnell es ging.

* * *

Berlin, Hauptstadt der DDR, Berlin-Buchholz

Gustav stand in der engen mobilen Einsatzzentrale, die sich im Anhänger eines von außen unscheinbaren Vierzigtonners befand, und blickte auf die Wand aus Monitoren.

Im neuen braunen Anzug und mit dem Hut auf seinem kahlen Kopf fühlte er sich wieder wie ein Mensch – wenn auch ein Mensch über sechzig, wie sein schmerzender Rücken ihm klarmachte. Die Abenteuer in Moskau hatten ihm neben den Erkenntnissen auch blaue Flecken und einen leichten Hexenschuss verpasst.

Die Bilder auf den Displays stammten von zwei getarnten Aufklärungsdrohnen vom Typ Argus IX, die in großer Höhe über dem Gebiet schwirrten, sowie fest installierten Kameras und kleinen Zyklopdrohnen, welche die zwei Areale rund um die Uhr überwachten. Seit Gustav ZK-Sekretär Ditschner von seinen Ermittlungen in Moskau berichtet und dieser den Befehl dazu gegeben hatte. Gustavs Befugnisse hätten dazu niemals ausgereicht. Nach wie vor misstraute er Ditschner, doch solange ihm der Sekretär solche Werkzeuge in die Hand gab, nutzte er sie. Aufgrund der Lage kamen glücklicherweise nur diese zwei Standorte infrage.

»Und?« Gustav nahm den Kaffeebecher und atmete den Duft tief ein. Dabei musste es vorerst bleiben. Noch mehr von dem Getränk vertrug sein Magen nicht. Nicht ohne gescheites Essen. *Was gäbe ich für einen krossen Goldbroiler.* Seine Pfeffis hatte er vorhin in der Runde verteilt. Genug Minze für alle.

Die beiden uniformierten Stasi-Soldatinnen und der Soldat vom Wachregiment Feliks E. Dzierżyński vor den Monitoren schalteten einmal durch das gesamte Überwachungsrepertoire, inklusive Bewegungssensoren und Thermalansicht.

»Keine Veränderung, Genosse Oberst«, meldete der Soldat.

»Gut.« Beim Abflug in Moskau hatte Gustav befürchtet, erneut zu spät zu kommen, doch jetzt blieb es auf den überwachten Gebieten ruhig. Seit Tagen. Entweder verpassten ihre Gegenspieler die Gelegenheit, blitzschnell zuzuschlagen, oder waren unsicher, was die exakte Lage des Tanks anging. *Genau wie ich.*

Die verschneite Ruine der alten Kirche lag scheinbar unberührt vor den Objektiven. In den Katasteraufzeichnungen hatten sich keine gesonderten aufschlussreichen Informationen über das Gebäude finden lassen. Es war bereits vor langer Zeit geschlossen worden und im Laufe der Jahre eingestürzt. Ein Sinnbild für Kirche und den religiösen Glauben in der DDR, wie Gustav fand: Beides war überwiegend aufgegeben worden, es gab keinen Bedarf dafür. Vereinzelt sprangen Hasen und Kaninchen umher, um letzte Halme zu finden. Gelegentlich erschien ein Fuchs oder ein Wolf, um auf die Jagd nach den Langohren zu gehen.

»Ich wusste nicht, dass wir Wölfe in der Stadt haben«, stellte eine der Soldatinnen beeindruckt fest.

Die Wölfe waren nie weg. Nicht die in Menschengestalt. Gustavs Anspannung hatte nachgelassen und war der Sorge gewichen, mit einer womöglich falschen Information zu Ditschner gegangen zu sein. *Was, wenn sich Oblomov geirrt hat?* »Vor denen, die Sie sehen, muss man sich nicht fürchten.«

Bereits seit einer Woche hatten Spezialkräfte der NVA Stellung bezogen, weit genug entfernt und ständig einsatzbereit, um die Terroristen zu fassen, sobald sie auftauchten, um die Gasbehälter auszugraben.

Eine weitere Sondereinheit für ABC-Waffen hatte in einer ausrangierten Halle etwa vier Kilometer östlich ihr Quartier aufgeschlagen, wo es ein altes Kloster gab, das ebenfalls als möglicher Fundort infrage kam.

Unterstützt wurden sie von Sondertruppen des Stasi-Wachregiments Feliks E. Dzierżyński. Das MfS wollte die Lorbeeren nicht gänzlich der NVA überlassen und hatte darauf bestanden. Die Uniformen der Soldatinnen und Soldaten waren identisch, lediglich an den Kragenspiegeln und Abzeichen gab es feine Unterschiede.

Gustav kamen die sieben Tage bereits wie sieben Wochen vor. »Ich gehe mal raus. Rufen Sie mich, sobald sich etwas tut.«

Dabei drückte er sich den Funkknopf tiefer ins linke Ohr. Das Gerät passte nicht richtig, doch es gab kein anderes. Dann entfernte er einen der Cellatron Miniflachrechner aus der Ladestation.

»Natürlich, Genosse Oberst. Unsere elektronischen Augen haben alles im Blick.«

Gustav nahm im Vorbeigehen seinen Mantel vom Haken, verließ den großen Auflieger über eine Metalltreppe und vertrat sich in der Kälte die Beine.

Hinter dem Lastwagen befand sich ein stillgelegter Pyrofa-Betrieb, der zu klein für die Anforderungen geworden war. *VEB Silberhütte Pyrotechnische Fabrik Buchholz* stand stolz darüber, daneben hing das modernisierte Markenzeichen: ein stilisierter Feuerteufel, über dem fünf Sterne glommen.

Das Geschäft mit ziviler und militärischer Pyrotechnik sowie Übungsmitteln für die Nationale Volksarmee boomte. Darum hatte man ein brandneues Werk irgendwo in Brandenburg errichtet. Eins von vielen – VEB Silberhütte hatte mittlerweile mehrere Einrichtungen, um die große Nachfrage befriedigen zu können.

Aus seiner Kindheit kannte Gustav noch den Taifun, einen Feuertopfsilvesterknaller, der ein beeindruckendes Feuerwerk an den Nachthimmel zauberte, an Harzer Pfauknaller und Teufelsschlag. Berliner Knallkopp- oder Tornadoraketen gehörten damals für ihn fest zum 31. Dezember.

Der Wind frischte auf, es wurde unangenehm kalt.

Die Verlegung der Fabrik war auch auf die Bitte der GPG Kleeblatt geschehen, wie Gustav zur Vorbereitung des Einsatzes in den Akten gelesen hatte. Die Gärtner hatten Angst um die Gebäude des Gewächshauskombinats an der Berliner Straße. Stahl-Glas-Kombinationen mit etlichen Hektar Nutzfläche zur industriellen Produktion von Frühgemüse und Zierpflanzen vertrugen sich nicht mit gelegentlichen Detonationen.

Da intakte Strom- und Wasserleitungen in den Gebäuden

auf dem Pyrofa-Gelände lagen und die Infrastruktur somit ausgezeichnet war, hatte die zweite Einheit der NVA auf Gustavs Anraten hier Einzug gehalten: Fallschirmjäger- und ABC-Kompanie plus die Spezialisten des Stasi-Regiments für Zugriff und Absicherung.

Frierend wanderte Gustav im Schnee auf und ab, steckte den Cellatron ein und suchte seine Orient-Zigaretten aus der Innentasche seines Sakkos. Mit blau angelaufenen Fingern fummelte er eine davon heraus und steckte sie an. Offenes Feuer. Bei der Pyrofa hätte man ihn dafür auf der Stelle erschlagen. Sein erster Zug an der Kippe ging mit leichtem Hüsteln einher. Geraucht hatte er schon lange nicht mehr, doch jetzt half es ihm gegen die Nervosität. Die Pfeffis alleine taten es nicht mehr.

Unsere elektronischen Augen, sinnierte er über den stolzen Ausdruck, den die Soldatin benutzt hatte. *Aber was, wenn …*

»Wollen Sie einen echten Wintermantel und eine richtige Mütze?« Hauptmann Arno Schmitz näherte sich ihm, eine Zigarre in der Hand, den weißen Tarnmantel geschlossen und eine Kappe auf den dunklen Haaren. »Ich kann das rasch für Sie holen lassen, Genosse Oberst.« Der glatt rasierte Fünfzigjährige befehligte die NVA-Truppe, während Gustav die Leitung des gesamten Einsatzes innehatte. Auf Druck von ganz oben und von Ditschner. Gustav hatte sich in den Augen des ZK und des Politbüros vollumfänglich rehabilitiert. »Sakko und Stoffhose sind nicht unbedingt die beste Kleidung für diese Art von Einsatz.«

»Ich rechnete ehrlich gesagt nicht damit, dass er so lange dauern würde.« Gustav blieb nicht stehen. Die Bewegung sorgte für etwas Wärme in den Knochen.

»Es ehrt Sie, dass Sie drin bei den Truppen schlafen.«

»Ich will nicht erst durch halb Ost-Berlin fahren müssen, wenn es losgeht. Wo ich wohne, gibt es keinen Hubschrauberlandeplatz. Und selbst mit dem Helikopter wäre ich zu spät.« Gustav wusste, dass sein Äußeres nicht im besten Zustand war.

Die Zeit für eine Rasur nahm er sich nicht, auch seine Kleidung trug er jetzt schon recht lange. Wenigstens frische Unterwäsche hatte er ausreichend dabei. Er fühlte sich genauso zerknittert, wie seine Jacke und Hose waren.

»Sie schlafen so gut wie nie.«

»Kann ich mir nicht leisten.« Gustav pochte gegen die Sakkotasche, wo er ein Döschen mit einem staatlich verordneten, rezeptpflichtigen Aufputschmittel aufbewahrte. Pervitin Forte. Früher hatte er es regelmäßig eingenommen, um seine unmenschlich hohe Einsatz- und Erfolgsquote zu halten. Hautfarbenehrgeiz, flankiert von Chemie. »Habe was dabei, das wach macht. Sobald diese Terroristen aufkreuzen, bin ich voll da.«

Schmitz nickte und paffte an der Zigarre, während er die rot leuchtende Glut mit den behandschuhten Fingern abschirmte. Eine Gewohnheit, die im Einsatz das Leben retten konnte. »Wir haben die Umgebungskarten der Areale nochmals überprüft, Genosse Oberst. Im Stadtteilarchiv tauchten Baupläne aus der Zeit vor dem Ersten Weltkrieg auf.«

»Konnten Sie einen der beiden Standorte als wahrscheinlicher identifizieren?«

»Leider nein.« Schmitz paffte, ließ den Rauch kurz stehen und inhalierte tief, ohne zu husten. Es schien eine Grundvoraussetzung für einen ABC-Offizier zu sein, mit ungesunden Stoffen in der Lunge anstandslos klarzukommen. »Damit bleibt es bei diesem und dem vier Kilometer östlich.« Er deutete auf die VEB-Halle. »Kommen Sie. Ich gebe einen heißen Kaffee aus.«

»Ich hatte schon genug. Aber danke für das Angebot.«

»Wie wäre es dann mit einer Suppe?«

Das kam Gustav recht. »Schon besser.« Er musste etwas essen, um das ätzende Koffein zu kontern.

Gemeinsam mit dem Hauptmann stapfte er durch den flachen Schnee in das Gebäude, auf dem es keine einzige eingeschlagene Scheibe, keine Graffiti und auch keinerlei sonstige Spuren von Vandalismus gab. In Berlin-Deutschland wäre ein leer stehender Bau längst Opfer von Spraydosen und Steinen geworden.

Im Innern der Pyrofa-Halle war es wärmer, jedoch weit entfernt von Behaglichkeit. Die uniformierten Männer und Frauen saßen oder lagen in dicken weißen Mänteln auf ihren Pritschenbetten, kleinere Werkstatträume dienten zum Aufwärmen und Essen.

Säuberlich geparkt standen hier die Einsatzfahrzeuge, überwiegend leichte Schützenpanzerwagen SPW-100 sowie ABC-Spürpanzer Spürfuchs, die hermetisch geschlossen werden konnten, sollte es zu einem Sarin-Austritt kommen.

Schmitz lotste Gustav in die provisorisch eingerichtete Offiziersmesse, in der es appetitlich nach Linsensuppe roch. Mit einer Handbewegung machte er deutlich, dass niemand der Anwesenden aufstehen und salutieren musste.

»Setzen Sie sich, Genosse Oberst. Ich hole uns was.« Schmitz ging zu den großen olivfarbenen Thermoskannen, in denen die Suppe aufbewahrt wurde. »Mit Halberstädter oder ohne?«

»Mit, bitte.« Gustav wollte die Freundlichkeit des Hauptmanns nutzen. Es gab etwas zu besprechen, was er jedoch nicht vor den Stasi-Leuten im Lastwagenauflieger und lieber an diesem einsamen Tisch, abseits der anderen Offiziere, tun wollte.

Bin gespannt, was er sagt. Gustav nahm sein Zeiro heraus und sichtete die Nachrichten, um sich zu informieren, ob andere Ermittlungsabteilungen der Stasi mehr herausbekommen hatten. Die Abhörmaschinerie des größten Geheimdienstes der Welt lief auf Hochtouren. Internet, Mobiltelefone, Festanschlüsse, jeglicher Funkverkehr wurde abgehört, gefiltert und geprüft. Nicht mal China und die Amerikaner konnten es mit ihnen aufnehmen.

Aber neue entscheidende Meldungen blieben aus.

Es lag für Gustav auf der Hand, warum es keinerlei Ergebnisse gab: Die Terroristen kannten den Staatsapparat und wussten, was nach der Schießerei in Moskau an Überwachung aufgefahren würde. Sie trafen sich daher direkt oder nutzten Brieftauben und andere abgerichtete Tiere und einfachste Formen der abhörsicheren Kommunikation. Lichtsignale, Handzeichen, simple Farbcodes in Fenstern, tote Briefkästen.

Die Schwachstelle des Stasi-Spähsystems. Gustav legte das Gerät zur Seite und drückte erneut am Rufknopf im Ohr herum. Bei jeder leichten Kopfdrehung drohte das kleine Gerät herauszuspringen.

Das Problem, das ihn obendrein beschäftigte: Er hatte mehr Leute einweihen müssen, als er wollte. Oder besser gesagt, ZK-Sekretär Ditschner, um die passenden Spezialisten der NVA aktivieren zu können. Die Terroristen nahmen bei der Verfolgung ihres Ziels keine Rücksicht. Die Gefahr war zu groß, dass Berlin-Buchholz mit seinen etwa dreißigtausend Einwohnern und den umliegenden Stadtbezirken zum nächsten Katastrophengebiet werden könnte.

Dazu kam der Umstand, dass der Spürfuchs nicht einfach hinaus ins Gelände fahren und nach den Behältern suchen konnte. Erstens benötigten die feinen Messgeräte und Sonden Rückstände des Sarins an der Erdoberfläche. Zweitens hätten sie den Terroristen, die eventuell auf der Lauer lagen und das Areal beobachteten, somit einen Beweis für ihre Anwesenheit geliefert. Die Gegner würden sich beim Anblick der Panzerfahrzeuge zurückziehen und neue Pläne schmieden. Alles auf null. *Das darf nicht geschehen.*

Der Teller mit Suppe und Würstchen landete vor Gustavs Nase. Löffel, Serviette und zwei Brotscheiben folgten. »Mahlzeit, Genosse Oberst!« Schmitz nahm ihm gegenüber Platz.

»Danke!« Gustav kostete von dem dicken Linseneintopf, der ausgezeichnet schmeckte. Die Kälte steckte noch in seinen

Knochen, Hut und Mantel behielt er an. »Zu meiner Zeit fehlte immer was an der Suppe.«

»*Sie* waren bei der NVA?«, sagte der Hauptmann verblüfft.

»Nach meinem Grunddienst für ein weiteres halbes Jahr in der Offizierslaufbahn, bevor ich zur Stasi wechselte. Mein Vater war dort Generalmajor. Den Gefallen wollte ich ihm tun.« Gustav erinnerte sich an die Zeit der rigorosen Ausbildung, die anfangs den brachialen Methoden der Sowjets nachempfunden gewesen war. Inzwischen ging die NVA ihren eigenen, ebenfalls sehr fordernden Weg. *Seid bereit, immer bereit.* »Das war hart.«

»Hart ist es immer noch. Aber es werden keine Rekruten mehr von russischen Ausbildern misshandelt.« Schmitz zog die Mütze ab, rührte um und kostete. »Ich glaube, Bino hatte damals eine andere Rezeptur als heute.« Geschickt warf er den Wintertarnmantel ab, unter dem eine grauweiße Felduniform zum Vorschein kam.

»Ist vermutlich besser so.« Gustavs Gedanken kreisten noch um seine Überlegungen zum Einsatz. »Ich möchte etwas mit Ihnen bezüglich unserer Operation besprechen.«

»Sehr gut. Militärisch gäbe es da sicherlich einiges zu verbessern«, schwenkte Schmitz, ohne zu zögern, auf das neue Thema ein. »Doch ich verstehe die Zurückhaltung. Trotz der tödlichen Gefahren, die im Boden lauern.«

»So?« Gustav aß den nächsten Löffel.

»Sie wollen an die Hintermänner kommen, die den Auftrag gaben, das Gas auszugraben. Deswegen warten wir ab.« Schmitz tunkte Brot in die Suppe. »Taktisch gesehen sind wir im Vorteil. Die Gegner *müssen* zuschlagen, weil sie wissen, dass Sie ihnen auf die Spur gekommen sind, Genosse Oberst. Wir brauchen nur abzuwarten und haben dabei beide Areale unter unserer Kontrolle. Kloster- und Kirchenruine.«

Gustav hatte bereits vier Löffel hungrig verschlungen. Es war zu lecker, um aufzuhören. »Ich höre mir Ihre Verbesserungsvorschläge gerne an.«

»Ist das so?«

»Das ist so.« Gustav pulte eine große Wurstscheibe aus der Suppe und schob sie genussvoll in den Mund. *Senf dazu wäre perfekt.* »Die Stasi und die NVA sind nicht immer ganz gut aufeinander zu sprechen, Genosse Hauptmann. Das wissen alle im Laden.« Er hob den leeren Löffel wie zum Schwur. »In diesem Fall haben wir dasselbe Ziel: die Terroristen zur Strecke zu bringen und einen neuerlichen Gasvorfall zu unterbinden.« Er machte eine einladende Kopfbewegung.

»Freut mich zu hören. Ich bin ganz Ihrer Meinung. Dann gehen wir die Sache anders an: Wenn *Sie* eine Verbesserung im Sinn haben, nur her damit, Genosse Oberst.«

Erleichtert richtete sich Gustav auf. »Gut.« Er nahm den Cellatron aus der Jacke und legte ihn auf den Tisch. »Es gibt wirklich etwas, das mich beschäftigt. Sie können mir meine Bedenken vielleicht nehmen.«

Eine Übersichtskarte der Areale, in denen sich die Tanks vermutlich befanden, leuchtete auf. Eingetragen waren verschiedene Markierungen bezüglich Schussweite und Vorstoßgeschwindigkeit der Radpanzer. In einem kleinen Fenster des hochauflösenden Displays wurden die neusten Drohnenbilder der beiden Argus IX angezeigt. Nach wie vor gab es keinen Grund, die Mannschaften ausrücken zu lassen.

»Folgendes: Derzeit sind wir vollständig auf die Aufklärung der großen Argus IX und der kleinen Zyklopdrohnen sowie der Kameras angewiesen, die wir abgesetzt haben«, fing Gustav an. »Sollte die Verbindung zu ihnen ausfallen, haben wir keinerlei Sicht mehr auf die fraglichen Geländeabschnitte.«

Schmitz nickte und wunderte sich erkennbar. »Was ist mit unserem Satelliten? Für den Notfall? Mir wurde gesagt, dass …«

»Schon geklärt. Leider aufgrund der Dauerbewölkung nicht einsatzfähig. Es sei denn, wir wollen uns die Schneewolken von oben betrachten.« Gustav zeigte auf das Hallendach des VEB. »Ich würde gerne zusätzliche Kameras anbringen.«

»Haben Sie welche?« Schmitz lächelte milde, was ihn sehr jugendlich wirken ließ.

»Wir sind die Stasi. Wir haben sicherlich welche dabei.« Er zog einen Stift mit abgerundeter Spitze heraus und umkreiste die Koordinaten auf der digitalen Landkarte, in deren Umkreis sich die Sarin-Tanks wahrscheinlich befanden. »Außerdem sollten wir über vorgeschobene Beobachter nachdenken.«

»Sie reden von Truppen? Sie stecken voller Überraschungen.«

»Ja. Späher mit einfachen Ferngläsern.« Gustav machte ein ernstes Gesicht. »Es geht mir darum, Überraschungen zu vermeiden. Wir haben es mit Gegnern zu tun, die sich eine Woche lang auf den Einsatz vorbereiten konnten und sich genau denken können, was sie erwartet.«

Schmitz begriff. »Sie rechnen mit Störsendern.«

»Ich will nicht blind sein, wenn die tolle Supertechnik beschließt, den Geist aufzugeben. Aus welchen Gründen auch immer.« Gustav kratzte die Reste seiner Suppe zusammen, während er nebenbei die von ihm ausgesuchten Stellen auf der Karte einzeichnete. »Haben wir Aufklärer an *diesen* Punkten, können wir alles sehen.«

»Und wenn der Empfang der Funkgeräte gestört wird?«

»Handzeichen.« Genüsslich verschlang Gustav den Rest der Suppe. »Ferngläser beziehungsweise Nachtsichtgeräte mit Vergrößerungsfunktion und Handzeichen. Das legt uns keiner lahm.«

Der Hauptmann lachte und wischte sich über die Lippen. »Das ewige Misstrauen der Stasi.«

Gustav zeigte auf die geschlossenen Fenster, hinter denen etwas weiter entfernt das überwachte Gelände lag. »Solange ich nicht weiß, was vor sich geht, wird es für unsere Leute gefährlicher als nötig. Das will ich ausschließen.«

»Sehr gute Ansätze, Genosse Oberst«, schaltete sich eine Frauenstimme unvermittelt in die Diskussion ein. Neben Gustav nahm unvermittelt eine Mittfünfzigerin in Wintertarnuniform Platz, eine Wurstbemme in der Hand; ihr schweres Parfum passte nicht an diesen Ort. »Aber wie verhindern Sie, dass man Ihre Späher entdeckt, Genosse Hauptmann? Die Soldatinnen und Soldaten müssen ungesehen an diese eingezeichneten Stellen gelangen und unbemerkt bleiben. Wärmeabstrahlung, die Spuren des Anschleichens, die ABC-Ausrüstung. Das macht sie ziemlich auffällig.«

Schmitz sprang wie von der Tarantel gestochen hoch und salutierte. »Achtung!«, rief er mit roten Hektikflecken im Gesicht. Die Soldaten standen zackig von ihren Plätzen auf.

Gustavs Verstand versuchte noch, das bekannte verlebte Gesicht in Einklang mit der ungewohnten Uniform zu bringen. Das Rangabzeichen an den Schulterstücken hatte er noch nie gesehen. Zu den zerfurchten Zügen gehörte üblicherweise ein Anzug oder ein Kostüm, wie ihm sein Unterbewusstsein zuraunte.

Nach zwei Sekunden des verdutzten Schweigens fiel der Groschen. *Die Feist!* Trotzdem blieb er sitzen. Er gehörte nicht zur Armee. »Guten Abend, Genossin Ministerin! Mir ist Ihr Kommen nicht angekündigt worden.«

»Dafür bin ich berüchtigt. Wo die Truppe ist, da tauche ich auf. Auf dem Übungsplatz, im Ausland bei befreundeten Staaten.« Feist reichte ihm die beringte Hand. »Oder an Orten wie diesem.« Danach bedeutete sie Schmitz sowie allen anderen, sich wieder zu setzen. »Ich wollte mir selbst ein Bild von der Lage machen, wenn ich diesen Einsatz schon genehmigt und angeordnet habe.«

In Gustavs Verstand tauchten die Informationen zu Helene Nikita Feist auf.

57 Jahre, verheiratet, drei Kinder, makellose SED-Karrieristin. Seit fünf Jahren Ministerin für Nationale Verteidigung, in den Rang einer Frau Marschall erhoben und damit ein Einzelfall. Niemand sonst hatte vorher diese ultimative Position beim Militär innegehabt.

Seit einem Jahr war sie Vorsitzende des Nationalen Sicherheitsrates und zur Befehlshaberin der NVA ernannt worden, was ein weiteres Novum bedeutete. Normalerweise saß der Generalsekretär auf diesem Posten. Aber Naumann, der sich mit dem Militär nicht auskannte, hatte der Volkskammer ihre Wahl empfohlen. Zum Wohle der DDR, lautete seine Begründung. Das Gremium folgte seiner Empfehlung einstimmig. *Was auch sonst?*

Feist wandte sich dem Minirechner zu. »Also, Genossen. Wir waren bei den vorgeschobenen Beobachtern, richtig?«

»Richtig, Genossin Marschall.« Schmitz musste die Überraschung noch verdauen, hatte sich jedoch überwiegend gefangen. »Wir haben Spezialanzüge dabei, die jegliche thermale Aufspürung verhindern. Die Atemluft wird durch das geschlossene Helmsystem nicht nach außen geleitet.«

»Und der ABC-Schutz?« Feist blickte konzentriert auf das Display, schob die Landkarte hin und her. Ihr schulterlanges graues Haar hatte sie in einem engen Pferdeschwanz gebändigt.

»Wird mittels einer Leine hinterhergezogen.«

»Was ist mit der Schleifspur?« Nebenbei aß Feist ihre Wurstbemme.

»Es soll in den nächsten zwanzig Minuten schneien.« Schmitz hatte blitzschnell an alles gedacht. »Bringen wir meine Leute jetzt in Position, wird es keine Spuren geben.«

Gustav fand die Idee des NVA-Befehlshabers gut. »Dann machen Sie es so, Genosse Hauptmann.«

»Danke! Ich kläre ab, ob es auffällige Veränderungen der Lage gab, Genosse Oberst.« Schmitz stand auf und räumte die leeren Teller ab. »Wird gleich erledigt.« Er nickte der Ministerin ehrfürchtig zu und verschwand aus der Offiziersmesse. Im Eifer ließ er seinen Mantel am Tisch zurück.

Gustav folgte ihm mit seinen Blicken.

An der Tür standen jetzt zwei riesige Leibwächter, die Tarnuniform sowie schusssichere Westen trugen und kurzläufige Wieger-Maschinenpistolen umgehängt hatten.

Die anwesenden Soldaten mit Mannschaftsdienstgrad und die zwei Offiziere taten unbeeindruckt, aber ihre Unterhaltungen waren merklich leiser geworden. Eingeschüchtert. Verunsichert. Frau Marschall und zugleich Ministerin sah man nicht jeden Tag aus der Nähe.

»Es macht den Eindruck, als hätten Sie alles im Griff, Genosse Oberst.« Feist biss ein letztes Mal vom Brot ab und betrachtete ihn kauend.

»Sie klingen, als würden Sie zweifeln.« Gustav überlegte. »Sage ich jetzt Genossin Ministerin oder Genossin Marschall?«

»Das können Sie halten, wie Sie möchten. Und: Ich klinge beruhigt.« Lässig legte sie die angebissene Wurstbemme auf die nicht benutzte Serviette. »Ihre Akte stimmte mich nicht sonderlich zuversichtlich. Und ich sage es Ihnen freiheraus, Genosse Oberst: Ich habe versucht, Ihnen und der Stasi den Befehl über die Operation zu entziehen und das Kommando der NVA zu übergeben.«

»Ich schätze Ihre Ehrlichkeit, Genossin Ministerin.« Gustav blickte wieder zur Tür. »Mir geht es wie Ihnen: Ich kenne meine Akte. Von daher kann ich es Ihnen nicht verdenken, gewisse Zweifel aufgebaut zu haben.« Er sah sie an, mit jeder Menge Gleichgültigkeit in den Augen. »Glauben Sie mir: Ich habe die höchste Motivation von allen.«

»Es geht nicht um Ihre Motivation. Sondern Ihre Qualifikation.« Feist stützte sich mit einem Ellbogen auf. »Aber bevor Sie einen falschen Eindruck von mir bekommen, lassen Sie mich Ihnen vorab schon mal persönlich für Ihren Erfolg danken. Sie waren schneller, effektiver und gerissener als die übrigen Abteilungen von Memfis. Das wird einen Orden und eine große Belobigung vom Generalsekretär geben. Ganz gleich, wie es in Buchholz ausgeht.«

»Es wird gut ausgehen, Genossin Ministerin.« Leicht runzelte er die Stirn. In ihrer Stimme schwang etwas Drohendes mit. »Aber ich verstehe. Weil die NVA *nicht* das Sagen hat, befürchten Sie ein Debakel.«

»So ist es.« Feist pochte einmal auf den grob abgewischten Tisch. »Wissen Sie was? Sie könnten Hauptmann Schmitz die Leitung übertragen. Es wäre keine Schande, sondern die Anerkennung der besseren taktischen Ausbildung. Sie haben es eben selbst gesehen: Der Hauptmann denkt an alles.«

Ganz offenbar hatte die Frau Gustavs Initiativvorschläge nicht mitbekommen. *Wahrscheinlicher ist, dass sie sie absichtlich ignoriert.* »Damit die NVA die Früchte erntet.«

»Wie gesagt, Ihr Orden ist ohnehin sicher. Nichts gegen die Genossinnen und Genossen der Stasi, aber ein Erfolg für die Streitkräfte ließe sich dem Volk gut verkaufen. Als Retter der Einwohnerschaft von Buchholz und ganz Berlin. Das stärkt den Zusammenhalt und das Band der Freundschaft zwischen Truppen und Bevölkerung.« Feist lächelte lockend. »Fragen Sie mich, Genosse Oberst.«

Andere Menschen wären an Gustavs Stelle in Angst und Panik verfallen.

Doch er zeigte keine Regung.

Die Kämpfe und Rangeleien innerhalb des Politbüros und des ZK waren jetzt sogar bei ihm angekommen. Bei einem der wichtigsten Einsätze von MfS und NVA der letzten Jahre. Je nachdem, wie er sich entschied, würde er bald einflussreiche Feinde oder Freunde haben.

»Gut, dann frage ich Sie, Genossin Ministerin.« Gustav spielte mit. Inzwischen war er wirklich neugierig. »Was bekomme ich dafür, die Lorbeeren dem Genossen Hauptmann zu überlassen?«

»Sie könnten zur NVA wechseln. Ihr Vater war ein sehr guter Generalmajor. Man könnte es damit erklären, dass Sie in den letzten Jahren Ihrer Karriere in seine Fußstapfen treten wollen.« Feist nahm ihr Wurstbrot wieder auf. »Eine ruhige Stelle bis zur Pensionierung. Sie müssten niemanden mehr bespitzeln, verraten oder ans Messer liefern. Das scheinen Sie ja auch nicht mehr ganz so gern zu machen, wie ich hörte.« Sie biss ab. »Mich interessieren Ihre Motivationsprobleme nicht, oder ob Sie an Depressionen leiden oder welcher Grund dahintersteckt. Alles, was ich möchte, ist dieser Erfolg für die NVA, Berlin gerettet zu haben. Was Sie danach mit den geschnappten Terroristen anstellen, fällt ins Ressort der Stasi.«

Gustav fand das Angebot großzügig. Es kam für ihn dennoch nicht infrage.

Die politischen Spielchen sollten sie ohne ihn austragen und sich andere Figuren beschaffen, die sie auf dem Brett hin und her schieben konnten. Dann machte er sich die Ministerin und Frau Marschall der DDR eben zur Feindin. Es kümmerte ihn nicht. Ganz und gar nicht. »Ich …«

»Eines noch, bevor Sie antworten, Genosse Oberst«, fiel Feist ihm prophylaktisch ins Wort. »ZK-Sekretär Ditschner hält große Stücke auf Sie. Deswegen hat er Sie ja pro forma in die Hauptabteilung VII geholt und Ihnen umfassende Befugnisse zugeschanzt. Kennen Sie ihn näher?«

»Nein.«

»Sie sind nicht miteinander befreundet?«

»Nein.«

»Dann glauben Sie bloß nicht, dass er an Ihnen festhalten wird, wenn das hier schiefgeht. Sie haben nur das Sagen, weil Ditschner darauf drängte.« Feist zupfte etwas Grünes zwischen den Wurstscheiben heraus und streifte es an der Serviette ab. »Ich werde Sie für jegliche Fehler verantwortlich machen. Für jeden Toten der NVA und der Buchholzer Bürgerschaft und für jeden Sarin-Austritt. Ditschner wird Sie fallen lassen und sich etwas ausdenken, um nicht mit in den Abgrund gerissen zu werden. Das sollten Sie wissen, bevor Sie mein sehr großzügiges Angebot ablehnen, Genosse Oberst.« Sie aß den letzten

Bissen ihres Brotes. »Denn in *diesem* Fall hätten Sie *gar keine* Freunde mehr. Und keine Zukunft.«

Gustav beobachtete sie. *Das nenne ich eine Ansage.*

Inzwischen fand er es amüsant, die Ränkespiele aus nächster Nähe zu verfolgen. Feist konnte nicht wissen, dass er seine Zukunft nicht in der DDR plante. Sondern weit weg von diesem Staat, sobald die Verantwortlichen hinter dem Sarin-Vorfall gestellt und hingerichtet waren. »Wer sagt, dass die Operation unter Hauptmann Schmitz ohne Verluste verlaufen würde?«

»Die NVA ist perfekt vorbereitet.« Feist wischte sich die Hände an der Tarnhose symbolisch sauber. »Gut, ich dränge Sie nicht weiter. Das Kommando können Sie jederzeit an Hauptmann Schmitz abgeben.« Sie erhob sich vom Tisch. »Ich wünsche Ihnen so oder so einen kühlen Kopf und einen klaren Verstand, Genosse Oberst.«

Schmitz kehrte zu ihnen zurück, hielt sich jedoch im Hintergrund, um die Unterhaltung weder zu stören noch zu belauschen.

»Ich habe alles gehört, was ich wissen muss, Genossin Ministerin.« Gustav erhob sich ebenfalls und reichte ihr die Hand.

»Gute Jagd. Und fällen Sie die richtige Entscheidung.« Feist schlug ein. »Begleiten Sie mich noch zum Wagen?«

»Lieber nicht. Am Ende geht es ohne mich los, und der Hauptmann muss das Kommando übernehmen.« Gustav lächelte und schlenderte bis zur Tür mit. »Es wird gut enden.«

»Für die Richtigen, hoffe ich.« Die Ministerin nickte ihren Leibwächtern zu, und sie traten gemeinsam hinaus in die Halle, um zwischen den Panzerfahrzeugen zu verschwinden.

»Haben Sie die vorgeschobenen Späher losgeschickt, Genosse Hauptmann?«, erkundigte sich Gustav, ohne sich umzudrehen.

»Ist geschehen. Sie müssten der Stasi-Einheit noch den Befehl geben, Kameras auf dem Dach zu installieren. Man betrachtete meine Aufforderung mehr als Vorschlag, solange der

Befehl nicht von Ihnen kommt, Genosse Oberst.« Schmitz stellte sich neben ihn und reichte Gustav sein Zeiro sowie den Cellatron. »Das haben Sie auf dem Esstisch vergessen.«

»Oh, danke sehr!« Er steckte beides in seine Manteltasche. »Und danke für die Suppe.« Er bemerkte, dass Schmitz mit sich rang, keine weiteren Fragen zu stellen. Das Auftauchen der Ministerin hatte in ihm die Hoffnung geweckt, der Held der Stunde zu werden. »Ich regle das mit meinen Leuten. Sie können wegtreten.«

»Jawoll, Genosse Oberst.« Schmitz salutierte dezent abfällig, was die Soldaten zu einem schlecht versteckten Grinsen brachte.

In Gustavs Ohrfunk knackte es. »Genosse Oberst, wir haben mehrere Meldungen von Gasaustritten.«

»Wo?«, rief Gustav aufgeregt ins Headset. »Wie konnten die ohne …?«

»Nein, Genosse Oberst. Nicht auf den überwachten Arealen.«

»Was? Wo denn dann?« Eine Million Gedanken explodierten in seinem Kopf.

»Kommen Sie zum Lastwagen. Das sollten Sie sich ansehen. Und anhören, Genosse Oberst.«

»Bin unterwegs.« Er wandte sich an Schmitz. »Genosse Hauptmann, geben Sie Alarm! Ihre ABC-Einheiten sollen sich zum Ausrücken bereit machen.«

Hastig eilte Gustav an den aufspringenden Soldatinnen und Soldaten vorbei, um hinaus zum Einsatztruck zu gelangen, bevor die starken Motoren der Spür- und Schützenpanzer ansprangen und man sein eigenes Wort nicht mehr verstand.

Mein Bruder ist Soldat

1. Strophe
Mein Bruder ist Soldat im großen Panzerwagen,
und stolz darf ich es sagen:
Mein Bruder schützt den Staat,
mein Bruder schützt den Staat.

2. Strophe
Der Panzer ist so schwer,
wie dick sind seine Wände,
und fährt doch im Gelände
geschwinde kreuz und quer,
geschwinde kreuz und quer.

3. Strophe
Und greift uns jemand an,
so hat er nichts zu lachen,
die Volkssoldaten wachen
und stehen ihren Mann,
und stehen ihren Mann.

DDR-Pionierlied
Text: Manfred Hinrich

10

Bezirk Saarbrücken, Kreis Homburg, DDR

Chris hatte die Hände gegen das Heck des Wolfsburger D-Modells gestemmt und schob mit ganzer Kraft, während seine Turnschuhe halb im weichen Weg verschwanden.

Die Hinterräder drehten auf dem matschigen Waldboden durch und schleuderten die dunkle Erde in die Luft. Zwar entging er der vollen Ladung, aber es regnete feuchte Bröckchen gegen ihn.

»'tschuldigung!«, rief Alicia aus dem offenen Fenster und kurvte den Wagen dann gekonnt aus dem Schlammloch, in dem er sich festgefahren hatte. »Gut, rein mit dir. Wir müssen weiter.«

Chris umging die aufgeweichte Stelle und sprang auf den Beifahrersitz. »Denkst du, wir sind noch dran?« Dass seine Schuhe den Fußraum verdreckten, kümmerte weder ihn noch seine Cousine. Zwischen den Zehen spürte er Feuchtigkeit.

Der Wolfsburger rutschte und schlingerte, das kompakte Stadtfahrzeug war für unbefestigte Waldwege nicht ausgelegt. Der Barkas-Transporter der flüchtigen Mörder hingegen kam mit den Gegebenheiten besser zurecht, wie die geraden Spuren verrieten.

»Ich hoffe es.« Grimmig prügelte Alicia den Wagen über den schmalen Waldweg. Äste und Dornenranken quietschten kratzend über den Lack, die Insassen hüpften und schwankten unentwegt bei der holprigen Fahrt. »Vielleicht haben wir Glück, und sie stecken auch mal fest.«

Chris war sich nicht sicher, ob *Glück* es richtig traf. Drei schwer bewaffnete Killer würden sich ihnen nicht einfach ergeben. »Sollten wir nicht die Vopos anrufen, damit sie uns unterstützen?« Er nahm das Zeiro aus ihrer Bademanteltasche. »Die sind für solche Einsätze ausgerüstet.«

»Was sollen wir denen sagen?«

»Dass wir den Transporter mit den drei Mördern jagen, die in Homburg zugeschlagen haben. Und sie dein Handy orten sollen, um sie abzufangen.«

»Sie können mein Handy aber nicht orten, solange ich damit nicht telefoniere«, stieß sie aus und drehte hastig am Steuer, um eine Kollision mit einem in den Weg ragenden Baum zu vermeiden. »Ich habe es umgebaut.«

»Und das ist illegal«, vermutete Chris.

»Genau. Die Stasi würde das sehr interessieren. Geh davon aus, dass ich danach aus irgendwelchen Gründen für ein oder zwei Monate im Bau lande.« Sie lachte trocken auf. »Da bräuchte man *ein Mal* die Hilfe der Staatsmacht.«

Natürlich verstand Chris, warum sie das Handy manipuliert hatte. Und warum sie nicht auffliegen wollte. Zwar hatte er keine Ahnung, welche Strafe wirklich auf derlei Eingriffe stand oder was man ihr anhängen könnte, aber gering dürfte sie nicht ausfallen.

Also blieb das Problem, dass sie drei Mörder mit Schnellfeuerwaffen verfolgten, ohne in irgendeiner Weise vorbereitet zu sein. *Das ist schon irre.*

Alicias Zeiro gab einen seltsamen Ton von sich, das Display leuchtete mattgrün auf. Beinahe hätte Chris es vor Überraschung fallen lassen. *Meine Nerven waren schon mal besser.*

»Geh ran, Chris.«

»Ist das grüne Leuchten Standard, oder ist das Teil kaputt?«

»Nein. Ich habe doch gesagt, ich habe daran herumgebastelt. Mach schon!«

Rasch berührte Chris das Display. Das Smaragdgrün verschwand, und ein Kästchen öffnete sich, in dem eine Botschaft aufleuchtete. »Eine Nachricht von deinem Tanzpartner«, las er verwundert vor. »Ist das jetzt wichtig?«

»Das ist kein Tanzpartner. Das ist eine codierte Message. Einer meiner … Kumpel will mir was sagen, ohne dass es gewisse Leute mitbekommen.« Alicia warf einen kurzen Blick auf das Display. »Öffne den Anhang, und mach die App *Käsekuchen* auf. Danach geschieht alles von selbst.«

Chris kam ihren Befehlen nach, was bei dem Schaukeln und Wippen des Wolfsburgers nicht so einfach war.

Eine automatische Dechiffrierung aktivierte sich, gleichzeitig leuchtete der Hinweis auf eine gesicherte Verbindung auf. Jetzt ging nichts mehr ohne Freigabe durch den Nutzer hinaus, jeder Datentransfer musste bestätigt werden. Die Stasi und ihre Schnüffelsoftware hatten keine Chance.

Vor Chris entfalteten sich die neusten Informationen. »Das MfS hat sich wegen der Morde eingeschaltet«, las er die entschlüsselten Zeilen vor. »Man geht davon aus, dass ich ein Spion bin und du meine Kontaktperson sein könntest. Nachdem ich angeblich aufgeflogen bin und die Familie ausgelöscht habe, soll ich jetzt versuchen, als Saboteur unterzutauchen und mit dir aus dem Untergrund heraus zu agieren.« Ihm wurde schlecht. Es kam von Sekunde zu Sekunde schlimmer. »Die suchen *uns* wegen der Morde!«

Alicia fluchte wüst. »Verdammte Westparanoia. Wie kann die Stasi nur so dumm sein?«

»Wer schickt uns das?«

»Ein Kumpel.«

»Aber woher weiß er das alles?«

»Geht garantiert über Onkel Schorsch. Ich sage doch: Er ist einer von den Guten.« Alicia bretterte mit hoher Geschwindigkeit durch das nächste Schlammwasserloch, klatschend schwappte die Pampe hoch und prasselte gegen die Seitenscheiben.

»Stasi wird das GPS des Wolfsburgers tracken lassen«, las Chris mit Erleichterung. Der Staat schickte ihnen die Volkspolizei hinterher, wenn auch aus falschen Motiven. *Dann wird das Missverständnis aufgeklärt.* »Gut. Sehr gut! Wir bekommen Beistand.«

»Einen Scheiß bekommen wir! Die werden uns fangen und einkassieren«, widersprach Alicia sofort. »Bevor sie uns die Version mit dem Transporter und den Killern glauben, sind diese drei Arschlöcher über alle Berge.«

Daran hatte Chris nicht gedacht. »Merde!«

»Ganz genau.« Behutsam lenkte sie den Wolfsburger um eine enge Kurve – und stieg abrupt mit beiden Füßen auf die Bremse.

Der Wagen brach schlingernd aus und wollte sich auf dem engen Weg querstellen. Mit dem Heck knallte das Auto gegen einen seitlich stehenden Baumstamm und wurde zurück in die Radspur der Verfolgten geschleudert.

Dann hielten sie an.

Keine vier Meter vor Alicia und Chris stand der gesuchte schwarze Barkas B3000–1H. Die Hinterräder waren in einem wässrigen Pfuhl vollständig eingesunken, die Seitentür war offen.

»Ob sie noch da sind?« Chris sah sich um, und sein Puls stieg sogleich sprunghaft an. In seinem Kopf hallte das Geräusch der kleinen Maschinenpistolen wider. Mitten auf dem Weg wären sie auch für miese Schützen ein leichtes Ziel.

»Sehen wir nach.« Alicia nahm die Luger und stieg langsam aus, die Waffe am ausgestreckten Arm nach vorne auf den Transporter gerichtet. In ihrer Schlafkleidung und mit dem Bademantel darüber wirkte sie in der Waldumgebung wie eine militante Traumwandlerin.

Mangels Alternativen hob Chris einen Ast vom Boden auf, um sich im Nahkampf verteidigen zu können, und ging ihr nach.

Von zwei Seiten bewegten sie sich auf den abgestellten schwarzen Transporter zu. Im stillen Forst erklangen ihre Schritte auf dem raschelnden Laub, den Zweigen und im Matsch noch lauter, die wenigen Vogelstimmen konnten das Knacken und Knistern nicht übertönen.

Alicia visierte den Barkas unentwegt an, schwenkte die Mündung auf die geöffnete Seitentür, während sich Chris geduckt näherte und einen raschen Blick auf das Cockpit warf.

»Leer«, verkündete er erleichtert und öffnete die Beifahrerseite.

Es roch verbrannt. Am Sitz erkannte er eine verkohlte Stelle sowie die verfärbten Reste eines Kaminanzünders. *Sie haben versucht, den Transporter anzuzünden. Wegen der Beweise.*

Alicia steckte die Luger ein und stieg in den hinteren Passagierbereich. »Durchsuchen wir die Karre. Vielleicht findet sich ein Hinweis darauf, wer diese Arschlöcher sind.« Sie zeigte auf den Kaminanzünder. »Sie wollten den Wagen abfackeln. Mit ein bisschen Glück gibt es was, von dem sie dachten, es geht in Rauch auf.«

»Alles klar.« Chris machte sich ans Stöbern. Ihm gefiel der Gedanke nicht, aber sie mussten die Vopo zu den drei Killern führen, um der Stasi zu beweisen, dass er kein Spion und Alicia nicht seine Kontaktperson war. *Mit Taten lässt es sich besser belegen als mit Worten in einem Verhör.* Er versenkte den Kopf im Fußraum des Barkas und suchte, hob die verdreckte Fußmatte an.

Darunter lag ein Zettel, dem der feuchte Schmutz sehr zugesetzt hatte.

»Ich habe etwas!« Er hob seinen Fund in die Höhe.

Unvermittelt fuhr die Motorhaube klackend hoch, und Chris zuckte vor Schreck zusammen. »Was ist es denn?«, erkundigte sich die junge Elektronikerin unerwartet von draußen.

»Was machst du da?« Er richtete sich auf. Das schwarze Blech ragte wie eine Wand vor der Scheibe auf.

»Nachschauen, ob die Herrschaften ebenso gute Bastler sind wie ich.« Dann gab sie einen triumphierenden Laut von sich. »Ahnte ich es doch. Sie haben das Werks-GPS des Barkas ausgebaut!« Sie ließ die Haube wieder nach unten knallen. Rumpelnd schlug das Blech zu und rastete ein. Grinsend stand sie vor dem Transporter. »Wir fahren mit diesem Wagen weiter. Sobald wir ihn aus dem Loch gezerrt haben. Das ist die einzige Chance, die wir haben. Sofern sie auf dem Weg geblieben sind, holen wir sie ein.« Alicia kam zu ihm. »Im Fond gab es nichts. Leider. Was hast du?«

»Eine Rechnung. Von einem Interhotel in Coburg.« Chris wischte vorsichtig die feuchten Krümel vom Thermodruckerpapier. »Und die Abbuchung für eine Reservierung! Zwei Zimmer. In zwei Tagen. Glaube ich. Das ist sehr schwer lesbar.«

»Sehr gut. Dann wissen wir doch, wohin wir müssen.«

»Sollten wir nicht lieber jetzt die Stasi und die Vopo anrufen?« Sie schüttelte ihren blonden Schopf. »Verstehe. Du willst das unbedingt durchziehen.«

»Will ich. Für die Stasi sind wir so lange die Schuldigen, bis wir denen jemand Besseren bringen.« Alicia pochte gegen die Luger in ihrem Bademantel, deren Umrisse sich unter dem Stoff abzeichneten. »Keine Sorge, ich werde mit den Killern keine Schießerei anfangen. So blöd bin ich nicht. Sobald wir die Typen in dem Interhotel in Coburg sehen, rufe ich die Vopo an. Dann liefern wir der Stasi Beweise. Und wir haben den Scheiß vom Hals.«

»Ich bin dabei«, sagte Chris. Alicias Stimmlage verriet, dass sie noch immer nach Rache trachtete, obwohl sie sich besonnen gab. Chris würde auf der Hut sein und sie notfalls von Dummheiten abhalten.

»Dann ziehen wir den Karren mal aus dem Dreck.« Chris kroch in den hinteren Bereich des Barkas, wo er unter einer

Abdeckung neben den Werkzeugen zum Reifenwechseln auch ein Abschleppseil fand. *Ausgezeichnet!* »Ich weiß auch schon, wie.«

»Ach?«

»Ja. Ganz unnütz bin ich nicht.« Chris stieg aus und ging mit Alicia zum Wolfsburger zurück, dessen Abschleppseil sie mit dem gefundenen Tau verknoteten.

Mittels eines Baumes als Umlenkrolle und der Befestigung des Seils an der vorderen Schlepplasche gelang es ihnen, den Barkas aus dem Loch zu ziehen.

Minuten darauf ging die Fahrt mit dem gekaperten B3000–1H weiter, während sie den verdreckten, verbeulten Wolfsburger seinem Schicksal überließen.

Für Alicia bedeutete es keine Schwierigkeit, den Transporter durch den Wald zu lenken. Ihr Zeiro hatte sie mit dem WLAN des Wagens verbunden, damit das Handy nicht geortet werden konnte.

»Was denkst du, was auf dem Plan ist?« Chris starrte auf den Weg, um das Trio rechtzeitig zu bemerken. Er glaubte zwar nicht, dass sie dem Pfad folgten, doch Aufmerksamkeit schadete nicht. »Das will mir nicht mehr aus dem Kopf gehen.«

»Die verkritzelte Karte der Wehrmacht?« Sie schien sich damit nicht weiter auseinandergesetzt zu haben. »Keine Ahnung. Wieso?«

»Weil es erst eskalierte, nachdem Oma sie nicht preisgeben wollte.« Chris sah die Szenerie in dem kleinen Räumchen vor sich. Erneut. In allen Details. Schüsse, Blut, die Schreie. Er musste die aufsteigende Übelkeit wieder hinunterwürgen.

Alicia machte ein ratloses Gesicht. »Was weiß ich! Wenn Sammler wirklich viel Geld dafür bieten würden?«

Der Barkas brachte sie schaukelnd und wippend weiter voran durch den Wald.

»Ich bin ziemlich sicher, dass es den Typen einzig um diese Karte ging.« Hell ließ er außen vor. Sie hatten die Händlerin als Alibi und Türöffnerin mitgebracht. Chris fragte sich, ob sie noch lebte. Sein schlechtes Gewissen regte sich. *Wir haben sie unter dem Schreibtisch zurückgelassen.* »Perfekt ausgerüstet, schusssichere Westen, ein ordentliches Waffenarsenal«, zählte Chris auf. »Das waren keine Gelegenheitsräuber. Bei der Skrupellosigkeit, mit der sie deine Familie erschossen haben ...«

»*Unsere* Familie«, korrigierte Alicia wütend.

»Ja, unsere.« *Sie hat recht.* Es tat ihm in der Seele weh, seine neu gewonnene Familie schon wieder verloren zu haben. Der gemeinsame Abend war so herzlich gewesen. »Du hast die Karte für den Verkauf doch fotografiert. Ist dir daran irgendetwas aufgefallen?«

»Nein.« Sie schlug mit der Hand aufgebracht gegen das Lenkrad. »Hätte ich doch nur was anderes für diese beschissene Sammlung als Hintergrund gewählt!« Alicia ließ den Transporter um die Kurve gleiten und gab Gas, um die nächste Matschpfütze zu durchqueren, und bremste den Barkas nach der Schlammkuhle vor einer Weggabelung ab. »Wohin?«

Chris entdeckte keinerlei Fußspuren im weichen Boden. Anscheinend schlugen sich die Gesuchten quer durch den Wald, wie er befürchtet hatte. »Links. Die meisten Menschen biegen nach links ab, wenn es keine Hinweise gibt.«

»Ist gut.« Alicia gab Gas, der B3000–1H surrte. »Dann meinst du, es ist eine Schatzkarte?«

»Irgend so etwas. Die Nazis haben angeblich jede Menge Gold vor den anrückenden Alliierten versteckt. Jedenfalls erzählt man sich das. Für ein paar Tonnen Gold tun manche Menschen alles.«

»*Das* ist deine Theorie?«

Sein nächster spontaner Gedanke gefiel ihm noch weniger. »Wäre es möglich, dass eine staatliche Organisation dahintersteckt? Oder ein einflussreicher Politiker? Ein NVA-General?« *Eine geheime Staatssonderorganisation? Ausgebildet und skrupellos.* Für Chris wurde seine Eingebung immer logischer. Beängstigender. »Hell ist vereidigte Sachverständige. Sie musste staatliche Stellen über alles, was sie tat und beabsichtigte, in Kenntnis setzen. Auch über die Karte.«

»Wer sagt, dass sie es tat?«

»Das Gegenteil können wir auch nicht ausschließen.« Chris wurde wieder übel. Eine staatliche Truppe konnte die Beweise nachträglich gegen ihn und seine Cousine drehen, wie sie wollte. Der Spion und Mörder aus dem verkommenen Westen, die verblendete, verräterische Rebellin. Haft, Anklage, unschuldig auf Jahre in einem DDR-Bau. *Wir sind am Arsch.*

Alicias Mund war schmal geworden. »Jetzt will ich erst recht wissen, was das sollte. Was es mit der Karte auf sich hat«, willigte sie in seine Schatzkartentheorie ein. »Was die Lösung des beschissenen Rätsels ist, für das unsere Familie starb. Bist du dabei?«

In Chris' Verstand ging es kreuz und quer durcheinander. Einen echten Ausweg gab es nicht mehr, sollte eine Behörde die Finger im Spiel haben. Eine Behörde in der DDR war übermächtig.

Am liebsten wäre er ausgestiegen und hätte sich in einem Loch im Wald verkrochen. Darauf gewartet, dass jemand kam und ihm sagte, wie die Rettung aussah. *Ich stecke ganz schön in der Scheiße.*

Stattdessen rasten die Baumstämme an der Seitenscheibe vorbei. Seine Cousine hatte in ihrer Wut die Geschwindigkeit gefährlich erhöht.

»Behalten wir einen klaren Kopf. Wir brauchen einen gewieften Plan, um die Arschlöcher zu kriegen.« Alicia warf ihm einen Seitenblick zu. »Du bist doch dabei?«

Zu gerne hätte Chris Coras Stimme gehört, die ihm zuflüsterte, dass alles in Ordnung kam und er zu ihr nach Paris zurückkehren würde.

»Hey, Cousin! Bist du dabei? Dann rufe ich gleich ein paar Leute an.«

Chris sah die erschossene Josefine vor seinem inneren Auge. Den ermordeten Stefan und die gnadenlos niedergemähte Ute. Das brennende Haus, in dem die Leichen weiterer Müllers zu Asche wurden.

Dann nickte er wie in Trance.

* * *

Bezirk Nürnberg, Kreis Würzburg, DDR

Der Barkas-Transporter schnurrte mit Alicia und Chris durch den strömenden Regen über die kleinen Straßen, die abseits der großen Autobahnbänder durch das Land liefen.

Das lauteste Geräusch im Fahrzeug stammte vom Abrollen der Reifen auf dem nassen Asphalt. Die Monotonie sorgte dafür, dass beide müde wurden. Sie wechselten sich daher mit dem Fahren ab, sodass es keine Unterbrechungen gab. Den Assistenzsystemen traute keiner von ihnen.

»Noch knappe dreißig Kilometer. Dann müssten wir tanken«, verkündete Chris, der den B3000–1H seit zwei Stunden steuerte, nach einem Blick auf die Wasserstoffanzeige. Dem anhaltenden Regen verdankten sie es, dass keinerlei verdächtige Schmutzspuren von ihrem Ausflug durch den Wald an der Karosserie hafteten.

Wegen der verschlüsselten Nachrichten des unbekannten Kumpels entgingen sie mobilen Kontrollstationen, die von der Volkspolizei spontan errichtet worden waren. Je weiter sie sich aus dem saarländischen Bereich hinausbewegten, desto weniger Warnungen bekamen sie. Die Staatsmacht beschränkte ihre Suche auf das falsche Territorium.

»Das Tanken erledigst dann besser du.« Alicia deutete auf ihren schmutzigen Morgenmantel und das Schlafoutfit darunter, das Schlamm- und Blutspritzer trug. »Ich könnte etwas zu sehr auffallen.«

»Haben die keine Kameras mit Gesichtserkennung? Ich bin seit meiner Einreise im System.« Chris dachte schon länger darüber nach, was dagegen zu tun sei. *Eine Einweghandschuhmaske aus dem Verbandskasten oder ein aufgemalter Bart samt Brille sind nicht die Lösung,* stellte er sarkastisch fest.

»Das Risiko müssen wir eingehen. Ohne Wasserstoff kein Antrieb. Sobald wir jemand fragen, ob er für uns tanken kann, sind wir ohnehin aufgeflogen.« Alicia sah aus dem Fenster und legte die Stirn gegen die Scheibe. »So eine Scheiße!«

Chris stimmte ihr lautlos zu. Die Zuversicht, die drei Killer zu schnappen, ließ nach.

Die Straßen waren am Samstag gut befahren, dennoch kamen sie ohne Stau durch. Lediglich der andauernde Regen, der sich jetzt auch mit Schnee vermengte, machte die Fahrt anstrengend.

Alicias Plan, die Räuber in Coburg auszuspähen und ihnen eine Falle zu stellen, blieb gefährlich und mehr als wagemutig. Auch wenn sie vielleicht vor den Männern im Interhotel sein würden, besaßen die Gegner die besseren Waffen. Das bessere Training. Und gehörten im schlimmsten Fall zu irgendeiner Regierungsorganisation oder arbeiteten für einen hochrangigen Politiker.

Dagegen können wir nur verlieren.

Seine Cousine war ruhiger geworden und hatte zwischendurch geschlafen, im Traum gemurmelt und war mit einem Schrei erwacht. Hastig hatte sie sich die Tränen weggewischt. Chris musste nicht fragen, wovon sie geträumt hatte. Die dramatischen Ereignisse hatten die toughe junge Frau genauso mitgenommen wie ihn.

Alicia nahm ihr modifiziertes Zeiro zur Hand und prüfte es. »Nichts. Alles ruhig.«

»Was sagen die Nachrichten zu Homburg?«

»Dass es einen tragischen Brand gegeben hat«, fasste Alicia nach einem knappen Blick auf die Meldungen zusammen, die sie über das WLAN des Barkas bezog. »Kein Wort über die Schießerei. Oder Hell. Oder den Transporter.«

»Das ist kein gutes Zeichen«, murmelte Chris.

»Ich fürchte, du hast recht. So gar kein Hinweis auf die Morde und den Raub. Nur das Feuer.«

»Die Regierung oder die Ermittlungsbehörden halten den Deckel drauf.« Chris sah sich in seiner Theorie bestätigt. »Fahndung nach uns?«

»Keine öffentliche zumindest.« Alicia steckte das Zeiro weg. »Da vorne kommt eine Tankstelle. Die sieht alt und klein genug aus.«

In dem Grau von Regen und Schnee leuchtete schwach in roter Schrift auf gelbem Hintergrund das Minol-Logo, darunter wurden die angegebenen Preise in orangefarbenen Ziffern sichtbar, die im dichten Niederschlag schwach zu zittern und zu beben schienen.

Dass das Minol-Maskottchen, ein Pirol, aus geformten Leuchtröhren bestand und nicht aus modernen LED-Schläuchen oder mit Laser projiziert wurde, sprach deutlich dafür, eine sehr alte Tankstelle von den dreitausend im ganzen Land gefunden zu haben. Darüber leuchtete der bewährte Spruch: *Stets dienstbereit zu Ihrem Wohl ist immer der Minol-Pirol.*

Chris bezweifelte, dass die Tankstelle nicht ans Überwachungssystem angeschlossen war. »Wie meinst du das?«

»Mit etwas Glück hängt die Kamera noch an einem alten Server, der keine frischen Updates bekommen hat. Die Leitungen in dieser abgelegenen Gegend sind nicht die schnellsten.« Sie signalisierte ihm, die Tankstelle anzufahren. »Es ist einfach. Deckel abschrauben, Wasserstoffstutzen aufsetzen und aufschrauben, das grüne Knöpfchen an der Säule drücken. Den Rest macht sie von selbst.«

»Ist gut.« Gehorsam bog Chris von der Landstraße und

parkte den Barkas vor der einzigen freien Füllstation. Die anderen Wagen blieben große und kleine Schemen, in denen Schatten saßen. »Wünsch mir Glück!« Schnell stieg er aus.

Der eisige Winterwind fegte Gischtschleier unter die viel zu schmale Überdachung. Ohne Jacke ging das Wasser sofort durch bis auf die Haut, die blonden Haare klebten auf der Stirn.

Chris hielt sich an die Anweisungen, die ihm seine Cousine gegeben hatte.

Es gelang besser als gedacht. Nachdem die Verschraubung saß und eine Sicherheitsarretierung einschnappte, zischte der Wasserstoff in den Tank und füllte ihn blitzschnell auf. Der angezeigte Betrag war lächerlich niedrig. *Eine Mark.*

Beruhigt darüber, nichts falsch gemacht zu haben, ging Chris bibbernd durch das Gestöber aus Regen und Schneeflocken auf das angeschlossene Servicehäuschen zu. Erst wollte er sich aufwärmen. Mit seinen kalten Fingern bekam er das Ventil nicht gelöst.

»Bring noch Proviant mit. Und Kippen. Juwel!«, rief ihm Alicia durch das offene Fenster nach. »Ich warte hier auf dich, mein Herzilein.«

Beinahe hätte er sich zu einer Antwort hinreißen lassen. Stattdessen huschte er durch die Gischtböen und betrat mit klammer Kleidung und feuchten Haaren den Tankstellenladen.

»Tag«, grüßte er in den Raum, der mit Regalen und Angebotsaufstellern zugestellt war; nur die Scheibe blieb halbwegs frei. Chris strich die Tropfen aus dem Dreitagebart und den Koteletten. Er freute sich über das künstliche Dickicht: Dadurch kam er ungesehen von den Kameras bis zur Kasse. *Mit ein bisschen Glück hängt ein Preisnachlass-Schild genau vor der Linse.*

Auf seinem Weg durch das enge Regallabyrinth packte er belegte Brote der Marke Bemmchenglück aus der Kühlbox ebenso ein wie Club-Cola, Nudossi-Riegel und Kalter-Hund-Kekse.

Nur Zigaretten sah er keine. Vermutlich musste man sie wegen des Jugendschutzes direkt beim Kassierer kaufen.

Beim Abbiegen geriet Chris in die Sackgasse der Getränkeabteilung, aus der es vor gestapelten Kisten kein Entkommen gab. *Andere Richtung.*

Während er sich umdrehte, fiel ihm der groß gewachsene Mann im schwarz-roten Trainingsanzug auf, der die Cola-Sorten sichtete und mit dem Profil zu ihm stand.

Auch wenn er sich eine weiße Strickmütze mit dem Emblem von Spartak Stuttgart auf den Kopf gesetzt hatte, erkannte ihn Chris sofort wieder: *Ben!* Der Angreifer, der mit den schallgedämpften Maschinenpistolen gnadenlose Jagd auf die Müllers gemacht hatte, um den Anruf bei Georg in der Vopo-Wache zu verhindern.

Schocksteif harrte Chris in der Sackgasse aus, eingefroren von grauenvoller Angst. Sie hatten das Trio gefunden. Viel zu früh und unter den schlimmsten Voraussetzungen, die es geben konnte. Damit wurden ihre vagen Pläne hinfällig. *Dreh den Kopf nicht, du Arsch*, befahl Chris gedanklich. *Bleib so stehen!*

»Welche wollen wir?«, rief Ben durch das Lädchen, ohne sich umzudrehen. »Tropen-Cola oder Quick-Cola?«

»Egal. Aber nicht diesen zuckerfreien Scheiß«, antwortete ihm einer seiner Begleiter von der Kasse. Ben nahm drei Flaschen Quick-Cola und schlenderte los.

Alors, bleib ruhig. Nicht losrennen. Die Anspannung wich von Chris, doch die Angst blieb. Was würde geschehen, sobald die Killer ihren eigenen Transporter vor dem Laden erkannten?

Darauf gab es nur eine Antwort. Sie würden die unvorbereitete Alicia im Barkas durchsieben und sich auf die Suche nach ihm begeben, um ihn ebenfalls zu erledigen. Im Anschluss würden sie die Tankstelle in die Luft jagen und ihre Spuren verwischen. Dass das Trio ein Faible für Feuer besaß, war erwiesen.

Das darf nicht geschehen. Chris duckte sich zwischen die

Regale, sobald Ben um die Ecke gebogen und außer Sicht war. Er musste raus und zu seiner Cousine, um sie zu warnen und abzuhauen, solange es noch ging. Die Ware nahm er mit, ohne zu zahlen. *Es wird Zeit, die Vopo zu rufen. Oder einen neuen Schlachtplan zu entwerfen.*

Chris pirschte sich voran und achtete darauf, dass seine Turnschuhe nicht auf den Fliesen quietschten.

Meter um Meter rückte der Ausgang näher.

Gerade kreuzte er zwei der verbauten Gänge, als Ben wie aus dem Nichts vor ihm emporwuchs, ohne Chris in der gekauerten Haltung zu bemerken.

Erneut verharrte er wie ein Insekt, das hoffte, vom großen Jäger nicht bemerkt zu werden.

»Ist das alles, was Sie an Bier haben, Genosse?«, rief der Killer über die Schulter zur Kasse. »Ich suche die …« Dann bemerkte er Chris neben sich aus dem Augenwinkel. Sein Kopf zuckte herum, verwundert musterte er ihn. Erkannte ihn. »Was zur Hölle …?« Seine Rechte glitt in die linke Tasche der Trainingsjacke.

»Genau! Was zur Hölle machst du denn hier?«, ergänzte Robin, der sich unbemerkt von hinten an Chris angeschlichen hatte, im Tonfall eines alten Bekannten. Auch er trug Trainingskleidung mit dem Emblem der DDR-Nationalmannschaft und wirkte darin wie ein Ringer. Auf seinen Haaren saß eine Schirmmütze mit dem Aufdruck *Kosmonaut*. Eine knappe Geste von ihm genügte, und Ben stellte den Versuch ein, die Waffe zu ziehen. »Ist dir Geld runtergefallen, mein Lieber?« Er packte Chris am Nacken und zog ihn hoch. »Das ist eine echte Überraschung, dich an diesem Ort zu sehen. Verrückt, was?«

Chris hielt Cola, Riegel und Kekse fest umklammert wie einen Rettungsring. Angst und Aufregung fluteten ihn mit einer neuerlichen Dosis Adrenalin. »Ja, ist es. Ich wollte was einkaufen, bevor ich zurückfahre«, ging er auf das Spiel ein, damit der Kassierer nichts bemerkte.

Eine Kundin und ein Kunde betraten hastig den Laden und flüchteten vor dem Wetter ins Trockene. Sie nickten ihnen grüßend zu und verschwanden hinter dem Chaos aus Aufstellern und Regalen.

»Ach?« Robin neigte den Kopf leicht und senkte die Stimme, damit es keiner sonst hörte. Den schmalen Oberlippenbart hatte er wegrasiert. »Mach keine Scherereien. Oder wir bringen jeden in dieser Tankstelle um. Verstanden?«

»Verstanden«, log Chris. *Ich bleibe bestimmt nicht!* Ob Robin die Drohung danach wahr machte und Unbeteiligte tötete, wusste er nicht. Aber er sah die Verantwortung für das, was nach seiner Flucht geschah, nicht bei sich, sondern allein bei den Gegnern. Der Dritte befand sich gewiss irgendwo im Laden.

»Bist du alleine?« Robin lächelte täuschend freundlich.

»Alles in Ordnung da hinten?«, rief der Kassierer nicht übermäßig interessiert. Elektronisches Piepsen erklang, die Kundin und der Kunde lachten gemeinsam und plauderten leise.

»Ja, alles okay. Wir haben nur einen alten Freund getroffen, Genosse«, gab Ben jovial zurück. »Man begegnet sich ja immer an den abgelegensten Orten. Und unverhofft, was?«

»Wie geht es Frau Hell?«, erkundigte sich Robin leise und ließ sich nicht anmerken, was in ihm vorging. »Ist es ein Zufall, dass du hier bist, Berlin-Deutscher?«

Ben lachte und nahm sich ein Diamant Bockbier aus dem Regal, öffnete es an der Kante und nahm einen Schluck. »Ich glaube nicht, dass er uns gefolgt ist. Der ist kein Held.«

»Nein.« Robin sah Chris abschätzig an. »Nein, so hat er sich nicht benommen. Ich hätte eher gedacht, dass die Kleine uns Ärger machen könnte.«

Chris ließ die beiden spekulieren und hielt unauffällig Ausschau nach etwas, was ihm helfen könnte zu entkommen. *Solange ihr mich unterschätzt, ist alles gut.*

»Stimmt! Die Kleine!« Ben wandte den Kopf in Richtung

der halb zugestellten Ladenscheibe, hinter der man die Füllstationen durch das wehende Gestöber nicht sehen konnte. »Soll ich mal …?«

Auf eine solche Gelegenheit hatte Chris gewartet. Er schleuderte Robin die Verpackungen und Flaschen ins Gesicht und trat Ben mit ganzer Kraft in den Schritt. Dann spurtete er los und warf das benachbarte Regal um.

Regalböden und Waren gingen auf die Widersacher nieder, Gläser barsten und ergossen ihren Inhalt, Verpackungen platzten mit lautem Ploppen. Wie erwartet setzte das einen Dominoeffekt in Gang, der ein Regal nach dem anderen einriss und die beiden Gegner einschloss.

»Hey! Was wird denn das? Ihr dämlichen Vandalen!«, schrie der Kassierer aufgebracht. »Ich ruf die Vopo!«

Weg hier! Chris stürmte ins Freie, schlitterte über den halb vereisten Ausgang und wandte sich zum Barkas-Transporter.

»Stopp! Nein, hierher!«, brüllte Alicias Stimme zu seiner Verwunderung von der anderen Seite der Tankstelle. »Los, schnell!« Ihre Hand winkte aus einem silbergrauen Kompass, einem schweren SUV des VEB Automobilwerk Zwickau. Eine frech nachgebaute Kopie gab es in Frankreich unter der Bezeichnung Compazz zu kaufen – allerdings ohne Wasserstoffantrieb und elektronische Annehmlichkeiten, wie er wusste. »Setz dich ans Steuer, und los!«

Chris hinterfragte nicht, wie und warum seine Cousine das Fahrzeug gewechselt hatte. Er hastete durch den dichten, frostigen Schneeregen, um die linke Tür zu öffnen und sich keuchend auf den Fahrersitz des sportlichen Geländewagens zu werfen.

Neben ihm wartete Alicia, die Luger schräg nach hinten auf den Kopf des dritten Mannes der Mördertruppe gerichtet, der sie mit hasserfüllten Blicken von der Rückbank anstarrte. Auch er hatte sich in einen Jogginganzug geworfen. »Schau mal, wen ich gefunden habe. Er sagt, sein Name sei Boris.«

»Und ich weiß, wo die anderen sind.« Aufgeregt sah Chris in den Rückspiegel und hielt den Eingang des Kassenhäuschens im Blick.

Greller Lichtschein flackerte für Sekundenbruchteile darin auf. Das Blitzen fiel durch die breite Frontscheibe hinaus zu den Tankstationen, beleuchtete surreal die matschigen Flocken und den fallenden Regen.

»Sie haben die Leute erschossen!« Chris fühlte Angst und Überforderung. »Es … es war anders geplant. Wir wollten … wir wollten nach …« Die Gedanken überschlugen sich und verwandelten sich zusammen mit der Furcht zu einem Knäuel, das ihn lähmte. Sitzen und Starren.

»Chris! Fahr los!«

»Was habt ihr beiden Vögel vor?« Boris sah vorsichtig durch die Heckscheibe zu seinen Kumpanen, die Fallschirmseide seines weißen Jogginganzugs raschelte leise. »Die werden euch erledigen. Aber ich mache euch einen Vorschlag: Wenn ihr euch jetzt verpisst, dann …«

»Halt die Fresse! Ihr habt meine Familie angegriffen und umgebracht!«, schrie ihn Alicia an, ihr Abzugsfinger an der Luger zuckte leicht. »Ihr werdet dafür bezahlen.«

»Erschieß mich, und jeder Mensch, den du kennst, wird draufgehen«, grollte Boris drohend. »Ihr wisst …«

»Sag nicht, dass ich nicht weiß, mit wem ich mich anlege!«, unterbrach sie ihn wütend, der Lauf der Pistole bebte.

»*Weißt* du es denn?« Boris sah sie überlegen an und wartete. »Dachte ich es mir«, setzte er hinzu, da sie ihm die Antwort schuldig blieb. »Ihr beiden dämlichen Arschlöcher!«

Chris starrte immer noch in den Rückspiegel, als ließen sich die zwei anderen Gegner mit Blicken aufhalten. *Das war so nicht geplant!*

Vergebens. Ben erschien als Erster vor dem Kassenhaus, blieb im fahlen Außenscheinwerfer der Tankstelle stehen und sah zum schwarzen Barkas-Transporter.

Robin folgte ihm ins Freie und schaute zum Kompass, hob ruckartig die Hand mit der Wieger T11. »Hey!«, rief er durch die Nacht. »Ich weiß, dass ihr in unserem Wagen sitzt. Raus! Sofort!«

»Chris!« schrie ihn Alicia an. »Fahr!«

Ihr schriller Befehl löste seine Starre. Ein Knopfdruck genügte, und der Motor summte los. Parallel leuchtete eine Warnlampe im Display auf, die Meldung *Stutzen lösen* flammte grellrot in sein Gesicht. »Was ist das?«

Alicia stieß einen lauten Fluch aus. »Der Wasserstoffschlauch ist nicht abgekuppelt.«

Mehrmals knallte es leise hinter ihnen.

Chris sah in den Rückspiegel und wartete auf die Einschläge in ihrem SUV.

Doch statt auf sie zu schießen, feuerte Ben in Seelenruhe auf zwei Menschen im Trabant Galant neben ihm und lud dann ein Magazin nach, um weitere Schüsse auf ein Paar abzugeben, das panisch aus einem blauen Wolfsburger sprang und ins schützende Schneegestöber flüchten wollte. Nach nur wenigen Metern brachen sie taumelnd unter den Treffern zusammen und regten sich nicht mehr.

»Die sind komplett irre!« Chris trat das Gaspedal bis zum Boden durch.

Der Motor surrte willig – aber der SUV rührte sich nicht vom Fleck.

Boris lachte ihn schallend aus. »Scheiß Berlin-Deutscher. Keine Ahnung von moderner Technik.«

»Solange die Verbindung nicht gekappt ist, verweigert die Elektronik das Fahren«, erklärte Alicia hastig und visierte ihren Gefangenen weiterhin an. »Du musst den Stutzen abkoppeln.«

»So eine …« Chris öffnete die Fahrertür und glitt geduckt zurück in den eisigen Schneeregensturm. Sein Herz raste, die Kälte wirkte kühlend auf seinen heißen Kopf.

»Wenn ihr uns den Wagen und unseren Freund gebt, dann lassen wir euch entkommen!«, rief Robin, die Halbautomatik auf den Kompass gerichtet. »Den Geldkoffer könnt ihr auch behalten.«

Chris hoffte, dass ihm der Schneeregen ausreichend Deckung gab, um nicht mit einem sicheren Schuss aus der T11 erledigt werden zu können. An einer heruntergekommenen Minol-Tankstelle in der DDR wollte er nicht sterben. Er dachte an Cora und daran, dass er zurück zu ihr wollte. Wenn es nicht anders ging, dann auch verwundet. *Ich habe es ihr versprochen.*

»Habt ihr gehört?« Robins Umriss näherte sich langsam dem SUV.

»Stehen bleiben! Oder wir töten Boris!«, rief Chris und tastete nach dem Auswurfknopf an der Säule. »Und verbrennen die Karte.« Ein Bluff. Er konnte nur annehmen, dass sich das Material im Wagen befand. Robin und Ben hatten in der Tankstelle zumindest keine Taschen bei sich getragen.

Ein Signalton erklang. Das Auskoppeln wurde mit dem Hinweis auf dem Display verweigert, dass erst die Rechnung bezahlt werden musste.

Zut! Chris wusste, dass er niemals in das Häuschen gelangen und schon gar nicht bezahlen würde. »Alicia!«

»Was?«

»Es klappt so nicht. Gibt es einen Notauswurf bei diesem Ding?«

Boris lachte erneut los.

Chris sah auf den Schlauch, der sie an der Säule hielt. *Ich muss ihn und das Kabel darin durchtrennen.* Schnell schaute er sich um und entdeckte den Firmenwagen eines Elektrounternehmens. *Die haben bestimmt Seitenschneider oder so etwas dabei.*

Hastig kroch er zu dem herrenlosen Kastenwagen, dessen Heckklappe unverschlossen war. Sein Fahrer oder seine Fahrerin lag tot im Kassenhäuschen. Schon mit dem ersten Blick sah er in dem säuberlich aufgeräumten Werkzeugarsenal einen Bolzenschneider, wie er gehofft hatte, und griff ihn sich.

»In dem Koffer befinden sich zweihundertfünfzigtausend Mark. Das wird doch bestimmt über die Trauer hinweghelfen, Frau Müller.« Robin senkte die Wieger nicht einen Millimeter. »Ich bedauere, was geschehen ist. Sie ließen uns keine andere Wahl. Es war nichts Persönliches.«

Boris hörte auf der Rückbank gar nicht mehr auf zu lachen, sosehr Alicia ihn auch anbrüllte, er solle die Fresse halten.

»Kommen wir ins Geschäft?« Robin wurde nun deutlich sichtbar. »Es hätte Vorteile für uns beide.«

Das wird knapp. Chris pirschte gebückt zurück zum Kompass und setzte das Werkzeug am Wasserstoffschlauch an.

Mit ganzer Kraft drückte er die Griffe zusammen und presste dabei irrigerweise die Lider zu, als würden ihm krampfhaft geschlossene Augen größere Überlebenschancen bei einer möglichen Explosion verleihen.

* * *

Berlin, Hauptstadt der DDR, Berlin-Buchholz, DDR

Gustav hielt sich im Inneren des Einsatztrucks im Hintergrund auf, damit er einen besseren Überblick hatte.

Die Displays zeigten wechselnde Drohnenbilder von der Bucher Straße, in der Bewohner am frühen Nachmittag über Kopfschmerzen, tränende Augen, Chlorgeruch und Atemprobleme geklagt hatten. Weit abseits sowohl der Kirchen- als auch der Klosterruine, in deren Nähe sich mutmaßlich die Sarin-Tanks befanden.

Behutsam rollten die ABC-Spürpanzer der NVA durch die verwaiste Straße, über die inzwischen die Dämmerung hereinbrach. Kleine Spezialdrohnen surrten im Abstand von zweihundert Metern um sie und analysierten die Luft zusätzlich.

Hauptmann Schmitz stand unmittelbar hinter den sitzenden Spezialisten vor den Monitoren und überwachte die Aktion; in der linken Hand hielt er die erloschene Nestor-Zigarre und drehte sie behutsam zwischen Daumen und Zeigefinger.

»Genosse Hauptmann, wie sieht's aus?« Gustav ließ ihm in dieser Situation den Vortritt, wie es sich Feist gewünscht hatte. Er war überzeugt davon, dass es sich bei dem Alarm um einen Test der Gegner handelte, um herauszufinden, mit welchen Vorbereitungen und welchem Widerstand sie zu rechnen hatten. »Der Geruch spricht gegen Sarin-Gas.«

Schmitz' Gesicht offenbarte seine behutsame Erleichterung. »Entwarnung. Nichts Tödliches. Eine schärfere Version von Reizgas in Kombination mit verdampftem Chlorreiniger, um den Eindruck von tödlichen Kampfmitteln zu erwecken, Genosse Oberst«, erstattete er nach einem Blick auf die eingeblendeten Analysedaten Bericht.

Blieb für Gustav noch die Frage, ob die Terroristen überhaupt auftauchen würden. Die Gegner wussten jetzt, was sie wissen wollten: Sie wurden von der NVA erwartet. »Was würden Sie tun?«

»Die zwei Spürfüchse verbleiben vor Ort und suchen die Quelle, neutralisieren sie, um die Anwohnerschaft zu beruhigen. Danach werden sie sich in die Kaserne zurückziehen«, erwiderte Schmitz. »Es ist davon auszugehen, dass wir beobachtet werden. Kehren sie in unsere Halle zurück, wäre unsere Tarnung aufgeflogen.«

Tatsächlich hätte Gustav dasselbe vorgeschlagen. Der Gegner erwies sich als clever. »Was ist, wenn sie unsere Standorte schon längst …«

»Bewegung auf Areal zwei«, meldete der Stasi-Soldat vor dem Kontrollpult aufgeregt und vergrößerte den fraglichen Ausschnitt in der Nähe der Klosterruine. »Die Drohnen zeigen vier Fahrzeuge, zwei davon mit Kranausleger. Nähern sich westlich auf der Zufahrtsstraße. Entfernung zur möglichen Lagerstätte Beta: achthundert Meter, schnell fallend.«

»Und *da* sind sie. Weil sie denken, wir sind mit unseren Spürfüchsen weit genug entfernt«, murmelte Schmitz zufrieden. »Ihre Befehle, Genosse Oberst?«

Auf den vergrößerten Bildern der Argus-IX-Spähdrohnen wurden maskierte Personen in den Kabinen der anrollenden Lastwagen sichtbar, die Atemschutz trugen. Panzerung. Vollautomatische HK&S-Sturmgewehre. Der Zugriff auf die Tanks stand unmittelbar bevor.

Die legen sich allen Ernstes mit der NVA an. Gustav begriff schlagartig, dass die Leitung der Operation von nun an nicht länger in seinen Händen liegen durfte. Zum Wohle der beteiligten Einsatzkräfte. Es ging nicht um die Festnahme einer Handvoll Verdächtiger mit Spaten und Schaufeln, wie er es bis zuletzt gehofft hatte, sondern um ein Gefecht mit schwer bewaffneten Terroristen, die sich gut genug ausgerüstet fühlten, gegen eines der stärksten Heere der Welt anzutreten. Ohne das taktische Wissen des Hauptmannes würde es zu großen Verlusten kommen.

Seine Rache für Nadja würde Gustav sich im Anschluss in den Verhören mit den überlebenden Verbrechern holen. *Ich will an die Hintermänner dieser wahnsinnigen Geschichte.* »Genosse Hauptmann, ich übertrage Ihnen hiermit die Leitung der Mission«, sagte er bedächtig und schaltete das Funkgerät ein. »Meldung an alle Einheiten: Hauptmann Schmitz führt den Einsatz an Lagerstelle Beta.«

Die Bestätigungen erfolgten prompt. Gustav konnte die Erleichterung in den Stimmen der NVA-Soldatinnen und -Soldaten geradezu hören.

»Danke, Genosse Oberst!« Schmitz warf ihm einen anerkennenden Blick zu und richtete seine Aufmerksamkeit auf die Monitore. »Die MfS-Einheiten unterstehen weiterhin dem

Befehl von Oberst Kuhn. An alle NVA-Einheiten: Kommando Beta: bereit machen für Zugriff! Kommando Alpha: ausrücken und zu Areal zwei vorstoßen!«

Erneut rauschten die Bestätigungen herein.

Schmitz reichte Gustav die Hand. »Wir sehen uns danach, Genosse Oberst. Sie halten die Stellung und schauen sich an, wie wir die Terroristen ausschalten.«

»Lassen Sie nicht zu, dass diese Verbrecher auch nur in die Nähe der Tanks kommen.« Gustav salutierte und machte Platz, damit der Hauptmann hinauseilen konnte. »Viel Erfolg!«

»Werden wir haben.« Schmitz verschwand ins Freie. Ein Hauch frischer Luft und eisiger Kälte wehte durch den Auflieger.

»Genosse Oberst, hier Leutnant Weiß«, meldete sich der Anführer des Wachregiments Feliks E. Dzierżyński. Dem Klang seiner Stimme nach befand sich seine Laune weit unten im Keller. »Was ist unser Auftrag?«

»Zusammenpacken.« Gustav fiel der Befehl schwerer als erwartet. Doch bei den Kampftruppen hatte er nichts verloren. *Ich hätte mir schneller eine Kugel eingefangen, als ich in Deckung gehen könnte.* »Kommen wir der NVA nicht in die Quere.«

»Aber … das Heer wird das Lob …«

»Danke, Genosse Leutnant! Das ist alles.« Gustav scherte sich einen Dreck um die Befindlichkeiten. »Wie gesagt: zusammenpacken.«

Er hatte kein Problem damit, wenn Schmitz der Held von Berlin wurde. Seine eigene Karriere bei der Stasi war längst beendet. Den versprochenen Orden, den Ministerin Feist erwähnt hatte, würde er mit viel Genuss in die Spree werfen, wie er es schon mit den anderen getan hatte.

Räuspernd beugte sich Gustav zu den Soldatinnen und dem Soldaten vor den Bildschirmen herab, welche die Argus-IX- und Zyklop-Überwachungsdrohnen steuerten. »Sie bleiben natürlich und versorgen den Hauptmann mit den wichtigsten Informationen aus der Luft.«

»Zu Befehl, Genosse Oberst«, erwiderte die Teamleiterin im Rang eines Leutnants und prüfte die eingehenden Bilder. »Wir haben ein paar schöne …«

Plötzlich zeigten sämtliche Displays nur noch schwarz-weißes Gestöber.

»Störfunk. Keine Sicht- und Sprechverbindungen mehr zu den Drohnen oder unseren Truppen von NVA und MfS«, meldete die Offizierin angespannt, noch bevor Gustav fragen musste.

Er fluchte leise. *Ich ahnte doch, dass noch was kommt.*

Die Offizierin drehte ihm ihr ratloses Gesicht zu. »Nichts zu machen. Wir sind abgeschnitten, Genosse Oberst.«

»Versuchen Sie es weiter.« Gustav fragte sich, weswegen die Terroristen die Störsender derart spät einsetzten. Die NVA befand sich längst im Einsatz und rückte gegen die vier feindlichen Fahrzeuge vor, mit denen das Sarin geborgen werden sollte. *Aber die Drohnen sind ausgeschaltet. Was …?*

Unvermittelt wurde der Eingang zum Auflieger aufgerissen. Leutnant Weiß steckte den Kopf herein, die Augen waren weit geöffnet. »Genosse Oberst, schnell!«

»Ich weiß, wir sind …«

»Aufs Hallendach! Schnell. Wir haben eventuelle Feindbewegung auf Areal eins.«

Gustav fluchte und folgte dem jungen Offizier ins Freie, nahm sich im Vorbeigehen erneut den zu dünnen Mantel vom Haken. *Das wird elend kalt werden.* »Wie sicher ist das?«

»Unsere Späher auf dem Dach haben mehrere Schatten beobachtet, die sich durch die Kirchenruine bewegen.«

»Spielende Kinder? Obdachlose? Oder Wölfe vielleicht?«

»Schwer zu sagen. Die Elektronik funktioniert nur unzuverlässig. Wir müssen uns auf die Ferngläser und unsere Augen verlassen, Genosse Oberst.«

Keuchend erreichte Gustav das Dach des Pyrofa-Werkes und

pirschte geduckt an den Rand und hinter die umlaufende, einen halben Meter hohe Zierbalustrade aus gemauerten Backsteinen, wo die Aufklärer saßen und das Feld vor ihnen beobachteten. Man reichte ihm ein Fernglas. Der Vorteil des Rennens war, dass er die Kälte nicht spürte, sein Herz-Kreislauf-System pumpte gehörig. »Wo?«

»Auf zehn Uhr, zwischen den Mauerresten. Sechs Mann«, kam die Meldung des Kundschafters. »Sie tragen Ausrüstung mit sich.«

»Was ist mit den NVA-Aufklärern?«

»Abgezogen und unterwegs zu Areal zwei.«

Verdammt! Gustav überlegte, welchen Sinn es ergab. Mit geschätzten sechs Mann grub man keinen Gasbehälter aus und schaffte ihn weg. *Oder sondieren sie bloß das Gelände?* Handelte es sich bei den vier Transportern auf Areal zwei um ein Ablenkungsmanöver? Sein nächster Gedanke: *Sie könnten den Behälter von außen anbohren und das Sarin absaugen. Das wäre viel einfacher und für sechs Mann machbar!*

»Sie wissen jetzt natürlich, dass wir hier sind.« Gustav suchte durch das Fernglas nach den Umrissen der Unbekannten. *Aber warum kommen sie dennoch?* Die anbrechende Dunkelheit erschwerte es, Genaueres zu erkennen. *So wird das nichts.* »Haben Sie etwas dabei, um es da draußen ein bisschen heller zu machen?«

»Haben wir, Genosse Oberst.«

»Dann illuminieren Sie mal.«

Nach wenigen Sekunden knallte es hinter Gustav mehrmals dumpf.

Drei leuchtende Geschosse stiegen in den dunkler werdenden Abendhimmel und zogen eine glimmende Bahn hinter sich her, bis sie mit leisem Knall detonierten und schlagartig grellweißes Licht die Umgebung erhellte. Die chemischen Leuchtquellen schwebten langsam an Fallschirmen herab und vertrieben die Schatten aus den Ruinen und vom Gelände.

Gustav schwenkte das Fernglas hin und her – bis er drei Gestalten entdeckte. »Auf elf Uhr, schräg hinter den eingefallenen Gräbern und aufragenden Steinen. In der Senke.« *Was treiben sie da?* Er stellte das Okular schärfer. *Das ist keine Bohrvorrichtung,* dachte er beruhigt. *Aber was …?* Dann erkannte er vage, womit das Trio hantierte. Dass es dabei von zahllosen niedlichen Häschen und Kaninchen umhoppelt wurde, machte die Situation vollkommen surreal. *Zur Hölle, nein!* »Köpfe runter!«

Was ist zwanzig Meter lang und hat keine Zähne?
Die erste Reihe des Zentralkomitees der SED.

Volkswitz

11

Berlin, Hauptstadt der DDR, Berlin-Buchholz, DDR

DAK-DAK-DAK-DAK.

Eine große orangeweiße Feuerblume erblühte, lang gezogenes Mündungsfeuer stach zwei Meter weit grell in die Halbdunkelheit. Unaufhörlich schleuderte das schwere Maschinengewehr der Angreifer seine Geschosse gegen die MfS-Soldatinnen und -Soldaten auf dem Dach.

Und gegen Gustav.

Faustgroße Löcher taten sich in der gemauerten Dachumrandung auf, Steinsplitter zischten umher und wurden zu Projektilen. Bei manchen Aufschlägen erklangen kleine Explosionen und sprengten große Stücke ab, dann zischten Kugeln mit langem, geradem Schweif vorbei und malten Striche über ihre Köpfe hinweg in die Nacht.

»Rückzug!« Gustav kroch schwitzend und mit rasendem Puls zur Wartungsluke, durch die sie auf das Dach geklettert waren. »Was ist das für ein Ding?«

»Ein WAG Typ S!«, rief ihm Leutnant Weiß zu, der neben ihm robbte. »Automatisches schweres Maschinengewehr, Dreizehnmillimetergeschosse, bestückbar mit Leuchtspur, Spreng- und panzerbrechender Munition. Sechshundert Schuss die Minute.«

Meldung wie aus dem Lehrbuch. Gustav sah zur Brüstung, hinter der sie eben noch gekauert hatten und die schlicht nicht mehr existierte. Die Geschosse hatten sie in Trümmer gelegt, vereinzelt brannten Flämmchen der Brandmasse aus zerschellter Leuchtspurmunition.

Die Späher lagen zerfetzt und in Stücke gerissen auf dem Dach. Keiner von ihnen hatte den Beschuss überstanden. Die leblosen Körper der Männer und Frauen dampften in der Winterkühle, Blut sickerte über den Boden; zerplatzte Gedärme lagen wie bizarre Girlanden zwischen den Toten.

Gustav schauderte und wurde sich des großen Glücks bewusst, das er und der Offizier hatten. Millimeter entschieden über Leben und Tod.

Abrupt endete der Beschuss aus dem WAG.

»Drei Mann. Also ein Schütze, zwei Ladeschützen«, schätzte Weiß atemlos. »Sie werden die Stellung wechseln und aufmunitionieren.«

Gustav erreichte die Luke und schob sich hindurch. Noch nie hatte er solch eine Todesangst verspürt, nicht einmal im Moskauer Veteranenheim. Sie hatten insgesamt sechs Leute gesehen. »Es gibt zwei Teams, die uns von verschiedenen Seiten attackieren. Sie wollen uns beschäftigen und aufhalten. Aber weswegen? Wir sind weit weg von deren Angriffsziel.«

Weiß folgte ihm nach unten. »Vielleicht, damit wir der NVA nicht zu Hilfe kommen?« Gemeinsam standen sie auf der Treppe, die zu einem offenen Aluplankengang hinabführte.

Weiter unter ihnen sprangen die Soldatinnen und Soldaten in die Schützenpanzer. Die schweren Antriebe erwachten zum Leben, und die Bordwaffen wurden besetzt. Die Jagd auf die Terroristen konnte auf einen Befehl hin beginnen.

Gustav wischte sich den Schweiß aus den Augen und verlor dabei fast seinen Hut. Er dachte an die zerfetzte massive Backsteinbrüstung. »Sind Radpanzer gegen dieses Maschinengewehr aus der Hölle gewappnet?«

»Nein. Das WAG durchschlägt die Panzerung der SPW-100 mit passender Munition auf so kurze Distanz. Wir sollten besser unsere Scharfschützen …«

Seine weiteren Worte gingen im Lärm des neuerlichen Beschusses unter. Aus verschiedenen Richtungen, mitten durch das Mauerwerk und in die Halle.

Leutnant Weiß und Gustav machten sich klein und verfolgten entsetzt von der Aluplanke aus, wie die Projektile in die Körper der Menschen fuhren. Die dünne Panzerung der Kevlarwesten war völlig nutzlos. Wer nicht sofort getroffen wurde, warf sich flach auf den Boden. Querschläger und gesplitterte Massivgeschosse trugen Verletzungen und Tod bis in die hintersten Winkel der Halle.

Pfeifend sirrten die Schrapnelle an der Planke vorbei oder droschen Löcher hinein.

Wie Weiß vorgesagt hatte, krachte die spezielle panzerbrechende Munition auch durch die Wände und winzigen Scheiben der Radpanzer. Schrille Schreie gellten aus den geöffneten Luken, die Schützen an den Bordwaffen sackten in den Maschinengewehrhalterungen zusammen.

Gustav hatte trotz des Chaos und des Krachs eine Idee. »Hoch, Leutnant!«

»Aber meine Leute …«

»Da unten sind Sie nur Futter für die WAG.« Weil sich Weiß nicht rührte und wie von der Reling eines sinkenden Schiffes herab auf das Meer und Ertrinkende starrte, kämpfte Gustav sich die Leiter hinauf und kehrte zurück auf das zerschossene Hallendach.

Keuchend glitt er bäuchlings durch den Belag aus Blut, Dreck und Exkrementen und rutschte bis an die Kante; der stinkende, warme Dampf aus den Leichen gab ihm Deckung. Es roch wie in einer Schlachterei.

Gustav zog ein Wieger-Sturmgewehr zu sich heran und lud es durch, wischte das Zielfernrohr von Schmutz und Blutspritzern sauber. Es war keine Scharfschützenwaffe, aber auf die Distanz von zweihundert Metern sehr genau.

Das verheerende *DAK-DAK-DAK-DAK* erklang jetzt in

schnellem Wechsel mal von vorne, mal von schräg hinter der Pyrofa. Die Terroristen vermieden durch die gelegentliche Schussunterbrechung, dass sich die Läufe überhitzten.

Die schwebenden Leuchtgranaten waren erloschen. Das Areal samt Ruine lag im voranschreitenden Dunkel, doch das stete Aufzucken des grellen Mündungsfeuers erhellte in Sekundenabständen das Trio der Angreifer dahinter.

Gustav nahm die Wieger in den Anschlag. *Mehr brauche ich nicht für euch.* Er visierte zuerst den Schützen an, merkte sich den Takt, in dem das schwere WAG schoss, atmete tief ein und hielt die Luft an.

Bei der nächsten Salve aus dem automatischen Maschinengewehr drückte Gustav ab. Der Knall der Wieger wurde vom wesentlich lauteren WAG geschluckt.

Durch das Vergrößerungsvisier sah er, wie der maskierte Kopf in Nahaufnahme explodierte. Die 7,62 Millimeter fegten durch den Schädel des Mannes und zerlegten ihn.

Rasch schwenkte Gustav auf den Ladeschützen daneben und setzte ihm ebenfalls eine Kugel in die Stirn. Der Gegner sackte zusammen.

Einen noch. Gustav korrigierte das Ziel.

Doch der dritte Mann tauchte hinter einem Trümmerstück ab, die abgefeuerte Kugel sirrte gegen den Stein.

DAK-DAK-DAK-DAK.

Das zweite WAG beharkte die Halle noch immer erbarmungslos. Vereinzelt erklangen peitschende Schüsse der Truppe, die sich zu wehren versuchte.

Los. Trau dich! Gustav starrte durch das Zielfernrohr, sein Auge tränte. *Greif danach. Schieß auf mich, los!*

Der Terrorist schleuderte eine Granate aus seiner Deckung. Zischend stob eine grauweiße Wolke aus dem umherhüpfenden Behältnis hervor.

Gustav durchschaute das Manöver. Der künstliche Nebel sollte dem Gegner Zeit geben, unbemerkt zurück ans schwere

Maschinengewehr zu gelangen. *Schafft er das, bin ich tot.* Er starrte und starrte, den Abzug bis kurz vor den Druckpunkt gezogen. Klackend schaltete er mit dem Daumen von Einzel- auf Dauerfeuer.

Das mörderische WAG verschwand mehr und mehr in dem Dunst und der rasch niederfallenden Dunkelheit. Häschen und Kaninchen sprangen als wuselnde Punkte flüchtend umher und suchten nach ihren Erdlöchern.

Gustav blieb, wo er war. Wartete, den Finger am Abzug.

Die Gegenwehr aus der Halle war gänzlich zum Erliegen gekommen. Das zweite WAG verstummte, gefolgt von einem bösartigen mehrstimmigen Lachen und siegessicherem Johlen.

Unvermittelt löste sich ein einzelner Schuss aus dem vom Qualm umspielten Maschinengewehr.

Dicht neben Gustav zerbarst ein übrig gebliebener Teil der Backsteinmauer. *Jetzt weiß ich, wo du bist!* Zeitgleich löste er die Wieger aus und entlud das restliche Magazin durch den Nebel auf das hintere Ende des WAG.

Als ein Schrei aus dem Rauch erklang, verzog Gustav zufrieden das Gesicht. *Erwischt.* Trotzdem rollte er sich weg und kroch rückwärts. Dabei lud er das Gewehr nach und begab sich auf die Seite, an der das zweite WAG dem Dröhnen nach gestanden hatte. *Wo sind die anderen drei?* Behutsam lugte er über den Rand und spähte. Vereinzelt brach Licht der Gestirne durch die löchrige Wolkendecke und machte es ihm leichter, etwas zu sehen.

Doch das zweite Team war nicht mehr da.

Eisern hielt Gustav auf dem Pyrofa-Dach aus und schwenkte mit dem Feldstecher suchend über das leere Gebiet.

Endlich erkannte er nach sekundenlangem intensivem Anschauen drei rennende, bepackte Schemen, die sich längst außerhalb der Schussreichweite seines Sturmgewehrs befanden.

Euch bekomme ich trotzdem! Gustav sprang auf und hetzte

über das Dach, rutschte die Treppe der Wartungsluke hinab auf den Alugang. »Weiß!«

»Hier, Genosse Oberst!« Der Leutnant erschien mit einem Dutzend Männer aus der schützenden Dunkelheit.

»Schnappen Sie sich die Leute, die noch kampftauglich sind.« Gustav keuchte die steile Leiter nach unten in die Halle hinab und sprang auf den Radpanzer zu, der am wenigsten Einschusslöcher aufwies. »Drei Terroristen entkommen sonst.«

»Was ist mit dem anderen Team?«

»Ausgeschaltet.« Gustav winkte ihnen zu. »Aufsitzen und los!«

Gleich darauf preschte der Spürfuchs ohne Licht aus dem Gebäude und ging auf Abfangkurs zu den Flüchtigen.

Gustav blieb oben bei der Soldatin am Wieger-LMG sitzen und gab Kommandos. Als Spürfahrzeug war der Panzer für einen heftigen Kampfeinsatz nicht vorgesehen. »Da vorne sind sie«, machte er die Schützin auf die Umrisse aufmerksam. Sie mussten die erste Salve abgeben oder neue Verluste riskieren. »Ausschalten, bevor sie das WAG aufbauen und uns durchsieben.«

»Verstanden, Genosse Oberst.« Der seitlich montierte Scheinwerfer am LMG flammte auf und bannte das Trio in seinen Lichtkegel.

Die Terroristen hatten bereits begonnen, die verheerende Vollautomatik auf das Dreibein zu pflanzen. Die Handgriffe waren eingespielt. Der Magazinkasten wurde eingehängt, die Kette mit den zigarrengroßen Patronen eingelegt.

Doch dann erwachte das Bordgeschütz des Spürfuchses. Die Schützin feuerte kurze, präzise Salven mit dem Maschinengewehr.

Rund um die Terroristen spritzte die gefrorene Erde in die Höhe, die Männer zuckten skurril unter den Einschlägen. Blut sprühte in aufquellenden Wolken umher, ganze Reihen aus verheerenden Wunden öffneten sich in den Oberkörpern und Beinen der Gegner, bevor sie umfielen und liegen blieben.

»Großartig gemacht!«, jubelte Gustav und spürte grimmige Befriedigung. Rache für Nadja und die niedergemetzelten Soldatinnen und Soldaten in der Halle. »Und jetzt …«

Unvermittelt senkte sich die Spitze des Spürpanzers ruckartig. Gustav verlor den Halt und musste seine Wieger loslassen. Der montierte Scheinwerfer barst splitternd, und es wurde dunkel.

Die MG-Schützin flog schreiend aus ihrem Stand und begleitete Gustav auf dem rapiden Sturz nach vorne in die Dunkelheit.

Die Kaninchen! Sie haben alles unterhöhlt, zuckte die Erklärung durch seinen Verstand. *Wir sind eingebrochen.*

Mit dem Gesicht voran landete Gustav in eiskalter Erde und schürfte sich die Wange auf. Schwungvoll überschlug er sich mehrmals, den Geruch von feuchtem Boden in der Nase, bis das Rotieren endete.

Stöhnend richtete er sich auf – und stieß sich in der Aufwärtsbewegung an etwas die Glatze an. Den Hut hatte er bei dem wilden Abwärtsritt verloren. *Was zum Teufel ist das?*

Der Trageriemen der Wieger hatte sich um seinen Körper verfangen, hastig hängte er es sich über die Schulter und suchte sein Zeiro, schaltete das Lämpchen ein.

Vor Gustav öffnete sich im hellen, aber nicht weitreichenden Licht ein röhrenartiger Tunnel von knapp einem Meter Durchmesser, der unmöglich von einem Karnickel stammen konnte.

Nicht einmal von einem sehr großen.

* * *

Bezirk Nürnberg, Kreis Würzburg, DDR

Die geschliffenen Zangenbacken des Bolzenschneiders gingen spielend leicht durch den verstärkten Schlauch.

Klack!

Ein dröhnender Warnton erklang. Aber die von Chris befürchtete Detonation des ausströmenden Wasserstoffes blieb aus. Die Pumpe hatte sich innerhalb von Sekundenbruchteilen abgeschaltet.

Er öffnete sofort die Augen. *Geschafft!* Über ihm blinkte eine grellgelbe Signallampe an der Füllstation und zeigte die Beschädigung der sensiblen Leitung an.

Hastig riss er den notentriegelten Ladestutzen aus dem Wasserstofftank und schraubte den massiven Außendeckel zurück an seinen Platz.

»Hey! Wagt es nicht! Sonst seid ihr tot«, drohte ihm Robin und verfiel ins Rennen. »Wir jagen euch, bis wir Boris und unser Eigentum wiederhaben! Nehmt das Geld! Hört ihr?«

Geduckt glitt Chris zurück hinter das Lenkrad des SUV und trat erneut aufs Gaspedal.

Dieses Mal jagte der Kompass davon und beschleunigte stetig, ohne Ruckeln, ohne Schaltverlust. Der Elektroantrieb brachte die Leistung über Allrad auf die Straße, und nach wenigen Sekunden zeigte der Tacho fast zweihundert an.

Überrascht nahm Chris den Fuß etwas zurück. Der Anpressdruck hatte ihn beinahe die Kontrolle verlieren lassen.

Im Rückspiegel wurde die alte Minol-Tankstelle klein und kleiner, das Pirol-Maskottchen und der Slogan verschwammen. Im Gemisch aus Regen und Schnee verwandelte sie sich zu einem diffusen rotgelben Leuchten ohne Konturen.

»Mehr Fehler als ihr kann man nicht mehr machen«, kommentierte Boris die Flucht verächtlich. Im weißen Jogginganzug fiel er auf dem schwarzen Leder der Rückbank auf wie eine

Schneeflocke auf einem Stück Kohle. »Ihr hättet nur das Geld nehmen sollen. Ehrlich. Jetzt machen Robin und Ben euch kalt.«

»Weil es jetzt kompliziert für euch wird, was?« Alicia spuckte ihn an. »Wer seid ihr?«

Chris wusste nicht, wohin er überhaupt fahren sollte. Das Adrenalin schoss durch seine Blutbahn und machte das Denken schwer. *Weg, bloß weg von der Tankstelle!*

»Wir sind euer Tod. Und der eurer Freunde und Verwandten und …«, begann Boris.

Dann drückte Alicia überraschend ab.

Vor Schreck verriss Chris leicht das Steuer. »Was machst du?« Der SUV schlingerte, doch der Spurhalteassistent brachte den Kompass sofort wieder unter Kontrolle.

Boris schrie auf, als die Kugel aus der Luger durch seine Schulter schlug und die Rückbank perforierte. Das Leder färbte sich rot von seinem Blut. Einige Tröpfchen spritzten bis an den Wagenhimmel und gegen die Heckscheibe. »Du dämliche Schlampe!«, brüllte er und drückte seine Hand auf die getroffene Stelle.

»Noch mehr Beleidigungen und Drohungen, und ich schieß dir in deine Drecksknie!«, schrie Alicia zurück. »Woher soll ich denn wissen, dass du keine Weste mehr trägst? Also: Wer seid ihr?«

Wir brauchen einen Plan. Chris zwang sich zum Nachdenken, den Blick auf die verschneite Fahrbahn und das Gestöber gerichtet. Lautlos schoben die Scheibenwischer Flocken und Tropfen vom Glas. Der Kompass besaß ein Radar und Infrarotkameras, mit denen er die Umgebung überwachte. Ein unauffällig in die Ablage integrierter Beamer projizierte ein klares Bild der Straße auf die Innenseite der Scheibe.

Die Beweise für ihre Unschuld an dem Vorfall in Homburg befanden sich in diesem SUV. *Wir haben einen der Killer, der Kofferraum ist voller Geld, die Landkarte ist ebenfalls hier.* In seinem Kopf formte sich eine Idee: Sobald feststand, dass das Trio nicht für eine staatliche Organisation oder einen Politiker arbeitete, könnten sie zur nächsten Vopo-Stelle gehen. Mithilfe der französischen Botschaft würde Chris im Anschluss die Lage klären und die DDR erst wieder verlassen, wenn die Toten seiner Familie beerdigt wären.

Falls doch Behörden im Spiel sind … Diesen Gedanken wollte Chris lieber nicht weiterverfolgen. Dafür gab es vorerst keinen Plan.

»Für wen arbeitet ihr?«, versuchte es Alicia erneut und senkte die Mündung auf das Knie ihres Gefangenen.

»Ihr werdet uns das Vorhaben nicht ruinieren, ihr Pisser!« Boris versuchte, die Blutung durch Abdrücken zu stoppen.

Eine Arterie war nicht getroffen, schätzte Chris mit einem Blick in den Rückspiegel. *Sonst wäre es schlecht für ihn gelaufen. Und für uns. Er ist unser Zeuge und Beweis.*

Alicia spähte plötzlich durch die Heckscheibe. »Chris, da kommen zwei Wagen! Und sie sind verdammt schnell.«

Boris lachte, wenn auch wegen der Schmerzen nicht mehr ganz so laut und siegessicher wie vorher. »Denkt ihr echt, wir lassen euch damit entkommen?«

Chris gab Gas, woraufhin der SUV-Assistent ihn mit angenehmer Frauenstimme darüber belehrte, dass die Geschwindigkeit nicht dem Wetter angepasst sei. »Ich bin kein besonders guter Fahrer«, verteidigte er sich. »Jedenfalls nicht bei Schnee und Regen und nachts und …«

»Rutsch rüber.« Alicia vollführte ein schlangengleiches Manöver, um bei voller Fahrt die Sitze zu tauschen, ohne die Luger von Boris zu nehmen. Chris schob sich ungelenk auf die rechte Seite. Hastig schnallten sie sich an, damit der nervige Warnton endete. »Pass auf das Arschloch auf. Zuckt er, schieß ihm ins Bein.« Dann drückte sie ihm die Pistole in die Hand. »Oder in den Schwanz. Mir egal.«

Die zwei Scheinwerferpaare schlossen fast zu ihnen auf, als

Alicia das Pedal durchdrückte und den Kompass zur Höchstform auflaufen ließ. Sämtliche Warnhinweise glommen auf dem digitalen Display auf, von der Spurhalteassistenz bis zum ESP. Der SUV bretterte sicher durch das Winterwetter und über den rutschigen Untergrund.

Chris klammerte sich an die Kopfstütze und richtete die Mündung unentwegt auf ihren Gefangenen, der stöhnend seine Schulterwunde hielt. Das Blut färbte den weißen Trainingsanzug. »Geben Sie mir die Landkarte.« Er wollte sehen, wofür viele unschuldige Menschen ihr Leben hatten lassen müssen. Mit eigenen Augen. »Was hat es damit auf sich?«

»Ist im Kofferraum.«

»Klappen Sie das Rückenpolster nach vorne!«

»Mach ich nicht.«

»Schieß ihm ins Bein«, empfahl Alicia und ließ den SUV durch die Kurven driften.

Chris senkte den Lauf und zielte auf das Knie des Mannes. Abdrücken wollte er nicht. Nicht noch mehr Geschrei und Blut. Außerdem konnte die Kugel danebengehen und den Mann töten, den lebenden Beweis vernichten. *Das kann ich nicht riskieren.*

»Halt, warte!« Boris machte sich mit dem unverletzten Arm an der Verriegelung der Rückbank zu schaffen. Ein Element klappte um, und er zerrte den fraglichen Koffer heraus. »Das ist er.«

»Langsam öffnen«, verlangte Chris aufgeregt.

»Ist gut. Und bleib ruhig, solange du die Knarre hältst.« Boris stellte den Koffer so hin, dass Chris sehen konnte, was er tat. Klackend öffnete sich die Verriegelung, der Deckel ging auf, und jede Menge Geldscheinbündel kamen zum Vorschein. »Eine Kugel reicht mir nämlich.« Behutsam suchte er aus dem hinteren Fach eine Hartplastikrolle heraus. Umständlich öffnete er den Schraubverschluss und schüttelte die Karte hervor. »Da.« Er reichte sie Chris mit blutigen Fingern. »Zufrieden?«

Geschickt faltete Chris sie mit einer Hand auseinander, wenn auch weniger umsichtig und sachte, als es Hell vor einigen Stunden getan hatte.

Prompt zeigten sich weitere Risse, an einigen Stellen zerbröckelte das spröde Papier. Der hohe Holzanteil hatte den natürlichen Zerfallsprozess schneller voranschreiten lassen.

»Hey! Lass den Wichser nicht aus den Augen«, schärfte ihm Alicia ein und donnerte auf der Hauptstraße einer namenlosen Stadt entlang. Die Straßenlaternen flogen an ihnen vorbei und erzeugten rasch wechselndes Stroboskoplicht.

Chris erkannte die Karte im Schein des Displays. »Es ist die richtige.« Ursprünglich angefertigt von der Wehrmacht, wüst und wild bemalt von der Roten Armee, neu auf Russisch beschriftet und mit unverständlichen Kritzeleien versehen. Abkürzungen. Symbole. Geheimstatus. »Codes«, murmelte er fasziniert. »Da sind russische Codes eingezeichnet!«

Aufgrund der Fülle von Übermalungen und Korrekturen waren die aufgedruckten Ortsnamen unter den dicken und dünnen Strichen nicht mehr zu lesen. Dazu kamen der Gilb und die schadhaften Stellen, die es ihm kaum ermöglichten, den Ausschnitt in diesem Licht auf die Schnelle genauer zuzuordnen.

»Und? Ist es wie vermutet eine Schatzkarte?«, stieß Alicia neugierig aus.

»Eine Waggonladung Nazigold«, bestätigte Boris ächzend. »Jahre der Suche. Und ihr Penner funkt uns auf den letzten Metern dazwischen.«

Nazigold. Sollte es wirklich so einfach sein? Für Chris erfolgte das Einlenken ihres Gefangenen viel zu schnell, mit Gleichgültigkeit in der Stimme. Aber unter dem schmerzvollen Ächzen des Mannes lag Gier verborgen. *Wissensgier.* »Er weiß selbst nicht, was es ist«, lautete seine Einschätzung.

Boris lachte auf. »Na klar weiß ich es.«

»Und wo soll dieses Gold versteckt sein?« Chris schaltete die Lampe über dem Beifahrersitz ein. Doch das Chaos aus

Strichen, Sprachen und Linien wurde auch mit mehr Licht nicht leserlicher oder verständlicher. »Was immer darauf ursprünglich eingezeichnet war, es wurde von der Wehrmacht als *streng geheim* eingestuft. Das ist kein Gold.«

»Natürlich! Es geht um Hunderte Millionen in Barren.« Boris bewegte sich leicht und versuchte, durch Gewichtsverlagerung eine Position zu finden, die weniger Schmerzen in seiner Schulter verursachte. Das Rot auf seinem Anzug zog sich über die Brust abwärts. »So viel Gold muss man wohl streng geheim halten wollen.«

»Die beiden Arschlöcher sind hinter uns«, verkündete Alicia. Sie überholte mehrere langsam fahrende Fahrzeuge, die ihnen laut hinterherhupten.

Dabei schoss der Kompass über eine rote Ampel und berührte das Heck eines kreuzenden Kleinwagens, der nach einem Dreher von der nassglatten Fahrbahn schlingerte. An einem Fußgängergeländer kam er scheppernd zum Stehen, die Scheinwerfer zersplitterten.

Nicht mehr lange, und die Vopo wird es beenden, schätzte Chris. Dafür gab es zu viele Zeugen des kamikazehaften Rennens. Er widmete sich erneut der rätselhaften Landkarte. »Wer hat euch beauftragt?«

»Stasi.« Der Job als Dolmetscher hatte Chris' Gehör genug geschult, um die verräterischen Nuancen in Boris' Stimme herauszuhören. Seine gelassene Gleichgültigkeit war nur gespielt. »Mann, da werdet ihr Augen machen, wenn die Vopos *uns* grüßen und euch einsacken, sobald wir ihnen unsere Ausweise zeigen.«

Dass er lügt, ist ein gutes Zeichen. Über den Rand der alten Karte hinweg behielt Chris den Gefangenen im Auge, während er weiterhin versuchte, Städtenamen oder Ortsangaben, Berge und Gewässer zu identifizieren. »Sie sind sicher nicht …«

»Achtung!«, konnte Alicia noch rufen.

Unvermittelt erschien ein roter Melkus RS4000 an der Beifahrerseite des SUV, der zwei Einschusslöcher in der Frontscheibe aufwies. Ben saß mit grimmiger Miene und heruntergelassener Seitenscheibe am Steuer des Sportwagens – wirbelte es herum und rammte sie.

Die Wucht des Aufpralls fiel schwacher aus als erwartet, der RS4000 war mit seinem geringeren Gewicht dem Kompass deutlich unterlegen.

Ben riss eine der schallgedämpften handlichen HK&S-Maschinenpistolen in die Höhe und löste aus.

Leise knallend sägte sich die erste Garbe in die Mittelsäule, zerschlug die hinteren Seitengläser und sandte die Splitter des Sicherheitsglases ins Innere. Eisiger Wind schoss durch den SUV, einige lose Geldscheine wurden aus dem offenen Koffer davongerissen.

Alicia und Boris schrien auf, der Kompass schlingerte und schwänzelte, bevor die Assistenzsysteme aktiv wurden.

Geistesgegenwärtig duckte sich Chris. Die nächsten Projektile verfehlten ihn und hinterließen Löcher in seiner Scheibe und im Autohimmel; noch hielt das gesprungene Sicherheitsglas wie durch ein Wunder. »Dräng ihn ab!« Rasch steckte er die geheimnisvolle Karte unter sein Shirt.

»Was denkst du, was ich versuche?« Alicia schien nichts abbekommen zu haben. Sie schaltete die Assistenzsysteme mit einem Knopfdruck aus und ließ die Breitseite des grauen Geländewagens gegen den Melkus knallen.

Kreischend und dumpf rumpelte das Blech der Fahrzeuge unter dem Zusammenprall, klirrend gingen Blinker und Scheinwerfer zu Bruch.

Doch der RS4000 gab nicht klein bei.

Was tut er jetzt? Chris linste über den schützenden Türrand durch das Loch in der Scheibe nach Ben, der seine Maschinenpistole erneut hob – und sie nach ihnen warf.

In fast gerader Linie flog die HK&S durch das zerstörte hintere Seitenfenster, hopste zweimal über das Polster und landete in Boris' Schoß.

Nein! Während Chris mit der Sicherung der ungewohnten Luger kämpfte, die er durch das Geruckel aus Versehen arretiert hatte, schnappte sich Boris mit seinem unverletzten Arm die Maschinenpistole und schwenkte sie in den Anschlag.

Noch bevor der Gegner abdrückte, entriegelte Chris endlich die Pistole und zog den Abzug nach hinten. Wohin er zielte, wusste er in der Hektik nicht.

Die Halbautomatik ruckte in seiner Hand und schleuderte die Kugel gegen Boris. Spielend leicht bohrte sich das Projektil in den Hals und durch die Luftröhre. Das Blut sprudelte in der gleichen Sekunde aus dem fingergroßen Loch.

Im Todeskampf zuckte Boris' Finger.

Geistesgegenwärtig schlug Chris die Maschinenpistole mit der Luger nach oben. Die lange Salve ging mit einem gedämpften Rattern schräg über ihn durch Stoff und Blech des Dachs.

Die heißen Patronenhülsen flogen klirrend, rauchend und klimpernd durch den Innenraum. Alicia zog fluchend den Kopf ein.

Eine der Hülsen traf Chris unterhalb des Auges. Es zischte, vielleicht auch nur in seiner Vorstellung. Doch der sengende Schmerz war real.

Boris würgte und röchelte. Blut sprühte aus der Wunde wie aus dem Blasloch eines sterbenden Wals. Dieses Mal versuchte er, den Lauf auf Alicia zu richten.

Aber Chris hielt den Schalldämpfer der MP mit ganzer Kraft nach oben gedrückt, bis der Widerstand des Sterbenden langsam nachließ.

Noch drei weitere Schüsse lösten sich aus der HK&S, dann entspannte sich Boris' Körper. Der Blick trübte sich ein, der Brustkorb sackte mit einem letzten Schnaufen zusammen. Seine andere Hand fiel gegen den elektronischen Öffner, und die Tür des SUV schwang trotz der hohen Geschwindigkeit wegen der Überbrückung der elektronischen Sicherheitssysteme gehorsam auf.

Bevor Chris ihn zu greifen bekam, fiel der Mann rücklings aus dem Kompass und verschwand im verschneiten Zwielicht. *Zut!*

Bremsen quietschten, die Scheinwerfer des Verfolgers blieben stehen.

»Was? Ist der eben …?« Alicia sah in die Spiegel. »Oh!«

»Das … wollte ich nicht.«

»Egal. Wir sind ihn los. Der kann uns nicht mehr umbringen.«

»Er war aber auch unser einziger Zeuge!« Chris lehnte sich nach hinten und zog die offene Tür zur. Der Winterwind surrte laut durch den Fond. Auch den Aktenkoffer klappte er zu, damit nicht noch mehr Scheine davonflogen.

»Wir haben das Geld und die Landkarte. Und Boris' Blut auf dem Rücksitz. Mit einer DNS-Probe wird die Vopo schon was herausfinden.« Sie bog in einem waghalsigen Manöver ab und steuerte den SUV auf den Autobahnzubringer. »Apropos – dann finden wir mal heraus, was der Wagen kann.«

»Wieso denn Autobahn? Wir haben hinten keine Seitenscheiben mehr.« Chris sah zum gesprungenen Glas neben sich. »Und mein Fenster hält bestimmt auch nicht mehr lange.«

Plötzlich stieg Alicia mit ganzer Kraft auf die Bremse und kurbelte am Lenker, um das unkontrollierte Ausbrechen des Wagens zu verhindern. Ohne die elektronischen Hilfssysteme wurde der Kompass launisch.

Zwei Meter vor einer aufgestellten Schranke blieb der SUV mit qualmenden Reifen stehen.

Vor ihnen blinkte ein Hinweisschild: AUFFAHRT GESPERRT. Dahinter wuchs eine Reihe von hüfthohen Betonblöcken in die Höhe. Die Kollision hätte den Wagen samt Insassen in ein blutiges Puzzle aus Fleisch und Metall verwandelt.

Alicia atmete einmal tief durch. »Du meine Fresse! Das war knapp.«

Chris sah aufgewühlt nach hinten und forschte mit großen Augen nach ihren Verfolgern. Noch ließen sie sich nicht blicken. »Und jetzt?«

Alicia schaffte das Wendemanöver auf der Sackgasse mit Drift in einem Zug und scheuchte den Kompass die Auffahrt hinab zurück Richtung Landstraße. »Improvisieren.«

Chris starrte die Straße hinab, in der Rechten die Luger. »Sollten wir jetzt nicht endlich zur Vopo fahren?« Noch blieb es dunkel. Ihre Verfolger sammelten vermutlich Boris' Überreste ein. »Und selbst wenn diese Typen für die Regierung arbeiten, ich will ihnen nicht in die Hände fallen.«

»Möchtest du wirklich in der Zelle einer Wache sitzen?«

Chris seufzte.

»Und was ist mit der Wahrheit?« Alicia hielt den SUV an und löschte die verbliebenen Lichter. »Denkst du, wir erfahren sie, wenn die Vopo oder sonst wer uns einbuchtet?« Sie griff unter sein Shirt und zog die mysteriöse Karte hervor. Wieder knisterte das Material warnend und mahnte, so etwas nicht zu oft zu tun. »Was ist damit?« Sie hielt ihm das Papier unter die Nase. »Wenn es kein Gold ist – warum der Aufwand? Warum die vielen Toten?«

Chris fror, die Spannung fiel von ihm ab und machte der Angst Platz, die in ihm gelauert hatte. Außerdem roch es im Wagen widerlich nach Blut. *Ich will zurück. Nach Paris.* Er wollte zu Cora und seinen Kopf gegen ihre Brust legen, die Augen schließen und wissen, dass er in Sicherheit war. *Jetzt.*

Erneut wehte der metallisch-süßliche Blutgeruch ihn an.

Plötzlich musste Chris sich übergeben. Er schaffte es gerade noch, die Tür zu öffnen. Würgend kotzte er das wenige Essen aus, das er zu sich genommen hatte, bis nur noch bittere Galle kam.

»Am liebsten würde ich Robin und Ben selbst erledigen, wie

du es mit Boris gemacht hast«, fantasierte Alicia ruhig und abgeklärt. »Aber ich glaube, du hast recht. Das schaffen wir nicht. Ben und Robin sind die besseren Killer.« Sie klopfte ihm auf die Schulter. »Versuchen wir es mit einer Falle anstatt mit einer Schießerei.«

Zwei Scheinwerferpaare näherten sich hintereinander mit hoher Geschwindigkeit auf der Landstraße. Eines davon bog ab und kam den Zubringer herauf.

Chris spuckte die letzten Bröckchen aus und wischte sich den Mund ab. *Unsere Lichter sind aus.* »Wenn er ... wenn er uns nicht sieht, dann ...«

»Kollidiert er mit dem SUV.« Alicia steckte sich eine Zigarette an und gab ihm die Landkarte zurück. »Wir könnten aussteigen und neben der Straße im Gebüsch warten. Schauen, ob er von ihnen dabei draufgeht.« Sie inhalierte tief. »Ist aber keine gute Falle. Daraus könnte wieder eine Schießerei werden. Abhauen und eine bessere vorbereiten wäre sinnvoller, oder?«

Chris' überhitzte Gedanken schmolzen zu einem Klumpen zusammen. *Sie haben mich alle davor gewarnt, in die DDR zu fahren,* drang das Mantra durch den Wirrwarr in seinem Kopf.

Chris beschwor das schöne Gesicht seiner Cora herauf, die er wiedersehen wollte. Musste. Unbedingt. *Lebendig. Ich habe ihr mein Wort gegeben.*

Die ominöse Landkarte zwischen seinen Fingern raschelte in der eisigen Brise.

Langsam richtete er seine hellblauen Augen auf den harmlos wirkenden Auslöser für Tod und Tragödien, für Morde und grauenvolles Gemetzel.

Unschuldige Menschen hatten ihr Leben für diese Karte gelassen, ohne auch nur ansatzweise erahnen zu können, warum es sie traf. Auch seine DDR-Familie, die er innerhalb eines Tages schätzen und lieben gelernt hatte. Der Abend seiner Ankunft blieb unvergesslich. Unwiederholbar. *Ich werde sie nie wieder besuchen können.* Keine Witze mehr von Lui oder Gespräche über Familienbackrezepte oder freundliche Worte. Die Aussicht auf eine Aussöhnung der Familienzweige war zerstört.

Ich werde diesen Code knacken. Chris war Josefine und den anderen Opfern die Wahrheit schuldig. Die ganze Wahrheit. Und er verstand Alicia durch und durch, die sich den Tod der Mörder wünschte. Ihm ging es vor allem um Beweise für seine eigene Unschuld, bevor Polizei oder Stasi zugriffen und ihn monatelang einsperrten. »Ich bin dabei.« Schnell zog er die Tür zu.

Sie ließ den Motor an und schaltete das gleißende bläulich-weiße Fernlicht ein. »Du und ich.« Sie nahm einen langen Lungenzug und legte mit dem Kompass einen Blitzstart hin.

Der rote Melkus R4000 schoss rechts an ihnen vorbei. Nicht ein Schuss fiel.

Chris erkannte die Verwunderung auf Bens Gesicht, als sich ihre Blicke für Sekundenbruchteile trafen. Die Augen des Killers wurden noch größer, als er die wertvolle Karte in Chris' Hand ausmachte. Die Lippen formten den Ansatz eines Fluchs, und schon war der R4000 vorbei.

Die Jagd begann erneut.

»Mit der Konzentration des Kapitals und der Alleinherrschaft des Fabrikregimes (...) reifen die Widersprüche und Antagonismen des Produktionsprozesses in seiner kapitalistischen Form, daher gleichzeitig die Bildungselemente einer neuen und die Umwälzungsmomente der alten Gesellschaft.«

Karl Marx: Das Kapital, 1. Band

12

Berlin-Deutschland, Zehlendorf-Süd (ehemaliger amerikanischer Sektor)

»Komm schon, komm SCHON. KOMM SCHON, DU BLOODY FUCKIN' THING!«, schrie Harper den Bildschirm des Laptops an, auch wenn sie genau wusste, dass es bei dem Gerät keinen Fluch- oder Lautstärkebeschleuniger gab. Aber es tat ihr gut, und das war es, was zählte.

Sie saß inmitten der Trümmer des achten Stockwerks im Smirnow-Haus an der Ludwigsfelder Straße und hatte sich via Kabel ins Internet eingeloggt. Die nachgeladene SIG Sauer lag in Greifweite auf der Fensterbank.

Die Geschwindigkeit der Verbindung war jenseits von Gut und Böse. Das Laden des Browsers begann mehrmals von Neuem, weil der Kontakt unterbrochen oder der Server nicht gefunden wurde.

Dafür gab es um Harper herum keine neugierigen Augen und Ohren. Sollte man ihren Computer tracken, wäre sie beim Eintreffen des Jagdkommandos längst wieder verschwunden. Zum Untertauchen eignete sich Kleen Messieko perfekt.

Nach dem Feuergefecht um die Drogenvorherrschaft hatten sich die Zehlenskis zurückgezogen, genau wie Harper es erwartet hatte. Hinweise auf eine zwischenzeitliche Anwesenheit von Polizei gab es keine. Also konnte sie unbehelligt durch die Ruinen des Massakers marschieren, um in einer sauberen Ecke die halbwegs intakte Infrastruktur der eliminierten Russen für ihre eigenen Zwecke zu nutzen. Ihr Handy führte sie, in Einzelteile zerlegt, mit sich. Mit dessen Hilfe konnte sie nicht geortet werden.

Meine Güte! Haben die Gangleute auch das Internet beschädigt? Harper blickte sich wartend um.

Sie hockte auf einer umgedrehten Bierkiste am Fensterbrett, auf dem Bristols Laptop stand. Von hier aus hatte sie die Kreuzung Machnower und Ludwigsfelder Straße perfekt im Blick, ohne gesehen zu werden; das Panzerglas war von außen mit einer Spiegelfolie beklebt. Der Scharfschütze Erik Zehrend würde mit einem normalen Geschoss beim ersten Schuss keinen tödlichen Schaden anrichten. Dazu bräuchte er ein Spezialprojektil.

Harper fühlte sich in der geliehenen Kleidung nicht wirklich wohl, denn sie schützte kaum gegen die eisige Kälte. Ihr Ohrläppchen hatte sie in der Notaufnahme versorgen lassen und dem Personal etwas von einem Unfall mit einem Sektkorken und Drahtkorb vorgelogen. *Wie hätte ich auch ahnen können, dass es so läuft?*

Auch wenn erst einige Stunden vergangen waren, war die Etage bereits ausgiebig geplündert worden. Nur die zerstörten Möbel sowie verschmähte Markenklamotten der Vorsaison lagen herum. Es war jedoch nichts dabei, was zur Jahreszeit passte, also hatte Harper sich nicht bedient.

Ihr Blick fiel auf den großen, trocknenden Blutfleck, der von Dimitri stammte. Bis vor Kurzem hatte seine verstümmelte Leiche noch in dem Zimmer gelegen. Die Zehlenskis hatten sich Trophäen von allen Besiegten mitgenommen. Mal Finger, mal Zungen, dort Skalps, da ein Paar Augen. Eine Warnung an alle, die sich gegen die Gang stellen wollten.

Den toten Smirnows ließ Harper ein Mindestmaß an Fürsorge angedeihen, schleifte sie unter größten Mühen ins Krankenzimmer zum Major und bedeckte sie mit frischen Laken.

Sie hatte das Gefühl, zum Untergang der kriminellen Familie beigetragen zu haben, und wollte ein wenig wiedergutmachen. Was danach mit den Überresten geschah, ging sie nichts mehr an.

Vielleicht gibt es irgendwo noch Freunde, die sich darum kümmern werden. Ansonsten wird Kleen Messieko es schon richten.

Endlich sprang der Browser an und lud gehorsam die Seite.

Dann los. Harper folgte dem Verlauf, den Bristol nicht mehr hatte löschen können. Sie glich die gefundenen Informationen mit den Ausdrucken ab und bemerkte erleichtert, dass sie sämtliche relevanten Blätter mitgenommen hatte.

Anschließend loggte sie sich in den MI6-Server ein und betrat mit ihren Zugangsdaten den internen Newsroom, um sich die neusten Lagemeldungen anzuschauen. Entscheidend würde sein, was sie zu Bristols Tod fand.

Die Schießerei zwischen den Zehlenskis und den Smirnows spielte für den SIS keinerlei Rolle. Die Ermordung des altgedienten Agenten und Teamleaders schon, gerade in der heiklen Lage, in der sich der Stadtstaat befand. Eine MI6-Ermittlungseinheit stand im Austausch mit der Berlin-deutschen Mordkommission, wie Harper las.

Ersten Erkenntnissen nach handelte es sich bei dem Attentat um das Werk eines Profischützen. Das ungewöhnliche Kaliber identifizierte das eingesetzte Gewehr als ein russisches Dragunov-SWD-K, wie es in Armee und Sondereinheiten eingesetzt wurde. Der Abgleich der gefundenen Projektile in Bezug auf andere Morde lief in der Forensik noch.

Scutum will die Schuld den Russen zuschieben. Es war akribisch vermerkt worden, dass man Harpers Fingerabdrücke und DNS am Tatort gefunden hatte. Ebenso, dass sie sich auf die Kontaktversuche seitens der Zentrale nicht meldete. Sie wurde gemäß Eintrag nicht verdächtigt, sollte aber dringend befragt werden.

Ein Dialogfenster poppte auf, was sie nicht sonderlich überraschte. Sie war durch ihre offizielle Anmeldung im System längst bemerkt worden.

Es war Phil Masters, der innerhalb der Berlin-Niederlassung des SIS als Bristols rechte Hand gegolten hatte. Anscheinend war er befördert worden, wenn sie seinen Titel *Intendant in Charge* richtig deutete. *Der Tod als Karrierehelfer. Wenigstens habe ich Masters nicht die Nase gebrochen.*

»Harper, wo steckst du?«

»Kann ich dir nicht sagen«, schrieb sie zurück. *Find's selbst raus.*

»Warst du dabei, als Bristol erschossen wurde?«

»Ja. Musste danach fliehen.« Sie hielt kurz mit dem Tippen inne. »Habt ihr den Toten gefunden, den ich euch dagelassen habe? Neben der Feuertreppe? Mit dem Küchenbeil im Kopf?«

»Ist das ein Scherz?«

»Nein. Küchenbeil. Im Kopf.« Jetzt wusste Harper, dass Erik Zehrends Leute ihre Toten und Verletzten eingesammelt hatten. Scutum wollte brauchbare Spuren vermeiden, so gut es ging. »Anscheinend nicht. Okay. Was ist mit dem Paar am Eingang zur U-Bahn Alte Oper?«, fragte sie dennoch.

»Wir haben niemanden gefunden. Nur Blutspuren an der Rolltreppe.«

»Scheiße! Damit wärt ihr einen Schritt weitergekommen.«

»Apropos: Kam Bristol mit seinen Nachforschungen weiter?«

»Was weißt du darüber?«

»Nur das Allgemeine.«

Das Allgemeine? Harper beschlich ein ungutes Gefühl. Sie fand Phils Aussagen für einen Intendant in Charge schwammig. Er wollte sie locken, testen, aushorchen. Aber das konnte sie auch. »Hat er dir nichts Konkretes gesagt?«

»Keine Details. Wollte noch sammeln und der Zentrale in London Bescheid sagen.«

»Verstehe.«

»Also?«

»Also was?«

»Worum ging es bei euren Nachforschungen?«

Harper sah nachdenklich auf den Monitor und den blinkenden Cursor.

Bristol hatte einen Grund dafür gehabt, dass er weder seine rechte Hand in Berlin noch die Londoner Zentrale über seine Recherchen in Kenntnis setzte. Seine letzten Andeutungen ihr gegenüber drehten sich darum, dass er jemandem an der Spitze des SIS nicht traute.

Vielleicht weil sich der MI6 und Großbritannien möglicherweise in einen Krieg gegen die DDR ziehen ließen, den die Amerikaner nach dem Zünden der Sarin-Vorräte anzettelten.

Es war durchaus möglich, dass Phil ehrlich besorgt war.

Vielleicht handelte er aber auch auf Geheiß der Person in London hin, der Bristol nicht vertraut hatte.

Harpers Entschluss stand fest: Solange sie nicht wusste, wem sie trauen konnte, blieb es bei Andeutungen und Verweisen auf das Schweigegebot, das Bristol ihr auferlegt hatte.

»Darf ich dir nicht sagen«, schrieb sie. »Dagegen hätte der Boss was gehabt. Möge Gott seiner Seele gnädig sein, wie er sagen würde.«

»Er ist tot, Harper! *Wir* verfolgen die Spur jetzt.«

»Dann hätte ich gerne eine entsprechende Verfügung von oberster Stelle. Nichts für ungut, Phil.« Vor ihrem inneren Auge konnte sie sehen, wie er in seinem Büro vor dem Monitor saß und schlechte Laune bekam.

»Du wirst an meinem Titel gesehen haben, dass ich Bristols Nachfolger bin.«

»Kann sein. Aber wenn ich mir eine schicke Bezeichnung gebe, sagen wir *Queen,* bin ich trotzdem nicht die Königin von England.« Sie grinste. Das musste einfach sein. Sie hatte Phil noch nie leiden können.

»Insubordination ist deine Spezialität. Hatte ich ganz vergessen.«

Wahrscheinlich saß der Intendant schreiend am Computer und verfluchte sie. »Nimm es nicht persönlich, Phil. Bristol hat mir letzte Anweisungen hinterlassen, für den Fall, dass er auf … unnatürliche Weise draufgeht. Von einem Scharfschützen erschossen zu werden fällt definitiv darunter.«

»Sarkasmus. So kommen wir nicht weiter.«

»Müssen wir auch gar nicht. Du folgst mit dem Berliner MI6 den Spuren, die ihr habt. Ich folge meinen. Sobald ich Sicherheit gewonnen habe, was meine Operation angeht, melde ich mich.«

»Das kann ich dir nicht erlauben.«

»Wie gesagt, es ist Bristols Anweisung. Er mag tot sein, aber das ist für mich unerheblich. Der Auftrag ist noch nicht abgeschlossen.«

»Ich werde es London melden müssen, Harper.«

»Kein Problem.« Harper konnte seine wütenden Schreie beinahe bis nach Zehlendorf-Süd hören. Doch sie saß geschützt jenseits seines Zugriffs.

»Das wird einen Eintrag in deine Akte geben. Noch einen! Bristol kann seine schützende Hand nicht länger über dich halten!!!«

»Wow, drei Ausrufezeichen. Mach's gut, Phil! Und schön Speichel lecken, du guter Junge.« Harper schloss das Dialogfenster. *Bloody idiot.*

Sein Verhalten bestärkte sie in der Ansicht, dass Bristol mit seinem Argwohn genau richtiggelegen hatte. Scutum mochte ihn erschossen haben, aber die Feinde hatten ihm längst in den eigenen Reihen aufgelauert. Bereit, das Schlachtross aus den Zeiten des Kalten Krieges aufzuhalten. Auszuschalten. *Bristol und mich.*

»Das war sehr nett von Ihnen«, erklang unvermittelt eine

männliche Stimme in ihrem Rücken, in der weder Bedrohung noch Ärger lagen, sondern eher ein vertraulicher Tonfall. »Meine Familie wenigstens nicht wie Müll herumliegen zu lassen.«

Harper erstarrte. Der Unbekannte hatte die Luftpolsterfolie und die verstreuten Scherben, die sie als Annäherungssicherungen nutzte, entdeckt und umgangen. *Er ist verdammt gut.* Oder sie war einfach durch den Chat mit Phil zu abgelenkt gewesen, um ihn zu registrieren.

Langsam wandte Harper sich um und klappte den Laptop dabei zu. Absichtlich ließ sie die SIG Sauer auf der Fensterbank unangetastet. Der Unbekannte hätte sie längst erschießen können. »Was sagt Ihnen, dass ich es war?«

»Warum wären Sie sonst geblieben?« Ihr gegenüber stand ein junger Mann von gerade mal zwanzig, gekleidet in schwarzweiße Tarnhose, Shirt und einen langen grauen Pelzmantel; in der linken Hand trug er eine große, bedruckte Sporttasche. »Sie haben mit den Zehlenskis nichts zu tun. Denn das wüsste ich.« Er griff sich an den Schirm seiner dunkelroten Schiebermütze, an der ein Pin mit Hammer und Sichel steckte. »Sie sehen mehr aus wie eine biedere Lehrerin, die sich beim Klassenausflug verlaufen hat. Und dabei am Ohr verletzt wurde.« Dann grinste er. »Ist die P226 mit Schalldämpfer beim Reinigen losgegangen?«

»Kleider machen Leute.« Harper blieb ruhig. *Aber ich muss vorsichtiger sein. Periphere Wahrnehmung am Arsch, echt.*

»Wer sind Sie?«

»Harper.«

»Sie wohnen nicht in der Ludwigsfelder und schon gar nicht in Zehlendorf. Das sieht man Ihnen an.« Der Mann betrat das Zimmer und stellte die Tasche auf den Boden. Staub wallte auf. Der Inhalt musste schwer sein. Der Mann war trainiert, aber kein Bodybuilder. Ein Bartschatten zierte das markante Gesicht. »Es gibt mit Sicherheit einen interessanten Grund dafür, dass

Sie im verfallenen Reich meiner Familie an einem Laptop arbeiten. Ich konnte von der Tür aus leider nicht erkennen, was Sie da machten.«

Für Harpers Geschmack kam er seinen Leuten reichlich spät zu Hilfe geeilt und blieb viel zu cool. »Sie wirken nicht sonderlich vom Tod Ihrer Lieben betroffen.«

»Ich trauere bei Gelegenheit. Zur Beerdigung. Erst muss ich einen orthodoxen Priester samt Bestatter finden, die sich in das Viertel wagen. Und ob ich auf die Schnelle einen Platz auf einem der Friedhöfe finde, steht in den Sternen. Die Stadt quillt nicht nur vor Lebenden über.« Er warf den Mantel zurück und stemmte die Hände in die schmalen Hüften. An seinem Gürtel steckte ein Clipholster mit einer russischen Jarygin-Halbautomatikpistole. »Lenken Sie nicht ab, Harper. Was tun Sie hier, und was haben Sie mit dem Tod meiner Familie zu schaffen?«

»Sie haben mir immer noch nicht ...«

»Yuri Koslow.« Er scharrte mit dem Fuß über die Glassplitter am Boden und bückte sich, um etwas aufzuheben. »Maria war meine Mutter.«

»Ihr Nachname ist wirklich Koslow? Dann wären Sie der Einzige unter den ganzen Smirnows gewesen.« Harper machte gleich klar, dass sie Bescheid wusste. »Und wie kam es, dass Sie nicht hier waren?«

»Ich durfte ein Jahr nach Moskau. Geschäftlich. Es lief nicht gut zwischen mir und meinen Brüdern. Differenzen. Kennen Sie vielleicht.« Sein Gesicht verlor den gespielt teilnahmslosen Ausdruck, als er die Patronenhülse zwischen seinen Fingern betrachtete. Die betonte lässige Fassade bröckelte. »Das rettete mir das Leben.« Schnell ließ er sie fallen.

»Mit Sicherheit.« *Ein verstoßener Zarewitsch.*

»Schön, Harper. Verraten Sie mir: Was ist geschehen?«

Längst sah sie Yuri als unverhoffte Chance an, einen unerwarteten Verbündeten für ihren Kampf zu rekrutieren.

Dazu musste die Story stimmen, die sie dem jungen Russen auftischte. Danach sollte er von dem Verlangen getrieben sein, die Morde an seiner Familie zu rächen, auch wenn es Spannungen gegeben hatte. Dieser Hass durfte sich nicht gegen die Zehlenski-Gang richten. *Das wäre Verschwendung.* Yuri musste ein wütender Stier sein, den sie dirigierte. Ein Kontakt zur Moskauer Mafia abseits der offiziellen Pfade und des FSB kam ihr sehr gelegen. *Starten wir die Show.*

»Ich stand seit Längerem mit Ihrem Großvater in Verbindung. Wir sind an altem Kram aus der Sowjetzeit dran.« Harper pochte auf den Klapprechner. »Ich bin Waffenhändlerin und verkaufe gerne nicht mehr ganz taufrische Sachen, die noch funktionieren.«

»An Militaria-Sammler.«

»Auch.« In Harpers Verstand spannten sich die Fäden ihrer erfundenen Geschichte, mit denen sie Yuri einwickeln und lenken könnte. »Ich bekam bei einer Auktion Wind von einer Karte. Sie stammt aus der Wehrmachtszeit und wurde zuerst von der Roten Armee, danach von den Sowjets benutzt, um die Standorte außergewöhnlicher Depots zu vermerken.«

»Welcher Art?«

»Geheimverstecke.«

»Für?«

»B- und C-Waffen.«

Yuri machte große Augen. »Ah! Weil Großvater die Aufräumtruppe befehligte, bevor er sich absetzte, kamen Sie auf ihn.«

»Richtig.«

»Und wie?« Yuri legte den Kopf leicht schief, unter der Schiebermütze lugten schwarze Locken an der Stirn hervor. »Es gab kaum jemanden außerhalb der Familie, der seinen neuen Namen kannte und von seiner Vergangenheit wusste.«

»Ich habe einen Armeeveteranen ausfindig gemacht. Ein kleiner Soldat, der sich an Ihren Großvater erinnerte. Und als ich mich mit ein paar Leuten unterhielt, kam ich zu dem Schluss, dass Danilo Feodorowitsch Koslow in Wirklichkeit Major Mihail Abrahamowitsch Smirnow sein musste.« Harper sah die Klippe, die sie in ihrer Story umschiffen musste. »Wie ich schon sagte: Ich bin Waffenschieberin. Ohne gute Kontakte geht nichts.«

Yuri ließ an seiner Miene nicht erkennen, was er davon hielt. »Ich habe die Grafitti-Tags der Zehlenskis am Eingang und an den Wänden gesehen. Aber in dem Raum, in den Sie die Leichen meiner Familie gelegt haben, fand ich *das.*« Er langte in die Manteltasche und zog eine Patronenhülse hervor. ».223 Remington – oder besser gesagt NATO-Munition. Gehört zu einer westlichen Waffe. Die Letzten, die an solche Knarren kommen, sind die Zehlenskis. Die schwören auf Schrot und AK47 oder AK74. Und da gibt es dieses Loch in der Wand. Sauber reingesprengt. Dazu etliche zurückgelassene Spezialwerkzeuge.«

»Richtig. Dieser zweite Trupp von Angreifern hatte AR-15 dabei.« Die nächste Klippe erhob sich vor Harpers Lügenschiff. »Ihr Großvater hat ein paar Nachforschungen eingeholt, und dabei ist wohl eine Gruppierung auf ihn aufmerksam geworden. Sie wollen ebenfalls an die chemischen und biologischen Waffen der Sowjets, die zurückgelassen wurden.«

»Und die Typen nutzten die Attacke der Zehlenskis für ihren eigenen Angriff.«

»Ja.« In ihrer Ausbildung hatte Harper das Lügen gelernt und perfektioniert. Niemand sah es ihr an, wenn sie nicht die Wahrheit sagte. Mimik, Haltung, Atmung blieben völlig unauffällig. Lügendetektoren überlistete sie ohne Probleme. »Maria, Anatol und ich haben Ihren Großvater verteidigt. Aber sie waren in der Überzahl und haben ihn erschossen.«

Yuri drehte die Überreste eines herumliegenden Sessels so, dass er sich auf die Rückenlehne setzen konnte. »Welche Gruppierung?«

»Sie nennen sich Scutum. Das habe ich inzwischen herausgefunden. Was ihre Ziele sind, kann man nur erahnen. Sie kauften bislang bei Kollegen mittels Strohmännern die üblichen Standardwaffen ein«, schwindelte sich Harper voran. »Aber keiner konnte ihnen die chemischen und biologischen Waffen verkaufen, die sie haben wollten. Man würde sie auch gar nicht nach Berlin-Deutschland reinbekommen.«

»Also wollten diese Schweine sich selbst drum kümmern.« Yuri griff in die rechte Innentasche des Pelzmantels und zog ein Silberetui heraus, klappte es auf und nahm eine Zigarette heraus, die er sich mit dem integrierten Feuerzeug ansteckte. »Sind es viele Leute?«

»Um die hundert, soweit ich herausfinden konnte.«

»Scutum. Klingt mysteriös. Oder wie Skrotum. Sackgesichter, sozusagen.« Yuri sah dem aufsteigenden Rauch nach. »Was haben die mit den Waffen vor?«

»Keine Ahnung. Aber sie agieren gerade in Berlin.« Harper zuckte mit den Schultern. »Erpressung, schätze ich.«

»Diese Giftgassache in Ost-Berlin – hatte die etwas damit zu tun?«

Blitzschnell ging Harper in ihrem Kopf mehrere Antwortmöglichkeiten durch. Die Synapsen glühten. »Ja. Nach allem, was ich gehört habe, soll es eine Warnung von Scutum gewesen sein. Um der SED Angst zu machen und zu beweisen, dass man über tödliches Gas verfügt. Die DDR spricht natürlich anders darüber.«

Yuri überlegte stumm und rauchte. »Also wissen die Arschlöcher von Scutum etwas über diese Karten und die Depots.«

»Ja. Wenn wir nicht vor ihnen auf die Lösung des Rätsels der versteckten Giftgastanks stoßen, werden es unschöne Zeiten. Für ganz Berlin. Womöglich lösen diese Idioten einen Krieg aus.« Harper erhöhte den Druck auf den jungen Russen. »Kriegen *wir* die Karte vorher und schaffen das Zeug weg, ist viel Geld drin. Angeblich wurden sämtliche Behälter von den Sowjets an einem einzigen Ort zusammengetragen. Das Gas kommt – wenn überhaupt – an einem ganz anderen Fleck der Welt zum Einsatz. Alle sind happy.«

Yuri lachte bitter auf. »*Happy*, ja?« Mit der glimmenden Zigarettenspitze deutete er auf das zerstörte Mobiliar und die zerschossenen Wände. »Haben Sie da nichts vergessen?«

Harper ärgerte sich über ihren Flüchtigkeitsfehler. Sie hatte sich bereits auf der Siegerstraße gewähnt. »Nein, nicht vergessen. Es ist selbstverständlich. Ich bin es Ihrem Großvater schuldig.«

»Wie viel?«

»Sie meinen, was das Geschäft mit dem Giftgas angeht?« Harper sah ihn freundlich an. »Umgerechnet zwanzig Millionen Euro. Minimum.«

»Wir teilen halbe-halbe, und ich bin dabei.« Yuri nahm einen langen Zug von der Zigarette. »Bringen wir zu Ende, was Sie und Großvater angefangen haben.« Er blies eine lange Rauchsäule gegen die von Rissen und Ruß überzogene Decke. »Aber ich stelle eine Bedingung.«

»Welche?«

»Ich will etwas von dem Zeug haben.«

»Von dem Gas? Warum?«

»Um die Arschlöcher von Scutum umzubringen. Und die Zehlenskis. In ihrem Hauptquartier.« Yuri blickte sie ernst an. »Sie werden für mich herausfinden, wo Scutum in Berlin sitzt, Harper. Sie haben die passenden Kontakte. Ich nicht. Dafür gebe ich Ihnen eine Million von meinem Anteil. Ich will diese Wichser tot sehen. Und sie sollen dabei leiden wie vergiftete Ratten!« Hastig zog er an der Kippe. »Mein Großvater war der beste, der netteste Mensch in meinem Leben. Scheiß auf die anderen Smirnows! Aber wer Deduschka umgebracht hat, der wird sterben. Durch das, was sie unbedingt von ihm haben wollten. Das ist meine Form der Rache.« Mit der Zigarette im Mundwinkel hielt er ihr die rechte Hand hin. »Deal, Harper?«

»Deal.« Sie schlug ein.

Sofort schlossen sich seine Finger um die ihren wie ein Schraubstock. »Diese Geschichte, die Sie mir erzählt haben, gefällt mir sehr gut. Finde ich heraus, dass es ein Märchen ist, können Sie sich ausmalen, was geschieht.«

»Kann ich. Muss ich aber nicht. Denn alles ist wahr.« Harper lächelte überzeugend und hielt seinem forschenden Blick souverän stand. »Rufen Sie gerne einige Ihrer Leute an, und checken Sie meinen Hintergrund. Sie können mir vertrauen, Yuri.«

»*Glauben* höchstens. Aber nicht vertrauen. Da braucht es mehr.« Er ließ ihre Hand los und erhob sich, zog sein Smartphone. »Entschuldigen Sie mich. Ich muss wegen des orthodoxen Priesters und ein paar Helfern, die sich um die Toten kümmern, ein paar Gespräche führen. Bin gleich zurück. Und dann überlegen wir, wo die Karte und das Depot sein könnten.« Yuri wandte sich um. »Sie haben Glück: Ich habe mit Großvater oft über seine Militärzeit gesprochen und weiß einiges.« Dann ging er hinaus.

Innerlich jubelte Harper. Sie trappelte mit den Fußspitzen vor Freude auf der Stelle wie eine Footballspielerin beim Aufwärmen. Das Blatt wendete sich zu ihren Gunsten. Die russische Mafia erwies sich als praktisch und besser als Wasilij Krylow oder Timofej Iwanow.

Sie klappte den Laptop wieder auf und verband sich neu mit dem SIS-Server, was jetzt besser funktionierte als vorher.

Doch ihr Passwort wurde beim Einloggen abgelehnt.

Zunächst dachte Harper, sie habe sich vertippt. Doch nach dem vierten Versuch war ihr klar: *Dieser kleine Pisser Phil hat mich ausgesperrt!*

Rasch versuchte sie es mit Bristols Kennung, die sie bei Gelegenheit aufgeschnappt hatte. Mit etwas Glück war sie noch nicht aus dem System gelöscht.

Doch auch dieser Zugang zum MI6-Server blieb ihr verwehrt.

»Fuck!« Am liebsten hätte Harper den Rechner aus dem Fenster geworfen. Abgeschnitten von allen offiziellen Zugängen und Informationen, war sie nun komplett auf sich alleine gestellt. Und mehr denn je auf Yuri angewiesen.

Das rigorose Vorgehen gegen ihre Ermittlungen sah sie als Beweis, dass man weitergehende Erkenntnisse nicht wollte. Dass der MI6 eigene Ziele verfolgte, denen sie nicht in die Quere kommen sollte. *Damit haltet ihr mich nicht auf.*

Zuerst begriff Harper nicht, woher das gedämpft knallende Ploppen kam. Dann erinnerte sie sich: Sie hatte Luftpolsterfolie als Teil des Frühwarnsystems ausgelegt, falls sich jemand durch die Ruine anschleichen wollte. Beim Herumtelefonieren war Yuri weniger achtsam als bei seiner ersten, lautlosen Annäherung an sie.

»Sagen Sie, haben Sie vielleicht etwas zu trinken dabei? Ich kam nicht mehr dazu, mir was zu kaufen.« Harper blickte über die Schulter zum Eingang – und erschrak.

Dort stand Erik Zehrend, den sie auf dem U-Bahnsteig der Alten Oper gesehen hatte.

»Nein, habe ich nicht.« Er richtete ein kurzläufiges AR-15 auf sie. »Weg vom Laptop«, befahl er. »Die Hände nicht bewegen.«

»Heute keine Scharfschützenspielchen?« Harper hatte die SIG Sauer auf dem improvisierten Schreibtisch am Fenster gelassen. Es war unmöglich, danach zu greifen, ohne vorher von dem zielgenauen Schützen erledigt zu werden. *Ich hab mich zu sicher gefühlt.* »Was haben Sie vor, Herr Zehrend?«

Erik lächelte sie belohnend an. »Nicht schlecht. Sie wissen, wer ich bin. Wie kamen Sie darauf?«

»Die Gesichtserkennung. Sie sehen Ihrem Vater zu ähnlich. Aber warum führen Sie und Ihre Freunde Scutum fort?«

»Oh, nicht schlecht. Da haben Sie ganze Arbeit geleistet und tief in den geheimen Archiven des BND gewühlt. Aber wir haben auch Fragen, Miss Parker-Moreau«, entgegnete Erik.

»Deswegen werde ich Sie mitnehmen. Das alles können wir an einem schöneren Ort besprechen.«

»Und wenn ich nicht will?«

»Sie haben keine Wahl.« Er näherte sich ihr, der Lauf des AR-15 blieb auf sie gerichtet. »Hoch mit Ihnen! Langsam.« Dann entdeckte er Yuris bedruckte Sporttasche am Boden und stutzte. »Wer ist noch hier?«

»Das ist meine.«

»Nein, das wüsste ich.« Schnell bewegte er sich auf die Seite, um die Tür nicht mehr im Rücken zu haben. »Wer ist …?«

Laut und schnell hintereinander fielen drei Schüsse, grelles Blitzen flackerte durch den Korridor. Ein Mann schrie aus einem entfernteren Zimmer auf, und ein Körper fiel vernehmbar ungebremst auf den Boden.

Harper trat blitzschnell in Richtung von Eriks Sturmgewehr. Aber der Scharfschütze wich ihrem Fuß geschickt aus und drosch ihr den Lauf der AR-15 gegen den Mund. Dann trat er ihr gegen die Körpermitte, sodass sie rückwärts gegen aufragende Schranktrümmer prallte und das Gleichgewicht verlor. Ihre SIG Sauer lag damit unerreichbar weit auf der Fensterbank entfernt.

Wieder erklangen drei schnelle, trockene Schüsse. Mündungsfeuer erhellte den Raum, und das Wummern hallte in Harpers Trommelfell nach.

Erik wurde präzise zweimal in die Brust und einmal mitten durch den Schädel getroffen. Stocksteif, als wäre er eine blutende Puppe mit beschädigtem Kopf, fiel er zur Seite und löste im Fallen die AR-15 aus. Die Salve hackte in die Wand und fügte ein halbes Dutzend neue Löcher hinzu, weißer Staub waberte durch das Zimmer.

»Alles klar, Harper?« Yuri tauchte auf und hielt die Jarygin-Halbautomatikpistole in der Linken. Rasch warf er einen Blick in den Gang, aus dem er aufgetaucht war. »Es waren nur zwei, wie es aussieht.«

»Ihn kenne ich. Erik Zehrend. Er gehört zu Scutum.« Harper stemmte sich hoch und spuckte Blut aus. Die Lippen waren innen aufgesprungen, zwei Zähne fühlten sich locker an. Ihr Herz hämmerte aufgeregt in der Brust, das Adrenalin toste durch ihre Zellen. »Sie sind ein guter Schütze.«

»Muss. Wenn man in der Welt der wory w sakone überleben will. Egal an welchem Ort.« Yuri deutete auf den Laptop. »Nimm ihn mit! Wir verschwinden vorerst. Ein paar Freunde kümmern sich um die Toten. Es ist besser, wenn wir uns eine andere Bleibe suchen.« Routiniert lud er die Halbautomatik nach und zog die Sporttasche wie einen Rucksack auf.

»Ist gut.« Harper durchsuchte zügig den toten Scharfschützen, fand dieses Mal aber nichts. *Nicht einmal ein Smartphone. Seltsam.*

»Warum sind sie zurückgekommen?«

»Sie folgten mir. Vielleicht weil sie dachten, ein Teil der Karte wäre in der Wohnung versteckt.« Sie richtete sich auf und nahm den Klapprechner. Langsam fuhr ihr Puls runter. »Bist du mit einem Wagen hier?« Sie fand es passend, ihn ebenfalls zu duzen. Vor allem, da er ihr das Leben gerettet hatte.

»Steht unten. Ein Levante. Fünfhundertachtzig PS. Gut, um Leute abzuhängen. Oder einzuholen.«

Harper hatte etwas Ahnung von schnellen Autos, bedingt durch ihre exklusive Kundschaft. Der Luxus-Maserati-SUV kostete in der billigsten Version deutlich über siebzigtausend Euro. »Und du denkst, in dieser Gegend ist ein herrenloser Levante sicher? Das ist Kleen Messieko!«

»Niemand vergreift sich an meinem Eigentum.«

»Das sehen die Zehlenskis anders. Wetten?« Harper nahm ihre SIG Sauer von der Fensterbank und ging voran, Yuri flankierte sie.

Im Gang blieb der Russe am Lift stehen und drückte den Knopf.

Verwundert stellte Harper fest, dass der Aufzug funktionierte und sich nur Sekunden später für sie öffnete. Trotz des Schildes mit der Aufschrift *Loof ma besser Treppe, wa?* »Ernsthaft?« *Jemand hat sich einen Scherz erlaubt.* Sie lachte laut auf.

»Was ist so komisch an einem Lift?«, erkundigte sich Yuri irritiert.

»Das erkläre ich dir später.«

Mit dem Aufzug fuhren sie nach unten.

»Wo fangen wir zu suchen an?« Yuri hielt die Jarygin mit der Mündung nach unten. In seiner Linken wirkte sie seltsam normal, wie ein Werkzeug, mit dem er ganz natürlich hantierte.

»Was hat dir dein Großvater alles erzählt?«

»Zu viel. Ich brauche einige Anhaltspunkte, um es einzugrenzen.«

Harper bedankte sich stumm bei der Fügung, den jungen Russen zu ihr geführt zu haben. »Hat er dir jemals von einem Objekt erzählt, das die Ordnungszahl Neun trug?«

Yuri sah sie verdutzt an, und die Kabine kam zum Stehen. »Du meinst *Objekt neun*?«

Diesmal war Harper die Verblüffte. »Du kennst das?«

»Ja. Und es ist kein Gegenstand.« Yuri hob die Halbautomatik, um mögliche Gegner hinter der Aufzugtür unmittelbar mit einem sauberen Schuss niederzustrecken. »Hast du dir die Symptome angeschaut, die Deduschka hatte?«

Als die Tür sich öffnete, war dort draußen niemand. Weder Scutum noch die Zehlenskis.

Harper atmete auf. »Es sah für mich nach Vergiftung aus. Eine Langzeitvergiftung. Durch die chemischen Substanzen der Kampfstoffe.«

»Nein. Das war es nicht. Manchmal denke ich sogar, dass die Chemikalien sein Leben verlängerten.« Yuri ging voraus und hielt auf den schwarz-weiß lackierten Levante zu, der erkennbar kein herkömmliches Fabrikmodell war. Am Heck prangte ein kunstvolles Siegel mit kyrillischen Zeichen, das auf die kriminellen Elemente von Zehlendorf-Süd abschreckend gewirkt hatte. Bei manchen galt der Name des russischen Clans doch noch etwas. »Der Krebs hatte seinen ganzen Körper befallen. Er bekam von den Ärzten eine Art Dauerchemotherapie. Die dicksten Wucherungen wurden ihm regelmäßig entfernt.« Er entriegelte den schweren SUV und hielt Harper die Beifahrertür auf. »Auslöser war Radioaktivität. Strahlung.«

Harper platzte beinahe vor Neugier und Ungeduld. »Was ist Objekt neun?«

»Ein Bergwerksystem mit unzähligen Stollen und Schächten, in dem schon seit dem 19. Jahrhundert Uran abgebaut wurde. Es erstreckt sich über etliche Quadratkilometer.«

Etwas Derartiges hatte Harper befürchtet und stieg ein. »Also nicht in West-Berlin.«

Yuri schloss die Tür, umrundete die große Kühlerhaube und klemmte sich hinter das Lenkrad. »Sagte er noch etwas? Sonst suchen wir uns dumm und dämlich.«

Harper kramte in ihrer Erinnerung. »Zahlen. Eine Kombination. Drei. Sieben. Eins.«

»Eine Schachtnummer. Das müsste … Bad Schlema sein. In der DDR. Im Osten des Landes. Sind ein paar Kilometer von hier aus.«

»Fuckin' hell!« Harper trat gegen den Boden des Fußraums. Genau in dieser Sekunde endeten ihre Nachforschungen. »Das war es dann mit dem Depot.«

»Warum?«

»Wie sollen wir über die Grenze in die DDR kommen?«, antwortete sie mit einer Gegenfrage.

Yuri grinste böse und startete den Motor. »Für meine Rache, Harper, setze ich die Hölle in Bewegung.« Gemächlich fuhr er an. »Den Himmel lasse ich außen vor.«

Brodelnd und blubbernd wie ein Vulkan schoben die fünfhundertachtzig Pferdestärken unter der Haube sie voran.

»Du kannst uns dort hinbringen? Großartig!« Harpers Stimmung wechselte von zu Tode betrübt zu himmelhochjauchzend. Sie gab ihm einen übermütigen Kuss auf die Wange, was Yuri nicht peinlich oder unangenehm zu sein schien. »Dann sind wir garantiert vor Scutum dort.«

»Ich bemühe mich. Ist nicht einfach, aber es kann funktionieren.« Er lenkte den Maserati auf eine breitere Straße und beschleunigte merklich. »Erst suchen wir uns eine sichere Bleibe. Dann erkläre ich dir, was ich vorhabe.«

Harper klopfte ihm mit einem Lachen auf die Schulter und legte die Hände auf Bristols Laptoptasche in ihrem Schoß.

Der dröhnende Levante trug sie sicher durch Kleen Messieko, durch die Slums und das dunkle Erbe des Turbokapitalismus von Berlin-Deutschland.

Zumindest in der Hinsicht beneidete Harper die DDR. Ein Elend in diesem Ausmaß gab es dort nicht. Dafür sorgte der sozialistische Staat.

Der gleiche Staat wiederum unterdrückte sämtliche anderen Meinungen, Denkweisen und Ideen. Und tötete seine eigenen Bürgerinnen und Bürger, die zu aufsässig wurden, Fragen stellten oder Demonstrationen anzettelten wie 1989 in den Westländern.

Diesen Preis würde ich nie zahlen wollen. Harper sah durch ihr Seitenfenster ein paar Obdachlose, die sich um einen Schuh stritten. Auch das war menschenunwürdig. Doch West-Berlin kümmerte es nicht.

Konzentrier dich auf das Kommende. Die Stadt kannst du ein anderes Mal verbessern. Erst musst du sie retten. Harper beschloss, ihren Vorgesetzten beim MI6 keinerlei Hinweise über ihr Vorhaben zu geben.

Mit Yuri zusammen würde sie den Job mit den Sarin-Tanks in der DDR selbst erledigen. Der gut aussehende Mafiajunge sorgte mit seinen Verbindungen für den illegalen Grenzübertritt und die Reise durch das sozialistische Land. Die Macht der Diebe im Gesetz verschaffte ihr einen enormen Vorteil.

Sobald sie in Objekt neun und Schacht 371 fündig geworden waren, musste Harper improvisieren. Bis dahin blieb noch genug Zeit, sich Gedanken zu machen.

Eine weitere Frage beschäftigte Harper: Sollte sie Mitglieder der geheimen Saturn-Partisanenzellen der CIA in der DDR auffliegen lassen und damit ihr Todesurteil unterschreiben – oder nicht?

Sie erinnerte sich daran, in Bristols Unterlagen diverse Klarnamen der Saturn-Leute gelesen zu haben.

Wenn die Schläfer-Einheiten das Sarin in die Finger bekämen und die USA den Angriffsbefehl gäben, dann wäre ein Krieg gegen die DDR nicht zu verhindern.

Das konnte Millionen Tote in Europa und vielleicht sogar weltweit bedeuten, je nachdem, welche Waffen die Streitkräfte der NVA einsetzten. Ihre Hyperschallraketen erreichten auch die entferntesten Ziele.

Das mache ich von den Entwicklungen abhängig, dachte Harper. Erst wollte sie sicherstellen, dass sich das vergessene Sowjetdepot in Objekt neun, Schacht 371 befand.

Sofern Yuri sie über die Grenze brachte.

* * *

Berlin, Hauptstadt der DDR, Berlin-Buchholz, DDR

Gustav spuckte Blut aus und leuchtete mit der Zeiro-Lampe den Tunnel ab, der erkennbar von Menschen gegraben worden war. Dabei entdeckte er die unterarmdicke rote Plastiflexleitung, die unter ihm am Boden entlanglief und ihn an die starren Leitungen von Tanklastwagen erinnerte.

Gustav schoss seine alte Befürchtung durch den Kopf: *Sie pumpen das Gas tatsächlich ab. Verflucht! Sie haben uns verarscht.* Unschlüssig leuchtete er in den Gang. *Wohin führt er?*

»Genosse Oberst? Hören Sie mich?«, erklang Leutnant Weiß' Stimme in seinem Ohr. Das Funkgerät funktionierte wieder.

»Ja, ich höre Sie. Ich habe eine Spur der Terroristen entdeckt.« Er warf einen Blick über die Schulter und schwenkte die Lampe herum. Die Schnauze des eingebrochenen Spürpanzers hatte sich einen Meter hinter ihm in den Tunnel gebohrt und die Leitung abgeklemmt. *O Mann!* Sollte das Material reißen, drohte die nächste Katastrophe. »Wie viele Leute haben wir für einen Einsatz?«

»Acht Mann, Genosse Oberst. Wo stecken Sie?«

»Unmittelbar vor dem Spürfuchs beginnt ein Tunnel mit einer Leitung, durch welche die Terroristen das Gas abpumpen. Folgen wir dem Gang, gelangen wir zu den Verbrechern.« Gustav legte das Wieger-Sturmgewehr vor sich und begann auf Knien und Ellbogen zu kriechen.

»Sie haben keine ABC-Schutzausrüstung«, funkte Weiß. »Das ist zu gefährlich …«

»Bringen Sie mir eine mit. In der Enge kann ich sie sowieso nicht anlegen.« Mühsam schob sich Gustav voran, auf der Leitung mit dem tödlichen Gas entlang. *Mit Anzug passe ich nicht durch.* »Rufen Sie Verstärkung. Die NVA soll die Einbruchstelle sichern. Sollte die Leitung platzen, wird Sarin freigesetzt.«

»Verstanden, Genosse Oberst. Warten Sie auf uns.«

»Beeilen Sie sich lieber.« *Ich lasse diese Scheißkerle nicht entwischen.* Gustav schob seine Vorsicht beiseite. Nur ein kleines Loch im Schlauch, und er verreckte elend unter der Erde. Ohne Nadja gerächt zu haben. *Aber ich wäre bei ihr,* suchte er das Gute an seiner Situation. »Finden Sie heraus, wohin der Tunnel verlaufen könnte. Er führt nach Norden.«

»Verstanden, Genosse Oberst.«

»Haben Sie Kontakt zu Hauptmann Schmitz?« Gustav hatte das Gefühl, nur millimeterweise voranzukommen. *Ich hätte ins Fitnessstudio gehen sollen, nicht nur auf den Schießstand.*

»Nein, Genosse Oberst. Ich bekam die Nachricht von einem meiner verletzten Leute, dass der Truck mit der Operativzentrale vollkommen zerstört ist. Wir haben keinen Zugriff auf die Drohnen. Das Hauptquartier arbeitet an der Lösung.«

Gustav fluchte ins feuchtkalte Erdreich. »Beeilen Sie sich!«

Die Antwort des Leutnants kam undeutlich, der Empfang riss ab.

»Scheiße, verdammte!« Meter um Meter ging es voran, bis es weiter vorn schließlich heller wurde.

Leise Stimmen erklangen, das gedämpfte Knattern eines Kompressors war zu hören. Die Terroristen versuchten trotz der abgeklemmten Leitung, Sarin abzupumpen. Sie wussten demnach noch nichts von dem Spürpanzer, der darauf gelandet war.

Schnell löschte Gustav die Lampe des Smartphones. *Hab ich euch!* Langsam, um kein verräterisches Geräusch zu produzieren, kroch er zum Ausgang des Tunnels.

Dahinter lag eine aus Backstein gemauerte Kammer von mehreren Kubikmetern Ausdehnung, die zum früheren Berliner Abwassersystem gehört haben musste. Ringsherum lief eine Balustrade, zu der Treppen hinaufführten.

Gustav schaute aus zwei Metern Höhe aus dem Tunnel in den Raum und auf das Treiben ringsum. Unter ihm hantierte ein Dutzend Leute in Schutzanzügen, beleuchtet von aufgebauten Scheinwerfern, an Kompressoren. Von diesen führten wiederum fingerdicke Schläuche zu Druckflaschen, wie sie beim Tauchen benutzt wurden.

Zwei andere waren damit beschäftigt, die vollen Flaschen senkrecht in einen Gitterrollwagen zu stellen und das beladene Gefährt in eine Seitenröhre zu ziehen.

Sie füllen es um. In leicht transportable Portionen. Gustav bemerkte keine Auswirkungen des Gases auf sich. Die Terroristen gingen vorsichtig mit dem Kampfmittel um, obwohl die Ausrüstung sie perfekt schützte.

»Genosse Oberst, wir sind auf dem Weg zu Ihnen«, erklang Weiß unvermittelt in seinem Headset.

Gut. Gustav wagte nicht zu antworten und richtete seine Aufmerksamkeit auf die Kompressoren. Die Kontrollleuchten blinkten abrupt rot. Die Pumpen veränderten den Klang und erschufen ein Vakuum, zogen kein neues Gas mehr nach.

»Etwas hat die Leitung verstopft!«, rief ein Terrorist, der einen Aufkleber mit Hammer und Sichel auf seinen Anzug gepappt hatte. Schnell schaltete er die heiß laufenden Maschinen aus. »Wie viele Flaschen haben wir?«

Ist das der Anführer? Gustav sah genau hin und nutzte den Zoom des Zeiro für eine bessere Sicht. Die grauen Haare des Mittvierzigers klebten verschwitzt an seinem Kopf, in seinem hageren Gesicht stand ein voller, perfekt getrimmter Oberlippen- und Ziegenbart. Exakt die Art, wie ihn Lenin getragen hatte. *Er scheint seinen Tarnnamen sehr ernst zu nehmen.*

»Hundertdreizehn«, antwortete ihm einer. »Soll jemand nachschauen?«

»Nein. Ich fürchte, der Gang ist eingestürzt. Wir hätten ihn abstützen sollen.« Der Terrorist sah zu dem Loch hinauf, in dem sich Gustav sogleich flach auf den Boden drückte, um von unten nicht gesehen zu werden. »Die Ablenkungsteams haben ihren Zweck erfüllt. Wir setzen uns unbemerkt ab.«

»Bleibt es bei der Aufteilung, Lenin?«

»Ja. Jeder von euch fährt zu den vereinbarten Verstecken und bringt seine Flaschen in Sicherheit. Keiner verrät dem anderen, wohin es geht. Sobald sich die Lage beruhigt hat, melde ich mich bei euch.«

Die Truppe hob reihum die Hand zur Bestätigung und lud die letzten gefüllten Kompressionsflaschen auf den Wagen.

Diese Nachricht schmeckte Gustav überhaupt nicht. Die Terroristen teilten das tödliche Gas auf und versteckten es, um es nach Belieben einzusetzen. *Das müssen wir unterbinden.*

Wenigstens hatte er jetzt den Anführer vor sich. Seine Rache rückte näher. *Fehlt noch die Gelegenheit.*

»Kommst du nicht mit?«

»Nein. Ich deponiere die Sprengladungen«, erwiderte Lenin.

»Alles klar. Aber beeil dich. Ich habe gerade die Nachricht bekommen, dass die NVA zur Lagerhalle der Pyrofa vorrückt.«

»Sollen sie. Es gibt nichts, auf das sie schießen können.«

Die dreizehnköpfige Truppe verschwand mit den letzten Flaschen durch die Backsteinröhre.

Es ging nicht mehr anders: Gustav musste funken. »Genosse Leutnant, ich bin in einem alten Abwassersystem«, flüsterte er. »Dahinter muss ein Ausgang liegen.« Er gab die offizielle Bezeichnung der Kammer durch, die er an der Wand gegenüber auf einem verschmutzten, korrodierten Schildchen gerade so lesen konnte. »Etwa ein Dutzend Terroristen hat das Sarin in kleinere Druckflaschen umgefüllt. Schnappen Sie die Leute. Sonst haben wir nichts gewonnen, und die Verluste waren umsonst.«

»Verstanden.«

Lenin ging zu einer Nische, holte einen olivfarbenen militärischen Transportkoffer hervor und öffnete ihn. Darin lagerten zehn vorbereitete Sprengladungen, der Zünder lag daneben. Danach sah er auf ein Luftmessgerät an seinem Handgelenk. Leise keuchend öffnete er den Schutzanzug und pellte sich heraus. Darunter trug er herkömmliche Sportkleidung.

Jetzt! Bevor er die Ladungen scharf schaltet. Gustav kroch unbeholfen aus seinem Versteck und rutschte auf die Balustrade. Dann lud er die Wieger durch, damit Lenin das Klacken des Verschlusses hörte, und legte auf ihn an. »Rühr dich nicht. Du bist festgenommen!«

Langsam, als würde er nach einem lästigen Bittsteller schauen, drehte sich der Mann zu ihm. »Oberst Kuhn? Das ist eine echte Überraschung! Ich dachte, Sie wären tot, Sie lästiges Stück Scheiße. Wie haben Sie die WAG überlebt, die ich Ihnen geschickt habe?«

»Die Hände hoch! Weg vom Koffer!«

Lenin lächelte niederträchtig. »Denken Sie wirklich, dass Sie mich lebend bekommen?«

»Das werde ich. Darauf kannst du dich verlassen! Auf die Befragung freue ich mich seit Tagen.« Gustav ging die Treppe hinab, die von der Balustrade herunterführte. »Und dich richte ich eigenhändig hin, wenn wir mit dir fertig sind.«

Lenin überlegte und fuhr sich über den Ziegenbart. »Ah, Sie haben jemanden bei der Sarin-Sache verloren. Wenn es Sie tröstet: Das war nicht geplant und geschah zur falschen Zeit am falschen Ort. Ein Anwenderfehler mit dem Gastank und doppelt ärgerlich. Denn es brachte Sie erst ins Spiel.«

»Und auf eure Spur.« Gustav hatte den Boden der Kammer erreicht, die Wut kochte in ihm. *Ärgerlich. Anwenderfehler. So ein widerwärtiges Arschloch!* »Was hattet ihr wirklich vor?«

»War es Ihre Frau? Ihr Kind?« Der Mann schürzte die Lippen. »Oder eine Geliebte?«

»Was wolltet ihr mit dem Sarin?«

Lenin hob die Arme und verschränkte sie hinter dem Kopf. »Also die Geliebte. Die Macht der Liebe wandelte sich in …«

Gustav drückte ab.

Das Geräusch peitschte grell und trocken schallend durch die gemauerte Kammer. Die Kugel verpasste dem Terroristen einen Streifschuss am rechten Oberschenkel. Lenin schrie auf und knickte ein, fiel neben den Kompressor.

»Was war der Plan?«, wiederholte Gustav.

Aus dem gequälten Laut des Verbrechers wurde ein Lachen. »Sie glauben ernsthaft, dass Sie hier lebendig rauskommen.«

»Genosse Oberst, wir stecken fest«, kam in diesem Moment die Meldung des Leutnants. »Die ABC-Anzüge sind zu dick für den Tunnel. Wir gehen außen herum. Hauptmann Schmitz hat die Position des Flutungsbeckens lokalisiert. Halten Sie durch! Es wird einige Minuten länger dauern, bis …«

Abrupt setzte ein penetrantes Rauschen ein.

Gustav stöhnte und griff an das Ohr, in dem sein Headset saß. Die Terroristen hatten den Störsender erneut aktiviert, um ihre Flucht zu erleichtern.

»Abgeschnitten. Genau wie ich. Nennt man so etwas nicht Showdown?« Lenin hielt sich mit einer Hand die Oberschenkelwunde, mit der anderen stützte er sich lässig am Kompressor auf.

»Hoch mit dir.«

»Kann ich nicht. Sie haben mich angeschossen.«

Gustav lehnte sich leicht nach vorne, das Gewehr im Anschlag, und zielte auffordernd. »Jetzt!«

»Tja. Wenn Sie mich noch mal anschießen, werden Sie mich tragen müssen.« Lenin legte sich auf den Rücken und verschränkte die Hände hinter dem Kopf, als läge er am Strand. »So, Oberst. Und nun?«

»Schlage ich dich bewusstlos und schleife dich an den Haaren raus.« Langsam ging er vorwärts, ohne die Waffe zu senken. »Den Plan erfahre ich von dir. Verlass dich drauf. Du wirst ihn herausschreien.«

Lenin lachte ihn lauthals aus. »Sie unterschätzen mich. Und überschätzen *sich,* Genosse Oberst.« Er schloss die Augen und atmete durch. »Diese DDR hat das verraten, was unsere Vorväter begannen. Was das Ziel war. Was wir gegen alle Widerstände und Aggressionen verteidigten! Der Kapitalismus schlich sich in unsere sozialistische Seele. Die UdSSR, die ČSSR, ein Bruderstaat nach dem anderen fiel diesem Gift zum Opfer. Geld korrumpiert. Geld zerfrisst die Seele einer Gemeinschaft. Eines Volkes.« Er drehte den Kopf zu den Sprengladungen und öffnete die Augen. »Wollen Sie bestreiten, dass dieses Politbüro, dieses Zentralkomitee, dass die Sekretäre und Funktionäre längst Opfer der verhassten Ideologie geworden sind? Parteibonzen mit dicken Konten, fetten Autos und schicken Wohnungen in der Waldsiedlung Wandlitz hätte es niemals geben dürfen.«

Das Motiv für die geplanten Sarin-Anschläge offenbarte sich jetzt. »Ihr wolltet einen Putsch!«

»Nein, keinen *Putsch.* Wir wollten die Deutsche Demokratische Republik von dieser Regierung erlösen. Von allen, die kontaminiert sind. Um Platz für jene sozialistischen Patrioten zu machen, die den Marxismus-Leninismus zurückbringen.«

»Wie?«

»Bei einer Sitzung des ZK. Oder bei einer Parade zum Jahrestag. Bei einer passenden Gelegenheit, um das Gas schlagartig einzusetzen. Es hätte kein Chaos gegeben, wir hätten den Staat sofort übernommen und geführt. Ihn zu einer besseren DDR gemacht. Und noch ist es nicht unmöglich.« Lenin richtete sich ächzend auf. »Wurden Sie nicht zurückgepfiffen, Oberst, als Sie gegen zwei Sekretäre ermittelten? Als Sie mehrere Funktionäre überprüften, weil man ihnen Korruption und Handlungen gegen das Wohl der Bürgerinnen und Bürger vorwerfen konnte?«

Lenin traf Gustav mit seinen Worten mitten ins Mark. »Woher weißt du das?«, flüsterte er.

»Wir waren überall, Genosse Oberst. Sie wären bei uns gut aufgehoben gewesen.« Lenin drückte mit der Hand gegen die blutende Wunde. »Ich hielt Sie für einen Feind und ließ Sie bekämpfen.« Er streckte symbolisch die Hand aus. »Aber sind Sie wirklich einer? Oder wollen Sie uns helfen, den Sozialismus zurückzubringen?«

»Du bist ein selbstgerechtes Arschloch.«

»Das Faule muss weg. Sonst ergeht es der DDR wie der Russischen Föderation: Wir versinken in Korruption und hängen in den Fängen des geldgierigen Westens.« Lenin sah ihn durchdringend an. »Wir haben uns zu sehr vom Kommunismus entfernt. *Wir* sind die Letzten, die Stärke beweisen. Tragen wir die Fackel weiter! Entzünden wir das Feuer der Revolution neu und lassen viele Tausend Funken fliegen, damit es sich verbreitet!« Er streckte die Hand noch weiter aus. »Zeigen wir den Menschen auf der ganzen Welt, wie das Zusammenleben sein sollte. Es ist ein einmaliges Angebot, Oberst.«

»Du stehst nicht auf?«

Lenin senkte enttäuscht den Arm.

»Dann eben an den Haaren.« Gustav holte mit dem Kolben der Wieger aus. »Wenn du wieder aufwachst, reden wir weiter. Und du *wirst* reden!«

»Niemals.« Lenin zog den Oberkörper unvermittelt zurück und wich dem Hieb geschickt aus, wälzte sich herum und griff nach einer nicht komplett befüllten Druckflasche. »Sie wollten mein Angebot nicht annehmen. Gut. Ich sagte ja, Sie werden nicht überleben.« Noch ehe Gustav ihn daran hindern konnte, riss er den Schlauch ab und drehte das Ventil auf. »Wir hätten keine Feinde sein müssen, Genosse Oberst.«

Zischend entwich das russische Sarin.

Nein! Gustav sprang weg, presste sich den Ärmel gegen Mund und Nase, eilte rückwärts in den Durchgang, den die Terroristen mit dem Gitterwagen genommen hatten.

Das Gas hüllte Lenin ein, der laut und tief einatmete. Das Luftholen ging in ein Husten und sogleich in erstricktes Röcheln über. Krampfend fiel er nach hinten, riss die Flasche mit sich, die scheppernd umfiel.

»Du feiges Schwein!«, schrie Gustav wütend und bewegte sich beständig rückwärts, um dem unsichtbaren Tod zu entgehen.

Die unterschiedlichsten Gefühle überfluteten ihn.

Zum einen freute er sich, den Strippenzieher zur Strecke gebracht zu haben. Es machte Nadja nicht wieder lebendig, aber ihr Tod und das Sterben der übrigen Unschuldigen waren gerächt worden.

Zum anderen fühlte Gustav ungeheure Frustration, die Befragung nicht mehr durchführen zu können – und den vielfachen Mörder im Anschluss nicht persönlich exekutieren zu dürfen. *Für Nadja.*

Außerdem ließen ihm die Worte des Anführers keine Ruhe.

Sie untermauerten, was Gustav dazu gebracht hatte, sich von der DDR und dem ungerechten Sozialismus, wie er derzeit herrschte, loszusagen und sogar die Flucht in Betracht zu ziehen.

Es stimmte: Eine neuerliche Revolution wäre dringend nötig, um die Gleichheit für alle wiederherzustellen. Keine Primi inter Pares mehr.

Alle sind gleich, keiner ist gleicher. Schluss mit Privilegien, dem Wegschauen und Zurückpfeifen. Gustav verstand die Idee hinter Lenins Verschwörung gegen die DDR voll und ganz. *Aber nicht auf die Weise. Nicht, wie sie es geplant haben.*

»Genosse Oberst?«, ertönte Weiß' Stimme zerhackt in seinem Headset. »Melden Sie sich. Oberst …«

»Ich bin wohlauf, Genosse Leutnant. Aber kommen Sie nicht ohne ABC-Schutz in das Kanalsystem. Sarin ist ausgetreten. Ich kann nicht sagen, wie viel und ob es sich verflüchtigt hat.«

»Verstanden.« Im Hintergrund erklangen laute Jubelrufe. »Die NVA hat mehrere Terroristenteams auf der Flucht abgefangen und ausgeschaltet. Ich denke, wir haben sie alle erwischt. Die Flaschen mit dem Gas sind in Sicherheit.«

»Sehr gute Arbeit, Genosse Leutnant.« Gustav fiel ein Stein vom Herzen, auch wenn eine kleine Unsicherheit blieb. »Danke für die Information.«

»Dank Ihnen, Genosse Oberst. Sie sind ein Held der Republik.«

Schon wieder, dachte Gustav und eilte hinaus ins Freie. Dabei fühlte er sich alles andere als heldenhaft.

Was war die Lieblingssportart von Erich Honecker?
Bobfahren.
Rechts und links eine Mauer und ständig bergab.

Volkswitz

Fakten der DDR: Bezirk Köln

Mit Stolz und Freude verkündete Generalsekretär Naumann am 1. Januar 2020 das Ende der Renovierungsarbeiten am Dom zu Köln, ermöglicht durch den unermüdlichen Einsatz der Freiwilligenbrigaden unter der Anleitung unserer hervorragenden Steinmetzinnen und Steinmetze.

Das Bauwerk ist nunmehr fertig saniert und wird nicht weiter durch die Brigaden und staatliche Arbeiterschaft betreut.

Die restlichen vorgesehenen Millionenbeträge aus dem staatlich verwalteten Vermögen der katholischen Diözese zur Instandhaltung fließen in die Pionier- und FDJ-Arbeit sowie in Aufbauprojekte in sozialistischen Bruderstaaten und Entwicklungsländern.

Parallel zur Fertigstellung trat die Regelung in Kraft, dass die konfessionellen und nicht konfessionellen Glaubensgemeinschaften sowie deren Liegenschaften, Immobilien und sonstigen Besitztümer alleine durch Spenden ihrer Mitglieder finanziert werden.

13

Bezirk Nürnberg, Kreis Coburg, DDR

»Keine Chance. Ich habe nicht den blassesten Schimmer, was in Coburg ist.« Alicia sah auf die einprogrammierte Route, die sie in Boris' Zeiro gefunden hatten. Das Smartphone hatte unter dem umgeklappten Rücksitz gelegen, der Mann musste es beim Umlegen verloren haben. Das Killertrio hatte das Gerät genutzt, um die schnellste Route von Homburg nach Coburg berechnen zu lassen. Doch zu den Gründen oder dem genauen Zielort gab es auf dem Smartphone keine Informationen. »Im Speicher war nichts.«

Chris hatte die alte Landkarte auf der Ablage ausgebreitet und machte sich Notizen auf einem Blatt Papier. »Vielleicht wollten sie dort jemanden kontaktieren. Oder umgekehrt. Oder sie kennen sich in der Stadt aus.« Er blieb konzentriert bei der Sache und überließ seiner Cousine das Fahren. Seine Sprachkenntnis half ihm dabei, die russischen Kürzel zu verstehen und richtig zuzuordnen. Durch die zerstörten hinteren Seitenfenster pfiff der kalte Wind. Das voll aufgedrehte Warmgebläse und die Sitzheizungen des Kompass kämpften dagegen an und errangen zumindest Teilerfolge.

Nie im Leben geht es um Gold. Nach vielen Versuchen und einem Abgleich mit einer modernen Karte, die er mithilfe des erbeuteten Handys im Internet gefunden hatte, konnte Chris den Ausschnitt einordnen. Es war ein Gebiet rund um den Ort Bad Schlema im Osten der DDR.

Leider waren die ursprünglichen Bezeichnungen der Wehrmacht nicht zu entziffern. Nicht ohne Hilfsmittel und aufwendige Analysemethoden, die man in einem dahinrauschenden SUV nicht zur Verfügung hatte. Die strengen Geheimhaltungsstufen, die das Kartenmaterial betrafen, waren jedoch noch deutlich zu erkennen. Das hatte die Rotarmisten aber nicht daran gehindert, munter eigene Beschriftungen und Markierungen vorzunehmen und es dann als »streng geheim« einzustufen.

Das ist etwas Gefährliches. Soweit Chris es bei dem Geschaukel und dem wenigen Licht erkennen konnte, handelte es sich um sowjetische Anlagen, die in Bergbauschächten oder Stollen untergebracht waren. Den genauen Sinn der Einrichtung hatte er hingegen noch nicht entschlüsseln können. *Etwas Harmloses wird es nicht gewesen sein, wenn man es derart verbirgt.* Er bedauerte, sich nicht sonderlich mit der Geschichte des Landes auszukennen, aus dem seine Großeltern stammten. Das Dilemma der nachfolgenden Generationen. »Sagt dir Bad Schlema etwas?«

»Oh, gut! Du hast die Karte zuordnen können!«

»Ja. War nicht einfach.« Chris hob den Blick und schaute nach vorne.

Die nächtliche Autobahn war so gut wie leer. Alicia hielt sich streng an das Tempolimit von hundertdreißig Stundenkilometern, auch wenn der Kompass viel schneller hätte sein können.

Auf einem vorbeihuschenden Hinweisschild konnten sie jetzt lesen, dass Coburg noch zweiunddreißig Kilometer entfernt war. In einer knappen Viertelstunde würden sie die erste Ausfahrt zu der bayerischen Stadt erreichen.

Seit ihrem Aufbruch gab Alicia sich geheimnisvoll und vertröstete ihn, sobald er nachfragte. Sie sandte mit ihrem umgebauten Zeiro Kurznachrichten an ihre unbekannten Helfer.

Sie hat einen Plan. Inzwischen war Chris sich ziemlich sicher, dass Alicia mehr war als nur das schwarze Schaf der

Familie. Sie unterhielt Verbindungen zu Leuten, die in der Lage waren, sowohl Stasi-Spionage-Komponenten in elektronischen Geräten als auch Blockaden im Netz auszutricksen. In einer Nachricht, die er aus dem Augenwinkel auf ihrem Display gesehen hatte, war die Rede von einem Sky-Uplink. *So etwas läuft via Satellitenverbindung.*

Genaues wollte Chris gar nicht wissen, damit er seine Cousine bei einer Festnahme nicht belasten konnte. Und mit einer Festnahme rechnete er jederzeit.

Aus diesem Grund wollte er die Zeichen endlich dechiffrieren. Das Geheimnis sollte gelöst werden. Er hatte sich fest vorgenommen, die Wahrheit hinter all den Ereignissen aufzudecken. »Ich frage mich die ganze Zeit, warum man uns noch nicht aufgehalten hat.«

»Mir geht's genauso.« Alicia schaute in den Rückspiegel. Danach versuchte sie, einen Blick in den dunklen Himmel zu werfen, um zu erkennen, ob sich die Scheinwerfer eines Hubschraubers zeigten. »Irgendwas stimmt nicht.«

Chris widmete sich erneut den russischen Kürzeln, die er bereits entziffert hatte. *Ich muss schneller sein.* In seinem Hinterkopf, im Archiv des verschütteten Wissens, regte sich etwas. Aber es weigerte sich, aus den Regalen zu steigen und sich ihm zu zeigen.

Plötzlich bog Alicia auf eine Parkplatzausfahrt ein und brachte den Kompass in einer freien Parkbucht zum Halten. »Bergbau.«

»Warum halten wir? Und was für ein Bergbau?« Verwirrt sah sich Chris um.

»Bad Schlema. Frag mich nicht, was die Russen und wir dort abgebaut haben, aber es ist eine Bergbauregion. Kohle vielleicht.« Alicia öffnete die Tür und streifte den schmutzigen, mit vertrockneten Blutspritzern behafteten Bademantel ab. »Ich muss mal.« Sie huschte in Shirt und lilafarbenen Frotteebermudas hinaus und eilte auf das beleuchtete Toilettenhäuschen zu.

Bergbau. Chris nutzte die Gelegenheit und stieg ebenfalls aus, um sich die Beine zu vertreten. *Forschung tief unter der Erde? Mit was? Über was?*

Die Luft war frisch und roch nach nasser Wiese sowie einem Hauch Schnee, der Atem wurde zu einer weißen Wolke. Der Winter breitete sich rasch aus.

Chris' Nacken schmerzte vom kalten Fahrtwind. Morgen würde er den Kopf nicht mehr drehen können, aber anders ging es nicht.

Außer ihrem verbeulten SUV parkten noch drei andere Fahrzeuge auf dem kleinen Rastplatz. Die Scheiben von zwei der Wagen, deren Marken Chris nicht kannte, waren beschlagen. Aus einem tönte Musik, und die Insassen sangen laut mit. Im anderen bewegten sich zwei dunkle Schemen.

Die Passagiere des dritten Autos lümmelten an dem Bankensemble herum, tranken Kaffee aus einer Thermoskanne und Alubechern, das Aroma verteilte sich in der Luft. Niemand kümmerte sich um sie oder den verschrammten Zustand des Kompass.

Chris beneidete sie um das heiße Getränk. *Was gäbe ich für einen Schluck davon.*

Beim Anblick der hellen LED-Lampen rund um das Toilettenhäuschen kam ihm ein Gedanke.

Rasch nahm er die Landkarte und hielt sie auseinandergefaltet gegen die Parkplatzleuchten, die ihr starkes Licht gegen das dünne Papier warfen.

»Das ist es«, raunte Chris freudig und ging auf den nächsten Scheinwerfer zu, um die Helligkeit zu erhöhen.

Die russischen Eintragungen wurden noch deutlicher. Unter den viel zu dicken Strichen und Übermalungen kamen weitere Notizen zum Vorschein. Chemische Formeln, die korrigiert worden waren; militärische Kürzel; und ein lachender Totenkopf, um den weitere kleine Totenschädel satellitengleich kreisten.

Schwarzer Humor. Auch wenn er die Formeln nicht lösen konnte, sagte ihm eine warnende Stimme im Hinterkopf, dass sie im Zusammenhang mit einer militärischen und als doppelt geheim eingestuften Karte kaum etwas Positives bedeuten konnten. *Ganz im Gegenteil. Diese Chemikalie bringt den Tod!*

Das Trio, das brachial gegen die Müllers vorgegangen war, hatte sehr genau gewusst, welche Informationen sich auf der Karte befanden. Es gab kein Gold, kein Bernsteinzimmer, keine Schätze. Deswegen, und nur *deswegen,* waren sie angerückt, um den genauen Standort herauszufinden, an dem die Rote Armee während des Zweiten Weltkriegs ihre chemischen oder biologischen Waffen eingelagert hatte.

Ganz langsam senkte Chris die Karte, seine Hände begannen zu zittern. *Arbeitet das Trio alleine? Wer steckt dahinter?*

Die Stasi wäre einfach bei den Müllers vorgefahren und hätte die Karte konfiszieren können. Dazu bedurfte es keiner Geheimhaltung oder Auslöschung einer unbescholtenen Familie.

Er blickte auf den Parkplatz, die Autos, das Klohäuschen, das normale Leben mit Kaffeepausen auf langen Reisen, einer schnellen Vögelei auf dem Rastplatz und Musik in der Stereoanlage des Wagens.

Chris wurde noch bewusster, dass es ein normales Leben für ihn nicht mehr gab. Nicht nach dieser Erkenntnis. *Die drei sind Terroristen,* zuckte es durch seinen Verstand. *Oder ausländische Agenten. Die wollen das Zeug einsetzen!*

»Hast du auch gepinkelt?« Alicia verließ die Toilette und schloss die Tür hinter sich. »Ich würde nämlich an deiner Stelle …« Sie blieb vor der Fahrbahn stehen, um den großen dunkelgrauen Phänomen-Transporter passieren zu lassen, der gerade die Straße entlangrollte und die Parkbucht neben dem Kompass ansteuerte. »An deiner Stelle …«, setzte sie erneut an und machte einen Schritt nach vorne.

Im gleichen Moment flog die Hecktür des Phänomen auf.

Mehrere schwarz gekleidete Männer sprangen heraus, gepanzert sowie mit Helmen und Gesichtsmasken ausgestattet; auf den schusssicheren Westen prangte das Kürzel *9.VP-K*.

Fünf der breit gebauten, einschüchternden Spezialpolizisten sprinteten mit vorgehaltenen Pistolen und Schnellfeuergewehren auf Chris zu, einer trug einen Schild zur Abwehr von Kugeln vor sich. Harsche Anweisungen wurden ihm entgegengebrüllt.

Eine Sondereinheit! Chris begriff, dass die Reise an dieser Stelle und in dieser Sekunde endete. Bei allem Schrecken und der aufsteigenden Todesangst regte sich auch ein Hauch von Erleichterung in ihm, nicht länger auf der Flucht vor den zwei verbliebenen Terroristen sein zu müssen. Es lag nicht mehr in seiner Hand. *Aber mein Versprechen!* Er sah auf die Karte. *Wie soll ich es …?*

»Scheiße! Die Neunte!« Alicia wich vor den anderen vier Spezialpolizisten, die in ihre Richtung rannten, bis zum Toilettenhäuschen zurück.

»Ich ergebe mich!« Chris hob die Arme in die Höhe. In seiner Linken hielt er die wertvolle Landkarte. »Nicht schießen! Ich …«

In der nächsten Sekunde wurde er gepackt und zu Boden gerissen. Sein Kinn schlug hart auf dem Asphalt auf, Sternchen drehten sich vor seinen Augen. Im Hintergrund fluchte und tobte Alicia. Gleich darauf spürte er ein schweres Knie im Rücken, die Luft schoss aus seiner Lunge.

Chris verfiel in die nächste Stufe von Angst. Sein Herz raste, während er gleichzeitig fürchtete, ersticken zu müssen. Das Atmen gelang ihm fast nicht mehr. Da er in dieser Position kaum etwas sah, mutierte alles für ihn zu einem schlimmen, beängstigenden Hörspiel.

Aus der Ferne erklang das Rattern von Rotoren, ein Hubschrauber schwebte langsam näher. Weitere Fahrzeuge schossen in hohem Tempo auf der Fahrbahn des Rastplatzes heran.

Jemand zwang seinen Kopf mit kräftiger Hand zur Seite, sodass Chris unter dem SUV hindurchsehen konnte. Alicia wurde neben dem WC-Häuschen von der zweiten Truppe zu Boden geworfen. »Tun Sie ihr nichts«, versuchte er zu sagen, doch es kam nur ein Nuscheln über seine zusammengequetschten Lippen.

Ratschend legte sich ein Kabelbinder um seine Handgelenke. Die wertvolle Landkarte wurde ihm abgenommen, wobei ein vernehmbares Reißen erklang. Das Papier gab unter der rüden Behandlung des Spezialkommandos auf.

Nein! Ich brauche sie noch! Deutlich fühlte Chris einen letzten Fetzen zwischen seinen Fingern haften. »Hören Sie, ich möchte …« Ein Faustschlag in die seitlichen Rippen beendete seinen Satz.

»Potsdam zwei, wir haben den Mann gesichert«, meldete ein Polizist über Funk, während man Chris abtastete und absuchte.

»Potsdam drei, wir haben die Frau«, lautete eine weitere Durchsage.

»Verstanden. Gute Arbeit«, erfolgte das Lob kaum hörbar, weil der Lärm des Hubschraubers sich zügig näherte. Der Wind frischte auf, die Rotorblätter sorgten für einen kleinen Sturm am Boden. Gleißendes Scheinwerferlicht zuckte und schwenkte über die Zivilisten auf dem Parkplatz, um sie in Schach zu halten. »Durchsuchen und bereit machen fürs Verladen in den Helikopter.«

»Potsdam zwei hat verstanden. Wir …«

Unvermittelt dröhnte ein lautes Motorgeräusch, gepaart mit dem anhaltenden Lärm einer röhrenden Lastwagenhupe.

Was geht da vor? Verschnürt und bewegungsunfähig sah Chris mit weit aufgerissenen Augen unter dem Kompass hindurch einen Vierzigtonner über den Parkplatz pflügen. Zuerst traf er einen weiteren kleineren Wagen des Sonderkommandos mit der Schnauze und katapultierte ihn vom Toilettenhaus weg.

Die Polizisten hechteten zur Seite, einer von ihnen eröffnete das Feuer.

Dann raste der Lkw genau auf den dunkelgrauen Phänomen der 9.VP-K zu.

»Weg!«, schrie jemand. »Alle weg!«

Chris wurde mit dem Gesicht nach unten über die Straße gezerrt und in einen Entwässerungsgraben neben den Haltebuchten geworfen. Die Welt drehte sich rasend schnell um ihn, während er die Böschung hinabrollte und im Sickerwasser rücklings zum Liegen kam. Die schlammige Erde war eiskalt, die Feuchtigkeit drang durch seine Kleidung.

Über ihm flogen zwei Sonderpolizisten durch die Luft, gefolgt von Blechtrümmerteilen und roten Plastikstückchen, die vom Transporter stammten.

Die Terroristen! Chris lag in der Mulde, keuchte panisch und lauschte auf das Rattern der Gewehre, die in raschem Stakkato feuerten. Der Hubschrauber schwirrte wie eine hektische Libelle mit einem leuchtenden Auge am Nachthimmel. Gelegentlich stoben Funken am Rumpf auf, bis der Scheinwerfer schließlich erlosch.

Ich brauche mehr Deckung. Chris versuchte, sich mit den Fersen im weichen Untergrund abzustützen und sich bis zu dem eingelassenen Entwässerungsbetonrohr zu schieben, das unter einem Straßendamm hindurchführte.

Explosionsblitze erhellten die Umgebung, es knallte vielfach, Blendgranaten zündeten. Eine Wand aus rotem und weißem Nebel walzte heran, die nach Chemie stank. Das Rattern und Wummern der automatischen Waffen ließ nicht nach.

Unvermittelt flog ein orangeroter Feuerschein auf den Graben zu. Etwas näherte sich, das in Flammen stand.

Scheiße! Noch schneller drückte Chris sich mit den Absätzen vom breiigen Boden ab, kam der rettenden Röhre jedoch nicht näher.

Keine zwei Meter von ihm entfernt rollte ein brennender BMW X4 die Böschung herab und bohrte sich krachend in den Schlamm, der in einer Fontäne aufstieg. Die Lohen schlugen aus dem Innenraum, schwarzer Qualm quoll über den Flammen auf, Funken stoben in Richtung der Sterne.

Wasserstoff! Die fahren mit Wasserstoff! Chris wälzte sich auf den Bauch und kam irgendwie auf die Knie, stemmte sich hoch und stolperte geduckt auf den Tunnel zu, als der X4 hinter ihm detonierte.

Die Wucht der Druckwelle hob ihn an und pustete ihn mit heißem Wind Meter um Meter vorwärts.

Chris schrammte knapp an der Betonkante der Entwässerungsröhre vorbei und klatschte auf den feuchten Rasen, überschlug sich mehrmals und kam groteskerweise aufrecht sitzend zum Halten, den Kopf auf den in Flammen stehenden Rastplatz gerichtet.

Alicia! Er stand kurz vor einer Ohnmacht und hob den getrübten Blick. Die stechenden Schmerzen in den Schultern und den gefesselten Handgelenken hielten ihn bei Bewusstsein. Mit Sicherheit hatte er sich etwas gebrochen. *Wo ist Alicia?*

Rauchendes Feuer tobte an unterschiedlichen Stellen über den Parkplatz. Der Vierzigtonner, der Kompass und der dunkelgraue Transporter des Spezialkommandos waren ineinander verkeilt und bildeten eine brennende Mauer. Blaulichter kreisten überall, es wimmelte unbegreiflicherweise von regulären Vopo-Fahrzeugen und Krankenwagen. Die künstlichen bunten Nebelwände der Brände und Rauchgranaten lösten sich auf.

Das Schießen hatte aufgehört, auch der Hubschrauber war verschwunden. Über das Areal verteilt lagen gepanzerte Polizisten und einige der Zivilisten, die nichts weiter als eine kurze Pause hatten machen wollen. Das WC-Gebäude war zur Ruine geworden, Wasser stieg plätschernd aus geborstenen Leitungen in die Höhe und verwandelte das Chaos in eine groteske Brunneninstallation.

»Alicia!«, schrie Chris und spürte, dass er sich nicht mehr länger gegen die Bewusstlosigkeit wehren konnte. Blut sickerte über sein rechtes Auge und raubte ihm die Sicht, mit dem linken Auge sah er nur verschwommen und unscharf.

Drei schwarze Schemen drehten sich nach seinem Ruf zu ihm um und eilten näher, hinter ihnen liefen weiß gekleidete Gestalten.

Der letzte Gedanke, bevor Chris nach hinten fiel, galt nicht etwa seiner Sorge um Alicia.

Oder dem Gesicht seiner Frau Cora.

Sondern der Verwunderung darüber, dass er den Kartenfetzen immer noch zwischen den Fingern hielt und plötzlich wusste, welche Informationen er bislang bei seiner Übersetzung gedanklich nicht in Einklang hatte bringen können.

Danach wurde seine Welt schwarz.

* * *

Bezirk Coburg, Kreis Coburg, DDR

Chris erwachte von seinem eigenen Zittern. Er lag in einem Bett und war zugedeckt. Den geretteten Kartenfetzen hielt er nicht mehr in der Hand. Vielleicht hatte er ihn während seiner Bewusstlosigkeit verloren, oder seine Häscher besaßen ihn.

Die Umgebung, in der er aufwachte, konnte er durch die Augenbinde nicht sehen, die man ihm – neben Handgelenk- und Fußfesseln – angelegt hatte. Medizinische Apparate piepsten leise, sein Puls war offenbar erhöht. *Wohin haben sie mich gebracht?* Vorsichtig bewegte Chris den Kopf auf und ab, hin und her und versuchte, die Binde wenigstens ein wenig zu verschieben. Ein kleiner Eindruck würde ihm schon reichen.

Schmerzen spürte er nicht. Entweder waren ihm schwere Verletzungen erspart geblieben, oder man hatte ihn mit Medikamenten behandelt.

Keine zwei Sekunden darauf öffnete sich die Eingangstür.

Leise Stimmen näherten sich dem Bett, die Schritte klangen nach schweren Stiefeln und leichten Damenschuhen.

»Der Müller ist wach«, befand eine recht helle Männerstimme, die perfektes Hochdeutsch sprach. »Geben Sie ihm etwas gegen das Zittern.«

»Wo bin ich? Wer sind Sie?«, fragte Chris abgehackt. »Warum trage ich diese Augenbinde? Bitte, das ist ein großes …«

»Missverständnis. Das wissen wir. Ihre Cousine berichtete uns bereits davon«, beendete der Unbekannte den Satz. »Nur leider glauben wir Ihnen nicht, Müller.«

Chris machte es schier verrückt, die Menschen um sich herum nicht sehen zu können. Er hörte sie atmen, roch ihr Deo und ihre Kleidung. Einer von ihnen lutschte vernehmbar ein Bonbon, das an seinen Zähnen klapperte, und jemand trank schlürfend etwas, das nach Kirsche roch. »Ich will den französischen Botschafter sprechen.«

»Und einen Anwalt, nehme ich an.« Der Mann kam dicht ans Bett heran. »Auf so etwas können feindliche Agenten vielleicht in Ihrer Heimat Frankreich hoffen, Müller. Aber nicht in der Deutschen Demokratischen Republik.«

»Wir brauchen die Namen Ihrer Hintermänner«, sagte unvermittelt eine sanfte Frauenstimme von der anderen Seite des Bettes. »Ihre Cousine wird Ihnen bestimmt einige davon genannt haben?«

»Nein! Mon dieu, wir haben nichts mit diesen drei Leuten zu tun«, begehrte Chris auf. Das Zittern endete, das Sprechen fiel wesentlich leichter. »Diese Killer haben uns in Homburg überfallen und …«

»Zu denen kommen wir noch«, unterbrach ihn der Mann. »Es geht uns um das Netzwerk, das Ihnen bei der Flucht vor den Staatsorganen half.«

»Wir sind nicht geflüchtet. Wir haben die drei Mörder verfolgt«, korrigierte er wütend. Was Chris unterwegs schon vermutet hatte, stellte sich jetzt als wahr heraus. Alicia gehörte zu einer Gruppe, der das repressive System nicht gefiel und die dessen Lücken nutzte. Oder Lücken schuf, um an der Überwachung vorbei agieren zu können. *Noch mehr Ärger.*

»Wie auch immer Sie es nennen wollen«, lenkte die Unbekannte ein. »Haben Sie Namen für uns, Müller? Es wäre bei der weiteren Beurteilung Ihrer Lage zu Ihrem Vorteil. Je mehr wir von Ihnen erfahren, desto eher ziehen wir Sie bei einem Agentenaustausch vor. Ihre Frau würde sich gewiss freuen, Sie bald zurückzubekommen.«

»Ich weiß von nichts.« Chris war erleichtert, tatsächlich nichts über Alicias Netzwerk zu wissen. »Sie können gerne einen Lügendetektor anschließen.«

»Haben wir schon, Müller. Während Sie schliefen.« Der Mann lachte, und im Hintergrund des Räumchens erklang gedämpfte Heiterkeit. »Das Leugnen ist daher zwecklos. Sie sind Agent. Aber für wen?«

»Mon dieu, non! Bin ich nicht!« Chris fiel es schwer, ruhig liegen zu bleiben und sich in der Dunkelheit gegen die absurden Anschuldigungen zu wehren. Dabei drehte sich die Unterhaltung um das Falsche, denn viel wichtiger war die Karte. »Haben Sie nicht zugehört? Alicia und ich haben die drei Leute verfolgt, die bei meiner Familie in Homburg …«

»Wie gesagt, zu denen kommen wir gleich. Aber was ist mit Alicia Müller und ihren Freunden von der Aktion Reformista?«

»Was soll das sein?«

»Ein kleiner Haufen Abschaum, der sich mit unserer vorbildlichen DDR anlegen möchte«, erklärte die Frau freundlich. »Umstürzler. Aufwiegler, die vom Ausland gesteuert und bezahlt werden. Damit sie unseren Bürgerinnen und Bürgern dumme Flausen in den Kopf setzen. Eine Neo-DDR.«

»Ihr werdet unseren Sozialismus nie besiegen«, fügte der Mann leidenschaftlich hinzu. »Ihr Kapitalisten seid neidisch, weil ihr immer mehr erkennt, dass es mit eurem System zu Ende geht. Die Welt wird sich von den Geldketten lösen und sich unseren Werten zuwenden. Verblendete, korrumpierte Leute wie Alicia Müller werden das nicht verhindern.«

Chris hatte keine Nerven für Lobeshymnen auf den Sozialismus und Unterstellungen. »Ich weiß nicht, was Reformista machen oder was sie getan haben. Es ist mir auch scheißegal!«, stieß er aus. »Meine Cousine und ich sind den Mördern hinterhergefahren, die meine Familie wegen der Karte umbrachten! Mehr haben wir nicht getan!«

Nach seinem Ausbruch blieb es zunächst mucksmäuschenstill im Raum.

»Welche Karte, Müller?«, hakte die Frau sachte nach.

»Die in unserem Wagen war. Der SUV. Also, im Kompass den wir dem Trio gestohlen haben. An der Tankstelle irgendwo bei …« Ihm wollte der Name nicht einfallen. »Egal. Ich hielt sie in der Hand, als Ihre Leute uns festnahmen. Einer von denen muss sie haben.«

»Wir fanden nur einen Fetzen davon in Ihrer Faust.«

Chris stieß genervt die Luft aus. »Fragen Sie doch einen der Kerle in Schwarz.«

»Das ist nicht möglich. Die erste Einheit der 9.VP-K wurde von den zwei Angreifern komplett ausgeschaltet«, erklärte der Mann mit mühsamer Beherrschung.

Die Bilder stiegen in Chris' Erinnerung empor. *Das Feuer. Da war überall Feuer auf dem Parkplatz!* Damit war die Karte verloren und verbrannt. Zusammen mit dem Geld. »Nein«, flüsterte er.

»Gut, Müller. Wenn Sie nichts zu Reformista sagen wollen …«, setzte die Frau bedauernd an.

»Ich *kann* nichts sagen! Ich *kann* nicht! Weil ich nichts *weiß!*«, schrie Chris frustriert und zerrte an seinen Fesseln. Nicht die klügste Reaktion, aber die Anspannung musste raus. Klirrend spannten sich die Ketten, seine Arme und Beine kamen lediglich einige Zentimeter weit. »Ich will mit dem französischen Botschafter sprechen!«

»Wir gehen jetzt, Müller. Und kommen in ein paar Stunden wieder. Möglicherweise sind Sie dann gesprächiger«, verabschiedete sich der Mann.

»Darf ich meiner Frau dann wenigstens eine Nachricht schicken?«, versuchte er es. »Bitte, Sie macht sich sonst Sorgen, wenn ich mich ...«

»Was ist mit dieser Karte? Warum haben Sie sie aus dem Wagen mitgenommen?«, schaltete sich die Frau neugierig ein.

»Angenommen, er sagt die Wahrheit ...«, warf der Mann ein.

»Die Karte war der Grund für den Überfall auf meine Familie«, erklärte Chris zum wiederholten Mal und fasste die Geschehnisse in aller Kürze zusammen. »Dann standen wir auf dem Rastplatz. Ich konnte endlich entziffern, was darauf geschrieben stand, und habe erkannt, warum sie so wertvoll ist.«

»Eine alte Karte der Wehrmacht, die von Russen übermalt wurde und zu einem Lager der Roten Armee führt«, rekapitulierte die Unbekannte nachdenklich. »Weil sich dort eine alte Anlage der Sowjetstreitkräfte befindet. Habe ich das richtig verstanden?«

»Ganz genau.«

»Wie oft tun Sie das, Müller? Als einfacher Übersetzer wird es nicht Ihre Aufgabe sein, militärische Karten zu interpretieren«, warf der Mann schneidend und höhnisch ein.

»Einer der drei wollte uns glauben machen, es sei eine normale Schatzkarte. Nazi-Gold-Unfug. Aber das erschien mir von Anfang an falsch.« Chris atmete lange aus. Er musste seine Strategie ändern. *Das ist meine Gelegenheit. Das einzige Druckmittel, das ich habe. Oder wenigstens eine bessere Verhandlungsposition.* »Kurz vor dem Zugriff der Sondereinheit ist mir etwas dabei aufgefallen. Als mich dann später ...«

»Kommen Sie zum wichtigen Teil, Müller«, bat ihn die Frau

freundlich, aber bestimmt. »Was soll dort angeblich gemäß dieser Landkarte sein?«

»Irgendetwas mit einer chemischen Formel.«

»Die Sie sich gemerkt haben?«

»Habe ich.« Aus dem Kopf rezitierte Chris die Reihenfolge von Buchstaben und Zahlen, ohne genau zu wissen, was er da zusammenfügte. Naturwissenschaften gehörten nicht zu seinen Stärken. Mit etwas Glück würde sich sein gutes Gedächtnis auszahlen. *Das wird sie hoffentlich umstimmen.*

Erneut blieb es eine Zeit lang still, bis auf ein leises Tippen. Einer der Besucher überprüfte die Formel mit einem Computer.

»Sie sind sich mit der Anordnung der Elemente sicher?«, hakte der Unbekannte nach.

»Zu hundert Prozent.«

»Aber Sie könnten sich das alles auch ausgedacht haben«, intervenierte die Frau. »Sie haben keine Beweise. Sie nannten uns nicht einmal den Ort, wo dieses Lager sein soll.«

Jetzt kam Chris' großer Triumph. Für eine bessere Verhandlungsposition, um Alicia und sich selbst aus dieser Lage zu befreien. »Ich kenne den Ort.«

»Und?«

Sein Herz klopfte bis zum Hals. »Den sage ich Ihnen erst, wenn ich mit dem französischen Botschafter gesprochen habe.«

Der Mann trat noch dichter ans Bett. »Müller, versuchen Sie gerade, die DDR zu erpressen?«, raunte er aggressiv.

Speicheltröpfchen flogen gegen Chris' Gesicht und seinen Hals. »Was soll ich denn sonst machen? Sie halten mich ohne Grund fest«, gab er zurück. »Ohne eine Anklage, einen Anwalt oder sonstigen Beistand, der …«

»Sie sind ein beschissener Agent aus dem feindlichen Ausland!«, schrie ihn der Mann an. »Sie können sich Ihre Lügengeschichten in den Arsch stecken!« Chris wurde am Hals gepackt. »Wir werden Sie zum Sprechen bringen, was Reformista und Neo-DDR angeht. *Deswegen* kamen Sie zu der Beerdigung,

Müller! Das war Ihre Tarnung, um mit dem Verschwörerring Ihrer Cousine Sabotage im großen Stil vorzubereiten. Sie sollten als Berater dienen!«

»Welchen Sinn ergäbe das? Wie passt das Trio da rein?«, krächzte Chris mit letzter Kraft. Die Finger drückten die Schlagadern am Hals geschickt zu. Sein Hirn bekam keinen Sauerstoff mehr. »Wieso sollte ich …?«, hauchte er, während er langsam wegdämmerte.

»Das bekommen wir auch noch heraus«, tobte der Mann.

»Steiner! Lassen Sie ihn los!«, befahl die Unbekannte.

Die Hand wich von Chris' Hals. Laut japsend sog er die Luft ein und musste husten. »Sie entkommen mir nicht«, versprach ihm der Mann leise und ging los. »In zwei Stunden bin ich zurück. Mit Medikamenten, die Ihren Willen brechen und Ihnen Schmerzen zufügen werden. Bis ich von Ihnen höre, was ich will. Und denken Sie nicht, dass ich Ihre verräterische Cousine besser behandle als Sie, Müller. Dieses Kartenmärchen zieht bei mir nicht. Und Erpressung schon gar nicht. *Sie* unterwerfen sich *mir* – und nicht umgekehrt.«

»Ich bin kein Agent und kein Spion!«, beteuerte Chris mit belegter Stimme. »Lassen Sie mich mit meiner Frau oder dem Botschafter sprechen! Bitte!«

Schuhe quietschten, eine Tür schwang auf. Seine Besucher verließen das Zimmer, in dem Chris auf dem Bett lag. Dann wurde es sehr still.

Alle haben mich vor der Reise gewarnt, dachte er resignierend. Ob er je wieder einen Fuß in die DDR setzen würde, stand in den Sternen.

Sofern er überhaupt jemals hinauskam.

* * *

Berlin, Hauptstadt der DDR

Gustav saß in seinem Büro und betrachtete durch das große Fenster den Werderschen Markt. *Schon wieder hier.* Nachdenklich richtete er seine schwarze Krawatte und sah den dahineilenden Menschen nach, die vor dem niedergehenden Schnee flohen. *Immer noch hier.*

Sein Leben hatte eine unerwartete Wendung genommen. Nach dem großen Erfolg gegen die Terroristen fungierte Gustav weiterhin als Sonderermittler und war formal der Hauptabteilung VII Abwehr im Ministerium des Innern zugeordnet. Im Auftrag von ZK-Sekretär Ditschner, mit eigenem Raum im großen Zentralkomitee-Gebäude.

Ich bin tatsächlich jemand wie Bredebusch geworden, kam Gustav die Ironie der Situation in den Sinn.

Seine Aufgabe bestand nun darin, weitere vergessene Kampfstoffe in der Republik zu finden. Ganz gleich, ob sie von der Roten Armee, den Sowjetstreitkräften oder den Nazis stammten. Damit sich ein Umsturzversuch durch die Putschisten nicht wiederholte – oder gar eine feindliche ausländische Macht an Sarin oder Schlimmeres gelangte, um es einzusetzen.

Entgegen aller eigenen Pläne und Schwüre saß Gustav noch immer in der DDR. Hochdekoriert. Als Stasi-Mann inmitten des Systems, das er verachtete. Aber aus einem sehr guten Grund. Dem einzig wahren Grund aus seiner Sicht: Etwas passte im Lenin-Fall nicht. Das vage, unbestimmte Gefühl wich nicht aus seinem Kopf.

Daher kam es Gustav ganz gelegen, sich in dieser exzellenten Position zu befinden, mit Sonderbefugnissen und einem ZK-Sekretär als Beistand, der etwaige Hürden zur Seite fegen konnte.

Seine Rolle als einfacher Sarin-Sucher schmeckte ihm jedoch nicht besonders. Das große Rätsel um die Lenin-Terrorzelle war wichtiger.

Gustav nahm sich ein neues Pfeffi aus der Packung neben sich und wandte sich dem Monitor des Cellatron-Tischrechners zu. Sein Rücken schmerzte – eine Nachwirkung des Kriechens und Rennens durch den Tunnel und das Abwassersystem. Sein Gesicht und die Glatze zeigten noch letzte Spuren von den Schürfwunden, die er sich zugezogen hatte.

Ansonsten ging es ihm ganz gut, abgesehen von dem mulmigen Gefühl, das ihm sein alter Stasi-Instinkt vermittelte. *Was übersehe ich?*

Auf dem Display flimmerten die Namen der fünfzig Terroristinnen und Terroristen, die nach ihrem Tod sehr schnell identifiziert worden waren. Auch der Mann an der Spitze, der sich Lenin nannte. In Wirklichkeit hieß er Emil Schröder. Ein einfacher Arbeiter ohne jede Möglichkeit, geheimes Wissen über Sarin-Fundorte, militärische Schutzausrüstung oder modernste HK&S-Sturmgewehre und WAGs abgreifen zu können. Mit panzerbrechender Munition.

Was zur Hölle übersehe ich? Gustavs Blick ging ungeduldig zur Wanduhr.

In einer halben Stunde hatte er einen Termin mit Ditschner, um die neusten Erkenntnisse zu bereden.

Erst am Vortag hatte er eine Stunde lang mit Generalsekretär Naumann gesprochen, dem höchsten Mann im Staat. Er bekam Lob, die nächste Auszeichnung als Held der DDR und die Mitteilung, dass er bei der Jahresparade anlässlich der Gründung der DDR auf der SED-Tribüne sitzen sollte. Zusammen mit Hauptmann Schmitz. NVA und MfS als Retter der sozialistischen Republik und Beschützer des Volkes. Genau bei einer solchen Gelegenheit hätte das Sarin hochgehen sollen.

Die Wahrheit über das ganze Ausmaß sowie die Bestrebungen der Terroristen, die offiziell vom korrupt-kapitalistischen Westen gesteuert worden waren, durfte nicht an die Öffentlichkeit gelangen. Niemals. So lautete die strikte Anweisung des Generalsekretärs.

Es klopfte einmal gegen die Tür, die aufschwang, noch bevor Gustav »Herein« sagen konnte. Erstaunt drehte er den Kopf.

»Behalten Sie Platz, Genosse Oberst.« Helene Nikita Feist trat über die Schwelle, dieses Mal im hellen Anzug. Der warme Ockerfarbton ihrer Businesskleidung machte ihre kantigen Züge nicht weicher. Doch an diesem Tag lag ein Ausdruck in ihren Augen, der ihr die Härte nahm. Sie schloss die Tür hinter sich und glitt auf den Stuhl vor dem Schreibtisch, wie eine ertappte Schülerin, die wegen eines Deliktes beim Direktor vorsprach. Ihr Pferdeschwanz unterstrich diesen Eindruck. »Guten Tag!«

»Guten Tag, Genossin Ministerin!« Gustav schloss das virtuelle Dossier auf dem Rechner, das er unter dem Namen *Lenins Rache* angelegt hatte, mit einem Mausklick. Es ging sie nichts an. Und zwar in keiner ihrer drei Funktionen – weder als Ministerin noch als Marschall oder Vorsitzende des Verteidigungsrates. Die Veränderung auf ihrem Gesicht fiel ihm auf. »Was kann ich für Sie tun?«

»Meine Entschuldigung annehmen.« Feist lächelte plötzlich mit einer Mischung aus Verlegenheit und Unbehagen. Ihr blumiges Parfum flutete den Raum.

»Wofür?« Gustav unterdrückte seine Verwunderung über den Besuch. Mit einem Friedensangebot hätte er nach dem letzten Zusammenstoß in der Pyrofa-Halle nicht gerechnet.

»Dafür, wie ich mich Ihnen gegenüber benommen habe. Bevor der Einsatz begann.« Sie nickte ihm dankend zu. »Ohne Sie hätte Hauptmann Schmitz die Terroristen nicht ergreifen können. Sie ließen die NVA danach als Teil der heldenhaften Aktion dastehen.«

»Na ja. Das war sie doch auch.«

Feist lächelte noch breiter, was fast angsteinflößend wirkte. »Andere MfS-Leute hätten daraus mehr Kapital für den Geheimdienst geschlagen.«

»Sie wissen, dass ich nicht der Beliebteste bin.« Gustav deutete auf sein geräumiges Zimmer mit Blick auf den Werderschen Markt. »Die einen nennen es Beförderung, aber ich glaube, es ist mehr eine Abschiebung. Zum ersten Mal spendierte man mir eine Garderobe mit Hutablage, so froh ist man bei Memfis, dass ich aus ihrer Zentrale verschwunden bin. In diesem Büro kann ich niemandem auf die Nerven gehen. Außer Ditschner.«

Feist lachte auf, was aus ihrem schmalen Mund wie ein fremder Laut klang. »Sie haben einen trockenen Humor.«

»Ich bin Realist, Genossin Ministerin.«

»Dann nehmen Sie die Entschuldigung für mein Verhalten an?«

»Das tue ich.« Gustav wunderte sich und wartete auf den Haken an der Sache. Eine mächtige Frau mit drei Ämtern und Rängen tat so etwas niemals ohne Hintergedanken. *Nie ohne etwas Gift in dem geschenkten Wein.*

Feist reichte ihm über den Schreibtisch hinweg die Hand. »Das ist sehr nobel von Ihnen, Genosse Oberst.« Dann nahm sie eine Schachtel aus der Tasche, legte sie auf den Tisch und klappte den Deckel auf. Ein fünfzackiger goldener Orden mit dem Staatsemblem kam zum Vorschein. »Der Kampforden für Verdienste um Volk und Vaterland«, erklärte die Ministerin. »Für besondere Verdienste bei dem Einsatz, der für den Aufbau und den Schutz des Sozialismus in der DDR von großem Nutzen war. Den bekommen Sie ehrenhalber, auch wenn Sie nicht zur NVA gehören.«

»Danke, Genossin Ministerin!«

»Sie werden ihn natürlich bei der Parade von mir nochmals überreicht bekommen. Alle sollen ihn sehen. Auch die Fernsehkameras. Bis dahin schließen Sie ihn gut weg.«

Gustav erwiderte das Lächeln. Wo blieb der Haken? »Selbstverständlich.«

»Und Gratulation zu Ihrer neuen Aufgabe. Sie ist sehr verantwortungsvoll.« Feist erhob sich rasch. »Ich weiß, dass Sie einen Termin bei Genosse Ditschner haben. Daher störe ich Sie nicht länger bei Ihren Vorbereitungen.« Mit einer fließenden Bewegung legte sie eine Visitenkarte neben die Schatulle mit dem goldenen Kampforden. »Das sind meine persönlichen Kontaktdaten, Genosse Oberst. Sie erreichen mich rund um die Uhr. Auf allen Kanälen.« Erneut zeigte sie ein Lächeln, das schwer einzuordnen war. »Wir von der NVA haben die Spezialistinnen und Spezialisten für Kampfstoffe jeglicher Art. Es wird mir eine Freude sein, Ihnen jederzeit eine Einheit zu senden, ganz gleich an welchen Ort der DDR.«

»Meinen besten Dank, Genossin Ministerin!«

»Schönen Tag, Genosse Oberst! Und genießen Sie den Ruhm. Die Dankbarkeit. Das gute Gefühl, die DDR vor viel Ungemach gerettet zu haben.« Feist öffnete die Tür und ging hinaus. »Bleiben Sie allzeit bereit.«

»Immer bereit«, erwiderte Gustav und verhinderte die reflexhafte Grußgeste der Pioniere.

Klackend schloss sich die Tür hinter der Ministerin.

Noch einer. Gustav sah auf den blinkenden goldenen Orden. Behutsam schloss er das Kästchen und packte es in die Schreibtischschublade. Später würde er es auf Wanzen scannen. Routine. Die Visitenkarte steckte er ein und erhob sich, um das Fenster zu öffnen und sein braunes Sakko über das weiße Hemd zu werfen. Lieber saß er in der Eiseskälte als in einer Wolke aus übersüßem, schwerem Blumenduft.

Außerdem wollte er Ditschner nicht warten lassen.

Im Gehen nahm Gustav die neusten Ausdrucke aus dem Laserdrucker und verließ sein Büro, sperrte die verstärkte Tür mit Tastenfeld und Fingerabdruckscanner ab. Jeden Tag wechselte er die Kombination. Niemand hatte etwas in dem Raum verloren, weswegen er auch auf einen persönlichen Assistenten verzichtete. Er überprüfte das Büro sogar einmal am Tag auf Wanzen und Kameras. Gewohnheit und Wissen.

Nach einem kurzen Fußmarsch durch die Korridore und

einem Gang die Treppen hinauf ins Stockwerk darüber, saß er wenige Minuten später dem unscheinbaren ZK-Sekretär gegenüber, hatte die Unterlagen auf dessen Schreibtisch ausgebreitet und erklärte die letzten kargen Erkenntnisse zu den Terroristen.

»Unseren Ermittlungen nach alles folgsame Bürgerinnen und Bürger, einige davon sogar IM. Nichts weist auf Verstrickungen in die Pläne zur Beseitigung der DDR-Führung hin. Oder das Gas«, schloss Gustav. »Die Hausdurchsuchungen ergaben keine Anhaltspunkte.«

Ditschner rückte die schwarz umrandete Brille höher auf den Nasenrücken seines Durchschnittsgesichtes und las die Namen der erschossenen Männer und Frauen zusammen mit den Stasi-Einträgen. »Unbescholten und vorbildlich. Und tot. Wie konnte das geschehen?«

»Die NVA ging bei der Überwältigung kein Risiko ein. Dafür ist das Sarin zu gefährlich. Der Inhalt der Flaschen ist inzwischen unschädlich gemacht worden. Mit dem Ableben der Verschwörer sind mir viele Informationen abhandengekommen, Genosse Sekretär.«

»Sie sind skeptisch. Das hör ich doch.« Ditschner steckte die Hände in die Taschen seiner dunkelblauen Stoffhose.

»Ja, bin ich. Emil Schröder wusste zu viel und konnte zu viel. Als einfacher Arbeiter beim VEB Berliner Metallhütten und Halbzeugwerke in Niederschöneweide hatte er bei realistischer Betrachtung und ohne Verbindungen zu höheren Stellen keine Möglichkeit, an solcherlei Informationen und Ausrüstung zu gelangen.« Gustav wies auf die entsprechenden Stellen in seinem Bericht hin. »Schröder machte Andeutungen zu mir und meiner Vergangenheit, die er als Gießer in einer Kupferhütte niemals haben konnte. Ein solcher Coup wird nicht innerhalb von wenigen Monaten geplant. Das waren Jahre der Vorbereitung.«

»Sie wollen mir sagen, dass wir lediglich Köpfe abgeschlagen haben. Die Hydra lebt noch.«

»Ich fürchte, ja.« Gustav wusste es sogar. Tief in sich. Der ganz große Drahtzieher hinter Schröder musste gefunden werden. *Für Nadja und die vielen Opfer dieser Spinner.* Der einzige Grund, warum er noch in der DDR lebte.

»Gut. Sie können für Ihre Untersuchungen so viele Mitarbeiterinnen und Mitarbeiter verlangen, wie Sie wollen, Genosse Oberst. Für mich sieht es danach aus, als säße die Hydra weit oben und gut versteckt.«

»Ich komme alleine besser voran, Genosse Sekretär.«

»Aber vielleicht nicht schnell genug«, konterte Ditschner barsch. »Wer sagt uns denn, dass in diesem Moment kein Plan B dieser Umstürzler in Kraft tritt?« Er erhob sich, ging zur Minibar und goss sich etwas Wodka in ein Glas. »Auch einen Adlershofer?«

»Nein danke.«

»Hundert Leute sollten an der Sache arbeiten. Nicht ein Einzelner.«

»Ich bin sicher, dass andere HA des MfS längst in Aktion getreten sind. Unabhängig von mir.« Gustav hörte das Unbehagen in der Stimme seines Vorgesetzten deutlich.

»Wenn Sie nicht innerhalb eines Monats Resultate zu Sarin-Lagerungen und den Hintergründen der Terroristenzelle liefern, werden Sie Leute zugeteilt bekommen.« Ditschner trank das Glas in einem Zug aus.

Gustav sah den Schweißfilm auf der Stirn des Mannes. *Er ist eigentlich wegen etwas anderem aufgebracht.* »Fehlt mir eine Information, Genosse Sekretär?«

»Verdammt, Kuhn! Kann man Ihnen denn gar nichts vorenthalten?« Ditschner goss sich nach. »Ich habe im Vorfeld der letzten ZK-Sitzung von der HA Aufklärung die Information erhalten, dass französische und amerikanische Geheimdienste ernsthafte Versuche unternehmen, mit Schläferzellen in der DDR in Kontakt zu treten. Das geringste Zeichen der Schwäche, und die Destabilisierung beginnt von innen.« Er kehrte mit dem vollen Wodkaglas in seinen Sessel zurück. »Wissen Sie, was ich mich frage? Warum konnten diese irren Terroristen glauben, sie würden eine Phase der Erneuerung anstoßen?«

»Weil sie davon überzeugt waren.«

Aufgebracht schlug der ZK-Sekretär mit der flachen Hand auf den Tisch. »Sie hätten die Republik *vernichtet!* Ohne Generalsekretär, ohne Regierungsapparat wären Chaos und Zusammenbruch die Folgen.«

»Schröder meinte, er und seine Leute seien vorbereitet gewesen, die Führung zu übernehmen und …«

»Unsinn! Der Westen würde umgehend einen Angriff starten, während die NVA und die Stasi verunsichert versuchen würden, zu retten, was noch zu retten wäre. Und unsere eigenen Westländer würden sich nur zu gerne erneut erheben. Wie 1989.« Ditschner pochte mit dem Zeigefinger auf die Fotos von den Sarin-Flaschen. »Die Kapitalisten warten nur auf ein Zeichen der Schwäche. Und jetzt der Hinweis auf Schläferzellen! In unserer Republik! Nicht auszudenken, wenn diese Verräter an vergrabene Giftgastanks oder -granaten gelangen.« Er fuhr sich mit den Fingern durch die dunkelbraunen Haare, als wollte er sich selbst beruhigen. »Einen Monat, Genosse Oberst. Resultate.« Er zeigte auf die Tür. »Arbeiten Sie rund um die Uhr. Guten Tag!«

»Ihnen auch, Genosse Sekretär!« Gustav erhob sich und sammelte seine Unterlagen ein, dann verließ er das Büro schnell.

Wesentlich langsamer ging er zum Fahrstuhl. In seinem Sinnieren vergaß er, dass der Weg über die Treppe schneller gewesen wäre.

Die letzten Worte des Mannes, der sich Lenin genannt hatte, waberten durch Gustavs Verstand. Die Kritik an dem, was aus der DDR, der Idee, den Anfängen geworden war. Sie bestätigten seine eigene Einstellung zur verkommenen DDR mit ihren Bonzen, mit ihrem fehlgeleiteten System voller Niedertracht und Lügen, auf die man entweder hereinfallen konnte oder mit denen man sich arrangierte. Wenn man sich nicht auflehnte und dann im Knast oder unter der Fallschwertmaschine endete.

Diese Gedanken wiederum brachten Gustav zurück zu seinem alten Plan: Republikflucht.

Es wäre so einfach. Als sozialistischer Patriot, als Held der DDR, könnte er einfach den nächstbesten Grenzübergang nach Berlin-Deutschland wählen. Niemand würde ihn aufhalten. Vielmehr würde man eine weitere Heldentat hinter seinem Handeln vermuten.

Durch den Checkpoint Charlie nach Berlin-Deutschland spazieren. Einfach so. Und den neuen Orden wegwerfen. Gustav betrat den Lift und wählte sein Stockwerk. Sanft trug ihn die Kabine abwärts und spuckte ihn nach wenigen Sekunden in den Gang. *Aber was ist mit der Rache für meine Nadja?*

Dieser Gedanke schreckte ihn ab. Solange er den Eindruck hatte, nicht zu dem wahren Drahtzieher vorgedrungen zu sein, käme ein Verlassen der DDR dem Verrat an seiner großen Liebe gleich. Zumal er in Berlin-Deutschland nicht lange sicher wäre. Es gab getarnte MfS-Agenten, und einen davon aktivierte man gewiss, um den Verräter prestigeträchtig zu eliminieren.

Das könnte ich mir niemals verzeihen. Gustav würde im klassenlosen Zweiklassenstaat aus gemeinem Volk und hochherrschaftlicher SED bleiben, solange er musste, um die letzten Tanks zu finden. *Und die Hydra.*

Es war nichts Schlechtes daran, Unschuldige vor dem Tod zu retten. Und es hatte nichts mit den unglaublichen Schweinereien und Untaten zu tun, die er in der Vergangenheit für die Stasi begangen hatte. Damit wurden seine Beweggründe, die DDR nicht zu verlassen, edel.

In seinem Büro angekommen, kochte sich Gustav zuerst Wasser für einen löslichen Kaffee mit dem schönen Namen »Im Nu« der Marke Rondo. Früher war das ein Kaffeemix aus Ersatzstoffen gewesen und nur schwer zu genießen. Die Zeiten hatten sich geändert.

Während Gustav das Pulver aufgoss, läutete sein Telefon.

Ohne den Wasserkocher abzusetzen, nahm er den Anruf entgegen. »MfS, Hauptabteilung VII, Sonderermittler Oberst Kuhn.«

»Guten Tag, Genosse! Hier spricht Frau Unterleutnant der Schutzpolizei Weinmann, Dienststelle DVP Coburg«, meldete sich eine Dame. »Es geht um die neue Anordnung des Innenministeriums. Wegen der alten Kampfstoffe.«

»Ja?« Gustav hielt elektrisiert mit dem Wasserkocher inne, das Prasseln und Blubbern endete.

Weinmann senkte die Stimme. »Ich weiß nicht, ob es vielleicht zu viel ist, was ich mache … weil schon zwei Agenten des MfS vor Ort sind, aber ich dachte …«

»Das ist richtig so, Genossin Unterleutnant.« Gustav aktivierte die Aufnahmefunktion des Apparates. Er spürte, dass etwas Großes in dem kleinen Anruf lauerte. »Wie kann ich Ihnen helfen?«

»Wir haben zwei Leute festgenommen. Frau Alicia Müller aus Homburg an der Saar und Herrn Christopher Mueller. Mueller mit ue, westdeutschstämmig mit französischem Pass auf Besuch in der DDR.«

Gustavs Spannung stieg. »Und?«

»Den ausführlichen Bericht schicke ich Ihnen gleich, Genosse Oberst. Vorab sollten Sie wissen: Im Verhör sagte Christopher Mueller etwas von einer militärischen Landkarte, angefertigt von der Wehrmacht, übermalt von der Roten Armee. Darauf seien Lagerstätten von Giftgas eingezeichnet«, setzte die Frau ihre Zusammenfassung fort.

Die Nachricht belebte Gustav stärker als zehn Tassen Kaffee. »Weswegen wurden die beiden festgenommen?«

»Wegen mehrfachen Mordes sowie einer Schießerei auf einem Autobahnrastplatz mit weiteren Personen und Sondereinheiten der Polizei. Die Inhaftierten gaben an, verfolgt zu werden. Von einer Gruppe, die besagte Karte wollte, Genosse

Oberst. Da dachte ich mir: Weinmann, das passt irgendwie zu der Sache mit den Terroristen, die in der Hauptstadt passiert ist.« Sie redete immer noch leise. »Die MfS-Leute sagten, sie hätten das im Griff, aber ich dachte sofort an die Anweisung des Ministeriums.«

»Sehr gut gemacht, Genossin Oberleutnant.«

»Ich schicke Ihnen die Datei. Der Franzose will nur weitere Informationen dazu liefern, wenn man ihm die Rückreise nach Frankreich oder Kontakt zum französischen Botschafter gestattet.«

Gustav stellte den Wasserkocher ab. »Ich komme sofort zu Ihnen nach Coburg. Sie übergeben die beiden keinesfalls den Stasi-Agenten. Verstanden?«

»Verstanden, Genosse Oberst!«

»Sollte Sie jemand fragen, habe *ich* Sie angerufen, nicht umgekehrt. Ansonsten zu keinem ein Wort!« Gustav legte auf und stürmte aus dem Büro. *Das kann kein Zufall sein.*

Die Vorfreude stieg mit jedem Schritt. Das war die Chance, an die letzten Erkenntnisse anzuknüpfen und die Hydra zu finden, bevor ihr neue Köpfe wuchsen. Und seinen Rachefeldzug fortzuführen. Früher als erhofft.

Auszug aus einem Interview des französischen Musikmagazins *La Vérité* mit dem aus der DDR geflüchteten Chanson- und Popsänger Valentin Fischer, einem der erfolgreichsten Interpreten der DDR, vom 7. November 2020

La Vérité: Sie haben nach dem Auftritt in Paris die Rückreise nicht angetreten. Weswegen?
Valentin Fischer: Ich hatte es satt.
LV: Was genau? Sie galten als privilegiert in der DDR.
VF: Klar, ich verkaufte Millionen von Platten. Aber denken Sie, ich hätte je eine Abrechnung gesehen?
LV: Wenn Sie so fragen, nehme ich an – nein.
VF: Exakt. Die beiden systemtreuen Texterinnen waren an den Verkäufen beteiligt. Mit zehn Prozent. Die sind zu Millionären geworden! Raten Sie, wie viel ich bekommen habe?
LV: Sie klingen sehr verbittert.
VF: Das wären Sie auch.
LV: Ich dachte, in der DDR sind alle gleich?
VF: Ja, am Arsch! Es geht um Gerechtigkeit für mich. Fünfhundert Mark habe ich bekommen. Fünfhundert! Für jeden eingesungenen Titel. Mehr nicht. Gut, für die Auftritte gab es noch ein paar Mark, aber das war es auch schon. Die DDR betrügt ihre Sänger systematisch. Gerade die Kolleginnen und Kollegen von den Rockgruppen. Diese Art von Musik ist nicht unbedingt gewollt, so wie Rap oder Techno. Naumann ist genauso ein Blender wie die Riege vor ihm. Die Generaldirektion für Unterhaltungskunst führt die wichtigsten, bekanntesten Künstlerinnen und Künstler und hält sie auf Linie. Auf Anweisung von ganz oben.
LV: Dass die DDR steuert, das ist nichts Neues.
VF: Ich habe lange genug gewartet. Aber mit der neuen Regierung hat sich nichts geändert. Wer konform ist, der bekommt Boni oder ein eigenes Haus. Das geht dann sehr schnell. Aber wir anderen kriegen eine Pauschale in die Hand, was auf dem internationalen Markt vollkommen unüblich ist.

LV: Bei den ganzen Konzerten kam doch was zusammen?
VF: Ja, schön wär's! Die Kohle ging ins Equipment. Und für Livegigs bekamen wir eine Festgage. Wenn es so etwas wie Doordeals gegeben hätte, wäre ich reich.
LV: Warum traten Sie nicht in die SED ein?
VF: Sie können davon ausgehen, dass ich den politischen Druck sehr wohl spürte, vor allem durch die Generaldirektion. Und die Stasi wollte mich auch haben. Aber ich hätte nie in die Partei eintreten können. Ich ein Genosse? Nein danke! Und IM schon mal gar nicht. Kollegen und Freunde bespitzeln, ohne mich.
LV: Ihr Ruhm hat Ihnen aber größeren Ärger vom Leib gehalten?
VF: Schon. Berufliche Konsequenzen gab es keine. Aber ich habe dafür auf VEB- und Kombinats-Veranstaltungen gespielt. Kostenlos. Und für Benefizgalas bei *Ein Kessel Buntes*. Im Gegenzug durfte ich dann im Ausland Konzerte geben.
LV: Man hat den Eindruck, dass Sie Eigentum der DDR waren.
VF: Jetzt nicht mehr. Nie mehr.

14

Bezirk Coburg, Kreis Coburg, DDR

»Wie geht es Ihnen?« Gustav betrachtete den Dolmetscher, dem die Vopo einen grauen Overall gegeben hatte, damit er wenigstens frische Sachen trug, und schob ihm einen heißen Kaffee hin. Auch wenn Christopher Mueller frisch geduscht vor ihm im nüchternen Befragungsraum eins saß und mehrere Stunden hatte schlafen dürfen, bemerkte der Oberst die Müdigkeit und die Verzweiflung im Gesicht des Gefangenen. *Und Bockigkeit.*

Christopher sah auf den Becher. »Ich will einen Anwalt.«

Gustav packte die Zuckerwürfel aus und ließ sie in seinen Tee fallen. Die Spritzer formten braune Halbperlen auf dem Tisch. »So weit sind wir noch nicht, Herr Mueller.«

»Mit u und e«, murmelte der Mittdreißiger.

»Meine Kollegin und mein Kollege berichteten mir, dass Sie eine Erpressung versucht haben. Mit hochsensiblen Daten, bei denen es um das Wohl der Deutschen Demokratischen Republik und ihrer Bewohner geht.« Gustav rührte mit einem Löffel um, das Metall klirrte leise gegen das Porzellan. Lässig schob er den Trilby-Hut in den kahlen Nacken.

»Ich will den französischen Botschafter sprechen.«

»Sie sind sich nicht im Klaren darüber, in welchen Schwierigkeiten Sie sind, Herr Mueller mit ue. Und Ihre Cousine ebenfalls.« Gustav leckte den Löffel ab und legte ihn auf die Untertasse.

»Ich habe nichts Schlechtes getan. Sie haben kein Recht dazu!«

»Das MfS hat *jegliches* Recht. Zu allem. Das ist die DDR, Herr Mueller.« Gustav hegte Mitleid mit dem verloren wirkenden Dolmetscher.

In den Händen der richtigen Spezialistinnen und Spezialisten würde Christopher in wenigen Tagen ein Geständnis ablegen. Höchstens noch eine Woche, ein paar unangenehme Methoden wie Schlafentzug und Abführmittel, kaltes Wasser, grelles Licht, Dauerbeschallung mit Musik, kurze Verhörintervalle und eine Reihe von weiteren Maßnahmen würden seinen Willen brechen. Die wiederholte Erwähnung seiner Frau gehörte ebenfalls dazu.

Ein seitenlanges Geständnis wäre die Folge. Aussagen zum Vorwurf der Spionage, zu Sabotage, Anstiftung zum Geheimnisverrat und vielem mehr. Anklage, Urteil, Knast. Mit dem Mann ließe sich im Austausch ein DDR-Spion aus einem Westgefängnis freipressen.

Aber das hatte Gustav nicht vor.

Im Gegenteil. Er wollte Mueller, der mitten in eine Katastrophe großen Ausmaßes geraten war, so schnell wie möglich die Ausreise ermöglichen.

»Herr Mueller, mein Name ist Gustav Kuhn, und ich bin Sonderermittler im Rang eines Oberst der Hauptabteilung VII Abwehr im Ministerium des Innern. Ich verfolge einige Spuren, die mich bis zu Ihnen und Ihrer Cousine führten.«

»Wir haben mit diesen Leuten nichts zu tun.« Christopher sah mit festem Blick aus seinen hellblauen Augen auf. »Das sage ich Ihren Kollegen bereits seit Tagen. Wieder und immer wieder.« Sein Tonfall war gereizt und wirkte dennoch nicht unsicher. Er hatte sich in der Abwehrschlacht gegen die Stasi-Agenten nicht verausgabt, wie sie es gewollt hatten. Das merkte man ihm deutlich an. Christopher war ungebrochen geblieben.

Noch. »Herr Mueller. Ich kann und will Ihnen helfen. Aber

dazu muss ich wissen, was Sie mir bieten können.« Gustav sah ihn mit einem bittenden Blick an. »Dieses Giftgas darf nicht in die Hände der Menschen gelangen, die Sie und Ihre Cousine beinahe umgebracht hätten. Und die Ihre Verwandten gnadenlos abschlachteten.«

»Sie sind nicht wegen Alicias Verbindungen gekommen?«

»Nein.« Gustav senkte die Stimme. »Diese Aufrührersache Ihrer Cousine rund um Reformista und die Neo-DDR ist mir vollkommen gleich. Und was immer Sie mir sagen wollen, tun Sie's. Nichts von dem, was wir bereden, wird aufgezeichnet.«

Christopher lachte ungläubig auf. »Dafür ist dieser Staat ja bekannt.«

»Der Staat vielleicht nicht. Aber *ich* habe kein Bedürfnis danach. Und kein Verlangen.« In seiner Tasche trug er einen aktiven Störsender, der jegliches Funksignal in dem Befragungsraum unterbrach. Er öffnete seinen Miniflachrechner und suchte die entscheidende Stelle des Protokolls heraus. »Sie sprachen von einer alten Karte der Wehrmacht, die von Rotarmisten ergänzt wurde und zu einer russischen Lagerstätte führt.«

»Ja.« Christopher hatte neue Zuversicht geschöpft. »Ja, diese scheiß Karte! Mit der fing alles an: die Morde an meiner Verwandtschaft, die Jagd durch die DDR, die Schießerei. Sie ist verbrannt, als die Verbrecher angriffen.« Er seufzte. »Wissen Sie zufällig, was mit Frau Hell ist?«

»Wer soll das sein?«

»Eine Antiquitätenhändlerin, die von den Männern gezwungen wurde, als Tarnung zu dienen, bis sie erfahren hatten, was sie wollten.«

»Ich höre mich um.« Gustav erinnerte sich nicht an den Namen. Sein Blick blieb an der chemischen Formel hängen, die Christopher genannt hatte. »Laut Ihrer Aussagen befindet sich in dem Lager eine alte Anlage der Sowjetstreitkräfte.« Die Zusammensetzung war zu präzise, um die Sache als Lüge oder zufälligen Treffer abzutun. »Welche Art von Anlage? Wollen Sie mir mehr dazu erzählen?«

»Ich sagte Ihren beiden Stasi-Freunden schon ...«

»... dass Sie eine Gegenleistung wollen. Ihre Freiheit.«

»Genau.« Er zwinkerte, die übermüdeten Augen tränten leicht. »Und dass die Ermittlungen gegen meine Cousine eingestellt werden.«

Gustav lehnte sich zurück und nippte an seinem Tee. »Da verlangen Sie ganz schön viel.«

»Es geht auch um sehr viel. Wir haben den Job gemacht, den die Stasi eigentlich machen müsste. Mal so nebenbei bemerkt.« Christopher schien sich seiner Position bewusst zu sein. »Ohne uns beide wüssten Sie nichts von dem Gas und von dem Lager und den Typen, die danach suchen.«

»Doch. Ich weiß von dem Gas. Und von diesen *Typen,* wie Sie sie nennen.«

»Aber nicht, wo sich die alte Anlage der Sowjets befindet.«

Das gestand Gustav ihm mit einer gönnerhaften Handbewegung zu. »Haben Sie eine Ahnung, wer diese Angreifer waren, die sich als Antiquitätensammler ausgaben?«

»Nein. Alicia und ich dachten zuerst, es sei irgendwas Staatliches. Aber das passte nicht. Und dann kamen wir auf den Gedanken, es könnten ausländische Agenten sein. Aber auch das ...« Christopher war von den eigenen Theorien nicht überzeugt. »Oh, halt! Jetzt verstehe ich, was Sie da tun: Sie wollen rausfinden, ob ich mehr weiß als die Sache mit der Karte.«

»Und?«

»Nein. Wissen *Sie* es denn, Herr Oberst?«

»Ich habe eine ungefähre Vorstellung.« Gustav drehte dem Dolmetscher das Display seines Rechners zu und spielte Ausschnitte aus der Berichterstattung über die Vorfälle in Ost-Berlin ab, dazu freigegebene Sequenzen aus den Einsatzkameras in Berlin-Buchholz. Feuergefechte, erbeutete Stahldruckflaschen voller Sarin, erschossene Terroristen. »Das ging in den letzten Tagen in der Hauptstadt ab.«

»Oh, merde!« Christopher machte große Augen und griff, ohne hinzuschauen, nach seinem Kaffee. »*Das* sind diese Typen?«

»Ja. Die genauen Umstände kann ich Ihnen nicht schildern, schon gar keine Hintergründe, Herr Mueller. Doch diese Menschen planen finstere Dinge und nehmen den Tod von Tausenden Unschuldigen in Kauf.«

»Sie haben sie in Berlin aufhalten können, wie es aussieht.«

»Haben wir. Das bedeutete enorme Anstrengung, viele Verletzte und Tote bei den Einsatztruppen.« Vor Gustavs innerem Auge waberten die grausigen Bilder der zersiebten Lagerhalle der VEB Pyrofa empor.

Christopher zog die Brauen zusammen. »Sie wollen mir sagen, dass Sie nicht alle Mitglieder der Gruppe erwischt haben.«

»Nun ja. Zum aktuellen Zeitpunkt denke ich das«, räumte Gustav ein, um den moralischen Druck auf den Dolmetscher zu erhöhen. »Deswegen ist es wichtig, diese verschollenen Restbestände der Sowjets oder der Roten Armee aufzuspüren und zu sichern, bevor es jemand anders tut.«

»Ist das eine Anspielung auf Alicia? Die würde so etwas niemals tun! Sie findet die DDR an sich gut, aber sie hätte gerne einige Veränderungen in Bezug auf Reisefreiheit, Demokratie, Studium und …«

Gustav hob seine rechte Hand. »Das geht mich alles überhaupt nichts an. Ich will diese vergessene Lagerstätte sichern, deren Standort *Sie* kennen, Herr Mueller.«

Christopher seufzte. »Das ist doch scheiße.«

»Was genau?«

»Ich stecke in einem Dilemma«, sagte er freiheraus. »Sage ich Ihnen einfach so, was ich weiß, können Sie mich …«

»Herr Mueller. Ich will Ihnen überhaupt nichts Böses.«

»Aber die Stasi! Das haben Ihre Kolleginnen und Kollegen deutlich gemacht. Ein Agent namens Steiner hat mich so lange gewürgt, bis ich fast bewusstlos wurde.« Er rieb sich einmal über den Hals, um sich danach angespannt an den hellen Koteletten zu kratzen. »Ich will zu gegebener Zeit ohne Probleme raus aus der DDR. Hören Sie? Und dass die Ermittlungen gegen meine Cousine eingestellt werden. Wenn Sie mir das zugestehen …«

»Die Ausreise kann ich arrangieren.«

»Und Alicia?«

»Na, das wird schwieriger.«

Christopher drehte den Rechner um und schob ihn leicht von sich. »Ich bin absolut sicher, dass Sie das hinbekommen. Bei dem, was für die DDR und alle Unschuldigen auf dem Spiel steht.«

»Also doch die Erpressung?«

»Sie lassen mir keine Wahl. Ich will in diesem Regimestaat nicht unschuldig verrotten. Es ist erwiesen, dass ich mit den Morden an meiner Verwandtschaft nichts zu tun habe. Au contraire: Ohne Alicia und mich wären Ihnen diese Leute durch die Lappen gegangen.« Er deutete auf das angehaltene Bild, auf dem die Gasflaschen zu sehen waren. »Sie lassen mich gehen, und an der Grenze sage ich Ihnen genau, wo sich der Ort befindet.«

Gustav schenkte ihm ein verständnisvolles Lächeln. »Das kann ich kaum machen. Sie könnten mich anlügen. Und dann wären Sie weg.«

»Das Risiko müssen Sie eingehen.«

»Kann ich nicht. Ich zeige Ihnen, warum.« Er stellte den Tee ab und zog seinen Geldbeutel heraus. Langsam klappte er ihn auf, sodass der Dolmetscher Nadjas Bild sah: wunderschön, mit kessem Lachen, in dem verrutschten Pullover, der ihre rechte Schulter frei ließ, und seinem Trilby-Hut, der ihre Augen wunderbar betonte. »Diese Frau bedeutete mir sehr viel, Herr Mueller. Wie für Sie Ihre Frau Cora.«

»Aber was …?«

»Sie kam beim Giftgaszwischenfall in Ost-Berlin ums Leben. Durch diese gewissenlose Verschwörertruppe. Für die Medien und die Öffentlichkeit ist sie nur eine von vielen, die an diesem Tag sterben mussten«, erklärte er mit brüchiger Stimme. »Aber für mich, Herr Mueller, für mich war sie *alles.*«

»Und was …?«

»Ihretwegen mache ich das. Die Rolle des Sonderermittlers, die Jagd auf mögliche Verschwörer und die Suche nach den Gasreservoirs«, ließ Gustav ihn erneut nicht aussprechen. »Nicht für das MfS, nicht für die DDR. Allenfalls für die Menschen, die in diesem Land leben und nicht den gleichen Schmerz erdulden sollen wie ich. Denken Sie an die Gefühle für Ihre Frau, und dann werden Sie mich verstehen.«

Christopher schwieg mehrere Sekunden lang und betrachtete Gustavs Gesicht, scannte den Blick, den Ausdruck auf den gealterten Zügen. »Das ist keine neue Masche, um mich weichzukochen«, verstand er verblüfft. »Sie haben die Wahrheit gesagt.«

Gustav steckte den Geldbeutel wieder ein, um im Anschluss die Bilder auf dem Flachrechner zu vergrößern. »Erst wenn ich sicher bin, jedes von den Arschlöchern bekommen und die letzte Lagerstätte gefunden zu haben, erst *dann* ist meine Aufgabe erfüllt.« Gustav merkte, wie sehr ihn die Erinnerung an den Verlust mitnahm. Er atmete viel zu schnell, und das Brennen in den Augen kündigte Tränen an.

»Hören Sie, Oberst. Es tut mir leid, dass Sie diese Frau verloren haben. Können Sie trotzdem nachvollziehen, dass ich wegwill?«

Gustav räusperte sich. »Wie wäre es mit einem Kompromiss: Sie begleiten mich zu dieser Lagerstätte. Stellt sich heraus, dass Sie mich nicht angelogen haben, sorge ich dafür, dass Sie binnen vierundzwanzig Stunden nach meinem Anruf freikommen und die DDR verlassen können, sofern Sie es möchten.«

Christopher knirschte mit den Zähnen, überlegte, wägte ab. Die emotionale Ansprache hatte ihre Wirkung nicht verfehlt. »Und Alicia?«

»Ich kann auf das MfS positiv einwirken und ein mögliches Urteil abmildern. Wegen ihres Beitrages zur Abwehr von Gefahren für die DDR.«

»Irgendwas Harmloses muss für sie drin sein. Und ein Elektronikstudium!«

Gustav musterte Christopher und hielt ihm seine Hand hin. Ditschner würde es ermöglichen müssen. »Das verspreche ich Ihnen, Herr Mueller.«

»Schwören Sie es?« Er hob langsam die Hand.

»Einverstanden.«

Die Männer schlugen ein und lächelten beide erleichtert.

Unvermittelt pochte es gegen die Tür, die sofort einen Spaltbreit geöffnet wurde. Ein drahtiger Mann im dunkelgrauen Anzug zeigte sich halb, sodass nur Gustav ihn sehen konnte, und winkte ihn zu sich.

»Wer ist das?«, fragte Christopher. »Der Botschafter?«

»MfS-Agent Steiner. Er und seine Kollegin haben Sie bereits mehrmals verhört.« Er stand auf und setzte den Hut auf die naturbraune Glatze. »Und sagen Sie jetzt nicht, was Sie von denen halten.«

»Ich dachte, wir werden nicht abgehört.«

»Nein. Aber die Tür steht offen.« Er zwinkerte ihm zu. »Bin gleich zurück. Haben Sie Hunger? Soll ich Ihnen was zur Stärkung mitbringen, bevor wir weitersprechen?«

»Das wäre gut.«

»Aber Croissants haben wir nicht.« Den Witz hatte sich Gustav nicht verkneifen können. »Ich bringe Ihnen eine leckere Bemme mit.« Dann ging er hinaus und zog die schallgedämmte Tür hinter sich zu.

Auf dem schmalen Gang dahinter stand Steiner, seine Kollegin Fahrmann lehnte an der Backsteinwand. Beide sahen sehr angefressen aus. Ein wenig wirkten sie wie ein unzufriedenes Ehepaar, das von einer lang erwarteten Feier wieder ausgeladen worden war.

Gustav fragte sich, warum Steiner seine schütteren schwarzen Haare nicht abrasierte, statt den kläglichen Rest weiter zu tragen. »Ja, Kollegen? Ich bin bei der Arbeit. Wir haben ein Vertrauensverhältnis aufgebaut. Das muss ich ausnutzen.«

»Was soll der Unfug mit dem Störsender, Oberst Kuhn?«, schnarrte ihn die hellblonde Frau an, deren fingerlange Locken in alle Richtungen abstanden. Die Kombination aus grüner Bluse und gelber Hose wirkte wie ein verzweifelter Versuch, angesagt unangepasst zu sein. Die absolut langweilige Spießerbrille unterminierte den Eindruck.

»Verbergen Sie relevante Dinge vor uns?«, setzte Steiner aggressiv nach.

Gustav sah sie nacheinander an. Unterschätzen würde er das Duo nicht. Er kannte ihre Personalakten. »Nein. Aber ich muss dafür sorgen, dass manche Geheimnisse auch Geheimnisse bleiben.«

Fahrmann löste sich von der Wand und kreuzte die Arme vor der Brust. »Sie denken doch nicht, wir würden Informationen weitergeben? An wen?«

»Keine Ahnung. Zum Beispiel an Ihre Vorgesetzten. Das ist Ihre Pflicht. Ich halte mich ebenso an meine Anweisungen. Wie Sie beide.« Gustav blieb ruhig. »Aber da Sie mich schon nach draußen gerufen haben, Kollege Steiner: Ich werde die Müllers mitnehmen müssen.«

»Aber das ist unser Fall!«, intervenierte der Agent aufgebracht.

»Ihr Fall ist jetzt *mein* Fall«, belehrte ihn Gustav. »Das Wohl der DDR steht über Ihren Ermittlungen zu den Morden in Homburg und den Geschehnissen danach. Ich muss Sie nicht an meine Rolle als Sonderermittler erinnern.«

Agentin und Agent tauschten einen langen Blick.

»Gut. Wir begleiten Sie. Als Unterstützung«, hielt Steiner dagegen. »Um zu verhindern, dass der Franzose und die Reformista-Verdächtige die Flucht ergreifen.«

»Entweder auf diesem Wege, Oberst, oder auf gar keinem.« Fahrmann schob sich einen Kaugummi in den Mund. »Ich kann Ihnen mehr Ärger machen, als Ihnen lieb ist. Glauben Sie bloß nicht, dass Sie eine Sonderbehandlung bekommen. Auch wenn Sie ein Held sind.«

»Bitte kein Neid, Kollegin. Außerdem sind wir in der DDR doch alle gleich. Was ist da schon ein Orden? Oder eine Sonderbefugnis?« Gustav schob sich zwischen den beiden hindurch und ging den Korridor entlang. Er reagierte auf solche Provokationen nicht. Deren einziges Ziel war es, ihm Informationen zu entlocken. *Den Gefallen tue ich euch gewiss nicht.* »Ich frage in Berlin nach, ob die Zusammenarbeit in Ordnung geht.«

»Wir auch, Genosse Oberst!«, rief ihm Steiner nach.

Gustav befürchtete, dass es sich nicht verhindern ließ, Agentin und Agent ins Schlepptau zu nehmen. Dann benötigte er einen Plan, wie er unterwegs verhinderte, dass die Mitarbeiter von Horch & Guck an die sensiblen Informationen gelangten. Die Sache ging nur die HA VII und Ditschner etwas an. Sonst niemanden.

Am Snackautomat erstand er heiße Halberstädter für sich und Christopher, dazu warme Brötchen, »Im Nu«-Kaffee, Pfeffi-Bonbons in der Stangenpackung und Club-Cola.

Geschickt balancierte Gustav seine Einkäufe zurück in den Befragungsraum, wo Christopher saß. Aber dessen Haltung hatte sich verändert. Er sah nicht mehr niedergeschlagen aus. Die Hoffnung richtete ihn buchstäblich auf.

»So, einmal Mittagessen.« Gustav deponierte die Sachen auf dem Tisch. »Lassen Sie es sich schmecken. *Genießen* würde ich jetzt nicht sagen. Dazu werden wir unterwegs die Möglichkeit haben. Ich kenne die Gaststätten mit den besten Goldbroilern in der ganzen DDR.«

Christopher nickte und machte sich über die Bockwurst her. »Kann ich meine Frau anrufen, bitte? Sie kommt sonst um vor Sorge.«

»Man hat Sie nicht telefonieren lassen?« Gustavs Verwunderung klang echt. Das gehörte zu seiner Ausbildung; eine Maßnahme, damit Christopher noch mehr Vertrauen zu ihm fasste. Indem er netter und freundlicher erschien als der Rest. Fies, aber wirkungsvoll. Nur das Geständnis rund um Nadja war keine Lüge.

»Nein.«

»Na, das kann ich ändern.« Mit einer Hand steckte er das Netzwerkkabel in seinen Flachrechner, tippte eine Sicherheitsserver-Adresse ein, meldete sich mit seiner Kennung an und wählte *Telefonie über Internet* an. »Die Nummer?«

Christopher hörte auf zu kauen. Verwunderung pur. »Jetzt?«

»Klar. Oder wollen Sie nicht? Kann sein, dass wir dabei abgehört werden, aber ich nehme nicht an, dass Sie Sicherheitsrelevantes mit Ihrer Frau besprechen.«

»Nein! Nein, bestimmt nicht.« Christopher nannte die Nummer, Gustav gab sie ein. »Vielen Dank!«

»Ich werde das Gespräch sofort unterbrechen, sollten Sie etwas über unsere Mission verraten. Beruhigen Sie sie, falls sie sich sorgt. Das muss leider ausreichen. In ein paar Tagen sind Sie in Paris.«

Es klingelte lange, bis jemand abnahm. »Mueller-de la Fleur.«

»Bonjour, ma chère. Hier ist Chris.«

Ein lauter, erleichterter Aufschrei schallte aus dem kleinen Lautsprecher. »Endlich! Was ist los? Warum hast du dich nicht eher gemeldet, mon amour? Ist alles in Ordnung bei euch?«

»Ja, mir geht es gut.« Christopher sah zu Gustav. »Wir haben hier nur ganz viel zu tun und ständig Programm. Entschuldige, es ging nicht früher. Ich bin echt ganz schön eingespannt.«

Cora lachte fröhlich. Sie durchschaute seine Lüge nicht.

»Dann ist es ja gut. Ich dachte schon, die Stasi hätte dich einkassiert.«

»Sag das Wort nicht am Telefon. Sonst schalten sie die Überwachung ein.« Christopher wischte sich ein paar Tränen von den Wangen. »Mon dieu, das tut so gut, deine Stimme zu hören.«

»Ja, ich vermisse dich auch schon. In ein paar Tagen bist du wieder da. Und … dann habe ich Neuigkeiten für dich.«

Gustav sah auf die Uhr und das Datum. Cora Mueller nahm an, dass ihr Mann eine Woche statt der beantragten drei Tage in der DDR bleiben würde. *Das macht es leichter.* Als Hinweis für Christopher, nicht zu lange zu sprechen, tippte er gegen das Zifferblatt.

»Ich freue mich so auf dich!« Christopher biss sich auf die Lippe.

»Wie ist es in der DDR? So seltsam und schlimm, wie man sagt?«

»Das erzähle ich dir dann. Richte den anderen einen schönen Gruß aus. Und meinen Eltern, ja? Ich muss jetzt auflegen.«

»Mache ich. Bis bald, mon amour!« Cora machte Kussgeräusche. »Rate schon mal auf der Heimfahrt, welche Neuigkeiten ich habe.«

»Bis dann! Ich liebe dich.« Christopher legte auf und sah zu Gustav. »Danke!« Schnell wischte er neuerliche Tränen weg.

»Kein Problem.« Er trennte das Kabel vom Computer und aß seine Halberstädter. »Dann erzählen Sie mir jetzt, was Sie von den Leuten wissen, die sich als Antiquitätensammler ausgaben. Jede Kleinigkeit. Auch solche Dinge, die Ihnen nichtssagend vorkamen.«

»Gut.« Beflügelt von der Stimme seiner Frau und der Aussicht, wieder nach Hause zu dürfen, redete der Dolmetscher wie ein Wasserfall.

Gustav hatte die Ermittlungsakte vor sich und kontrollierte, welche seiner Aussagen bereits erfasst waren. Leider ergab sich nichts Neues, was er dem Mann jedoch nicht verriet. Es ging um positive Bestätigung. Tieferes Vertrauen.

»Sehr gut, danke. Das ergänzt das Bild.« Gustav war nach dem Gehörten zu hundert Prozent überzeugt, dass es sich um die gleiche Truppe von Verschwörern handelte, die das Ende des ZK und des Politbüros geplant hatte. Die rücksichtslose Vorgehensweise, die Bewaffnung, das Ziel. Dass es noch eine zweite Terroristengruppe gab, die ausgerechnet jetzt und unabhängig von Lenins Truppe auf die Suche nach den alten Depots ging, war so gut wie unmöglich. Westliche Agenten schloss er ebenso aus. Die gingen anders vor. »Kommen wir zu dem Ort auf der Karte.«

»Ich dachte, Sie bringen mich dorthin?«

»Im Vorfeld will ich recherchieren, was es damit auf sich hat. Außerdem benötigen wir ABC-Spezialisten der NVA, die sich mit Kampfstoffen auskennen. Keine Sorge. Ich halte mich an unsere Abmachung.« Gustav zückte Stift und Notizheft, die er stets bei sich führte. »Ich höre?«

»Haben Sie eine Landkarte? Dann kann ich den Ort besser zuordnen.«

Gustav rief eine DDR-Karte auf seinem Tischrechner auf.

Christopher wischte und suchte, vergrößerte und verkleinerte, bis er sich auf eine Region im Osten der DDR konzentrierte. Seine Fingerbewegungen verlangsamten sich, dann drehte er das Display zu Gustav. »Hier! Da ist es.«

»Bad Schlema.« Er machte sich Notizen. »Wo genau, das muss ich jetzt nicht wissen. Das klären wir unterwegs. An einem ruhigeren Ort.«

»Einverstanden.« Christopher sah an sich herab und wischte sich die Finger an einem Taschentuch sauber. »Kann ich für draußen andere Kleidung bekommen? Ich sehe aus wie ein Sträfling.« Er öffnete die Packung Pfeffis und nahm ein Bonbon in den Mund. Minzgeruch breitete sich im Räumchen aus.

»Es tut mir leid, aber ich fürchte, das wird zunächst so bleiben. Bei Ihrer Cousine auch. Offiziell sind Sie in Untersuchungshaft.«

»Alicia kommt mit?«

»Ja. Ich will meine Informanten nicht mit anderen Stasi-Behörden teilen. Wer weiß, wer die Gunst der Stunde dann nutzt und Sie zwei rasch verlegen lässt! Nein, bei mir ist sie besser aufgehoben.« Gustav erhob sich und spülte den letzten Bissen Bockwurst mit Cola runter. »Unterwegs besorgen wir Ihnen beiden persönlichere Kleidung und Hygieneartikel. In zwei Stunden wird Abfahrt sein. So lange lasse ich Sie in Ihre Zelle bringen, Herr Mueller. Ich bitte um Verständnis und Nachsicht.«

»Muss ich wohl haben.« Christopher ergriff überraschend seine Hand und schüttelte sie. »Nochmals meinen Dank, Oberst Kuhn! Sie sind der erste Vernünftige, den ich getroffen habe, seit diese Sachen passiert sind.«

»Ich werde meine Kolleginnen und Kollegen nicht verteidigen, aber solche Tage erlebt die DDR gerade zum ersten Mal. Das ist in gewisser Weise ein Ausnahmezustand. Ihr persönliches Timing, Herr Mueller, war nicht das Beste für Sie, aber für mich und die Sicherheit der Menschen ist es optimal.« Gustav lächelte ihn aufmunternd an. »Sie bekommen auch noch einen Orden.«

»Ich verzichte.«

»Dann bis später!« Gustav verließ den Befragungsraum und gab Anweisung, Christopher zurück in seine Zelle bringen zu lassen.

Ihm standen Telefonate bevor, um die nächsten Dinge ins Rollen zu bringen, ohne dass viele Leute davon Wind bekamen. Gerade das war in der DDR verflucht schwierig.

* * *

Bezirk Karl-Marx-Stadt, Kreis Aue, DDR

Gustav sah sich um, so gut es der Poppenwald, der Nebel und der Schnee zuließen. Weiter als dreißig Meter reichte die Sicht nicht. »Wir sind zumindest im richtigen Areal.« Sein GPS hatte keinen Empfang. Die Wolkendecke über ihnen, aus der es seit dem Morgen schneite, ließ keine Satellitensignale durch. Also reichte er die Karten samt Kompass an Christopher, der neben seiner Cousine stand. »Oder?«

Die Karten bestanden aus durchsichtigen Folien aus verschiedenen Jahren, die sich übereinanderlegen ließen, inklusive alter Stücke aus Wehrmachts- und Rote-Armee-Beständen. Nachdem Christopher Mueller zumindest angedeutet hatte, wohin sie mussten, ließ Gustav die Scans auf die Schnelle über Ditschner in den Archiven auftreiben und mailen. Das Ausdrucken war eine Sache von Sekunden. Zusätzlich trug er die Datei noch auf seinem Mobiltelefon mit sich.

Der Dolmetscher, wie Alicia gekleidet in Wintertarnuniform und Mantel statt des viel zu dünnen Overalls, betrachtete die Linien und Verläufe darauf. Er bemühte erkennbar seine Erinnerung.

Alicia hatte die Hände in die Taschen des Militärmantels gesteckt und einen Schal um den Kopf und vor ihr Gesicht geschlungen; ihr Atem drang in kleinen Wölkchen durch das Gewebe, die langen goldenen Strähnen hingen ihren Rücken hinab. »Das ist für mich ein einziges Chaos.« Sie schaute Christopher neugierig zu. »Ich hätte mir das in der Kürze nicht merken können.«

»Ich muss mir Dinge schnell einprägen können. Wegen des Jobs«, gab er konzentriert zurück. »Auch wenn es sich normalerweise um andere Sachen handelt.«

Sie bewegten sich nicht allein durch den Poppenwald. Außer ihnen waren noch Steiner und Fahrmann sowie eine zwanzigköpfige NVA-ABC-Truppe vor Ort. Mit speziellen Kampfmittelspürgeräten, Schnüffelsonden, Ausrüstung sowie einem tragbaren Labor in Rucksackform, um die gefundenen Altlasten ohne Verzögerung identifizieren zu können. Und mit voller Bewaffnung.

Gustav blickte zu Stabsfeldwebel Voigt und bemerkte, dass die MfS-Agenten und er selbst die Einzigen waren, die nicht in Wintertarnung steckten.

Der vollbärtige Zugführer betrachtete die Werte auf dem tragbaren Display in seiner Linken. Vorläufig war nur eine Sonde für Kampfgas damit verbunden, die an einem Kabel am Analysegerät baumelte; bis zu zehn verschiedene Geräte konnten angeschlossen werden. »Keinerlei Auffälligkeiten, Oberst.«

»Danke!« Nachdem Gustav Ministerin Feist privat angerufen hatte, war die Einheit ohne weitere Erklärung aus der am nächsten liegenden ABC-Kaserne nach Bad Schlema geschickt und ihm unterstellt worden. Ihm persönlich. Steiner und Fahrmann konnten noch so sehr versuchen, die Angelegenheit an sich zu reißen, sie würden scheitern. *Manchmal hat das beschissene System doch was Gutes.*

Christopher drehte sich nach Westen. »Da. In diese Richtung.«

Voigt näherte sich ihm. »Kann ich mal sehen?«

»Sicher.« Gustav war froh, jemanden dabeizuhaben, der sich auf den altmodischen Umgang mit Karte und Kompass verstand. Seine Zeiten bei den Pionieren und der FDJ waren lange vorbei. Und er bedauerte sehr, seine Notration Pfeffis verloren zu haben. Die Bonbons lagen irgendwo im Wald.

Christopher zeigte dem Stabsfeld auf dem Kartensammelsurium, wo sich das Versteck befand.

»Das sind zwei Kilometer von hier«, übersetzte Voigt die Entfernung. »Bei dem Wetter und den Gegebenheiten ungefähr eine Stunde, Genosse Oberst.« Dann nahm er seine eigenen eingeschweißten Unterlagen heraus. »Die habe ich angefordert, als ich hörte, dass wir uns in den Poppenwald begeben.« Er gab sie Gustav. »Kann sein, dass wir besonders gut auf den Untergrund achten müssen. Mit Sicherheit sind Senken oder versteckte Einbrüche unter dem Schnee zu erwarten. Die Minen aus den Anfängen des Bergbaus haben mitunter verzweigte Ausläufer oder wurden im Verlauf der Jahrhunderte weiter ausgeschwemmt.«

»Da hat aber jemand mitgedacht. Die NVA ist …« Alicia wollte noch etwas Spöttisches sagen, aber Christophers warnender Blick bremste sie. »… ist gut vorbereitet, meine ich. Allzeit bereit, immer bereit.«

Gustav konnte mit den taktischen Symbolen auf dem Material nichts anfangen. Es war jedoch aufgrund der Fülle von Ausrufungs- und Warnzeichen deutlich erkennbar, dass sie sich über einen tückischen Untergrund bewegten. »Sie werden uns und Ihre Leute schon durchmanövrieren.« Er gab die Karten wieder zurück. »Dann mal los. Wir haben noch drei Stunden sicheres Tageslicht, oder?«

»Ungefähr, Oberst Kuhn. Je nachdem, wie die Lage vor Ort ist, können wir eine Abholung einleiten.« Voigt setzte sich an die Spitze des Zuges. Sechs Mann bildeten mit ihm zusammen den Anfang, danach folgten der Agent und die Agentin zusammen mit Gustav, Alicia und Christopher. Die restlichen NVA-Leute stapften hinter ihnen durch den Wald.

»Irre. Hier gibt es unglaublich viele Schächte«, stellte der Dolmetscher erneut fest.

»Soll das heißen, dass du dir nicht mehr sicher bist?« Alicia zog den Schal ein wenig nach unten und steckte sich eine Juwel an.

»Doch, sicher schon. Sogar, was den genauen Eingang angeht.« Christopher faltete die Karten zusammen und stopfte sie in die Manteltasche.

»Ohne Ihre Erinnerung würden wir uns dumm und dämlich suchen«, lobte Gustav ihn, um den aufgebauten positiven

Eindruck zu verstärken. »Wir können Ihnen gar nicht genug danken.«

»Wer ist denn *wir?*«, warf Alicia kampflustig ein.

»Die DDR. Die Menschen, die vor dem Gas bewahrt werden.« Gustav grinste sie an. »Die Rebellin ist stark in Ihnen.«

»Ach, so rebellisch bin ich gar nicht. Es gehen mir einige Dinge auf den Sack, die man ändern müsste.« Sie zeigte mit dem Daumen auf Steiner und Fahrmann hinter ihnen. »Das hat mir die da eingebracht. Eingefangen wie eine Geschlechtskrankheit nach einem schlechten Fick. Doppelt bestraft.«

Gustav und einige Soldaten lachten schallend.

»Sie wissen schon, dass die Anklage gegen Sie noch nicht vom Tisch ist?«, erinnerte Steiner sie schneidend und wankte unbeholfen durch den tiefen Schnee. »Ihnen stehen noch einige Verhöre bevor, Frau Müller.«

»Das werden wir sehen.« Alicia rauchte genüsslich. »Ich bin ja eine Heldin. Gibt bestimmt so etwas wie mildernde Umstände.«

Christopher sah vielsagend zum Oberst, schwieg jedoch.

»Wir sind nicht hier, um die politischen Aktivitäten von Frau Müller zu besprechen«, sagte Gustav zu Agent und Agentin. »Eines nach dem anderen. Und damit ist das Thema beendet, Kollegen.« Er ärgerte sich, dass er die beiden nicht losgeworden war. Anscheinend wollte jemand Kontrolle über die Bewegungen und Aktionen der Gruppe haben, auch wenn er sich durch seinen Einsatz in Berlin rehabilitiert hatte.

Aber nicht in den Augen aller Funktionäre.

Also klebten Fahrmann und Steiner an ihnen wie Schneeflocken am Pelzmantel, ohne dass sie sich abschütteln ließen, schmolzen und verschwanden.

Das Marschieren durch tiefen Schnee, dicht fallende Flocken und feuchtkalten Nebel erforderte viel Kraft. Die Anstrengung zwang der Truppe ein Schweigen auf, durch das man gelegentlich das Niederrieseln der schweren Kristalle auf das Weiß hörte.

Das Wetter hatte die Tiere in ihre Höhlen und Refugien gescheucht. Außer ein paar verwehten Spuren unter ausladenden Nadelbäumen oder aufgewühlter Erde, wo Wildschweine nach Nahrung gegraben hatten, gab es nichts von ihnen zu sehen.

Auf die Schnelle hatte Gustav einige Gerüchte zum Poppenwald gefunden. Schatzjäger spekulierten gerne über Geheimstollen der Nazis. Es ging um Georadaruntersuchungen und Hohlräume, Bohrer hatten darin angeblich Unterlegscheiben, Muttern und Stahlbeton gefunden. Die Älteren erinnerten sich an ein mysteriöses Sauerkrautlager, aber auch an Massengräber und Waggons voller Häftlinge, die man angeblich in den Stollen gefahren hatte.

Die Spekulationen beinhalteten eine geheime Rüstungsfabrik, das verschollene Bernsteinzimmer, den Familienschatz der Hohenzollern, eine geheime Anlage der Hochtechnologieforschung und die Falschgeldproduktion der Nazis.

Ist nur die Frage, ob wir diesen Nazistollen finden, den die Sowjets nutzten. Gustav verfluchte den Umstand, dass er das Angebot eines hässlichen Anoraks in Wintertarnfarben ausgeschlagen hatte. Sein Trenchcoat war für eine derartige Belastung nicht gemacht und wurde langsam durchnässt. Wenigstens rettete ihn sein kurzkrempiger Trilby-Hut vor der vollendeten Auskühlung.

»Der Schneefall wird stärker.« Gustav blinzelte durch das Gestöber. Voigt sah er kaum noch, die Nachhut bestand lediglich aus dunklen Schatten und Umrissen.

»Daran kann ich nichts ändern, Genosse Oberst. Noch eine halbe Stunde, und wir sind da!«, rief der Stabsfeld zurück, ohne anzuhalten. Maschinengleich stapfte er vorwärts. »Wenigstens lässt der Nebel nach. Eine Rast würde ich nicht empfehlen. Wegen des schwindenden Tageslichtes.«

»Da bin ich bei der FDJ raus und muss trotzdem durch die Landschaft latschen wie bei einem Zeltlager«, beschwerte sich Alicia und lachte. »Sind im Waldgebiet eigentlich Wildkameras installiert?«

Gustav wischte den Schnee von der Krempe. »Gute Frage.« Darüber hatte er sich keine Gedanken gemacht. Bei dem Schnee sah man vermutlich ohnehin nichts auf den Aufnahmen.

»Wie kommst du darauf?«, erkundigte sich Christopher. »Hast du eine gesehen?«

Alicia deutete schräg nach rechts. »Weil da vorne was blitzte. Ich dachte, es wäre eine Fotofalle.«

»Wo?« Gustav drehte den Kopf. Und dieses Mal sah er das Blitzen auch.

Gleichzeitig trat eine Blutfontäne aus Steiners Hinterhaupt aus. Der Agent fiel rücklings in den Schnee, sein Schädel umgeben von einer Gloriole aus roten Schlieren und Spritzern.

»Deckung!«, schrie einer der NVA-Soldaten.

Gustav warf sich hinter eine dicke Birke. Tausend Gedanken zuckten durch seinen Verstand. Er fragte sich vor allem, wer sie verraten haben könnte, während ein Feuergefecht entbrannte.

Sagt ein DDR-Grenzer im Wachturm zum anderen:
»Was denkst du eigentlich über unseren Arbeiter-und-Bauern-Staat?«
Erwidert der andere: »Ich schätze mal, dasselbe wie du.«
Der andere seufzt und sagt: »Dann muss ich dich leider festnehmen.«

Volkswitz

15

Bezirk Karl-Marx-Stadt, Kreis Aue, DDR

Harper hob das Fernglas und betrachtete die Montananlage mit ihren Fördertürmen und -bändern, Gleisen, Waggons und Verladekränen, die sich als Objekt neun mit dem gesuchten Schacht 371 herausstellte. Vier Meter hohe Zäune, Stacheldraht, noch mehr Zäune, Bewegungsmelder, Kameras, Wachleute, Beobachtungstürme mit Scheinwerfern schirmten den Bergbaustandort ab. Und Patrouillen mit Hunden. Sehr aufmerksamen Hunden.

Militärischer Sperrbereich, dachte Harper missgestimmt. Wegen des laufenden Uranabbaus hütete die DDR ihren strahlenden Bodenschatz wie einen Augapfel.

»Das wird nie was«, kommentierte Yuri neben ihr das Offensichtliche. Er lehnte in seinem praktischen Wintermantel an einer Birke und schob sich ein Stück Schokolade in den Mund. Der Rucksack, in dem sie Ausrüstung und Proviant verstaut hatten, lag neben ihm. »Du müsstest mit einer ganzen Armee angreifen, um da reinzukommen. Und bis zum Schacht.«

Harper schwenkte die Gläser über die hochgradig gesicherte Einrichtung. *Mit der NVA legt man sich besser nicht an. Schon gar nicht mit einer P226.* Die Wehrbereitschaft und Reaktionsgeschwindigkeit der DDR-Truppen waren legendär. »Ich wollte sie auch nicht überrollen.« Ernüchtert steckte sie das Fernglas weg. »Du hast recht. Da kommen wir keinesfalls rein.« Sie hielt die geöffnete Hand hin, und er gab ihr etwas von seiner Schokolade ab. »Bist du sicher, dass es dieser Schacht ist?«

»Hundertprozentig. Wenn mein Großvater von Objekt neun und drei-sieben-eins sprach, meinte er dieses Gebiet.« Yuri warf sich den Rucksack auf den Rücken. »Und jetzt?«

Harper überlegte. Sie dachte gar nicht daran, an dieser Stelle ihre Mission abzubrechen. Sie hatte sich nicht zusammen mit Yuri auf verschlungenen Wegen umständlich, halsbrecherisch und gefährlich durch geheime Tunnel unter der Grenze in die DDR gemogelt sowie durch vermintes Gebiet gekämpft, um nun aufzugeben.

Sie hatten nicht genug Zeit gehabt, um sich mehr als eine alte Luftaufnahme des Areals zu besorgen. Das schräg von oben geschossene Bild ohne genaue Koordinatenangaben stammte vom 9. April 1945. Harper erkannte darauf Waggons auf den Abstellgleisen sowie Baracken, eine helle Stelle konnte ein beleuchteter Stolleneingang sein. *Aber wo?*

Die Reise aus Berlin-Deutschland in die DDR hatte sie größtenteils in Kisten oder mit verbundenen Augen verbracht, damit sie nichts verraten konnte, sollten sie geschnappt werden. Aber sie musste es Yuri lassen, dass die Diebe im Gesetz kreative Wege durch die Kontrollen gefunden hatten. Selten war ihr Adrenalinpegel so hoch gewesen. Ein Niesen, ein Husten, ein rascher Blick eines Zöllners oder Grenzers in ihre Reisekiste, und sie wäre im Knast gelandet. Eine MI6-Austauschgeisel.

Wer weiß, ob mich der SIS überhaupt zurückhaben will. Leider hatte Harper keinerlei Kontakte zur Stasi oder zu Beamten aus der DDR. Sie musste sich gänzlich auf Yuri und seine kriminellen russischen Verbindungen verlassen.

»Gehen wir zum Wagen und wärmen uns auf.« Harper stapfte durch den fallenden Schnee zurück Richtung Parkplatz und freute sich auf das Warmluftgebläse, das ihr die Kälte aus den Knochen treiben würde.

»Was hast du eben überlegt?« Yuri trug eine weiße Wollmütze, unter der seine schwarzen Locken hervorlugten. Er reichte ihr auf ihren knappen Wink hin ein weiteres großes Stück von der Schokolade.

»Ob die Arbeiter und die Behörden wissen, dass Gastanks der Sowjets in einem Stollenabschnitt liegen. Oder ob das Zeug längst entfernt wurde.« Harper steckte die halbe Rippe in den Mund. Frustbekämpfung. Ihr fiel keine Lösung ein, wie sie sich Zutritt verschaffen konnte. Die schmelzende Schokolade in ihren Wangentaschen und der leckere Geschmack trösteten sie ein bisschen.

An der Situation änderte es leider nichts.

Sie musste gar nicht erst versuchen, sich rotzfrech als Kontrolleurin, ranghohe NVA-Offizierin oder MfS-Agentin auszugeben. Binnen Sekunden würde der Bluff auffliegen.

Im schlimmsten Fall reagierte die Gesichtserkennung und enttarnte sie vollständig vor dem ersten gelogenen Satz. Sie hatte keine Ahnung, ob sie als MI6-Agentin erfasst war und wollte es auch nicht herausfinden. Bislang hatten sie es vermieden, sich dort zu bewegen, wo es viele Kameras gab.

Nach einigen Metern bemerkte Harper, dass sie von ihrer Route abgekommen waren. Sie seufzte und hielt die Hand nach hinten. »Schokolade.«

»Noch mehr?«

»Ja. Ich brauche etwas gegen meine schlechte Laune.«

»Warum?«

»Weil wir uns verlaufen haben.«

»Nicht. Dein. Ernst!« Yuri brach in schallendes Gelächter aus, und obwohl er sie auslachte, wollte Harper ihm dafür nicht die Nase brechen. Das hatte viel zu bedeuten. Sie mochte ihn sehr. »Du bist eine elende Großstädterin. Wie kann man sich in dieser überschaubaren Gegend verirren?«

»Indem man nicht aufpasst, es wie irre schneit, man den falschen Spuren folgt und keine App mehr hat, weil es keine Freischaltung fürs DDR-Netz gibt.« Harper steckte das nächste Stückchen Schokolade in den Mund. »Aber du hast doch eine?«

»Ich habe mein Zeiro zerlegt. Will nicht geortet werden, sonst schicken sie uns noch eine NVA-Truppe auf den Hals.« Yuri blieb gelassen und betrachtete den nebligen, verschneiten Wald. »Sonnenstand wird schwierig.« Er hatte sich einen Dreitagebart im markanten Gesicht stehen lassen, was ihn älter wirken ließ als seine zwanzig Jahre. Und attraktiver. »Und nein, ich habe nicht achtgegeben und mich ganz auf dich verlassen. Emanzipation und so.«

Harper blickte zurück und betrachtete die Flocken, die sich in ihre Spuren legten und sie zudeckten. Als wären sie nie hier gewesen. *Für eine gebürtige Kanadierin ist das ein schwaches Bild,* gestand sie sich ein. »War da nicht irgendwas mit Moos auf der Rinde und …« Sie bekam die alten Orientierungsmethoden nicht mehr zusammen.

»Dazu müssten wir wissen, in welcher Himmelsrichtung unser Parkplatz lag.« Yuri kramte das Zeiro sowie die ausgebauten Teile aus der Außentasche des Mantels heraus. »Soll ich es zusammensetzen?«

Harper grinste. »Der Akku hat noch Saft?«

»Warum nicht?«

»Du hattest ihn nicht in der Hosentasche. Kälte und Akkus, das geht nicht zusammen.« Sie lutschte das letzte bisschen Schokolade weg. »Nicht nur eine kanadische Weisheit, Freundchen.«

Er wackelte mit dem Smartphone. »Soll ich, oder soll ich nicht? Kann schiefgehen.«

Harper wurde die Entscheidung abgenommen, als nicht weit von ihnen entfernt Schüsse tönten. Zuerst erklang nur einzelnes gedämpftes Knallen, das sich dann zu einem echten Feuergefecht ausweitete.

»Was denkst du?« Sie blickte Yuri abwägend an. »Eine Übung oder jemand, der wie du sein Handy einschaltete und geortet wurde? Oder vielleicht sogar die Wichser, die deine Familie umgelegt haben?«

»Du willst nicht nachsehen«, versuchte er, sie davon abzuhalten.

Doch. Ich denke schon. Harper spurtete los und folgte dem Klang des Schusswechsels, der sie weg von Objekt neun führte. Der Schnee verlangsamte sie nicht besonders, einmal mehr freute sie sich über ihre gute Kondition. Das Rascheln und Fluchen hinter ihr verriet, dass Yuri sie nicht alleinließ. *Guter Junge.*

Die Schüsse wurden lauter, sie näherten sich dem tobenden Kampf.

»Halt den Kopf unten. Uns könnten Kugeln um die Ohren fliegen, die gar nicht für uns gedacht waren.« Harper bückte sich und hastete von Stamm zu Stamm, in der Rechten die schallgedämpfte SIG Sauer P226.

Der Nebel lichtete sich, nur der fallende Schnee behinderte die Sicht noch.

Lasst mal sehen, wer ihr seid. Harper zückte das Fernglas und blickte hindurch.

Eine Truppe von NVA-Soldaten wehrte sich im leicht abschüssigen Wald gegen eine Zivilistengruppe, die keine Abzeichen, aber erkennbar ältere automatische AK47 und keine Wieger- oder HK&S-Sturmgewehre trug.

Während sich die Parteien abwechselnd unter Feuer nahmen, der Schnee flog und Birkensplitter abplatzten, ohne dass jemand getroffen wurde, erkannte Harper oberhalb des Gefechtes am Hang einen gut verborgenen Scharfschützen auf der Seite der Zivilisten.

Der Mann hatte vor sich einen armhohen Hügel aus Schnee aufgeschichtet und nutzte ihn als Deckung und Auflage für sein Gewehr. Ein weißer Umhang lag tarnend über ihm. Harper hatte ihn nur entdeckt, weil der Mündungswind seiner Schüsse die frischen Flocken aufwirbelte. Einen NVA-Mann nach dem anderen schaltete er mit gezielten Kopf- und Körpertreffern aus.

Die Projektile gingen bei jedem Schuss locker durch eines der dünnen Stämmchen, die Birken boten den Kauernden wenig Schutz vor der stählernen Gefahr.

Ich hasse Scharfschützen. Dann hielt Harper verwundert inne, als sie durch ihr Fernglas einen älteren Mann mit dunklem Teint und kurzkrempigem Hut erblickte. Er saß hinter einer dicken Birke, die ihm dennoch keine besonders gute Deckung bot. Das Gesicht kannte sie aus Bristols Unterlagen. »Bloody fuckin' shit«, murmelte sie.

»Jemand, den du kennst?«

»Ein Stasi-Oberst. Gustav Kuhn.«

»Woher weißt du das?«

»Wir kamen uns mehrmals in die Quere, ohne dass wir uns jemals persönlich begegneten«, log sie flüssig. »Meine Quellen sagten, dass er mit der Giftgassache beauftragt wurde. Scheint, als wäre er mit seinen Leuten in einen Hinterhalt geraten.«

»Dann sind wir richtig.«

Vor allem bedeutete es, dass der Oberst wusste, wo sich das Gas befand. »Die NVA-Truppe hat viel technische Ausrüstung dabei«, sagte Harper. »Sieht aus wie Messgeräte.«

»Wundert mich nicht. Ist noch eine Bestätigung, dass sie rausfanden, wo die Behälter sind.« Yuri griff in den Rucksack und zog seine Halbautomatikpistole heraus.

Harper sah ihn an. »Was wird das? Hast du etwa schon einen Plan?«

»Klar.« Er zeigte auf die Angreifer. »Wir erledigen die Kalaschnikow-Typen, bevor sie den Oberst erwischen, schalten die restlichen NVA-Leute aus, finden zur Sicherheit heraus, wer die Unbekannten sind, greifen uns ein Analysegerät und gehen mit der Hilfe der Stasi zum Versteck.«

Harper fand dieses Vorhaben mit den ganzen Zwischenstufen mindestens ambitioniert. *Ein jugendlicher Draufgänger.* »Und danach?«

»Entscheiden wir vor Ort, wie es weitergeht.« Yuri lud die

Jarygin durch und entsicherte sie. »Ich will meine Rache, Harper. Das Gas ist ein Teil davon, das sagte ich dir. Und du kannst den Rest verkaufen.« Er verfolgte das tobende Gefecht. »Obwohl ich mich seit unserem Aufbruch frage, wie du es aus der DDR herausschaffen willst.«

»Erst finden wir das Zeug.« Harper machte die SIG Sauer einsatzbereit. Ihre Tarnung als Waffenhändlerin drohte aufzufliegen. Also war eine Ablenkung nötig. »Fangen wir mit Stufe eins deines Plans an. Danach erkläre ich dir meinen.« Sie zeigte auf den Scharfschützen. »Den greife ich mir.«

Harper rannte los. Bald schwitzte sie unter ihrer Tschapka und der dicken Kleidung. Außerdem knirschte der Schnee unter ihren Sohlen lauter als gewollt, der Mantel machte sie schwer.

Der Scharfschütze seitlich vor ihr nutzte ein älteres umgebautes Dragunow-Modell, das die Sowjets lange in Afghanistan eingesetzt hatten.

Klackend lud er erneut durch, senkte das Auge ans Okular und führte den Finger zurück an den Abzug. Nach einem langen Einatmen hielt er inne und visierte sein nächstes Ziel an. Der getarnte weiße Lauf schien auf den Oberst gerichtet zu sein.

Nicht Kuhn! Den brauche ich noch! Harper machte einen Schritt. Der Schnee knarzte noch lauter als beim letzten Mal.

Der Scharfschütze bewegte die Augen nach rechts, um nach dem ungewohnten Geräusch zu schauen.

Fuck! Harper sprintete vorwärts, um sich in eine bessere Schussposition zu bringen, und hob die SIG Sauer.

Der erste Schuss ging vorbei, weil sie über einen Ast stolperte, der unter der weißen Flockendecke verborgen lag.

Gleichzeitig schwenkte der Mann das Dragunow herum und rollte sich auf den Rücken, zielte auf sie und löste aus.

Nie hätte Harper geglaubt, dass der Knall so laut sein könnte. Sie fühlte den heißen Wind der Treibladung und sah das blitzende Mündungsfeuer; der trudelnde Schnee verwirbelte vor dem Lauf und floh scheinbar vor der Kugel.

Harper taumelte durch ihr Stolpern ungewollt zur Seite, und das Projektil verfehlte sie knapp, zupfte spürbar am dicken Ärmel.

Sofort fühlte sie sich an die Erlebnisse in Berlin zurückerinnert. *Wie ich diese Scharfschützen hasse!* Mehrmals schoss sie mit der SIG Sauer auf den Mann, der gleichzeitig repetierte und die leere Hülse aus dem Verschluss schleuderte.

Zum Abdrücken kam er nicht mehr. Drei Treffer in die Brust schalteten ihn aus, und während er zusammensackte, gab er das Dragunow frei.

Zeit für etwas Ausgleich auf dem Schlachtfeld. Harper warf sich neben den Toten und nahm die schwere Waffe. Kurzerhand nutzte sie die Leiche als Auflagefläche und zielte in die Reihen der Angreifer.

Sie erkannte das Gesicht einer Frau um die vierzig im Fadenkreuz, die erschrocken in ihre Richtung schaute und das AK47 in den Anschlag riss.

Bevor die Unbekannte feuern konnte, gab Harper einen Schuss ab. Dazu schloss sie die Augen, um nicht in aller Deutlichkeit und übergroß zu sehen, was das Projektil anrichtete.

Mechanisch lud Harper nach, öffnete die Lider und schwenkte auf das nächste Ziel. *Es ist so einfach.*

Einen Gegner nach dem anderen schaltete sie aus. Gelegentlich ging sie hinter dem Toten in Deckung, weil sie unter Feuer genommen wurde. Die Leiche hielt die ungezielten Projektile ab, die einschlagenden Kugeln erzeugten widerliche Geräusche beim Einschlag. Ein paar warme Blutspritzer trafen sie an der Wange, sie selbst blieb unverletzt.

Nach einer Weile schwiegen die Waffen.

Haben wir alle? Harper hob den Kopf und blickte über den Leichnam.

Da kam Yuri an ihre Seite. Unverletzt, wie sie erleichtert

feststellte. »Von den anderen leben nur noch der Oberst und zwei, die keine Waffen tragen«, sagte er. »Denke ich.«

»Gut. Egal, was jetzt passiert, behalt die Nerven. Versprich mir das.«

Yuri sah sie misstrauisch an. »Was hast du vor?«

»Einen Teil meines Plans ändern.« Sie rutschte weiter nach oben bis an die Kante der Schneedeckung, über die der Scharfschütze gefeuert hatte. »Oberst Kuhn! Wir haben Ihre Angreifer ausgeschaltet. Hier, schauen Sie!« Mit Schwung warf sie das Dragunow aus dem Versteck.

»Wer sind Sie?«, kam es von dem älteren Mann zurück.

»Ihre neuen Verbündeten auf der Suche nach dem Gas. Ich glaube, wir haben das gleiche Ziel.«

»Geben Sie sich zu erkennen!«

»Mein Name ist … Harper.« Sie musste grinsen. Ihren Nachnamen hätte er sich ohnehin nicht merken können. »Ich bin Agentin des MI6. Ich wurde mit dem Fall betraut, die Quellen für weitere Anschläge solcher Art aufzuspüren und auszuschalten.«

»Du bist *was?*«, raunte Yuri ihr zu und hielt sich die Hand vor den Mund, um sein Lachen zu ersticken. »Das glaubt er dir nie!«

»Du wirst gleich staunen. Wenn ich in meinem Job als Waffenhändlerin etwas gelernt habe, dann dass man einfallsreich sein muss.« Harper klopfte ihm auf die Schulter. »Ich werde dich als meinen MI6-Partner vorstellen. Also spiel einfach mit, okay?«

Yuri schüttelte belustigt seinen Kopf. »Ich schenke dir einen Karton mit allerbestem rotem Krimsekt, solltest du damit durchkommen.«

Es dauerte einige Sekunden, bis Kuhn ihnen zurief: »Wir sollten reden, Agentin Harper!«

»Das sollten wir, Oberst Kuhn.« Harper richtete sich auf, ohne die P226 loszulassen. Er sollte ruhig sehen, dass sie bewaffnet blieb. »Aber nicht schießen. Sonst wird mein Begleiter das beenden, was diese Typen begonnen haben.«

»Einverstanden.« Kuhn stemmte sich hinter seiner Birke, die höchstens ein Drittel von ihm verdeckt hatte, in die Höhe und trat hervor. Überall an ihm haftete Schnee, sogar auf dem Hut hatten sich Flöckchen gesammelt. »Das Gleiche gilt für Sie.«

»Ihre beiden Begleiter sind unbewaffnet. Ich denke nicht, dass sie sich mit Schusswaffen auskennen.«

»Ich hatte Wehrerziehung im Unterricht!«, rief die junge Frau mit den violetten Strähnen in den goldgelben Haaren drohend. »Täusch dich mal nicht, Tschapka.«

Harper ging langsam los, und Kuhn wankte ungelenk durch den Schnee auf sie zu. In seiner Linken hielt er eine Wieger T11.

Mitten auf dem Schlachtfeld trafen sie aufeinander, umgeben von toten NVA-Soldaten und rot gefärbtem Schnee.

»Bevor wir anfangen zu reden, verraten Sie mir: Wie sind Sie in die DDR gekommen, Agentin Harper?« Kuhn wischte sich den Schweiß vom Gesicht.

»Das werde ich Ihnen bestimmt nicht verraten.«

»Wie heißt Ihr Vorgesetzter?«

»Das war Intendant Bristol. Kannten Sie ihn?«

»Nur seine Akte.« Kuhn betrachtete sie aufmerksam. »Da Sie garantiert keinen Ausweis dabeihaben, muss ich Sie an Ihren Taten messen.« Er schaute sich auf dem Schlachtfeld um. »Und diese Taten zeigen mir, dass Sie nicht auf der Seite unserer Gegner stehen.«

»Das ist schon mal richtig. Wie gesagt, ich soll nach dem Gas suchen.«

»Warum kommen Sie dazu in die DDR?«

»Weil ich Kenntnis von einem der Depots habe.«

»Hätte es nicht ausgereicht, die Regierung zu informieren, falls es ein selbstloser Akt sein sollte?«

»Ich musste erst sicher sein und durfte keinen falschen Alarm auslösen.«

»Schwaches Argument.« Kuhn deutete auf ihre Halbautomatik. »So könnte ich jedoch annehmen, dass Sie vielleicht den Auftrag haben, das Depot zu finden und das Gas in Ihren Besitz zu bringen, um es gegen die DDR einzusetzen. Und ich kann mir vorstellen, dass die westlichen Geheimdienste zu gerne Verwirrung in der sozialistischen Republik stiften würden. Oder sogar mehr?«

»Das könnte auch sein. Aber ich versichere Ihnen, dass ich nichts dergleichen vorhabe. Und der MI6 auch nicht.« Das wusste Harper seit dem Tod von Bristol zwar nicht mehr genau, doch eine verharmlosende Behauptung konnte nicht schaden. »Übrigens wären Sie dann bereits tot. Und Ihre beiden Schützlinge. Ich hatte das Dragunow-Gewehr.«

»Na ja. Es könnte auch sein, dass Sie nicht wissen, wo genau sich der Eingang zu diesem Lager befindet.« Kuhn lächelte weise. »Lügen und Täuschen gehören zur Grundausbildung.« Er sah über die Schulter, wo seine Begleiterin und sein Begleiter ausharrten. »Leider kommen wir auf diese Weise nicht weiter. Und ich denke nicht, dass Ihre Absichten so edel sind, wie Sie sie darstellen möchten, Agentin Harper.«

»Möglich. Aber Sie verdanken mir Ihr Leben. Das sollten Sie nicht vergessen.«

»Gewiss. Sie handelten aus reiner Nächstenliebe.« Kuhn zeigte auf die Leiche eines erschossenen Zivilisten. Erste Raben und Krähen flogen heran und hüpften auf den Ästen der Birken näher an die warme Mahlzeit. »Haben Sie einen Tipp für mich, wer das ist?«

»Ich kenne sie nicht, wenn Sie das meinen. Weder hatte ich sie im Schlepptau, noch standen sie in irgendeiner Verbindung zu mir oder dem MI6.« Noch eine von Harpers Behauptungen. »Aber es steht fest, dass diese Leute Sie nicht besonders leiden konnten, Oberst Kuhn. Und dass *Sie* nicht längst Verstärkung angefordert haben, lässt nicht weniger Platz für Spekulationen. Am Ende verbergen Sie sogar etwas vor Ihren Genossen beim

MfS.« Sie lächelte bezaubernd und klimperte mit den Wimpern. »Das macht unser Zusammentreffen im Wald noch spannender.«

Er nickte und steckte betont langsam seine T11 ein, damit es zu keinerlei Missverständnissen kam. »Mir brechen gerade die Optionen weg. Von daher gehe ich den Handel mit Ihnen ein.«

Harper streckte ihm die Hand hin. »Waffenstillstand, bis wir das Gas gefunden haben?«

»Gefunden *und* neutralisiert?«

»Ja.«

Kuhn schlug ein. »Danach können wir immer noch überlegen, was wir aus unserer Allianz machen, Agentin Harper.« Er winkte seine zwei abseits stehenden Begleiter zu sich. »Sollten wir unterwegs auf Offizielle treffen, überlassen Sie mir das Reden. Mein Dienstausweis kann in der DDR mehr ausrichten als Ihr niedliches Sommersprossenlächeln. Das zieht vielleicht in England oder in Berlin-Deutschland, aber nicht hier.«

»Das ahnte ich schon.« Harper gab Yuri ein Zeichen, zu ihnen zu stoßen. Gleich darauf hatte sich die neue Gruppe zusammengefunden. Reihum gab man sich die Hände, gefolgt von einer kurzen Vorstellung. »Sollen wir unsere Kenntnisse zusammenlegen?«

»Von mir aus gerne.« Kuhn zeigte auf Christopher und gab einen knappen Bericht, wie sie in den Besitz ihres Wissens um das Gas gekommen waren. »Herr Mueller ist der Einzige, der weiß, wo sich der Eingang befindet«, schloss der Oberst. »Es sei denn, Sie wissen es auch.«

Harper ließ sich nicht anmerken, wie beeindruckt sie war. »Wir haben von einem desertierten Sowjetmajor erfahren, dass sich das Depot in Objekt neun, Schacht 371 befindet.«

»Ah, Sie haben Oberst Smirnow gefunden.« Kuhn machte ein besorgtes Gesicht und sah zu Christopher. »Objekt neun ist eine Uranmine. Stand dazu etwas auf der Karte? Oder was zum Schacht?«

Der Franzose schüttelte den Kopf. »Der Eingang ist nicht mehr weit entfernt.«

»Und mir ist scheißkalt«, warf Alicia bibbernd ein. »Außerdem riecht alles nach Tod und Blut.«

Die Krähen flatterten herab und wagten sich an die Leichen, die am weitesten von der Gruppe entfernt lagen. Krächzend pickten sie in den Schusswunden und an den ungeschützten Gesichtern herum. Die Schnäbel färbten sich rot.

»Wir sollten weiter, falls noch mehr Bewaffnete auftauchen«, sagte Harper. »Durchsuchen wir sie rasch, und dann begeben wir uns zum Eingang.«

Die Leichen der Zivilisten waren schnell abgetastet. Doch in den Taschen fanden sich keine persönlichen Gegenstände, die ihnen etwas über die Identität der Opfer verrieten. Die Aasvögel krächzten protestierend und machten sich dann wieder an den Toten zu schaffen.

Kuhn schoss Fotos von den Gesichtern der Gegner. »Gehen wir der Sarin-Sache auf den Grund, bevor ich die NVA rufe. Vorher gibt es keinerlei Kontakt nach draußen«, schärfte er allen ein. »Noch so eine Attacke überstehen wir nicht.« Danach verteilte er die Spürausrüstung auf die Gruppe und setzte sich mit Christopher an die Spitze.

Einige der wichtigen Geräte waren beim Gefecht beschädigt worden. Aber Alicia versprach, sie notdürftig zu reparieren, damit sie wieder funktionierten und ihnen das Leben retten konnten, sollte Gas ausgetreten sein.

Harper lief mit Yuri am Ende der Gruppe und stieß ihn in die Seite. »Wie fühlt man sich als Agent des MI6?«, flüsterte sie.

»Den Sektkarton bekommst du. Keine Sorge.« Er imitierte die charakteristische James-Bond-Armhaltung, einer in die Höhe gereckt, einer quer vor der Brust. »Was machen wir, wenn wir dort sind?«

»Ich lasse mir was einfallen.« Sie hielt die Hand auf. »Dafür bin ich berühmt. Und berüchtigt.«

»Was soll das? Willst du Geld von mir?«

»Nein. Schokolade. Zur Feier meiner kleinen List.«

Yuri reichte ihr lachend den Rest der Packung.

* * *

Chris richtete den Sitz des schweren Rucksacks, in dem sich mehrere Analysegeräte der getöteten NVA-Soldaten befanden.

Harper und Kuhn stapften an der Spitze, die Sicherung übernahm der sehr junge Russe, der sich als Yuri vorgestellt hatte. Etwas in seinen Augen warnte davor, ihn wegen seines Alters zu unterschätzen.

Neben Chris ging Alicia, die sich im Laufen die Schäden am Minirechner ansah, der zur Steuerung für die Messsonden gedacht war. Sie hatte mehrere Täschchen mit passendem Fein- und Elektronikwerkzeug gefunden, inklusive eines Lötkolbens. »Was für eine Scheiße, ehrlich. Wie kann man nur einen einzigen Auswertungscomputer dabeihaben?« Ärgerlich trennte sie eine Abdeckung auf und inspizierte das beschädigte Innenleben. »Sobald wir am Eingang von diesem Stollen sind, muss ich zwei Elemente reparieren, sonst zeigen uns die Geräte allerhöchstens den CO_2-Gehalt in der Luft an.«

Chris war nicht nach Reden zumute. Er fühlte sich hypernervös. Während der langen Schießerei hatte er sich zusammengerollt hinter einem Baum klein gemacht, um nicht getroffen zu werden. Eine Waffe hatte man ihm nicht gegeben. *Ich hätte sowieso nichts getroffen.*

Das erinnerte Chris daran, wie die Antiquitätenhändlerin Hell unter dem Schreibtisch im Hobbyzimmer Schutz gesucht hatte. Kuhn hatte ihm auf der Fahrt zum Poppenwald gesagt, dass es der Frau gut ging. Sie war nach ihrem Erwachen im brennenden Haus panisch aus Homburg verschwunden und hatte der Stasi sofort alles gebeichtet, als diese in ihrem Frankfurter Geschäft aufgetaucht war.

Das Gefecht hatte weitere mentale Spuren hinterlassen: Bei jedem Geräusch im Wald zuckte Chris zusammen. Er sah sich bereits in einer langwierigen Therapie wegen posttraumatischer Belastungsstörung, sobald er wieder zurück in Paris war.

Es gab mittlerweile viel zu viele Kugeln in seinem Leben, das bis vor etwa einer Woche noch verhältnismäßig ruhig gewesen war. Den Stress als Dolmetscher würde er fortan als harmlos und lächerlich betrachten. *Wenigstens wird es nicht mehr lange bis zu meiner Rückreise dauern.*

Fluchend stolperte Harper über etwas, das unter dem Schnee verborgen lag. »Das war Metall«, stellte sie fest und kniete sich hin, um die weißen Kristalle zur Seite zu wischen.

Darunter kam ein verrostetes Bahngleis zum Vorschein.

»Das passt zu unserer offiziellen Karte.« Kuhn schwenkte den Ausdruck in seiner Hand. »Da hinten ist ein eingebrochener, stillgelegter Stollen eingezeichnet.« Er zeigte in dessen Richtung. »Ist das unser Ziel?«

Chris nickte. »Fragen Sie mich aber nicht, wie wir reinkommen«, sagte er. »Das Material, das ich gesehen habe, stammte von kurz nach 1945, denke ich. Da war der Tunnel noch begehbar.«

»Das ist richtig.« Kuhn blickte zu Harper. »Wissen Sie mehr?«

»Nein. Leider. Wenigstens haben wir Glück und sind abseits der offiziellen Anlage und Schacht 371. Auf das schwer bewachte Areal von Objekt neun wären wir nie gelangt.«

»Ist doch gut. Mit ein bisschen Glück bekommen wir den Eingang freigelegt.« Alicia nutzte die Zeit, um kleinere Kabel zu lösen und mit einem Stift Markierungen für die spätere Reparatur vorzunehmen. »Wäre auch notfalls ein Nachtlager.« Sie schaute durch die Kronen der kahlen Birken zum Himmel hinauf. »Wird schneller dunkel, als der Stabsunteroffizier vorhersagte.«

»Weiter.« Kuhn stampfte durch den Schnee, als wollte er ihn

zermalmen. Mit seinem Gewicht war es unmöglich, sich leise durch den Forst zu bewegen.

Chris freute sich, dass die Flocken nicht mehr aus den Wolken rieselten. Beinahe war es schön zu wandern. Wäre das Gewicht auf seinem Rücken nicht gewesen. Oder die unterschwellige Angst vor dem, was als Nächstes geschah.

Schließlich standen sie in einer etwa dreißig Meter langen Klamm, die auf eine Felswand zuführte. Die Seitenwände waren mit Sträuchern und Bäumen bewachsen und verbargen den Blick von oben in den Einschnitt.

Harper grub im jungfräulichen Weiß und fand die Schienen gleich beim ersten Versuch. »Dass es hier mal so etwas wie eine Bahn gab, um etwas aus dem Stollen zu transportieren, ist damit erwiesen.« Sie nickte Chris zu. »Gut gemacht.«

Kuhn schob den Trilby-Hut in den Nacken und keuchte leicht, während er den Felsen vor sich betrachtete. »Der Eingang ist nicht mal ansatzweise zu erkennen. Es muss schon lange her sein, dass der Tunnel verschlossen wurde.« Er wischte über die schneebedeckte Wand und deutete auf den Bewuchs, der darunter zum Vorschein kam, wo sich einst der Eingang befunden hatte. »Dicht. Für uns gibt es keinen Weg hinein.«

»Und jetzt?« Yuri lehnte sich an eine Birke und steckte sich eine russische Zigarette an. »Wollen Sie doch die NVA rufen? Die wären da im Nu durch.«

Kuhn und die blonde Agentin sahen sich an. Beide wirkten von dem Vorschlag nicht überzeugt.

»Solange wir nicht wissen, wer uns diese Truppe vorhin auf den Hals hetzte, würde ich es gerne vermeiden, für Aufmerksamkeit zu sorgen«, erwiderte der Oberst stellvertretend. »Bis wir uns sicher sind, diese alten Gastanks gefunden zu haben.«

»Außen herum.« Alicia steckte das Modul weg, an dem sie gerade gearbeitet hatte. »Alte Stollen neigen dazu, an der Oberfläche einzubrechen oder Löcher zu bilden. Wir haben bei uns mehrere solcher Höhlen im Wald, deren offizielle Eingänge vermauert wurden.« Sie schnorrte sich eine Kippe von Yuri. »Wenn wir beispielsweise Kleintierspuren folgen, könnten wir ein Loch oder eine Spalte finden. Um uns durchschieben.« Grinsend richtete sie ihren Blick auf den beleibteren Kuhn. »Zumindest einige von uns.«

Schlau und einfallsreich. Chris stellte den schweren Rucksack mit den Analysegeräten ab. Seine Schultern schmerzten von der ungewohnten Belastung. »Schwärmen wir aus und suchen.«

Er erinnerte sich schwach an Markierungen für Lüftungsauslässe, hatte sie aber der Gruppe verschwiegen, um keine falschen Hoffnungen zu wecken. *Ich versuche, sie zu finden.*

»Kette bilden?« Yuri zeigte in den Birkenwald, in dem die schwarz-weißen Stämme dicht an dicht standen. Es gab keine guten Orientierungspunkte wie anderen Bewuchs oder Felsen. »Sonst verlieren wir uns womöglich aus den Augen. Ich bin kein besonders guter Pfadfinder und verlaufe mich garantiert.« Er sah zu ihr. »Sie übrigens auch.«

»Na und? Wir fanden genau zu den richtigen Leuten.« Harper marschierte auf der Stelle, um sich warm zu halten, und klappte die Ohrenschützer der Tschapka nach unten. »Andere Vorschläge?« Als keine kamen, machte sie eine auffordernde Handbewegung in die Runde.

»Ich bleibe hier und bastle«, verkündete Alicia, setzte sich auf einen umgestürzten Stamm und breitete die Werkzeuge griffbereit vor sich aus. »Dauert nicht lange, und die wichtigsten Apparate stehen mir zur Verfügung.« Mit dem Kartuschenlötkolben zeigte sie auf die verschneite Felswand, hinter der sie das Gangsystem vermuteten. »Ich gehe da nicht rein, ohne die Luft checken zu können. Das sollte *keiner* von uns.«

»Yuri, du passt auf sie auf«, sagte Harper. »Falls noch ein paar von diesen Typen auftauchen.«

Zusammen mit ihr und dem Oberst erklomm Chris die rechte schräge Seitenwand der Klamm, nutzte Büsche und

Bäume als Halt und orientierte sich mit Karte und Kompass. Geschickt setzte er sich an eine Position in der Suchreihe, von der aus er sich auf einen Standort der Lüftungsschächte zubewegte. *Ich hoffe, ich irre mich nicht.*

Während er vorwärtsging, dachte Chris an seine geliebte Cora. Wie sehr er sich darauf freute, sie bald in die Arme schließen und den ganzen Mist hinter sich lassen zu können, war mit Worten nicht auszudrücken.

Die DDR hatte sich für ihn von einer Seite gezeigt, die er beim besten Willen nicht hatte sehen wollen. Chris lastete es ihr dennoch nicht alleine an.

Die Gedanken an das Massaker an seiner Familie schlichen sich in seinen Kopf. Kaum hatte er sie verdrängt, sah er die Schießerei an der Raststätte wieder vor sich, hörte die Schreie und sah die brennenden Fahrzeuge, fühlte die Schmerzen in seinem Leib.

Zu viele Tote, zu viel Grausamkeit. Chris schüttelte sich und stolperte über eine Wurzel, die aus dem Boden ragte. Erneut sah er auf die Karte. *Müsste eigentlich nicht …?*

Dann sackte plötzlich der Schnee weg, und der Boden tat sich unter seinen Füßen auf.

Laut schreiend versank Chris in der Erde. Schlagartig wurde es dunkel, und muffige kalte Luft schoss an ihm vorbei ins Freie. Etliche Wurzelstränge bremsten glücklicherweise seinen Fall ab.

Nach einer gefühlten Ewigkeit prallte er gegen festen Untergrund, was ihn in die Knie gehen ließ. Geröll und fester Stein scharrten unter seinen Stiefelsohlen.

Um ihn herum war es stockdunkel. Über sich sah er in wenigen Metern Entfernung ein helles Loch, an dessen Rand Kuhns Hutkopf auftauchte.

»Herr Mueller! Geht es Ihnen gut?«

Chris stand auf und klopfte sich den Schnee sowie den Schmutz von der Kleidung. »Nichts gebrochen!«, rief er zurück und suchte sein Handy, um damit seine Umgebung zu beleuchten. »Ich hab den Stollen gefunden. Die Gleise verlaufen unter mir entlang. Sieht gut aus.« Im Licht seines Smartphones sah er teils korrodierte Stützen, vermoderte und kristallüberzogene Verschalungen sowie blanke, behauene Felswände. Das Atmen fiel nicht leicht, die Luft roch abgestanden. »Man kann mit zwei Lastwagen nebeneinander reinfahren. Ist ziemlich groß. Und breit.«

»Gut. Sehr gut! Wir holen die anderen und seilen uns dann zu Ihnen ab«, rief der Oberst aufgeregt. »Entfernen Sie sich nicht. Warten Sie auf die Analysegeräte.«

Den Gedanken an das Gas hatte Chris auch gehabt. »Bien.« Womöglich war es bereits zu spät, und er atmete radioaktiven Staub ein, von dem er in einigen Jahren Krebs bekam. *Ich sollte ein bisschen zuversichtlicher sein.*

»Bleiben Sie tapfer. Dauert nicht lange.« Kuhns Kopf verschwand, Schnee und Erde fielen den Schacht hinab.

Chris wich dem Schmutz aus und trat in die Mitte des Tunnels, schwenkte die Handylampe dabei in alle Richtungen. Dabei fand er eine verschimmelte, halb aufgelöste Beschilderung, teils in Schwarz unleserlich geworden auf Deutsch, teils in Kyrillisch und mit Rot über die deutschen Anweisungen gemalt.

Dass jemand einen Totenkopf und das Symbol für eine Gasmaske in Rot hinzugefügt hatte, ließ ihn gleich an die alte Karte von Uropa Hermann denken. *Lachende Totenschädelchen machen es nicht besser.*

Durch das Loch in der Decke stellte sich ein spürbarer Kamineffekt ein. Der Durchzug drückte die abgestandene Luft an ihm vorbei und zur perforierten Decke hinaus.

Das ungewisse Warten nervte Chris, und außerdem wurde ihm durch das Herumstehen kalt. *Wer weiß, wie lange Kuhn und die anderen brauchen!* Aus der Ungeduld erwuchs Neugier. *Ich kann mich schon mal ein bisschen umsehen.*

Mit einem Stein kratzte Chris einen deutlich sichtbaren Pfeil in die Wand, damit die anderen wussten, wohin er gegangen war, und folgte den korrodierten Schienen in den Stollen. Sein Atem rollte in kleinen Dampfwölkchen aus Mund und Nase, die im hellen Licht sichtbar wurden.

Auf dem Boden erkannte er gelegentlich Hinterlassenschaften längst vergangener Dekaden: unterschiedliche Patronen, mal leer geschossen, mal intakt, braunes Verpackungspapier mit unlesbaren Aufschriften, eine zersplitterte Blümchentasse sowie eine verbeulte Thermoskanne in Tarnfarben.

Nach einer Weile tauchten rechts und links des Tunnels Kammern auf, die in den Fels gehauen worden waren. Die deutschen Beschriftungen verrieten, dass es sich dabei um Mannschafts- und Offiziersunterkünfte handelte. Eine Küche hatte früher ebenso existiert wie Waschräume und ein Dekontaminationsraum.

Was wollten sie denn damit? Chris staunte nicht schlecht, als er in einen Bereich vordrang, in dem es laut der Beschilderung Laboreinrichtungen gegeben hatte. Abgesehen von Glassplittern und vergessenen Kleinigkeiten, die nicht von Relevanz gewesen sein mussten, waren sie leer und ausgeräumt.

Inzwischen fand Chris seine Entdeckungstour spannend.

Nach dem nächsten Knick mündeten die Gleise in eine fabrikgroße Felsenhalle, in der sich ein verrosteter Kran mit einer Zinkengreifer-Schaufel drohend erhob und in der rot lackierte Blechfässer standen, deren Farbe teils abgeplatzt, teils aufgelöst war; Rostflecken prangten an einigen davon. In einem rückwärtigen Areal lagen die Fässer wirr übereinander, als wäre ein Turm von ihnen eingestürzt.

Dutzende.

Hunderte.

»Merde«, wisperte Chris und starrte auf das Hammer-und-Sichel-Emblem. Er beruhigte sich mit dem Gedanken, dass er längst tot wäre, falls sich eine Giftkonzentration in der Umgebung befand.

Vor seinen Füßen lagen verstreute bedruckte Blätter, die er aufhob und im Schein der Handyleuchte prüfte. *Lagerlisten!*

Auf Russisch stand akribisch verzeichnet, wie viele Fässer und kleinere Tanks mit welchem Kampfmittel sich in dem Stollen befanden. Mit Durchnummerierungen, Mengenangaben und Kurzbezeichnungen, die ihm als Zivilist nichts sagten. Außerdem waren Kreis- und Bezirksabkürzungen dahintergekritzelt. Die Sowjetarmee schien eigene Bestände aus der gesamten DDR in Bad Schlema zusammengezogen zu haben.

Chris spürte einen Anflug von Erleichterung. Sollte sich das als wahr erweisen, bekämen die Verschwörer keine Gelegenheit, sich vergessene alte Kampfstoffe für ihre widerlichen Vorhaben anzueignen.

Im Gang hinter ihm zuckten plötzlich Lichter umher, sein Name wurde gerufen. Schnelle Schritte näherten sich.

»Wir haben es gefunden!«, rief Chris ihnen freudig entgegen. »Hier ist alles voller Fässer mit Chemikalien. Russischen Chemikalien.«

Kuhn, Harper und Yuri stießen zu ihm. Alicia folgte leicht verzögert und hielt eine Messsonde in der Hand, die mit einem Analysegerät verbunden war. Das Quartett trug Gasmasken. Der Oberst reichte Chris ebenfalls einen Atemschutz, zusammen mit einer NVA-Taschenlampe.

»Nichts zu messen«, verkündete Alicia. »Es gibt außerdem keine gefährliche Radioaktivität. Strahlenbelastung ist zwar vorhanden, aber die Anzeigen rangieren im grünen Bereich. Sagt dieses Ding.«

Chris setzte die Gasmaske trotzdem auf. Bei seinem Glück brach eines der tödlichen Fässer durch den Luftzug auseinander. *Oder es geschehen andere Katastrophen.* »Das habe ich gefunden.« Er reichte Kuhn die Liste. Dieser sah sie sich gemeinsam mit Harper an. Derweil fasste Chris zusammen, was er darin gelesen hatte.

»Das müssen wir prüfen.« Kuhns Gasmaske war von innen leicht beschlagen, er schwitzte von der Anstrengung. »Ich könnte glatt Gott danken, wenn es so ist, wie es auf dem Wisch geschrieben steht. Damit wären alle verbliebenen Giftgasreserven der Russen im Stollen versammelt.«

»Dann ist es Zeit für die Kavallerie.« Die Agentin leuchtete mit ihrer starken Taschenlampe über die Halde aus Fässern und Tanks. »Diese chemische Scheiße darf niemals in die Hände von Verbrechern gelangen. Das ist genug, um ganze Landstriche zu entvölkern.«

»Ganz genau.« Kuhn wandte sich um. »Ich gehe rasch ins Freie, um ein paar Leute anzurufen, damit man uns Spezialeinheiten für Bewachung und Abtransport schickt.«

»Wir sehen uns in der Zwischenzeit um!«, rief ihm Harper nach und wandte sich an Alicia und Chris. »Ausschwärmen und die Unterkünfte durchsuchen.«

»Nach was denn, bitte?«, erkundigte sich die Elektronikerin verwundert. »Wir haben das gefährliche Zeug doch.«

»Unterlagen. So etwas wie das hier.« Die blonde Agentin deutete auf die von Chris gefundene Bestandsliste. »Je mehr wir über das Gift wissen, desto besser für jene, die damit hantieren müssen.«

»Ah. Geht klar.« Alicia ließ das Messgerät eingeschaltet in der Halle und drehte die Lautstärke für den Warnton voll auf. »Suchen wir, Cousin.«

Harper ging zu den Offiziersunterkünften, Yuri durchstreifte die Halle, um nach weiteren Aufzeichnungen zur gefährlichen Fracht zu forschen.

»Also schauen wir mal in den Mannschaftsquartieren nach.« Chris gab sich der wachsenden Erleichterung nicht völlig hin. Das würde er sich erst gestatten, wenn er sich weit weg von diesem Ort und außerhalb der DDR befand.

Alicia begann in den Unterkünften damit, die zurückgebliebenen Bretter der Feldbetten und Spinde umzudrehen. Abgesehen von ein paar stark verschmutzten Matratzen und verbogenen Bettgestellen hatten die Räumlichkeiten jedoch nichts zu bieten.

Chris schwenkte den hellen Strahl der Taschenlampe einmal quer durch die Waschräume und die WC-Anlagen – und hielt inne. Neben den Toiletten und dem Ofen für das heiße Wasser stapelten sich alte Unterlagen, die als Klopapier gedient hatten. Deutlich erkannte er den Reichsadler und die Swastika.

»Was ist denn das?«, murmelte er und rief Alicia zu sich. »Sieh mal, was ich gefunden habe.«

»Oh, Andenken an die Vormieter.« Sie kniete sich neben den Stapel am Heizungsofen. »Du kannst das Arschwischpapier prüfen.«

Chris zeigte ihr den Mittelfinger und wollte gerade anfangen, als sie ihn am Bein packte. »Was?«

»Das sind Befehle aus dem Führerbunker in Berlin«, berichtete sie aufgeregt. »Die gingen direkt in diesen Stollen.«

Verwundert hockte sich Chris neben sie und half ihr beim Sichten und Sortieren.

Eine genaue Reihenfolge konnten sie nicht mehr herstellen, dafür gingen die Befehle zu sehr durcheinander. Aber sie begriffen schnell, dass sich die Wolfsschanze und danach Berlin unentwegt nach den Fortschritten der Forschung erkundigt hatten.

»Die NVA und Berlin sind informiert. Wir bekommen bald Verstärkung, und dann ist der Albtraum beendet.« Kuhn betrat den Raum. »Was machen Sie denn da? Und wo sind Harper und Yuri?«

»Durchsuchen die Offiziersräumlichkeiten nach weiteren Infos«, erklärte Chris und hob die Wehrmachtsbefehle. »Wir haben *das* im Altpapier gefunden.«

»Die Nazis schienen vor Ort an etwas zu forschen und zu bauen«, fügte Alicia hinzu und las einige der Anfragen vor. Im Laufe der Zeit waren die Nachrichten kürzer geworden, drängender und schließlich drohend.

»O, Scheiße!« Kuhn eilte zu ihnen. »Das hatte ich glatt vergessen.«

»Was denn?« Chris wollte nicht, dass sein Unbehagen zurückkehrte. Es lief zu gut.

Der Oberst suchte in den Stapeln etwas und hielt dann einen der Zettel in die Höhe. »Das ist vom 2. März 1945. Das letzte Datum, das ich finden konnte.«

»Was verschweigen Sie uns, Oberst?« Alicia blickte ihn auffordernd an. »Sollten wir besser verschwinden?«

»Nein. Um uns mache ich mir fast keine Sorgen.« Kuhn räusperte sich und konnte wegen der beschlagenen Gläser der Gasmaske nicht richtig hindurchblicken. Er las vor:

EILBEFEHL DES FÜHRERS
+++ Glückwünsche zur Herstellung +++
+++ Schwarze Sonne unverzüglich nach Berlin zu schaffen +++
+++ Via Verladestelle Bahnhof Zoo nach Westen zu verbringen +++
+++ Einsatz gegen die vorrückenden Alliierten in 3 Tagen +++
+++ Sonderbefugnisse zum Transport erteilt +++
+++ EILT +++

Chris musste nicht lange überlegen, was gemeint war. »Es ging in dem Befehl um eine Bombe, habe ich recht? Wollten sie Giftgas gegen die Amerikaner und Engländer einsetzen?«

Kuhn schüttelte bedächtig den Kopf, was wegen der Gasmaske und dem Trilby-Hut abstrus wirkte. »Ich habe bei meinen Recherchen einen Hinweis gefunden.« Er hob den Zettel. »Einen Hinweis der Russen, dass in den Unterlagen der Nazis von einer Bombe unbekannter Bauart die Rede gewesen sein soll, mit deren Machart und Umgang sich keiner auskenne.«

»Und das ist die Schwarze Sonne«, schloss Alicia.

Chris durchsuchte bereits die anderen umherliegenden Befehle, fand jedoch keinen neueren und keine weiteren Hinweise auf die Waffe. »Keine Ahnung, ob sie wirklich nach Berlin gebracht wurde«, sagte er leise. »Das scheint wirklich der letzte Befehl gewesen zu sein. Keine Bestätigung oder ein Verladedatum.«

»Die Nazis haben in den letzten Kriegswochen alles getan, um etwas zu erschaffen, mit dem sie die Alliierten zurückschlagen konnten.« Kuhn steckte den Zettel ein. »Es gab die abstrusesten Gerüchte um Erfindungen und Wunderwaffen. Eine V3, neue Jetflugzeuge, die Interkontinentalraketen.«

»Aber *das* ist der Beweis, dass es sehr wohl etwas gab. Etwas, das die Russen nicht kannten.« Alicia erhob sich und wischte sich den Dreck von den Knien. »Was war an diesem Ort anders? Was konnte man im Poppenwald besser entwickeln als in den ganzen Waffenforschungsanlagen, die woanders standen?«

Uran! Chris sah zuerst Kuhn, dann seine Cousine an. »In den Stollen bauten die Nazis Uran ab. Und das braucht man, um Geschosse zu härten. Oder …«

»Eine Atombombe zu bauen«, sprach Kuhn aus, was sich in Chris' Verstand gerade als grauenhafter Gedanke formte.

»Aber die Wehrmacht hat keine solche Waffe gezündet.« Alicia aktivierte den Geigerzähler, der weiterhin keine großen Anomalien aufzeigte.

»Weil die Schwarze Sonne nie in Berlin ankam«, überlegte Chris. »Sie ging beim Transport verloren.« Es konnte gut möglich sein, dass irgendwo zwischen dem Poppenwald und Berlin eine vergessene alte Atombombe lag. *Weder gefunden noch entschärft.*

»Oder weil sie Berlin nie verließ«, ergänzte Alicia. »Das werden wir nicht erfahren.«

»Das *müssen* wir erfahren«, widersprach Kuhn aufgeregt. »Ein solches Monstrum darf nicht unentdeckt verschüttet bleiben.«

Chris sah das genauso. »Vielleicht haben wir Glück, und sie liegt in einem Seitengang?« Wobei sich das Wort *Glück* in dem Moment, als er es aussprach, seltsam anhörte.

»Das würde uns jedenfalls die Suche außerhalb des Stollens ersparen.« Kuhn klang nicht zuversichtlich. »Scheiße! So eine Scheiße!« Wütend stapfte er aus den Waschräumen. »Harper!«, schrie er gedämpft durch die Maske. »Harper, kommen Sie her! Sie müssen Ihre Vorgesetzten beim Berliner MI6 informieren. So schnell es geht.«

Chris wusste, was sein Ausbruch bedeutete. »Er glaubt, dass es die Schwarze Sonne bis nach Berlin geschafft hat.«

»Bis zum Bahnhof Zoo. Scheint so.« Alicia war kalkweiß geworden. »Stell dir vor, es würde stimmen.«

Doch das wollte Chris nicht und ging auf den Ausgang zu. »Komm. Wir haben genug gefunden. Gehen wir zu den anderen und warten draußen im Freien auf die NVA-Truppe.«

»Aber es ist kalt und dunkel und …«

Chris ignorierte seine Cousine. Er musste ohne Maske atmen, und zwar frische, reine und arschkalte Luft. Unter der Erde hielt er es keine Sekunde länger aus.

»Die Hauptstadt der Republik ist Berlin.«

Verfassung der DDR, 7. Oktober 1949, Artikel 2

16

Luftraum Bezirk Potsdam, DDR

Der ultraschnelle Hubschrauber donnerte mit vierhundert Stundenkilometern über Potsdam hinweg und näherte sich Ost-Berlin. Die Maschine war eine Eigenentwicklung, die auf dem russischen Mil Mi-35MS basierte, NATO-Code HIND, bekannt durch Einsätze in Afghanistan. Die DDR hatte eine vielfach verbesserte Variante entworfen und sie *Überall* genannt.

Gustav trug wie Parker-Moreau und Christopher Kopfhörer, damit sie sich unterhalten konnten, und koordinierte nebenbei die eingehenden Ermittlungserfolge verschiedener Abteilungen der Stasi. Er saß am Besprechungstisch des fliegenden Kommandostandes, als der der Mi-35MS entworfen worden war. Vor ihm standen drei Robotron-Flachrechner, die mit dem militärisch verschlüsselten WLAN verbunden waren.

Seit der Entdeckung in Bad Schlema und seinem Bericht hatte ihm Generalsekretär Naumann persönlich weitgehende Sonderbefugnisse erteilt, damit Gustavs Untersuchungen nicht durch kleinliche Zuständigkeitsgefechte der MfS-Hauptabteilungen verlangsamt wurden oder gar daran scheiterten.

Seine braunen Augen erfassten die Berichte. In seinem Kopf wurden die Hinweise miteinander verwoben, durchtrennt und neu verknüpft, um ein Gesamtbild zu erhalten. »Hat sich Ihr Partner gemeldet, Miss Parker-Moreau?« Seit er ihren Nachnamen kannte, nutzte er diesen. »Sie wissen, dass er von der Vopo gesucht wird.«

Sie machte ein bedauerndes Gesicht, die Sommersprossen verliehen ihr wie beabsichtigt etwas Kindlich-Unschuldiges. Doch darauf fiel er nicht herein. »Leider nein, Oberst. Die letzte Meldung war, dass er vor der Ankunft der NVA einige verdächtige Gestalten im Wald verfolgte. Also vor knapp zwölf Stunden. Er kann sehr gut auf sich selbst aufpassen.«

»Daran zweifle ich nicht. Aber ich kann keinen MI6-Agenten frei in der DDR herumlaufen lassen. Das müssen Sie verstehen.« Ehrlicherweise war es Gustav in Wahrheit egal. Doch solange die Atombombe nicht gefunden und er an dem Fall dran war, hielt er die Staatstreue nach außen aufrecht. Danach wartete der Westen auf ihn. »Haftbefehl ist raus.«

»Sie müssen tun, was Sie tun müssen, Oberst.« Parker-Moreau blieb betont gelassen. »Ich bin sicher, er wird das verstehen und sich einer Festnahme nicht entziehen. Wir sind Profis. Sie werden ihn umgehend nach Berlin-Deutschland ausweisen, nehme ich an?«

Gustav sah auf die Informationen, die ihm die HA Aufklärung zur britischen Agentin geliefert hatte. *Höchst aufschlussreich.* »Wer ist der Mann wirklich, Miss Parker-Moreau?«

»Wie meinen Sie das?«

»Es gibt keinen Agenten mit dem Namen Marc Yuri Fulton-Smith. Sein Gesicht taucht in der Abwehr-Datenbank nicht auf.«

»Sie denken ernsthaft, ich würde Ihnen MI6-Geheimnisse offenbaren?« Parker-Moreau strahlte ihn mädchenhaft und provozierend an. »Nein, lieber Oberst. Das müssen Sie schon von allein herausfinden. Wo wäre sonst der Spaß beim Katz-und-Maus-Spiel?« Sie zwinkerte ihm zu.

Du bist dir ein bisschen zu sicher. Gustav wandte die Augen zu Christopher, der schweigend an seinem Platz saß und mit starrer Miene aus dem Fenster blickte.

Seit dem Fund des Stollens war etwas mehr als ein halber Tag vergangen. Die restliche Nacht hatten sie alle in der nahen

Kaserne verbracht, um am nächsten Tag mit dem Helikopter aufzubrechen.

In Windeseile hatte sich der Franzose von seiner Cousine verabschiedet und versprochen, sich bei ihr zu melden, sobald es ginge. Das Angebot, mit dem Hubschrauber nach Ost-Berlin zu fliegen, um von Schönefeld aus mit der nächsten Maschine nach Paris zu düsen, war zu verlockend.

Außerdem konnte Christopher an Alicias Situation nichts ändern, wie Gustav mehrfach betont hatte. Sie war am Morgen vor der Kaserne von der Vopo vorläufig festgenommen worden. Die Hauptabteilung IX Zentrale Ermittlungen hatte einen Haftbefehl ausstellen lassen, der noch auf das Konto der erschossenen Agenten Steiner und Fahrmann ging. Solange Alicias Rolle bei der Gruppe Neo-DDR und Aktion Reformista nicht geklärt war, blieb sie in Gewahrsam.

Gustav hatte Alicia versprochen, sein Wort zu halten. Er würde die begnadete Elektronikerin über Ditschner oder den Generalsekretär freibekommen und ihr das Studium ermöglichen. Sobald er den Kopf dafür frei hatte. *Die verschollene Atombombe hat Vorrang.*

Dank ihm wusste das ZK nun ebenso Bescheid wie die HA VII und Ministerin Feist. Der direkte Draht zu ihr erwies sich als unbezahlbar. Ohne den Befehl von Frau Marschall wäre die NVA niemals so schnell vor Ort gewesen. Oder hätte den Mi-35MS *Überall* rausgerückt.

»Wie wollen Sie die Schwarze Sonne suchen lassen, Oberst?« Parker-Moreau versuchte die ganze Zeit schon, auf die Displays der drei Flachrechner zu schauen, auf denen die Informationen aufliefen. Die Sichtschutzfolie verhinderte das jedoch. »Das ist mehr als eine Nadel im Heuhaufen. Die Bombe kann überall sein.«

»Nicht überall, nein.« Gustav rieb sich die überanstrengten Augen und sah die Agentin an. »Im Stollen ist sie nicht. Das teilte mir gerade der Oberstleutnant der NVA-Einheit vor Ort mit. Damit liegt sie entweder an der Strecke, die von dort nach Berlin verläuft, in der Stadt oder an einem Ort neben den Gleisen, die von dort zur ehemaligen Westfront führen.«

Parker-Moreau lachte auf. »Das *ist* eine Nadel im Heuhaufen.«

»Zumindest können wir mit Wahrscheinlichkeiten vorgehen. Wir werden die neuralgischen Stellen genau absuchen. Meter für Meter.« Gustav nahm sein Satellitentelefon und warf es ihr zu. »Rufen Sie Ihre Leute beim Berliner MI6 an. Falls die Bombe in Berlin-Deutschland liegt, sollte man dort rasch überlegen, wo man mit der Suche beginnt.«

»Ist das Ding abhörsicher?«

»Das müssen Sie schon von allein herausfinden. Wo wäre sonst der Spaß beim Katz-und-Maus-Spiel?« Dieses Mal zwinkerte Gustav ihr zu, und sie lachte. »Die Tanks und Fässer in der Höhle sind gesichert. Das ist die gute Nachricht.«

»Haben Sie Informationen über die Leute, die Sie und Ihre Truppe im Wald angegriffen haben?«

Gustav suchte in den eingegangenen Meldungen. Es gab keinen plausiblen Grund, ihr das vorzuenthalten. Und es konnte mit Blick auf die nahe Zukunft nur von Vorteil sein, sich mit Parker-Moreau gut zu stellen. »Wir fanden die Personen in den Datenbanken schnell. Doch es ergibt wenig Sinn. Sie stammen aus einem Gebiet von etwa zwanzig Kilometern rund um Dresden, haben ansonsten praktisch keine Berührungspunkte, sieht man bei zweien vom gleichen Arzt oder Kleinigkeiten wie besuchten Supermärkten ab. Drei von ihnen sind IM.«

»Die perfekten DDR-Bürgerinnen und -Bürger.«

»Ganz genau. Nur dass sie von einer Sekunde auf die andere untreu wurden.« Gustav hatte einen Verdacht, der auf der Hand lag. »Die Waffen sowie die übrige ältere Ausrüstung, die sie benutzten, stammten aus Beständen der Sowjetarmee. Höchstwahrscheinlich Überbleibsel des großen Rückzuges nach Russland in den frühen Neunzigern.«

»Ja, die guten alten Zeiten, als eine Kalaschnikow nur ein paar Mark kostete.«

Als eine weitere Meldung hereinkam, wurde aus Gustavs Verdacht eine Gewissheit. Das machte es schwerer, sein Versprechen einzuhalten, Alicia Müller aus dem Gefängnis zu bekommen. »Mist!«

»Was denn, Oberst?«

»Die Kollegen von HA IX haben etwas abgehört. Und zwar über die Kanäle der Gruppe Neo-DDR.« Gustav vergrößerte die Anzeige, damit er sie im vibrierenden Hubschrauber besser lesen konnte. »Ausländische Kräfte nutzten das illegale Netzwerk der Neos, um jenen Personen, die uns im Wald attackierten, eine chiffrierte Botschaft zu übermitteln. Noch ist HA IX mit dem Knacken des Codes beschäftigt.« Er wischte sich mit Daumen und Zeigefinger über die Wangen. »Aber Sie wissen ebenso wie ich, was das bedeutet.«

»Eine Schläferzelle griff Sie und die NVA-Truppe an.«

»So sehe ich das auch.« Gustav tippte auf die CIA. Die Franzosen gingen üblicherweise subtiler vor und hätten vor dem Angriff gewartet, bis er und seine Männer den Tunnel entdeckt gehabt hätten. Die Briten agierten ähnlich clever. »Die Yankees wollten das Gas für sich.«

Parker-Moreau wiegte den blonden Schopf hin und her. »Weswegen sollten sie das?«

»Es wird mehr als eine solche Zelle geben. Verteilt man die Fässer heimlich über das ganze Land, kann man damit im Vorfeld eines Angriffs auf die DDR Verwirrung und Panik stiften. Grausam, aber perfekt.«

Die Agentin zog aus dem Gehörten ihre eigenen Schlüsse. »Dann war das Sarin in Ost-Berlin ein Testlauf? Gehörten die Verschwörer zur gleichen Schläferzelle?«

Gustav hatte die Worte des Mannes, der sich Lenin genannt hatte, deutlich in den Ohren, seinen überzeugten Tonfall, die verächtliche Ehrlichkeit seines Geständnisses. Noch immer saß jemand im Hintergrund und lauerte. »Nein. Das ist eine andere Angelegenheit.«

Parker-Moreau aktivierte das Satellitentelefon und wählte.

»Es ist abhörsicher«, beruhigte Gustav sie. »Aber ich muss Sie leider bitten, Ihr Gespräch innerhalb des Hubschraubers zu führen. Ich kann Ihnen leider nicht gestatten auszusteigen.«

»Wow! Das war immerhin ein Versuch, witzig zu sein.« Sie streifte den Helm ab, wartete und rief dann auf Englisch etwas ins Telefon, den Finger der linken Hand ins andere Ohr gesteckt, damit sie wegen des Rotorenlärms überhaupt etwas hörte.

Auf Gustavs Displays kehrte allmählich Ruhe ein. Die MfS-Abteilungen hatten ihm mitgeteilt, was sie an letzten Erkenntnissen erlangt hatten. Bis es neue gab, würde es dauern.

Unvermittelt poppte ein Nachrichtenfenster auf dem Bildschirm eines der Rechner auf.

Gustav hatte aus Neugier auch Informationen über die Gruppe Scutum angefordert, jene Abteilung abtrünniger BND-Agenten, die im deutschen Stadtstaat ihr eigenes Süppchen kochten. Parker-Moreau hatte ihm von dem Angriff auf sich und Bristol erzählt.

Zu seinem Erstaunen konnte die HA IX etwas liefern. Sie hatte vor Jahren versucht, mit Scutum Kontakt aufzunehmen, um zu prüfen, inwieweit eine Zusammenarbeit möglich wäre. Aber es bestehe keinerlei Interesse, wie die Verbindungsperson dem Geheimdienst mitgeteilt hatte. Man habe konträre Vorstellungen.

Interessanterweise wurde jene Person seither auf vielen Ebenen abgehört und überwacht, um auf dem Laufenden zu bleiben.

Und siehe da: Sie war wenige Tage vor der Attacke auf Bristol und Parker-Moreau über das Dark Web angeheuert worden.

Von der CIA.

Davon hatte HA IX nur erfahren, weil sich die Person unvorsichtigerweise eine Kopie dieser Nachricht auf ihren Rechner gezogen und anschließend in den virtuellen Papierkorb gelegt hatte – ohne ihn zu leeren.

Die Amerikaner wollen es wissen und legen sich mit allen an. Sogar mit ihren Verbündeten, indem sie Scutum auf den MI6 hetzen. Auch diese Informationen hätten Gustav ohne die Sonderbefugnis niemals erreicht. »Miss Parker-Moreau!«, rief er der Agentin zu, die immer noch telefonierte.

Sie hielt inne. »Ist es wichtig, Oberst?«, rief sie laut. »Ich bin mitten in der …«

»Setzen Sie die Kopfhörer auf!«

»Okay, es ist wohl wichtig.« Sie kam seiner Aufforderung nach. »Was gibt es? Ist die Atombombe gefunden worden? Das wäre gut. Denn durch meinen Anruf sind mit Sicherheit sehr viele Leute in Berlin-Deutschland nervös geworden. Auf internationaler Ebene auch.«

»Lesen Sie das, Miss Parker-Moreau.« Er warf ihr den Flachrechner zu, auf dem die Infos zu Scutum und der CIA standen. »Die Leute, die Jagd auf Sie und Ihren Vorgesetzten machten, wurden von den Yankees angeheuert. Um die, ich zitiere, *lästige kleine Britenschlampe aus dem Weg zu schaffen und keine Spuren zu den USA zu hinterlassen.*« Er sah die unverstellt wütende Reaktion in ihren grünen Augen, während auf ihren Zügen keinerlei Regung zu erkennen war. »Die Zusammenarbeit zwischen den westlichen Geheimdiensten läuft nicht so gut, wie ich dachte.«

»Diese beschissenen Arschlöcher«, sagte sie leise und eiskalt. Ein Killerlächeln umspielte ihre Mundwinkel.

»Na ja, die Kolleginnen und Kollegen der HA IX können sich auch irren. Weswegen sollte man Sie beide töten wollen?«

Parker-Moreau rang mit sich. »Darüber können wir bei Gelegenheit mal sprechen, Oberst. Könnte Sie und Ihre Vorgesetzten interessieren.« Sie streifte die Kopfhörer ab und setzte das Telefongespräch fort.

Der Hubschrauber senkte sich. Unter ihnen erschien der Flughafen Berlin-Schönefeld.

Auf Befehl von Gustav flog man nicht die nächste NVA-Basis an, sondern ging auf einem eigens reservierten Landeplatz nieder. In Schönefeld landeten außerdem internationale Fluggesellschaften, also konnte Christopher ohne Umschweife mit einer Linie seiner Wahl nach Frankreich ausreisen. Die notwendigen Papiere waren beantragt und würden ihm nach der Landung gebracht werden, zusammen mit einem Koffer frischer Klamotten, damit er nicht in Tarnkleidung reisen musste.

Gustav blickte auf seine Uhr. Ihm fiel auf, dass sie von Bad Schlema länger benötigt hatten, als der Pilot ursprünglich angegeben hatte. *Das klare Winterwetter kann nicht dafür verantwortlich sein.* Der Mil Mi-35MS zählte zu den schnellsten Helikoptern der Welt. »Leutnant Lenz!«, rief er das Cockpit via Funk.

»Ja, Herr Oberst?«

»Wieso die Verzögerung? Probleme in Schönefeld mit der Landefreigabe?«

»Nein, Herr Oberst. Es gab lediglich einen Umweg von einigen Kilometern.«

»Weshalb?«

»Der Flugkorridor musste auf Geheiß des Verteidigungsministeriums für das Alarmmanöver freigehalten werden.«

»Ah, verstehe.« Gustav wusste, dass die Generalität gerne die Wachsamkeit der Truppen prüfte. Solche Alarmmanöver fanden daher für jede erdenkliche Einheit mindestens zweimal im Jahr statt, manchmal auch öfter. Es gab regelrechte Wettbewerbe unter den Streitkräften, wer dabei am besten abschnitt. »Wer ist denn dieses Mal an der Reihe?«

»Einen Moment, Herr Oberst. Ich frage nach.«

»Nicht so wichtig, Leutnant. Danke!« Gustav widmete sich erneut den drei Rechnern, auf denen aber keine frischen Neuigkeiten erschienen.

Parker-Moreau legte auf und gab Gustav das Satellitentelefon zurück, setzte den Kopfhörer wieder auf. »Erledigt, Oberst. Die Aufklärung der Royal Air Force leiert eine Archivsuche für West-Berlin an. Wir haben genug alte Luftbilder im und nach dem Krieg geschossen. Vielleicht lässt sich darauf etwas erkennen, das uns bei der Suche nach der Bombe weiterhilft.«

»Sehr gut. Danke!«

»Nichts zu danken. Ist im Interesse aller.« Sie machte es sich auf dem Sitz bequem und schaute aus dem Fenster zum Flughafen, auf dem reger Betrieb herrschte. »Was denken Sie, wie groß kann dieses Scheißding sein?«

»Ich weiß es nicht. Es wird mit Oppenheimers tödlichem Spielzeug mithalten können. Vielleicht sogar ein bisschen größer sein.« Gustav wusste, dass die Physiker Heisenberg, Hahn und Weizsäcker in Nazi-Deutschland auf dem gleichen Stand wie ihre Kollegen in den Staaten gewesen waren. *Und sie hatten Zugang zum passenden Material. Entgegen allen Annahmen und Aussagen.* Selbst wenn die deutschen Wissenschaftler das Programm aus moralischen Gründen abgebrochen hatten – die Nazis hatten offenbar jemanden gefunden, der es zu Ende führte.

Parker-Moreau fluchte leise. »Niemand will ein zweites Hiroshima oder Nagasaki.« Sie hob den Blick und sah über ganz Berlin, das sich aus dieser Perspektive bis zum Horizont erstreckte. »Die Explosion würde Zehntausende Menschen töten und noch mehr mit Radioaktivität verseuchen. Und das Umland bekäme den Fallout ab.«

Gustav wollte sich das grausame Szenario nicht vorstellen. »Hoffen wir, dass der Zug entgleist ist und sie weit weg von irgendwelchen Siedlungen in einem Wald liegt.«

»Weil uns Hoffnung nicht reicht, gehen wir die Luftbilder durch. Sobald die Royal Air Force etwas entdeckt, sage ich Ihnen Bescheid, Oberst.« Die Agentin warf ihm ein schwaches Lächeln zu. »Danke übrigens, dass ich ohne Probleme nach West-Berlin komme.«

»Das wird Ihrem Kollegen Yuri nicht mehr gelingen. Sagen Sie ihm das, falls Sie irgendwann Kontakt zu ihm haben.«

»Mach ich.« Parker-Moreau pochte gegen die Scheibe und deutete auf die Stadt. »Die Ministerin hat viel Vertrauen in Sie, wenn sie ihren Sohn jetzt nach Berlin-Deutschland schickt.«

»Was? Weswegen?«

»Ein bevorstehendes Handels- und Besuchsabkommen mit der DDR. Für erleichterte Grenzübertritte von Privatpersonen. Keine langwierige Beantragung von Visa mehr.«

Das kam für Gustav wahrlich überraschend. Denn der Leiter der Wirtschaftskommission war kein Geringerer als Anton Gennadi Josef Feist, der Sohn der Verteidigungsministerin. »Wann ist das denn ausbaldowert worden?«

»Soweit ich weiß, gestern Nacht. Als wir im Stollen saßen.« Wieder dieses hinreißende Grinsen auf ihrem Sommersprossengesicht. »Geheim, weil man nicht wusste, was bei den Gesprächen herauskommen würde. Es sind lediglich ausgesuchte Vertreter der Regierung involviert.«

Und die Geheimdienste. Gustav wollte sich weder die Geschwindigkeit noch der Sinn dieses Treffens erschließen. Vor allem deswegen, weil Ministerin Feist von der gefährlichen Lage im Stadtstaat wusste. *Wer schickt seinen Sohn über die Grenze und nah an eine Atombombe?*

Seine MfS-Sinne schalteten sich ein.

Anton Gennadi Josef Feist, siebenundzwanzig Jahre, galt als erzkonservativer, ehrgeiziger Verfechter eines strengen Kommunismus. Innerhalb des ZK und des SED-Politbüros gehörte er zu jenen, die den Sozialismus radikaler machen wollten. Er hatte die Hinwendung zur Marktwirtschaft nach chinesischem Vorbild mehrmals angeprangert und geißelte den Kapitalismus unentwegt. Auch in seiner schwächsten Form.

»Das ist seltsam. Feist Junior wurde Leiter der Wirtschaftskommission, um ein wachsames Auge auf die Entwicklungen zu haben. Und jetzt fährt ausgerechnet er zu einem Geheimtreffen, das Erleichterungen bringen soll? Als Verhandlungsführer?« Gustavs Bauchgefühl wollte sich nicht beruhigen. Ein untrügliches Zeichen, dass etwas ganz und gar nicht stimmte. »Wo soll das Treffen stattfinden?«

»Im Grand Hotel Brentano am Savignyplatz.«

Gustav starrte die Agentin an. *Das ist ganz in der Nähe des Bahnhofs Zoo.*

Ein vager Gedanke glomm in seinem Misstrauenszentrum auf, der dermaßen unsäglich erschien, dass er ihn kaum zu Ende denken wollte. Erst brauchte er mehr Informationen, um das Fünkchen anzufachen – oder zu ersticken, was ihm wesentlich lieber gewesen wäre.

»Ja und, Herr Oberst?« Parker-Moreau schöpfte offenbar keinen Verdacht.

Weil meine Überlegungen zu abstrus sind? Hastig schaltete er zum leitenden Piloten im Cockpit um und ließ sich von ihm die frei zu haltenden Luftkorridore nennen. *Das sind ausschließlich Schneisen rund um Berlin-Deutschland. Auf Geheiß der Ministerin.* Sein ungutes Gefühl wurde nicht schwächer. Er rief auf einem seiner Flachrechner eine Landkarte auf. *Wer ist alles daran beteiligt?*

Der Abgleich mit den militärischen Einrichtungen der NVA zeigte verschiedene Einheiten, die in besagten Korridoren lagen. Darunter zwei ABC-Kommandoeinheiten.

Direkten Zugriff auf die Datenbanken des Militärs hatte er nicht, um die exakte Aufstellung zu erhalten. Er müsste den Umweg über Ministerin Feist machen, aber aus nachvollziehbaren Gründen wollte er das gerade nicht.

Butterweich setzte der Helikopter auf der Landebahn auf, die Rotoren schalteten hörbar in den Leerlauf.

»Was ist denn los, Oberst?« Parker-Moreau schnappte seine Nervosität inzwischen auf.

»Rufen Sie Ihre Leute an, Miss Parker-Moreau, und fragen Sie nach, ob es irgendwas im Umfeld des Bahnhofs Zoo gibt, das auffällig erscheint.« Er reichte ihr das Satellitentelefon erneut.

»Sie denken jetzt bitte nicht, dass die Atombombe dort liegt?« In ihrem Gesicht arbeitete es. »Nein, Herr Oberst. Nein, das glauben Sie nicht! Oder?« Ihr Finger legte sich auf die Wahlwiederholungstaste.

»Tun Sie es einfach.« Gustav konnte auf die Daten der Handelskommission sowie des MfS zugreifen, was er auch, ohne zu zögern, in Angriff nahm.

Die Seitentür des Mil Mi-35MS wurde geöffnet, und eine Frau in einem grauen Bürokostüm erschien. »Guten Tag, Oberst Kuhn! Mein Name ist …«, rief sie gegen das Pfeifen der Turbinen an.

»Warten Sie einen Moment, bitte«, unterbrach Gustav sie und ließ sich die Liste der angemeldeten Personen anzeigen, die mit Feist Junior als diplomatische Delegation nach Berlin-Deutschland gefahren waren. Schnell zog er die Tür wieder zu.

Seine Befürchtungen legten sich ein wenig, als die ersten Namen aufleuchteten. Es handelte sich durch die Bank um erfahrene Verhandlungsführerinnen und -führer. Es gab keinerlei Auffälligkeiten.

Erst als der Anhang mit den persönlichen Leibwächtern erschien, kehrten die Bedenken zurück. Gustavs schneller Check ergab, dass es sich bei dem halben Dutzend Männer und Frauen um Mitglieder eines Bomben- und Sprengstoff-Spezialkommandos handelte, die eigens aus NVA-Kommandotruppen abgezogen worden waren, um Feist Junior zu beschützen.

»Verflucht«, raunte er. *Ich hatte es im Gespür.* Das Fünkchen des Verdachtes glomm erneut auf und wurde schnell zu einer Flamme.

Parker-Moreau beendete ihr Telefonat und setzte sich das Headset wieder auf. »Keine Auffälligkeiten, Oberst Kuhn«, meldete sie. »Niemand will der Delegation offenbar ans Leder.

Die Zeit für die Vorbereitung eines Attentats hätte auch nicht ausgereicht.«

»So meinte ich das nicht.« Gustav ärgerte sich darüber, unpräzise gewesen zu sein.

»Auch die Großbaustelle ist gesichert.«

Das war exakt jene Art von Meldung, vor der er sich gefürchtet hatte. »Großbaustelle?«

»Am Bahnhof Zoo, ja. Es wird unmittelbar daneben ein neues Einkaufszentrum errichtet.« Parker-Moreau winkte ab. »Da wurden zwar Fliegerbomben gefunden, aber nur die herkömmlichen Spreng- und Brandexemplare. Nichts, was die Berlin-Deutschen nicht schon kennen.«

Gustavs Misstrauen ließ sich nicht mehr eindämmen. Wenn sich ein als Leibwächter getarntes Sprengkommando auf den Weg zum Bahnhof Zoo machte und sich eine Großbaustelle dort befand, gab es dafür einen Grund.

Einen schrecklichen Grund.

In seinem Verstand entwickelte sich ein Szenario, das in ihm das kalte Grauen auslöste und den Giftgasplan um Längen übertraf.

Schlagartig bildete sich in seinem Kopf eine feste Überzeugung: *Ministerin Feist ist Lenin!* Nachdem der Plan nicht mehr durchsetzbar geworden war, Politbüro und ZK mit Gas zu vernichten, hatte sie ihren Sohn losgeschickt, ihm das Bombenkommando mitgegeben, die Alarmübung ausgelöst und sämtliche NVA-Truppen rings um den Stadtstaat in Bereitschaft versetzt. *Sie zieht die Fäden im Hintergrund. Und sie hat alle notwendigen Zugangsmöglichkeiten.*

»Oberst.« Parker-Moreau lehnte sich beunruhigt nach vorne. »Was geht da vor?«

»Ich glaube, dass Feist Junior nach Berlin-Deutschland geschickt wurde, um etwas mit der Atombombe anzustellen. Einen Strahlungsunfall herbeizuführen. Und im schlimmsten Fall: sie zu zünden«, eröffnete Gustav ihr. Laut ausgesprochen klang es absurd und surreal. »Er hat Spezialisten als seine Leibwächter, die sich mit allem auskennen, was man dazu braucht. Auch das nötige Material werden sie mit sich führen.«

»Fuckin' shit!« Die blonde Agentin richtete sich kerzengerade auf, die Augen weit geöffnet, sodass das Grün im Licht erstrahlte. »Was haben Sie genommen, Oberst?«

»Alles kann ich Ihnen nicht erklären. Es hängt mit einem anderen Fall zusammen«, kürzte er ab. »Die NVA ist rings um Berlin-Deutschland in Alarmbereitschaft versetzt. Angeblich ein Manöver. In Wahrheit stehen sie parat, um nach dem Strahlenunfall oder der Detonation der Bombe zur vermeintlichen Rettung zu eilen«, legte er seine Theorie dar. »Sind diese Hilfskommandos erst mal in der Stadt, was ihnen angesichts der zu erwartenden Katastrophe niemand verbieten wird, ist Berlin-Deutschland gefallen. Unwiderruflich.«

Parker-Moreau überlegte einige Sekunden lang. »Das ist irre! Warum?«

»Weil die Drahtzieher eine vereinte DDR und diesen Berlindeutschen Entzündungskeim in ihrem Fleisch endlich ausmerzen wollen. Die Opfer sind dabei zweitrangig. In Hiroshima und Nakasaki leben heute wieder Menschen, es sind pulsierende Großstädte. Es ist nur eine Frage der Zeit, bis sich die betroffene Region erholt hat.«

»Aber … woher weiß Feist Junior, welche Wucht die Atombombe hat? Es kann den Ostteil ebenso schwer treffen.«

»Er weiß es nicht. Das Risiko wird in Kauf genommen.« Gustav rief die Umgebungskarte des Bahnhofs Zoo auf. »Von hier gingen die Züge damals in den Westen. Die Ministerin muss mithilfe der NVA auf einem alten Luftbild etwas gefunden haben, was sie davon überzeugt hat, dass die Bombe dort ist.«

»Das Gelände wurde vor Beginn des Neubaus mehrfach untersucht.«

»Nicht gründlich genug. Oder man maß irgendeiner Altlast keine Bedeutung zu. Ein Bunker, der womöglich sogar noch als Lager genutzt wird oder nur zugeschüttet worden ist«, mutmaßte Gustav. »Sagen Sie Ihren Leuten das!«

»Warum nehmen Sie Feist Junior nicht einfach fest?« Christopher blickte in die Runde. »Das wäre die einfachste Lösung.«

»Diplomatenstatus. Da ist nichts zu machen, schon gar nicht auf den bloßen Verdacht eines Stasi-Oberst hin«, schmetterte Parker-Moreau ihn ab. »Dass seine Leibwächter zu einem Sprengkommando gehören, reicht nicht aus. Dafür gäbe es zu viele gute Begründungen.« Sie hob das Satellitentelefon. »Ich werde eine lückenlose Überwachung anordnen. Sollten sich Feist Junior oder einer seiner Leute zur Baustelle begeben, kleben wir an ihnen dran und lassen uns zur Bombe führen.«

»Sie sind absolut sicher, dass die Ministerin diese Verwüstung, die vielen Verletzten und Toten und eine Kontaminierung in Kauf nehmen würde?«, hakte Christopher zweifelnd nach.

»Im schlimmsten Fall: ja. Was immer Feist Junior beabsichtigt, es hat mit der Bombe zu tun. Die Eingliederung des Stadtstaats und die endgültige Vereinigung ist das erklärte Ziel dieser Extremisten«, betonte Gustav. »Dafür ist ihnen *jedes* Mittel recht. Eine bessere Gelegenheit dazu, ohne einen Krieg mit der NATO anzufangen, wird es nicht mehr geben. Die NVA könnte glänzen, da sie in der Stunde der Not zu Hilfe eilte. Über die Grenzen hinweg.« Eine Hardlinerin wie Ministerin Feist konnte nicht anders, als diese Gelegenheit skrupellos zu nutzen. »Die Berlin-Deutschen würden sie mit offenen Armen willkommen heißen. Als Retter.« Sobald die sozialistische Propaganda in den städtischen Elendsvierteln begänne, würden sie die verarmten Massen auf ihrer Seite haben. »Bis die einstigen Westmächte unterwegs sind, ist das Ding gelaufen.«

»Und die Schuld an der Atomexplosion träfe die Nazis«, ergänzte Parker-Moreau. »Das ist teuflischer als teuflisch.«

»Aber wir haben nur Ihre Schlussfolgerungen, Oberst.« Christopher zeigte auf die Agentin. »Sie und ich sollten los. Herrn Kuhn wird man kaum über die Grenze lassen.«

»Wir beide?« Parker-Moreau sah ihn verwundert an. »Herr Mueller, Sie …«

»Wenn es stimmt, was der Oberst befürchtet, komme ich sowieso nicht lebend aus Berlin heraus, wenn die Bombe hochgeht, während ich auf einen Flug warte. Also helfe ich lieber dabei, die Katastrophe zu verhindern«, fiel er ihr ins Wort. »Sie können sich zu hundert Prozent auf mich verlassen. Auf viele in Ihrer Umgebung anscheinend nicht, wenn ich das richtig verstanden habe.« Er sah zu Gustav. »Das gilt für Sie beide.«

Gustav hatte jetzt die Chance, in den Westen zu gehen, Seite an Seite mit der MI6-Agentin. Als Überläufer. Sich der DDR zu entziehen und den Staat hinter sich zu lassen, der seine eigenen Bürgerinnen und Bürger betrog.

Doch dann käme niemand mehr an Ministerin Feist heran. Nur er allein war dazu in der Lage, die hochrangigste Offizierin der DDR zumindest in Bedrängnis zu bringen und den Generalsekretär zu einer Untersuchung zu veranlassen.

Das gelingt mir nicht, wenn ich in Berlin-Deutschland lediglich vor die Kameras der Welt trete und offenlege, was ich über die DDR weiß. »Einverstanden. Sie beide kümmern sich um die Bombe, ich greife mir Ministerin Feist.« Gustav öffnete die Seitentür des Helikopters, signalisierte der sichtlich schlecht gelaunten wartenden Empfangsdame, sich zurückzuziehen, und schloss die Tür gleich wieder. Dann aktivierte er den Kanal zum Cockpit. »Planänderung, Leutnant Lenz. Bringen Sie uns, so nahe, wie es geht, an Checkpoint Charlie heran. So schnell dieser Heli das kann.«

»Zu Befehl, Genosse Oberst!«

Die Turbinen brüllten auf, die Rotoren verfielen in schnelleres Kreiseln. Ruckartig schoss der Mil Mi-35MS in die Höhe, die Nase schwenkte dabei herum.

Im Tiefflug ging es zum bekanntesten der vier Grenzübergänge nach Berlin-Deutschland.

»Parteigenossen, (...) der Tag der Freiheit ist angebrochen. (...) Heute steht eine unübersehbare Menge begeisterter Proletarier an demselben Ort, um der neuen Freiheit zu huldigen. Parteigenossen, ich proklamiere die freie sozialistische Republik Deutschland, die alle Stämme umfassen soll, in der es keine Knechte mehr geben wird, in der jeder ehrliche Arbeiter den ehrlichen Lohn seiner Arbeit finden wird. Die Herrschaft des Kapitalismus, der Europa in ein Leichenfeld verwandelt hat, ist gebrochen. (...) Wenn auch das Alte niedergerissen ist (...), dürfen wir doch nicht glauben, daß unsere Aufgabe getan sei. Wir müssen alle Kräfte anspannen, um die Regierung der Arbeiter und Soldaten aufzubauen und eine neue staatliche Ordnung des Proletariats zu schaffen, eine Ordnung des Friedens, des Glücks und der Freiheit unserer deutschen Brüder und unserer Brüder in der ganzen Welt.
Wir reichen ihnen die Hände und rufen sie zur Vollendung der Weltrevolution auf.
Wer von euch die freie sozialistische Republik Deutschland und die Weltrevolution erfüllt sehen will, erhebe seine Hand zum Schwur!«
(alle Hände erheben sich und Rufe ertönen: Hoch die Republik!)
Nachdem der Beifall verrauscht war, ruft ein neben Liebknecht stehender Soldat (...): »Hoch lebe ihr erster Präsident Liebknecht!« Liebknecht schloß: »Soweit sind wir noch nicht. Ob Präsident oder nicht, wir müssen alle zusammenstehen, um das Ideal der Republik zu verwirklichen. Hoch die Freiheit und das Glück und der Frieden!«

Rede von Karl Paul August Friedrich Liebknecht vom Schlossbalkon des Berliner Stadtschlosses, Auszug Vossische Zeitung vom 10. November 1918

17

Berlin-Deutschland, Bahnhof Zoo (ehemaliger britischer Sektor)

»Jetzt nach links.« Harper verfolgte auf dem Beifahrersitz die Route des ausgescherten Wagens der DDR-Delegation gleichzeitig via Internet und Stauanzeiger, um die Richtung des Konvois vorhersagen zu können. Der MI6 hatte sie binnen weniger Stunden mit Grundinfos zum Ablauf des Besuchs versorgt, die von der Berlin-deutschen Regierung kamen. Den Rest musste sie selbst erledigen. »Die Paulsborner ist nach einem Unfall dicht, der Abschnitt am Adenauerplatz am Ku'damm ebenso.«

Um nicht aufzufallen, nutzten die hochrangigen Vertreter aus Ost-Berlin vier dunkle Peugeot-Limousinen aus der 508er-Reihe statt der protzigen DDR-Modelle.

»Gut.« Chris saß am Steuer des unauffälligen RAV4 Hybrid in Silbermetallic, den der MI6 ihnen für den Job zur Verfügung gestellt hatte. Wer sich regelmäßig in Paris durch den dichten Verkehr mit Dutzenden Kreiseln und mehrspurigen Fahrbahnen plus Ampeln schlug, der konnte über Berlin nur lachen. »Ist der Abstand in Ordnung?«

»Das passt bestens.«

Die übrige DDR-Handelskommission nahm jedoch eine andere Route als der schwarze 508. Die Delegation befand sich nach einem Arbeitsessen mit anschließender Verhandlung in der Staatskanzlei derzeit auf dem Weg ins Grand Hotel Brentano zur Vertragsunterschrift.

Mal schauen, wie der Abend läuft. Es waren erst wenige Stunden seit der Ankunft in Berlin vergangen. Harper hatte ihren ursprünglichen Plan verworfen. Eigentlich wollte sie mit ihrem zusammengewürfelten Team des Berliner MI6 auf den Baustellenkränen Position beziehen und das Gelände mit Infrarotsichtgeräten überwachen.

Aber dann meldeten sich Zweifel an Kuhns Theorie, die verschwundene Atombombe befinde sich auf dem Areal. Sollte sich die Bombe an einem anderen Ort befinden, würde Harper nichts davon erfahren, ohne Feist Junior zu beschatten – bis schließlich der massive Strahlenunfall oder die Detonation erfolgte. *Dazu darf es nicht kommen.* Aber sicherheitshalber wurde eine kleine Drohne an der Baustelle am Bahnhof Zoo im Stand-by-Modus stationiert, die bei Bewegung aktiviert werden würde.

Phil Masters vom Berliner MI6 hatte Harper nach ihrem knappen Bericht gehörig den Kopf gewaschen. Doch angesichts der gelieferten Bilder und überzeugenden Hinweise, die ihr Kuhn überlassen hatte, gab er ihr ein gemischtes Team, aufgeteilt auf zwei Wagen und zwei Motorräder.

»Wäre es nicht besser gewesen, die Berlin-deutschen Behörden zu informieren?« Chris wich einem ausscherenden Motorroller souverän aus und blendete auf.

Ganz nach Berliner Sitte antwortete der Rollerfahrer mit einem freundlichen geschwenkten Stinkefinger.

»Nein. Erst wenn wir ganz sicher sind, was Feist Junior beabsichtigt. Meine Vorgesetzten warten nur darauf, den entscheidenden Anruf zu tätigen. Aber erst, wenn ich Beweise habe und grünes Licht gebe.« Harper war so angespannt wie nie zuvor in ihrem Leben.

Die Anrufe und Nachrichten von Yuri, der seinen Weg aus der DDR zurück nach West-Berlin gefunden hatte, drückte sie weg. Der Mann musste warten. In diesem Augenblick war sie Agentin und keine verruchte Waffenschieberin. Ein nicht gerade kleiner Teil von ihr freute sich darüber, dass es Yuri unbeschadet zurück nach Kleen Messieko geschafft hatte.

Im Berliner Blechgetümmel wurde geblinkt, geschnitten, gedrängelt und gefuchtelt. Aber alles verlief ohne Unfälle. Lediglich zwei rücksichtslose Radfahrer schrammten am rechten Außenspiegel des RAV4 entlang. Bei jedem Mal zuckte Harpers Hand zu ihrer Dienstwaffe.

Die Insassen des abgebogenen Peugeot 508 waren laut abgehörtem Funk unterwegs, um Souvenirs für die ganze Mannschaft einzukaufen.

Aber Harper wusste: Darin saßen Feist Junior und sein Kommando – statt seines persönlichen Sekretärs, wie behauptet. Er hatte die Berlin-deutschen Sicherheitskräfte getäuscht und abgeschüttelt. *Nicht mit mir.*

Sie war froh, dass sich das Gebiet im ehemaligen britischen Sektor des Stadtstaates befand. Etwas weiter nördlich, und man hätte mit den Franzosen um Zuständigkeiten rangeln müssen; etwas weiter südlich mit den Amerikanern. So aber blieb es eine rein britische Angelegenheit. »Hängen Sie sich dran, Herr Mueller.«

»Geht klar.« Chris fuhr mit einer Souveränität, die ihm die Agentin nicht zugetraut hatte. Der sonst eher zurückhaltende Mann agierte am Steuer wie ein eiskalter Botenfahrer, der ein dringend benötigtes Spenderherz in den OP brachte.

»Sie sollten bei uns als Ausbilder anfangen«, schlug sie ihm vor.

»Danke, ich bleibe beim Dolmetschen.«

Harper verfolgte auf dem Display, wohin es möglicherweise ging. »Der 508er schlägt einen Bogen. Seht ihr das?«, funkte sie nach mehrmaligem Abbiegen.

»Das ist die Umleitungsstrecke, die zurück zum Bahnhof Zoo führt«, bestätigte die MI6-Motorradagentin und raste an ihnen vorbei. Die dunkelblaue Ducati Monster S2R war schlank genug für den Stadtverkehr, brachte aber genug PS, um sich nicht abhängen zu lassen. »Ich versuche mal, einen Blick in den Peugeot zu werfen.«

»Negativ. Nicht auffallen! Fahr vor zur Baustelle, und such dir dort einen guten Platz auf einem Kran. Nimm dir ein Infrarotsichtgerät mit. Du hältst uns von oben auf dem Laufenden.«

»Verstanden.«

Die Ducati verschwand zwischen den größeren Fahrzeugen.

Bald näherten sie sich mit ihrem RAV4 dem Ostzugang der nächtlichen Großbaustelle, die von unzähligen Scheinwerfern erhellt wurde. Eine der regulären Fahrbahnen war gemäß Beschilderung zur separaten Zufahrt umfunktioniert, was zu noch mehr Stau auf den verbliebenen zwei Spuren führte.

»Wir stecken fest«, verkündete Chris und versuchte, sich geschickt in eine Lücke zu quetschen. Doch niemand machte ihm Platz. »Es geht nichts mehr.«

Nicht gut. Harper aktivierte mit ihrem Handy die stationierte Minidrohne und schaltete die Kamera ein. *Nicht allzu viel auf dem Gelände los. Gut.* »An alle: Wir haben einen Bautrupp im südlichen Bereich. Die sind zu abgelenkt mit dem, was sie tun, und machen uns keine Probleme.«

»Sieht aus, als hätte Kuhn doch recht gehabt.« Chris hupte und ließ den SUV millimeterweise in die Lücke aufschließen, sodass nicht mal mehr ein Holzspatel zwischen die Stoßstangen passte.

»Das werden wir sehen.« Harper schwenkte die Minidrohne auf knapp drei Meter Höhe zum Ostzugang und zoomte auf das containerartige Wachhäuschen, vor dem der entkommene 508er anhielt. *Was tut ihr jetzt, Genossen?*

Der Sicherheitsmann öffnete das seitliche Fenster des Häuschens und richtete den Suchscheinwerfer auf den unangemeldeten Wagen.

Plötzlich blitzte es auf der Beifahrerseite hinter den getönten Scheiben. Das grelle Licht im Container erlosch.

Dann öffneten sich die hinteren Türen der dunklen Peugeot-Limousine. Drei schemenhafte Männer in Anzügen stiegen aus und eilten in das kleine Gebäude, deutlich erkennbar hielten sie Pistolen in den Händen.

»Shit«, entfuhr es Harper. »Ich glaube, sie haben eben den Wachschutz erledigt.«

Das Baustellentor öffnete sich, und der 508er fuhr langsam hindurch.

»Hinterher!«

Chris deutete auf den Stau und die Stoßstangen, die sie einklemmten. »Aber wir stecken fest.«

»Dann eben zu Fuß.« Harper griff auf die Rückbank und nahm sich die feuerbereite MP7 sowie den Rucksack mit Ersatzmagazinen und Granaten. Ihre P226 trug sie bereits im Halfter. Dann sprang sie aus dem Wagen und eilte geduckt zwischen den tuckernden Autos entlang. Die Maschinenpistole verbarg sie, so gut es ging.

Harpers Blick wechselte zwischen dem Drohnendisplay und dem, was sich vor ihr an der Einfahrt tat, hin und her.

Das Trio kehrte aus dem Häuschen zurück und sprang in den anfahrenden Wagen, während sich das Tor hinter dem Heck des 508ers wieder schloss. Ohne die Scheinwerfer einzuschalten, fuhr die Limousine über das Areal und verschwand auf einer abschüssigen Zufahrt, die Harper und die niedrig fliegende Drohne von ihren Positionen noch nicht einsehen konnten.

Wir dürfen sie nicht aus den Augen verlieren. Harper und Chris erreichten das verschlossene Tor. Sie schaltete den Verfolgungsmodus des kleinen fliegenden Auges ein, damit es dem Peugeot eigenständig folgte.

Ein Blick durch das Fenster des Häuschens genügte. Ein Wachmann saß mit einem Einschuss in der Stirn auf seinem

Stuhl, die Wand mit den Bau- und Arbeitsplänen samt aufgereihter Schlüssel hinter ihm war mit roten Sprenkeln übersät. Sein Kollege lag in unnatürlicher Haltung und mit zwei Löchern in Hals und Gesicht am Boden.

Die Anlage zur Öffnung des Tors war zerstört. Chris versuchte, sie anzuschalten, aber weder der elektrische Motor noch das Schloss reagierten.

»So eine …« Harper hängte sich die MP7 um und kletterte behände über den vier Meter hohen Zaun. Dabei schaffte sie es, sich nicht an den oben aufragenden Stachelspitzen aufzuschlitzen, und kam mit ein paar Kratzern davon.

Nach und nach stießen die fünf bewaffneten MI6-Agentinnen und -Agenten zu ihnen, die Chris dabei halfen, das Hindernis ebenfalls zu überwinden.

Kaum erreichte Harper den Boden, setzte sie Phil Masters in der Zentrale mit einem Anruf von den letzten Geschehnissen in Kenntnis. »Wir bleiben an Feist Junior dran. Aber Sie müssen dafür sorgen, dass uns der BND sofort eine Spezialeinheit schickt, Sir. Und die DDR-Delegation muss unter einem Vorwand im Brentano festgehalten werden.«

»Ich schaue, was ich erreichen kann, Harper«, antwortete Masters. Sie hielt den Mann immer noch für einen unpassenden Intendant. »Wir könnten die CIA um Hilfe bitten, damit sie eine Reaper-Killerdrohne startet, falls der BND länger für die Entscheidung benötigt.«

»Warum nicht, Sir? Als fliegende Kavallerie.« Harper verfolgte auf dem Smartphone-Display, wie der Peugeot sich einem großen Bagger mit Meißelaufsatz näherte, der neben einem teilabgerissenen Fundament parkte, und daneben anhielt.

Flugs sprangen fünf Leute mit Rucksäcken und schallgedämpften Gewehren aus dem Fahrzeug. Einer von ihnen enterte die Kanzel des Baggers. Kurz darauf erwachte die schwere Maschine röhrend zum Leben, die Scheinwerfer blieben jedoch aus.

Während die pneumatische Spitze sogleich laut ratternd auf der Betonplatte herumhackte und sie zerschlug, sicherten die restlichen vier kniend die Umgebung mit angelegten Wieger-Gewehren, auf denen große Zielfernrohre montiert waren.

Harper und ihr Team konnten sich ihnen nur langsam nähern, um nicht von dem NVA-Kommando entdeckt zu werden. Die Gegner besaßen todbringende militärische Erfahrung.

»An alle: Ich habe sie deutlich vor mir«, meldete jetzt die Motorradagentin auf dem Kranarm über Funk. »Haltet die Köpfe unten. Die tragen Nachtsichtgeräte, vielleicht sogar mit Thermalsicht.«

»Verstanden.« Diese Neuigkeit verschärfte Harpers Problem.

»Einer von ihnen hat einen Geigerzähler dabei und sichtet ihn die ganze Zeit.«

Harper kroch behutsam einen Sandberg hinauf, gefolgt von Chris und ihren fünf Leuten, um in die Grube zu schauen. *Da sind sie. Das wird ein ziemlicher Ritt, bis wir sie ausgeschaltet haben.* »Welcher von denen ist Feist Junior?«

»Kann ich nicht sagen. Sie tragen Masken.«

Auf Harpers Flachbildschirm drehte einer der Männer den Kopf hinauf zum Kran und legte die langläufige Wieger mit dem Zielfernrohr an. Er drückte zweimal ab, der Schalldämpfer und das Rattern des Meißels schluckten die Schussgeräusche.

Am Ausleger stoben Funken in die Dunkelheit.

»Fuck, die haben mich entdeckt«, zischte die Motorradagentin. Es klirrte metallisch im Hintergrund. »Ich …«

Nein! Harper sah zum Kran, von dem ein schwarzer Schatten in die Tiefe stürzte und von den aufrecht stehenden, verrosteten Eisenstangen eines Fundamentes aufgespießt wurde. »Sir, wir brauchen Unterstützung«, bat sie ihren Vorgesetzten. »Haben erste Verluste. Wir können das Kommando nicht direkt angreifen, weil sie uns überlegen sind. Sobald wir aus der Deckung kommen, sind wir tot.«

»Wir reden noch mit dem BND. Und mit den Amerikanern«, erwiderte Masters. »Es dauert mindestens eine halbe Stunde, bis jemand bei euch sein kann.«

Harper sah das Loch, das die Meißelspitze in den Beton gegraben hatte. »Ich fürchte, so viel Zeit haben wir nicht mehr. Sir. Die Typen wissen, dass sie nicht alleine sind, und werden sich beeilen.«

»Denken Sie, dass Feist sich wirklich selbst sprengen würde?«

»Ja. Es geht um etwas Größeres als sein Leben.« Nervös und unschlüssig starrte Harper in die Kuhle mit dem NVA-Kommando. Sobald die fünf durch das Loch verschwanden, brachte die beste Killerdrohne nichts mehr. Alles blieb somit an ihr und ihrem Team hängen. »Was hat es mit dem Fundament auf sich, an dem Feist graben lässt? Haben Sie die alten Luftbilder, Sir?«

»Nein, gerade nicht, Harper.«

Weil du nichts taugst, Masters. So überhaupt nichts. Sie wünschte sich sehnlich ihren alten Vorgesetzten Bristol zurück.

Der Bagger setzte die Metallspitze an einer anderen Stelle der Betonplatte an. Knatternd grub sich das Werkzeug in den gegossenen Stein.

* * *

Bezirk Frankfurt/Oder, Kreis Strausberg, DDR

Gustav betrat das Arbeitszimmer von Helene Nikita Feist, das sich im einstigen Gesindehaus ihres umgebauten Reiterhofs befand, und zerkaute die dünnen Reste des Pfeffis. Seine bewaffneten Begleiterinnen und Begleiter des Wachregiments Feliks E. Dzierżyński warteten vor der Tür, das Anwesen befand sich fest in ihrer Hand. »Guten Tag, Genossin Ministerin!«

Feist trug ihre NVA-Gesellschaftsuniform aus hellgrauer

Jacke und schwarzer Hose mit rotem Längsstreifen. Achselschnur und Orden saßen korrekt, ebenso der Ehrendolch an ihrer linken Seite. Weißes Hemd und schwarzer Schlips komplettierten den Aufzug, die Mütze lag auf dem Tisch.

»Sie haben mich sicher erwartet.« Gustav schaute sich in dem restaurierten Zimmer um. Das Anwesen aus dem 18. Jahrhundert war mit viel Staatsgeld renoviert worden und diente der Ministerin als Rückzugsort vom hektischen Berlin. Die Waldsiedlung Wandlitz, wo sich die Parteioberen sonst gerne aufhielten, mied sie.

Feist stand mit dem Rücken zu ihm vor einem großen Wandbildschirm, auf dem eingehende Statusmeldungen der NVA-Einheiten, die an der Alarmübung teilnahmen, zu sehen waren. »Ich bin jedes Mal stolz. Sehen Sie, wie gut unsere Soldatinnen und Soldaten vorbereitet sind? Schnell, exakt und willens, jedes Risiko einzugehen, das ihnen abverlangt wird«, erwiderte sie ruhig und wischte imaginären Staub vom Marschall-Abzeichen auf ihrer Schulter.

»Beispielsweise die Eroberung einer atomar verseuchten Stadt.« Gustav und die Stasi-Eliteeinheit waren mit Hubschraubern zu dem Anwesen gekommen, das dreißig Kilometer östlich der Berliner Stadtgrenze lag, um die Ministerin persönlich zu befragen.

»Die Truppen sind auf ein solches Szenario bestens vorbereitet. Ich habe es wieder und wieder üben lassen. Dabei würden sie es sogar ohne Übung meistern.« Feist wandte sich halb zu ihm um. Ein Ausdruck von Abscheu umspielte ihren schmalen Mund. »Ihr Vater würde Sie dafür verachten, was Sie da machen, Oberst Kuhn.«

»Was mache ich denn?« Gustav setzte den Hut ab. Der Raum war gut geheizt, Feuer prasselte im Kamin und verströmte Gemütlichkeit. An den Fachwerkwänden hingen Jagdtrophäen, Bilder von Reitwettkämpfen und massenweise Turnierabzeichen.

»Die DDR verraten. Die Einheit unseres Landes verhindern. Den Westen der Stadt in den Fängen des Kapitalismus lassen und verhindern, dass sich unsere Republik in einen besseren Staat verwandelt«, hielt sie ihm kalt und verächtlich vor.

»Und mit einem nuklearen Knall wollten Sie beginnen.«

»Ein Urknall! Ein evolutionäres Ereignis, das eine Fortentwicklung zur Folge hat. Auferstanden aus Ruinen. Das können wir sehr gut.« Feist goss sich Kaffee aus der Porzellankanne ein. »Als Sie mir berichteten, was Sie gefunden hatten und was *noch* in Berlin zu finden sein könnte, musste ich handeln, Oberst Kuhn.«

»Sie leugnen es nicht einmal?« *Sie wollen die Schwarze Sonne wirklich hochjagen!*

»Nein. Warum auch?« Feist trank und blickte ihn durch den Dampf an. »Entweder es gelingt meinem Sohn und dem Spezialkommando, die Atombombe zu zünden. Dann bin ich Teil der neuen Staatsmacht der DDR und lasse Sie festnehmen und hinrichten.«

»Oder?«

»Oder mein Plan wird verhindert. Aber dann lasse ich mir etwas anderes einfallen.« Die Ministerin setzte sich neben ihren Schreibtisch auf einen gepolsterten Stuhl. Der Ehrendolch pendelte an ihrer linken Seite, die Pistolentasche an der anderen. »Dieser Raum ist abhörsicher, Oberst. Alles, was wir besprechen, wird das Zimmer niemals verlassen. Sie können frei reden, genau wie ich.«

Gustav nahm das Angebot dankend an. Seine Neugier war riesig. »Wie haben Sie die Bombe ausfindig gemacht?«

»Die westlichen Geheimdienste sind nicht die Einzigen mit Luftbildern. Die NVA-Historiker leisteten schnelle Arbeit und fanden heraus, dass sich in der Nähe des Bahnhofs Zoo früher eine Munitionskammer für Artilleriegeschosse befand. Das Nazi-Regime wollte über das Eisenbahnnetz große Geschütze bewegen, um die vorrückenden Alliierten unter Feuer zu nehmen. Aus dem Plan wurde nichts.«

»Wie konnten Sie sicher sein, dass man die Bombe dorthin brachte?« Gustav schob einen Sessel herum und nahm ihr gegenüber Platz. Den Hut legte er auf sein rechtes Knie. Der braune Anzug spannte jetzt etwas weniger. Der Stress der letzten Tage hatte ihn ein paar Pfunde gekostet.

Feist zog eine Schublade auf. »Ich habe die Historiker durch die Archive gepeitscht, um mir jeden noch so geringen Hinweis zu besorgen.« Mit der freien Hand nahm sie einen kleinen Stapel vergilbter Zettel heraus. »Es gab einige Nachrichten mit dem Vermerk zur Schwarzen Sonne, wie sie genannt wurde. Aber nur auf oberster Ebene. Eine der letzten Anweisungen Hitlers aus seinem Bunker lautete, die Schwarze Sonne in ein Munitionsdepot zu bringen und zu zünden, sobald der Feind Berlin eingenommen habe.« Sie tippte auf die Papiere. »Wie so viele seiner Amokbefehle der letzten Tage und Stunden ist auch dieser nicht von den Wehrmachtsoffizieren in die Tat umgesetzt worden. Um die Bevölkerung zu verschonen.«

Sie war schneller als wir. Gustav nickte anerkennend. »Sie waren fleißig, Genossin Ministerin.«

»Sie auch, Oberst. Leider nicht für die richtige Seite.« Ihr ohnehin kantiges Gesicht verhärtete sich und ließ sie noch verlebter wirken. »Schade. Auch wenn Sie meiner kleinen Täuschung zunächst erlagen und mich ins Vertrauen zogen. Ohne Sie, Oberst, wäre ich meinem Ziel niemals so nahegekommen.«

»Das Ziel einer vollständig vereinten kommunistischen DDR.«

»Ganz genau! Spüren Sie nicht, dass selbst die sogenannten ›freien Menschen‹ in reichen Ländern wie Frankreich, Großbritannien oder den USA es satthaben, die Sklaven ihres kapitalistischen Systems zu sein? Wie die Ungerechtigkeit mehr und mehr abgelehnt wird?« Feist sah auf die Statusmeldungen der Truppenteile. »Die Leute erwachen. Nach und nach verstehen sie, dass es nicht Sinn des Lebens sein kann, Gewinne für Konzerne zu erwirtschaften, die sich jedes Billigprodukt teuer bezahlen lassen. Und *wir* erschaffen die perfekte Gesellschaft. In einer vereinten DDR. So hätte es schon von Beginn an sein sollen. Unser Vorbild wird andere dazu bringen, weltweit Revolutionen anzuzetteln. Und wir helfen den Menschen dabei gerne, sich von den Ketten des lebensverachtenden Kapitalismus zu befreien.«

Gustav stimmte einigen ihrer Ansichten zu. Aber die Methode, wie diese Veränderungen herbeigeführt werden sollten, konnte er niemals billigen.

Allerdings lag es nur zum Teil in seiner Macht, das Vorhaben der Ministerin zu durchkreuzen.

Sollte es Parker-Moreau nicht gelingen, Feist Junior aufzuhalten, wären seine Erkenntnisse verloren. Dann würde er als Verräter unter der Fallschwertmaschine enden. Dort, wohin er vor etlichen Jahren viele Bürgerinnen und Bürger gebracht hatte.

»Der MI6 ist an Ihrem Sohn dran, Genossin Ministerin. Er wird keinen Schritt unbeobachtet machen und den Geheimdienst zur Bombe führen.« Gustav beobachtete die neuen Statusmeldungen. Die ABC-Kommandoeinheiten meldeten den Abmarsch aus den Kasernen in Ost-Berlin. Das Ziel war die Westgrenze zu Berlin-Deutschland. Ein beliebtes Spiel mit der Provokation. Keiner würde ahnen, wie ernst es dieses Mal wurde. »Danach wird er verhört. Er wird gestehen und Sie belasten.«

Feist blieb ungerührt. »Nein, wird er nicht.« Sie trank erneut von ihrem Kaffee. »Ich werde mich natürlich in aller Form von meinem Sohn distanzieren, der meine Unterschrift fälschte, ein Deepfake-Computerprogramm benutzte und in meinem Namen der NVA Befehle gab. Entsprechende Beweise habe ich vorbereiten lassen.«

»Aber dann …« Gustav war perplex.

»Ich werde dem Generalsekretär meinen Rücktritt anbieten, und er wird ablehnen. Ich bin zu gut in dem, was ich tue.« Feist lachte ihn aus. »Ach, kommen Sie, Oberst. Ich sagte doch, ich lasse mir etwas einfallen. Mein Sohn wird der Alleinschuldige sein.«

Gustav konnte die Abgebrühtheit der Ministerin schwer ertragen. *Sie ist auf jeden Ausgang vorbereitet.* »Man wird die Stasi beauftragen, weitere Verschwörer zu finden. Und das werden wir!«

»Nein. Nein, das glaube ich dank der vorbereiteten Beweise nicht. Sonst wären Sie uns längst früher auf die Schliche gekommen. Oder Lenin.« Sie stellte den Kaffee auf die Untertasse und zog einen Teller mit Keksen zu sich. »Die Sache mit dem Sarin und dem Neuanfang nach dem Ende von ZK, Politbüro und Generalsekretär schlug leider im Ansatz fehl. Aber die Atombombe sollte funktionieren. Und wenn nicht, erhalte ich in ein paar Jahren vielleicht eine bessere Gelegenheit.« Sie nahm zufrieden einen Keks. »Aber dann sind Sie, Oberst, längst tot.«

* * *

Berlin-Deutschland, Bahnhof Zoo (ehemaliger britischer Sektor)

Harper blickte ihr kleines Team aus Männern und Frauen an, die rings um sie hinter dem Sandhaufen kauerten. Ihnen stand die Anspannung ins Gesicht geschrieben. Allen war klar, was auf sie zukam. »Wir müssen da runter. Ich muss das von euch verlangen, und ich weiß nicht, ob wir das alle überleben werden. Aber ...« Mitten in der Ansprache fiel ihr auf, dass Chris fehlte. »Wo ist der Dolmetscher?«

Brüllend erwachte ein abgestellter Radlader keine drei Meter von ihnen zum Leben und hob die Schaufel wie einen Schild vor das Cockpit. Aus dem Inneren winkte Chris ihnen zu. »Damit kommen wir ran, ohne erschossen zu werden«, funkte er. »Ist das in Ordnung?«

»Woher haben Sie die Schlüssel?«

»Hingen im Häuschen. Ich habe einfach alle mitgenommen. Ich ahnte, dass wir improvisieren müssen.« Die Baumaschine steuerte auf den Hügel zu, hinter dem die MI6-Truppe lag. »Ich fahre das Ding. Sie müssen hinter dem Motor bleiben.«

»Sie werden noch zum Helden.«

»Wenn ich lenke, muss ich wenigstens auf keinen schießen.« Chris fuhr langsam an ihnen vorbei. »Kann's losgehen?«

»Geht los.« Harper und ihre Leute hasteten hinter das große Baustellenfahrzeug und hielten die MP7 bereit, folgten dem Radlader durch den Matsch. Parallel beobachtete die Agentin via Display weiter, was das NVA-Kommando unternahm.

Doch der kurze Moment der Unaufmerksamkeit, während sie vom Sandhaufen zum Fahrzeug gelaufen war, hatte ausgereicht, um das Wesentliche zu verpassen: Am Fundament stand niemand mehr. Ein breites Loch klaffte in dem Beton, und die vier Mitglieder des NVA-Kommandos waren verschwunden.

Dafür kam der Bagger plötzlich mit ausgestrecktem Abrissmeißel auf den Radlader zu, und die Scheinwerfer flammten blendend auf. Den fünften Mann hatte das Kommando als Sicherung zurückgelassen.

»Ausschwärmen!«, befahl Harper hastig und hetzte in weitem Bogen an den Maschinengiganten vorbei. *Dich kriege ich, Genosse!*

Zu spät erkannte sie, dass sich niemand in der Kabine des Baggers befand – sehr wohl jedoch hinter dem Fahrzeug.

Kaum hatte der maskierte Gegner sie erblickt, kniete er sich hin und zielte mit der schallgedämpften Wieger auf sie.

Harper ließ sich in den Schlamm fallen, die Kugel sirrte an ihr vorbei. Ihr eigenes MP7 war mit nassem Dreck überzogen, ein Steinchen klemmte im Abzug. *Verflucht! Warum ausgerechnet jetzt?*

Unvermittelt wurde hinter dem Angreifer und dem langsam fahrenden Bagger der dunkle Radlader sichtbar, der mit abgesenkter Schaufel einen Berg voller Erde vor sich herschob. In dem Lärm hörte der NVA-Mann das Fahrzeug nicht kommen und wurde unter dem einbrechenden Sandwall begraben.

»Danke«, funkte Harper erleichtert und erhob sich, um gleich weiter zu dem eingebrochenen Fundament zu hasten; unterwegs reinigte sie den blockierten Abzug. *Das darf nicht wieder geschehen, sonst war es das.*

Ihre Leute befanden sich bereits am Eingang und standen um die Bodenplatte. Gelegentlich schossen sie hinab und wichen dem Gegenfeuer aus der Tiefe aus.

Das dauert viel zu lange. »Worauf wartet ihr? Granaten rein!« Harper zog drei Blendgranaten aus dem Rucksack und schleuderte sie in das Loch, aus dem Staub emporquoll. »Bereit machen!«

Mehrfache Detonationen dröhnten, es blitzte grell, und Harper sprang in den Durchbruch. Dabei schoss sie blindlings mit der Maschinenpistole, um die Angreifer in Deckung zu zwingen oder im besten Fall auszuschalten.

Sie prallte hart auf den mit Geröll übersäten Boden und knickte dabei um. Ein heißer Schmerz stach in ihren Knöchel. *Shit!* Hinkend ging sie zwischen den Trümmern in Deckung und starrte in das Zwielicht.

Das Feuer wurde nicht erwidert. Die Angreifer hatten sich zurückgezogen.

Nur wohin? Ihr Team folgte Harper. Nacheinander schalteten sie die Lampen unter den kurzen Waffenläufen ein.

Den Wänden und der Struktur nach befanden sie sich in einem Bunkerausläufer. Dort, wo die Decke noch intakt war, verlief ein Schienentransportsystem. Man nutzte solche Vorrichtungen, um schwere Artilleriegeschosse aus der Munitionskammer ohne viel Aufwand bis zum Geschütz zu bewegen.

»Das muss früher ein Lager gewesen sein«, mutmaßte Harper. Mit den Details über den Kampf um Berlin kannte sie sich nicht aus. Militärhistoriker konnten vermutlich genau sagen, für welche Geschützbatterie die Kammer als Depot gedient hatte. *Und hier war auch unsere Bombe.*

Auf dem Boden sah sie frischen Metallabrieb und Fußspuren. Das Kommando hatte die Schwarze Sonne hinausgeschafft.

»Sehen wir nach, wohin …«, setzte Harper an.

Abrupt flogen olivfarbene Handgranaten durch die Lichtstrahlen zu ihnen, kullerten und hopsten chaotisch zwischen den Trümmern umher.

»Deckung!« Gerade noch rechtzeitig zog sie den Kopf ein, dann dröhnten die Explosionen.

Die scharfkantigen Metallsplitter, Kügelchen und Betonbröckchen stoben umher, zwei ihrer Leute schrien vor Schmerz auf. Erneut wallten Staubwolken empor.

In Harpers Ohren fiepte es von dem Knall und der Druckwelle.

Sofort erklang das gedämpfte Rattern von vollautomatischen Gewehren, das sich ihr näherte. Das gegnerische NVA-Kommando unternahm einen Ausfall und stürmte ihnen entgegen. Die Schalldämpfer hatten sie abgeschraubt – dadurch bekamen ihre Projektile mehr Durchschlagskraft; außerdem klang es bedrohlicher.

Neben Harper ging einer ihrer Agenten unter einer Salve von Beintreffern zu Boden. Die Agentin schräg vor ihm erlitt einen glatten Halsdurchschuss, gefolgt von weiteren Kugeln durch die Brust und mitten in den zum Schrei geöffneten Mund.

Holy …! Harper kroch um den Schutt herum und in die schützende Staubwolke hinein, robbte zum Durchgang, durch den die Atombombe geschoben worden sein musste. Damit umging sie die vorpreschenden Gegner. Solange die NVA-Spezialeinheit sich um die restliche MI6-Truppe kümmerte, hatte sie freie Bahn. So schwer es ihr auch fiel.

Durch den sich lichtenden Betonnebel erkannte sie einen maskierten Widersacher, der mit dem Rücken zu ihr stand. Vor ihm befand sich ein weiterer NVA-Kämpfer, der schnelle Schüsse auf die verbliebenen Briten abgab.

Ihr Blick richtete sich auf die beiden Granaten, die am Waffengurt des Angreifers baumelten. *To hell, my dear.* Harper legte die MP7 an und duckte sich, dann setzte sie einen Schuss mitten in die Abzugsvorrichtung des Explosivkörpers. *To hell.*

Die Granate zündete augenblicklich und zerriss den Mann, noch bevor er schreien konnte, dann ging die zweite hoch und überzog den Rücken des verbliebenen Kommandomitglieds vor ihm mit vernichtendem Hagel. Die Wucht riss ihn von den Beinen.

Harper erledigte den verletzten Gegner mit gezielten Schüssen in die Maske. *Bleiben noch zwei.* »Jemand da?«, funkte sie flüsternd.

Niemand meldete sich. Ihr Team war ausgeschaltet.

So eine verfluchte …

»Ja, Chris hier«, meldete sich überraschend der Dolmetscher. »Ich bin draußen. Was soll ich machen?«

»Draußen bleiben!« Harper sah keine Verwendung für ihn. Ein guter Kämpfer war der Mann bei seiner Ausbildung kaum und musste sich nicht in den sicheren Tod werfen. Sie kroch auf den Durchbruch zu. *Dann bleibt es an mir hängen.*

Unvermittelt senkte sich die Drohne durch das Loch in der Decke und schnurrte an ihr vorbei.

»Direkt vor Ihnen ist der Rest eines Ganges. Feist steht schräg neben dem Durchgang. Er hat die Maske abgezogen. Der andere hantiert an der Bombe herum«, berichtete Chris von dem, was er auf seinem Gerätedisplay sah. »Sie hängt frei schwebend mit Ketten an dem Schienensystem.«

Harper stutzte und tastete sich ab. *Mein Smartphone!* Sie musste das Gerät am Loch in der Bunkerdecke verloren haben, als sie in den Schlamm gesprungen war. *Und er hat es gefunden.* Sie grinste. *Schlauer Junge. Gut, er taugt doch was.* »Auf mein Zeichen greifen Sie Feist mit der Drohne an. Zur Ablenkung. Den Rest mache ich.«

»Okay. Ich fliege ihm ins Gesicht. Das sollte irritierend genug sein.«

Harper schaltete die Lampe unter ihrem Gewehr aus und humpelte auf den Durchgang zu, wechselte zur Sicherheit das Magazin der MP7. Neben der Öffnung setzte sie sich auf den Boden. *Ich habe nur einen Versuch.* »Jetzt!«

Harper hörte das Surren der Drohne und den Aufschrei des Gegners. Kaum knallte die feindliche Wieger gedämpft los, bog sie ihren Oberkörper nach hinten und suchte über den Lauf der Maschinenpistole im Raum nach ihrem Ziel.

Feist hatte die Drohne mit einer Salve abgeschossen und hielt sein Sturmgewehr in ihre Richtung im Anschlag – allerdings viel zu hoch. Im letzten Moment erkannte er seinen Fehler.

Zu langsam! Harper drückte ab und schickte ihn mit einer langen Garbe in den Unterleib rücklings gegen die Wand, an der er stöhnend zusammensackte; die Wieger rutschte aus seinen Fingern.

»Ich sehe nur noch ein Standbild«, verkündete Chris aufgeregt. »Was ist passiert?«

»Alles in Ordnung. Ist nur noch einer übrig.« Harper rollte sich in den Raum und zielte unter der mit Ketten gehaltenen Bombe hindurch auf den letzten Mann des NVA-Kommandos. »Halt! Weg von der Bombe und auf den Boden, was du Arschloch in der Hand hältst!«

Der Mann ging langsam auf die Knie, damit sie ihn sehen konnte. In seiner rechten Hand hielt er einen Funkauslöser. »Das ist eine Totmannschaltung«, erklärte er. »Erschießt du mich, gehst du mit drauf.« Langsam deutete er mit der freien Hand nach oben. »Es sitzen mehrere Kilogramm C4-Sprengstoff außen über dem Zündmechanismus, um ihn auszulösen.«

»Was verlangst du?«

»Ich will verschwinden. Zusammen mit Feist.«

»Nein«, keuchte der Sohn der Ministerin. »Jag sie hoch, Richard! Erfülle unseren Auftrag! Das ist der Moment, auf den wir gewartet haben! Ganz Berlin wird uns gehören!«

»Deutschland, einig Vaterland, ja?« Harper musste Kuhn ein Kompliment machen, dass er die Ministerin durchschaut hatte. »Und dafür die halbe Stadt auslöschen?«

»... und danach *einen* Staat haben. Einen neuen Staat. Vereint und mit neuer Führung. Um eine bessere Gesellschaft zu formen.«

»Noch mehr Sozialismus?«

»Kommunismus. Echter Kommunismus, und die Fackel der Gleichheit in die Welt tragen. Russland zu neuer Stärke führen«, ächzte Feist mehr, als dass er sprach. »Berlin wird neu aufgebaut. Schöner als jemals zuvor. Im neuen Stil.« Er sah zu dem Maskierten. »Zünde sie!«

»Aber ...«

»Ich befehle es dir!«

Richard war unschlüssig, ob er seinen eigenen Tod und den von Feist in Kauf nehmen wollte.

Der Genosse ist ein Zauderer. Sehr gut. Harper bekam die Gelegenheit, die drohende Katastrophe aufzuhalten. Allerdings reagierte eine Totmannschaltung innerhalb einer Sekunde oder schneller. Löste sich der Finger um wenige Zentimeter, erfolgte die Sprengung.

»Sie werden gehen. Und danach verschwinden wir«, beharrte Richard. Langsam stand er auf und bewegte sich auf den blutenden, sitzenden Feist zu. »Los, Gennadi. Bis zum Grenzübergang ist es nicht weit.«

Harper sah das nächste Problem kommen. »Was passiert,

wenn Sie sich außerhalb der Reichweite des Zünders befinden? Geht er dann nicht von selbst in die Luft?«

Richard lachte. »Keine Sorge. Wir haben Signalverstärker aufgestellt. Unser Plan sah nicht vor, bei der Detonation draufzugehen. Wir sind die Führer der neuen DDR.«

»Und wenn die Verbindung doch abreißt?«

»Das wollen Sie nicht.« Er griff unter Feists Achsel und zog ihn auf die Beine. Der Verletzte stöhnte, flüssiges Rot sickerte aus den Einschusslöchern. »Ach ja. Die Ladung an der Bombe ist mit einer Quecksilberschaltung gesichert. Sollte sich jemand daran zu schaffen machen, geht sie hoch.«

* * *

Bezirk Frankfurt/Oder, Kreis Strausberg, DDR

Gustav spürte unsägliche Wut auf Ministerin Feist. Sie hielt sich für unantastbar. Für die Schutzheilige des Kommunismus, für die Göttin und Herrscherin über eine neue DDR. Und er musste zu allem Überfluss einräumen, dass sie nicht wenige Trümpfe in der Hand hielt, mit denen sie ihren Kopf aus der Schlinge ziehen konnte.

»Jetzt vielleicht einen Kaffee, während wir darauf warten, dass meine Truppen dem erschütterten Berlin-Deutschland zu Hilfe eilen?« Feist goss sich nach und schwenkte einen Keks, als wollte sie ihn zu den Orden an ihrer Gesellschaftsuniform heften.

»Nein danke.«

»Schön. Bedienen Sie sich, sollten Sie Ihre Meinung ändern.« Die Mittfünfzigerin vergrößerte die Echtzeitkarte auf dem interaktiven Wandbildschirm und schaltete ein paar Fenster dazu, in denen Drohnenaufnahmen zu sehen waren.

Die Bilder von rasch vorrückenden Gefechtseinheiten, rollenden Panzern und Flugfeldern, auf denen Düsenjets und Helikopter in Startposition gingen, wirkten gespenstisch. Es war keine Übung – doch noch durfte es keiner der NVA-Soldaten wissen.

»Wo wir gerade frei sprechen, Genossin Ministerin«, setzte Gustav an und lockerte seine Krawatte ein wenig, bevor er den Hut zurück auf seine Glatze setzte. »Wie viele Menschen gehören Ihrem Verschwörerkreis an?«

»Nun, das kann ich Ihnen nicht verraten. Aber Sie wären überrascht. Es sind mehr, als Sie annehmen.« Feist biss in den Keks und fegte die Krümel vom hellen Uniformstoff. »Mit dem Ende der Sowjetunion wurde es schwieriger für uns. Für uns echte Kommunisten. Nicht diese lächerlichen Gestalten rund um Naumann, die aus der DDR bald einen Scheinsozialismus machten.«

»Also beschlossen Sie, dass es nur mit Gewalt ginge.«

Feist ergötzte sich an den martialischen Bildern auf dem TV-Display und trank einen Schluck Kaffee. »Wann haben Sie begonnen, an Ihrer Arbeit für die Stasi zu zweifeln?«

Gustav lächelte milde. »Versuchen Sie gerade, mich auf Ihre Seite zu ziehen?«

»Es könnte ja sein, dass Sie Interesse haben, am Aufbau der neuen Deutschen Demokratischen Republik mitzuwirken. Mit neuen Methoden, was die Staatssicherheit angeht«, erwiderte sie leichthin und nahm einen weiteren Bissen von ihrem Keks. »Aber ich merke, dass Ihre Ablehnung genereller Natur ist, was Sozialismus und Kommunismus angeht.«

»Solange es Menschen wie Sie gibt, Genossin Ministerin, taugen diese Modelle überhaupt nichts. Deren Umsetzung wird an Ihnen scheitern, nicht von Ihnen ermöglicht. Sie halten sich für gleicher als die anderen.«

»Ah, *deswegen!* Die Frustration machte aus dem treuen Hardliner einen unmotivierten Hotelspanner. Das war doch Ihr letztes Einsatzgebiet?«

Gustav nahm die persönliche Beleidigung als Zeichen, dass es mit ihren Nerven nicht zum Besten stand. »Ich musste feststellen, dass dieses korrupte System dazu neigt, den Herrschenden die Taschen zu füllen. Und als ich der Spur des Geldes folgte, wurde ich zurückgepfiffen.«

Feist wirbelte herum. Begeisterung flammte in ihren dunklen Augen auf. »Sehen Sie, Oberst Kuhn? *Das* meinte ich! Das ist kein Kommunismus! Das ist kein Denken für Staat und Volk!«

»Soweit ich weiß, waren Stalin und sämtliche Nachfolger nicht für einen kargen Lebensstil und Enthaltsamkeit bekannt.«

»Das führte in den Untergang! Genau das!«, bekräftigte Feist enthusiastisch. »Verstehen Sie nicht? Jemand muss dafür sorgen, dass es eine echte neue Republik gibt. Getreu den Lehren des Zusammenlebens der Gleichen.«

Gustav erkannte, dass er gegen den Eifer der Ministerin nicht ankam. Sie war versessen und völlig darauf fixiert, die DDR zu verändern. Wenn nicht durch die Atombombe, dann bei einer anderen Gelegenheit und mit ähnlich grausamen Mitteln. *Das werde ich vereiteln. Beides.*

* * *

Berlin-Deutschland, Bahnhof Zoo (ehemaliger britischer Sektor)

Harper disponierte um.

Es erschien ihr zu gefährlich, den letzten handlungsfähigen Mann des NVA-Kommandos mit der Totmannschaltung zu attackieren. Die Minuten, die ihnen blieben, bis er und Feist auf die Ostseite gewechselt waren, konnten für die Evakuierung genutzt werden. »Die Welt wird erfahren, was Sie getan haben! Sie können nicht so tun, als wäre die Explosion einer Nazi-Atombombe ein bedauernswerter Unfall gewesen.«

»Und dann?«, erwiderte Feist stöhnend. »Wollen Sie mit der Wahrheit einen Krieg auslösen?«

Harper hielt inne. *Er hat recht.* Die NATO riefe den Bündnisfall aus, die Amerikaner und Franzosen bekämen endlich ihre Chance, aus der DDR gewaltsam jene Bundesrepublik zu machen, die sie 1949 aufgegeben hatten. In Europa und Amerika würde mehr als nur ein Atompilz aufsteigen. Das nukleare Arsenal der NVA konnte es mit dem der USA problemlos aufnehmen, die Reichweite war dank der Überschallraketen uneingeschränkt.

»Ist es Ihnen *das* wert, Agentin Parker-Moreau?«, setzte Feist hustend hinzu, während sich Richard mit ihm auf den Ausgang zubewegte. »Oder wie wäre das: Wir führen ein kleines Schauspiel für die restliche Welt auf. Sollen wir schon mal an einem gemeinsamen Statement feilen, in dem wir darlegen, wie wir versuchten, die Detonation zu verhindern? Dann sind wir Helden.«

Harper senkte langsam die MP7. Ihre Verantwortung wuchs. »Du verdammtes Arschloch.«

»Was ist schon eine halbe Stadt und das Ende von Berlin-Deutschland gegen anhaltenden Frieden in Europa und der Welt?« Feist grinste unter Schmerzen. »Wir verstehen uns. Jetzt sagen Sie Ihrer MI6-Zentrale, dass ...«

Plötzlich tauchte Chris hinter dem Maskierten auf, der damit beschäftigt war, Feist zu tragen. Mit einer Hand umfasste er blitzschnell Richards Finger, die auf dem Zünder lagen, mit der anderen schwang er eine Eisenstange und traf den Gegner hart auf den Hinterkopf.

Der Maskierte verdrehte die Augen, stürzte und sank gegen Chris. Feist fiel nach vorne und kreischte dabei vor Schmerz.

»Ich hab sie!«, rief Chris und umklammerte im Liegen die rechte Hand des Bewusstlosen. »Los, helfen Sie mir!«

Harper jubelte und sprang zum Dolmetscher. »Perfekt gemacht, Herr Mueller.« Sie sah ihm in die Augen. »Ich zähle jetzt bis drei, und dann schiebe ich meinen Daumen auf den Auslöseknopf.«

»Ist gut.« Chris lag halb unter dem bewusstlosen Richard begraben.

»Eins … zwei …«

Doch bevor sie zu Ende zählen konnte, peitschte ein Schuss aus nächster Nähe in die Stille. Die heiße Treibladung umwehte Harper, das Projektil verfehlte sie und schlug stattdessen durch die Hände von Richard und Chris – und den Zünder.

Die Kontrollleuchte des Auslösers erlosch – die Explosion blieb aus.

Feist lachte leise hinter ihnen, während Chris sich stöhnend die verletzte Hand hielt. Blut rann aus der Wunde, Plastik und Metall steckten in Haut und Fleisch. Der Sohn der Ministerin hatte im Fallen Richards T11-Pistole aus dem Gürtelclip gezogen und nun geschossen. »Jetzt könnt ihr es nicht mehr aufhalten«, raunte er und versuchte, die Halbautomatik in Harpers Richtung zu schwenken. »Es wird *ein* Deutschland geben. Ein besseres.« Die Pupillen brachen, die Waffenhand fiel herab. Feist war tot.

»Dieses Stück Scheiße!« Harper sprang auf und rannte zu der Bombe, an der die Sprengladung befestigt war. Die vier Dioden waren auf Rot umgesprungen, eine davon blinkte langsam. Noch.

»Fuck!«, schrie sie das Päckchen frustriert an. Sie vermutete einen Zeitzünder, der sich in Gang gesetzt hatte. *Wie lange haben wir noch?* Bis die Bombenspezialisten des BND eintrafen, konnte es zu spät sein. »Dolmetscher, hoch mit Ihnen.«

»Was haben Sie vor?«

»Verschwinden Sie von hier.«

»Sie wollen das Päckchen abmontieren.« Mit raschen Schritten näherte sich Chris ihr. »Worauf warten Sie noch?«

»Quecksilbersicherung.« Sie sah ihn an. »Deswegen sollten Sie raus. Wenn sie hochgeht …«

»… zündet die Bombe wahrscheinlich. Dann ist es egal, ob ich neben Ihnen sterbe oder vier Meter weiter. Das ziehen wir jetzt zusammen durch.« Chris nickte ihr aufmunternd zu. »Ich kann Ihnen aber leider erst helfen, wenn wir das kleine Mistding hier rausbringen.«

So weit müssen wir erst mal kommen. Harper atmete tief durch und hielt das Bündel Sprengladungen fest, entfernte zuerst die silberfarbenen Klebestreifen und zückte ihr Messer, um im Anschluss den erstarrten Bauschaum zu zerschneiden, mit dem die Vorrichtung zusätzlich in wildem Muster versehen worden war.

Langsam. Ganz langsam. Behutsam löste Harper die Ladungen von der Atombombe.

Die blinkende Diode erhöhte den Takt.

Schwitzend und mit klopfendem Herzen hielt Harper das Päckchen und machte einen langsamen Schritt nach dem anderen zurück in den eingestürzten Munitionsraum, während Chris sie auf ihrem Weg nach Bedarf stützte oder Trümmer aus dem Weg schubste. Ihr angeschlagener Knöchel rebellierte, aber sie ignorierte die Schmerzen.

Das Blinken wird immer schneller. Harper stand schließlich unter dem Loch, durch das frische Luft hereinwehte. »Rauswerfen kann ich es nicht«, stellte sie fest. »Die Beschleunigung würde es zünden.« Sie sah über die Schulter zu der Atombombe, die in ihrer Halterung lag. Die Druckwelle konnte ausreichen, um das Inferno auszulösen. *Dann hätte Feist doch gewonnen.*

»Ich weiß was.« Chris kletterte trotz verletzter Hand mit großer Mühe aus dem Raum und verschwand im Freien.

Bald darauf erklang das Röhren eines starken Motors, und

das Klappern von Ketten näherte sich, zusammen mit starkem Lichtschein.

Vor Harpers Augen senkte sich der Meißelkopf durch das Loch herab.

»Steigen Sie auf. Ich hole Sie hoch«, erklang Chris' Stimme in ihrem Funk.

Harper fluchte leise und balancierte sich auf den schmalen Steg, lehnte sich mit dem Rücken an den Ausleger, die Augen auf das Päckchen und die flackernde Diode gerichtet. Jedes leichte Wackeln musste sie ausgleichen. Sie schwitzte noch stärker. »Bereit.«

»Es geht los.«

»Aber langsam!«

»Klar.«

Behutsam hob sich der Meißel senkrecht nach oben und hievte sie in die kalte Nacht hinaus. Anschließend schwenkte er sanft herum und senkte sich ab.

So weit, so gut. Wie in Zeitlupe verließ Harper den Meißelaufsatz und hinkte die Senke entlang, um sich möglichst weit von der Munitionskammer zu entfernen.

Erst als die Diode so schnell flackerte, dass es beinahe zu einem Dauerleuchten wurde, legte sie die kombinierten Ladungen auf die Erde und nahm die Finger weg.

Lauf! Dann drehte Harper sich um und humpelte davon. Sie wollte nicht als Konfetti über Berlin niedergehen. Zu viele Pläne in der Zukunft, bei denen Yuri eine Rolle spielen durfte. Nicht nur beruflich. *Sofern ich das überlebe.*

Aber der angeknackste Knöchel versagte ihr nach wenigen Metern seinen Dienst. Harper rutschte in dem weichen Untergrund haltlos weg und fiel, kroch vorwärts und sah sich vor ihrem geistigen Auge bereits in dem Feuerball zu Asche verbrennen, der sich mit der Detonation ausbreitete. *Nein, das war nicht der Plan! Ich …*

Urplötzlich erfolgte der laute Knall der Explosion. Ein gleißendes Feuer zuckte hinter ihr in die Nacht und erleuchtete die Baugrube bis in den letzten Winkel.

Gleich darauf prasselte, schepperte und klingelte es laut und dröhnend um sie herum. Stinkender Wind fegte und toste, pfiff laut und riss an ihrer Kleidung und den blonden Haaren.

Harper schrie und rollte sich zusammen, presste die Arme und Hände schützend über Ohren und Schädel.

Dann erlosch der Blitz. Warme Erde und Dreckklumpen gingen nieder, Rauch umwehte sie.

Wieso bin ich noch am Leben? Harper richtete sich verwundert halb auf und blickte sich um.

Neben ihr ragte der Radlader empor, die Schaufel wie eine Wand aufgerichtet. Chris saß an ihrer Seite und schüttelte benommen seinen Kopf.

»Fuck, yes«, flüsterte Harper, als sie verstand, dass er sie beide vor der Detonation bewahrt hatte. Ein breites Grinsen zeichnete sich in ihrem schmutzigen Gesicht ab. Berlin stand noch, und sie lebten. Eine Situation, an die sie bis vor wenigen Minuten nicht im Entferntesten geglaubt hatte. »Fuuuuck!«, brüllte sie begeistert heraus. Dann gab sie Chris einen überschwänglichen Kuss auf die Wange und umarmte ihn lachend. »Sie sind der beste Dolmetscher der Welt!«

* * *

Bezirk Frankfurt/Oder, Kreis Strausberg, DDR

Gustav kehrte in das Arbeitszimmer der Ministerin zurück. Er hatte den Raum kurz verlassen, um die Toilette zu benutzen; außerdem hatte er auf dem Rückweg einige Vorkehrungen für das Kommende getroffen und von seinen Begleitern wertvolle Neuigkeiten erfahren. *Dann starten wir die Show.*

Ohne ein Wort zu sagen, schenkte er sich vom Kaffee ein und nahm einen Keks, den er genussvoll aß.

»Warten macht hungrig«, kommentierte Feist und lächelte siegesgewiss.

»Oh, ich warte nicht mehr.«

»Ach?«

»Ich feiere.« Gustav nahm die Fernbedienung des großen Wandbildschirms, wechselte zum Fernsehprogramm und zappte so lange durch die Sender, bis er einen für Westnachrichten fand. Offiziell war es nicht gern gesehen, diese Kanäle zu empfangen, aber vor allem die Parteifunktionäre scherten sich nicht darum. Sie mussten wissen, was der Klassenfeind machte. Die Ministerin bildete da keine Ausnahme. »Dachte ich es mir doch.«

»Der Empfang von Westfernsehen wird nicht ausreichen, um mich festzunehmen, Oberst Kuhn«, lautete Feists spöttelnder Kommentar.

Mit der gefüllten Tasse aus Meissener Porzellan deutete Gustav auf den Bildschirm und schob sich den Hut lässig in den Nacken.

»... wurden heute zur Überraschung der internationalen Öffentlichkeit im Hotel Brentano mehrere Verträge mit der DDR unterzeichnet, die der Einwohnerschaft Berlin-Deutschlands einen einfacheren Besuch im Ostteil der Stadt ermöglichen. Schon vom nächsten Monat an sind keine Visumanträge mehr notwendig. Ein gültiger Reisepass reicht aus«, verkündete der Nachrichtensprecher. »Außerdem nahm die Delegation unter der Leitung des Kommissionsvorsitzenden Anton Gennadi Josef Feist Gespräche über neue Handelsbeziehungen auf, durch die der Warenaustausch zwischen Berlin-Deutschland und Ost-Berlin künftig reibungsloser vonstattengehen soll.«

Ministerin Feist richtete sich ungläubig im Sessel auf, die Orden an ihrer Brust bewegten sich leicht über der hellen Uniformjacke. »Nein«, raunte sie. »Nein, das kann nicht sein. Was haben diese Idioten ...?«

Anstelle des Sprechers wurde nun das Wrack einer komplett zerstörten Peugeot-508-Limousine eingeblendet. »Überschattet ist das Treffen von einem schrecklichen Unfall. Auf dem Rückweg verlor der Fahrer des Wagens von Kommissionsleiter Feist die Kontrolle und durchbrach eine Leitplanke. Nach dem Sturz von der Spreebrücke in das abgelassene Flutungsbecken ging der Wagen in Flammen auf. Alle fünf Insassen kamen dabei ums Leben.«

»Nein!«, schrie Feist. Die Tasse entglitt ihren Fingern. Klirrend zerbarst das teure Porzellan, der Kaffee ergoss sich auf die Dielen und das Wildschweinfell.

Gustav beobachtete sie ganz genau. Mit dem Tod ihres Sohnes hatte sie nicht gerechnet. »Es ist ja nur Westfernsehen, Genossin Ministerin. Glauben Sie nicht alles, was die sagen.« Dann zündete Gustav die zweite Stufe, solange der Schock noch wirkte. »Ihr Sohn ist derzeit Gast bei den Verhörspezialisten des Berliner MI6, wie ich von unseren Spitzeln erfahren habe. Der Unfall wurde vorgetäuscht, um ihn verschwinden zu lassen. Und über sämtliche Details zu befragen. Zur Atombombe. Zu den Verschwörern. Zum genauen Vorhaben und allen Plänen«, zählte er genüsslich auf und fischte einen weiteren Keks vom Teller. »Ich sagte doch: Ich feiere.«

Feist wirbelte zu ihm herum. »Sie elender Verräter! Sie haben die feindlichen Geheimdienste benachrichtigt!«

»Alles kommt ans Licht, Genossin Ministerin. Ihr Sohn wird Sie auffliegen lassen. Und sobald ich das schriftlich habe, komme ich wieder und nehme Sie fest«, warf Gustav kauend einen Blick in die Zukunft. »Sie wissen, wie gut ich verhören kann. Lange halten Sie das nicht durch, auch wenn Sie eine sehr gute Soldatin waren. Waterboarding, Chemie in den Venen, das volle Programm.« Gustav gönnte sich einen dritten Keks. Gute Laune machte ihn immer hungrig. »Ich bin Sonderermittler. Es gibt kein Schweigen. Nicht bei mir, Genossin Ministerin. Oder soll ich Sie Lenin nennen? Was ist Ihnen lieber?«

»Das kann niemals stimmen. Wir hatten doch …«, stammelte Feist vor sich hin.

»Der MI6 konnte die Haftladung entfernen, mit welcher der alte Zünder ausgelöst werden sollte. Die Atombombe ist gesichert und wird demnächst in aller Heimlichkeit entschärft und abtransportiert. Ihre gefälschten Beweise, um die Schuld ganz alleine Ihrem eigenen Sohn in die Schuhe zu schieben und von Ihnen abzulenken, haben nicht lange Bestand. Dafür sorge ich. Persönlich.« Gustav schaltete den Wandbildschirm zurück auf die Computeranzeige und die Karte mit den Truppenaufmärschen. »Rufen Sie die NVA zurück.« Er öffnete mit der Fernbedienung ein Eingabefenster, die Leitung zur Koordinierungsstelle der Truppen stand. »Das Alarmmanöver ist beendet. Keiner Ihrer Pläne ist aufgegangen. Bald wird Ihre Verschwörung beendet sein.«

Feist starrte auf die Darstellungen der militärischen Einheiten, die ungebrochen auf die Grenzen Berlins zufuhren. »Das sind gute Offiziere«, sagte sie leise. »Man darf ihnen nicht den Prozess machen.«

»Das wird man auch nicht. Sie haben lediglich auf Ihre Anweisung hin gehandelt.«

Mit langsamen Fingerbewegungen gab Feist zuerst eine Autorisierungsziffernfolge, dann den Deaktivierungscode auf dem Touchscreen ein und hob den Alarm für sämtliche Einheiten auf.

Sogleich sprangen die Aufmarschdarstellungen von Violett auf Grün um, die Statusmeldungen wurden bestätigt. Nacheinander meldeten die Kommandeure der NVA-Truppen, wieder in die Kasernen zurückzukehren. Die Starts der Hubschrauber und Jets wurden abgebrochen.

»Generalsekretär Naumann und Sekretär Ditschner sind bereits in Kenntnis gesetzt. Über alles. Auch das, was wir abhörsicher besprochen haben.« Gustav trank den Rest seines Kaffees. Die Katastrophe war ausgeblieben. Die Rechte wanderte wie nebenbei in seine Sakkotasche. »Ich stelle Ihnen frei, ob …«

Blitzschnell griff Feist an ihre Koppel und zog die Wieger T11 aus der Pistolentasche, lud sie routiniert durch und richtete sie auf Gustav. »Man mag mich hinrichten und anschließend meinen Namen tilgen. Aber einen Verräter wie Sie darf ich keinesfalls am Leben lassen«, schleuderte sie ihm voller Verachtung entgegen. »Lange lebe der Kommunismus! Lang lebe die glorreiche Revolution …«

Blitzschnell drückte Gustav den Auslöser des Nadeltasers, den er in der Sakkotasche verborgen hatte. Er feuerte der Ministerin ein stark elektrifiziertes Projektil unmittelbar in die Brust.

Unter heftigen Stromstößen ging Feist hilflos in die Knie. Dann lag sie zuckend auf dem Teppichboden, wo sie Sekunden darauf von Gustav mit Kabelbinder gefesselt wurde.

Er hatte damit gerechnet, dass Feist etwas Derartiges versuchen oder sich sogar erschießen würde, um niemanden zu verraten. Gustav sah auf sie herab. »Die Revolution ist abgeblasen, Genossin Ministerin.«

Ihr trockenes Husten verstand er zunächst als Folge der Stromstöße. Und als roter Speichel aus dem Mundwinkel in den Teppich tropfte, glaubte er, sie habe sich auf die Zunge gebissen.

Erst als ihre Pupillen brachen, begriff Gustav: Helene Nikita Feist hatte sich gerade selbst vergiftet und ihre Geheimnisse mit in den Tod genommen.

* * *

Ein DDR-Bürger beschwert sich aufgebracht beim Telefonanbieter: »Warum will man mir meinen Anschluss wegnehmen?«
»Sie haben die Staatssicherheit verleumdet.«
»Wieso denn?«
»Sie haben in Telefongesprächen, in diversen Chats, Mails und im Internet auf verschiedenen Plattformen behauptet, die Staatssicherheit verfolge Ihre Aktivitäten.«

Volkswitz

Fakten der DDR: Bezirk Hamburg

Zur Feier des fünfjährigen Bestehens der Elbphilharmonie in Hamburg wurden erste Details zu den geplanten Festlichkeiten bekannt. Generalsekretär Naumann legte zusammen mit dem Festausschuss der Stadt das umfangreiche Kulturprogramm dar, das eine Woche lang an verschiedenen Orten stattfinden wird. Internationale Stars der Musikszene aus Klassik und Pop werden nach Hamburg kommen, um gemeinsam mit der DDR zu feiern.

Zum Beginn der Feierlichkeiten wird der Generalsekretär das Konzerthaus in »Kurt Weill Philharmonie« umbenennen. Dieser Namensvorschlag der SED hatte die größte Zustimmung bei repräsentativ befragten Bürgerinnen und Bürgern gefunden. Damit soll ein Musiker geehrt werden, der sich wie sein Mitstreiter Bertolt Brecht um den Sozialismus verdient machte und die Botschaft des Miteinanders in einem starken sozialistisch-kommunistischen Staat in die Welt trug.

18

Berlin-Deutschland Mitte (ehemaliger britischer Sektor)

Harper saß im *Grandezza,* einem Schickimicki-Restaurant auf dem Ku'damm, und genoss ein Stück sündhaft teurer Torte, die noch dazu sündhaft lecker war. Dazu trank sie einen doppelten Espresso, daneben wartete ein Gin Tonic. Damit wollte sie später auf Bristol trinken und in Gedanken mit ihm anstoßen. Auf den Sieg.

Die Schokoladenmousse-Füllung schmolz langsam in ihrem Mund, und sie seufzte leise. *Das habe ich mir echt verdient.* Ihr angeschlagener Knöchel war bandagiert, was nicht recht zu ihrem dunkelgrauen Etuikleid und dem weißen Gürtel passte, die sie als Outfit für den Abend gewählt hatte.

Für zwei Wochen war sie vom MI6-Arzt krankgeschrieben worden, und Harper gedachte, nicht einen Tag früher in die Zentrale zurückzukehren, obwohl es eindeutige Signale gab, dass man Masters feuern und sie mit der MI6-Leitung in Berlin-Deutschland betrauen würde. Dank ihres Mutes und Improvisationstalents. Und ihrer großen Entscheidungsfreude.

Alleine der Gedanke, dass sie bald in Bristols Sessel saß, kam ihr genauso absurd wie wunderschön vor. Sie nahm den Gin Tonic und hielt das Glas vor sich. »Auf dich, alter Mann«, murmelte sie und leerte den Drink in einem Zug, um sich mit einer Geste einen zweiten zu bestellen.

Eine Woche war seit den Geschehnissen auf der Baustelle vergangen.

Die Aufregung bei den Geheimdiensten in Ost und West hatte sich gelegt, westdeutsche Spezialisten hatten die Atombombe untersucht und entschärft, danach aus Berlin nach England geflogen, um sie an einem abgelegenen Ort vollständig unschädlich zu machen. Weit entfernt von Millionen Menschen.

Was damit geschah, interessierte Harper nicht mehr. *Mein Job ist erledigt.* Nur die Sache mit dem zerfetzten Ohrläppchen grämte sie, aber die plastische Chirurgie würde es bald richten.

Parallel zum zweiten Drink kam ein Anruf rein. *Französische Vorwahl. Das kann nur einer sein.* Sie nahm den Anruf an und aktivierte die Kamera des Smartphones. »Bonsoir, Dolmetscher!«

Chris grinste dick eingepackt in die Kamera. Er sah erholt aus und hatte sich rasiert, was die Koteletten betonte. »Bonsoir, Harper!« Er schwenkte sein Gerät zur Seite. Im Hintergrund wurde der glitzernde Eiffelturm sichtbar, die Atemwolken verrieten, dass es in Paris klirrend kalt sein musste. »Schau, wen ich dabeihabe.«

»Das ist der Eiffelturm.« Harper lächelte. »Aber …« Plötzlich sprang Alicia ins Bild und winkte ausgelassen mit beiden Händen. »Du hast es raus geschafft!«, freute Harper sich sofort. »Hell, yes! Bist du geflohen?«

»Nein, ich durfte raus. Zwei Wochen Frankreichurlaub mit Cousin Chris.« Sie kramte in der Manteltasche und nahm einen Orden heraus. »Den gab es auch noch.« Sie schwenkte ihn vor dem Objektiv. »Als Auszeichnung für besondere Verdienste zum Wohle der DDR und des Volkes.«

»Du wirfst ihn doch nicht in die Seine? Sonst breitet sich das Sozialistenfieber noch aus«, bettelte Harper gespielt.

»Nein, den behalte ich.«

»Und bleibst du in Frankreich?«

Wieder schüttelte Alicia den Kopf, die blonden und violetten

Strähnen flogen durch die Gegend. »Nein. Ich kehre zurück und schaue, was ich an Veränderungen erreichen kann. Auf legalem Weg. Bedingungsloses Grundeinkommen und Wahlreformen wären gute erste Ziele.«

»Für Berlin-Deutschland auch«, warf Harper ein.

Alicia grinste. »Das erscheint mir sinnvoller als das, was ich vorher versucht habe. Kuhn legte ein gutes Wort für mich ein. Das Studium wird klappen. Aber er hat mich gewarnt.«

»Was bedeutet das?«

»Dass unsere Reformista-Zelle bald ausgehoben wird. Dank des Fehlers der CIA. Du erinnerst dich, dass sie Kontakt über unseren Internetzugang gesucht haben, um ihre Leute zu aktivieren? Die Schläferzellen?«

Harper zeigte sich vom Wissensstand der Elektronikerin überrascht. »Ich erinnere mich. Woher weißt du das?«

»Kuhn sagte es mir. Das MfS hat die Spuren zurückverfolgt, weil … Aber das geht jetzt zu weit. Außerdem habe ich gerade keine Lust, darüber zu reden.« Alicia hatte eine französische Kippe im Mund, die sie mit Hingabe rauchte. »Ich werde mich jedenfalls auf irgendeine andere Art einbringen.«

»Viel Erfolg damit!« Harper wollte die junge Frau nicht demotivieren. Sie glaubte nicht, dass die SED irgendetwas verändern würde. Das System war viel zu perfekt für die totalitäre Partei. Nach den gescheiterten Putschversuchen erhielt die Stasi sicherlich Anweisung, die Bürger noch besser zu durchleuchten.

Chris kam wieder ins Bild. »Warte, hier ist noch jemand, der dich grüßen will.«

Eine dunkelhaarige Frau, die ungefähr das Alter des Dolmetschers hatte, schob sich vor die Kamera. »Bonjour, Madame Parker-Moreau«, sagte sie freundlich auf Französisch. »Ich bin Cora, die Frau von Christopher. Bitte nehmen Sie meinen allerherzlichsten Dank dafür an, dass Sie ihm das Leben gerettet haben.«

»Das hat er gesagt? Oh, er hat *mich* gerettet«, antwortete Harper in kanadischem Französisch, das etwas anders klang als Coras, und winkte zurück. »Sie haben da einen Supertypen an Land gezogen. Behalten Sie den. Der rettet Ihnen jederzeit den Arsch.«

Cora lachte, und auch Alicia schüttete sich im Hintergrund aus vor Heiterkeit. »Sie sind in Paris jederzeit herzlich bei unserer kleinen Familie willkommen, Madame Parker-Moreau. So lange Sie möchten. Einen schönen Abend!«

»Euch auch. Und Glückwunsch zum anstehenden Nachwuchs!« Harper hatte den jungen Mann gesehen, der auf ihren Tisch zusteuerte. »Ich muss jetzt Schluss machen.«

»Bis dann!«, rief das Trio im Chor, und der Anruf wurde beendet.

Zur Begrüßung stand sie auf und umarmte Yuri, der sich in einen schwarzen Anzug geworfen hatte. Darin sah er noch besser aus. Am Halsansatz schimmerte ein Tattoo auf. Harper schwor sich, das Motiv an diesem Tag noch in Gänze zu Gesicht zu bekommen. »Schön, dass du Zeit hattest.«

»Schön, dass du dich endlich gemeldet hast.« Der Russe zog sie dicht an sich, hauchte ihr rechts und links einen Kuss auf die Wange. Seine kurzen schwarzen Locken kitzelten an ihrem Ohr. »Du bist mir aus dem Weg gegangen.«

Jedem anderen Kerl hätte Harper dafür zwischen die Beine getreten, aber sie mochte Yuri. Sehr. Sogar das Kratzen seines Dreitagebartes. Außerdem roch der russische Kriminelle unglaublich gut. »Nein. Ich war nur sehr beschäftigt.«

»Die Waffen?«

»Die Waffen. Und was noch so anfiel.« Harper setzte sich und zog ihn auf den Stuhl neben sich.

»Gut siehst du aus. Sehr gut sogar.« Yuri musterte ihr Etuikleid, das perfekt an ihrem trainierten Körper saß, und entdeckte den bandagierten Knöchel. Sogleich zeigte er einen mitleidigen Gesichtsausdruck. »Wie bist du aus der DDR zurückgekommen?«

»Nach meiner Mithilfe bei der Sicherung des Gases schuldete das MfS mir einen Gefallen. Ausnahmsweise ließ man die feindliche Agentin gehen.« Sie lächelte bezirzend und ließ ihre Sommersprossen wirken. Ganz sicher würde sie ihm nicht die Wahrheit erzählen.

»Dass man dir die MI6-Sache abkauft, ist der Hammer. Wahrscheinlich bist du wirklich eine Agentin, und dann würdest du es ohnehin nicht zugeben.« Yuri grinste sie an wie ein Honigkuchenpferd. »Ich wollte dir eigentlich böse sein. Aber jetzt, wo ich dich sehe, klappt es nicht mehr.«

»Das freut mich.« Harper winkte den Kellner zu sich. »Zwei Wodka der besten Sorte. Dazu Kaviar, Cornichons, Weißbrot, Butter und eine fette Wurst. Wir wollen nicht gleich besoffen sein.«

Der Ober nickte lachend und verschwand.

»Gute Wahl.« Yuri sah sich demonstrativ um. »Hier machst du deine Deals? Das ist barocker, als ich es von dir erwartet hatte.«

»Hier, dort, überall. Ich bin anpassungsfähig.« Als der Wodka kam, stieß Harper mit dem jungen Russen an. »Wie wäre es mit einer strategischen Allianz? Ich nehme an, du wirst das Familiengeschäft wieder aufbauen, sobald du Rache geübt hast?«

»Schon passiert. Nur leider ohne Gas. Das bekam ich nicht über die Grenze.« Yuri prostete erneut und trank den Alkohol in einem Zug aus. »Ging auch so.«

»Daran zweifel ich nicht.« Harper hatte im Vorfeld überlegt, ob sie ihm die ganzen Hintergründe erklären sollte. Dass sie wirklich eine Agentin war; was sich in Wahrheit vor dem Tod seines Großvaters im Hochhaus abgespielt hatte; dass sie den alten Offizier aus Versehen erschossen hatte.

Doch als sie seine dunklen Augen sah, verschob sie diese Erläuterungen. Sein und ihr Leben blieben einfacher, wenn er sie weiterhin als gewitzte Waffenschieberin mit besten Kontakten ansah, die anderen die Lüge von der MI6-Agentin erzählte.

Harper wollte Yuri näher kennenlernen, und dafür war die Wahrheit hinderlich. Ein Mann wie er war bestimmt ebenfalls nicht völlig ehrlich zu ihr. *Es steht genau genommen unentschieden.*

Zudem würde Harper ihn bestimmt sehr gut einsetzen können, um die CIA-Agenten in Berlin zu nerven und auch auszuschalten, sollten sie ihr noch einmal in die Quere kommen. Harrison, der Leiter der Berliner Niederlassung, stand auf ihrer persönlichen Todesliste – wegen des Mordes an Bristol, den er in Auftrag gegeben hatte. *Und das alles nur, um an das Gas zu kommen und vielleicht einen Krieg anzufangen.*

Um das in Zukunft zu verhindern, hatte sie Kuhn alles über die CIA-Schläferzellen in der DDR verraten, was sie in Bristols Unterlagen und Memos gefunden hatte. Erst hatte der Oberst schwören müssen, keinen der Menschen hinrichten zu lassen. Entweder wurden sie gegen MfS-Agenten ausgetauscht oder verschwanden für immer in einem der vielen Gefängnisse der Stasi.

»Was feiern wir heute?«, wollte Yuri wissen.

»Oh, ich habe einen sehr guten Deal gemacht. Und ich klettere die Karriereleiter hinauf. Bald darf ich mit Atombomben dealen«, sagte sie leichthin.

»Du verarschst mich.«

»Stimmt.« Harper lachte und orderte die ganze Flasche Wodka. »Nein, ich finde, wir sollten fortführen, was vor einigen Tagen in Kleen Messieko begann. Nur dieses Mal unter besseren Umständen.«

Yuri lächelte ernst. »Das ist ein sehr guter Anlass, Harper.«

Sie stießen erneut an.

Dabei hörte sie ein leises Knistern aus ihrem langen Ärmel. »Ach ja!« Harper nahm einen Zettel heraus, der Bristols Handschrift trug. Sie hatte ihn zusammen mit dem ihr zugedachten Teil des Nachlasses ihres Vorgesetzten bekommen. Es wunderte sie nicht. Seine Frau wollte mit dem Spionageleben nichts zu tun haben. »Willst du wissen, was 1949 geschehen ist?«

»Du meinst den Rückzug der Westmächte?«

Harper wedelte mit dem Papier. »Ganz genau. Hier steht alles.«

Yuri lachte. »Das ist doch Quatsch. Es ist ein Staatsgeheimnis.«

»Ich bin Agentin. Ich weiß alles.«

»Das glaube ich dir nicht!«

»Also schön.« Harper räusperte sich und schenkte die dritte Runde Wodka ein. »Schnall dich an.«*

* * *

Berlin, Hauptstadt der DDR

Gustav saß im drehbaren Restaurant des Fernsehturms und aß einen Goldbroiler, wie er knuspriger nicht hätte sein können. Der Geruch, der Anblick – einfach perfekt.

Und doch schmeckte das Hähnchen fade. Genau wie die Bratkartoffeln und der Rotkohl.

Vielleicht lag es an den Umständen, vielleicht an einem neuen Koch, vielleicht an seiner Niedergeschlagenheit. Es hatte ihn unglaubliche Überwindung gekostet, die Räumlichkeiten zu betreten.

Dass Nadja in seinem Leben fehlte, wurde ihm mehr und mehr bewusst, da nun Ruhe einkehrte. Er war ein letztes Mal in das *Telecafé* zurückgekehrt, um sich am Ort ihres ersten Zusammentreffens von ihr zu verabschieden. Danach wollte er nie wieder einen Fuß hineinsetzen.

Gustav sah auf seinen Teller. *Das wird nichts.* Er ließ das

* Mehr dazu im Nachwort

Essen zurückgehen und bestellte sich ein Radeberger und einen Goldbrand.

Hinter dem Fenster zog Berlin vorbei.

Die Stadt stand noch, Westen wie Osten. Keine Atomexplosion, kein Strahlungsunfall, keine Verwüstung. Und keiner der Menschen auf beiden Seiten der Mauer ahnte, welcher Katastrophe sie entgangen waren.

Es war knapp gewesen, wie ihm die MI6-Agentin gestanden hatte. Verflucht knapp.

Die Lösung mit dem erfundenen Autounfall, bei dem Feist Junior und sein NVA-Kommando angeblich ums Leben gekommen waren, erwies sich als die eleganteste. Gustav hatte die Ministerin angelogen: Ihr Sohn war im vergessenen Bunker gestorben. Naumann stimmte der Lüge zu, und niemand aus dem ZK weinte dem Verräter eine Träne nach. Allenfalls herrschte Betroffenheit darüber, wozu er und seine Mutter imstande gewesen waren. Welche Mittel eingesetzt werden sollten. Dass ein Putsch und eine gewaltsame Veränderung der DDR um Haaresbreite verhindert worden waren. Zwei Mal.

Der Tod der Verteidigungsministerin erschwerte die Ermittlungen gegen die erzkommunistischen Verschwörer, die Nachforschungen würden Jahre dauern. Denn sollte es noch mehr Konspirierende geben, dann würden sie jetzt in eine Starre verfallen, wie Eidechsen im Winter.

Und lauern. Gustav bekam sein Bier und betrachtete die glitzernden Fassaden von Berlin-Deutschland. Zum Greifen nahe. Es gab den alten Witz: Wenn der Fernsehturm umfiele, könnte man mit dem Lift in den Westen fahren.

Auch wenn er zuerst vorgehabt hatte, sich abzusetzen und Parker-Moreau als aussagefreudiger Überläufer zu dienen, kam Gustav mit jedem Herzschlag mehr von seinem Vorhaben ab.

Seit Ministerin Feist tot vor seinen Füßen lag, nachdem sie sich mit einer Giftkapsel im Zahn das Leben genommen hatte, stellte er sich dieselbe Frage: Bestand sein Job fortan daraus, das Politbüro im Auge zu behalten und mit dem fortzufahren, was ihn vor fast zehn Jahren zum Aufgeben gebracht hatte?

Seinen Rang als Sonderermittler sollte er behalten, das sagte ihm Ditschner mehrmals zu. In Gustav sah man den perfekten Mann, um die Erzkommunisten zu jagen.

Angesichts der Gnadenlosigkeit der Verschwörer konnte er sich nicht einfach in den Westen absetzen. Korrupte tote Parteifunktionäre konnte er akzeptieren. Um sie war es nicht schade. *Aber um die anderen.*

Gustav dachte an die Zivilisten, die man gnadenlos hatte opfern wollen. Einfache Menschen. Verreckt im Gas. Verbrannt und ausgelöscht durch eine nukleare Explosion. Die Spezialisten hatten die Bombe vor dem Zerlegen analysiert und ihren Wirkungsgrad berechnet. Sie kam über die Werte der amerikanischen Bomben, die über Japan abgeworfen worden waren. *Ich kann es nicht einfach geschehen lassen. Was immer sie in der Zukunft planen.* Das war er den Menschen in der DDR schuldig.

Dann gab es noch die Schläferzellen, von denen ihm Parker-Moreau berichtet hatte. CIA-Knechte, die beim kleinsten Signal zu den Waffen griffen, Bomben bauten und Terror brachten. Auch das durfte er nicht ignorieren. *Für die Unschuldigen.*

Gustav entschied, dass er bleiben und sich im Geheimen Alicia Müller und ihren Freunden anschließen würde, um eine sanfte Veränderung herbeizuführen. Die Damen und Herren der Neo-DDR-Truppe konnten etwas Unterstützung vertragen, und den Parteibonzen würde das Lachen schließlich vergehen.

»Oberst Kuhn«, sagte eine Frauenstimme neben ihm. »Guten Abend!«

Gustav zuckte zusammen. Einen schrecklichen Augenblick lang dachte er erneut, Nadja stehe neben ihm. *Das kann nicht sein. Nie wieder.* Er drehte sich zu der Unbekannten um. »Ja?«

Hinter der blonden Frau im langen grauen Wintermantel und mit dem verwegen schief sitzenden Hut standen zwei breit gebaute Männer, die betroffene Gesichter machten. »Mein Name ist Ilsa Nolte.« Sie griff in die Tasche und nahm ihren Klapp-Fix heraus. »Das sind die Kollegen Schröder und Waschinski.«

»Was kann ich für Sie tun?« Gustav wunderte sich, warum sie mit ihm im Restaurant des Fernsehturms sprechen wollte.

»Ich bin hier, um Sie zur Befragung mitzunehmen.« Nolte zeigte nicht einen Hauch von Freundlichkeit. »Es gibt konkrete Anschuldigungen, dass Sie die Staatsflucht und den Geheimnisverrat an ausländische kapitalistische Mächte planten.«

Gustav sah an ihr vorbei zum Restaurantleiter, der sogleich den Kopf einzog und Gläser polierte. »Auf seine Worte würde ich nichts geben.«

Nolte blickte zum Beschuldigten. »Herr Fiedler? Nein.« Sie griff in ihre andere Manteltasche und nahm einen gefalteten Zettel heraus, öffnete ihn und hielt ihn vor Gustavs Nase. »Das ist Ihre Handschrift, Herr Oberst. Zweifelsfrei. Und Ihre DNS.«

Ein eisiger Klumpen bildete sich in seinem Magen, die paar Bissen Broiler wurden halb die Speiseröhre hinaufgespült.

Diesen Zettel mit dem Antrag auf ständige Ausreise hatte er nur einem einzigen Menschen gezeigt.

In diesem Restaurant.

Während eines Essens, bei dem der Gasalarm erklungen war. In der Hektik musste er ihn verloren haben.

»Leugnen ist zwecklos, Oberst. Gut, dass Sie das einsehen.« Nolte machte einen Schritt zurück und ließ die MfS-Agenten nach vorne kommen, um ihn festzunehmen. »Der Zeuge hat zudem sehr genau ausgesagt, was Sie beabsichtigen.«

»Kann ich mir vorstellen.« Langsam erhob sich Gustav und

setzte sich den Hut auf. *Roland. Mein Patenkind. Stets ein gewissenhafter, guter DDR-Bürger.*

Das System funktionierte tadellos.

Gnadenlos.

ENDE

NACHWORT

Menschenleben wurden gerettet, die Stadt steht noch, und das System bleibt sich treu.

Zumindest wäre es in meiner DDR so gelaufen.

Ein neuerliches Aha-Erlebnis brachten mir die Recherchen zum Roman obendrein.

Denn bei aller Freude über die Wiedervereinigung wurde mir im Zuge des Projektes nochmals klar, dass es sich für viele ehemalige DDR-Bürgerinnen und -Bürger nach dem Ende des Freudentaumels mehr wie eine Übernahme als wie ein Zusammenwachsen anfühlte.

Niemals war die Rede davon gewesen, über eine gemeinsame Verfassung nachzudenken. Aus zwei Staaten einen völlig neuen zu formen. Die Menschen aus der DDR mussten sich nach den bestehenden Regeln des Westens richten, denn die waren gut. Punkt.

Es erwies sich jedoch schnell, dass nicht alles gut war. Eklatante Umwälzungen waren die Folge, mit denen man aus meiner Sicht anders hätte umgehen müssen.

Für Millionen Menschen der DDR galten die alten Spielregeln nicht mehr. Galt nichts mehr, was sie mitunter ein Leben lang erfahren und gelernt hatten. Daraus resultierten bei den Jüngeren teils Vorfreude, bei den Älteren teils große Ungewissheit und Unsicherheit und die Frage: Was wird aus uns?

Ein komplettes Volk, dem anstelle der SED-Funktionäre nun mitunter wenig verständnisvolle Westdeutsche gegenübersaßen, um die »marode Wirtschaft« auf Vordermann zu bringen. Buchstäblich Turbokapitalismus. Mitreißend, verändernd, ob gewollt oder nicht.

Reihenweise machten die Betriebe dicht, die Wende brachte das Ende vieler Arbeitsplätze – und der Arbeitsplatz bedeutete im Osten Identität, war manchmal sogar Mittelpunkt des Lebens. Wie die Sowjets nach 1945 in ihrer Besatzungszone und noch zu Beginn der DDR für das Begleichen ihrer eigenen Reparationsforderungen ganze Industriezweige abbauten und wegschafften, so gingen durch die Umstrukturierung der Wiedervereinigung erneut Werke verloren oder wurden ins Ausland oder an Privatinvestoren verscherbelt. Angst vor Abstieg und ganz realer Abstieg folgten.

Wirtschaftlich, kulturell, familiär – alles änderte sich. Unaufhaltsam. Wen wundert es also, wenn sich »im Osten« ein seltsames Gefühl einstellte und stets ein gewisses Misstrauen blieb?

Auch der Zusammenhalt und das Miteinander – oft bedingt durch Mangelwirtschaft und gemeinschaftliches Improvisationstalent (zum Beispiel wer wem etwas für »blaue Fliesen« oder gegen eine Gefälligkeit seltene Bückware beschaffen konnte) – wurden nicht mehr gebraucht.

Das soll nicht bedeuten, dass früher alles besser war.

Es war keinesfalls besser.

Es war anders – denn es war ein anderer Staat mit anderen Maßstäben.

Wer sich mit dem System arrangierte oder aktiver Teil davon war, konnte in Ruhe leben; die anderen hielten aus, hielten durch, bis es zu viel wurde und das Volk in der friedlichen Revolution aufbegehrte. Zu Recht. Die schier unendliche Menge an Stasi-Akten und anderen Überbleibseln legen Zeugnis über die Methoden ab.

Dann kamen die Veränderungen, die Öffnungen.

Sicherlich gab es in bestimmten Bereichen effektive Übergangsregelungen. Allerdings wurde damals auch vieles von den Westpolitikern versäumt oder schlicht nicht gesehen, nicht bedacht. Und manche dieser Versäumnisse rächten sich viele Jahre danach. Auch auf politischer Ebene.

So werden die Anstrengungen auf allen Seiten weitergehen, die verschiedenen Hintergründe besser und mehr zu verstehen.

Also beschloss ich, den Spieß umzudrehen und mir zu überlegen, wie es sich wohl umgekehrt angefühlt hätte.

Dieses Experiment forderte mich ebenso sehr, wie es mir Spaß bereitete.

Oh, es wird Ihnen nicht entgangen sein, dass das Rätsel von 1949 nicht aufgelöst wurde.

Ich habe mir diese Lösung bewusst für das Nachwort aufgehoben.

Damit Sie entscheiden können, ob Sie sie wirklich wissen wollen oder nicht. Manche mögen es zu spekulieren.

Für alle Wissbegierigen folgt nun die Erklärung.

Bereit?

Auch wenn der große Knall mit der Übernahme der Bundesrepublikfläche 1949 geschah, schwelte der Konflikt zwischen Russland und den Westmächten bereits seit der Kapitulation des Dritten Reiches. Es gab unterschiedliche Auffassungen über die Zukunft Deutschlands und die Rolle, die ihm zukommen sollte. Abseits der Öffentlichkeit fanden unzählige Geheimtreffen der Regierungen statt.

Eine Einigung ließ auf sich warten, während die Vorbereitungen zur Gründung der Bundesrepublik vorangingen und in die Tat umgesetzt wurden.

Schließlich drohte die Sowjetunion, ihre angeblich gefundenen interkontinentalen Aggregat-10-Raketen (Weiterentwicklungen der V2) gegen das Gebiet der Bundesrepublik und der Westalliierten einzusetzen, wenn sie die BRD nicht als Reparation bekommen würde. Die Begründung: Russland habe mit den meisten Opfern des Zweiten Weltkrieges den höchsten Anspruch von allen.

Um den Ausbruch eines neuen Krieges zu verhindern und gleichzeitig Schaden von der deutschen sowie der eigenen Bevölkerung fernzuhalten, zogen sich die drei Westmächte zurück.

Die Grenzen zum restlichen Europa wurden, wie mit den Russen vereinbart, geschlossen, bis die Sowjetunion die Kontrolle übernahm.

Das bedeutete aber nicht das Ende der Bundesrepublik. Die drei Westmächte bestanden auf den Erhalt von West-Berlin – teils aus Trotz, teils aus strategischen Überlegungen. Auch dort waren Raketen gefunden worden, und man drohte, sie bei einem russischen Angriff auf West-Berlin in Richtung Moskau zu senden.

Was die drei Westmächte nicht wussten: Die Sowjetunion bluffte. Es gab keine einsatzbereiten Aggregat-Flugkörper.

In West-Berlin hingegen existierte mindestens eine Atombombe, was die russischen Generäle aufgrund gefundener Wehrmachtspläne wussten – die Alliierten jedoch nicht. Daher willigte die russische Seite ein.

So wurde die Balance aufrechterhalten, wenn auch auf der Basis eines Bluffs und schieren Nichtwissens.

Die Aufzeichnungen über die Schwarze Sonne gerieten in Vergessenheit, und spätestens mit dem Umsturz und den Umwälzungen in der Sowjetunion gingen sie verloren.

DANKSAGUNG

Mein Dank geht an dieser Stelle an:

den Piper Verlag und das gesamte Team, die sich auf das nicht ungewagte Experiment mit ganzer Kraft eingelassen haben;

an meinen Verlagslektor Tim Müller und Redakteur Lars Zwickies, die auf meiner Reise durch eine imaginäre DDR darauf geachtet haben, dass alles seine inhaltliche Richtigkeit hat;

und an jene, die mich in dem Projekt bestärkten.

ANHANG

Dramatis Personae

BERLIN-DEUTSCHLAND

Harper Antoinette Parker-Moreau, Geheimagentin des SIS/MI6
Bristol, Berliner Außenstelle SIS/MI6, Intendant
Phil Masters, Berliner Außenstelle SIS/MI6
Petit, Berliner Außenstelle DGSE
Harrison, Berliner Außenstelle CIA
Grübner, BND
Wasilij Krylow, russischer FSB-Agent
Timofej Iwanow, russischer Geschäftsmann
Danilo Feodorowitsch Koslow, russischer Offizier (aka Mihail Abrahamowitsch Smirnow)
Maria, seine Tochter
Anatol, ihr Sohn
Yuri, ihr Sohn
Dimitri, ihr Sohn
Harald Zehrend, Ex-BND-Agent
Erik Zehrend, sein Sohn

DEUTSCHE DEMOKRATISCHE REPUBLIK

Christopher Jean Mueller, Dolmetscher & Übersetzer
Alicia Müller, Feinelektronikerin
Gustav Kuhn, MfS-Oberst
Roland Kandwitz, Journalist
Helene Nikita Feist, Ministerin

Anton Gennadi Josef Feist, ihr Sohn
Richard, sein Leibwächter
Alexander Wilhelm Naumann, SED-Generalsekretär
Georg »Schorsch« Wagner, Oberwachtmeister Vopo
Josefine, Stefan, Ludwig, Ute, Carola, Müller-Verwandtschaft
Miriam Hell, Antiquitätenhändlerin
Robin, Ben, Boris, ihre Leibwächter
Mario Schlachter & Harald Linder, MfS Saarbrücken
Mirko Hofner, stellv. Sektorleiter MfS in der Abteilung Sicherheitsfragen des ZK
Marcel Ditschner, ZK-Sekretär
Beate Wind, seine persönliche Assistentin
Schulze, Archivmitarbeiterin
Fjodor K. Oblomov, russischer Veteran (Moskau)
Elwira Igorewna Sacharowa & Marija Wladimirowna Skworzowa, FSB-Agentinnen (Moskau)
Iwan Komarow, Arbeiter (Moskau)
Emil Schröder, Arbeiter
Arno Schmitz, Hauptmann der NVA
Weiß, Leutnant des MfS Wachbataillons
Steiner & Fahrmann, Agent & Agentin des MfS
Voigt, Stabsunteroffizier der NVA
Lenz, Leutnant der NVA

Glossar

Hinweis: Die genannten real existierenden Marken dienen nicht der Werbung, sondern der Authentizität des Werkes.

Adlershofer: Wodka-Marke der VEB Kombinat Spirituosen, Wein und Sekt.

Ahornblatt: Großgaststätte mit Ladenpassage in der Form eines Ahornblatts in Ost-Berlin. 880 Plätze mit Selbstbedienung, unter anderem Kantine für das Ministerium für Bauwesen sowie benachbarte Schulen.

AK: Kurzform von russ. Автомат Калашникова, dt. Automat Kalaschnikow. Bezeichnung einer Reihe von sowjetisch-russischen Sturm- und Maschinengewehren.

Antonow: Primär Herstellerfirma diverser ukrainischer (früher sowjetischer) Großraumtransportflugzeuge.

Aufstand 1989 in den Westländern: Aufgrund der Zurücknahme von zusagten Reformen wie in Polen, der ČSSR, der Sowjetunion und weiteren sozialistischen Staaten sowie angekündigter restriktiver Maßnahmen durch Honecker kam es, ausgehend von Frankfurt, Hamburg und Düsseldorf, zu Protestmärschen und Demonstrationen. Nach harschen Gegenreaktionen der Volkspolizei und Kampfgruppen auf Befehl von Honecker ereigneten sich mehrere Angriffe der Bürgerinnen und Bürger auf Stasi-Einrichtungen und Kreisverwaltungen. Mit dem Aufmarsch mehrerer NVA-

und Stasi-Einheiten endeten die gewalttätigen Unruhen, bei denen mehr als viertausend Menschen ums Leben kamen. Danach trat Honecker als Generalsekretär zurück. Sein Nachfolger Naumann kündigte umgehend die Ausarbeitung von Reformen in verschiedenen Bereichen von Politik und Gesellschaft an.

Bar 25: Techno-Club am Spreeufer im West-Berliner Ortsteil Friedrichshain.

Barkas: Sammelbezeichnung für verschiedene Kleintransporter und Van-Modelle VEB Barkas-Werke Karl-Marx-Stadt.

Bemme: In Teilen der DDR Bezeichnung für ein Butterbrot, ging in den allgemeinen Sprachgebrauch über.

Bemmchenglück: Snackmarke für belegte Sandwich- und Vollkornprodukte der VEB Halberstädter Fleischwaren (fiktiv).

Bezirk: Die Bundesländer wurden in der DDR aufgelöst, an ihre Stelle traten Bezirke mit Bezirkshauptstadt, Stadt- und Landkreisen. Nicht kreisangehörige Gemeinden werden kreisfreie Städte genannt.

Bino: Speisewürze Nummer eins in der DDR.

BND: Bundesnachrichtendienst der Bundesrepublik Deutschland (derzeit Berlin-Deutschland). Zuständig für die zivile und militärische Auslands- und Inlandsaufklärung.

Bruderland: Sammelbegriff für alle befreundeten sozialistischen Staaten der DDR.

By Jove!: dt. Bei Jupiter, antiquierter Ausruf der Überraschung.

Cellatron: Computermarke von VEB Robotron-Elektronik Zella-Mehlis.

CIA: Central Intelligence Agency. Auslandsgeheimdienst der USA.

Club-Cola, Tropen-Cola, Quick-Cola: Verschiedene Cola-Sorten des VEB Getränkekombinat Berlin.

Club WMF: Ältester Club in West-Berlin Mitte. Sammelpunkt verschiedenster Szenen, Musikstile und Kunstaktivitäten.

Cookies: Freizügiger Partyclub in West-Berlin.

Das unsichtbare Visier: Populärste DDR-Agentenserie mit Straßenfeger-Effekt, Neuauflage Anfang 2018.

Datsche: Grundstück mit Garten- oder Wochenendhäuschen für Freizeit, Erholung und Hobbygärtnerei. Der Begriff wurde aus dem russischen Sprachgebrauch in der DDR und Berlin-Deutschland übernommen.

Deduschka: dt. Großvater.

Deepfake: Realistisch wirkende Medieninhalte, erzeugt durch Computerprogramme und KI.

DEFA: Deutsche Film AG. Volkseigenes DDR-Filmunternehmen mit Sitz in Potsdam-Babelsberg.

DFF: Deutscher Fernsehfunk. Staatliches Fernsehen der DDR mit diversen Programmen und Untersendern.

DGSE: Direction Générale de la Sécurité Extérieure, dt. Generaldirektion für äußere Sicherheit. Französischer Auslandsnachrichtendienst.

Dibbelabbes: Deftiges saarländisches Pfannengericht auf Kartoffelbasis.

Diamant Bockbier: Biersorte des VEB Diamant-Brauerei Magdeburg-Neustadt.

DVP: Deutsche Volkspolizei (auch VP für Volkspolizei). Zentralistisch organisierte Polizei der DDR.

Erichs Lampenladen: Spöttische Bezeichnung für den Palast der Republik mit verschiedenen kulturellen Einrichtungen, Sälen, Theatern, Restaurants und Milchbars sowie Postamt. Hier wird unter anderem die beliebte Fernsehshow *Ein Kessel Buntes* aufgezeichnet.

Europahaus: Bürogebäude in Kreuzberg im Stil der Neuen Sachlichkeit. Bekannt ist das Haus vor allem für seine großen, aufwendigen Leuchtreklamen.

FDJ: Freie Deutsche Jugend. Kommunistischer Jugendverband und die einzige staatlich anerkannte und geförderte Jugendorganisation der DDR. Sie ist als Massenorganisation Bestandteil eines begleitenden Erziehungssystems neben der Schule.

FSB: Federalnaja sluschba besopasnosti Rossijskoi Federazii, dt. Föderaler Dienst für Sicherheit der Russischen Föderation. Inlandsgeheimdienst der Russischen Föderation.

GPG: Gärtnerische Produktionsgenossenschaft. Wie die LPG ein teilweise erzwungener Zusammenschluss von Gärtnern und Gartenbaubetrieben in der DDR zu einer sozialistischen Genossenschaft.

Grilletta: Auch Grillette genannt, DDR-Alternative zum Hamburger. Imbissstände und Gaststätten, die sie verkaufen, heißen ebenfalls Grilletta.

GRU: Glawnoje Raswedywatelnoje Uprawlenije, dt. Hauptverwaltung für Aufklärung. Zentralorgan des Militärnachrichtendienstes des russischen Militärs.

Honecker: Erich Ernst Paul Honecker (* 25. August 1912 in Neunkirchen [Saar]; † 29. Mai 1994 in Berlin). Vom 3. Mai 1971 bis zum 18. Oktober 1989 Erster Sekretär/Generalsekretär des Zentralkomitees der Sozialistischen Einheitspartei Deutschlands (SED).

IM: Inoffizieller Mitarbeiter. MfS-interne Bezeichnung für eine Person, die der Stasi verdeckt Informationen liefert (erzwungen oder freiwillig). Sie kann auch auf Ereignisse oder Personen leitend Einfluss nehmen, ohne rechtlich gesehen für die Stasi zu arbeiten.

Interhotel: Hotelkette der gehobenen Klasse der DDR, in der vor allem Gäste aus dem sozialistischen Ausland, den nicht sozialistischen Wirtschaftsgebieten und dem Freien Deutschen Gewerkschaftsbund der DDR untergebracht werden.

Intershop: Staatliche Einzelhandelskette, deren Waren anfangs nur mit ausländischen Devisen erstanden werden konnten, seit mehr als dreißig Jahren aber auch mit DDR-Mark bezahlt werden dürfen.

HA: Hauptabteilung im MfS.

Halberstädter: Kurzbezeichnung für Würstchen des VEB Halberstädter Fleischwaren.

Hotel Metropol: Von Interhotel DDR betrieben. 13 Geschosse, 340 Zimmer (680 Betten), Hotelhalle mit berühmter Kunst-emaille-Arbeit, Restaurants, Hallenschwimmbad, Freizeitzentrum und Läden.

Kalter-Hund-Kekse: Beliebter Keks-Schokolade-Snack des VEB Dresdner Süßwarenfabriken Elbflorenz Werk Vadossi.

Kampfgruppen: Offiziell Kampfgruppen der Arbeiterklasse, auch Betriebskampfgruppen. Paramilitärische Organisation von Beschäftigten in Betrieben der DDR.

Kaufhaus des Westens: Auch KaDeWe genannt, Warenhaus mit gehobenem Sortiment und Luxuswaren in Berlin-Deutschland.

Ketwurst: In der DDR kreiertes Imbissgericht, mit dem Hotdog verwandt.

Konsum: Die Marke der Konsumgenossenschaften in der DDR. Die einzelnen Genossenschaften betreiben Lebensmittelgeschäfte, Produktionsbetriebe und Gaststätten.

Krusta: In der DDR erfundenes deftiges Ofenflachbrot, auf einem Backblech gebacken, verkauft in rechteckigen Stücken mit den Maßen 12 × 12 Zentimeter. Der Teig ist dunkel und mischbrotartig.

KTU: Kriminaltechnische Untersuchung als Bestandteil der Arbeit von Ermittlungsbehörden.

Kurt Drummer: Legendärer DDR-Fernsehkoch.

Kurwa: dt. Hure.

Lindencorso: Errichtet 1966 am Boulevard Unter den Linden/Ecke Friedrichstraße in Ost-Berlin. Beherbergt das legendäre *Café Espresso*.

LPG: Landwirtschaftliche Produktionsgenossenschaft. Entstanden durch teils freiwillige, teils durch Zwangskollektivierung erschaffene Zusammenschlüsse von Landwirten und deren Produktionsmitteln. Dazu kamen andere Beschäftigte zur gemeinschaftlichen agrarischen Produktion in der DDR. Die

Kollektivierung und Industrialisierung der Landwirtschaft ist Bestandteil der Grundideen des Sozialismus.

Lyoner: Saarländische Fleischwurstspezialität.

Maginot-Linie: Verteidigungssystem aus Bunkerlinien entlang der französischen Grenze zu Belgien, Luxemburg, Deutschland und Italien, benannt nach dem französischen Verteidigungsminister André Maginot. Zur Abwehr von Angriffen aus diesen Nachbarländern.

Magnet: Berlin-Deutschlands erste Adresse für Indierock-Konzerte.

Melkus: Firmen- und Markenname des Renn- und Sportwagenherstellers. Hergestellt wird ausschließlich von Hand und in Miniserie. Eines der wenigen privaten Unternehmen der DDR, aber mit Staatsbeteiligung.

Memfis/Memphis, auch Firma Memfis: Spöttische Bezeichnung für das MfS. Weitere Bezeichnung: Firma Horch & Guck, Horch & Greif.

Merde: dt. Scheiße.

MfS: Ministerium für Staatssicherheit, auch Staatssicherheitsdienst, Kürzel Stasi. Nachrichtendienst und Geheimpolizei in einem, fungiert als Regierungsinstrument der SED.

Minol: Handelsmarke für Mineralölprodukte des VEB Kombinat Minol. Zusammengesetzt aus den Anfangssilben von Mineralöl und Oleum (lat. für Öl). Der VEB ist für die Versorgung mit Kraft- und Schmierstoffen zuständig. Unter dem Markennamen Minol werden sämtliche Produkte des VEB vertrieben.

Mitropa: Als Bewirtungs- und Beherbergungsgesellschaft zuständig für die Versorgung von Reisenden in Bahnhöfen und auf Autobahnraststätten. Der Name ist eine Abkürzung und abgeleitet von Mitteleuropäische Schlafwagen- und Speisewagen-Aktien-Gesellschaft.

Mondo: Eine der Kaffeesorten aus den sieben staatlichen Kafferöstereien der DDR.

Neue Nationalgalerie: Museum für die Kunst des 20. Jahrhunderts der Berliner Nationalgalerie im Stil der Klassischen Moderne.

New Adlon: Errichtet 2008. Folgt der Tradition des im Oktober 1907 eröffneten ursprünglichen Hotels Adlon, das 1945 ausbrannte und später bis auf einen Seitenflügel abgerissen wurde, der noch bis 1984 stand.

Nudossi-Riegel: Süßsnack (fiktiv) des VEB Dresdner Süßwarenfabriken Elbflorenz Werk Vadossi.

NVA: Nationale Volksarmee. Streitkraft der DDR.

OMON: Otrjad Mobilny Ossobowo Nasnatschenija, dt. Mobile Einheit besonderer Bestimmung. Sondereinheit der russischen Polizei.

Palasthotel: 1979 in Berlin-Deutschland an der Spree eröffnet, betrieben von der Interhotel-Kette. Mehrfach modernisiert und ausschließlich Touristen aus dem Ausland vorbehalten.

Pervitin Forte: Medizinisches Methamphetamin zur Konzentrationserhöhung, verschreibungspflichtig.

Pfeffi: Pfefferminzbonbons des Konsum-Bonbon-Spezialbetriebs Konsü.

Phänomen: Leichter Lkw des VEB Kraftfahrzeugwerk Phänomen Zittau.

Pionier: Die Pionierorganisation Ernst Thälmann ist die politische Massenorganisation für Kinder. Vom ersten bis zum siebten Schuljahr gehören ihr fast alle Kinder als Jung- oder Thälmannpioniere an. Die Pioniere sind der Freien Deutschen Jugend (FDJ) angegliedert.

Politbüro: Ein kleiner Kreis hochrangiger Parteifunktionäre, etwa fünfzehn bis fünfundzwanzig Mitglieder und zehn Kandidaten. Der Generalsekretär des ZK der SED führt zugleich den Vorsitz im Politbüro.

Poppenwald: Früher Poppenholz, Waldgebiet im Westerzgebirge.

Portal IV: Einzig erhaltener Rest des gesprengten Berliner Schlosses. In das Staatsratsgebäude der Deutschen Demokratischen Republik eingebaut, weil Karl Paul August Friedrich Liebknecht vom Schlossbalkon des Berliner Stadtschlosses 1918 die erste freie sozialistische Republik ausrief.

Primi inter Pares: dt. Erste unter Gleichen.

Prora: Koloss von Prora, acht baugleiche Hausblöcke, gereiht auf einer Länge von 4,5 Kilometern entlang der Prorer Wiek auf der Insel Rügen.

Prospekt: Russische Bezeichnung für sehr breite Prachtstraßen.

Pyrofa: VEB Silberhütte Pyrotechnische Fabrik Buchholz, Hersteller von ziviler und militärischer Pyrotechnik.

RAFENA: VEB RAFENA-Werke Radeberg. Rafena leitet sich von *RA*deberger *FE*rnseh- und *NA*chrichtentechnik ab. Einer von zwei Hauptproduzenten von Fernsehgeräten der DDR.

RIAS: Abkürzung für Rundfunk im amerikanischen Sektor. Eine Sendeanstalt im Bezirk Schöneberg, gegründet nach dem Zweiten Weltkrieg von der US-Militärverwaltung. Gesendet werden Hörfunk- und TV-Programme.

Romanow: Altes russisches Adelsgeschlecht, aus dem die russischen Zaren hervorgingen.

Rotro: Produktbezeichnung für Mobiltelefon- und Computerbaureihe des VEB Kombinat Robotron.

Schwedt: Militärgefängnis der DDR in Schwedt an der Oder. Inhaftiert werden dort Angehörige der NVA und der kasernierten Einheiten des Innenministeriums wegen Straftaten und staatsfeindlicher Hetze oder Staatsverleumdung sowie Militärstraftaten.

SED: Sozialistische Einheitspartei Deutschlands mit verfassungsrechtlich festgeschriebenem Führungsanspruch der DDR. Ihre Mitglieder sitzen in den Organen aller drei Gewalten.

SIS: Secret Intelligence Service, dt. Geheimer Nachrichtendienst. Britischer Auslandsgeheimdienst, auch bekannt als MI6 (Military Intelligence, Section 6).

Stabsfeld: Kurzbezeichnung für Stabsfeldwebel.

Stadion der Weltjugend: Sportstätte im Stadtbezirk Mitte von Ost-Berlin. Eröffnet zunächst als Walter-Ulbricht-Stadion, mehrmals umgebaut, zuerst ein reines Leichtathletikstadion. Dann in ein Fußballstadion umgewandelt.

Subbotnik: Abgeleitet aus dem russischen Wort für Samstag oder Sonnabend. In Sowjetrussland entstandene Bezeichnung für einen unbezahlten Arbeitseinsatz am Samstag zum Wohl der Allgemeinheit, der in den Sprachgebrauch der DDR übernommen wurde.

Suka: dt. Schlampe.

SWR: Sluschba wneschnei raswedki, dt. Dienst der Außenaufklärung der Russischen Föderation. Russischer Auslandsgeheimdienst.

Towarischtsch: dt. Genosse.

Trilby-Hut: Hut mit schmalerer Krempe, der rückwärtige Teil ist scharf nach oben gestellt.

Tschapka: Militärische Kopfbedeckung, klassisch in der Winterversion mit abklappbaren Nacken- und Ohrschützern.

VEB: Volkseigener Betrieb. Firmen im sogenannten Volkseigentum, unterstehen jedoch der DDR-Partei- und Staatsführung.

VEB Kombinat Robotron: Größter Computerhersteller der DDR und einer der bedeutendsten Produzenten von Informationstechnologie.

VEB Kombinat Zeiss: Betrieb zur Herstellung von feinmechanisch-optischen Industrie- und Rüstungsgütern.

VEB Rüstungskombinat Oberndorf: Rüstungsunternehmen, aus den verstaatlichten Mauser-Werken hervorgegangen. Waffentypen und -produkte tragen als Kürzel oft die Buchstaben HK&S für Heckler, Koch & Seidel, die ersten Ingenieure im VEB.

Vopo: Umgangssprachliche Abkürzung für Volkspolizei.

Vorwärts immer, rückwärts nimmer: Von Honecker eingeführte Losung zum vierzigsten Jahrestag der DDR, 7. Oktober 1989.

Westländer: Bezeichnung für die Länder der einstigen Bundesrepublik Deutschland, außer West-Berlin/Berlin-Deutschland.

Westwall: Militärisches Verteidigungssystem entlang der Westgrenze des ehemaligen Deutschen Reiches mit über 18.000 Bunkern, Stollen, Gräben und Panzersperren, auf etwa 630 Kilometern verteilt.

Wetwork: Bezeichnung für Mordauftrag.

Wieger: Handfeuer- und schwerere Infanteriewaffen des VEB Geräte- und Werkzeugbau Wiesa. Wieger ist eine Verkürzungskombination der Wörter Wiesa und Germany oder Wiesa und Gerätebau.

Wory w sakone: dt. Diebe im Gesetz. Eigenbezeichnung der russischen Mafia.

Würzfleisch: Fleischgericht/Ragout mit Soße, auch überbacken.

Zeiro: Markenname der Gemeinschaftsprodukte von VEB Zeiss und VEB Kombinat Robotron.

Zeitungen in der DDR (teils rein von der SED gesteuert): *Neues Deutschland, BZ am Abend* und *Berliner Zeitung.*

Zersetzungsmaßnahmen: Geheimpolizeiliches Vorgehen des MfS gegen politische Gegner und Unliebsame, sowohl gegen Gruppen als auch Einzelpersonen. Dazu gehören unter anderem das Verbreiten von Gerüchten, Bloßstellung, offene, verdeckte oder vorgetäuschte Observierung, Brief-, Chat-, Mail-, Online- und Telefonkontrolle, das Beschädigen des privaten Eigentums und Manipulationen an Fahrzeugen, bis hin zur Manipulation von Lebensmitteln und falscher medizinischer Behandlung.

ZK: Das Zentralkomitee stellt das höchste Organ in der Parteistruktur zwischen den Parteitagen dar. In der politischen Rangfolge kommen die Mitglieder des ZK noch vor den Ministern. Die ZK-Sekretäre und Abteilungsleiter sind gegenüber den staatlichen Ministern weisungsbefugt.

zut (alors): dt. verdammt noch mal.